王朝文学の始発

平沢竜介
RYŪSUKE HIRASAWA
kasamashoin

笠間書院版

目次

はじめに……1

第一章　上代文学から平安文学へ

第一節　古代文学における自然表現――『古事記』『万葉集』から平安文学へ――……9
第二節　散文による心情表現の発生――『土佐日記』の文学史的意味――……30
第三節　『古今集』の時間……50
第四節　『古今集』の擬人法――『万葉集』の擬人法との比較を通して――……84
第五節　『古今集』の和歌――読人しらず時代の歌から撰者時代の歌へ――……106

第二章　『古今集』の構造
第一節　春の部、冒頭の構造……127
第二節　春の部、「梅」の歌群の構造……148
第三節　春の部、末尾の構造……158
第四節　秋の部、「立秋」の歌群から「秋の虫」の歌群までの構造……173
第五節　秋の部、「雁」の歌群から「露」の歌群までの構造……191
第六節　秋の部、「女郎花」の歌群から秋下末尾までの構造……204
第七節　冬の部の構造……225
第八節　賀の部の構造……247
第三章　上代歌論から貫之の歌論へ

第一節　『歌経標式』『万葉集』の歌論から『古今集』の歌論へ……277
第二節　『土佐日記』の歌論——和歌に関する記述の分析を通して——……296
第三節　貫之の和歌観——本質論、効用論を中心に——……320

第四章　『源氏物語』と『古事記』日向神話

第一節　『源氏物語』と『古事記』日向神話——潜在王権の基軸——……349
第二節　末摘花論——石長比売と末摘花——……386

終　章……433

あとがき……453

索引（和歌初句・語句）……左開

本書に引用した『古事記』『日本書紀』『万葉集』『古今集』『竹取物語』『伊勢物語』『源氏物語』『土佐日記』『蜻蛉日記』の本文は、『新編日本古典文学全集』に拠る。それ以外の作品、注釈書などからの引用は、原則としてそのつど明記し、特に注記しないものは、通行の本文に拠る。

はじめに

今日、上代文学を専門とする、あるいは中古文学を専門とする優れた研究者は数多く存在する。しかし、上代文学と中古文学の双方を研究対象とし、その推移の相を見極めようとする研究者は、数少ないように思われる。一つの時代、あるいは一つの作品や一人の作家を研究することは、研究の深化をもたらすであろうが、一方ではその対象に密着するあまり、その時代の文学の持っている本質的なものを見落としてしまう危険性があるのではなかろうか。上代文学と中古文学の双方を対象とし、それらを同等に見極めることで、はじめてそれら一方のみを研究対象としていたのでは見出せない、それぞれの時代の文学の特徴が見えてくることがあるかもしれない。

本書は、そのような目論見のもとに、上代文学から平安文学に至る間に生じた自然表現、心情表現の変化、平安時代における散文表現の発達、『万葉集』の時間と『古今集』の時間の相違、『万葉集』には見出すことのできない高度に抽象的な体系を有する『古今集』の構造、上代歌論と王朝歌論の相違、『古事記』日向神話が『源氏物語』第一部の前半の構想に及ぼした影響等の問題についての考察を試みた。

第一章では、上代文学から平安文学に至る間に生じた文学表現のあり方の変化について検討を加えるとともに、その変化をもたらした原因についての考察を試みた。例えば、自然表現においては、上代の散文表現は自然を表現した部分自体が少なく、かつそこに表現された自然も、自然そのものを表現することを目的としたものは皆無で、表現された自然も古代的な存在感を感じさせはするが、具象性を欠いている。それに対し、上代の韻文表現、特に『万葉集』に表現された自然は具象性を持ち、一首全体が自然表現で構成された叙景歌も存在する。平安時代初頭になると、散文に表現される自然は、上代の散文表現に比べると、古代的な存在感は薄れ、より平明で日常的なものとなるが、その表現は概括的、観念的であって、自然の姿を具象的に捉えているとは言いがたい。また、韻文表現においても、平安時代初頭になると、和歌に詠まれる景物は優美ではあるが、観念的、画一的なものとなり、そうした景物によってなされる自然表現自体も観念的で具象性を欠いたものとなる。この時期に叙景歌が認められないのもこうした自然表現のあり方に起因するのであろう。平安時代において、散文、韻文の自然表現に具象的な表現が見出されるようになるのは、ほぼ同時期、平安時代中期、西暦九六〇年から九七〇年代と推定される。

また、心情表現について見ると、上代においては、『万葉集』の歌に見られるように、個人が韻文によって心情表出を行うことは活発になされるのに対し、個人が散文によって心情表現を行うことは全く認められない。それが平安時代に入ると、『土佐日記』に見られるように、個人の心情表現が散文によってもなされるようになる。その結果、和歌の抒情とともに、散文による様々な心情表出が可能となり、日記文学、物語文学といった新たな表現様式の登場を促すこととなる。また、和歌の抒情のあり方も、『万葉集』の抒情が瞬間的であったのに対し、『古今集』以降の抒情は時の推移を感じさせるものが多くなり、修辞技法も『古今集』以降、掛詞、縁語、見立てといった技法が多用されるようになる他、万葉以来の修辞法である擬人法も、人間以外の事物に人間的なものを直感的に感じとり、それを直接的に表現する直感的擬人から、対象を意識的に擬人化して捉える知的擬人へと変化する様が見て取れる。

これら、上代文学から平安文学に至る間に生じた文学表現のあり方の変化はどのような理由によって生じたのであろうか。第一章の第一節から第四節では、それを表現主体（意識）と対象の分化（意識と対象の分化は、必然的に意識が帰属する我と外界との分化を引き起こす）、および韻文、散文という文体そのものが持たざるを得ない表現上の特性、制約という要因から説明を試みた。

また、第一章第五節は、『古今集』に収められる歌を、読人しらず時代の歌、六歌仙時代の歌、撰者時代の歌に分類し、それぞれの時代の歌に序詞、掛詞、見立ての技法がどの程度用いられているか調査し、読人しらずの時代から撰者時代に至るまでの間に、どのように歌風が変化したかを修辞技法の面から検証した。

第二章は、『古今集』の構造、すなわち『古今集』において個々の歌がどのような基準、論理のもとに配列されているかを考察した。前著『古今歌風の成立』では四季の部の主要な景物の歌群の構造について分析を行ったが、本章ではそこで取り上げなかった歌群の分析を行い、四季の部全体の構造を明らかにし、合わせて巻七、賀の部の構造の分析も行った。『万葉集』にも、雑歌、相聞、挽歌あるいは正述心緒、寄物陳思、譬喩歌などといった分類や四季別の配列が存するが、集全体は統一的な体系を持たず、個々の歌の配列の順序まで配慮した配列はなされていない。それに対し、『古今集』は全体が統一した体系のもとに構成され、部立てや歌群の順序のみならず、その内部の個々の歌の配列の順序までが、統一した論理や基準のもとに定位されており、『古今集』の撰者たちの抽象的な思考能力の高さ、さらに言えばこの時代の人々の抽象的な思考能力の高さを窺い知ることができる。このことは、第一章で述べた上代文学から平安文学に至る間に生じた文学表現のあり方の変化の原因として考えた、表現主体（意識）と対象の分化、外界と個の分化という図式と見合うものと考えられる。

第三章第一節は、上代における唯一の歌学書『歌経標式』を取り上げ、その歌論の内容について検討を施すとともに、『万葉集』に認められる歌論的記事と対照しながら、上代歌学のあり方について考察した。すなわち、『歌経標式』の構成はきわめて整然とした体系性を有しているが、そこにあげられた歌病は和歌の実態に即した批評基準とは言いがたい。一方、『万葉集』に認められる歌論的記事は、それぞれが和歌の実態に即した適切な批評となりえているが、個々の歌に対する個別の批評であり、広く和歌全般に適用しうるような普遍性を持った批評基準となりえていない。和歌の実態に即し、かつ一般性、普遍性を持った批評基準が成立するのは『古今集』の成立を俟たねばならなかった。このような上代歌論と平安時代初頭の歌論の批評意識の相違も、第一章で述べた表現主体（意識）と対象の分化、第二章で指摘した平安時代初頭の抽象的な思考能力の高さと通ずるものがあると考えられる。

第二節では『土佐日記』から窺い知ることのできる貫之の歌論について考察した。『土佐日記』は、書き手の混乱や主題の分裂などが存し、一見いい加減に書かれた作品のような印象を与えるが、これは貫之が意図的に行った操作と考えられる。というのも、『土佐日記』が書かれた時代にあっては、公的な文芸と認められていたのは漢詩文と和歌のみであり、その他の文芸は私的な二流の文芸と見なされていたからである。もし、貫之が『土佐日記』のような個人的な体験を仮名散文によって表現する作品をまともに書いたとしたら、貫之は律令官人が専らにすべきでない二流の文芸を専らにしていることとなり、世間から大きな非難を受けることとなったであろう。そこで貫之は、『土佐日記』をいい加減に書かれた作品と見せかけ、世間の非難をかわしつつ、彼が本当に書きたいことを密かに書いたのであろう。彼が本当に表現したかったのは、亡児哀傷に託して表現した、土佐赴任中に失った藤原兼輔をはじめとする和歌の庇護者たちへの追慕の思いであった。とすると、日記中に見出される和歌に関する記述も、作品の主題を分裂させ、『土佐日記』がいい加減に書かれたものと見せかけるための方法の一つであったと推測されるが、主題を混乱させることを意図して取り込んだと思われる和歌に関する記述も、そこに記された歌論的記述を丹念に分析すると、貫之の和歌に対する考え方がきわめて明確に看取される。と同時に、貫之が『伊勢物語』に見られる業平と惟喬親王の関係に、貫之自身と兼輔を重ね合わせていたのではないかということも推測される。

第三節は、『古今集』両序と『新撰和歌』序文、『土佐日記』を取り上げ、貫之の歌論、中でも和歌の本質論、効用論ついて検討した。これらの資料において貫之が主張する和歌の本質論、効用論は必ずしも一致していない。これらの相違はなぜ生じたのか、それらの資料の書かれた時代、および和歌の置かれた状況なども考慮して考察を加えた。

第四章は、『古事記』の日向神話が『源氏物語』第一部の前半部分の構想を支える重要な骨格となっていることを論じた。『源氏物語』若紫巻の

背後《しりえ》の山に立ち出でて京の方《かた》を見たまふ。はるかに霞みわたりて、四方《よも》の梢そこはかとなうけぶりわたれるほど、「絵によくも似たるかな。かかる所に住む人、心に思ひ残すことはあらじかし」とのたまへば、「これはいと浅くはべり。他《ひと》の国などにはべる海山《うみやま》のありさまなどを御覧ぜさせてはべらば、いかに御絵いみじうまさらせたまはむ」、「富士の山、なにがしの岳《たけ》」など語りきこゆるもあり。また、西国《にしくに》のおもしろき浦々、磯のうへを言ひつづくるもありて、よろづに紛らはしきこゆ。

という記述について、河添房江はこの場面の背後に、古代の国見儀礼を想定し、さらに「富士の山、なにがしの岳」は「西国のおもしろき浦々、磯のうへ」に対峙する表現であり、「この東と西の水平軸、そして山と海の垂直軸の二元こそ、王権の支配のコスモロジーが集約的にたち顕れているのではないか」と指摘し、東と西の水平軸は大嘗祭の支配論理によるものではないかと推定する。それでは山と海の垂直軸の支配の論理は何によるかと考えた時、思い浮かぶのは『古事記』の日向神話である。『古事記』の日向神話は天つ神の子孫が国つ神の代表である山の神の娘、海の神の娘と結婚することによって、葦原中国を領有、支配する正当性を得るという物語である。既に『花鳥余情』以来、明石の君を海の神の娘豊玉毘売に比定するという指摘は存在したが、以上のように考えると、山の神の娘木花之佐久夜毘売を紫の上、石長比売を末摘花と比定することが可能となるのではない

だろうか。紫の上は山で育てられた娘であり、終世桜の花に喩えられるというように木花之佐久夜毘売の面影を持つ。末摘花も山の娘と認められるような表現を有し、醜女という面で石長比売と共通性を持つ。また二人が光源氏と出逢うのは、光源氏十八歳の春である。明石の君が西の海の神の娘であるのに対し、紫の上、末摘花は東という属性を賦与されており、東と西の水平軸をそれぞれ担っている。ただし、紫の上、末摘花とも神の娘というより仏の娘として形象されている点は注意されねばならない。紫式部は光源氏に王者性を賦与するため、日向神話による支配の論理と大嘗祭による支配の論理を物語に組み入れたが、日向神話においては山の神の娘、海の神の娘とされていたものを、山の仏の娘、海の神の娘とすることによって、『古事記』神話に基づいた支配原理に仏教を取り入れ、光源氏の王者性をより強固なものとすることを意図したと考えられる。光源氏が明石から帰京し、復権を果たすと、彼は東の山の寺＝石山寺と西の海の社＝住吉神社に願ほどきに参詣するのは、『源氏物語』のこの部分までが右に述べたような物語の論理によって書き進められていることの証左となろう。

第一章　上代文学から平安文学へ

第一節　古代文学における自然表現
――『古事記』『万葉集』から平安文学へ――

一　上代の自然表現

日本の古代文学には、様々な自然表現が見られるが、本節では、日本古代文学における自然表現の変遷について考えて見たいと思う。まず、上代文学に見られる自然表現として『古事記』における自然表現の検討から始めてみたい。『古事記』における自然表現のうち散文表現の中に見られる自然表現は僅かで、かつその表現もきわめて単純なものである。

（ア）其《そ》の泣《な》く状《かたち》は、青山《あをやま》を枯山《からやま》の如《ごと》く泣《な》き枯《から》し、河海《かはうみ》は悉《ことごと》く泣《な》き乾《ほ》しき。

（イ）沙本《さほ》の方より暴雨《はやさめ》零《ふ》り来《き》て、急《には》かに吾《あ》が面《おもて》を沾《ぬら》しき。

（ア）は『古事記』上巻、伊耶那伎命《いざなきのみこと》が黄泉《よみ》の国から帰って来て日向《ひむか》の橘《たちばな》の小門《おど》の阿波岐原《あはきはら》で禊《みそぎ》をし、禊の最後に生まれた、天照大御神《あまてらすおほみかみ》、月読命《つくよみのみこと》、須佐之男命《すさのをのみこと》のいわゆる三貴子に、伊耶那伎命がそれぞれ高天原《たかあまのはら》、夜《よる》之食国《のをすくに》、海原《うなはら》を治めよと命じたところ、須佐之男命は、妣《はは》の国、根之堅洲国《ねのかたすくに》に行きたいと八拳須《やつかひげ》心前《こころさき》に至るまで泣きわめいたという有名な場面に登場する一文である。ここにおける自然表現はきわめて素朴なもので、古代的な存在感といったものを感じさせはするが、具象的な自然表現とはなりえていない。しかも、それは須佐之男の泣く様を表す比喩として機能しており、純粋に自然そのものを表現することを意図したものではない。

（イ）は『古事記』中巻、垂仁天皇の条における、沙本毘古《さほびこ》の反乱の物語の一節である。垂仁天皇の后になった妹、沙本毘売《さほびめ》に向かって兄、沙本毘古は、夫、垂仁天皇を小刀で刺し殺し、自分と二人で天下を治めようと唆す。沙本毘売は兄の言い付けに従い、天皇が自らの膝を枕にして眠っている時、天皇を刺そうとするがはたせず、天皇が目を覚ますと全てを白状してしまう。引用した部分は天皇が目を覚ました直後、見た夢を沙本毘売に語った部分であるが、ここに見られる自然表現もただ単にある出来事を述べたもので、それ以上のものではない。ここでもやはり具体的な自然の様に注目し、それを写しとろうとする意図は感じられない。

その他の『古事記』の散文表現に見られる自然表現も、以上見て来た自然表現と変わるところはないと言ってよかろう。また、『古事記』以外の『日本書紀』『風土記』等の上代散文においても、その自然表現は『古事記』と同様のものであり、古代的な存在感は感じられるものの、具象的な自然表現は皆無と言ってよい。

また上代の散文文学の中に散見される歌謡の類も、その自然表現は素朴で、具象性に乏しく、散文表現と同等のものと言いうるであろう。ただし、『古事記』に収められる歌謡のうち次の二例だけは例外である。(1)

佐井河《さゐがは》よ　雲立ち渡り
畝火山《うねびやま》　木《こ》の葉《は》さやぎぬ
風吹かむとす　　　　　　　　（神武記・二〇）

畝火山　昼は雲《くも》と揺《と》ゐ
夕されば　風吹かむとぞ
木の葉　さやげる　　　　　　（神武記・二一）

これは神武天皇崩御後、その庶兄当芸志美々命《たぎしみみのみこと》が神武天皇の后伊須気余理比売《いすけよりひめ》と結婚し、神武と伊須気余理比売との間にできた子供たちを殺そうとした時、伊須気余理比売がそのことを子供達に知らせようとして詠んだ歌である。『古事記』に収められる多くの歌謡の自然表現は、散文で表現されたものと同様、具象性に乏しいものであるが、ここに表された自然は具象性を帯びており、叙景歌の嚆矢ともいわれる。倉野憲司は「二首の歌は、物語に即して見ると、タギシミミの陰謀を諷刺したものであるが、物語から切り離して独立した歌として見ると、風が吹かうとする直前の畝火山のありさまを詠んだ叙景歌である。叙景歌と見られるものは、記紀の歌謡には稀であるが、その叙景歌と思われるものが整った短歌形式でここに取入れられてゐるといふことは、この歌物語が比較的に新しいものであることを推測させる」とする。(2) 確かに歌の形式や内容から見てこれらの歌は比較的新しいものと推定されるが、上代文学にこのような風景を具象的に表現したものが存在すること、しかも『古事記』の歌謡の中にこのような表現が存在することは注目に値しよう。西郷信綱は「この二首、叙景歌のごとく一見されるけれど、自然を活動的にとらえるそのやりかたには、叙景歌とやや趣を異にするものがある。これら二首が叛乱を告げ知らす歌として働くのも、そのためである。いわゆる叙景歌は記紀歌謡中には一首も存しない。自然を風景として描いた文も、そこには全く存しない。自然はまだ生きた汝であり、対象化さるべき風景ではなかったからで、その点、記紀歌謡は神話的思考となお包みあっているといっていい」と指摘する。(3) 西郷はこの二首を叙景歌と認めない。西郷にとって叙景歌とは自然を対象化して捉える場合にのみ用いらるべき用語であって、このように自然との一体感を持ったまま直接的に捉えるといったやりかたは叙景歌とは言いがたいというのであろう。

　この二首を叙景歌とするか否かは、叙景歌の定義にかかってくる。叙景歌を単に自然表現を多く含んで、自然を具象的に表現したものとするなら、この歌は叙景歌といえるであろうし、そうではなく自然を客観的に対象化したところでそれを具象的に描写したものとするなら、これらの歌は叙景歌となりえないであろう。

ともかく、これらの歌が叙景歌であるか否かは別として、右の二首の歌謡を見てみると、確かにこれらの歌には生き生きとした活動的な風景が具象的に表現されている。それは、西郷のいうようにまだ生きた自然を、対象化することなく、直接的に捉えた表現であったとしても、既に上代文学の韻文表現、それも『古事記』中の歌謡において、自然が具象的な姿を持って表現されているということを示していることになる。

では、上代における代表的な韻文文学、『万葉集』では、その自然表現はどうなっているであろうか。『万葉集』の中には、次のような歌が見出される。


痛足川《あなしがは》川波立ちぬ巻向《まきむく》の弓月《ゆつき》が岳《たけ》に雲居《くもゐ》立てるらし　（巻七・一〇八七・作者未詳）

あしひきの山川の瀬の鳴るなへに弓月が岳に雲立ち渡る　（巻七・一〇八八・作者未詳）

これらは、いずれも人麻呂歌集に収められたものであるが、先に引用した神武記の歌謡と比べると、神武記のそれが木の葉がさやぎ、風が吹こうとする動的な景をダイナミックに捉えるのに対し、人麻呂歌集歌は川波が立って雲が沸き上がる様を躍動的に捉え、あい似た印象を与える。これらの万葉歌も、確かに西郷のいう通り自然を対象化して捉えたものではないであろうが、それらが大づかみではあるが、自然をダイナミックに具象的に捉えていることは否定しえまい。

また、『万葉集』の初期の作品の中には、この他、右の人麻呂歌集歌ほど躍動的ではないにしても、存在感に満ちた自然を具象的に捉えた歌がしばしば見出される。それらの自然表現も、先に西郷が指摘したように、自然を客観的に見据え、それを対象化したうえで把握するといったものではないが、やはりそこにもある具象的な姿をそなえた自然表現があることは留意されねばならぬであろう。

万葉も初期を過ぎると次のような歌が現れるようになる。

桜田へ鶴《たづ》鳴き渡る年魚市潟《あゆちがた》潮干にけらし鶴鳴き渡る　（巻三・二七一・高市黒人）

若の浦に潮満ち来れば潟をなみ葦辺《あしへ》をさして鶴《たづ》鳴き渡る　（巻六・九一九・山部赤人）

これらの歌は純粋に自然表現によってのみ構成されており、かつ既に言及した『古事記』や初期万葉の歌に比べれば、より精緻で具象的な自然把握がなされている。もちろん、具象的な自然把握といっても自然そのものが一枚の絵のように具象的に表されているわけではない。言葉というものは、抽象的、一般的なものであって、事物の具象的な描写には適さないものである。それら抽象的、一般的な言葉をどのように組み合わせても、そこに表現される事象は、絵や写真で見るような具象的な姿を表さない。既にあげた具象的な自然を表現していると思われる歌や歌謡に表現される自然を見ても、もしそこに描かれている自然を大勢の人に絵に描いてみよと言ったならば、それぞれの人の描く絵はどれも異なったもので、全く同一の絵などありえないであろう。言葉というものは、どれ一つとして同じものはない現実を、数限られた記号によって表そうとするものである以上、必然的に現実を忠実に模写することは不可能なのである。我々が具体的な自然が表現されていると感ずる表現とは、そのような制約のもとで、他の表現に比べて、とりあげられた題材の組み合わせやその言葉の続き具合といった表現の仕方から、より現実の事象の姿をありありと感じさせるものということになる。既に見てきた具象的な自然を表現している歌や歌謡とはそのようなものであった。右にあげた万葉歌二首もそうした意味での具象的な自然表現なのであるが、しかしこの二首はこれまでに示した歌謡や歌に比べて自然が静的に捉えられており、その表現もより細かさを増しているように思われる。

なお、『万葉集』のなかには、右に示した二首の歌のように一首全体が自然表現のみからなっている歌の他に、歌の一部に自然表現が取り入れられているものが多く存するが、それらの中にも具象的な自然を表現したものが数多く見出される。

難波潟潮干に立ちて見渡せば淡路の島に鶴《たづ》渡る見ゆ　（巻七・一一六〇・作者未詳）
年魚市潟《あゆちがた》潮干にけらし知多《ちた》の浦に朝漕ぐ舟も沖に寄る見ゆ　（巻七・一一六三・作者未詳）
さ夜中と夜は更けぬらし雁が音の聞ゆる空を月渡る見ゆ　（巻九・一七〇一・人麻呂歌集）
ぬばたまの夜は明けぬらし玉の浦にあさりする鶴《たづ》鳴き渡るなり　（巻十五・三五九八・作者未詳）
あゆの風いたく吹くらし奈呉《なご》の海人《あま》の釣する小舟《をぶね》漕ぎ隠る見ゆ　（巻十七・四〇一七・大伴家持）

これらに表現された自然は、いずれの景も先の『古事記』に収められた歌謡や人麻呂歌集歌に比べるとより静的で精緻な表現となっている。それらは、一首全体が景を表現しているわけではないが、そこに表現された景は、先の黒人、赤人の歌の景と同様な趣を呈している。とすると、これらは先に西郷が指摘した自然を対象化して捉えた自然表現であり、特に黒人、赤人の歌など一首全体が自然を表現している歌は、西郷の定義した叙景歌というるかもしれない。だが、西郷の定義のように、自然を対象化して捉えた歌が叙景歌だとすると、表現主体と自然とがどの程度まで分離した段階で詠じられた歌を叙景歌と見なすのか難しい問題が生ずる。叙景歌という用語を用いる場合には、その定義を明確にして用いる必要があるように思われる。

ともかくも、以上見てきたことをまとめると、上代文学における自然表現は、散文においては、古代的な存在感を感じさせるものの、具象的に表現されたものは全く存在しないが、韻文においては自然を直接的に把握し、躍動感あるものとして表現するものから、自然を対象化し静的、緻密にとらえるものまで、自然を具象的に表現しているものが数多く認められるということになる。

『古事記』をはじめとする上代散文において自然が表現されている部分は僅かしかなく、その自然表現も具象性を欠いており、自然自体に注意が向けられ、それを具象的に捉えようとして表現されたものは全く存在しないという事実は、上代において自然そのもの自体は、表現、鑑賞の対象となるような性質のものではなく、当時の人々はそれを具象的に写しとろうという意図を有していなかったか、あるいは散文によって自然を具象的に表現することがいまだ不可能であったかのどちらかの事態を推測させる。

が、右に見たように『古事記』の歌謡や『万葉集』の歌の中に、自然を具象的に再現しようと意図したものが認められるという事実からすると、上代においては自然はそのもの自体、表現、鑑賞の対象となるような性質を持つものではないとする見方は、少なくとも『万葉集』に収められる歌が詠まれるようになった時代には当てはまらないということになる。

また『古事記』など上代の散文において自然が具象的に表現されないのは、この時代いまだ仮名文字が発明されておらず、漢字のみによる表記方法では自然は十全に表現し得なかったからではないかとの理由も考えられよう。確かに仮名文字の発達は散文表現を発達させる大きな要因であったと考えられる。しかしこの時代、少なくとも奈良時代になれば、万葉仮名、特に一字一音表記という表記方法が確立されており、仮名文字が無くても和文表現を忠実に表現する表記方法は存在した。もちろん一字一音の表記法などの場合、漢字の表意性が残存しており、純粋に音を表す表記法とは言えぬかもしれぬが、しかしそれでもなおそうした表記法を用いるならば、表現者は自らが表したい表現を微妙なニュアンスに至るまで表現できたはずである。もし、和文による散文表現を忠実に表記したいという切実な欲求があるならば、この時代の人々、少なくとも奈良時代以降の人々は一字一音の表記方法などを用いて、彼らの表現したい表現を十全に表記しえたはずである。

とすると、上代においては、散文で自然を具象的に表現することは不可能であり、韻文においてのみ自然は具象的に表現されえたということになる。

二　平安時代の自然表現

では、上代に続く平安時代の自然表現はどのようになっていくのか、以下見ていくことにしよう。まず、散文表現から見ていくことにする。

『竹取物語』には、自然表現はほとんど見られないが、しいてあげるとすると、次のようなものがあげられよう。

その山、見るに、さらに登るべきようなし。その山のそばひらをめぐれば、世の中になき花の木ども立てり。金《こがね》、銀《しろかね》、瑠璃色《るりいろ》の水、山より流れいでたり。それには、色々の玉の橋わたせり。そのあたりに照り輝く木ども立てり。

これは、かぐや姫に蓬莱山の玉の枝を求められたくらもちの皇子が、実際には蓬莱山には行かず、鍛冶工匠らとともに秘密の家に籠もって、玉の枝を作り、それをかぐや姫に献上した際、自らが蓬莱山に行ったかのように語る場面における蓬莱山の記述である。蓬莱山は想像上の山であるからその記述も難しかったであろうが、それにしてもこの山の様子を叙した文章は概括的、説明的で、山の姿を具象的に表現しているとは言いがたい。

『伊勢物語』ではどうであろうか。『伊勢物語』にも自然描写は少ないが、有名な「東下り」の段から幾つか拾い出してみよう。

（ア）宇津《うつ》の山にいたりて、わが入らむとする道はいと暗う細きに、蔦《つた》かへでは茂り、もの心細く、すずろなるめを見ることと思ふに

（イ）富士の山を見れば、五月《さつき》のつごもりに、雪いと白うふれり。（中略）その山は、ここにたとへば、比叡の山を二十《はたち》ばかり重ねあげたらむほどして、なりは塩尻《しほじり》のやうになむありける。

（ウ）みな人ものわびしくて、京に思ふ人なきにしもあらず。さるをりしも、白き鳥の、はしとあしと赤き、鴫《しぎ》の大きさなる、水の上に遊びつつ魚《いを》を食ふ。京には見えぬ鳥なれば、みな人見しらず。（九段）

ここに取り出した部分などが、『伊勢物語』の自然表現の代表的な例であろう。最初の用例は東海道の難所の一つ、宇津谷峠を越える際の叙述であるが、特に具象的な自然描写がなされているわけではない。『古事記』の自然表現に比べれば多少細やかなところも出てきているが、かといって特別自然が具象的に表現されているわけでもない。次の富士山を叙した部分も同様であろう。この物語の語り手が実際に富士山を見たかどうか定かではないが、「なりは塩尻のやうになむありける」という表現からすると、この物語の語り手自身は実際に見ていないにしても、富士山の形に対する具象的なイメージはあったと推測される。が、それにしてはこの富士山の叙述は説明的、概括的で、具体的な富士山の姿を彷彿させせない。高さや形を観念的な比喩の形で表し、その様を直接述べないところに表現の観念性を感じさせる。最後は有名な都鳥の条である。ここでも、都鳥の様を全体として捉えるのではなく、まず鳥の全体の色、次に「はし」と「あし」の部分の色にふれ、ついで体全体の大きさについて述べるというように分析的な叙述がなされており、観念的な印象をぬぐいえない。『伊勢物語』のこの他の自然表現もほぼこれらと同様、説明的、概括的なものである。

また、『土佐日記』には次のような記述がある。

さて、池めいて窪まり、水つけるところあり。ほとりに松もありき。五年《いつとせ》六年《むとせ》のうちに、千歳や過ぎにけむ、かたへはなくなりにけり。今生ひたるぞまじれる。（二月十六日）

『土佐日記』も自然表現は少ないが、その中で比較的詳しく自然を表現していると思われる場面を選んでみた。この表現などは『古事記』等の上代散文表現に現れる自然表現に比べると、自然をより対象化して表現している印象を受けるが、しかしその表現はいまだ観念的で、自然を具象的に表現しているとは感じられない。

この他の同時代の散文作品、たとえば『大和物語』『平仲物語』などの自然表現も右にあげた『竹取物語』『伊勢物語』『土佐日記』のそれと同様のものである。平安時代初頭の散文文学においては、自然は表現の対象とされるようになる。しかし、その自然表現は『古事記』等、上代散文文学における自然表現に比べると、古代的な存在感は薄れ、より平明で日常的な感じのする表現となるが、その表現によってもたらされるものは、説明的、概括的、観念的であり、自然の姿を具象的に捉えているとは言いがたい。

では、平安時代初期における韻文による自然表現はどうであろうか。例として『古今集』の桜の歌をあげてみた。

49今年より春知りそむる桜花散るといふことはならはざらなむ
50山高み人もすさめぬ桜花いたくなわびそ我見はやさむ
51山桜わが見にくれば春霞峰にも尾にも立ちかくしつつ
52年ふればよはひは老いぬしかはあれど花をし見れば物思ひもなし
53世の中に絶えて桜のなかりせば春の心はのどけからまし
54いしばしる滝なくもがな桜花手折《たを》りてもこむ見ぬ人のため
55見てのみや人にかたらむ桜花手ごとに折りて家づとにせむ

これらの歌に詠み込まれた桜はいずれも美しいイメージを喚起するが、しかしそれらの桜はいずれも観念的で画一的なイメージを持ったものばかりで、現実に存する桜のイメージを喚起しないし、それらの桜によって表現される景は具象的な印象を与えることがない。これらの歌は桜花の咲く美しい景の表出を目指していない。これらの歌は桜の咲く美しい景そのものを表現しようとするより、むしろ桜の花を用いることによって詠者の様々な心情を表現することを意図しているように思われる。ここには叙景のみに終始するという意味での叙景歌もないし、具象的に表現された自然もない。景物は詠者の心を表出する際の一要素として用いられているにすぎない。例としてここでは桜の歌をあげたが、『古今集』に見られるその他の自然表現も同様である。『古今集』においては景物はいずれも観念的、画一的であり、そのような景物によってなされる自然表現も具象的な表現は皆無といってよい。もちろん叙景のみに終始するという意味での叙景歌といったものも全く見出されない。『古今集』のみではない。平安時代初頭の和歌の自然表現はおしなべて観念的で、具象的な自然表現は全くと言っていいほど見出されない。上代においては、散文表現において具象的な自然表現は全く見出されなかったが、韻文表現、特に『万葉集』には多くの具象的な自然表現が認められた。それが平安時代初頭になると、散文、韻文ともに見出せなくなるのである。では、そうした具象的な自然表現が再び出現するのはいつ頃からであろうか。

　平安時代においては、散文では『蜻蛉日記』に次のような叙述が認められる。

（ア）寅の時ばかりに出で立つに、月いと明《あか》し。わがおなじやうなる人、またともに人ひとりばかりぞあれば、ただ三人《みたり》乗りて、馬に乗りたるをのこども七八人ばかりぞある。賀茂川のほどにて、ほのぼのと明く。うち過ぎて、山路になりて、京にたがひたるさまを見るにも、このごろのここちなればにやあらむ、いとあはれなり。いはむや、関にいたりて、しばし車とどめて、牛かいなどするに、むな車引きつづけて、あやしき木こりおろして、いとをぐらき中より来るも、ここちひきかへたるやうにおぼえていとをかし。関の山路あはれあはれとおぼえて、行先を見やりたれば、ゆくへも知らず見えわたりて、鳥の二つ三つゐたると見ゆるものを、しひて思へば、釣舟なるべし。そこにてぞ、え涙はとどめずなりぬる。（中略）行先多かるに、大津のいとものむつかしき屋《や》どもの中に、引き入りにけり。それもめづらかなるここちしてゆき過ぐれば、はるばると浜に出でぬ。来《き》しかたを見やれば、湖《うみ》づらに並びて集まりたる屋《や》どもの前に、舟どもを岸に並べ寄せつつあるぞ、いとをかしき。漕ぎゆきちがふ舟どももあり。

（イ）さいつころ、つれづれなるままに、草どもつくろはせなどせしに、あまた若苗の生ひたりしを取り集めさせて、屋《や》の軒にあてて植ゑさせしが、いとをかしうはらみて、水まかせなどせさせしかど、色づける葉のなづみて立てるを見れば、いと悲しくて、

いなづまの光だに来ぬ屋がくれは軒端《のきば》の苗ももの思ふらし

と見えたり。

『蜻蛉日記』中巻、天禄元年（九七〇）六月、作者が唐崎祓に出掛けた場面、およびそれに続く帰京直後の場面から引用した。このあたりから作者の物詣の記述が多くなり、それにともなって自然表現も多く見られるようになるとされるが、これらの自然表現を見て気が付くことは、その表現がきわめて具象的だということである。しかも、（ア）は、夫、兼家の訪れを待って鬱々としている作者の心情を解放してくれる新鮮な自然であるし、（イ）はそうした鬱々とした作者の心情に共鳴する自然と言ってもよい。ここでは、自然は単に作者の外側にあるのみでなく、作者の内面と交感、共鳴し、それを代弁することができる程の具象性を獲得している。

上代文学における散文作品においては、自然はほとんどその表現の対象とはされず、まれに表現された場合でも、文章表現上の一事象として存在し、自然そのものが表現の目的とされることはなかった。平安時代の散文作品になると、自然も次第次第に表現の対象とされ、かつ対象化、客観化されたものとして表現されるようになるが、初期においては、それはきわめて観念的、概括的で自然を具象的に描いているものはなかった。自然が具象的に表現されるようになるのは『蜻蛉日記』の頃からなのである。

また、韻文表現においては『古事記』の歌謡の中に既に自然を躍動的、具象的に把握したものが見出され、初期の万葉にも同様な歌が見出された。『万葉集』も後期になると、より細やかに自然を具象的に表現した歌が多く見られるようになる。ところが、平安時代初頭になると、こうした具象的な自然表現は影をひそめ、自然は優

美ではあるが、観念的、画一的なものとなり、具象性は失われてしまう。平安時代、具象的な自然表現が和歌において復活するのは、勅撰集では『後拾遺集』からといわれるが、その『後拾遺集』の四季の部の中から自然が具象的に描かれていると思われ、かつ詠歌年次の比較的早いと思われるものを抜き出してみると、以下のようになる。[4]

花山院歌合に霞をよみ侍りける　　藤原長能
11谷川の氷もいまだ消えあへぬに峰の霞はたなびきにけり
（題しらず）　　和泉式部
13春霞立つやおそきと山川の岩間をくゝる音きこゆなり
長楽寺にて、ふるさとの霞の心をよみ侍りける　　大江正言
38山たかみ都の春を見わたせばたゞひとむらの霞なりけり
春、難波といふ所に網引くを見てよみ侍りける　　藤原節信
41はるぐ〵とやへのしほぢにおく網をたなびく物は霞なりけり
物思ふことありけるころ、萩を見てよめる　　伊勢大輔
295起きあかし見つゝながむる萩の上の露吹きみだる秋の夜の風
霰をよめる　　大江公資朝臣
399杉の板をまばらに葺《ふ》ける閨《ねや》の上におどろくばかり霰《あられ》降るらし

11は詞書より題詠と見られるが、「峰の霞はたなびきにけり」という表現は具象的な風景を想起させる。38の霞は詞書より、実景を前にしての詠と判断されるが、この歌の「やへのしほぢにおく網をたなびく物は」という表現には知的技巧が施されており、純粋な叙景の歌とは言いがたい。が、「はる〴〵とやへのしほぢ」という表現と「たなびく物は霞なりけり」という表現が巧みに呼応して、海上にたなびく霞の情景が具象的に想像される。13の和泉式部の歌も実景に臨んでの詠かどうかは明らかではないが、「山川の岩間をくゝる音きこゆなり」という表現には、実際春先山中で谷間に流れる川の水音を聞いているかのような臨場感がある。295は眼前に展開される秋の夜の吹き荒れる風の様が動的に捉えられているし、399も歌の内容からすると題詠ではないかと想像されるが、板葺きの屋根を打つ霰の様がきわめて具象的に把握されている。これらの歌は自然を視覚的に捉えた歌ばかりでなく、聴覚的に捉えた歌も含んでいるが、いずれも自然の有様を具象的に把握していて、先に引いた『古今集』の歌のような観念的な風景とは明らかに異なっている。

先に述べたように、これらの歌は『後拾遺集』でも比較的早い時期に詠まれたと推定されるものを選んだのであるが、これらの歌の作者の生没年を調べてみると、藤原長能が天暦三年（九四九）頃の生まれ、長和年間（一〇一二〜一〇一七）頃没、和泉式部は円融朝（九七〇年代）頃の生まれ、万寿四年（一〇二七）まで生存が確認、大江正言は生年未詳、寛仁五年（一〇二一）没、藤原節信は生年未詳、長久五年（一〇四四）河内権守に任ぜられたとの記録が残り、伊勢大輔は生没年未詳であるが、寛弘四年（一〇〇七）頃、二十歳前後で上東門院（彰子）のもとに出仕、大江公資は生年未詳、長久元年（一〇四〇）以前に没というように[5]、いずれも平安時代中期、すなわち西暦一千年前後、すなわち『後拾遺集』の一つ前の勅撰集である『拾遺集』の時代の前後に活躍した歌人であるということは注目される。

近藤みゆきは、寛弘五年（一〇〇八）頃の春、出家前の能因が、京都近郊の山里、長楽寺での逍遥において詠

み交わした、先に引用した『後拾遺集』の大江正言の詠を含む、

長楽寺にて、人々故郷の霞の心をよむ中に　嘉言

渡りつる水の流れを尋ぬれば霞めるほどや都なるらん　（能因法師集・二五）

正言

山高み都の春を見渡せばただ一むらの霞なりけり　（同・二六）

自ら

よそにてぞ霞たなびく故郷の都の春は見るべかりける　（同・二七）

という一連の詠歌を引用して、「今注目したいのは第二首目の正言の「見渡せば」詠である。長楽寺の高所から望むと都はただ一群の霞のように見える事よ、と、眼下に広がる都の春景をなだらかに詠み下したかのようなその自然描写は、同じく都の春を見渡した『古今集』素性の著名歌「見渡せば柳桜をこきまぜて都ぞ春の錦なりける」（古今集・春上・五六・素性法師）の、見立てによった絢爛たる色彩美とは質を異にして、のちの和歌六人党や経信らが好んだ、平淡な叙景歌に先駆けるものを感じさせる」と指摘する。(6)近藤は続けて「「見渡せば」は、万葉から新古今時代に至るまでの史的消長を綿密に追った石川常彦の論によって示されているように、平安和歌の表現史に長い射程で関わるのだが、中でもこの兼作歌人達を含む拾遺集時代前後の頃は、用例数が急増するなど注目すべき時期に当たり、しかもその背後には、平安中期河原院文化圏での表現の伝播、本朝漢詩文における「眺望」詩の展開など、いくつかの問題が重層的に関わって」いるとし、「見渡せば」という表現は「河原院文化圏用語とも言うべき位相に醸成された表現」であり、これが連鎖的に流行を引き起こした端緒は応和～康保期の源順、重之から、すなわち西暦九六〇年頃からで、「見渡せば」という表現による自然の捉え方の新しさは、『後拾遺集』以後の表現史にも関わる叙景性を持つと指摘する。

近藤はまた、この「見渡せば」という表現の持つ叙景性は、中国や日本の漢詩文における眺望詩の影響によるものと想定し、川村晃生が指摘する『万葉集』の影響を否定するのであるが、[7]「見渡せば」詠がどのようなものの影響によって成立したかという問題はともかくとして、ここで論じられる叙景性が、先に引用した『後拾遺集』の、自然を具象的に表現した歌の叙景性と通じるものがあることは注目してよいであろう。自然を具象的に捉えるという和歌の出現は、どうやら河原院文化圏で「見渡せば」詠が詠出されるようになった西暦九六〇年頃からと考えることができるようである。

先に平安時代の散文表現において自然が具象的に表現されるようになるのは『蜻蛉日記』、特に中巻、天禄元年（九七〇）あたりからと推定したが、韻文における自然の具象的表現の復活もそれとほぼ同時期、応和年間（九六〇）頃になってからのことということになる。上代においては、散文表現では自然は具象的に表現されなかったが、韻文表現では既にかなりの程度具象的に表現されていた。それが平安時代初頭になると、散文、韻文ともに自然の具象的な表現が失なわれてしまう。自然の具象的な表現が散文において出現するようになるのは平安時代中期、具体的には『蜻蛉日記』中巻、天禄元年（九七〇）あたりからと思われるし、韻文において自然の具象的表現が再び登場するのも、平安時代中期、応和年間（九六〇）頃になってからと推測される。上代から中古にかけての韻文および散文における自然表現の変遷について概観すると以上のようになる。では、日本古代文学における自然表現の在り方はどうしてこのように推移したのであろうか。

三　自然との分離

私は、以前幾つかの論文において平安時代の初め、人々が自然との一体感を喪失し、自然を対象化して捉える眼を持つようになったのではないかと推測したことがあるが、[8]見て来たような自然表現の推移もこうした仮説を導入すれば説明が可能になるのではなかろうか。すなわち、上代においては人々はまだ自然との一体感を保っていたが、そうした状況にあっては、散文はまだ自然を具象的に捉えることはできなかったのではなかろうか。もちろん、自然と一体感を保っているといっても、それは程度の問題で、上代の人々が自然と完全に密着し、融合していたことを意味するわけではない。上代の人々も自然とは分化した自我を持っていたと考えられるが、その自我は後代のそれと比べると、自然との距離は近く、自然とかなり強い一体性を有していたと想像される。七世紀、抒情詩が詠じられる頃になると、個と自然の乖離はそれ以前の時代よりも大きなものとなり、八世紀、いわゆる『万葉集』第三期、第四期の時代となるとその乖離はさらに大きなものとなったと思われるが、しかしその一方でそれ以前の時代から受け継がれてきた人々と自然との一体感は依然存在していたと考えられる。八世紀頃までのそのような自然と個の親密な関係にあっては、人々は散文によって自然を具象的に表現することはできなかったのではなかろうか。散文とは表現する対象とある距離を持つことによって、はじめてその対象を具象的にとらえることができる文体であるが、上代末期においても、人々が感受する自然は、人々と一体感を保ち、充実した存在感を持つ自然であり、そのような自然は散文によって概括的に把握することはできても、具象的に表現することは不可能であった。散文によって具象的に表現しうる自然は、対象化、客体化され、日常的、散文的なものとして現前する自然であり、上代人にとって自然を散文によって具象的に形象化することなど思いもかけぬことであったであろう。

人々が自然とある距離を持ち、それを対象化して見られるようになったのは、平安時代に入ってからのことではなかろうか。この頃になると、人々は自然を日常的、散文的な姿で捉えるようになる。しかし、自然を対象化して見ることができるようになった平安時代初頭の人々も、すぐには自然を具象的に把握できなかったようである。平安時代初頭の散文による自然表現は、上代のそれに比べ、充実した存在感を失い、平明で日常的な印象を与えるものとなるが、それらは説明的、観念的で、いまだ自然を具象的に表現していない。

それに対し韻文においては、上代において既に、自然を具象的に表現することがなされていた。それは韻文という文体が、対象を即自的、直接的に把握することで、詩的高揚感に満ちた世界を表現する文体であり、対象とある程度一体感を持った状態においても、対象を即自的、直接的に把握することで、対象の持つ存在感を損なうことなく、対象を具象的に捉えることのできる文体であったからであろう。初期万葉で表現された自然はもちろん、後期の万葉によって表現された緻密で繊細な自然も、表現される対象との一体感の中で、即自的、直接的に把握され、表現されたものと推測される。ところが、平安時代の初頭になるとあれほど存在感に満ち、現実的、具象的であった韻文表現における自然も、観念的、画一的なものとなってしまう。それは、平安時代に入ると人々が自然との一体感を失ってしまい、それまで即自的、直接的に捉えることで具象的に表現することができた自然を、具象的に捉えることが困難になってしまったからではないだろうか。対象化された自然と向きあった時、自然をすぐに具象的に捉えることができなかったのは、韻文も散文と同様であった。

ところで、このように、自然を対象化する眼を持ちうるようになったにもかかわらず、自然を具象的に把握できないという状況は、平安時代初頭の人々の精神構造のあり方の反映として捉えるのが最も適切と思われるが、そのような人々の精神構造を生み出した大きな要因として、六世紀末、随が中国大陸を統一するに及んで、東アジア諸国に緊張関係が生じ、そのような状況のもとで日本も大陸の文化を積極的に導入して、新しい統一国家の構築を目指す気運が高まったことがあげられるのではなかろうか。中国大陸や朝鮮半島から大陸の高度に発達した文明が急激にもたらされるようになると、日本の従来の社会のあり方や人々の生活は大きく変化せざるをえなくなる。右に述べてきたような自然と個の分化も、自律的な文化の発展によって徐々にもたらされたものではなく、外来分化の急激な流入によってもたらされたものと考えるのが妥当であり、外来文化によって外部から強制的に、かつ短期間のうちに進行させせられた自然との乖離であったが故に、平安時代初頭における個は、自然を対象化して見ることはできても、それを具象的に把握する能力を十分に獲得することができないという状態に陥ったということが十分想定されるのである。

そのような状況のもとで、それまで対象との一体感の中で、対象を即自的、直接的に把握することで存在感のある自然を表現しえた韻文表現は、対象との一体感を失ったことで、独自の表現を模索しなければならなくなった。この時代、和歌に表現される自然は、優美ではあるが観念的で、画一的なものとなり、自然の具象的な表現は姿を消すが、このことは自然との一体感を喪失し、存在感に満ちた自然を表現しえなくなった人々が、その代償として美的、観念的景物を用いることによって、非日常的な観念美の世界を生み出し、詩的高揚感に満ちた文学空間を形象しようとした結果と考えられる。(9)このような優美ではあるが、観念的で、画一的な自然表現が、その優美さを失うことなく、自然を具象的に把握できるようになったのは、平安時代中期、九六〇年頃からとなる。この頃になると、自然との急激な分化のため、自然を具象的に捉えることのできなくなっていた人々も、ようやく韻文で自然を具象的に表現する能力を身に付けはじめたと考えられる。

また、散文においても、平安時代初頭には、先に述べたように、平明で日常的な感じのする自然表現がなされるようになるが、その自然表現は対象化された自然を具象的に捉えることができず、説明的、観念的な把握に留まらざるをえなかった。平安時代中期、九七〇年代頃になると、散文においても自然を具象的に捉えることができるようになるが、これは平安時代中期になってから、ちょうど韻文が自然の具象的表現を獲得していく時期と時を同じくしている。対象化された自然が具象的な姿で表現されるようになったのが、散文も韻文もほぼ同時期であるということは、この時期つまり平安時代中期、九六〇〜九七〇年代において、人々が対象化された自然をはじめて具象的に表現しうるようになったことを示すのではないだろうか。(10)

上代から平安時代に至る自然表現の変化、それはそれぞれの時代のおける人々と自然の関係およびその自然を把握、表現する人々の能力にかかっていたと言うことができるのではなかろうか。

注

（1）この歌謡は『日本書紀』に見出されないので、『古事記』独自の自然表現ということになる。
（2）倉野憲司『古事記全註釈』第五巻（三省堂、昭和53年4月）
（3）西郷信綱『古事記注釈』第三巻（平凡社、昭和63年8月）
（4）『後拾遺集』は、『新日本古典文学大系』に拠る。
（5）『和歌大辞典』（明治書院、昭和61年3月）
（6）近藤みゆき『古代後期和歌文学の研究』（風間書房、平成17年2月）第一章、第二節。なお、近藤は『白氏文集』に多くの眺望詩が認められるにもかかわらず、平安前期の本朝詩にはその作例はあまり認められないとし、本朝において眺望詩が貴族社会の人々の関心を集め始めるのが、「見渡せば」の流行にやや先駆ける天徳期前後であり、それは十世紀半ばの男性官人層における山寺、山荘逍遥の流行と深く関わるとするが、このような現象も、平安前期においては人々は自然を具象的に把握する能力を持たなかったが故に眺望詩への関心も低かったが、平安時代も天徳期あたりになると、貴族社会の人々の中に自然を具象的に把握する力が付き始め、まず自然を具象的に捉えている漢詩を模倣することで、自然を具象的に表現するようになり、それに続いて和歌による自然の具象的表現がなされるようになったと説明することができるのではなかろうか。
（7）川村晃生『摂関期和歌史の研究』（三弥井書店、平成3年4月）
（8）拙著『古今歌風の成立』（笠間書院、平成11年1月）第一部。
（9）同注（8）。
（10）拙著『古今歌風の成立』第一部、第二章で、平安時代の初頭においては、内面に物思いをかかえ、漠然と外に向かって目を放っている状態を表した「ながめ」、「ながむ」という語が、西暦九七〇年頃から外界を注視する意味を持つようになることを指摘したが、このような事実も具象的な自然表現の発生と関係しているように思われる。

第二節　散文による心情表現の発生
――『土佐日記』の文学史的意味――

一　『土佐日記』における心情表現

まず、『土佐日記』の一節をとりあげてみよう。

夜更けて来れば、ところどころも見えず。京に入りたちてうれし。

家に到りて、門に入るに、月明《あか》ければ、いとよく有様見ゆ。聞きしよりもまして、いふかひなくぞ、こぼれ破《やぶ》れたる。家にあづけたりつる人の心も、荒れたるなりけり。中垣こそあれ、一つ家のやうなれば、望みてあづかれるなり。さるは、たよりごとに物も絶えず得させたり。今宵、「かかること」と、声高《こわだか》にものもいはせず。いとはつらく見ゆれど、志《こころざし》はせむとす。

さて、池めいて窪まり、水つけるところあり。ほとりに松もありき。五年六年《いつとせむとせ》のうちに、千歳や過ぎにけむ、かたへはなくなりにけり。今生ひたるぞまじれる。おほかたの、みな荒れにたれば、「あはれ」とぞ、人々いふ。

思ひ出ぬことなく、思ひ恋しきがうちに、この家にて生まれし女子《をむなご》の、もろともに帰らねば、いかがは悲

しき。船人も、みな子たかりてののしる。かかるうちに、なほ、悲しきに堪《た》へずして、ひそかに心知れる人といへりける歌、

生まれしも帰らぬものをわが宿に小松のあるを見るが悲しさ

とぞいへる。なほ、飽かずやあらむ、またかくなむ、

見し人の松の千歳に見ましかば遠く悲しき別れせましや

忘れがたく、口惜しきこと多かれど、え尽くさず。とまれかうまれ、とく破《や》りてむ。

（二月十六日）

これは『土佐日記』の最終場面であり、日記中、書き手（貫之とおぼしき人物）の心情が最も切実に表現されていると思われる部分の一つであるが、ここで注目されるのは、貫之とおぼしき人物、つまりある個人の心情が散文によって表現されているという事実である。

もちろん、引用した部分にも和歌が二首詠み込まれており、それらが書き手の亡き子によせる思いを表現するのに大きな役割を果たしていることはいうまでもない。従って、この部分における書き手の心情の表出は、散文によってのみなされているとは言いがたく、和歌がその表現にいまだ大きな役割を果たしていることは否定しえないのであるが、しかしそうでありつつも、ここで散文がある個人の心情をかなり具体的に表現していることは認めなくてはなるまい。たとえば、引用の前半部、わが家に着いてその荒廃ぶりを眼のあたりにした時の模様を描写した場面、具体的にいうならば「家に至りて、門に入るに」から「いとはつらく見ゆれど、志はせむとす」に至る箇所は、散文のみで書き手の心情を見事に表現しているといえるであろうし、またそれに続く亡き子を偲ぶ場面も、和歌の助けを借りているとはいえ、散文表現が書き手の切々とした悲しみを表現するのにかなりの効果をあげている。

前節で、『土佐日記』が書かれた時期の自然描写は、観念的で具象性に乏しいと指摘したが、そのことはここに引用した部分についてもあてはまる。引用した文章における自然表現は、観念的で、具象的な景を表現しているとは言いがたい。というより、この文章全体の把握自体が観念的との印象を拭いえないのであるが、そのような具象性を欠いた把握であっても、書き手の心情に限っていえば、書き手の思考、感情、行動と外界の様が巧みに組み合わされて表現されると、自然の風景とは異なり、十分表現されるということが、右の引用文より逆に確認される。

『土佐日記』が文学史上意味を持つのは、それが仮名によって書かれていることにあるとしばしば指摘される。しかし、仮名で書かれた散文というだけなら、『古今集』仮名序（延喜五年）、「大井川行幸和歌序」（延喜七年）、「亭子院歌合日記」（延喜十三年）「京極御息所歌合日記」（延喜二十一年）、また佚文ではあるが藤原穏子周辺で記された『大后御記』等の例が『土佐日記』以前に既に存在し、仮名で散文を記すという試みは『土佐日記』以前から広く行われていたことを推測させる。『土佐日記』が仮名で散文を記したというだけなら、当時においてそれほど珍しいことではなかったのではないだろうか。ただし、右にあげた仮名散文はいずれもある出来事を記したもので、そこに書き手の心情の表出は認められない。散文による個人の心情の表出という試みは、それ以前には存在しない。『土佐日記』が画期的な意味を持つのは、むしろ右に引用した例が示すように、ある個人の生活体験、生活感情が散文で書き記されている点にあるのではないだろうか。

だが、散文表現ということになると、『土佐日記』以前にも、『古事記』『日本書紀』『風土記』あるいは上代の人々の間でとりかわされた書翰文の類などが存在する。このうち、『古事記』『日本書紀』『風土記』などは、語り手ないし書き手が第三者の立場に立って叙述を進めていくのであり、彼ら自身の心情表出はどこにも見出されないが、作品に登場する人物の心情が表出されている場面はいくつも存在する。またそれ以外の書翰文など書き手が自らの体験を記しているものでは、書き手の心情を表出した叙述が当然予想される。もし、これらの散文表現に見られる心情表現が、先の『土佐日記』の表現と同質のものであるとするなら、『土佐日記』の表現は決して新しいものとは言えなくなる。これらの散文表現における感情表現は、はたして『土佐日記』のそれと同質のものなのであろうか。『土佐日記』の心情表現の新しさを確認するには、これら上代の散文表現の中から、感情表現の面において先に引用した『土佐日記』の文章と類似したものを抜き出し、比較してみる必要がある。

二　上代一人称散文における心情表現

まず、書翰文等、すなわち書き手が自らの体験を綴った散文との比較を試みてみよう。上代におけるこうした散文表現として現存しているものは数少ないが、その中で書き手の心情をよく表わしているものとして、例えば次の二例をあげることができる。

太宰師大伴卿、凶問《きょうもん》に報《こた》ふる歌一首

禍故《くわこ》重畳《ちょうでふ》し、凶問累集《るいじふ》す。永《ひたふる》に崩心《ほうしん》の悲しびを懐《むだ》き、独《もはら》断腸《だんちやう》の涙を流す。ただし、両君の大助《だいじょ》に依《よ》りて、傾《かたぶ》ける命をわづかに継《つ》げらくのみ。筆《ふみて》の言《こと》を尽くさぬは、古《いにしへ》に今にも嘆くところなり。

793 世の中は空しきものと知る時しいよよますます悲しかりけり

神亀五年六月二十三日

守大伴宿禰家持《おほとものすくねやかもち》、掾大伴宿禰池主《じょうおほとものすくねいけぬし》に贈る悲歌二首

忽《たちま》ちに枉疾《わうしつ》に沈み、累旬《るいじゅん》痛み苦しむ。百神を禱《こ》ひ恃《たの》み、且《しまし》く消損《せうそん》すること得たり。而《しか》れども由《なほ》し身体疼羸《どうるい》、筋力怯軟《きんりきけふぜん》なり。未《いま》だ展謝《てんしゃ》に堪《あ》へず、係恋《けいれん》弥《いよいよ》深し。方今《いまし》、春朝に春花は、馥《にほ》ひを春苑に流

し、春暮に春鶯は、声を春林に囀《さひづ》る。この節候《せつこう》に対《むか》ひ、琴罇《きんそん》翫《もてあそ》ぶべし。興に乗る感あれども、杖を策《つ》く労に耐《あ》へず。独り帷幄《ゐあく》の裏《うち》に臥して、聊《いささ》かに寸分《すんぶん》の歌を作る。軽《かろがろ》しく机下《きか》に奉り、玉頤《ぎよくい》を解《と》かむことを犯《をか》す。その詞《うた》に曰《いわ》く、

3965 春の花今は盛りににほふらむ折りてかざさむ手力《たぢから》もがも

3966 うぐひすの鳴きちらすらむ春の花いつしか君と手折《たを》りかざさむ

二月二十九日、大伴宿禰家持《おほとものすくねやかもち》

いずれも『万葉集』からとった。前者793の詞書は、旅人の書翰をそのまま書き移したと思われ、不幸な出来事のうち続く中での自らの悲しみと、力添えをしてくれた二人の人物への礼が述べられており、後者3965、3966の詞書も、家持が池主に贈った書翰で、雪深い越中の国で病を得て、あやうく一命を落としかけた後の心情が、季節の描写なども含みつつ、前者よりさらに詳しく表現される。これらの文章はいずれも漢文ではあるが、書き手が自己の心情を表明している点、確かに先に引用した『土佐日記』の文章との類似を示している。

しかし、これらの表現には先に引用した『土佐日記』の文章ほどの切実な心情の表出は感じられない。それらは心情をありのまま率直に表現するというより、自己が現在おかれている状況のあらましを概括的になぞっているにすぎないように思われる。もちろん、これらの表現が観念的、概括的な印象を与えるのは、それらが和文でなく、漢文によって表現されていること、また、それらが相手に自己の意思、つまり自己の考えや自己の抱いている感情の輪郭を伝えることを主目的とし、自己の感情そのものの具体的表現を目指すものでない書翰文であることを考慮に入れる必要があろう。しかし、そうしたことを言うなら、むしろ上代の一人称散文（書き手が自らの体験を記す散文をこう呼ぶことにする）で最もよく心情を表出している例として、これらがとりあげられねばならなかったということ自体が問題となろう。事実、現存する上代一人称散文の多くは、漢文によって記されたも

ので、書翰文等、実用的な文章がほとんどであり、それらにおいては、右に引用した例などが最もよく心情を表出しているものであって、それ以外のものの多くは、そうした表現すら有していない。

また、例外的に、実用性より文芸性、あるいは表現性を目指したと考えられる一人称散文として、『万葉集』に収められる憶良の「沈痾自哀文」等、漢文による散文が僅かではあるが存在する。「沈痾自哀文」の中から憶良の心情がよく表現されていると思われる部分を抜粋してみよう。

初め痾《やまひ》に沈みしより已来《このかた》、年月稍《やくやく》に多し。〈十余年を経たることを謂ふ〉是《こ》の時に年七十有四、鬢髪斑白《ひんはつはんぱく》、筋力尫羸《きんりよくわうるい》なり。但《ただ》に年老いにたるのみにあらず、またこれの病を加へたり。諺《ことわざ》に曰《いは》く「痛き瘡《きず》に塩を灌《そそ》き、短き材《き》は端《はし》截《き》る」といふは、これの謂《い》ひなり。四支《しし》動かず、百節皆疼《ひら》き、身体太《はなはだ》重きこと、猶《なほ》し鈞石《きんせき》を負ひたるがごとし。〈二十四銖《しゆ》を一両《りやう》と為《な》し、十六両を一斤《こん》と為す、三十斤を一鈞《きん》と為《な》し、四鈞を一石《せき》と為す、合《あ》わせて一百二十斤《こん》なり〉布に懸《か》かりて立たむと欲《おも》へば、翼《つばさ》折れたる鳥のごとく、杖に倚《よ》りて歩《あゆ》まむとすれば、足跛《あなへ》く驢《うさぎうま》のごとし。

伊藤博は「沈痾自哀文」の右に引いた部分を「はじめて病気にかかってからじりじり年月が重なった〈十余年を経たことをいう〉。今や年七十四。鬢も髪も白髪が交じり、筋力も痩せ力も衰えてしまった。単に年老いたばかりか、さらにこんな病を加える身となった。諺に「痛い傷には塩をふりかけ、短い木の端をばさらに切り取る」というのは、まさにこのことである。手足は動かず、関節という関節は悉く痛み、鈞石《おもり》を背負っている感じだ〈二十四銖を一両、十六両を一斤、三十斤を一鈞、四鈞を一石とし、合計百二十斤である〉。天井からの布にすがって立とうとすると、翼の折れた鳥のようだし、杖を頼りに歩こうとすると、足を抜《ひ》きずる驢馬のようだ」と口語訳した上で、「この辺の叙述は迫真の力があり、貧窮問答歌の答えの部分における貧窮の描写に通う面があり、また、世間の住《とど》みかたきことを哀しぶる歌（八〇四）の「手束杖腰にたがねて　か行けば人に厭《いと》はえ　かく

行けば人に憎まえ　老よし男はかくのみならし」の悲痛をも想起させる」とする。[1]

今し吾病《われやまひ》に悩まされ、臥坐《ぐわざ》すること得ず。向東向西《かにもかくにも》、為す所を知ること莫《な》し。福《さきはひ》なきことの至りて甚だしき、惣《す》べて我に集まる。「人願へば天従ふ」と。如《も》し実《まこと》にあらば、仰ぎて願はくは、頓《たちまち》にこの病《やまひ》を除き、頼《たの》みて平《つね》のごとくなることを得むと。

これも、伊藤の訳文を示すと、「今や、私は、病に悩まされ、臥したり坐ったりすることもままならない。不幸の最たるものが、すべてこの私に集まっている。「人が切に願えば、天は聞き入れる」という。これがもし本当のことであるなら、乞い願わくは、ただちにこの病を取り除き、何とか平生の身になりたいものだ」となる。[2]

確かに「沈痾自哀文」の中には、右に引用した部分のように病の苦しみに対する嘆きや、病の苦しみからは解放されたいという憶良の願いが感じ取れる箇所が部分的には存在する。しかし、そうした心情の表出が感じ取れるのは、右に引用した二箇所ぐらいであり、長文であるにもかかわらず、「沈痾自哀文」のそれ以外の部分は、憶良の該博な知識に基づく、一般的な思念の開陳で占められ、憶良の心情の表出を感じさせる表現は、全くといっていいほど認められない。また、これら憶良の心情の表出が感じとれるとされる部分と、この「沈痾自哀文」と同時期に憶良が同様な境遇を詠じた、「老身重レ病、経レ年辛苦、及思二児等一歌」の長歌と反歌に表出された感情とを比較してみると、「沈痾自哀文」の表現は表出する感情の切実さにおいて格段に劣っており、病に苦しむ晩年の憶良の心情の十全な表出がなされているとは見なしがたい。

上代散文資料が全て残っているわけではない以上、簡単に断定することはさしひかえなければならないが、現存する上代の一人称散文はほとんどが実用的なもので、自身の心情そのものの表出を目指す文芸的なものはほとんど存在しないこと、またその実用的、文芸的な散文を合わせてみても、冒頭に示した『土佐日記』のような心情表現を有するものは存在しないこと、これらのことを考え合わせると、上代の一人称散文で、自己の心情を具体的に表現したものは全くといっていいほど存在しなかったのではないかと推定されるのである。

三　上代物語的散文における心情表現

では『古事記』『日本書紀』『風土記』等、書き手が第三者の立場に立って叙述を進めている作品ではどうであろうか。これらの作品において登場人物の心情が表出されている代表例として、つぎのような例をあげることができよう。いずれも『古事記』からの引用である。

(1)其《そこ》より入り幸《いでま》して、走水海《はしりみづのうみ》を渡りし時に、其の渡《わたり》の神、浪を興《おこ》し、船を廻《めぐら》せば、進み渡ることを得ず。爾《しか》くして、其の后《きさき》、名は弟橘比売命《おとたちばなひめのみこと》、白《まを》ししく、「妾《あれ》、御子《みこ》に易《かは》りて、海の中に入らむ。御子は、遣《つかは》さえし政《まつりごと》を遂《と》げ、覆奏《かへりことまを》すべし」とまをしき。海に入らむとする時に、菅畳《すがたたみ》八重《やへ》・皮畳《かはたたみ》八重・絁畳《きぬたたみ》八重を以て、波の上に敷きて、其の上に下《お》り坐《ま》しき。是《ここ》に、其の暴浪《あらなみ》、自《おのづか》ら伏《な》ぎて、御船《みふね》、進むことを得たり。爾《しか》くして、其の后《きさき》の歌ひて日《い》はく、

さねさし　相模《さがむ》の小野に　燃ゆる火の　火中《ほなか》に立ちて　問ひし君はも

故、七日《なぬか》の後に、其の后《きさき》の御櫛《みくし》、海辺《うみへ》に依《よ》りき。乃《すなは》ち其の櫛《くし》を取り、御陵《みはか》を作り、治《おさ》め置《お》きき。

(景行記)

(2)其地《そこ》より幸《いでま》して、三重村《みへのむら》に到りし時に、亦《また》、詔《のりたま》ひしく、「吾《あ》が足は、三重《みへ》に勾《まが》れるが如くして、甚《はなは》だ疲れたり」とのりたまひき。故《かれ》、其地《そこ》を号《なづ》けて三重《みへ》と謂《い》ふ。其《そこ》より幸行《いでま》して、能煩野《のぼの》に到りし時に、国を思《しの》ひて、歌ひて日《い》はく、

倭《やまと》は　国の真秀《まほ》ろば　たたなづく　青垣《あをかき》　山籠《やまごも》れる　倭し麗《うるは》し

又、歌ひて日はく、

命の　全《また》けむ人は　畳薦《たたみこも》　平群《へぐり》の山の　熊白檮《くまかし》が葉を　髻華《うづ》に挿《さ》せ　その子

此《こ》の歌は、思国歌《くにしのひうた》ぞ。（景行記）

(3)是《ここ》に、倭《やまと》に坐《いま》しし后等《きさきたち》と御子等《みこたち》と、諸《もろもろ》下《くだ》り到《いた》りて、御陵《みはか》を作りて、即ち其地《そこ》のなづき田《た》を匍匐《はらば》ひ廻《めぐ》りて哭《な》き、歌為《うたよみし》て日はく、

なづきの田の　稲幹《いながら》に　這《は》ひ廻《もとほ》ろふ　野老蔓《ところづら》

是《ここ》に、八尋《やひろ》の白《しろ》ち鳥《とり》と化《な》り、天《あめ》に翔《かけ》りて、浜に向《むか》ひて飛び行《ゆ》きき。爾《しか》くして、其の后と御子等と、其の小竹《しの》の刈杙《かりくひ》に、足を跳《き》り破《やぶ》れども、其の痛みを忘れて、哭《な》き追ひき。此の時に、歌ひて日はく、

浅小竹原《あさじのはら》　腰泥《こしなづ》む　空は行《ゆ》かず　足よ行くな

又、其《そ》の海塩《うしお》に入りて、なづみ行《ゆ》きし時に、歌ひて日《い》はく、

海処《うみが》行《ゆ》けば　腰泥《こしなづ》む　大河原《おほかはら》の　植《う》ゑ草《ぐさ》　海処《うみが》は　いさよふ

又、飛びて其の磯に居《ゐ》し時に、歌ひて日はく、

浜《はま》つ千鳥《ちとり》　浜よは行《ゆ》かず　磯伝《いそづた》ふ

是の四《よ》つの歌は、皆其の御葬《みはぶり》に歌ひき。故《かれ》、今に至るまで、其の歌は、天皇《すめらみこと》の大御葬《おほみはぶり》に歌ふぞ。（景行記）

(4)爾《しか》くして、天皇《すめらみこと》、亦《また》、頻《しき》りに倭建命《やまとたけるのみこと》に詔《のりたま》はく、「東《ひがし》の方《かた》の十二《とをあまりふたつ》の道《みち》の荒《あら》ぶる神とまつろはぬ人等《ひとども》とを言向《ことむ》け和《やわ》し平《たひら》げよ」とのりたまひて、吉備臣等《きびのおみら》の祖《おや》、名は御鉏友耳建日子《みすきともみみたけひこ》を副《そ》へて遣《つかは》しし時に、ひひら木《ぎ》の八尋矛《やひろほこ》を給ひき。

故《かれ》、命《みこと》を受けて罷《まか》り行《ゆ》きし時に、伊勢《いせ》大御神《おほみかみ》の宮に参《ま》ゐ入りて、神の朝庭《みかど》を拝《をろが》みて、即《すなは》ち其の姨倭《をばやまと》比売命《ひめのみこと》に白さく、「天皇の既《すで》に吾《あれ》を死《し》ねと思ふ所以《ゆゑ》や、何《なに》。西の方《かた》の悪《あ》しき人等《ひとども》を撃《う》ちに遣《つかは》して、返《かへ》り

参《ま》ゐ上《のぼ》り来《こ》し間《あひだ》に、未《いま》だ幾《いく》ばくの時を経ぬに、軍衆《いくさども》を賜《たま》はずして、今更《さら》に東の方の十二《とをあまりふたつ》の道の悪《あ》しき人等《ひとども》を平《たひら》げに遣《つかは》しつ。此《これ》に因《よ》りて思惟《おも》ふに、猶吾《なほあれ》を既に死ねと思《おも》ほし看《め》すぞ」と、患《うれ》へ泣きて罷《まか》りし時に、倭《やまと》比売命《ひめのみこと》、草那芸剣《くさなぎのつるぎ》を賜《たま》ひ、亦《また》、御嚢《みふくろ》を賜《たま》ひて、詔《のりたま》ひしく、「若《も》し急《には》かなる事有らば、茲《こ》の嚢《ふくろ》の口を解《と》け」とのりたまひき。　（景行記）

(1)は倭建命の東国征伐の有名な一節、走水海を渡るに際し、弟橘比売が人身御供となって命の行軍を助けた場面、(2)は倭建が死に至る直前に故郷の大和を偲んで歌を詠む件、(3)は倭建が死後「八尋の白ち鳥」となって飛び去るのを后や御子達が追いかけて歌を詠む場面、(4)はやや時間が前後するが、倭建の東征譚の冒頭部分である。

これらの場面には、いずれも弟橘比売、倭建、あるいは倭建の后や子供といった人物の心情がはっきりと表出されている。それらの人物はいずれも神話上の人物ではあるが、物語の上では普通の人間と同様の感情や感覚を持った個人として造型されており、その点では先の『土佐日記』の書き手と何ら異なるところはない。ここに表出される弟橘比売や倭建等の人々の感情は、その色合いこそ違え、先の『土佐日記』の書き手の心情と同様、ある個人の心情を表出していると言いうるであろう。

しかしそうでありつつも、これらの場面と『土佐日記』の文章との間には、その心情表出の仕方に大きな差異が存するように思われる。まず(1)の例についてみてみよう。確かに(1)の例の場合、弟橘比売という人物の心情は見事に表出されている。しかし注目しなくてはならないのは、そこでそうした心情の表出に大きな役割を果たしているのは、散文でなく韻文であるという事実である。この弟橘比売の物語においては、散文部分は比売の行動を第三者の立場から述べるのみで、比売の内面を表現する部分は見当たらない。こうした叙述を救い、比売の切実な心情を表出するのに大きな役割を果たしているのは、「さねさし相模の小野に燃ゆる火の火中に立ちて問ひし君はも」という比売自身の歌である。この弟橘比売の入水の場面には、『土佐日記』と同様、個人の心情が表出されてはいるが、その表出の手段は全て韻文の力に頼っている点、『土佐日記』の表出方法とは根本的に異なっている。この弟橘比売の歌は五七五七七の短歌形式を有しており、「春の野焼の行事における男女の恋を歌った民謡」とする説と、「倭建命の火難の物語をふまえた物語歌」とする説が存するようであるが、[3]そのどちらであるにしても、この歌が弟橘比売の内面を全く語ることのない散文表現の中にはめ込まれることによって、弟橘比売の心情の表出がなされていること、すなわち、弟橘比売の心情が散文でなく、韻文によって表現されていることは留意されねばならない。

(2)の場面においても、散文表現は倭建の衰弱した状態を、倭建の「吾が足は、三重に勾れるが如くして、甚だ疲れたり」という独白で表現するに過ぎず、彼の心情を表現することは全くない。この場面でも死に瀕した倭建の哀切な心情を表現するのは、「倭は　国の真秀ろば　たたなづく　青垣　山籠れる　倭し麗し」や「命の　全けむ人は　畳薦　平群の山の　熊白檮が葉を　髻華に挿せ　その子」という韻文である。この二つの歌のうち、「倭は　国の真秀ろば」はそれのみで一つの抒情詩として完成した姿を示しているとも解せるが、国見の際にうたわれた歌謡と見るのが適切で、本来は個人の心情の表出を意図したものではないと想定されるし、「命の全けむ人は」は明らかに民謡と解される。[4]これらの歌は本来個人の心情を表現したものでないにもかかわらず、倭建の状態を淡々と述べる散文表現の中に組み込まれると、倭建という個人の心情を切実に表現する詞章に変貌する。

(3)の場合、后や御子達の中の誰か一人が歌を詠んだのか、複数の人物が一緒に同じ歌を詠んだのか、解釈の分かれるところであるが、複数の人物がともに同じ歌を詠んだと解した場合でも、そこに表出されている感情が個人的な心情であるという点に変わりはない。ここでは散文によって、「なづき田を匍匐ひ廻りて哭き、歌為て日はく」、「其の小竹の刈杙に、足を跳り破れども、其の痛みを忘れて、哭き追ひき」というように、(2)に比べれば后や御子達の心情を推察せしめるような言及がなされてはいるが、やはり散文のみでは強い心情の表出とはなりえていない。そうした散文表現の中に置かれた韻文が后や御子達の心情の表出に大きく関わっている。これらの歌について、西郷信綱は「だが見てのとおり、とくに中巻以下の古事記は一種の歌物語となっている。これは決して物語のなかに民謡を外からぽいと放りこんで生まれたものではなくもっと本来的な形式であり、つまり歌はたんに歌としてでなく何らかのイハレや背景とともに伝承されていたと思われる。政治的意図の介入によって歌と物語とのあいだに断層や矛盾の生じた場合があるのも否めないけれど、しかしだからといって本文から切り離して歌の「実体」を現象のかなたに探すという手口が正当化されるとは限らない。とりわけヤマトタケルの葬りにかんする四歌は、あえて童謡とか民謡の恋歌とかに還元せねばならぬ理由などまったくなく、むしろあるがままに受容することによってのみ真の理解に達しうると思われる」とするが、(5) これらが民謡等に還元されるものか、あるいは西郷のいうように本来物語歌として存在したものかは別として、これらの歌も(2)の例と同様、それらの歌のみでは個人的な心情を表出しえず、かつその前後の散文のみではある人物の心情を十全には表現しえないのに、それらの歌がその前後の散文による文脈の中にはめ込まれた時、それらの歌が単独では表現しえなかったような個人的な心情を表出しうるものに変質することに注意を向けるべきであろう。

見てきたように、『古事記』『日本書紀』などにおける個人の心情の表出は、(1)の弟橘比売の歌のようにそれ自体抒情詩として成立しうるとも考えられる韻文の他に、それのみでは個人の心情の表出とはなりえないが、前後に散文による状況説明が付されることによって、ある個人の心情を表出するものとなるといった、多くの韻文表現によってなされていることは注目されてよいであろう。

では、(4)の場合はどうであろうか。(4)の場面では、韻文はどこにも用いられていない。その代わり、ここでは倭建という人物の心情を表現するために、登場人物自身の台詞が用いられる。「天皇の既に吾を死ねと思ふ所以や……。此に因りて思惟ふに、猶吾を既に死ねと思ほし看すぞ」。もしこの場面に倭建のこの告白がなかったならば、彼の内面の悲劇はこれほど強く表現されはしなかったであろう。

ところで、この台詞という表現、つまり口頭で話される言葉をそのまま書き写すという表現は、一般の散文表現とはやや次元を異にした表現方法と言いうるのではないだろうか。口頭で話される言葉というのは、自己の心情を直接的、即自的に捉えて表現することが多く、自己の心情を対象化して把握するという一般的な散文による心情表現とは質を異にすると思われる。とすれば、物語中に台詞を挟み込むこのような表現方法は、純粋な散文表現というより、むしろ散文中に歌謡等が挟み込まれている、先の弟橘比売や倭建の物語の例により近い表現と言うことができるのではないだろうか。それは、散文表現の中に、直接訴えかける力が強く、一般の散文表現とは異った直接話法を持ち込むことによって、その力、あるいはそれと地の文の相互関係の中で、登場人物の心情を表現するのであって、純粋な散文のみによる心情表現とは言いえないように思われる(6)。

『古事記』等、上代散文のうち、書き手が第三者の立場に立って物語を進めていく作品において、登場人物の心情が表現されている場面は数多くあるが、それらの多くは、見てきたように、物語の間に歌謡等の韻文ないし台詞を挟み込むという形でその人物の心情の表出が行なわれ、純粋な散文のみによる表現は全く見うけられない。このことは、言い換えれば、『古事記』等の物語において登場人物の心情表現を行う場合、散文のみではなしえず、歌謡や台詞という他の文体に頼らざるをえなかったことを示しているのではないだろうか。

もちろん、次のような例もあることはある。やや長くなるが、『古事記』垂仁記条における沙本毘売の物語を引用してみよう。

此《こ》の天皇《すめらみこと》、沙本毘売《さほびめ》を以《もち》て后《きさき》と為《せ》し時に、沙本毘売命《さほびめのみこと》の兄《せ》、沙本毘古王《さほびこのみこ》、其《そ》のいろ妹《も》を問ひて曰《い》はく、「夫《を》と兄《せ》と孰《いづ》れか愛《うるは》しみする」といふに、答へて曰ひしく、「兄《せ》を愛《うるは》しみす」といひき。爾《しか》くして、沙本毘古王の謀《はか》りて曰はく、「汝《なむち》、寔《まこと》に我《あれ》を愛《うるは》しと思はば、吾《あれ》と汝《なむち》と天《あめ》の下《した》を治《をさ》めむ」といひて、即《すなは》ち八《や》塩《しほ》折《を》りの紐小刀《ひもかたな》を作り、其の妹《いも》に授《さづ》けて日《い》ひしく、「此の小刀《かたな》を以て天皇の寝《い》ねたるを刺《さ》し殺《ころ》せ」といひき。故《かれ》、天皇、其の謀《はかりこと》を知らずして、其の后《きさき》の御膝《みひざ》を枕《ま》きて、御寝為坐《みねしま》しき。爾くして、其の后、紐小刀を以て其の天皇の御頸《みくび》を刺さむと為《し》て、三度《みたび》挙《ふ》りて、哀《かな》しき情《こころ》に忍《た》へず、頸を刺すこと能《あた》はずして、泣く涙、御《み》面《おもて》に落《お》ち溢《あふ》れき。乃《すなは》ち天皇、驚き起きて、其の后を問ひて日ひしく、「吾《あれ》、異《け》しき夢《いめ》を見つ。沙本《さほ》の方より暴雨《はやさめ》零《ふ》り来《き》て、急《には》かに吾《あ》が面《おもて》を沾《ぬら》しき。又、錦《にしき》の色の小さき蛇《へみ》、我が頸《くび》に纏繞《まつは》りき。如此《かく》夢《いめ》みつるは、是何《これなに》の表《しるし》にか有《あ》らむ」といひき。爾《しか》くして、其の后、争《あらそ》ふべくあらずと以為《おも》ひて、即《すなは》ち天皇に白《まを》して言ひしく、「妾《あ》が兄《せ》沙本毘古王《さほびこのみこ》、妾《あれ》を問ひて日ひしく、『夫《を》と兄《せ》と孰《いづ》れか愛《うるは》しみする』といひき。是《か》く、面《まのあた》り問ふに勝《た》へぬが故《ゆゑ》に、妾《あ》が答へて日ひしく、『兄《せ》を愛《うるは》しみするか』といひき。爾くして、妾《あれ》に誂《あとら》へて日《い》はく、『吾《あれ》と汝《なむち》と、共に天《あめ》の下《した》を治《をさ》めむ。故《かれ》、天皇《すめらみこと》を殺《ころ》すべし』と、云《い》ひて、八塩折《やしほを》りの紐小刀《ひもかたな》を作り、妾《あれ》に授《さづ》けき。是《ここ》を以《もち》て、御頸《みくび》を刺《さ》さむと欲《おも》ひて、三度《みたび》挙《ふ》れども、哀《かな》しき情《こころ》忽《たちま》ちに起《おこ》りて、頸を刺すことと得《え》ずして、泣く涙、御面《みおもて》に落《お》ちを沾《ぬら》しき。必ず是《こ》の表《しるし》に有《あ》らむ」といひき。

爾《しか》くして、天皇の詔《のりたま》はく、「吾《あれ》は殆《ほとほ》と欺《あざむ》かえつるかも」とのりたまひて、乃《すなは》ち軍《いくさ》を興《おこ》して沙本毘古《さほびこ》王《のみこ》を撃《う》たむとせし時に、其《そ》の王《みこ》、稲城《いなき》を作りて待ち戦ひき。此《こ》の時に、沙本毘売命《さほびめのみこと》、其の兄《せ》に忍《た》ふることと得ずして、後《しり》つ門《と》より逃げ出でて、其の稲城に納《い》りき。此の時に、其の后《きさき》、妊身《はら》めり。是《ここ》に、天皇、其の后の懐妊《はら》めると、愛《うつく》しみ重《おも》みして三年《みとせ》に至れるとに忍《た》へず。故、其の軍《いくさ》を廻《めぐら》して、急《すむや》けくは攻迫《せ》めず。如此《かく》逗留《とどま》れる間《あひだ》に、其の妊《はら》める御子《みこ》を既に産《う》みき。故、其の御子を出《いだ》して、稲城の外《と》に置きて、天皇に白《まを》さしめしく、「若《も》し此の御子を、天皇の御子と思《おも》ほし看《め》さば、治《おさ》め賜《たま》ふべし」とまをさしめき。是《ここ》に、天皇の詔《のりたま》ひしく、「其《そ》の兄《せ》を怨《うら》むれども、猶《なほ》其の后《きさき》を愛《うつく》しぶるに忍《た》ふること得ず」とのりたまひき。故《かれ》、即《すなは》ち后を得む心有り。

　是《ここ》を以《もち》て、軍士《いくさ》の中《なか》に力士《ちからひと》の軽《かる》く捷《はや》きを選《え》り聚《あつ》めて、宣《のりたま》ひしく、「其の御子を取らむ時に、乃《すなは》ち其の母王《ははみこ》を掠《かす》み取れ。或《も》しは髪《かみ》にもあれ、或《も》しは手にもあれ、取《と》り獲《え》む随《まにま》に掬《つか》みて控《ひ》き出《いだ》すべし」とのりたまひき。爾《しか》くして、其《そ》の后《きさき》、予《あらかじ》め其の情《こころ》を知りて、悉《ことごと》く其の髪《かみ》を剃《そ》り、髪を以《もち》て其の頭《かしら》を覆《おほ》ひ、亦《また》、玉《たま》の緒《を》を腐《くた》して、三重《みへ》に手に纏《ま》き、且《また》、酒《さけ》を以て御衣《みけし》を腐《くた》し、全《また》き衣《きぬ》の如く服《き》たり。如此《かく》設《まう》け備《そな》へて、其の御子《みこ》を抱《むだ》きて、城《き》の外《と》に刺《さ》し出《いだ》しき。爾《しか》くして、其の力士等《ちからひとども》、其の御子を取りて、即《すなは》ち其の御祖《みおや》を握《と》りき。爾くして、其の御髪《みかみ》を握《と》れば、御髪、自《おのづか》ら落ち、其の御手《みて》を握《と》れば、玉の緒、且《また》絶え、其の御衣《みけし》を握《と》れば、御衣、便《すなは》ち破《や》れぬ。是《ここ》を以て、其の御子《みこ》を取り獲《え》て、其の御祖《みおや》を得ず。故《かれ》、其の軍士等《いくさども》、還《かへ》り来《き》て奏《まを》して言ひしく、「御髪、自《おのづか》ら落ち、御衣《みけし》、易《やす》く破《や》れ、亦《また》、御手に纏《ま》ける玉の緒、便《すなは》ち絶えぬ。故、御祖《みおや》を獲《え》ずして、御子を取り得たり」といひき。爾くして、天皇《すめらみこと》、悔《く》い恨《うら》みて、玉を作りし人等《ひとども》を悪《にく》みて、皆其の地《ところ》を奪《うば》ひ取《と》りき。故、諺《ことわざ》に曰《い》はく、「地《ところ》を得ぬ玉作《たまつくり》」といふ。

　亦《また》、天皇、其の后《きさき》に命詔《みことのり》して言ひしく、「凡《おほよ》そ子の名は、必ず母の名《なづ》くるに、何《いか》にか是《こ》の子の御名《みな》を称《い》はむ」といひき。爾《しか》くして、答へて白《まを》ししく、「今、火《ひ》の稲城《いなき》を焼く時に当《あた》りて、火中《ほなか》に生《う》めるが故に、其の御名は、本牟智和気御子《ほむちわけのみこ》と称《い》ふべし」とまをしき。又、命詔《みことのり》せしく、「何《いか》に為《し》て日足《ひた》し奉《まつ》らむ」とみことのりしき。答へて白《まを》ししく、「御母《みおも》を取り、大湯坐《おほゆゑ》・若湯坐《わかゆゑ》を定めて、日足《ひた》し奉《まつ》るべし」とまをしき。故《かれ》、其《そ》の后《きさき》の白しし随《まにま》に、日足《ひた》し奉りき。又、其の后を問ひて曰《い》ひしく、「汝《なむち》が堅《かた》めたるみづの小佩《をおび》は、誰《たれ》か解《と》かむ」といひき。答へて白ししく、「旦波比古多々須美智宇斯王《たにはのひこたたすみちのうしのみこ》の女《むすめ》、名は兄比売《えひめ》・弟比売《おとひめ》、茲《こ》の二はしらの女王《をみなみこ》は、浄《きよ》き公民《おほみたから》ぞ。故《かれ》、使ふべし」とまをしき。然《しか》れども、遂《つひ》に其の沙本比古王《さほひこのみこ》を殺しき。其のいろ妹《も》も、亦《また》、従ひき。

（垂仁記）


この物語では韻文は用いられていないが会話は数多く用いられており、それによって先の(4)の例同様、登場人物の心の動きを直接窺い知ることができる。しかし、ここで登場人物の心理を表現しているのはこうした会話ばかりではない。この物語で、彼らの心情を表現するのに会話と同様、あるいはそれ以上に重要な役割を果たしているのは、地の文による心理描写や行動の叙述である。たとえば、「其の后、紐小刀を以て其の天皇の御頸を刺さむと為て、三度挙りて、哀しき情に忍へず、頸を刺すこと能はずして、泣く涙、御面に落ち溢れき」、あるいは「此の時に、沙本毘売命、其の兄に忍ふること得ずして、後つ門より逃げ出でて、其の稲城に納りき」といった表現を読むことによって、我々は登場人物（この場合は沙本毘売）の心情をかなりよく把握することができる。

とすると、この沙本毘売の物語では、先に引用した倭建の例とは異なり、散文によってある人物の心情が表現されているのであり、冒頭に引用した『土佐日記』の文章との類似を示しているように思われる。が、はたしてそうであろうか。この物語の文章を冒頭に引用した『土佐日記』の文章とよくよく比較してみると、両者の間にはその表現の質において大きな相違があることに気付かされる。すなわち、『土佐日記』においては、書き手が直接、自己の心情を表出しているのに対し、この沙本毘売の物語においては語り手ないし書き手は登場人物の心理を第三者の立場で述べているにすぎない。その結果、沙本毘売の物語では、登場人物の心情表現は第三者の眼から見た外面的、概括的な表現にのみ終始することとなり、『土佐日記』に表現されるような自己の心情を対象化し、それを散文によって具体的に表現するという心情表現とはなりえていない。このことは、『古事記』等の作品が第三者の視点から語られている以上、いたしかたないと言えるかもしれぬが、しかし第三者の立場から語られる作品であっても、語り手が登場人物とほとんど一体化し、あたかも登場人物その人の心情を語っているかのような場面が出現することもある。

例えば、『源氏物語』の次のような場面である。

野分《のわき》だちて、にはかに肌寒き夕暮のほど、常よりも思し出づること多くて、靫負命婦《ゆげひのみょうぶ》といふを遣はす。

夕月夜《ゆふづくよ》のをかしきほどに出だし立てさせたまひて、やがてながめおはします。かうやうのをりは、御遊びなどせさせたまひしに、心ことなる物の音《ね》を掻《か》き鳴らし、はかなく聞こえ出づる言《こと》の葉も、人よりはことなりしけはひ容貌《かたち》の、面影《おもかげ》につと添ひて思さるるにも、闇《やみ》の現《うつつ》にはなほ劣りけり。

命婦、かしこにまで着きて、門《かど》引き入るるよりけはひあはれなり。やもめ住みなれど、人ひとりの御かしづきに、とかくつくろひ立てて、めやすきほどにて過ぐしたまひつる、闇にくれて臥ししづみたまへるほどに、草も高くなり、野分にいとど荒れたる心地して、月影ばかりぞ、八重葎《やへむぐら》にもさはらずさし入りたる。

（桐壺(1)二六―二七）

桐壺巻で、勅使、靫負命婦が今は亡き桐壺更衣の邸を訪れる場面である。命婦を送り出したままもの思いにふける帝の心中を、物語は「かうやうのをりは……闇の現にはなほ劣りけり」と表現する。待遇表現や末尾の表現に語り手の存在がわずかに感じられるが、それがなければ帝の心情そのままと言ってよい表現であろう。次いで命婦が桐壺更衣の邸に着いた場面では、そうした傾向はさらに顕著である。「命婦かしこにまで着きて、門引き入るるより、けはひあはれなり」までは語り手は第三者の立場を保つが、以下の表現においては語り手の視点は命婦の視点と全く重なっている。

このように見るならば、物語的な作品においても、語り手が登場人物と一体化することによって、個人の心情を語る、つまり地の文、散文で個人の心情を語ることは決して不可能ではないのである。

が、この沙本毘売の物語では語り手の姿勢はそこまで到達していない。語り手はあくまでも第三者の立場を貫いており、登場人物の内面に入りこんだ具体的な心理描写は行われない。ここに語られるのはある出来事についての外面的な叙述であり、心理表現自体、たとえば「哀《かな》しき情《こころ》に忍《た》へず」「其の兄《せ》に忍《た》ふること得ずして」という表現にしても、第三者の立場から見た登場人物についての簡単な概括的説明にすぎず、登場人物の心情そのものを具体的に散文で形象することを目指したものではない。この物語で重要なのは、そうした心情の具体的な描写よりも、出来事の進行であり、個々の人物の心理の具体相をきわめるよりも、様々な人々の行動によって紡ぎ出されていく事件の展開が表現する悲劇性であると思われる。

従って、ここに用いられている散文は、自己の内面を具象的に語ろうとする『土佐日記』の散文とは根本的に異っていると言わねばなるまい。上代の第三者的視点からの散文の中には、この他にも一見散文のみで心情表現をなしていると思われるものも存するが、それらもこの沙本毘売の物語と同様、その出来事の積み重ねが生み出す情感の表出が主目的で、個々の人物の具体的な心情の形象には無関心と言ってよいであろう。

以上、上代の散文表現を書翰文等の一人称表現と、『古事記』等、第三者の視点から書かれた文章とに分けて、冒頭に示した『土佐日記』の文章との比較を試みた。その結果、一人称散文においては、『土佐日記』ほどの具象的な心情表現は見出せなかったし、『古事記』等、語り手ないし書き手が第三者の立場に立つ物語でも、登場人物の心情が表出される場面は多く韻文や直接話法が用いられ、散文のみの心情表現は全く認められなかった。まれに、沙本毘売の物語のように散文のみで心情が表出されているかに見える場面も、散文はその心情の具体相を示すというよりその輪郭を示すのみであり、散文によるある個人の心情表現とは言いえないものであった。もちろん、第三者の立場で物語を述べている以上、物語に登場する人物の心情の表出は、その人物の立場から表出できる韻文や直接話法にたよらねばならなかったという事情もあるであろうが、しかし第三者の立場からの叙述であっても、先に示した『源氏物語』のように、語り手ないし書き手が登場人物と一体化して、散文によってその人物の心情を表現する可能性は残されていたはずである。が、上代においては、そうした作品は生み出されなかった。

四　上代散文における心情表現

このように上代の散文表現では、『土佐日記』のように個人の心情そのものを具象的に表現した例は見出されなかった。あるいはこのことは、『土佐日記』以前の時代においては、個人の心情を表出することが必要とされていなかったとも考えられるかもしれない。しかし、上代においても和歌等の韻文によって個人の心情の表出は行なわれていた。『万葉集』に収められた多くの歌はそのことをはっきり示している。上代においては、（特に七世紀以降）韻文形式による個人の心情表出はむしろ花ざかりであった。それなのに散文においてはその兆候は認められない。散文による個人の心情表現は『土佐日記』、つまり平安時代になって初めて始まると言ってよいであろう。もちろん、平安時代には、その一方で和歌等韻文による個人の心情表現も上代から引き続き存在する。すなわち、上代においては個人の心情表出は和歌等韻文によってのみ行なわれたのに対し、平安時代になると、個人の心情表出は韻文と散文、その両方でなしうることになったということになる。

このような変化はなぜ起こったのであろうか。まず一つ考えられるのは、平仮名の発明という要因である。すなわち、上代には平仮名が存在せず、和文をそのままの形で表記することは困難であり、ために微妙な表現に左右される具象的な心情表現がなしえなかったのに対し、平安時代に入ると平仮名が発明され、和文をそのまま表記する『土佐日記』のような文章が可能となり、その結果個人の心情が表出しうるようになったとする考え方である。確かに上代には平仮名は存在しなかった。しかし、万葉仮名、特に漢字一字を日本語の一音にあてる一字一音式の表記方法は、例えば『万葉集』や『古事記』『日本書紀』の歌謡表記にも認められるように、奈良時代の初めには既に確立されていた。もし、和文の散文をそのままの形で表記したいという切実な欲求があれば、一字一音式の表記方法で表現できたはずである。[7] 従って、平仮名の未発生が上代における散文による自己心情表現の不在の説明とはなりえない。むしろ、一字一音式の表記方法が確立されながらも、それを利用せず、漢文ないし『古事記』のような音訓まじりの表記法によって散文を表記しているという事実は、逆に上代人が明確な読みを要求するまでの具体的な散文表現を必要としていなかったことを示しているのではなかろうか。彼らにとって散文はそこに記されるおおまかな事柄が理解されればよいのであって、微妙なニュアンスの表現は必要とされなかったのではなかろうか。上代における散文による個人の心情表現の不在は、表現手段の未熟というより、むしろ散文による個人の心情表現を上代人が必要としなかったという点に求められるように思われる。

では、なぜ彼らは散文によって自己の心情を表現することを必要としなかったのであろうか。言い換えるなら、なぜ平安時代になると散文による個人の心情表現が出現するようになったのであろうか。この問題について考える前に、まず次節で『古今集』の時間について考察し、その結論を踏まえた上で、改めて上代における散文による心情表現の不在という問題について考察を加えてみたいと思う。

注

（1）伊藤博『萬葉集釋注』三（集英社、平成8年5月）
（2）同注（1）。
（3）倉野憲司『古代歌謡全注釈　古事記編』（角川書店、昭和47年1月）
（4）同注（3）。
（5）西郷信綱『古事記注釈』第三巻（平凡社、昭和63年8月）
（6）もちろん散文表現の中に登場する口頭表現にも、自己の心情を対象化して把握するような表現もありえないわけではないと思うが、上代の散文表現の中にそのような表現は見出しがたい。
（7）正倉院には一字一音で表記された散文文書が二通存在する。

第三節　『古今集』の時間

一　和辻哲郎、窪田空穂の指摘

『古今集』の歌風の特色を論ずる際、その大きな特色の一つとして、古今集の歌に時の推移が感じられるという性質が必ず指摘される。ところで、この時の推移が感じられるという特質は、具体的にどのような詠歌のあり方を示すのであろうか。また、一体どうして古今集の歌はそのような特質を持つに至ったのであろうか。

それらについて考えるには、まず古今集の時間という問題を論ずる際、避けては通れない文献、和辻哲郎の『日本精神史研究』(1)に収められた「万葉集の歌と古今集の歌との相違について」という論文と窪田空穂の『古今和歌集評釈』(2)の巻頭に挙げられた「古今和歌集概説」について詳細に検討してみる必要がある。

和辻哲郎は「万葉集の歌と古今集の歌との相違について」において、

万葉集の歌は常に直感的な自然の姿を詠嘆し、そうしてその詠嘆に終始するが、しかし古今集の歌はその詠嘆を何らかの知識的な遊戯の框《わく》にはめ込まなければ承知しない。

とする。和辻は、続けて

この相違は歌が真に叙情詩であるか否かを決定する。古今集の歌は叙情詩としての本質を遠ざかっている。にもかかわらず、これらの歌が物の感じ方の新しい境地を開いているかのごとくに見えるのは、彼らの概念の遊戯の裏に、実際に新しい感じ方や感覚が、しいたげられつつも、ひそんでいるからである

と指摘して、古今集が開拓した新しい境地として「自然の印象の上に概念の遊戯をやるのではなく、「自然」の印象に触発されて「人生」を詠嘆する」という詠歌の出現を挙げる。すなわち、「万葉においては、己を自然の物象に投げかけて、その物象において己が心を詠嘆するのであって、春の自然をただそのままに歌ううちにも、無限に深い感情が現れてい」たのに対し、古今集においては「物象を己が心に取り込んで、ある感情の符徴として、その符徴によって己が心を詠嘆する」のであり、「従ってそれは、直感的にはきわめて貧しく、ただ心理描写として、濃淡のこまかな、自然の物象のみによっては現わせない心の隅々を、把捉し得るようになる」とするのである。さらに「古今の歌の優れたものが主として恋の歌に多いのも、この心理描写的に歌う傾向がそこにおいて最もよく生かされるからである」とし、

古今の恋の歌は、恋の感情を鋭く捕えて歌うよりも、恋の周囲のさまざまの情調を重んずることになる。（中略）しかし直接な詠嘆より離れて、幾何かの余裕を保ちつつ、恋の心理を解剖しあるいは恋の情調を描くということの古今の傾向は、必然に歌人の注意を「瞬間の情緒」よりもその「情緒の過程」の方に移させる。すなわち瞬間の情緒の告白である歌よりも、その情緒の歴史を描くところの物語を欲する。

と指摘し、古今的な詠歌姿勢が物語文学を生み出す母体となると論を展開する。

窪田空穂は『古今和歌集評釈』の「古今和歌集概説」において

古今和歌集の和歌を通覧して、前にいった人事と自然とを一体として渾融させている事と相並んで、第二に、最も際立って感じられる事は、一切の取材を時間的に扱っているという事である。すなわち一たび心に触れ

た事象は、それが人事であっても自然であっても、次いで、それを永遠なる時の流れの上に浮べ、その事象も時と共に推移しつつあるものである事を認め、その上で、それに依って起って来る感をいうという詠み方である。もとより一切の事象は、空間と時間との範囲に存在しているもので、それを離れては存在しない。和歌の取材になるものも、その双方に跨ってのもので、如何なる和歌も空間と時間との両面を持っている。しかし和歌そのものの歴史から見ると、万葉集の短歌は、空間に力点を置いたものである。その取材を扱うに、時間の方はつとめて短く切り縮めて、これを一瞬間の印象にとどめ、反対に空間の方は、つとめて如実にしようとする扱い方である。その結果は、いずれも抒情詩の範囲のものではあるが、客観味の多い、集中的な、時には感覚的なものとさえなっている。古今和歌集の和歌は、それとはまさに反対なものである。その取材を時間的に扱おうとする所から、空間的の一面は第二のものとなって、事象そのものの姿は背後に隠れ、淡く稀薄なものとなるが普通で、時には抒情の言葉を通して連想する事によって、初めて捉え得るものとさえなっている。これに反して時間的の一面は強く現われて、いずれの取材も、永遠の時の流れの上に浮んで、推移の道を辿りつつあるものであるという事を連想させて、その出来ばえによっては、一種の観念に堕しおわっているものもあるが、優れたものに至っては、時間的な味わいが余情となって添っているものがある。

とする。

和辻は万葉集の歌が、常に己を自然の物象に投げかけ、その物象において己の心を直感的に詠嘆し、無限の深い感情を表すのに対し、古今集においては自然の印象に触発されて、その物象を己の心に取り込んで、己の心の符徴として詠嘆するとする。和辻はこのような古今集の歌を叙情詩の本質から遠ざかったものとするが、一方でこうした詠歌姿勢は「人生」を詠嘆する歌、直接的な詠嘆では表現できない心理描写的な歌の登場を可能にするとし、またこのような直接な詠嘆を離れて幾何かの余裕を保ちつつ、心理を描くという古今の傾向は「瞬間の情緒」よりもその「情緒の過程」を詠嘆する歌を生ぜしめると同時に、物語文学を生み出す母体となると指摘する。窪田は古今集の歌の一つの大きな特色として「一切の取材を時間的に扱っている」ことを指摘し、それを「永遠なる時の流れの上に浮べ、その事象も時と共に推移しつつあるものである事を認め、その上で、それに依って起って来る感をいうという詠み方である」と説明する。

両者の指摘は、古今集において万葉集に認められなかった時の推移を感じさせる歌が出現するという点においては共通性を持つ。しかし、直接な詠嘆より離れて、幾何かの余裕を保ちつつ、「瞬間の情緒」よりもその「情緒の過程」を詠嘆する、という和辻の主張と、ある事象を永遠なる時の流れの上に浮べ、その事象も時と共に推移しつつあるものである事を認め、その上で、それに依って起こって来る感を詠むという窪田の主張には、時の推移が表現される仕組みの捉え方に微妙な差異が認められる。また、それにまつわる説明も子細に見ると、両者が共通の認識を持っていたか疑われる部分も存在する。

和辻と窪田の主張は、どちらが古今集の歌が時の推移を表すという特質をより的確に捉え、説明しているのであろうか。あるいはそれらとは別に古今集歌に認められる時の推移をより適切に説明する見方が存するのであろうか。それを知るには、もう一度万葉集や古今集に立ち返って、それらに収められた和歌を実際に検証することから始めなければならないであろう。

二　万葉の時間、古今の時間

和辻や窪田は、万葉集の表現は瞬間的、直感的であると指摘するが、この瞬間的、直感的表現とはどのような表現をいうのであろうか。瞬間的、直感的とは、万葉集の歌においては現在という時のみが表現され、過去や未来に関する事柄が全く詠み込まれていないということを意味するのであろうか。万葉集と古今集の時間表現の相違を検討するには、まずこの点について、万葉集に収められた歌の時間表現のあり方に即して具体的に検証していくことが必要となろう。

熟田津《にきたつ》に船乗りせむと月待てば潮もかなひぬ今は漕ぎ出でな　（巻一・八・額田王）

春過ぎて夏来るらし白たへの衣干したり天の香具山　（巻一・二八・持統天皇）

大船の津守が占《うら》に告《の》らむとはまさしに知りて我が二人寝し　（巻二・一〇九・大津皇子）

河上《かはのへ》のゆつ岩群《いはむら》に草生《む》さず常にもがもな常娘子《とこをとめ》にて　（巻一・二二・吹芡刀自）

八番歌、額田王の有名な「熟田津に」の歌は時間的な観点から見るなら、現在以前の状態として船出をしようと待ち続けている状態があり、そのような状態を受け、今まさに待っていた月が出て潮もちょうど良い状態になったので船出しようとする事態が歌われる。ここには歌が歌われた現在の他に、それ以前の月の出を待っていた時間、すなわち過去の時間が詠じ込められている。とすれば、この歌は瞬間的な詠嘆とは言いがたいように思われる。しかし、この歌を読んだ時、我々が感ずるのは、今まさに舟を漕ぎ出だそうとする強い意志、意欲の発現であり、過去から現在への時の流れというものはその背後に押しやられ、さほど強くは感じられない。この歌では現在の意欲、すなわち現在の時点で詠者が抱いている感情の詠嘆が強い形で表出されるが故に、過去からの時の流れの印象は薄められ、現在という瞬間が強く主張される。

　二八番の持統天皇の歌も、上二句「春過ぎて夏来るらし」という詠み手の感慨の中に春から夏へという季節の推移が表現されており、過去から現在という時の推移が詠み手の意識の中に存在していることを見て取ることができる。だが、この歌でもそれを読む者に強い印象を与えるのは、春から夏への時の推移というより、今夏が来たという現在の心情であろう。「来るらし」の「らし」は確実な根拠に基づく推量であり、この歌でその推量の根拠となるのは下三句で表現される香具山の景である。初夏のまばゆいばかりの光の中でひときわ濃さを増した鬱蒼とした香具山の緑とそれとコントラストをなすかのように反射する白い衣、そうした景が作者に夏の到来を感じさせるのである。この歌でも、詠み手が現在直面している風景の強烈な印象故に、春から夏へと季節が推移して行くという過程に対する詠嘆よりも、今夏が到来したという事態に対する現在の感動が強く前面に押し出されることとなる。

一〇九番歌は、大津皇子が石川女郎と逢ったことを津守連通が占いであらわした時に、大津皇子が詠んだ歌とされる。大津と石川女郎が共寝したのは過去のことであり、その時既に大津は津守通の占いで密会が露見することを予見していたという。つまりこの歌は、過去の事柄について詠じられたものであり、その過去の時点において大津は未来を予見している。すなわち、この歌では過去とその過去の時点における未来が詠み込まれているわけで、現在の状況が詠まれているわけではない。にもかかわらず、ここには津守通の妨害にひるむことのない詠歌時点における大津の覚悟が、回想という形をとって強い調子で表現される。その強い意志の表現が回想という形をとった詠嘆であっても、表現される意志がその歌の詠歌時点、すなわち現在のものであるが故に、この歌は現在という時点における直接的な強い意志の表出となりえている。

二二番歌の上三句は序詞ともそうでないとも解せるが、いずれにしても詠歌時における眼前の情景をそのまま詠み込んだ景の提示であろう。それに対し、下二句は未来についての願望を表す。そこでは詠み手の意識は明らかに未来に向かっている。この歌は先の額田王の八番歌が現在と同時に過去を含んでいたのと対照的に、現在の他に未来を含んだ歌ということができよう。従って、ここでも歌は瞬間のみを詠じているわけではない。しかし、歌の詠み手の意識は未来を指向していても、ここで歌われるのはそうした未来に対する現在の切実な願望であり、歌はその切実さ故に現在と強く結びつく。

このように見てくると、瞬間的な詠嘆がなされているとされる万葉歌の中にも、現在のみでなく、過去や未来が詠み込まれている歌が数多く存在することが確認されよう。右に挙げたのは、万葉集の歌の中でも特に瞬間的な詠嘆がなされていると想定される初期万葉の歌であるが、それらにおいても過去や未来に関する事柄が全く詠み込まれず、現在の状態のみが詠み込まれているというわけではないのである。少し考えてみれば分かることだが、いくら古代の人間だからといって、万葉の時代の人々が現在の状況のみを知覚し、それ以前やそれ以後の状態を全く意識していなかったなどということは想像しえないことであり、従って彼らの詠ずる歌に過去や未来への意識が全く含まれていないなどということはとうていありえないことなのである。

しかし、にもかかわらず、右に挙げた例歌がいずれも現在という時点における瞬間的な詠嘆を行っているという印象を強く与えるのも否定しえない事実である。過去や未来の状態も詠歌の対象として含みつつも、万葉集の歌が現在という時点を瞬間的に詠じているという印象を与えるのはなぜであろうか。

それは万葉集の歌が過去や未来に開かれつつも、それらをも含んだ現在という状況と密接に結びついた詠嘆を行っているところにあると思われる。先に挙げた例歌においては、過去または未来というものは詠み手の意識の中に確実に存在していた。にもかかわらず、それらの詠歌において、現在という時が強く感じられるのは、それらの歌の詠み手の意識が過去や未来を意識の視野の中に収めつつも、結局過去や未来を含んだ今在る状態、すなわち現時点の状況というものに強く引きつけられ、その現時点の状況と強く結びついた状態で詠歌がなされているからであり、その結果意識と現時点の状況が密接に結びついた状態のもとにおける感情、意志、意欲、願望等、様々な心の瞬間的なあり様が力強く直接的に表現され、詠歌に瞬間的な印象を与えることになると考えられるのである。

では、古今集の歌においては時の推移が感じられるというのはどういうわけであろうか。古今集において時の推移を感じさせる歌を引いてみよう。

袖ひちてむすびし水のこほれるを春立つけふの風やとくらむ　（巻一・春上・二・紀貫之）
百千鳥《ももちどり》さへづる春は物ごとにあらたまれども我ぞふりゆく　（巻一・春上・二八・読人しらず）
暮ると明くと目かれぬものを梅の花いつの人まに移ろひぬらむ　（巻一・春上・四五・紀貫之）
さくら色に衣は深く染めて着む花の散りなむのちの形見に　（巻一・春上・六六・紀有朋）

これらの歌には、先に挙げた万葉歌に見られたような、現在の状況に強く拘束された詠歌姿勢は見受けられない。二番歌は立春の日、氷が解ける様を想像した歌であるが、詠歌はその一点を述べるにとどまらず、去年の夏の水遊びを思い起こし、さらにその水が氷った冬の情景を回想し、それらと同等の重みをもって現在の状態を想像し詠嘆する。従って、それは現時点の心情を詠嘆しているという点では先に挙げた万葉集の歌と異なるところはないが、その詠嘆の質が現時点に直結したものではなく、過去から現在を広く見渡した上での余裕を持った詠嘆となっている点においてそれらと異なっている。

二八番歌では春になって様々な鳥が楽しそうにさえずり、見るもの聞くもの全てが新しく若やいでゆくという変化を、それとは対照的に年々年老いてゆく我が身と対比するという構成のもとに一首が表現されるが、そこには現在の時点のみに意識を集中することなく、長い年月の流れを広く平等に見渡すという視点のもとでの反省的な詠嘆がなされているのを認めることができよう。

四五番歌は「暮ると明くと目かれぬものを」と毎日梅を見守ってきた過去から現在までの状態を表現し、その上で「いつの人まに移ろひぬらむ」と気づかない内に梅が散ってしまったという事態を表現する。そこには現時点における散ってしまった梅に対する感慨というより、徐々に変化、推移していく自然、すなわち気付かないうちに過ぎ去っていく時に対する驚きの気持ちが表現される。

六六番歌は桜の花の盛りの時期に詠まれた歌と見てよいであろう。にもかかわらず、ここでは現在の満開の桜は詠じられることなく、その桜の形見として自らの衣を桜の色に染めようという意志が表出される。そこには、現在の満開の桜に充足することなく、その桜をながめながらそれが散ることを予想し、将来に思いをはせる詠み手の心がある。ここでの詠み手は現在に直接向き合うことなく、むしろ現在の状況を相対化した状態の中で自らの心情を詠嘆している。

これら時の推移を感じさせる古今集の歌を見てみると、それらはいずれも現時点の状況に密接に結びついたところで対象を直接的に詠嘆するという万葉集の詠歌態度とは異なり、現時点の状況からある距離をとり、現在の状況を過去や未来のそれと同様の距離を持ってながめるという詠歌姿勢のもとで詠歌がなされている。そして、この現時点の状況から距離をとるという詠歌姿勢によって、瞬間的、直接的な印象を与える万葉集の歌と異なる、古今集独自の時の推移を感じさせる表現が生み出されていることに気づかされる。万葉集の歌は、過去や未来も含みつつも現在の状況に拘束され、それに密接に結びついた形で詠歌がなされたがために、直接的、瞬間的な印象を与えた。それに対し、古今集になると歌の詠み手が現在の状況にある距離をとり、現在を過去から未来への時の流れの中の一時点として受け取り、それを過去や未来と同等のものとして相対化した視点から詠歌するという姿勢が生み出されるようになったが故に、反省的で、時の推移を感じさせるような歌が出現したと考えられるのである。

ただし、万葉集の中にも時の推移を感じさせる歌は存在する。

心には忘れぬものをたまさかに見ぬ日さまねく月そ経にける　（巻四・六五三・大伴駿河麻呂）
ますらをの現《うつ》し心も我はなし夜昼といはず恋ひし渡れば　（巻十一・二三七六・作者未詳）
しきたへの枕をまきて妹と我と寝る夜はなくて年そ経にける　（巻十一・二六一五・作者未詳）

葦辺《あしへ》行く鴨の羽音の音のみに聞きつつもとな恋ひ渡るかも　（巻十二・三〇九〇・作者未詳）
妹が袖別れて久になりぬれど一日も妹を忘れて思へや　（巻十五・三六〇四・作者未詳）
明日よりは春菜摘まむと標《し》めし野に昨日も今日も雪は降りつつ　（巻八・一四二七・山部赤人）
我が背子がやどのなでしこ日並《ひなら》べて雨は降れども色も変はらず　（巻二十・四四四二・大原今城）

これらの歌はいずれも同じ状態が継続している様、すなわち時の経過を詠み込んでおり、時の推移を感じさせる歌ということができるかもしれない。しかし、これらの歌のうち前半の五首は、どれも過去から現在に至るまで（あるいは未来に至るまで）ずっと同じ状態が続いていることを詠じてはいるが、長い間同じ状態で現在に至ったという現時点の状況に密着した詠嘆となっており、従ってそれらは時の推移を感じさせるというより現在という時点に直結した詠嘆という性格をより強く示している。それに対し、後半の二首は同じように時の経過を詠じながらも、ある期間同じ状態にあることに対する詠嘆となっており、時の推移を感じさせるものになっている。万葉集の中で同じ状態が継続している様を詠んだ歌は右に挙げた例歌以外にも存するが、それらのうちの多くは例歌前半五首のように現時点の状況に密着した詠嘆という性格を強く示すものであり、例歌の後半二首のように時の推移を感じさせる歌はほんの僅かに過ぎない。しかも、それら時の推移を感じさせる歌も、先に示した古今集歌ほどの時の推移を感じさせるものではない。

去年《こぞ》見てし秋の月夜は照らせども相見し妹はいや年離《さか》る　（巻二・二一一・柿本人麻呂）
采女《うねめ》の袖吹き返す明日香風京《みやこ》を遠みいたづらに吹く　（巻一・五一・志貴皇子）
我妹子が見し鞆《とも》の浦のむろの木は常世にあれど見し人ぞなき　（巻三・四四六・大伴旅人）
咲く花の色は変はらずももしきの大宮人ぞ立ち変はりける　（巻六・一〇六一・田辺福麻呂）
冬過ぎて春し来れば年月は新たなれども人は古り行く　（巻十・一八八四・作者未詳）

ここに挙げたのは、自然は変わることがないのに人事は移ろっていくことを詠じた歌である。こうしたパターンの歌は人事の変化を自然の不変に対置するという手法によって、人事の変化、すなわち時の推移を一層強調するという仕組みを持っている。ただし、一番最初に挙げた人麻呂の歌では、変を表す人事の表現において、妹が次第に遠ざかっていくと、現時点に重点を置いた詠嘆がなされている。そのため現時点に密接した詠嘆という印象が強く、過去と現在との対比が表面に現れず、時の推移を余り強く感じさせない。人麻呂にはこの他にも、三〇番歌、三一番歌に同様な発想の歌が存するが、それらも二一一番歌同様、現時点における詠嘆が前面に押し出され、時の推移を鮮明に感じさせない。例歌の二番目に挙げた志貴皇子の歌も、過去の状態である采女の袖を吹き返す風の様が「采女の袖吹きかへす明日香風」と現在形で表現され、過去の状態として強く提示されない分、やはり現在に重きを置いた感慨の表出といった印象を与える。それに比べ、三番目の旅人の歌は、「見し人ぞなき」と過去と現在の相違が提示されており、それ以前の二首よりもより時の推移を感じさせる。が、一方「見し人ぞなき」という表現は現在の状況を直叙した表現となっているため、未だ現在という時点に詠嘆の重点が置かれている感が存するのも否めない。それに対し、この旅人の歌に続く一〇六一番の福麻呂の歌および作者未詳の一八八四番歌になると、過去から現在への時の変化が「ももしきの大宮人ぞ立ちかはりける」「人は古り行く」と明確に提示されるとともに、過去から現在への変化を相対的にながめた表現がなされており、先の三首に比してより時の推移を感じさせる。ここまで来れば先に古今集の時の推移を感じさせる歌としてあげた二八番歌とほとんど同程度に時の推移を感じさせるといってよいであろう。ただし、この型の発想の歌でこのような例は万葉集ではこの他数首程度にとどまる。人事の変と自然の不変を対置した歌は、いずれも時の推移を感じさせるものであり、万葉集に収められたそのようなパターンの歌も何らかの形で時の推移を感じさせる。しかし、それらの万葉歌の中には、人事の変において、過去と現在の相違およびその推移の相が明確に提示されているものは少なく、その分古今集に収められた歌に比べ、時の推移を表現する度合いは低いものが多いように感じられる。

かくしてやなほや老いなむみ雪降る大荒木野の篠《しの》にあらなくに　（巻七・一三四九・作者未詳）
妻恋に鹿鳴《か》く山辺の秋萩は露霜寒み盛り過ぎ行く　（巻八・一六〇〇・石川広成）
霜枯れの冬の柳は見る人の縵《かづら》にすべく萌えにけるかも　（巻十・一八四六・作者未詳）
雁は来ぬ萩は散りぬとさ雄鹿の鳴くなる声もうらぶれにけり　（巻十・二一四四・作者未詳）
藤原の古りにし里の秋萩は咲きて散りにき君待ちかねて　（巻十・二二八九・作者未詳）
我がやどの葛葉《くずは》日に異《け》に色付きぬ来まさぬ君は何心そも　（巻十・二二九五・作者未詳）

ここに挙げた例歌は、いずれも事象の変化を詠み込み、時の推移を表すという点で共通する。一三四九番歌は「かくしてやなほや老いなむ」という表現に反省的なニュアンスが認められるし、続く一六〇〇番歌、一八四六番歌、二一四四番歌、二二八九番歌、二二九五番歌は、秋萩が盛りを過ぎてゆく、柳が萌えだした、鹿の鳴く声もうらぶれた、秋萩が咲いて散ってしまった、葛の葉が日ごとに色付いたと、ともに現在ある景物の状態が変化していく、あるいは変化した様を詠じている。これらは現在の状況を詠じているのであるが、物の変化していく、あるいは変化した様相を詠じている点において、時の推移を感じさせる。が、やはりそれらも稀薄になったとはいえ、現在という時点への密着性を有し、先に示した古今集の時の推移を感じさせる歌に比べると、時の推移を感じさせる度合いは低いといわざるをえない。

見てきたように、万葉集の歌の中にも時の推移を感じさせる歌は存在する。しかし管見によると、それらの歌は万葉集全体の中のほんの一部にすぎない。しかもそれらの多くは、先に示した古今集における時の推移を感じさせる歌に比べると、いまだ時の推移を感じさせる程度がさほど強くないと思われるものが大半を占める。また、これら万葉集において時の推移を感じさせると思われる歌は、時期的にいえば、作者が判明しているものは万葉集第Ⅲ期以降、作者未詳の歌も主に奈良時代以降の歌を収めるという巻七、巻十、特に巻十に集中している(3)。このことは万葉集における時の推移を感じさせる歌が、万葉の時代から古今の時代に移り変わってゆく過渡的な位相に存在する歌であることを示しているように思われる。

以上、万葉集に収められた歌の中で、時の推移を感じさせる歌について検証してきたが、万葉集においては、いわれるごとく時の推移を詠じた歌が極めて少ないことが改めて確認された。時の推移を詠じる歌は古今集において出現するのである。

と同時に、以上の検討より万葉集と古今集の時間表現の相違が何に起因するかということも理解されることとなった。既に述べたように、万葉集の歌の表現が瞬間的であったのは、万葉集の歌が現在の事象のみを対象に詠歌するからではなかった。万葉の時代の人々の意識も、それ以降の人々と同じく、過去や未来に対して開かれていた。しかし、彼らの意識は過去や未来に開かれつつも、現在に強く拘束されていた。彼らの詠歌が瞬間的なのは、彼らが現在のみしか知覚しえなかったからでなく、彼らの意識が過去や未来も視野にいれた現時点の状況に強く結びつき、それを直接的に詠嘆せざるをえない立場にあったからである。それに対し、古今集の歌においては現在の状況は相対化され、現在は過去や未来と同様に現在の意識からある距離を持ったものとしてながめられる。従って、そのような意識によってなされる詠嘆は、時の推移を意識させるものとなる。万葉集と古今集の時間表現に相違が生じるのは、万葉人が現在の事象しか意識していないことによって起こるのではなく、万葉の時代の人々が、意識が直面している現時点の状況に強く拘束され、それを直接詠まなければならなかったのに対し、古今集時代の人々は過去から未来を広く見渡した視座に立って詠歌を行うことができたという相違に基づくものと了解すべきであろう。

古今集において歌が整然と時の推移に従って配列されていることも、古今集時代の人々が時の推移に意識的になったことを示す徴証の一つと見なすことができよう。

三　『古今集』の配列

松田武夫は『古今集の構造に関する研究』において、[4]

古今集が作品で有る以上、古今集全体として、何らかの体系組織があるはづである。その体系なり組織なりは、他の作品におけると同じやうに、古今集創造時に設定された、撰者の観念的思考体系である。古今集といふ作品に、二十の区分を与え、その一々に異なる名称を附し、全体的統一を計ったことは、明らかに、古今集創造者の観念的体系が先行し、その枠内に、もろもろの既成の歌をはめこんだことを、意味している。

とした上で、

例えば、四季の巻々においては、季節の推移に伴って顕現し消滅する自然現象中の事物を、抽象化観念化し、それをひとつの包括概念として、それにより、部立内部に、何らかの秩序をもたらせやうとするのである。

と指摘する。具体的には、古今集の春の部は「立春」「雪」「鶯」(「解氷」)「若菜」「霞」「緑」「柳」「百千鳥」「呼子鳥」「帰雁」「梅」「桜」「藤」「山吹」「逝く春」というように、歌が主題別に分類され、それらの主題が時の推移に従って配列されているという。しかも、「桜」「梅」といった多くの歌を含む歌群は、その内部が「咲き始めた桜」「咲く桜」「散り始めた桜」「散る桜」あるいは「咲く梅」「散る梅」というように、主題内部がさらに細かな歌群に分類され、時の推移に従った配列が施されている。[5]

また春、夏、冬の部の冒頭部分や、夏の部の巻末部分にも、時の推移を意識した、きめの細かい配列が試みられている。

　題しらず　　　読人しらず

135わが屋戸の池の藤波咲きにけり山郭公いつか来鳴かむ

　卯月に咲ける桜を見てよめる　紀利貞

136あはれてふ言をあまたにやらじとや春におくれてひとり咲くらむ

　題しらず　　読人しらず

137五月まつ山郭公うちはぶき今も鳴かなむ去年《こぞ》のふるこゑ

　伊勢

138五月来ば鳴きもふりなむ郭公まだしきほどの声を聞かばや

　読人しらず

139五月まつ花橘の香をかげば昔の人の袖の香ぞする

夏の部の冒頭、135に詠まれた藤は晩春から初夏にかけて咲く花で、古今集では春の部でも

　志賀より帰りける女どもの、花山に入りて藤の花のもとに立ち寄りて、帰りけるによみておくりける

　僧正遍照

119よそに見て帰らむ人に藤の花はひまつはれよ枝は折るとも

　家に藤の花咲けりけるを、人の立ちとまりて見けるをよめる

　みつね

120わが屋戸に咲ける藤波立ちかへりすぎがてにのみ人の見るらむ

と詠まれている。また桜が春の花であることはいうまでもないが、夏の部の二首目136では、卯月に咲いた桜を詠

み込んだ歌が配置される。このように夏の部の冒頭部分に春の景物を詠じた歌を配置するという構成は、春と夏が截然と区別されるのではなく、春から夏に次第に季節が推移していくという現実のあり方をなぞるような形で歌を配置し、現実の時の推移に近い形を歌集の上で再現しようと試みた結果であろう。同様な構成方法は春の部の冒頭部に冬の景物である雪が詠み込まれた歌が配置されていたり、夏の部の最後の歌として

六月のつごもりの日よめる　（みつね）

168夏と秋と行きかふ空のかよひぢはかたへすずしき風や吹くらむ

と、夏と秋の双方が詠まれた歌が置かれていたり、冬の部の冒頭に秋の代表的景物である紅葉を詠んだ歌が配置されている箇所などにも認めることができる。

さらにいえば、古今集巻頭の

ふる年に春立ちける日よめる　在原元方

1年のうちに春は来にけりひととせを去年《こぞ》とやいはむ今年とやいはむ

という歌は一年が終わらないうちに春を告げる立春が来た状態を詠んだものであるが、この状態はいうなれば冬のうちに春がやって来た状態、夏の部の最終歌で夏と秋が同居しているのが詠じられたのと同じ状態を詠じたもので、ここにも季節の連続性を意識させようとする配列の意図を感じ取ることができる。と同時に、このような歌を四季の部の冒頭に据えるということは、『古今集』の撰者達が冬と春との連続を指摘することにより、年月が円環的な構造を持って循環していることを示そうとしたと見ることができよう。また、それに続く二番歌も

春立ちける日よめる　紀貫之

2袖ひちてむすびし水のこほれるを春立つけふの風やとくらむ

とあるが、これも「袖ひちてむすびし水」の部分は夏、「こほれる」は冬、そして「春立つけふの風やとくらむ」

の箇所はいうまでもなく春を表しており、夏冬春の順に季節を詠ずることによって、季節の連続的な循環性を表現していると見てとることができよう。

『古今集』四季の部は以上見てきたように、時の推移に従って季節順、その季節の中の景物もその発現する時節の順に景物の単位でまとめて配列され、さらにその景物の歌群の内部もその景物の顕現、消滅のあり様に従って時の推移に沿った配列がなされている。しかも、四季の部はそれぞれ互いに浸透しあう形で歌が配置されており、それらの季節が孤立することなく連続性を保って接続されることにより、一年の時の流れがスムースに連続性を保って流れていることが表現され、かつ冬と春が相互に浸透するとともに、春の始めに他の季節が連続的に回想されることによって、年月の運行が連続的であると同時に春夏秋冬の順に循環していることが表現されているのである。

また、このような時の流れに沿った配列は、四季の部とともに『古今集』の中で最も重要性を持つ恋の部の配列においても見てとることができる。

松田武夫は、古今集の恋歌五巻も四季歌六巻と同様「時間的推移を基底に一首々々を排列」したものであるとしながら、恋歌は四季歌と異なり「全体を判然と大きく区切る分類項目に欠けてゐる」とし、恋歌五巻全体を「不会恋」恋一から恋二の百四十七首、「会恋」恋三から恋四・七〇一番までの八十六首、「会不会恋」恋四・七〇二番から恋五末尾までの百二十七首の三つに分類し、さらにその内部は「性質内容を等しくする歌の小集合体を形成し、それをほぼ恋愛の推移経過に従い配置する」形となっているとする。松田が整理した小集合体は、「忍ぶ恋」「もの隔てたる」「見ぬ人」というような恋の諸相により分類された小歌群と、「河に寄す」「花に寄す」「鳥に寄す」というような歌に詠み込まれた事物に基づいて分類された小歌群とから成り、それぞれ恋一、二十九、恋二、二十七、恋三、十四、恋四、十五、恋五、二十三の計百八に及ぶ。(6)

これに対し鈴木宏子は、松田の分類が巻ごとのまとまりを重視していない点、および心象に基づく主題と物象に基づく主題を併存・混在させている点に疑問を抱き、巻ごとの構造分析を試みる。(7)

鈴木は、まず恋一と恋二について、恋一には読人しらずの歌、恋二には撰者時代の歌が多く収められているという相違はあるが、「両巻とも、逢い難い人を恋う男の心を詠んだ歌を主として恋の初期の心理を描き出しており、行動面の進展はほとんどな」く、「恋の時間的進行という配列基準の拘束力は弱」いとしながらも、「恋一、恋二には、（一）恋に落ちる↓（二）求愛する意志を固める↓（三）求愛するが遭えない日々が続く↓（四）万難を排して逢おうと決意をあらたにする、という恋の時間的進行の骨格を見てとることができる」とする。また、しいて両巻の相違を求めるなら「恋一は揺れ動く心を物象の連関の中に描いた巻であり、一方恋二は、独り寝の歌・涙の歌を集中させて「不逢恋」の精髄を捉えようとした巻である」のではないかと推定する。さらにこのような恋一、二に対し、恋三、恋四では、「恋の時間的進行」が明確に表現されているとし、恋三では「逢瀬の前後の恋の進展」を表現する歌が（一）逢わずに帰る日々↓（二）なき名が立つ↓（三）初めて逢う一夜〈（ア）出かけていく「よひ」（イ）「夜中」（ウ）「あかつき」の別れ（エ）「あした」の回想〉↓（四）浮名を恐れ逢い難い日々↓（五）浮名が立つ、という時間的進行に沿った基準に基づいた配列がなされ、恋四でも、（一）恋の爛熟期〈（ア）逢った後一層増す恋しさ（イ）変わらぬ恋の誓い（ウ）逢えない一夜の心情（エ）熱い思いの表白〉↓（二）恋のかげりと衰退〈（ア）不信の芽生え（イ）女の不安と別れの意志（ウ）男の当惑（エ）互いの心の乖離（オ）久々の逢瀬の心情〉↓（三）離別とその後〈（ア）絶縁（イ）未練（ウ）形見をかこつ〉、というように「刻々と移ろう恋の様相を段階的に捉え」た配列がなされていると指摘する。そして最後の恋五では恋「一～四とは大きく異なり、各々統一体としてのまとまりを持つ前半部と後半部」より構成され、前半部は「男女各々の孤独な姿を描き」、後半部は「男に忘れ去られた女の悲しみを主導調にして、絶望、諦観に至る心の変化を描く」とし、さらに前半部は「恋を失った男の歌」「恋人に捨て去られた女の歌」「心の離れてしまった男女の歌」に分類され、そのうち二番目の「恋人に捨て去られた女の歌」は恋の時間的進行に基づいて配列がなされているという。後半部もその中間部で「恋の末期の心情の変化」が時間的推移という基準を基に配置されているとする。

鈴木の指摘は松田の指摘をふまえつつも、古今集の恋の部の広汎な部分において、その細部に至るまで、時の推移が重要な配列基準として採用されていることを明確に示したという点において、古今集恋の部の構造研究に新たな局面を拓いたものと言えよう。鈴木の説に従うならば、古今集は四季の部ばかりでなく恋の部においても、つまり古今集の最も重要な二つの部立において、時の推移を配列の重要な基準とし、その細部にいたるまで時の推移を意識した配列がなされていることになる。

もちろん、万葉集にも時間の推移に基づく配列が存在しないわけではない。巻一、巻二では、歌はその歌が詠まれた天皇の御代ごと、すなわち古い時代から順に配列されているし、巻十七から巻二十までのいわゆる家持の歌日記と称される部分は歌の詠まれた日時に従って配列がなされている。この他にも万葉集には歌の詠まれた年代順に歌が配列されている箇所が多く認められるが、これら年代順の配列も時間的配列と言えば言えないこともない。だが、古今集におけるように歌を四季別、あるいは恋の進展の諸相別に配列し、その内部をさらに時の推移に従って配列するというような配列方法はより複雑な配列構成であり、そのような配列が可能になるには撰者達のより高度な時間の推移に対する意識が前提となる。やはり、万葉集の年代順の配列は、その前段階の時間意識に基づく配列と言わざるをえないであろう。

また、万葉集巻八、巻十はそれぞれ春雑歌・春相聞、夏雑歌・夏相聞、秋雑歌・秋相聞、冬雑歌・冬相聞というように巻全体を四季に分け、さらにそれぞれの季節を雑歌・相聞に分けるという配列が施されている。春雑歌、春相聞といったそれぞれの部立ての内部の配列は、巻八では原則的に作者名の明らかな歌のみ収め、志貴皇子、鏡王女、駿河采女…というようにだいたい年代順に配列されるのに対し、巻十では作者未詳の歌ばかりを収め、春雑歌は「鳥を詠む」「霞を詠む」等、春相聞は「鳥に寄する」「花に寄する」等というように歌に詠み込まれる物象ごとの分類がなされる。これらの巻に見られる、四季別に歌を分類するという発想は古今集の先蹤をなすものであり、注目されるが、それぞれの部立ての内部の配列は歌の詠まれた時代によっていたり、詠み込まれた物象によって分類される場合も、古今集のように季節の推移に従って物象が配列されるという構造にはなっていない。万葉集巻八や巻十の配列は四季別に分類するという点では、古今集の配列に近づいているが、古今集ほど精密に季節の推移を写し取ろうとする姿勢は認められない。また、巻八、巻十に限らず、万葉集では相聞を部立の大きな柱として立てている箇所は多いが、それらにおいても時代順の配列や詠み込まれた物象別の配列が主であって、古今集のように恋の諸相を時間的な推移のもとに配置するというような方法は認められない。

古今集の四季や恋の部における整然とした配列構成は、松田武夫のいう通り「古今集創造時に設定された、撰者の観念的思考体系」であり、「古今集創造者の観念的体系が先行し、その枠内に、もろもろの既成の歌をはめこんだ」ことによるものであろう。従って、古今集の精緻な配列構成は、万葉時代とは異なった高度に発達した抽象的、観念的な思考能力のたまものであろうが、しかしそれらが時の推移を根本的な基準として配列されているという事実は、この時代の人々が前代に比して時の推移により敏感になったことを示しているのではなかろうか。また、万葉集でも比較的新しい時代に成立したとされる巻八、巻十に四季別の分類がなされていることは[8]、これらが万葉集から古今集への人々の時間の推移に対する意識の変化の過渡的な位相を示していると見ることができるように思われる。

四　悲秋、惜春、惜秋

古今集の時代になると

おほかたの秋くるからにわが身こそ悲しきものと思ひ知りぬれ（巻四・秋上・一八五・読人しらず）
物ごとに秋ぞ悲しきもみぢつつ移ろひゆくを限りと思へば（巻四・秋上・一八七・読人しらず）
いつはとは時はわかねど秋の夜ぞ物思ふことの限りなりける（巻四・秋上・一八九・読人しらず）
月見ればちぢに物こそ悲しけれわが身ひとつの秋にはあらねど（巻四・秋上・一九三・大江千里）
山里は秋こそことにわびしけれ鹿の鳴く音に目をさましつつ（巻四・秋上・二一四・壬生忠岑）

というように秋の悲哀を詠じた歌が数多く見出されるようになる。

もちろん、万葉集にも

今よりは秋風寒く吹きなむをいかにかひとり長き夜を寝む（巻三・四六二・大伴家持）
うつせみの世は常なしと知るものを秋風寒み偲びつるかも（巻三・四六五・大伴家持）
秋風の寒く吹くなへ我がやどの浅茅《あさぢ》が本にこほろぎ鳴くも（巻十・二一五八・作者未詳）
秋萩の枝もとををに露霜置き寒くも時はなりにけるかも（巻十・二一七〇・作者未詳）

といった、秋の悲哀を表現していると思われる歌も僅かながらではあるが存在する。これらのうち、前二首は秋風の寒さに妹を亡くした悲しみを詠み、後二首は秋の寒さに秋の代表的な景物を重ねて詠じており、秋の悲しみの感情をそこに見て取ることもできなくはない。しかし、それらから先の古今集の歌に見られたような強い秋の悲しみの情を感じ取ることはできない。万葉集には秋の悲哀を詠じた歌はない、あるいはあったにしてもそうした感情の表出ははなはだ微弱であるといわざるをえない。秋の悲哀の情が和歌に詠まれるようになるのはやはり古今集以後ということになろう。

ところで、このように古今集以後、和歌に秋の悲哀が詠み込まれるようになるのは、九世紀前半、我が国で隆盛を極めた漢詩文の影響によると説明されることが多い。しかし、事態はそれほど単純ではない。

中国においては、秋景を悲哀、憂愁の感情と結びつける悲秋の観念は宋玉の「九弁」（『文選』巻三三）に発し、それが魏晋朝において広い範囲で定着し、後の時代に継承されていったとされる。(9) そして、それら悲秋の情を詠じた中国の漢詩は、既に万葉の時代には、四書五経、『文選』を始めとする多くの漢籍や『芸文類聚』等の類書によって我が国にもたらされていた。(10) 事実、万葉集の歌が詠まれたのと同時代に詠じられた日本の漢詩を収めた『懐風藻』には、次のような秋の悲哀を詠じた詩が認められる。(11)

榻《しぢ》を懸《か》けて長く悲しぶ揺落《えうらく》の秋。　（藤原宇合、在二常陸一贈二倭判官留在一レ京）

詩興秋節《しきょうしうせつ》を哀《あはれ》ぶ、傷《いた》きかも槐樹《くわいじゅ》の衰《おとろ》ふることは。　（石上乙麻呂、贈二掾公之遷任入一レ京）

草かも樹かも、揺落《えうらく》の興緒《きょうしょ》窮《きは》まること難《かた》し。觴《さけ》かも詠《うた》かも、登臨《とうりん》の送帰《そうき》遠ざかること易《やす》し。

（下毛野虫麻呂、秋日於二長王宅一宴二新羅客一）

万葉の時代には、秋の悲哀を詠じた詩が中国から数多く伝わり、日本人の作った漢詩にも秋の悲哀が詠まれているのに、万葉集に秋の悲哀を詠じた歌が見出せないという事態は、どのように解釈すればよいであろうか。

万葉も後期の主要歌人達は、当時伝来した漢詩文にかなりの造詣を持っていたとされる。一方、『懐風藻』に収められた上代人の詩は、まだ試作的で、未熟であるとされる。(12) こうした点を考慮すると、上代人の詩は未だ中国の詩の模倣にとどまり、観念の上で作られた作品であって、彼らの実感を表現したものではなかったのではないか、あるいは一部の知識人の中に秋の悲哀を実感として理解する人も出現し始めたかもしれぬが、多くの上代の人々はまだそれを経験世界の中では実感しえなかったのではないかということが推測される。万葉も後期の歌人達は、中国の漢詩の中に秋の悲哀が表現されていることを知っていたであろう。にもかかわらず、彼らが歌の中でそれを詠まなかったのは、彼らの実生活の中で秋に悲哀を感ずることがなかったからではないだろうか。そのことは言い換えれば、平安時代になって和歌に秋の悲哀が表現されるようになるのは、その時代になって初めて人々が秋の悲しみを実感するようになったからということになろう。

では平安時代に入ると、なぜ人々は秋の悲哀を実感し、それを歌に詠み込むようになったのであろうか。それは既に述べてきたように、この時代の人々が時の推移に鋭敏になったきたことと不可分な関係があるように思われる。秋に悲哀の相を見出すには、秋という季節全体、あるいは一年の中の秋という季節を一年の総体の中でながめ、そこにものみな全てが移ろい、衰微し、消滅に向かっているという事態を認識する必要がある。万葉の時代には、人々は現在という時点に強く拘束された意識を持っていたが故に、そうした秋の消滅に向かう推移の相を見極めることはできなかったのであろう。平安時代になると、人々は時の推移を広く見渡せる目を持つことになった。そうした中で秋の衰微というものを十分に感知できるようになった人々は、そこに悲哀の相を見て取ることとなり、秋の悲哀を詠ずる歌を数多く詠出することになったのではないだろうか。

古今集の時代には、また

　　春を惜しみてよめる　　　　　　　　　もとかた
惜しめどもとどまらなくに春霞帰る道にし立ちぬと思へば　　（巻二・春下・一三〇）
　　寛平御時后の宮の歌合の歌　　　　　　おきかぜ
声たえず鳴けや鶯ひととせにふたたびとだに来べき春かは　　（巻二・春下・一三一）
　　弥生のつごもりの日、花摘みより帰りける女どもを見てよめる
　　　　　　　　　　　　　　　　　　　　みつね

とどむべきものとはなしにはかなくも散る花ごとにたぐふ心か　（巻二・春下・一三二）

　弥生のつごもりの日、雨の降りけるに、藤の花を折りて人につかはしける

　業平朝臣

濡れつつぞしひて折りつる年の内に春はいくかもあらじと思へば　（巻二・春下・一三三）

　亭子院歌合の春のはての歌　みつね

今日のみと春を思はぬ時だにも立つことやすき花のかげかは　（巻二・春下・一三四）

というように、それ以前の時代には見られなかった春を惜しむ歌も出現する。このような惜春の情を詠じた歌の登場には、承和年間に伝来した白居易（白楽天）の詩の影響が夙に指摘される。がここにも、先ほどの悲秋の歌同様、漢詩文の影響のみでは説明しきれない現象がある。というのも、古今集の時代以後、中国漢詩には見られない秋を惜しむ歌および日本漢詩が出現してくるからである。

逝く秋を惜しむ情が明白に表されている歌としては、『古今集』『貫之集』『躬恒集』に

　おなじ晦日の日、よめる　みつね

道知らば尋ねもゆかむもみぢ葉をぬさと手向けて秋はいにけり　（古今集・巻五・秋下・三一三）

　九月つこもり

紅葉ゝはわかれをおしみ秋風はけふや三室の山をこゆらん　（貫之集Ⅰ・九六）

　九月卅日

いつかたによはなりぬらんおほつかなあけぬかきりはあきとおもはん　（躬恒集Ⅰ・二六四）

ちりぬへきもみちをしり（ママ）てかさしつゝあきをとめつとたのみけるかな　（躬恒集Ⅳ・三三〇）

いさこゝに今日あすへなむあきのそらいまいくかゝはのへにのこれる　（躬恒集Ⅳ・三四〇）

あきのいろはゆきてみるまにくれぬれはつひにあかてそかへるへらなる
（躬恒集Ⅳ・三四二）

といった歌が認められ、「延喜十三年九月九日陽成院歌合」には「惜秋意」を題とする四十数首の歌が収められる。さらに、古今集以後の勅撰集には逝く秋を惜しむ歌が秋の部の末尾に必ず据えられるようになる。

また古今集の時代以降、秋を惜しむ和歌が登場するのと時を同じくして、日本漢詩にも秋を惜しむ詩が出現する。菅原道真の「暮秋、賦二秋尽翫一レ菊応レ令」（『菅家文草』巻二）という詩には「惜レ秋秋不レ駐」といった表現が見出される。この「惜レ秋秋不レ駐」という詩句は白楽天の「留レ春春不レ住。春帰人寂漠」（『白氏文集』巻五一・落花、『和漢朗詠集』［三月尽］所載）の応用と思われるが、中国の詩の中に春の逝くのを惜しむ詩はあっても、秋を惜しむ詩は存在しない。このように逝く秋を惜しむという日本独特の漢詩表現の初出は元慶七年（八八三）の菅原道真「同二諸才子一九月卅日、白菊叢辺命レ飲一」詩（『菅家文草』巻二）あたりに想定されるという[13]。また、日本漢詩には中国の詩には見られない「惜秋」という語が登場することになるが、この和製漢語「惜秋」の初出は、仁和四年（八八八）九月の「惜レ秋翫二残菊一」という公宴詩題にあるという[14]。

平安時代初頭には、それ以前には存在しなかった春を惜しむ詩や和歌が登場したばかりでなく、中国漢詩には見られない「惜秋」という表現や、逝く秋を惜しむ詩や和歌が出現する。春を惜しむ和歌や日本漢詩の発生だけなら、これを当時日本に招来された白詩の影響とすることもできよう。しかし、春を惜しむという和歌や漢詩の他に、中国の詩には見られない秋を惜しむ和歌や漢詩が出現したという事実は、単に白詩を中心とした中国詩の春を惜しむという表現を模倣したのみではなく、そうした表現を受容した日本人がそれを自らのものとして自在に操るまでに成長し、さらに自らの実感に合わせて新たな表現、すなわち惜秋という表現を創出したことを推測させる[15]。

ところで、春や秋の過ぎ逝くのを惜しむという感情が実感されるには、その前提として、人々の間に、時の推移を意識する感覚が備わっている必要がある。春や秋の過ぎるのを惜しむという感情は、人が現在の時点にのみ囚われるのではなく、過去から未来への時の流れを均等に見渡し、その中で季節が次第に移ろってゆくことを強く意識し、その移ろいをいとおしむという状態が生じて始めて発してくるものだからである。

平安時代初頭において、惜春、惜秋の詩歌が作られるようになったのは、先にも述べた通り、単なる中国詩の模倣でなく、当時の日本人が彼らの実感を表現したことによるものだとすると、当時の日本の人々は春、秋双方の季節に愛着を持つと同時に、過去から未来への時の流れを均等に見渡した上で、それら春、秋の季節が移りゆくものであることを実感したということになる。

彼らは、惜春という感情を白詩から、また秋の悲哀の感情を六朝詩などの漢詩から学んだのであろうし、それらによって時の推移に対する意識に目を開かれたのかもしれぬ。が、秋を惜しむ詩歌の発生や秋の悲哀の感情の表出の出現の過程などの事例も勘案すると、実際には時の推移に対する意識は漢詩文の影響の直接的な反映というより、わが国内部に起こった人々の精神のあり方の変化によってもたらされたと考えるのが妥当ではなかろうか。また、時の推移に対する意識の発生が、上代から中古にかけてのわが国の人々の精神のあり方によって起こったものだとすると、時の推移に対する意識の発生には、わが国の人々の精神の自律的な発達、および単に漢詩文の影響に限定するのではなく、より広汎な範囲におよぶ外来文化の受容による影響を考慮する必要が生じてくるのではないだろうか。

五　個の分化と散文表現の変化

ところで、私は以前いくつかの論文において、『万葉集』から『古今集』への歌風の変化は、『古今集』の時代になると『万葉集』の時代の時代に比べて、個がより一層確立され、外界との一体感が失われたことに起因するのではないかと指摘したが、[16]見てきたような『万葉集』から『古今集』への時間表現の変化は、そのような仮説との符合を示すように思われる。すなわち、『万葉集』の時代には、人々は外界と分化し、個もかなりの程度まで確立してきていたであろうが、その一方でいまだ外界との一体感を有しており、ために時間的にも現在という時点に強く拘束された意識を持たざるをえなかったのに対し、『古今集』の時代になると、個と外界の分化は『万葉集』以上に進み、現在という時点が相対化され、過去から未来という時の流れ全体を平等に見つめることのできる意識を獲得するに至ったとすることができるのではないかと推測される。

既に発表した論文においては、[17]表現主体と〈現実〉（この括弧付きの〈現実〉とは、我々を取り巻く外界の他に、我々自身の感情、意志、意欲、あるいはそれらに準ずるイメージをも含む）との分化という図式を用いて説明したが、これはもっと単純に表現主体（意識）と対象の分化という図式で考えることができると思われる。表現主体とは、我々の意識そのものを意味している。また、対象とはその意識の対象となる全てのものを含む。すなわち、我々を取り巻く外界の他に、我々自身の感情、意志、意欲、あるいはそれらに準ずるイメージの他に、我々自身すらもそれには含まれる、つまり我々が意識する対象全て、我々の経験世界の全てが対象という語に含まれる。『万葉集』の時代においても、この意識と対象は分化し、意識と対象との間にある程度の距離は生じていたが、そこには対象との一体感もいまだ存在し、意識と対象との間には親密な関係が保たれていた。『古今集』の時代になると、意識と対象との分化はさらに進行し、両者の間の距離は、意識が対象を客体として対象化して把握できるほどの状態になったと考えられる。意識と対象との分化が進めば、その意識を包摂する身体として一つの完結性を持つ我という存在も、当然外界と距離を持ち、外界からより分化して自立したものとなる。意識と対象の分化は、個と外界の分化と表裏一体の関係にある。

さて、『万葉集』の時代は、意識と対象が分化しつつも、いまだ一体感を有していたとすると、第二節で指摘した、『万葉集』の時代には韻文による個人の心情表現はなされても、散文による個人の心情表現がなされなかったという事実も、次のように説明できるのではないだろうか。『万葉集』の時代以前、すなわち上代においては、意識は対象と一体感を有していたが、そのような状態において生起する感情は、意識や対象と一体となり、ある個人の経験世界全体を覆う、充実した実感ともいうべき存在感に満ちた感情であった。散文とは第一節でも述べた通り、対象をある距離を持って客体化した時、その表現機能を最もよく発揮する文体である。上代のように意識と対象の距離が近い時、それは対象の輪郭を概括的に把握することはできても、その対象そのもの、すなわち意識と対象との一体感の中で生じたある個人の経験世界そのものを具象的に表現することはできない。そのことは当然、経験世界とともに存在する客体化しえない感情そのものも、具象的に表現することはできないことを意味するであろう。それに対し韻文は、経験世界を瞬時のうちに把握し、表出する詠嘆という表現方法をその特性とし、対象を直接的、即自的に把握することの可能な文体である。対象との一体感をいまだ保有する『万葉集』時代の人々にとって、そのように表現対象を瞬時に把握し、詠嘆するという文体は、彼らの経験世界を表現するのに最もふさわしい文体であり、経験世界とともに存在する感情、つまり外界との一体感持った生活の中に生起する様々な感情を表現するのにも最も適した表現方法だったのではないかと考えられる。『万葉集』の時代において、韻文による個人の心情表現が盛んに行なわれたのに対し、散文による個人の心情表現がなされなかったのは、『万葉集』時代の人々にとって、韻文は彼らの生活感情を十全に表現しうる文体であったのに対し、散文は彼らの生活感情の輪郭を概括的にしか捉えられない文体であったからではなかったろうか。もちろん『万葉集』よりもさらに以前の時代ということになれば、意識と対象の一体感はさらに強まるから、散文による心情表現などとうてい考えられないし、韻文表現ですら意識と対象の一体感がさらに強まり、意識と対象との距離がより近接すれば、個人の心情を概括的には表現しえても、具象的に表現することは困難になるであろう。

見てきたように、『万葉集』の時代にあっては、意識は対象とある程度の分化を生じつつも、対象との一体感を有していたと想定されるのであるが、平安時代になると、人々の意識は対象とさらに分化し、人々は対象を客体として対象化して見ることのできる眼を持つようになる。意識と対象の関係がこのような状態になると、散文表現は個人の経験世界を表現するのにふさわしい文体となる。というのも、経験世界が対象化され、客体化された時、経験世界は意識と一体感を持っていた上代のそれとは質を異にした、日常的、散文的なものとなるが、散文とは、先にも述べた通り、意識が対象を客体化して見ることができるような距離を持った時、最もその表現機能を発揮する文体であり、そのような対象化、客体化された経験世界こそ、散文がその質を損なうことなく十全に表現しうる世界だからである。散文によって経験世界が表現可能なものとなると、意識が経験世界とともに感受する感情も、散文によって、その感情の質を損なうことなく表現しうるものとなる。個々の人々の経験世界の中で生起する感情は、平安時代に意識と対象がこのような距離を持つまで分化した時、初めて散文によって表現することが可能となったと考えられる。

もちろん、第一節で述べたように、意識が対象を客体として見ることのできるような距離を持ったとしても、表現主体〔意識〕が対象をすぐに具象的に表現できるとは限らない。我が国のように、意識と対象の分化が、自律的にではなく、外国の高度な文化の急激な流入という外在的な要因に基づいて急速に押し進められた地域にあっては、意識と対象の間に、対象を客体として対象化して見ることのできるほどの距離が生じたにしても、表現主体〔意識〕は対象をすぐに具象的に把握する能力を持ちえなかったのではないかと想像される。しかし、対象を具象的に把握することはできなくとも、散文によって経験世界の質、ならびにそれとともに存在する感情の質を把握できることになった以上、表現の仕方、すなわち景物や出来事、および感情表現の組み合わせを工夫すれば、散文によって個人の感情は表現しうるようになる。第二節冒頭で示した『土佐日記』の例などが、そのよい例となろう。平安時代初頭には、散文による自然表現はまだ具象的なものとはならなかったが、散文による個人の心情表現が早くも可能となったのは、このような事情によると思われる。

また、意識と対象との関係がこのような状態になると、韻文もそれに応じた変化が要求されることとなる。いままで対象との一体感の中で、それを直接的に把握することで、充実した実感世界を表現しえた韻文が、対象との一体感を喪失することによって、充実した世界を表現しえなくなり、新たな表現方法を模索せざるえなくなる。そこに観念的、画一的な美的景物による自然表現や、対象を直接的に把握するのではなく、意識の内部で再構成し、通常の把握とは異なる非日常的な文学空間を形象するなどといった、古今集に特徴的な表現世界が出現することとなる(18)。

またそれと同時に、物語のような第三者の視点からなされる散文表現も、平安時代になると、それ以前の時代とは異なった様相を呈し始める。例えば、『竹取物語』には次のような文章が認められる。

かかるほどに、宵うちすぎて、子の時ばかりに、家のあたり、昼の明《あか》さにも過ぎて、光りたり。望月の明さを十合《とをあは》せたるばかりにて、在る人の毛の穴さへ見ゆるほどなり。大空より、人、雲に乗りて下《お》り来て、土より五尺ばかり上《あが》りたるほどに立ち連《つら》ねたり。内外《うちと》なる人の心ども、物におそはるるやうにて、あひ戦はむ心もなかりけり。からうじて、思ひ起こして、弓矢をとりたてむとすれども、手に力もなくなりて、萎《な》えかかりたる、中に、心さかしき者、念《ねん》じて射むとすれども、ほかざまへいきければ、荒れも戦はで、心地ただ痴《し》れに痴《し》れて、まもりあへり。

これは、物語の末尾に近い部分、かぐや姫を迎えに、天人が地上に降りて来た様を表現した場面であるが、ここで注目されるのは、この文章が天人の降りて来る様を具体的に表現しようと試みている点である。もちろんその描写がすぐれて具象的なものといいがたいのは、平安時代初頭の散文が観念的な把握の域から充分脱していなかったことによると考えられるが、しかしそうでありつつも、ここには上代の散文表現とは異なった把握態度が認められる。上代散文表現においては、第二節で引用した沙本毘売の物語のように、物語は事実や出来事、すなわち表現対象の概括的な叙述に終始するのに対し、この『竹取物語』の文章は、事実や出来事の概括的な叙述のみでなく、ある場面の様子を具体的に表現しようとする意図が認められる。このように、ある場面そのものの様を散文によって表現しようとする試みは、表現対象を客体化して把握することのできる表現主体（意識）によって初めて可能となったのではなかろうか。

また、『竹取物語』には、次のような表現も存在する。

（1）「文を書き置きてまからむ。恋しからむをりをり、取りいでて見たまへ」とて、うち泣きて書く言葉は、

この国に生まれぬるとならば、嘆かせたてまつらぬほどまで侍らん。過ぎ別れぬること、かへすがへす本意《ほい》なくこそおぼえはべれ。脱ぎ置く衣《きぬ》を形見と見たまへ。月のいでたらむ夜は、見おこせたまへ。見捨てたてまつりてまかる、空よりも落ちぬべき心地する。

と、書き置く。

（2）かぐや姫、「物知らぬこと、なのたまひそ」とて、いみじく静かに、朝廷《おほやけ》に御文奉《たてまつ》りたまふ。あわてぬさまなり。

かくあまたの人を賜《たま》ひて、とどめさせたまへど、許さぬ迎へまうで来て、取り率《ゐ》てまかりぬれば、口惜しく悲しきこと。宮仕へ仕うまつらずなりぬるも、かくわづらはしき身にてはべれば。心《こころ》得《え》ず思《おぼ》しめされつれども。心強くうけたまはらずなりにしこと、なめげなるものに思しめしとどめられぬるなむ、心にとまりはべりぬる。

とて、

　今はとて天《あま》の羽衣《はごろも》着るをりぞ君をあはれと思ひいでける

とて、壺の薬そへて、頭中将呼び寄せて奉らす。

（1）、（2）は、ともにかぐや姫が天に昇るに際して書いた手紙で、（1）は竹取の翁、（2）は帝に宛てて書いたものである。第二節で見たように、上代の物語的な散文においては、物語の中である人物の心情を表出しようとする場面においては、韻文や直接話法が用いられたのに対し、ここでは手紙、しかも仮名散文の手紙によって、かぐや姫の心情が表現される。（1）の場合は全文仮名による散文であるし、（2）の場合には、和歌もしたためられているが、それ以前に書かれた手紙の散文表現から、かぐや姫の心情は充分に汲み取ることができる。『土佐日記』のような一人称散文で個人の心情が表出されるようになったことが、このような表現を生み出すことになったと考えられるが、『竹取物語』において、個人の心情を表出する場面に、上代の物語的な散文とは異なり、散文しかも仮名和文の散文によって、ある人物の心情が表現されるようになったという事実は、『竹取物語』自体が、上代の物語的な散文表現とは異なる次元の表現領域を獲得した散文表現であることを示す証左となるのではなかろうか。

　平安時代になると、『土佐日記』のような一人称散文のみでなく、『竹取物語』のように第三者の立場に立って散文表現を行う物語的な散文においても、それ以前の時代とは異なった散文表現が現れるようになるが、『土佐日記』の散文表現にしろ、『竹取物語』の散文表現にしろ、それらの散文表現の新しさは、いずれも表現主体（意識）が表現の対象を客体化しうる眼を持つことによって可能になったと考えられる。平安時代初頭に生じた、表現主体（意識）と対象との一層の分化、対象との一体感の喪失という事態は、韻文において新しい表現様式を生み出すと同時に、散文表現においても新たな表現領域を切り開いたということができるのではないだろうか。

注

（1）和辻哲郎『日本精神史研究』（岩波書店、大正15年10月）
（2）窪田空穂『古今和歌集評釈』（東京堂、昭和35年3月）
（3）伊藤博『萬葉集釋注』十一、別巻（集英社、平成11年3月）一、第二章等。
（4）松田武夫『古今集の構造に関する研究』（風間書房、昭和40年9月）序論
（5）拙著『古今歌風の成立』（笠間書院、平成11年1月）第三部。
（6）松田武夫『古今集の構造に関する研究』
（7）鈴木宏子『古今和歌集表現論』（笠間書院、平成12年12月）
（8）同注（3）。
（9）小尾郊一『中国文学に現われた自然と自然観』（岩波書店、昭和37年11月）
（10）小島憲之『古今集以前』（塙書房、昭和51年2月）第一章、三、（一）。
（11）『懐風藻』は『日本古典文学大系』に拠る。
（12）小島憲之『古今集以前』第一章、一。
（13）太田郁子「『和漢朗詠集』の「三月尽」・「九月尽」」（『言語と文芸』91号、昭和56年3月）
（14）渡辺秀夫『平安朝文学と漢文世界』（勉誠社、平成3年1月）
（15）太田郁子は注（13）の論文において「中国の季節観では、秋を悲しい季節として傷み嘆く傾向が、伝統的に強くあったために、九月尽が特別の哀惜すべき対象とならず、詩の素材にもなりにくいという文学的な状況」があったのに対し、日本では万葉以来秋は賞美の対象であったことが、日本独自の惜秋の文学を生み出す母体となったのではないかと推定する。
（16）拙著『古今歌風の成立』第一部。
（17）拙著『古今歌風の成立』第一部、第一章。

（18） 同注（16）。

第四節　『古今集』の擬人法
――『万葉集』の擬人法との比較を通して――

一　はじめに

平安時代初頭、和歌に新たな表現領域を切り開いた『古今集』には様々な修辞技法が認められるが、それら修辞技法の中でも重要な技法の一つとして擬人法があげられる。擬人法自体、既に『万葉集』にも存在するが、『万葉集』の擬人法と『古今集』のそれとは大きく異なった様相を示しており、その相違は両集の歌風の相違のみならず、それぞれの歌集を成立せしめている時代の精神とも深く関わっていると思われる。本節では擬人法とはどのような修辞技法か、『古今集』に特徴的な擬人法とはどのようなものか、それによってもたらされる表現世界とはどのような特色を持つのか、またそのような表現世界を成立せしめているものは何か、といった点について考えてみたいと思う。

二　擬人法について

鈴木宏子は擬人法を、

「人間以外のもの」を「人間」になぞらえて表現する技法と定義し、「人間以外のもの」には、「動物・植物・天象という景物、移り変わる季節、「小瓶」のような具象物、「老いらく」「心」「恋」のような抽象概念が広く含まれる」とする。[1] 例えば、動物の具体例としては、

（1）やよや待て山郭公ことつてむ我世の中にすみわびぬとよ　（巻三・夏・一五二・三国町）

（2）春たてば花とや見らむ白雪のかかれる枝にうぐひすの鳴く　（巻一・春上・六・素性法師）

植物の例としては、

（3）山高み人もすさめぬ桜花いたくなわびそ我見はやさむ　（巻一・春上・五〇・読人しらず）

（4）名にめでて折れるばかりぞ女郎花我おちにきと人にかたるな　（巻四・秋上・二二六・僧正遍照）

天象を擬人化したものとしては、

（5）春風は花のあたりをよきて吹け心づからやうつろふと見む　（巻二・春下・八五・藤原好風）

（6）山桜わが見にくれば春霞峰にも尾にも立ちかくしつつ　（巻一・春上・五一・読人しらず）

季節自体を人間になぞらえる例としては、

（7）春のきる霞の衣ぬきをうすみ山風にこそ乱るべらなれ　（巻一・春上・二三・在原行平）

（8）道知らば尋ねもゆかむもみぢ葉をぬさと手向けて秋はいにけり　（巻五・秋下・三一三・凡河内躬恒）

その他として、

（9）桜花散りかひくもれ老いらくの来むといふなる道まがふがに　（巻七・賀・三四九・在原業平）

（10）玉垂《たまだ》れのこがめやいづらこよろぎの磯の波わけ沖にいでにけり　（巻十七・雑上・八七四・藤原敏行）

（11）身を捨ててゆきやしにけむ思ふよりほかなるものは心なりけり　（巻十八・雑下・九七七・凡河内躬恒）

（12）石上《いそのかみ》ふりにし恋の神さびてたたるに我は寝《い》ぞ寝《ね》かねつる　（巻十九・雑躰・一〇二二・読人しらず）

といった例歌をあげる。これは、小沢正夫が擬人法を論じて、擬人化される景物としては「動物が擬人化されることが一番多く、植物、無生物の順序でこれに続く」とする指摘[2]に従いながら、「無生物の中でも天象とそれ以外とを別に考えた方が実態に即している」との見解のもとに、それに対応した例歌を示したものである。確かに無生物の中でも天象はその数において際立っており、その点ではこの分類は的を得たものと思われるが、ただし「春」「秋」といった季節は「恋」「老いらく」「世の中」などと同様、抽象概念と捉えるのが適切ではなかろうか。

また、（10）は歌自体を読んだだけでは「小亀」のことを詠んだ歌としか解釈できない。この歌は詞書を見ると、

寛平御時に、うへの侍《さぶら》ひに侍りけるをのこども、瓶《かめ》を持たせて、后の宮の御方に「大御酒《おほみき》のおろし」と聞えに奉りたりけるを、蔵人ども笑ひて、瓶をお前にもていでて、ともかくも言はずなりにければ、使ひの帰り来て「さなむありつる」と言ひければ、蔵人のなかにおくりける

とあり、そこから「小亀」は「小瓶」と掛詞となり、以下の表現に「小亀」に関する表現の背後に「小瓶」についての表現が暗示されるという解釈が生じてくる。従って、歌そのものだけでは「小瓶」を「小亀」になぞらえた表現となっておらず、擬人化した歌と見るのはためらわれる。それに、「小瓶」という器物を「小亀」という動物になぞらえるというのも、「「人間以外のもの」を「人間」になぞらえて表現する」という擬人法の定義からは逸脱しており、純粋な擬人法とは言いがたい。このような表現は、後に述べる寓意的表現の一種と見なすべきであろう。

その代わり、天象という景物と「春」「秋」「老いらく」「心」「恋」のような抽象概念の間には、

（13）秋の山紅葉をぬさと手向くれば住む我さへぞ旅心地する　（巻五・秋下・二九九・紀貫之）

（14）大空の月の光し清ければ影見し水ぞまづこほりける　（巻六・冬・三一六・読人しらず）

（15）知るといへば枕だにせで寝しものを塵ならぬ名のそらに立つらむ　（巻十三・恋三・六七六・伊勢）

（16）世の中の憂きもつらきも告げなくにまづ知るものは涙なりけり　（巻十八・雑下・九四一・読人しらず）

のように「山」「水」といった自然の景物、「枕」といった身のまわりの器物、「涙」といった人間そのものにまつわる具象物といった様々な事象をあげることができよう。

また、（11）、（12）のように、本来人間自身に属する「心」や「恋」といった概念を、ことさら擬人化される対象とし、これらの歌に擬人法が用いられているとすることに疑問を呈する見方も存するかもしれぬが、これらは鈴木の指摘するように、「心」や「恋」がいったん対象化されることによって人間以外のものと見なされ、その後人間になぞらえられるという過程を経たものと考えれば、擬人法として用いられた例と見なして差し支えないであろう。

ただし、例歌（12）に見られる「たたる」という表現は、人間というより神とか霊とかいったものの行為を表す表現であり、「恋」を人間と見なしたものとは捉えがたい。これなどは、擬人法の厳密な定義からはずれたもので、擬人法に近似した擬似擬人法とも呼ぶべき用例と解した方がよいように思われる。

（17）わが恋はむなしき空にみちぬらし思ひやれども行く方もなし　（巻十一・恋一・四八八・読人しらず）

この歌は、「我が恋」が「むなしき空」に充満していくと、恋を空気か何かのように物質化して表現している。こうした表現も非人間を人間として表現する擬人法と類似した表現の方法を持っているが、「恋」という抽象概念を人間化するのでなく物質化して表現している点、擬人法と類似するが擬人法とは言えないであろう。このような例も（12）と同様、擬似擬人法という分類の中に入れるのが適切であろう。

さらに、擬人法の特殊な例としては、次のようなものがあげられる。

（18）人の見ることやくるしき女郎花秋霧にのみたちかくるらむ　（巻四・秋上・二三五・壬生忠岑）

（19）女郎花うしろめたくも見ゆるかな荒れたるやどにひとり立てれば　（巻四・秋上・二三七・兼覧王）

これらは「女郎花」を擬人化したものであるが、「女郎花」の場合「をみな」という語を含むことから「女性」を連想させるというように、擬人化の契機として掛詞が使われており、かつそこから連想される人物が単に人間ではなく、女性に特定されるという点に特徴がある。もちろん、「女郎花」を用いた歌全てが擬人化されるわけではない。

（20）女郎花おほかる野辺に宿りせばあやなくあだの名をや立ちなむ　（巻四・秋上・二二九・小野美材）

（21）妻恋ふる鹿ぞ鳴くなる女郎花おのがすむ野の花と知らずや　（巻四・秋上・二三三・凡河内躬恒）

（20）は「女郎花」から女性を連想し、その女郎花の多い野に宿りをしたから浮名が立つのではと心配し、（21）は妻を恋うる男鹿の相手として女郎花を想像する。これらにおいては、女郎花は一首の文脈からは人間のように感じたり、行動したりするものとして表現されてはいない。ただ、「をみなえし」→「をみな」の関係から「女郎花」の背後に女性や雌鹿が連想され、それぞれの歌はその関係を利用して表現に様々なふくらみを持たせているのであり、擬人法とは言いがたいように思われる。これらは「女郎花」という語の特性を利用した特殊な位相の比喩表現と見るべきではなかろうか。

（22）誰が秋にあらぬものゆゑ女郎花なぞ色にいでてまだき移ろふ　（巻四・秋上・二三二・紀貫之）

（23）ひとりのみながむるよりは女郎花わがすむ屋戸に植ゑて見ましを　（巻四・秋上・二三六・壬生忠岑）

（22）、（23）も、女郎花は人間のように感じたり、行動したりするものとして表現されておらず、「女郎花」に女性のイメージを思い浮かべなくても、一首として解釈できる。しかし（22）は「秋」に「飽き」、「移ろふ」に「色があせる」と「愛情が他の人に移る」の意が掛けられ、「女郎花」を「女性」と見立てることによって、一首の背後に心変わりをした女を責める意が読み取れる。（23）は「ながむ」主体が女郎花から連想される女なのか、その女性に思いをかけている男なのか説の分かれるところであるが、「よりは……ましを」という構文からすると女に思いをかけている男ととるのが適切と思われる。[3]とすると、この歌は表面では野に咲く女郎花を心の中で思い続けるよりも、自らの庭に植えてみたいという願望を詠じながら、その裏に恋しい女のことであれこれ物思いをして遠くから見ているよりも、自分の家に住まわせたいという男の思いが込められていると解釈される。これらの歌も「女郎花」を「女性」にたとえるという表現方法において、擬人法の表現方法と軌を一にする。しかし、一首の表現そのものは「女郎花」を「女性」として人間的な感情や行動をとるものと解釈しなくとも意味はとれる。これらの歌は、「女郎花」→「をみな」という連想を契機とし、女郎花を女性に見なすことによって、「女郎花」を詠じたと解される歌の背後に人事的な解釈が浮かび上がらせるという表現の仕組が組み込まれていると解されるのであり、擬人的な表現というより、(10)と同様、寓意的表現の一種として捉えた方がよいと思われる。

また、この「女郎花」と類似した表現方法として「藤袴」の例もあげられよう。

(24)何人か来てぬぎかけし藤袴来る秋ごとに野辺をにほはす　(巻四・秋上・二三九・藤原敏行)

この場合「藤袴」に「袴」という語が含まれていることから「袴」が連想され、野辺に咲いている藤袴を誰が来て脱ぎ掛けたのかと人間的な行為にからませた表現が生まれてくる。このような歌は、「藤袴」という言葉が「袴」を連想させることから、植物を衣類という人間にまつわる事物に見なすのであるが、非人間を人間になぞらえるわけではないので擬人法とは言いがたい。しかし、植物を人間に関連する衣類に見立てることによって人事的な文脈が導き出されてくるところに、擬人法と類似した表現方法を見ることができ、例歌(12)、(17)と同様、擬似擬人法と見なすことができよう。[4]

三　寓意的表現、見立てと擬人法

擬人法と類似した表現方法として、先にも述べた寓意的表現がある。具体的な例をあげてみよう。

（25）年ふればよはひは老いぬしかはあれど花をし見れば物思ひもなし　（巻一・春上・五二・前太政大臣）

この歌は歌だけ読めば老人の花を見ての述懐である。しかし、詞書には「染殿の后のお前に、花瓶に桜の花をさせたまへるを見てよめる」とあり、作者は「前太政大臣」である。とすると、この歌は単に老人の花を見ての述懐というだけでなく、花に前太政大臣藤原良房の娘の「染殿の后」、すなわち文徳天皇の中宮となった藤原明子を寓し、その明子の様を見て満足する良房の心情を表現している歌ということになる。(5) 寓意的表現とは、このように歌そのものの表現のみからでは汲み取れない意が、詞書等の何らかの外的要因によって歌の背後に表現されているものを指す。その中には、この歌におけるように花など非人間な事象が人間にたとえられるものがあり、そのような場合擬人法と類似した例が生じてくる。

しかも、このような寓意的表現は単独で存在するのみでなく、擬人法と共存する場合もある。

（26）あな恋し今も見てしが山賤《やまがつ》の垣ほに咲ける大和撫子　（巻十四・恋四・六九五・読人しらず）

（27）時鳥汝が鳴く里のあまたあればなほうとまれぬ思ふものから　（巻三・夏・一四七・読人しらず）

（26）は大和撫子を擬人化してそれを恋しく今も見たいというように人間に対するような態度でうたったものと解することができるが、これが恋四の部に収められていることからすると、この歌は単に大和撫子を愛でて詠まれたものではなく、この大和撫子に辺鄙な山里に住む可憐な乙女を寓し、その乙女をいとおしむ気持を詠じたものと理解される。（27）は時鳥を擬人化し、その時鳥に自らの家に留まって鳴かない不満を訴えたものと解されるが、この歌をある状況に置くと別の意味が見えてくる。(6)『伊勢物語』ではこの歌は次のような詞章の後に配置される。

むかし、賀陽《かや》の親王《みこ》と申すみこおはしましけり。その親王、女を思し召して、いとかしこう恵みつかうたまひけるを、人なまめきてありけるを、われのみと思ひけるを、また人聞きつけて文やる。ほととぎすの形《かた》をかきて、

（四十三段）

このような状況に置かれると、この歌は単にわが宿にじっと留まっていない時鳥に不満をぶつけた歌というだけでなく、時鳥は女にたとえられ、その女が色々な男と付き合っていることを暗に非難した歌ということになる。すなわち、擬人法を用いた歌の中にも何らかの外的な条件を与えられると、非人間的な事象が人間化され、あたかも非人間的な事象が、人間にように感じ、行動するものとして表現されるのみでなく、その表現の背後に表現の直接的に意味するものとは別の人事的な文脈が提示されるというような事例が生じてくるのである。

このように擬人法を用いた歌に、何らかの外的要因が付加されることによって、寓意的な表現が出現するようになるのは、擬人法は非人間的な事象を人間に見なす働きを持っており、故に非人事的な表現の裏に人事的な表現を見ようとする寓意的な表現技法と両立しうる可能性を持つからと考えられる。ただし、擬人法が寓意的表現と両立するような例においても、擬人法が歌そのものの表現から、非人間的事象が人間にたとえられていると理解されるのに対し、寓意的な表現は歌そのものの表現だけでは非人間的事象を人間に喩えていると解釈できず、詞書等何らかの外的情報が付加されることによって、はじめて非人間的な表現の背後に人事的な意味を持つ文脈を派生させるという点において両者は決定的な相違を示す。(7)

また、見立てと擬人法もきわめて類似した表現の方法を有する。(8)

（28）桜散る花の所は春ながら雪ぞ降りつつ消えがてにする　（巻二・春下・七五・承均法師）

この歌で「雪」と表現されているのは、実は散っていく桜の花びらである。ここでは「桜」が「雪」と見立てら

れて表現されているのであるが、こうした見立ての技法はあるものを他のものに見なして表現するという点で、擬人法と類似した性格を持つ。また、寓意的表現同様、見立ての技法が、擬人法と共存する場合もある。

（29）誰がための錦なればか秋霧の佐保の山べを立ちかくすらむ　（巻五・秋下・二六五・紀友則）

（30）神奈備の山をすぎゆく秋なれば龍田河にぞぬさは手向くる　（巻五・秋下・三〇〇・清原深養父）

（29）では、佐保山の紅葉が錦に見立てられ、秋霧が擬人化されてその紅葉を隠すと詠じられ、（30）では秋を擬人化し、秋が過ぎ去るとともに龍田河に散り流れていく紅葉を、秋の手向けの幣と見立てている。このように、擬人法と見立ての技法はあるものを他のあるものに見なすという点では共通性を有し、一首の中に同居して存在する場合すらあるのであるが[9]、見立ての場合、感覚的に類似したある事物ないし事象を他の事物ないし事象に見なすのに対し、擬人法は非人間を人間に見なすという点において明らかに異なっている。故に、擬人法では非人間を人間と同様に感じ、行動するものと表現するところに表現のポイントが存するのに対し、見立てでは同一のものと見なされた事物、事象同士のイメージが重層、映発することによって生ずる映像美が表現のポイントになる。擬人法と見立て、両者は一面では共通した性格を示すが、それらの技法が見なしを行う際の事象の性質や関係の相違、およびそれによってもたらされる表現効果の相違を勘案すれば、両者は明らかに異なった技法として区別されるべきであろう。

以上、擬人法はあるものを他のものに置き換えるという点では、寓意的表現や見立ての技法と共通性を有するが、表現そのものが非人間的事象を人間と見なして表現している点において寓意的表現とは異なっているし、ある事象を他の事象に見なすのではなく、非人間的事象を人間と見なす点において見立ての技法とも異なっている。擬人法は明らかに、寓意的表現や見立ての技法と異なった、固有の表現方法を有する修辞技法と言うことができよう。

四　『古今集』の擬人法

以上擬人法について、それと類似する表現との比較を通して、その表現のあり方の独自性について検証してきた。では、その擬人法が『古今集』ではどのようなあり方を示しているのであろうか。『古今集』における擬人法の特色とはどのようなものか、『万葉集』の擬人法との比較を通して考えてみたい。

さて、『万葉集』の擬人法を扱うことになると、どのような表現までを擬人法として認定するか、その範囲を明確にしておかなければならぬという問題が生ずる。『万葉集』には、例えば次のような表現が見られる。

(31) 月読《つくよみ》の光に来ませあしひきの山きへなりて遠からなくに　(巻四・六七〇・湯原王)

(32) 秋風の清き夕に天の川舟漕ぎ渡る月人をとこ　(巻十・二〇四三・作者未詳)

これらの歌は月を「月読」、「月人をとこ」と詠んでいる。この他『万葉集』には、月を「月人」「月読をとこ」などとする例もあり、これらをあわせると十五例もの用例がある。このうち(31)などは、月を「月読」と言い換えただけで、他に擬人的な表現は認められず、擬人というより月の異名を用いた表現と捉えた方がよいようにも思われるが、一方(32)のように月を「月人をとこ」と言い換えただけでなく、その「月人をとこ」が天の川を舟で渡ると擬人化して表現している例が存することからすると、これら「月人」「月人をとこ」「月読」「月読をとこ」といった表現は擬人法と見なしてよいと考えられる。

また、『万葉集』には次のような表現もある。

(33) 近江の海夕波千鳥汝《な》が鳴けば心もしのに古思ほゆ　(巻三・二六六・柿本人麻呂)

(34) 岩屋戸に立てる松の木汝を見れば昔の人を相見るごとし　(巻三・三〇九・博通法師)

これらの歌は、千鳥、松といった動物や植物を「汝」という呼称で呼んでいる。『万葉集』にはこれらの歌のように、動物や植物など非人間的なものを、「な」あるいは「なれ」と呼ぶ例が十四例認められる。このような呼び方は、「な」や「なれ」が人間のみでなく、動物や植物などにも用いられるのが万葉時代の通例であるとすれば、とりたてて擬人法とする必要もないが、『万葉集』の時代にはそれらは一般に人を呼ぶ場合に用いられていたとすると、動物や植物などに用いられた場合は擬人法ということになる。『万葉集』の時代、それらの語がそのどちらで用いられていたか目下のところ不明とする他ないので、本節ではこれらの用法も擬人法として扱うことにする。

以上のような点も考慮して、『万葉集』に用いられている擬人法の数を数えてみると、一〇一例となる。『古今集』の擬人法は「二　擬人法について」で考察した点も考慮して数えると、一五二例となる。『万葉集』の総歌数は四五一六首であるから、『万葉集』における擬人法の総歌数に対する比率は二・二％、『古今集』の総歌数は一一〇〇首であるから、『古今集』における擬人法の総歌数に対する比率は一三・八％となる。もちろん、これらの数値には数え落としもあると思われるが、数え落としを考慮しても、これらの数値が大きく動くことはあるまい。『万葉集』『古今集』両集の総歌数に対する擬人法の比率を見ると、擬人法は『万葉集』の時代にはあまり用いられず、『古今集』の時代になって飛躍的に用いられるようになった技法ということができると思われる。

さらに、『古今集』の読人しらず時代、六歌仙時代、撰者時代のそれぞれの時代における擬人法の使用のあり方を調査してみると、次の表のようになる。[10]

この表を見ると、『古今集』において擬人法が用いられる頻度は、読人しらず時代からかなりの高率を示しており、『万葉集』の時代にはあまり用いられることのなかった擬人法が、『古今集』の時代になると既に読人しらずの時代からきわめて高い比率で用いられていたことを知ることができる。

擬人法を数の上から調査すると次のような結果が得られるのであるが、それぞれの時代に用いられた擬人表現

	A	B	C
読人しらず時代	459	54	11.8
六歌仙時代	129	15	11.6
撰者時代	502	83	16.5

＊Aはその時代の総歌数、Bはその時代の擬人法の数、CはAに対するBの比率（%）を表す。

の具体的なあり方はどのようなものであったのであろうか。擬人法を分類する一つの基準として、情意的擬人と知的擬人の二つに分ける方法がある。小沢正夫は、情意的擬人とは、自然を客観視できず自己と自然を融合した表現をとったもの、それに対し知的擬人とは動植物を意識的に人間になぞらえるものと定義する。[11] しかし、知的擬人が非人間を意識的に人間と見なす方法であるとすると、それに対立するのは非人間を無意識に、あるいは強く意識することなく人間と見なす方法であり、それは情意によってなされる場合もあるが、それ以外の要因によってなされることもあると想定されるから、情意的擬人というより直感的擬人と呼ぶのがふさわしいと思われる。

擬人法を、直感的擬人と知的擬人とに分け、『万葉集』および『古今集』の各時代の擬人法をその基準に従って分析してみると、『万葉集』の擬人法では

(35) 島の宮上の池なる放ち鳥荒びな行きそ君いまさずとも　（巻二・一七二・作者未詳）

(36) 我のみに聞けばさぶしもほととぎす丹生《にふ》の山辺にい行き鳴かにも　（巻十九・四一七八・大伴家持）

のようにというように、動物や植物に直接呼びかける形をとったものが大多数をしめる。しかも、それらの表現は意識的に非人間的な事物を人間と見なしたというより、直感的にそれら人間ではない対象を人間のように感じて表現したというものが多い。もちろん、『万葉集』の中にも

（37）我が衣君に着せよとほととぎす我をうながす袖に来居つつ　（巻十・一九六一・作者未詳）

（38）家にありし櫃《ひつ》に鏁《かぎ》刺し蔵《をさ》めてし恋の奴《やっこ》がつかみかかりて　（巻十六・三八一六・穂積親王）

といった歌もある。（37）は単に直感的にほととぎすを人に見なしたのではなく、ほととぎすを人間であるかのように見なした上で、そのほととぎすが自分の衣を他の人に着せろとうながしていると知的な解釈を行っているし、（38）も恋という抽象的な概念を人に見立てて、家の櫃に鍵をかけて閉じこめておいたはずのその恋という奴が、自分につかみかかってきたとかなり知的な操作を施している。しかし、こうした知的擬人は『万葉集』では僅かであり、『万葉集』の擬人の多くは直感的擬人、またまれに知的擬人と見られる例があっても、それは『古今集』に見られるような複雑な知的操作を経て詠まれた擬人ではなく、知的擬人としてはまだ初歩的なものと言いうるであろう。

では、『古今集』の読人しらず時代、六歌仙時代、撰者時代それぞれの時代の擬人法はどのようなものであろうか。まず読人しらず時代の擬人法について見てみると、

（39）散りぬとも香をだにのこせ梅の花恋しきときの思ひいでにせむ　（巻一・春上・四八・読人しらず）

（40）山吹はあやななな咲きそ花見むと植ゑけむ君がこよひ来なくに　（巻二・春下・一二三・読人しらず）

のように、知的趣向の凝らされていない歌の中で、擬人法が単独で用いられているといった比較的単純な形の擬人法が多く認められる。もちろん、一方では

（41）春のきる霞の衣ぬきをうすみ山風にこそ乱るべらなれ　（巻一・春上・二三・在原行平）

（42）龍田河錦織りかく神無月時雨の雨をたてぬきにして　（巻六・冬・三一四・読人しらず）

といった例も存する。（41）は「春」という抽象概念を擬人化し、さらに霞をその春の着る衣に見立て、山風に霞が乱れる様を「霞の衣ぬきをうすみ山風にこそ乱るべらなれ」と理知的な解釈を施して一首とするし、（42）

は龍田河を擬人化し、時雨によって色付く紅葉を、龍田河が時雨の糸で織った錦だと巧みな見立てを用いて表現する。このように読人しらず時代にも、擬人法が高度な知的趣向を伴って用いられる例が認められるが、そうした例は僅かにすぎない。それが六歌仙時代になると、

(43) 桜花散らば散らなむ散らずとてふるさと人の来ても見なくに (巻二・春下・七四・惟喬親王)

(44) やよや待て山郭公ことつてむ我世の中にすみわびぬとよ (巻三・夏・一五二・三国町)

というように、技巧を凝らさない文脈の中で用いられる擬人法の使用も依然認められるが、

(45) 花の色は霞にこめて見せずとも香をだにぬすめ春の山かぜ (巻二・春下・九一・良岑宗貞)

(46) 桜花散りかひくもれ老いらくの来むといふなる道まがふがに (巻七・賀・三四九・在原業平)

といった複雑な知的趣向を凝らした文脈の中で用いられる擬人法が次第に多数を占めるようになる。(45) は霞が花を隠すという擬人化を行いつつ、花の色は見えなくてもせめて香りだけは味わいたいという気持ちを、「香をだにぬすめ春の山風」と山風に花の香を盗めと強要する知的な擬人表現を用いて表現しているし、(46) は「老いらく」という抽象概念を擬人化し、それがやって来るという道を、桜花が散り乱れることで、分からなくさせようと知的な想像世界を構築する。さらに、撰者時代になると、

(47) 今年より春知りそむる桜花散るといふことはならはざらなむ (巻一・春上・四九・紀貫之)

(48) 秋の夜のあくるも知らず鳴く虫はわがごとものや悲しかるらむ (巻四・秋上・一九七・藤原敏行)

といった無技巧な文脈の中に用いられる擬人法はほとんど見られなくなり、

(49) 春たてば花とや見らむ白雪のかかれる枝にうぐひすの鳴く (巻一・春上・六・素性法師)

(50) 春風は花のあたりをよきて吹け心づからやうつろふと見む (巻二・春下・八五・藤原好風)

といった複雑な構造を持った歌の中に取り込まれた知的擬人の歌が大多数をしめるようになる。(49) は鶯を擬

人化するとともに、雪を花と見立て、春になったので鶯が雪を花と見間違えて鳴くのであろうと、理知的な趣向を凝らして一首を構成するし、(50)は春風や花を擬人化し、花が自分の意志で散るかどうか確かめたいから、春風は花のあたりをよけて吹けと、複雑な知的操作を行って独自な表現世界を展開する。

『古今集』の擬人法をその使用頻度から見ていくと、読人しらず時代から撰者時代まで、その比率にほとんど変化はないが、その擬人法の質について見てみると、読人しらず時代は比較的技巧を凝らすことのない文脈の中で擬人法が用いられているが、六歌仙時代、撰者時代となるに従って、複雑な知的趣向を凝らした歌の中に用いられる擬人法が多くなるという傾向が見てとれる。

それらのうち、複雑な知的趣向とともに用いられている擬人法は、知的趣向を凝らすこと自体、理知の働きによるものであるから、そこに用いられる擬人も知的擬人ということになるのは当然であるが、比較的技巧を凝らすことのない文脈の中で用いられる擬人法も、『万葉集』の直感的擬人とは異なり、単純ではあるが知的擬人と呼びうるものとなっている。例えば技巧の凝らされていない文脈の中に用いられる擬人法の例としてあげた(40)や(43)は「花見むと植ゑけむ君がこよひ来なくに」、「散らずとてふるさと人の来ても見なくに」という理由付けがなされ、それぞれの歌には理知的な把握態度が認められるし、(39)は梅の香りを花が散った後の思い出にしようとするところに、理知的な発想を見てとることができる。(44)、(48)も「我世の中にすみわびぬとよ」「わがごとものや悲しかるらむ」という表現に作者の反省的な態度が窺われ、直感的に郭公や虫に呼びかけたものではないと感じられるし、(47)も「今年より春知りそむる」という擬人の仕方は知的擬人と見るべきであり、直感的擬人とは言いがたいように思われる。このように『古今集』において比較的技巧を凝らすことのない文脈の中で用いられている擬人法も、『万葉集』の直感的擬人と比べると、知的な要素が加わっており、むしろ『万葉集』で知的擬人とした例に近い印象を与える。

『万葉集』の擬人法では直感的擬人が多くを占めていたのに対し、『古今集』になると直感的擬人は影をひそめ、知的擬人が主流となる。かつ読人しらず時代では擬人法は、技巧の凝らされない文脈の中で用いられることが多かったのに対し、六歌仙時代、撰者時代となるに従って、擬人法は複雑な知的趣向を伴って現れることが多くなり、その知的趣向ともあいまって、一首により知的な印象を与えるようになる。[12]

五　知的擬人法の出現

では、『万葉集』では直感的擬人法が多く、知的な擬人が少なかったのに対し、『古今集』で意図的な擬人、いわゆる知的擬人が大量に増加したのはなぜであろうか。私はかつて古今歌風の特色を論じて、古今集の歌風の特色の一つとして、表現主体が対象を直接的に把握するのではなく、対象を意識の中で再構成する、すなわち対象を曲折的に把握し表現する表現方法の存在を指摘した。[13]

ところで、このように対象を曲折的に把握し、表現する態度は、意識、言い換えれば表現主体の自立性を想定させる。表現主体と対象の一体化した状況にあっては、表現対象を意識の中で再構成するといった、表現対象から自立した活動は生み出されえないであろうし、また生み出す必要も感じられないであろう。そうした意識は対象を直接的に捉えることによって、対象との一体感を持った充足した世界を表現しうるのであり、それに代わる新たな表現世界を求める必要性を感じることはない。それに対し、対象との一体感を失った意識は、事物の存在感に満ちた、充実した実感とも言うべき世界を表現することができなくなる。そうした意識が、失った充実した表現世界に代わりうる詩的世界を求めるとするなら、それは自らのうち、すなわち対象との一体感を失った意識のうちにそれを求めるしかない。その一つの方法は意識の内部で知的に構成され、日常の言語表現とは異なった新たな言語表現の世界を形作ることである。掛詞、見立てといった技法もその一つの現れであったが、この知的擬人という技法もまさにその一つの現れであったのではなかろうか。直感的擬人の場合、それはある事象を人間になぞらえることによって、当の事象が通常とる表現とは異なる表現をとったとしても、直接的な把握故、通常の表現との間にさほど差異を感じさせない。というより、それが直感的であるが故に、それは通常の把握と全く同次元のものであると言いうるであろう。が、意識の内部で知的に、意図的に組み立てられた擬人は、ある事象を人間になぞらえ、当の事象が通常とる表現とは異なる表現をとることによって、日常的な表現感覚との間に違和感を生み出し、そこに通常慣れ親しんでいる表現には見られない新鮮な感動や驚きを伴った非日常的な表現世界を出現させることになる。対象との一体感を失い、充実した実感世界を生み出せなくなった『古今集』時代の人々が新たな詩的世界を求めた時、『万葉集』の時代にはほとんど意識されなかった知的擬人という方法に注意が向けられたのはこのような理由によるのではないだろうか。

また、そのような見方が成り立つとすると、本稿の冒頭で行った擬人法の定義も必ずしも厳密に考える必要はなくなってくる。というのも、擬人法の定義において（12）、（17）、（24）のように人間になぞらえられていないが故に擬似擬人法とされたものも、ある事象を通常なぞらえられることのない事象になぞらえることで、通常慣れ親しんでいる表現とは異なった非日常的な表現を生み出している点で、擬人法と同様の表現効果を生み出していると考えられるからである。古今集時代の人々は、擬人法という表現技法について意識的であったであろうが、それは必ずしも狭義の擬人法、すなわち本節の冒頭に掲げた定義に沿うものとしての擬人法にこだわるものではなかった。彼らは、実際に歌を詠む際には、先にあげた擬似擬人法も含めて、ある事象を人間ないし別の事象になぞらえることによって、通常存在しない表現を生み出すことに興味があったのであり、そうした表現効果が得られるものであれば、狭義の意味での擬人法か擬似擬人法かといった差異にはこだわらなかったと思われる。

（51）道知らば尋ねもゆかむもみぢ葉をぬさと手向けて秋はいにけり　（巻五・秋下・三一三・凡河内躬恒）

この歌、詞書は「おなじ晦日の日、よめる」とある。「おなじ晦日」とは、九月の晦日、すなわち秋の終わりの日のことであり、これは逝く秋を惜しむ歌である。一首は秋を擬人化し、その帰る道が分かるなら、秋を慕ってついていこうとするが、秋は紅葉を幣と手向けて、すなわち紅葉をはらはら散らして、いずくともなく去ってしまうと、紅葉が散り秋の終わってしまうことを惜しむ気持ちを巧みに表現する。単に紅葉が散り、秋が終わってしまったとうたうのではなく、秋が幣を手向けながら道を通って去っていくと表現した時、そこには通常の感覚では捉えられない空想的な世界が開け、しかも「道知らば尋ねもゆかむ」や「秋はいにけり」という表現には、逝く秋を惜しむ気持ちが余韻のように込められる。こうした表現は理知的と言えば言えるかもしれぬが、読む者に経験世界を直接的に詠ずる歌では味わいえない、日常の世界とは次元を異にした、新鮮な感覚に満ちた世界を想像させ、かつ秋を惜しむ淡い情感も感じさせる。『古今集』の時代になって増加する知的擬人とはまさに非日常的表現によって生み出される驚きに満ちた詩的世界の表出を目的とするものであり、それは表現対象との一体性を失ったこの時代の人々がその代償に見出した抒情空間であったと想定される。

六　知的擬人と漢詩文

なお、このような知的擬人の成立に際しては、漢詩文の影響があったことが当然予想される。小島憲之は

釈智蔵は、留学生として初唐高宗の世に渡唐、その穎秀な学識については、『懐風藻』にみえるその伝記に詳しい。その作、五言詩「翫㆓花鶯㆒」（花と鶯を賞美する）の第五・六句の対句に、

友を求めて鶯《うぐいす》は樹に嬉《わら》ひ、香を含《ふふ》みて花は叢《くさむら》に笑《ゑ》まふ。

とみえる。花と鳥をともに擬人化した詩として注目される。この擬人化の問題については、すでに初唐駱賓王の佳作「蕩子従軍賦」の一節、

花は情《こころ》有りて独り笑《ゑ》まひ、鳥は事無くして恆《つね》に啼《な》く。

の注（清人陳熙晋『駱臨海集箋注』）に、指摘する如く、初唐の史学者劉知幾はその『史通』（外篇雑説上、左氏伝の条）の中で、

今の俗《よ》の文士、鳥の鳴くことを謂ひて啼《な》くとなし、花の発《ひら》くことを笑ふとなすも、花と鳥と、またなにぞ啼き笑ふ情《こころ》あらむや（「今俗文士、謂二鳥鳴一為レ啼、花発為レ笑、花之与レ鳥、又安有二啼笑之情一」）

と述べている。劉知幾は実証を尊重する史家、「花笑い鳥鳴く」という当時の文士たちのあやを非難するのも当然のことである。しかもこれを逆にいえば、花鳥の擬人化は唐代詩人らにとって一般的な詩想であることを意味する。唐太宗の、

樹に笑《ゑ》まふ花は色を分《わ》かち、枝に啼く鳥は声を合はす（月晦）

や、初唐詩の、

鳥は歌と転《こゑ》を合はせ、花は錦と鮮《あざらけ》きことを争ふ（宗楚客、奉レ和下幸二上陽宮一侍宴上、応制）

は、その一例である。渡唐した釈智蔵のこの二句は、当時唐代文士たちの花鳥擬人化の風潮をまともに受けた表現といえる。

なおこの擬人化は、盛唐以降の詩についても同様である。

と指摘するが、[14] 唐代以前の漢詩にも小島が指摘するような知的擬人は数多く存在したと想定される。小島はここで日本漢詩と中国漢詩の関係にしか言及していないが、漢詩のこうした知的擬人が『古今集』の知的擬人を生み出す上で多大な影響を及ぼしたことは当然想像される。我が国の人々が和歌の表現において知的擬人という技法を獲得していく過程には、中国漢詩文の影響は無視しえないであろう。しかし、『古今集』の知的擬人を用いた歌を見てみると、それは単なる模倣という域を超えて、知的擬人を自由自在に操っているように思われる。この

ように、『古今集』の歌人たちが知的擬人を我がものとして身につけ、自在に表現しうるようなレベルに至っているということは、『古今集』の歌人たちの能力が既に知的擬人を自分のものとして扱えるまでに成長していることを意味すると思われる。和歌における知的擬人という修辞技法の出現は、漢詩文の影響を無視して語ることはできないであろうが、それと同時に、『古今集』の時代に起こった表現主体（意識）と対象の分化が、知的擬人という技法を自在に操ることのできる能力を可能にしたという事実も充分考慮されてしかるべきであろう。[15]

注

（1）鈴木宏子「『古今集』の擬人法」（『ことばが拓く古代文学史』（笠間書院、平成11年3月）

（2）小沢正夫『古今集の世界　増補版』（塙書房、昭和51年5月）

（3）竹岡正夫『古今和歌集全評釈』（右文書院、昭和51年11月）

（4）この他、藤袴に関する特殊な比喩表現としては次のようなものがあげられる。

　やどりせし人の形見か藤袴わすられがたき香ににほひつつ　（巻四・秋上・二四〇・紀貫之）

この歌は「藤袴」を「袴」に置き換えなくとも意味は通ずる。しかし「藤袴」の背後に「袴」を想定すると、一首の表現する趣はより深いものとなる。これは「女郎花」の例歌（20）、（21）に対する（22）、（23）の関係と類似したものといえよう。

（5）片桐洋一『古今和歌集全評釈』（講談社、平成10年2月）は、

「染殿の后の御前に」とあることから見れば、文徳天皇の即位以後であると見るほかあるまい。とすれば、文徳天皇践祚の嘉祥三年（八五〇）に明子が惟仁親王を産み、その立太子にともなって皇太夫人になっている。だから、この歌はおそらくそれ以降の春のこととするのが自然であろう。ちなみに、仁寿三年（八五三）の正月八日には明子は従三位に叙せられ、その二月には文徳天皇が明子の父良房の染殿第への観桜の行幸をすると

いう光栄に浴しているのを見ると、その前後のこととする可能性が最も高い。
とする。

（6）平野由紀子「古今和歌集における「擬人」について」（『国文』62号、昭和60年1月、『平安和歌研究』所収、風間書房、平成20年3月）

（7）例えば（27）の歌は、歌そのもの自体の表現から歌の背後に人事的な解釈、すなわち男がいろいろな所へ通っていくのを女が恨んだ歌というような解釈を推測することは可能である。しかし、そのような解釈はあくまで推測であって、そのような解釈が確定するには、詞書等何らかの外的要因が必要である。女郎花の寓意的表現の場合も「おみなえし」→「おみな」の連想という特殊な外的要因によって成立していると見るべきであろう。

（8）鈴木日出男『古代和歌史論』（東京大学出版会、平成2年10月）第三篇、第五章。

（9）同注（1）。

（10）読人しらず時代、六歌仙時代、撰者時代の総歌数は、小沢正夫『作者別年代順古今和歌集』（明治書院、昭和50年10月）に拠る。

（11）同注（2）。

（12）西下経一は、『日本古典文学大系　古今和歌集』の解説で、

擬人を知的擬人と情意的擬人とにわけるならば、古今集の擬人は情意的擬人と見たい。その意味は、神話においては、風そのもの、河そのものが神であると考えられたと全く同じように、古今集においても、風や河を人格的に考え、人間的な行為をするものという思想があったということである。

と言い、小沢正夫は『古今集の世界　増補版』で、

『古今集』の擬人は情意的傾向の強いのがその特色であるが、それに漢詩の影響が加わって、時の進むにつれて知的な要素が加味されたと考えるのが穏当なのではなかろうか。

と指摘する。

(13) 拙著『古今歌風の成立』(笠間書院、平成11年1月)第一部。

(14) 小島憲之『古今集以前』(塙書房、昭和51年2月)第一章、二。

(15) 知的擬人を用いた漢詩文は、既に万葉の時代には我が国にもたらされていたと想定されるが、『万葉集』には知的擬人を用いた歌はほとんど認められず、『古今集』の時代となって知的擬人が盛んに用いられるようになる。このような出現の仕方は、本章第三節で触れた悲秋の歌の出現の仕方と全く同様である。

第五節　『古今集』の和歌
――読人しらず時代の歌から撰者時代の歌へ――

平安時代初頭の和歌、すなわち九世紀から『古今集』の成立する十世紀初め頃までの和歌で現在残されているものはきわめて僅かで、『古今集』に収められた和歌、その時代の歌人の私家集ならびに「寛平御時后宮歌合」等、当時催された歌合に収められた和歌などがその主要なものとなろう。特に九世紀前半、六歌仙が登場する以前のいわゆる国風暗黒時代と呼ばれる時代の和歌は、『古今集』の読人しらず歌などより他に、その実態をうかがい知ることはほとんど不可能に近い。そのような制約のもとで、平安時代初頭、すなわち九世紀から十世紀初頭の和歌の様相を探ることはかなりの困難がともなうと思われるが、本節では『古今集』を対象とし、そこに収められた和歌の時代の変化に応じた歌風の変遷について、従来一般に行なわれている、読人しらず時代、六歌仙時代、撰者時代という時代区分をもとに、主に序詞、掛詞、見立てといった修辞技法に着目して考えていきたいと思う。

一　古今集歌の時代区分

『古今集』に収められた和歌は、一般にその詠まれた時代に応じて、読人しらず時代、六歌仙時代、撰者時代の三期に分類される。しかし、その分類の切れ目をどこにおくかについては、論者によって多少の相違があり、各期に含まれる和歌の認定にも問題がある。『古今集』に収められた和歌の時期別の変化を考察する前提として、まずその時期区分の切れ目について再検討を加えることが必要と思われる。

小沢正夫は、読人しらず時代を第一期、六歌仙時代を第二期、撰者時代を第三期と呼び、第一期を大同四年（八〇九）～嘉祥二年（八四九）、第二期を嘉祥三年（八五〇）～寛平二年（八九〇）、第三期を寛平三年（八九一）～天慶八年（九四五）とする。第一期の初めは嵯峨天皇が即位された頃より「万葉以後の和歌に何らかの新機運が動き始めた」として、同天皇即位の年とし、第二期は北家藤原氏と結びつきも強く、その治世より文化的に変化の生じはじめた文徳天皇即位の年からとする。すなわち、仁寿二年（八五二）および翌三年に、嵯峨天皇の時代から詩人、歌人として活躍した小野篁、藤原関雄が相次いで没し、それと交替するかのように、六歌仙の一人、遍照が嘉祥三年出家、作歌活動を活発化させ、さらにもう一人の六歌仙文屋康秀の作歌年代の判明する最も古い歌が仁寿元年作であることをその根拠とする。第三期の始まりは、業平が元慶四年（八八〇）、遍照が寛平二年（八九〇）に没し、それに代わって寛平年間より貫之以下若い歌人達が宮廷に進出したことより寛平三年以降、その終わりは、壬生忠岑が著わしたとされる『和歌体十種』を古今集撰者達が最後に到達した歌論として、その成立した年、天慶八年をあてる。(1)

このうち、第一期の初めと第三期の終わりは一応考察の対象からはずすとすると、第二期と第三期の分かれ目を仁和三年（八八七）宇多天皇即位頃におくのは、多くの論者の一致するところである。が、第一期と第二期の分かれ目は、島田良二のように仁明天皇即位の天長十年（八三三）とする説もある。島田はその根拠として、承和五年（八三八）に後の遣唐使廃止につながる小野篁の乗船拒否という事件が起こったこと、嘉祥元年（八四八）藤原良房が右大臣となり、翌二年仁明天皇四十賀を興福寺で催し、僧侶に長歌を奉らしめたこと、また仁明朝に遍照（当時は良岑宗貞）、小町、業平らが既に歌を詠んでいる一方、嵯峨天皇、橘逸勢、菅原清公が承和九年（八四二）、空海も承和二年（八三五）に没し、平安初頭の漢詩文隆盛の中心人物はほとんど姿を消したことをあげる。(2)

また、右のような時代区分の切れ目についての認識の相違がある一方で、読人しらずの歌については、その作歌時期の範囲が問題とされる。一般に『古今集』の読人しらず歌は九世紀前半に作られたものとされているが、読人しらず歌の中にはそれ以前、あるいはそれ以後に作られたと推定される歌も存在する。

たとえば、次に示すように『古今集』の読人しらず歌の中には、『万葉集』に収められた歌とほぼ同一のものが存在する。

さ夜中と夜はふけぬらし雁の音のきこゆる空に月わたる見ゆ　（古今・巻四・秋上・192）
さ夜中と夜は更けぬらし雁が音の聞こゆる空を月渡る見ゆ　（万葉・巻九・1701・作者未詳）
月草に衣は摺《す》らむ朝露に濡れてののちはうつろひぬとも　（古今・巻四・秋上・247）
月草に衣は摺《す》らむ朝露に濡れての後はうつろひぬとも　（万葉・巻七・1351・作者未詳）
奥山の菅の根しのぎ降る雪の消ぬとかいはむ恋のしげきに　（古今・巻十一・恋一・551）
高山の菅の葉しのぎ降る雪の消ぬとか言はも恋の繁けく　（万葉・巻八・1655・三国人足）
しはつ山うちいでて見ればかさゆひの島漕ぎかくる棚無し小舟　（古今・巻二十・1073）
四極山《しはつやま》うち越え見れば笠縫《かさぬひ》の島漕ぎ隠る棚なし小舟　（万葉・巻三・272・高市黒人）
ささの隈《くま》檜《ひ》の隈河《くまがは》に駒をとめてしばし水かへ影をだに見む　（古今・巻二十・1080）
さ檜隈檜隈川《ひのくまひのくまがは》に馬留め馬に水かへ我外《よそ》に見む　（万葉・巻十二・3097・作者未詳）

これら五組の歌はほぼ同一のものと認定されるし、他に『古今集』489・492・667・720・758・1082なども万葉歌との表現の類似が著しい。(3)

これらは、古今集仮名序がその採歌範囲を「『万葉集』に入らぬ古き歌、みづからのをも奉らしめ給ひてなむ」といっているところからすると、『万葉集』から直接採取したとは考えにくく、『万葉集』にとられた歌が別の何らかの経路で後世に伝わったものと考えられるが、万葉歌ないしそれに類似した歌が、『万葉集』以外に古歌として『古今集』編纂時まで伝来しているという事実は、『万葉集』の時代に作られた歌が右にあげた歌以外にも『古今集』に読人しらずとして採録された可能性を推察せしめる。

また『古今集』の読人しらず歌の中には次のような歌もある。

62あだなりと名にこそたてれ桜花年にまれなる人もまちけり

この歌には

63今日来ずは明日は雪とぞ降りなまし消えずはありとも花と見ましや

という業平の返歌があり、このことから62番歌の作者は六歌仙時代の人物と判明する。このように業平との贈答歌の形で収められている読人しらず歌は、この他にも477・645・706・972がある。また377・654はともに読人しらず歌であるが、前者は「紀のむねさだが東へまかりける時に、人の家に宿りて、暁いでたつとて、まかり申ししければ、女のよみていだせりける」後者は「橘清樹が忍びにあひ知れりける女のもとよりおこせたりける」といった詞書のもとに収められている。橘清樹は撰者時代の人物、「紀のむねさだ」は伝未詳だが『尊卑分脈』に紀貫之の兄弟に紀宗定なる人物が見え、その宗定とすると377・654はいずれも撰者時代の女性の作ということになる。

さらに『古今集』には、読人しらずとされていても、後の勅撰集に六歌仙時代以後の作者の作として再び収められている歌もある。

491あしひきの山下水の木隠《こがく》れてたぎつ心を堰《せ》きぞかねつる

813わびはつる時さへものの悲しきはいづこを偲ぶ涙なるらむ

1022石上《いそのかみ》ふりにし恋の神さびてたたるに我は寝《い》ぞ寝《ね》かねつる

これらいずれも『古今集』では読人しらずとされているが、491は『後撰集』で源善朝臣、813は『後撰集』で伊勢、1022は『拾遺集』で藤原忠房が作者とされる。源善は『後撰集』初出の歌人で、嵯峨天皇の曽孫、生没年は未詳であるが、昌泰元年（八九八）宇多上皇宮滝行幸に従駕、同四年道真の失脚にともなって出雲権守に左遷されている。藤原忠房は信濃掾藤原是嗣の子で、寛平五年（八九三）播磨権少掾、同九年蔵人、左近衛将監、以後地方官を歴任、延長六年（九二八）に没しており、『古今集』に四首入集する。伊勢を含めたこれら三人のうち、源善は道真事件との関連で彼の作が読人しらずとされた可能性は考えられるが、他の二人については『古今集』に作者名を記して歌がとられており、当該歌にも特に読人しらずとされる理由は見当たらない。どちらの勅撰集の作者名表記が正しいか、にわかに明らかにしえないが、後の勅撰集の作者名が実際の作者名である可能性もないとはいえない。

また、『古今集』では読人しらずとされている歌が、六歌仙時代以降の歌人の家集に収められている例もまま見受けられる。[4]

185おほかたの秋くるからにわが身こそ悲しきものと思ひ知りぬれ

この歌、大江千里の『句題和歌』では『白氏文集』巻十九『新秋早起有レ懐二元少尹一』の「秋来転覚此身衰」の翻案とされるが、『古今集』では読人しらずとされる。『句題和歌』はこの他にもう一首、末尾の詠懐十首のうち一首が『古今集』にとられるが、これは千里の歌として採録される。これは漢詩の翻案は実作と認めず、読人しらずとしたためであろうか。[5]

また

503思ふには忍ぶることぞまけにける色にはいでじと思ひしものを

855なき人の屋戸に通はば郭公かけて音にのみ鳴くと告げなむ

も、『古今集』では読人しらずであるが、『延喜御集』には「醍醐のみかと、またくらゐにおはしましける時、御めのとの宣旨君に色ゆるさせたまふとて」「おなし三条のは、宮す所うせたまへりときかせ給て、いみしうかなしひさせたまひて、暁に郭公のなきけれは」といった詞書を伴って収められている。前者は古歌の流用とも思われるが、後者は当代の帝の作ということでわざと名をふせて収められた可能性もある。

この他にも、『古今集』で読人しらずとされている歌が、六歌仙時代以降の作者の私家集に四十首ほど収められているが、ただ私家集の場合、読人しらず歌を含め他人詠をその歌人の作として収録することも多く、それら私家集に収められた読人しらず歌を六歌仙以降の歌人の作を確定することには慎重を期さねばならぬであろう。

他に『古今集』には「是貞親王家歌合」「寛平御時后宮歌合」に収められる読人しらず歌が、前者五首、後者四首収められる。これらの歌合は撰者時代に催されたものであり、その作者は読人しらずとあっても撰者時代の歌人とも思われるが、これら歌合は古歌を含めた撰歌合という机上の歌合であったとも考えられるので、[6]これら読人しらず歌を撰者時代の作とは軽々には断定しえない。

以上、『古今集』の読人しらず歌の中で六歌仙時代以降に作られたと推定されるものをあげてみたが、それらの中で六歌仙時代以降に作られたのがほぼ確実と思われるのは、六歌仙時代以降の歌人との贈答歌七首（紀のむねさだは除く）と『句題和歌』の一首位で、それ以外については推測の域を出るものではない。六歌仙時代以降の和歌は右の八首以外にもある程度の数、読人しらず歌の中に含まれているであろうが、以上の検討から類推する限り、それ程多くの歌が含まれているとは思われない。

以上のような検討をふまえた上で、改めて従来なされている第一期から第三期までの区分について考えてみると、第一期がいつから始まるかについては、ここではしばらくおくことにして、六歌仙時代の始まり、すなわち第一期と第二期の境目は、仁明朝の後半、つまり八四〇〜八五〇年位におくのが最も妥当ではなかろうか。小沢、島田両氏が指摘されるように、この時期は、漢詩文全盛期の詩人達が世を去り、それに次いで詩人ならびに歌人として活躍した篁、関雄が没し、それにかわって遍照、業平ら六歌仙の活動が活発化するとともに、仁明天皇四十の賀に長歌が奉られるというように、大きな文化的変化の生じた時期と推定されるからである。第一期と第二期の境目を、島田は仁明天皇即位の年、小沢は文徳天皇即位の年としているが、こうした文化的変容はある程度の幅をおいた方が理解しやすいし、事実、その文化的変容の根拠となる事例は八四〇年から八五〇年の間に集中している。故に、第一期と第二期の境目は両氏の説を折衷する形をとることとする。また、先の検討で第二期以降の歌で読人しらずとされている歌が少ないという事実が推測されたことから、読人しらず歌の大部分は第一期に詠まれたものと推定する(7)。

また第二期と第三期の境は、六歌仙の中には大友黒主のように延喜末年まで活躍した歌人もいるが、業平が元慶四年（八八〇）遍照が寛平二年（八九〇）、他の第二期の歌人の多くもこの頃までに没していると考えられること、および貫之ら後の古今集撰者をはじめとする若手の歌人たちが寛平年間より宮廷に進出し、活動を始めていることなどを考慮すると、宇多天皇即位後の八九〇年頃とするのが妥当であろう。ただし、第三期の始まりについては、六歌仙より一世代後の歌人で、『古今集』撰進時まで活躍する素性、藤原敏行といった歌人が既に弘和、元慶の頃より歌を詠んでいることから、八七〇〜八八〇年頃と考えてもよいのではなかろうか。ここでも時代区分の境目を特定の年とすることにせず、多少幅をもたせ、第二期の終わりは八九〇年頃、第三期は八七〇〜八八〇年頃より始まり、特にその活動が活発になるのは八九〇年頃からとする。

このような分類基準に基づき、『古今集』に収められた歌人ないし読人しらずの歌を時代別に区分してみると、その分類は結果的には小沢のそれとほぼ一致することになる。従って、以下の分析は基本的には小沢の分類に従って行うこととする。[8]

二　時代区分別の修辞技法

さて、『古今集』に収められた歌の修辞技法の数を右に確認した区分に基づき算定してみると表1〜4のようになる。

表1　序詞

	A	B	C	D	E
第一期	459	65 (14.2)	26 (5.7) (40.0)	28 (6.1) (43.0)	11 (2.4) (16.9)
第二期	129	6 (4.7)	2 (1.6) (33.3)	4 (3.1) (66.6)	0 (0) (0)
第三期	502	50 (10.0)	24 (4.8) (48.0)	14 (2.8) (28.0)	12 (2.4) (24.0)

＊Aは各期の総歌数、Bは各期の序詞の数、C、D、Eはそれぞれ各期の掛詞による序、比喩による序、類同繰り返しによる序の数、括弧内の数値は、Bがその期の総歌数に対するBの比率、C、D、Eは上段がその期の総歌数に対するC、D、Eそれぞれの比率、下段がその期の序詞の総数、つまりBに対するC、D、Eそれぞれの比率を示す。[9]

表2　掛詞の総数

	A	B	C
第一期	459	175（38.1）	119（26.9）
第二期	129	67（51.9）	60（46.5）
第三期	502	240（47.8）	186（37.1）

＊Ａは各期の総歌数、Ｂは各期の掛詞の総数、ＣはＢのうち序詞や枕詞の接続の契機となる掛詞を除いた、いわゆる独立の掛詞、括弧内は各期の総歌数に対するＢ、Ｃそれぞれの比率を示す。

表3　掛詞を含む歌の数

	A	B	C
第一期	459	127（27.9）	79（17.2）
第二期	129	40（31.0）	37（28.7）
第三期	502	182（36.3）	146（29.0）

＊Ａは各期の総歌数、Ｂは各期の掛詞を含む歌の数、Ｃは各期の独立の掛詞を含む歌の数、括弧内は各期の総歌数に対するＢ、Ｃそれぞれのの比率を示す。

表4 見立て

	第一期	第二期	第三期
A	459	129	502
B	16 (3.5)	15 (11.6)	61 (12.2)

＊Aは各期の総歌数、Bは各期の見立てを用いた歌の数、括弧内は各期の総歌数に対するBの比率を示す。

これらの表をみてまず気がつくことは、掛詞が第一期から比較的多く用いられているという事実である。第二期以降の掛詞の多さは既に指摘されるところであるが[10]、第一期も他の二つの時期に比べるとその比率は低いが、序詞、枕詞の接続の契機となる掛詞をも含んだ掛詞、および独立した掛詞の双方において既にかなりの高率を示している。掛詞は一首に複数含まれることがあり、従ってその総数は必ずしもそれが用いられている歌の数とは対応しない。そこで掛詞の総数でなく、第一期から第三期までそれぞれの時期の掛詞が用いられている歌の数を調べてみると表3のようになる。ここでもやはり、第一期の掛詞の多さは変わらない。『万葉集』において、総歌数約四五〇〇首中、独立した掛詞はほとんど認められず、序詞の接続の契機として用いられるもの約百、枕詞の接続の契機となるもの約三百、両者合わせて集総歌数の約9％という数値と比較すると、第一期の掛詞の多さは注目に値しよう。特に独立の掛詞が、第一期の総歌数中、総数で26.9％、歌数で17.2％というのは、『万葉集』において独立の掛詞が全くといっていいほど存在しないことを考慮するとかなりの多さというべきではなかろうか。

もちろん、第一期の読人しらず歌の中に第二期以降の歌が含まれているためとも考えられる。が、第二期、第三期において独立の掛詞を用いている歌数のその期の総歌数に対する比率はどちらも約30％、第一期の独立した掛詞を用いている歌の総数約80が全て他の期の歌だと単純に試算すると、第一期約四六〇首中、約二七〇首が第二期以降の歌となる。しかし、先に第二期以降の作と考えられる読人しらず歌を検討した際、これほど多くの歌が第二期以降の作であるという徴候は見出しえなかった。とすると、独立した掛詞が『万葉集』にはほとんど見出しえないのに対し、『古今集』第一期にはかなり多くの独立した掛詞が出現したと想定するのが自然ではなかろうか。またそうだとすると、それ以外の掛詞を含めた第一期の掛詞も『万葉集』よりかなり多くの数にのぼると推定されるのではないだろうか。さらに第二期以降の独立した掛詞を含む歌の数が、それぞれの期の総歌数の約30％にものぼるという事実は、独立した掛詞が第二期以降、第一期以上に頻繁に用いられるようになったことを示していよう。

次に見立てについてみると、第一期における見立て歌の少なさが注目される。表4に示したように、第一期の見立て歌の総数16は、同期の総歌数の3.5％で、二期以降の四分の一にすぎない。しかも第一期の見立て歌16首のうち、第一期で作者の判明する歌人の作った歌が4首を占めるが、これら作者の判明する歌人の歌の総数が11首というところからすれば[11]、これはきわめて高い数値と言わなければならない。逆にそれ以外の読人しらず歌の見立ては12首、2.6％とさらに低率を示すことになる。見立て歌は『万葉集』でもしばしば詠じられているが、その総歌数に対する比率は1％前後と推定され、第一期3.5％というのはそれに比べて高い数値と言えるかもしれないが、第二期以降の比率と比較すると第一期のそれは掛詞に比してきわめて低いと言わなければならぬ。

また、第一期の読人しらず歌の中には第二期以降の作も入っていると考えられ、実際にはさらに低率かとも想像されるが、第一期の作者判明歌にかなりの数の見立て歌が存在すること、読人しらず歌は万葉より後の歌を多数含んでいることを考慮するなら、この程度の数値はこの期のものとして妥当なものであり、読人しらずの見立て歌の中に第二期以降の作者の作は少ないのではないだろうか。

先ほど第一期では作者判明歌に11首中4首という高い比率で見立て歌が認められるとしたが、このうち3首は小野篁、藤原関雄といった漢詩文の才に秀で、和歌にも優れた才能を持った人物の作である。彼らはその漢詩文に対する造詣の深さから、漢詩の主要な技法の一つである見立てを早くから和歌に導入したのであろうが、第一期のそれ以外の歌人達は見立てを和歌にとり入れることをなしえなかった、あるいはその必要をさ程強く感じていなかったのではなかろうか。見立てという漢詩文に由来する修辞技法は、掛詞という伝統的な修辞技法が、独立した掛詞といった新たなあり方をも示しつつ、第一期からかなり多く和歌に導入されたのに対し、第二期以降、漢詩文隆盛の時代の後、その影響で次第に和歌にとりいれられるようになっていったと推定されるのである。

ただし、このような推論に対しては、次のような反論が予想される。まず一つは、第一期とされる読人しらず歌と第二期、第三期の歌は同一階層の歌でなく、その歌風の相違は時代の別によるものではなく、その作者層の違いによるとするものである。すなわち、読人しらず歌は作者判明歌より下層の一般庶民の詠であり、万葉以来の伝統的な修辞である掛詞を主とし、知識階層のものである漢詩文に由来する見立ての技法を用いなかったのに対し、六歌仙以降の作者判明歌人は彼らより上層の人々であるが故に、掛詞、縁語の他に見立てをも用いたとする考え方である。

確かにこうした見方は一つの有力な見解として注目されるが、読人しらず歌が第二期以降の作者判明歌の作者層と異なる階層、すなわち一般庶民の間で作られたものとすると、九世紀前半はいわゆる貴族階層はほとんど歌を作らなかったことになる。しかし、『古今集』序文は六歌仙以前の和歌のおかれた状態を「今の世の中、色につき、人の心、花になりにけるより、あだなる歌、はかなき言のみいでくれば、色好みの家に埋れ木の、人知れぬこととなりて、まめなる所には、花薄穂に出すべきことにもあらずなりにたり」（仮名序）「好色の家には此を以ちて花鳥の使となし、乞食の客は此を以ちて活計の謀となすことあるに至る。故に半は婦人の右として、大夫の前に進めがたし」（真名序）と表現する。このうち、真名序の「乞食の客……至る」は口誦文芸を職とする身分の低い人々の存在を想定させるが、仮名序および真名序のその他の部分は、和歌がこの時期にも貴族階層の人々の間で詠まれていたが、それが恋の贈答など私的な場にのみ用いられ、公的な場で詠まれることがなかったことを示すと解するのが穏当であろう。万葉末期の貴族社会における和歌詠作のあり方と六歌仙時代以降における和歌のそれとの共通性からみても、そのことは当然予想されるところであり、読人しらず歌の大部分は、やはり九世紀半ば以前、和歌が社会的地位を持つことができず、その作者名を残すことに余り注意が払われなかった時代、主として貴族階層の人々によって作られたものと見るのが妥当であろう。[12]

もう一つの考え方は、作者判明の歌は四季歌に多いのに対し、読人しらず歌は恋歌に多く、四季歌の主要な技法が見立てであるのに対し、恋歌は掛詞、縁語仕立ての歌が多いから、読人しらず歌に掛詞が多く、見立てが少ないという結果が生じたとするものである。確かに、読人しらず歌は四季歌119首、恋歌184首で、それぞれ古今集四季歌の34.8％、恋歌の51.5％を占め、割合としては恋歌に多く、四季歌に少ない。しかし、六歌仙時代のように、四季歌26首、恋歌37首と恋歌の方が多いにもかかわらず見立て歌の多い例も見うけられる。見立て歌の多い少ないは、四季歌の多少ではなく、四季歌に含まれる見立て歌の比率によるのではないだろうか。事実、各期の四季歌の総数に対する見立て歌の比率は、第一期8.0％、第二期33.3％、第三期18.9％というように、第一期に対し、第二期、第三期の比率の高いことが見てとれる。また、四季以外の全ての部立をあわせた各期の総歌数に対する見立て歌の比率は、第一期1.8％、第二期2.8％、第三期8.0％というように、ここでも第一期に比べ、第二期、第三期の比率が高い。こうしてみると、見立て歌の多さは、四季歌が多いか少ないかではなく、その期の歌全体の中に含まれる見立て歌の比率の大小によるということになる。読人しらず歌に四季歌が少ないからといって、それは必ずしも読人しらず歌に見立て歌が少ないことを説明する理由にはならない[13]。

以上の点を総合すると、読人しらず歌の大部分は、他の時代の作が少しは混じっているにしても、やはり六歌仙時代以前の貴族階層の人々を中心に作られたとみるのが最も穏当な見方となるのではないだろうか。

『古今集』の和歌の配列を見ると、読人しらず時代の歌群→六歌仙時代の歌人の歌群→撰者時代の歌人の歌群、あるいは撰者時代の歌人の歌群→六歌仙時代の歌人の歌群→読人しらず時代の歌群というように和歌が配列されている場合が多々あるのに対し、この三者を一括して並べる場合、別の並べ方にしたものが全くといっていいほど存在しないことも、既に撰者達の間にこの三者に時代的な相違があることが認識されていたことを示すものと思われる。

また序詞についてみてみると、『万葉集』では序詞の総数は集総歌数の15.9%、それに対し『古今集』では第一期はその総歌数に対し14.2%、第二期4.7%、第三期10.0%となる。『古今集』の序詞の使用頻度は全体として『万葉集』に比べ低くなるが、そうした傾向の中でも、第一期は『万葉集』に比べやや減少するのみで、それが第二期に大きく減少し、第三期に再び第一期に近い数値を示すという傾向を見てとることができる。また序詞の型からみると、第一期は掛詞による序がその期の総歌数の5.7%となり、万葉のそれが2.2%であるのに対し増加の傾向を示し、第二期では1.6%と減少するが、第三期は4.8%と多くを占める。また序詞の総数に対する掛詞による序の比率は、『万葉集』14.0%、『古今集』第一期40.0%、第二期33.3%、第三期48.0%という数値を示す。第一期の総歌数および序詞の総数に対する掛詞による序の比率は、ともに『万葉集』のそれに比して高い数値を示しているが、このことも第一期に掛詞が『万葉集』よりかなり多くなったことと通ずる現象と見てよいであろう。

『古今集』に収められた歌を三期に分類し、その修辞技法のあり方を比較すると、第一期には見立てがいまだ多く用いられていないのに対し、万葉以来の伝統的な修辞技法である序詞がかなり多く用いられている。また『万葉集』では序詞、枕詞の接続の契機として存在した掛詞が、序詞、枕詞のみでなく、単独の掛詞としてかなり多く用いられるようになる。第二期になると、序詞が激減するかわりに、掛詞、特に単独の掛詞が増加し、見立ても急増して、万葉以来の伝統的な修辞技法とは異なった新たな修辞技法が主流を占める。そして、第三期になると、第二期の新しい修辞技法を受け継ぎながらも、伝統的な修辞である序詞が復活し、第一、二期を総合止揚したような形となる。

三　読人しらず時代から撰者時代へ

服部喜美子は、『万葉集』と『古今集』の用語の検討から、「古今集読人しらず歌には万葉集の用語がまだ残って」おり、「その中にはその読人しらず歌における用法を再出発点として王朝以降の歌の世界に生き続ける詞」がある一方、「ここでふっつりと歌の世界に表われなくなる」詞が相当数あること、また「古今集にはじめて表われ、長い王朝の世界を染め上げている新しい用語のいくつかが読人しらず歌にはまだ殆ど見られ」ず、それらが出現するのは六歌仙時代以降であることを指摘し、読人しらず歌と万葉歌との連続性、またそれと六歌仙時代以降の歌との間に存する断絶を想定する。(14)

また小沢正夫は、『古今集』に収められた歌を、読人しらず時代、六歌仙時代、撰者時代というように時代別に分け、主に修辞技法という観点から本稿同様、歌風の変遷の検証を試みるのであるが、

『古今集』の歌で用いられる序詞の数は読人知らず歌に一番多く、六歌仙時代に減少し、撰者時代にふたたび増加する。私はこの事実を六歌仙時代には序詞のような古い修辞技巧が顧みられず、縁語・懸け詞・見立てのような新しい修辞に関心がもたれ、これに反して、撰者時代には古い修辞が復活し、それと縁語・懸け

詞・見立てなどいわゆる古今的技巧とが総合融和されたのであると解釈したい。

とし[15]、さらに

読人知らず時代の主流をなす歌は『万葉集』の後継的なもので、日本古来の技巧を守るか、あるいは比較的無技巧な歌かであった。和歌がこのような状態であったころ、平安宮廷の貴族たちの間では優美な漢詩が流行していた。こういう漢詩の影響は平安最初期の歌人の作にもみられるが、六歌仙のころからそれがいっそう目立つようになった。六歌仙たちは読人知らず歌に伝えられている『万葉』の遺風を継承することなく、かれら自身の新風をうち立てることに努力をかたむけた。撰者たちは六歌仙の始めた新風をいっそう発展させるとともに、読人知らず歌に残っている日本の古い伝統を復活させることにも努めた。新しい酒は古き皮袋に盛られ、古今調は完成の段階に達したのであった。

とする[16]。

確かに『古今集』の読人しらず歌は把握が直接的で、素朴なものが多く、服部、小沢両氏が指摘するように、万葉歌との連続性が認められる。しかし、掛詞という技法に関しては、小沢の指摘に反して、『古今集』第一期の歌は、既に万葉と異なった新たなあり方を示している。すなわち、古今歌風を特色づける主要な技法の一つである掛詞は、読人しらず時代にかなり多く認められるようになる。特に、万葉の時代にほとんど存在しなかった独立した掛詞が、かなりの数の出現することは注目に値する。『古今集』の読人しらず歌は万葉歌との親近性を示す一方、既にそれとは異なった新たな歌風の形成を志向していると考えられる[17]。

と同時にこのような事実は、古今歌風の成立が漢詩文の影響によるとする考えにも再検討を迫ることとなる。漢詩文が古今歌風の成立に大きな影響を与えたことはもはや言うまでもないし、その影響のあり方については今後もさらなる探求が続けられねばならぬのはもちろんであるが、第一期に漢詩文の強い影響のもとになったとされる見立て歌がほとんど見出されず、それに比して古今歌風を特色づけるもう一つの主要な要素である掛詞、特に独立した掛詞が既にかなりの数登場し、見立て歌は第二期になって多数登場するという事実は、九世紀半ば以前の主として貴族階層の人々の間に、漢詩とは異なった、新たな修辞を伴った歌を作ろうとする動きがあり、それが九世紀中頃から漢詩文の影響なども受けて、さらに一層新しいものへと変貌していったことを示しているのではないだろうか。第三期に伝統的な修辞である序詞が復活してくることも、和歌がそれ自体独自な発展を志向したことを物語っていると言えるのではなかろうか。

注

（1）小沢正夫『作者別年代順古今和歌集』（明治書院、昭和50年10月）

（2）島田良二「六歌仙時代」（『解釈と鑑賞』35巻2号、昭和45年2月）

（3）同注（1）。

（4）私家集は『私家集大成　中古Ⅰ』に拠った。

（5）上野理「よみ人知らず」（『和歌文学講座4　古今集』所収、勉誠社、平成5年12月）

（6）萩谷朴『平安朝歌合大成　一』（同朋社、昭和54年8月）

（7）第一期の上限を確定するのは難しいが、後に検討するように、『古今集』の読人しらず歌は万葉とは異った様相を示し、かつ宝亀三年（七七二）成立の『歌経標式』所収歌とも歌風の相違を示すことから、一応万葉以後、九世紀前半の歌が中心となると考える。

（8）小沢正夫『作者別年代順古今和歌集』に拠る。ただし、小沢氏が上代の和歌とするものと読人しらず歌を合わせて第一期の歌とし、長歌、旋頭歌は検討の対象から除く。序詞、掛詞は、橋本不美男、久保木哲夫、杉谷寿郎「古今和歌集技法一覧」（『解釈と鑑賞』35巻2号、昭和45年2月）をもととし、諸注釈を参考にして認定した。

（9）「霞たち木の芽もはるの雪降れば花なき里も花ぞ散りける」のように接続部分が明らかに異なる概念を共有していると思われるものをC、「秋風にあへず散りぬるもみぢ葉のゆくゑさだめぬ我ぞかなしき」のように接続部分がほぼ同一の意味をもつと思われるものをD、「郭公鳴くや五月のあやめぐさあやめも知らぬ恋もするかな」のように序詞と以下の部分がそれぞれ類似の音を持つものをEとした。

（10）小沢正夫『古今集の世界　増補版』（塙書房、昭和51年5月）第三章、三。

（11）小沢正夫『作者別年代順古今和歌集』第一章、上代と第一期の和歌。ただし、左注に作者名のあるものは除外した。

（12）小沢正夫「古今集における漢詩文の受容」（『文学・語学』58号、昭和45年12月）、菊池靖彦『古今的世界の研究』（笠間書院、昭和55年11月）第二篇、第四章。

（13）『古今集』の見立て歌のうち各期の見立て歌の総数に対する四季の部に収められた見立て歌の比率は、第一期62.5％、第二期53.3％、第三期58.4％といずれも六割程度の数字を示す。

（14）服部喜美子「古今集読人しらず歌と万葉集」（『文学・語学』18号、昭和35年12月）

（15）同注（10）。

（16）同注（10）。

（17）片桐洋一「よみ人しらず時代―特にその古今集らしさについて―」（『解釈と鑑賞』35巻2号、昭和45年2月）

第二章　『古今集』の構造

第一節　春の部、冒頭の構造

本節で対象とするのは、国歌大観番号1番から31番までの歌である。まず、最初の九首を挙げてみよう。

ふる年に春立ちける日よめる　在原元方

1年のうちに春は来にけりひととせを去年《こぞ》とやいはむ今年とやいはむ

春立ちける日よめる　紀貫之

2袖ひちてむすびし水のこほれるを春立つけふの風やとくらむ

題しらず　読人しらず

3春霞たてるやいづこみよしのの吉野の山に雪はふりつつ

二条の后の春のはじめの御歌

4雪のうちに春は来にけり鶯のこほれる涙今やとくらむ

題しらず　読人しらず

5梅が枝に来ゐる鶯春かけて鳴けどもいまだ雪は降りつつ

雪の木に降りかかれるをよめる　素性法師

6春たてば花とや見らむ白雪のかかれる枝にうぐひすの鳴く

題しらず　　読人しらず

7心ざし深くそめてしをりければ消えあへぬ雪の花と見ゆらむ

ある人のいはく、前太政大臣の歌なり

二条の后の春宮の御息所ときこえける時、正月三日お前に召して、おほせごとあるあひだに、日は照りながら雪の頭に降りかかりけるをよませ給ひける

文屋康秀

8春の日の光にあたる我なれどかしらの雪となるぞわびしき

雪の降りけるをよめる　　紀貫之

9霞たち木の芽もはるの雪降れば花なき里も花ぞ散りける

これらのうち1、2は、詞書にともに「春立ちける日よめる」とあり、歌詞にも「春は来にけり」あるいは「春立つけふ」という表現があることから、立春の日に詠じられた歌と明確に理解される。『古今集』春の部末尾が、本来は132「弥生のつごもりの日、花摘みより帰りける女どもを見てよめる」、133「弥生のつごもりの日、雨の降りけるに、藤の花を折りて人につかはしける」という詞書を持ち、「弥生つごもりの日」に詠まれた歌二首で締めくくられていたと推定されること、また秋の部が169「秋立つ日よめる」、170「秋立つ日、うへのをのこども、賀茂の河原に川逍遥しける、ともにまかりてよめる」と「秋立つ日」に詠まれたとする詞書を有する歌二首で始められ、秋の部末尾も312「長月の晦日の日、大堰にてよめる」、313「おなじ晦日の日、よめる」と「長月のつごもりの日」に詠まれたとする詞書を有する二首によって閉じられていること、さらに夏の部の最後の歌が、168「六月のつごもりの日によめる」という詞書を有し、冬の部の最後の歌と思われる338が「ものへまかりにける

人を待ちて、師走の晦日によめる」という詞書を有していることからすると、『古今集』の四季の部のうち、春と秋は冒頭二首が「立春」「立秋」の歌で始まり、末尾二首が「弥生つごもり」「長月つごもり」の歌で終わり、夏と冬は最後が「六月つごもり」「師走つごもり」で終わるという構造を持っていると推定される。(1) とすると、1、2番歌は「立春」の歌群とするのが適切と思われる。

3番から9番までは、いずれも雪が詠み込まれている。雪といえば冬の景物であるが、まだ春の浅い時期に雪の降るのは珍しいことではない。これらは春のまだ浅いことを示すと同時に、冬との連続性を表すために置かれた「春の雪」の歌群とすることができよう。これらの歌の中には、4の「春は来にけり」や6の「春たてば」のように立春の日の詠であることを思わせる歌詞も存するが、明らかに立春の日の歌とする徴証は見出せない。これらは、『古今集』が、先に述べたように、春と秋が冒頭と末尾二首を対応させ、夏と冬が末尾一首を対応させるという構造をとっていることからすると、やはり「春の雪」の歌群に収めるのが妥当と思われる。(2)

では、これら九首はどのような意図のもとに、どのような順序で配列されているのであろうか。1は年内立春、すなわち一年が終わらないうちに、新しい年の始まりを告げる立春が到来した事態を詠じた歌である。この歌の「ひととせ」がどの期間を指すかについては諸説存するが、年内に立春が来ることによって、一年まるごと、あるいはその一部の期間において、去年とも今年とも呼びうる状態が出来するという矛盾した現象に注目して詠じられた歌であるという認識では、諸説一致する。(3)

古今集の撰者たちはこの元方の歌に、年が終わらないうちに、新しい年がはじまるという奇妙な現象が詠じられている点に着目し、それが去年と今年の重層を詠じることで、去年と今年の連続性を最も強く表現していると判断し、この歌を春の部の冒頭、つまり一年の一番初めに置くことにしたのであろう。

またこのように、春の初めに単に一年の始まりを意味するだけでなく、一年の終わりとの連続性を持つ歌を配したということは、撰者たちが年月の運行を、年の始まりから終わりに向かって直線的に進むのではなく、年の終わりが再び年の始めに帰ってくるという循環的な姿で示そうとしたことを意味するであろう。

2の貫之の歌も立春の日に詠まれた歌とされる。しかし、この歌は1のように年内立春の歌とはされていない。この歌は新年になってからの立春に詠まれたものと見るのが穏当であり、それ故1の後に配されたのであろう。

一首は「袖ひちてむすびし水」が去年の夏、「こほれる」が去年の冬を表すというように、過ぎ去った年の出来事を回想しながらの立春の詠となっている。ここでも、去年の夏や冬に言及しながら、新たな年の始まりを詠じているところに、去年と今年の連続性が看取される。また、「春立つけふの風やとくらむ」という表現は、『礼記』月令の「孟春ノ月　東風氷ヲ解ク」によりながら、想像上の景ではあるが、1に比べ、立春の日の具体的な風景が詠じられている点も注目される。

1、2番歌では立春の日を詠むと同時に、前年の事象が詠み込まれ、前年とのつながりを意識した内容が詠まれていたのに対し、3番歌以降は前年の事象を詠ずることはない。しかし、3から9までは冬の景物である「雪」が詠み込まれており、冬の名残を感じさせる点、前年との連続を意識させる。

3番歌の詞書は「題しらず」となっているが、歌詞に「春霞たてるやいづこ」とあり、歌の読み手は霞が立っている場所を探している。このことは春になると霞は当然立つはず、それなのに霞の立つ景色も見えないといっているのであり、暗に今が春であることを示している。ただ、今が春だという認識はあっても、霞はどこにも見出せず、吉野の山には冬を感じさせる雪が降り続いて、まだ春の到来は実感できないという早春の情景が表現される。

続く4、5、6番歌には、いずれも雪とともに春の到来を告げる鳥とされる鶯が詠み込まれる。3番歌が春の到来を詠みながらも、いまだ春の気配の見えぬ様を詠んでいたのに対し、4から6番歌は雪とともに鶯を詠み込むことによって、いまだ寒さが去りやらぬ中にも、春の訪れがほのかに感じられる様が詠じられることになる。

4では鶯はまだ鳴いていないが、「鶯のこほれる涙今やとくらむ」という表現が、2番歌の解氷を詠じた表現と通ずるものとなっており、春の到来を感じさせる。[4] 5では鶯の鳴いている様が表現されることによって4より一層春めいてきたことが感じられるが、「いまだ雪は降りつつ」という表現が3番歌と共通し、冬の名残を感じさせる。[5] 6も鶯は鳴くが雪が降り積もっている点、5と同様冬の名残が感じられるが、白雪を梅の花と見立てることでより春らしい雰囲気が看取されるようになる。

このようにこの3から6はいずれも春の雪を詠じているのであるが、3は春になっても霞は見えず、吉野山には雪が降っていると、いまだ春らしい気配の見えぬ状態を表し、4は鶯は鳴かないが、氷の溶ける様に春を表し、5は鳴く鶯を詠むことで春を感じさせつつも、一方ではいまだ降る雪を詠じ、6は5同様鳴く鶯と雪を詠じつつも、雪を花と見なすことで春が深まった気配をより強く感じさせるというように、3から6は同じ春の雪を詠みながらも、春の気配の薄い歌からより強く春を感じさせる歌へという順に配列がなされていると考えられる。

7から9も、春の雪を詠んだ歌が続くが、[6] これらには4から6まで共通して詠み込まれてきた鶯が詠み込まれていない。その代わり、これら三首はずれも雪を他の物と見なす見立ての趣向が用いられている。7は、雪を花と見立てている。8はそれに対し、雪を白髪と見立てる技法を用いている。そして9では7と同様、また雪を花と見立てる技法が用いられる。つまりこの三首は、いずれも雪をあるものに見立てるという技法が用いられているのであるが、三首の真ん中の8が雪を白髪に見なしているのに対し、その両側の二首は雪を花に見なす技法が取られるという、8を中心にした対称的な配列がなされていると考えられる。

そうした中で、7が三首の最初に配列されたのは、それが枝に積もった雪を花に見立てた歌であるという点で、6と共通性を有しているからであろう。それに対し、9は雪を花と見立てる点は同じであっても、6や7が雪を咲いている花に見立てているのに対し、9は雪を散る花に見立てている点に大きな相違がある。さらに、7は読人しらずであるのに対し、8は六歌仙の一人、文屋康秀の作であり、9は撰者貫之の作であるというように、7、8、9は古い時代の歌から新しい時代の歌という順で配列がなされている。このように7、8、9の配列の順序は、8を中心とした左右対称の構造、直前の歌群とのスムースな接続、開花から落花への推移、歌の詠まれた時代といった点に留意してなされたものと考えられる。

また、これらの歌は雪を詠んでいながらも、それが花に見立てられたり、「春の日の光にあたる我なれど」というように「春の光」が詠み込まれたりしていて、いずれも春を感じさせる歌となっている。同じ「春の雪」の歌群でも3から5では、雪はむしろ冬を感じさせるものとして詠み込まれていたが、この歌群においては6を承け継ぐ形で冬の名残を感じさせつつも、春を予感させる雪が詠み込まれていることも注意される。

と同時に、7から9が「春の雪」の歌群の最後に位置せしめられたのは、4から6が春の雪とともに鶯を詠み込んでおり、10から16までが「鶯」の歌群となっていることから、鶯を詠み込んだ歌群の間にわざと春の雪のみを詠じた歌群を挿入して、「春の雪」の歌群と「鶯」の歌群を明確に区別し、同時に後の「鶯」の歌群の構造を乱さないよう配慮した結果ではなかろうか。

7番歌、9番歌には春のいつ頃詠まれた歌と確定できるような詞書や歌詞は見出せないが、8番歌は詞書から「正月三日」に詠まれた歌と判明する。このことから、これら三首は「正月三日」前後の歌と見ることができよう。立春は正月三日よりも前に来ることもあれば、後に来ることもあり、立春と正月三日の前後関係は年によって異なるのであるが、『古今集』春の部の配列において、正月三日の歌が「立春」の歌群の後に配置されているということは、撰者たちが年内立春の歌は除外するにしても、単に立春を詠じた2の歌において正月一日をも示そうとしていたことを意味するのではないだろうか。また、「立春」の歌群の次の「春の雪」の歌群の終わり近くにわざわざ正月三日の歌を配置したところからすると、3から7までの歌は正月一日から正月三日の間の歌として配列されたことになる。(7)

また、3から9までの「春の雪」の歌群全体を見渡してみると、3と9はそれぞれ春の雪の他に霞を詠み込んでいる点において対応し、4と8は二条の后関係の歌ということで対応する。5と7は前の二組ほど緊密な対応関係は見出しがたいが、題しらず、読人しらずという点では共通する。このように見ると、3から9までの「春の雪」の歌群は、6を中心に左右対称の構造をなしているとも考えられる。

1から9までの作者を見てみると、1、2番歌の作者が撰者時代の歌人であったのに対し、3が読人しらず、4が「二条の后」で六歌仙時代の人、5が読人しらずで、6が撰者時代の歌人、7が読人しらず、8が六歌仙時代の歌人、9が撰者時代の歌人というように、撰者時代の歌人→読人しらず時代の歌人→六歌仙時代の歌人→読人しらず時代の歌人→撰者時代の歌人→読人しらず時代の歌人→六歌仙時代の歌人→撰者時代の歌人という順に、時代的には行きつ戻りつした配列となっている。

なお、これら七首の「春の雪」の歌群において、春の到来を告げるものとして詠み込まれている事象として、霞、解氷、鶯、花が挙げられる。このうち、解氷は初春のみの現象であり、この後12番歌に詠み込まれるのみであるが、霞、鶯、花は春の到来を告げるばかりでなく、春を代表する景物として、この後春の部の最後の部分に至るまで所々に詠み込まれる。

　　　春のはじめによめる　　　　　　藤原言直

10春やとき花やおそきと聞きわかむ鶯だにも鳴かずもあるかな

　　　春のはじめの歌　　　　　　　　壬生忠岑

11春来ぬと人はいへども鶯の鳴かぬかぎりはあらじとぞ思ふ

寛平御時后の宮の歌合の歌　　　　　　源当純

12谷風にとくる氷のひまごとに打ちいづる波や春の初花

紀友則

13花の香を風のたよりにたぐへてぞ鶯さそふしるべにはやる

大江千里

14鶯の谷よりいづる声なくは春くることを誰か知らまし

在原棟梁

15春立てど花もにほはぬ山里は物憂かる音に鶯ぞ鳴く

題しらず　　　　　　　　　　　　読人しらず

16野辺ちかく家居しせれば鶯の鳴くなる声はあさなあさな聞く

これら七首には、12を除いていずれも鶯が詠み込まれており、「鶯」の歌群と呼ぶことができよう。12は谷風に解ける氷が詠まれた歌で、詞書、歌詞のどこを見ても鶯を詠んだ歌とは認められないが、これは後に述べるように鶯の歌群の配列に時の推移を反映させようと、撰者たちが意図的に配置したものと考えられ、配列の乱れとは考えられない。

ところで、『古今集』春の部は「立春」の歌群から始まったが、その「立春」の歌群に続いて配列されるのは、「春の雪」の歌群、そしてこの「鶯」の歌群ということになる。このように「立春」の歌群の直後に、冬の名残を感じさせる「春の雪」の歌群を配し、その後に春の気配を感じさせる「鶯」の歌群が配置されるという構成は、旧年からの連続した相を示しつつも、新しい年が始まり、春が次第に深まってゆくという自然の推移の具体相を配列の上で示そうとした撰者の意図の現れと見てよいであろう。

この七首のうち最初の二首、10、11には「鶯だにも鳴かずもあるかな」「鶯の鳴かぬかぎりは」と鶯の鳴く以前の状態が表現されている。当時、鶯は谷間で春を待ち、暖かくなると谷から飛び出して鳴くとされていたから、これら二首にえがかれている鶯は谷間に潜む鶯ということになろう(8)。

10番の歌がこの歌群の最初に配されたのは、「春やとき花やおそきと」と鶯とともに花が詠み込まれており、その前の「春の雪」の歌群の最後の歌が、雪を花に見立てた歌で終わっているのと連続性を有したからであろう。続く11番は、10番が春が早く来過ぎたのか、それとも花の咲くのが遅すぎるのか、鶯によって判断しようといっているのに対し、人が春が来たと言っても鶯が鳴かない間は春とは思わないと、春の到来の基準を鶯の鳴き声に求めるという類似した内容を詠じており、かつ11においては、鶯の鳴き声によって春は到来するとする主張が、10よりもより強い形で表現されていることから、ここに配されたのであろう。

12番歌は、先にも述べた通り、詞書にも、一首の表現の中にも、鶯を詠じた歌とする徴証を見出すことはできない。ここには「谷風」によって解ける氷が詠じられ、その解けた氷の隙間から流れ出る波を春の初花と見なすという趣向が凝らされているのみである。氷が解ける様を春の到来を告げるものとして詠ずることは、2番歌、4番歌にも見られたが、ここでもそうした景が繰り返し表現される。しかし、12番歌が表現する春の到来の気分は、この一首のみで完結するものではない。そこに詠み込まれた、谷間の春の到来、および「谷風」「初花」の語は続く13、14番歌と密接な関連を有し、この「鶯」の歌群を時間的により整然と組織するために機能していると考えられる。

すなわち、13の「花の香を風のたよりにたぐへてぞ」という表現は12の「谷風」「初花」の語との関連が認められるし、14の「鶯の谷よりいづる声なくは」には、12の「谷風」の語が響いていると思われる。また、12で谷間の春の風景が詠じられることによって、13、14では谷間にもようやく春が訪れ、谷にこもっていた鶯がいよいよ谷から飛び出そうする気配が想像されることになる。13はそうした気配を受けて、花の香りを風に添えて、鶯が谷から出るのを促そうとするのであり、14は反実仮想の構文が12の歌の雰囲気とあいまって、谷から出ようとする鶯の姿を彷彿させると同時に、「鶯の谷よりいづる声」を詠じて、後の「鳴く鶯」の歌群と連続性を持つ。

このように見てくると、鶯を詠じていないが故に「鶯」の歌群の中で異質と思われた12番歌は、実は谷間の氷が風に解ける様を表すことによって、谷間に春が到来したこと確認し、続く二首に、谷から出る直前の鶯を詠じているとの印象を付与するという重要な働きを担っていることが理解される(9)。

「鶯」の歌群、六首目15と七首目16は鳴く鶯を詠じている。六首目15はそれ以前の三首が「寛平御時后の宮の歌合」の歌で、作者が撰者時代の歌人だったのを承けて、同じ歌合の歌で撰者時代の歌人の歌を配したのであろう。歌の内容も花がまだ咲いておらず、谷から出たばかりの山里に鳴いている鶯が詠じられている。それに対し、七首目16は題しらず、読人しらずの歌で、「野辺ちかく家居しせれば」と平地に鳴く鶯を詠んでいることから、15の後の配されることになったのであろう。

10から16までの「鶯」の歌群は、その前の「春の雪」の歌群を承ける形で、最初の二首は撰者時代の歌人の歌で始められ、続く四首すなわち12から15までは、「寛平御時后の宮の歌合」の歌で撰者時代の歌人の歌が並べられ、最後16に題しらず、読人しらずの歌が配置されるという形となっている。

「鶯」の歌群の後は、次のような配列がなされる。

（題しらず）　　（読人しらず）

17春日野は今日はな焼きそ若草のつまもこもれり我もこもれり

18春日野の飛火《とぶひ》の野守《のもり》いでて見よいまいく日ありて若菜摘みてむ

19み山には松の雪だに消えなくに都は野辺の若菜摘みけり

20梓弓おしてはるさめ今日降りぬ明日さへ降らば若菜摘みてむ

仁和《にんな》の帝、親王《みこ》におましましける時に、人に若菜たまひける御歌

21君がため春の野にいでて若菜摘むわが衣手に雪は降りつつ

「歌たてまつれ」とおほせられし時、よみてたてまつれる

つらゆき

22春日野の若菜摘みにや白妙の袖ふりはへて人のゆくらむ

これら六首のうち、最初の一首17以外はいずれも「若菜摘みてむ」「若菜摘みけり」「若菜摘む」「若菜摘みにや」というように「若菜摘み」が詠み込まれているが、17には「若菜」は詠まれていない。松田武夫は「春さき野を焼くことは、若草の繁茂を意味し、若菜の前提となる」として17を「若菜」の主題のもとに統括するが[(10)]、「若菜」が詠み込まれていないことからすると、やはり17は「若菜摘み」の前段階として、一首だけではあるが「野焼き」の歌群が立てられたと見るのがよいように思われる。「鶯」の歌群の最後の歌は「野辺ちかく家居しせれば」と野辺を詠じていたが、この表現は続く「野焼き」の歌群への移行をなめらかなものにしている。

続く18から22までの歌群は、右に述べたように全てに「若菜摘み」が詠み込まれており、「若菜」の歌群とすることができよう。若菜摘みは正月初子の日、または正月七日に行われるものであるが、それらの日は必ずしも立春の日の後になるとはかぎらない。この「若菜」の歌群が「立春」の歌群の後に配置されるのは、「春の雪」の歌群のところで述べたように、『古今集』においては、「立春」の歌群が正月一日をも含んでいるという認識があったことによると見てよいのではなかろうか。

また、この「野焼き」「若菜」の歌群は、17の「野焼き」の歌群が題しらず、読人しらずの歌、「若菜」の歌群の18から20までが、題しらず、読人しらずの歌、21が光孝天皇の歌であるから六歌仙時代の歌、22が撰者時代の

歌という配列になっている。「鶯」の歌群の最後の歌が題しらず、読人しらずの歌で終わっていたのを承けて「野焼き」の歌群は、題しらず、読人しらず、「若菜」の歌群も「野焼き」の歌群を承けて、題しらず、読人しらずで始まり、六歌仙時代の歌、撰者時代の歌というように、詠まれた時代の古い歌から新しい歌へと順次配列がなされていることになる。

18からの「若菜」の歌群は、18が「いまいく日ありて若菜摘みてむ」と、若菜を摘むまであと何日かあるという状況が詠まれていることから「若菜」の歌群の最初に置かれたのであろう。「野焼き」の歌群17で詠まれた「春日野」が、この歌にも詠み込まれていることも注目される。

19以降は、若菜摘みが可能になった時期における詠が並べられていると考えられる。このうち19、20は、19が山にはまだ雪が消えていないのに、都では若菜を摘んでいることよと、自らは山中にいて若菜摘みをしていないが、都では若菜摘みが始まったことを詠じ、20は「若菜を摘む時がやっと来たのに、今日は春雨が降って摘めない。明日もまた降ったら、濡れるのをいとわず摘んでしまおう」[11]と若菜が摘める状態になったにもかかわらず雨のため若菜を摘むことのできない人物の心情を詠ずるというように、ともに若菜を摘める時期になっても若菜を摘めないでいる人物の状態がえがかれている。19が20の前に配列されているのは、19がまだ雪の消えていない山中を詠じて、冬の気配を強く感じさせるのに、20は里の雨を詠じて春の深まりを感じさせるからであろう。

それに対し21、22では、若菜摘みが実際に行われている様が表現される。21が22の前に配されるのは、21が冬の名残を感じさせる雪が降っているにもかかわらず若菜を摘む様を詠ずるのに対し、22が雪や雨にも妨げられず、春らしい光景の中、若菜摘みに出かける人々を詠じているというように、21の方が時期的に早い詠と見なされる点にあるのであろう。

なお、貞応本系統の本文においては、18と19の歌の順序が逆になっているが、主要伝本の多くは右に示したように18、19の順となっており、かつこの歌順の方が若菜摘み以前の段階から若菜を摘むという段階へと時間を追った配列となる点を考慮すると、18、19の歌順が『古今集』が撰進された時の本来の形を示していると想定される。

また、「若菜」の歌群冒頭の18と末尾の22はともに「春日野」を詠んでいる点で対応し、二首目19と四首目21「雪」を詠み込んで対応する。とすると、18から22の「若菜」の歌群五首は20を中心とした左右対称の構造を取っていることにもなる。

続く一首は次のような歌である。

題しらず　　　　　　　　　　　　　　　在原行平朝臣

23春のきる霞の衣ぬきをうすみ山風にこそ乱るべらなれ

この歌は霞を詠んだ歌であり、直前の「若菜」の歌群に分類することはできないし、またこの歌に続く歌とも詠まれた題材において直接の関連性を持たない。故に、この歌は一首だけであるが、「霞」の歌群として立項することにする。霞はこれ以前にも、3番歌、9番歌に詠み込まれ、かつこの後も春の終わりまで多くの歌に詠み込まれるというように、春の到来を告げるとともに、春という季節そのものを表す重要な題材であるが、それが歌群の主題となるのはこの場所以外には存在しない。

この歌は「霞の衣」を詠じている点で、前の「若菜」の歌群の最後の二首が、「わが衣手に雪は降りつつ」「白妙の袖ふりはへて人のゆくらむ」とそれぞれ衣を詠んでいたのに対応し[12]、「霞の衣ぬきをうすみ山風にこそ乱るべらなれ」という表現が、霞の背後にある山の緑を連想させ、それが以後の「春の緑」を詠じた歌群に連続する。作者行平は六歌仙時代の歌人で「若菜」の歌群が撰者貫之の歌で終わっていたから、一時代前の時代の歌人の歌へと移行したことになる。

寛平御時后の宮の歌合によめる　　　　　　　　源宗于朝臣

24ときはなる松のみどりも春くればいまひとしほの色まさりけり
「歌たてまつれ」とおほせられし時、よみてたてまつれる
つらゆき
25わがせこが衣はるさめ降るごとに野辺のみどりぞ色まさりける

この二首は、24が「松のみどりも春くればいまひとしほの色まさりけり」、25が「野辺のみどりぞ色まさりける」というように、ともに春の緑が一層濃くなったと表現しており、「春の緑」を詠じた歌群と見ることができよう⒀。24は一見松の緑を詠じた歌と解されるが、「松のみどりも」と他の草木も緑に染まったことを暗示しており、春の緑を詠じた歌と見てよいであろう⒁。

作者は二首ともに撰者時代の歌人であるが、24が「寛平御時后の宮の歌合」の歌であるのに対し、25にはそのような詞書はなく、前の「霞」の歌群の作者行平が六歌仙時代の歌人であったのを受けて、「寛平御時后の宮の歌合」の歌、撰者貫之の歌というように、時代の古い方から順に歌を配したと考えられる。

また、25には春雨が詠じられているが、春雨が初めて詠じられるのは、この歌群の二つ前の「若菜」歌群の20番においてであり、それ以前には雪が詠まれることはあっても雨が詠まれることはなかった。それに対し、雪は春の部冒頭から、まだ冬の名残を感じさせるものとして、3、4、5、6、7、8、9、19、21に詠み込まれていた。それが「若菜」の歌群においては、

19み山には松の雪だに消えなくに都は野辺の若菜摘みけり
20梓弓おしてはるさめ今日降りぬ明日さへ降らば若菜摘みてむ
仁和の帝、親王におましましける時に、人に若菜たまひける御歌
21君がため春の野にいでて若菜摘むわが衣手に雪は降りつつ

というように、19でみ山に消え残る雪が詠まれ、20で初めて春雨が詠まれ、21で再び里に降る雪が詠まれるというように、雪と春雨が交互に詠まれ、その後この「春の緑」の歌群で25に春雨が詠まれるということになり、さらにこの25以降は、春雨が詠まれることはあっても雪が詠まれるということはなくなる。このような配列は、冬の名残を感じさせる雪が次第に収まり、それと前後するかのように春雨が降り始めるという季節の推移を見事に表現しているといえよう。(15)

なお、「春の緑」としては既に「若菜」の歌群が登場しており、「春の緑」の歌群が「若菜」の歌群の後に登場するのは、順序が逆のように思われるが、「若菜」は春の到来を告げる景物ということで「春の緑」の歌群の前に配置されたのであろう。

（「歌たてまつれ」とおほせられし時、よみてたてまつれる）　　（つらゆき）

26青柳の糸よりかくる春しもぞ乱れて花のほころびにける

西大寺のほとりの柳をよめる　　僧正遍照

27あさみどり糸よりかけて白露を玉にもぬける春の柳か

この二首は柳を詠じたものであり、かつ「青柳」「あさみどり」というように、若々しい青い芽を出した春の柳が詠み込まれており、前の「春の緑」の歌群を承ける形で「青柳」の歌群が形成されていると考えられる。(16)

26は作者が「春の緑」の歌群の最後の歌の作者と同じ貫之で、詠まれた状況も全く同一であることから、この歌群の最初に配置されたのであろう。その結果27は、当然歌群の二番目に配されることになる。作者は貫之より一時代前の六歌仙時代の歌人遍照であるから、撰者時代の歌から六歌仙時代の歌というように、再び古い時代に遡る形で歌が配されたことになる。

また、26では「乱れて花のほころびにける」という表現がなされている。これ以前の歌において花という語が詠み込まれた歌は、6、7、9、10、12、13、15とあるが、それらの表現をもう一度見てみると、

6春たてば花とや見らむ白雪のかかれる枝にうぐひすの鳴く
7心ざし深くそめてしをりければ消えあへぬ雪の花と見ゆらむ
9霞たち木の芽もはるの雪降れば花なき里も花ぞ散りける
12谷風にとくる氷のひまごとに打ちいづる波や春の初花

というように、6、7、9は雪を花と見立てた歌、12は波を花に見立てた歌で、いずれも実際に花の咲いている様を詠じたものではない。また、10、15は、

10春やとき花やおそきと聞きわかむ鶯だにも鳴かずもあるかな
15春立てど花もにほはぬ山里は物憂かる音に鶯ぞ鳴く

というように、まだ花の咲いていない状態が詠じられている。ただ、13だけは、

13花の香を風のたよりにたぐへてぞ鶯さそふしるべにはやる

と、花の香で鶯を誘い出そうというのであるから、花の咲いている状態が詠まれている。

このように、ここまで花の語を詠じた歌を見渡してみると、6、7、9、12という、春の初めの部分においては、花以外のものを花に見立てる歌が配され、春の予感や春を待望する気持を表現し、ついでそれらと交互するように10、15の花の咲かない状態を詠じた歌が配されて、いまだ春浅き状態が表現され、その10、15と交差させて13、26でようやく花の咲く状態を詠ずる歌が配置されて、春の本格的な到来が告げられるというように、異なった状態を重ね合わせつつ、次第に春らしい状態への変化が表現されるという配列がなされている。このような配列のあり方は、先に見た雪と春雨の配列法と同様の配列法であり、季節が行きつ戻りつしながら、次第に深まっ

て行く様を表現しようとする撰者の意図に沿ったものであると考えられる。

題しらず　読人しらず

28百千鳥《ももちどり》さへづる春は物ごとにあらたまれども我ぞふりゆく

17から27まで、「霞」の歌一首を挟んで「若菜」「春の緑」「青柳」と植物に関する歌が配列されてきたが、この28では一転して「百千鳥」が詠まれ、ここから春の鳥を詠じた歌群が始まる。春の鳥としては既に「鶯」が登場しており、「百千鳥」すなわち、春の様々な鳥がこの位置に登場するのは、順序としては逆のように思われるが、それは「若菜」の歌群が「春の緑」の歌群の前に置かれているのと同様の理由、すなわち「鶯」が春を告げる特別な鳥という理由で、「百千鳥」の歌群より前に置かれたと考えられる。28の歌の作者は読人しらずであるが、これは直前の「青柳」の歌群の作者が、撰者貫之、六歌仙遍照というように、時代を遡って歌が配列されていたのを承ける形となっている。

「百千鳥」の歌群の後は「呼子鳥」の歌が続く。

（題しらず）　（読人しらず）

29をちこちのたづきも知らぬ山中におぼつかなくも呼子鳥かな

28で「百千鳥」と、春の様々な鳥が一括りにうたわれたのを承けて、これ以後個別の春の鳥が取り上げられることになる。春の個別な鳥として最初に挙げられるのは、呼子鳥である。呼子鳥の歌は一首のみであるが、これを「呼子鳥」の歌群とする。この歌の詞書、作者名表記は、題しらず、読人しらずで、直前の28と同様である。

雁の声をききて、越へまかりける人を思ひて　凡河内躬恒

30春くれば雁帰るなり白雲の道ゆきぶりに言やつてまし

帰る雁をよめる　　伊勢

31春霞立つを見すてて行く雁は花なき里に住みやならへる

呼子鳥の次に挙げられるのは、春の雁、すなわち帰雁である。春になると様々な鳥が鳴き始める中、北に帰ってゆく雁、春の鳥の中で特殊な習性を持つ雁を、撰者達は「帰雁」の歌群として、春の鳥を詠じる歌群の最後に位置せしめたのであろう。[17]

30、31はともに撰者時代の歌人の歌であり、直前の「呼子鳥」の歌群の歌の作者が読人しらずであったのから撰者時代の歌人の歌へと、時代的には新しい歌が配されたことになる。

30、31の配列順は31が「花なき里に住みやならへる」と花を詠じており、それが続く「梅」の歌群の以降の花を詠じた歌群とスムースに連続することから、二首の歌の後に置かれ、必然的に30が「帰雁」の歌群の最初に配置されることになったのであろう。

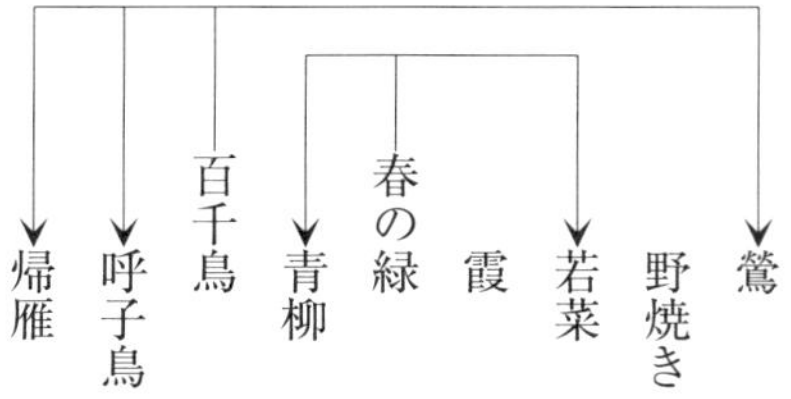

春の花を詠じた31の歌については、右にも触れたが、26の花の咲く状態を詠じた歌を承けて、「花なき里に住みやならへる」という表現がいかにも花の咲く季節になったことを思わせて、それ以降に続く「梅」「桜」「花」「藤」「山吹」という春の花の大歌群を導き出すのにふさわしい表現となっている。

なお、春の部、冒頭の歌群の配列は、見てきたように「立春」「春の雪」「鶯」「野焼き」「若菜」「霞」「春の緑」「青柳」「百千鳥」「呼子鳥」「帰雁」という順になされていたが、このうち「鶯」から「帰雁」の歌群までは、「霞」の歌群を中心に「霞」の直前の「若菜」と「霞」の直後の「春の緑」「青柳」が植物を詠じている点で対応し、「若菜」の歌群の一つ前の「鶯」と「青柳」の歌群に続く「百千鳥」「呼子鳥」「帰雁」の三つの歌群は鳥を詠じて対応するというように、「霞」の歌群を中心にその外側に植物を詠んだ歌群、さらにその外側に鳥を詠んだ歌群を配置するという対称的な配列がなされている。

しかも、それら植物を詠じた歌群は、「春の緑」の歌群が「若菜」「青柳」を詠じた歌群の上位概念を表す歌群として、それら植物を詠じた歌群の中心に位置し、鳥を詠じた歌群は、「百千鳥」の歌群が「鶯」「呼子鳥」「帰雁」を詠じた歌群の上位概念として、鳥を詠じた歌群の中心に位置するという構成がとられていることも注目に値しよう。

注

（1）新井栄蔵「古今和歌集四季の部の構造についての一考察―対立的機構論の立場から―」（『国語国文』41巻8号、昭和48年2月）

（2）松田武夫は『古今集の構造に関する研究』（風間書房、昭和40年9月）で、1番歌から6番歌までを「立春」の歌群と認定する。その根拠は4番歌が「春は来にけり」、6番歌が「春たてば」という歌詞を持っていることにある。6番歌まで立春を思わせる表現があることから、そこまでの歌を立春の歌群とするのである。

（3）竹岡正夫『古今和歌集全評釈』（右文書院、昭和51年10月）

（4）4番歌の「雪のうちに春は来にけり」は1番歌の「年のうちに春は来にけり」という表現とも対応している。なお、この歌の詞書は「二条の后の春のはじめの御歌」となっている。渡辺秀夫は、『平安朝文学と漢文世界』（勉誠社、平成3年1月）第一篇、第二章において、平安時代の和歌において、谷に住む鶯は「まだ世に出ず辛苦する、世に受け入れられない不遇の身の上」を意味するものとして詠まれたことを指摘する。とすると、この4番歌の詞書は身の不遇を詠ずるという解釈を排除するために付されたのかもしれない。

（5）5番歌の「春かけて」の解釈は、「春を待ちかねて」、「冬から春にかけて」「春になって」など様々な解釈がなされているが、工藤博子「古今集五番歌の「春かけて」の解釈―万葉集と三代集の用法に及ぶ―」（『香椎潟』38号、平成3年5月）、岩佐美代子「「春かけて」考―中世同種表現詠の解釈に及ぶ―」（『和歌文学研究』84号、平成14年6月）の論考より、「春だと言って」の意とするのが妥当であろう。

（6）松田武夫は『古今集の構造に関する研究』で、この三首を「雪」の歌群とする。

（7）松田武夫は『古今集の構造に関する研究』164頁で、「康秀の歌の詞書の中に、「正月三日」とあって、この歌が一月三日の歌であることを明らかにしてゐる。春歌上の冒頭部分の歌の排列が、時間的基準によったものと考へられるので、この歌の前までの歌は、一月三日以前の歌と見なすことができ、第六首までを、立春の主題下に包括することの一つの根拠にもされるのである」と指摘する。

（8）10、11の「春のはじめによめる」「春のはじめの歌」という詞書は、4番歌の「二条の后の春のはじめの御歌」という詞書と紛らわしいが、これは撰者時代の歌人の歌には何らかの詞書を付けなければならないという事情によるものであろう。と同時に、これによってこの二首がまだ谷に潜む鶯を詠じたものであることを強調しようとしたのであろう。あるいは、4番歌同様、身の不遇を詠ずるという解釈を排除するという意図もあったかもしれない。

（9）12、13は、「寛平御時后宮歌合」においては、春歌二十番の巻頭に、

　　左　　　　　　　紀友則
1花の香を風のたよりに比へてぞ鶯さそふしるべにはやる
　　右　　　　　　　源当純
2谷風にとくる氷のひまごとにうち出づる波や春の初花

という順で載っている。

（10）松田武夫『古今集の構造に関する研究』172頁。

（11）片桐洋一『古今和歌集全評釈』（講談社、平成10年2月）は、この歌を「「春雨が、空から地上一帯に降りだし

た。明日も降るなら、若菜を摘むことができよう」（「竹岡全評釈」）のように訳すのが一般的だが、排列から見て疑問だと言わざるを得ない」として、歌の要旨を引用文のように解する。

(12) 松田武夫は『古今集の構造に関する研究』175頁で、23番歌は「前の「若菜」の主題の最後の貫之の歌の「しろたへの袖ふりはへて」と、更にその前の仁和のみかどの歌の「わが衣手」とに関連」するという。また、片桐洋一『古今和歌集全評釈』は、21から26までは、21「わが衣手」22「しろたへの袖ふりはへて」23「霞の衣」「ぬきをうすみ」「みだるべらなれ」24「今ひとしほ」25「せこが衣はる」26の「糸よりかくる」「乱れて」「ほころびにける」というように、衣に縁のある語で続いていると指摘する。

(13) 松田武夫は『古今集の構造に関する研究』で、これを「緑」の歌群とする。

(14) 『新編日本古典文学全集』は、「「松のみどりも」といって、他の木々には当然、春色が訪れたことを暗示している」とする。

(15) この23から25の配列には、「山風から山の風景」→「山の風景から山の松」→「山の松から野辺の緑」といった連想が働いていたかもしれない。とすると、24は19の「み山には松の雪だに消えなくに都は野辺の若菜摘みけり」を承け、山の松の雪もようやく消えたことを示しているとも考えられる。

(16) 松田武夫は『古今集の構造に関する研究』で、これを「柳」の歌群とする。

(17) 松田武夫は『古今集の構造に関する研究』179頁で、「さきに、鶯を春の鳥の一番手として揚げ、ここにまた、百千鳥・呼子鳥・帰雁を一箇所にまとめて挙げてゐるが、鶯は、早春の花形として人々に思慕され、その初音によって、はじめて春の開幕を知るといった明朗さである。それに引きかへ、帰雁を中心とした百千鳥・呼子鳥の歌は、春の憂愁を表はし、彼此対照して、春の心を表現してゐるやうに解される」という。

第二節 春の部、「梅」の歌群の構造

本節で対象とする「梅」の歌群とは、国歌大観番号32番の歌から48番の歌までの歌群である。これらは大別すると、「咲く梅」の歌群と「散る梅」の歌群の二つの歌群に分けることができる。前者は32番から44番まで、後者は45番以降の残り四首である。このうち44番は、「年をへて花の鏡となる水はちりかかるをやくもるといふらむ」というように、「ちりかかる」という歌詞が含まれており、「散る梅」の歌群に分類した方がよさそうに思われる。が、その詞書はその前の43番歌と同様、「水のほとりに梅の花咲けりけるをよめる」とあり、「年をへて花の鏡となる水」が歌の主題となっていると考えられる。それに対し、45番の詞書は「家にありける梅の花の散りけるをよめる」となっており、歌も「梅の花いつの人まに移ろひぬらむ」と梅の花の散ることが表現される。こうした点を考慮すると、44番までを「咲く梅」の歌群、45番以降を「散る梅」の歌群とするのが適切と思われる。(1)

以下、具体的な分析に移ろう。まず、「梅」の歌群の前半、「咲く梅」の歌群であるが、この歌群はさらに二つに分けて考えることができる。すなわち、32番から35番までの読人しらずの歌群と、それ以降の作者判明の歌群である。

まず、読人しらずの歌群を示してみよう。

題しらず　　　　　　　　　　　　　　　読人しらず

32折りつれば袖こそにほへ梅の花ありとやここに鶯の鳴く
33色よりも香こそあはれとおもほゆれ誰が袖ふれし屋戸の梅ぞも
34屋戸ちかく梅の花うゑじあぢきなく待つ人の香にあやまたれけり
35梅の花立ちよるばかりありしより人のとがむる香にぞしみぬる

これら四首は、いずれも題しらず、読人しらずであるが、前半二首と後半二首が類似した内容を歌い、それぞれで一組をなしている。

前半二首は、前の歌32が梅の花の香が袖に移ることを詠じているのに対し、後の歌33は袖の香が梅の花に移ることを詠じており、対照的な構成となっている。(2)この二首の配列順は、「梅」の歌群の直前に位置する31番歌が「春霞立つを見すてて行く雁は花なき里に住みやならへる」と、雁を詠じているのを承けて、鶯を詠じている32番歌がまず置かれ、それに続いて33番歌が配されたと考えられる。

読人しらずの歌群の後半二首は、ともに梅の香が人の袖の香に間違えられることを詠じている。(3)後半二首の前の歌34番では、梅の花の香が待つ人の袖の香に間違えられ、後の35番では梅の花の移り香が袖に染みついて、他の人の袖の移り香と間違えられるというように、前の歌は単純に梅の香が人の袖の香に間違えられることを詠じているのに対し、後の歌はより複雑な形で梅の香が人の袖の香に間違えられることを詠じていることから、単純な形を持つ34が前に置かれ、複雑な形を持った35が後に置かれたと考えられる。また、33が「屋戸の梅ぞも」と詠み、34が「屋戸ちかく」と詠むというように、33と34が「屋戸」と言う語を共有していることも、34が後半二首の前に置かれる理由となったであろう。

松田武夫は、「前の歌は女性の歌で、梅の花の香を、男の衣の薫香と見間違える気持ちをよんだのに対し、この歌は、男性の歌で、梅の香を、他の女に通ったためにその女の袖の移り香ではないかと、親しい女が嫉妬する。それ程薫る香だと、梅の香をたたえている。この二首は、梅の香をそうした恋愛感情と結びつけて歌いあげた点で共通している」と指摘するが、(4) そうした読み方もおもしろいかもしれない。

また、32と35はともに梅の香が袖や衣に染みつくことを詠ずるのに対し、33と34はともに梅の香りが人の香りを連想させると詠ずるというように、この四首の歌群は32と35、33と34が対応して左右対称の構造を有しているとも考えられる。

作者判明歌群のうち、冒頭の

　　梅の花を折りてよめる　　　　東三条左大臣

36鶯の笠にぬふといふ梅の花折りてかざさむ老いかくるやと

という歌の作者、「東三条左大臣」とは、源常のことである。常は「嵯峨天皇の皇子。弘仁三（八一二）年もしくは弘仁五年生。承和七（八四〇）年右大臣兼皇太子傅、同十一年左大臣、嘉祥三（八五〇）年正二位。仁寿二（八五四）年六月十三日没」とされる人物で、(5) この作者判明歌群の他の歌人たちに比べ、一時代前の人物である。彼の歌が作者判明歌群の冒頭に置かれたのは、彼の活躍していた時代が考慮された結果と想像される。

常の歌以降の作者判明歌は次の通りである。

　　題しらず　　　　素性法師

37よそにのみあれとぞ見し梅の花あかぬ色香は折りてなりけり

　　梅の花を折りて人におくりける　　　　とものり

38君ならで誰にか見せむ梅の花色をも香をも知る人ぞ知る

　　くらぶ山にてよめる　　　　つらゆき

39梅の花にほふ春べはくらぶ山闇にこゆれどしるくぞありける
月夜に、「梅の花を折りて」と言ひければ、折るとてよめる　みつね
40月夜にはそれとも見えず梅の花香を尋ねてぞ知るべかりける
春の夜、梅の花をよめる
41春の夜の闇はあやなし梅の花色こそ見えね香やはかくるる
初瀬《はつせ》にまうづるごとに宿りける人の家に、久しく宿らで、ほどへてのちにいたれりければ、かの家のあるじ、「かくさだかになむやどりはある」と、言ひいだして侍りければ、そこにたてりける梅の花を折りてよめる　つらゆき
42人はいさ心も知らずふるさとは花ぞ昔の香ににほひける
水のほとりに梅の花咲けりけるをよめる　伊勢
43春ごとにながるる川を花と見て折られぬ水に袖やぬれなむ
44年をへて花の鏡となる水はちりかかるをやくもるといふらむ

以上の歌群は、37と38、39から41、42から44の三群に分けて考えることができる。

37と38は、ともに梅の色と香りを詠じているという点で共通する。37が梅の花のすばらしい色や香は自分のものとして折りとってみた時はじめて分かるというのに対し、38は折りとった梅の花の色や香のすばらしさは本当に情趣を解するあなた以外の誰に見せようというように、37が梅の花を折りとった時の歌であるのに対し、38は折りとった梅の花を他の人に贈った時の歌となっており、38が37より、より進んだ状態を詠じた歌となっている

ことから、37がまず先に配置され、それに続いて38が配置されることになったのであろう。

また、この二首は贈答歌のような趣も呈している。すなわち、37はある人の家の梅の花を折って、その折った人が梅の花の主に言い贈った歌、38はそれに対する主からの返歌ととることもできる。また、この花が女性にたとえられているとするならば、前者は「あなたのお嬢様を遠くからすばらしいと思っていましたが、お嬢様の本当のすばらしさは結婚してはじめて分かりました」と娘の親に贈った歌、後者は「私どもの娘をあなた様以外の誰と結婚させたりいたしましょう。あなた様のような方が娘にふさわしい方でございます」というような意味の返歌と考えることもできる。(6) 37、38は類似した題材を詠じている故に一組とされたのみならず、こうした贈答の妙も意図されたとみることができよう。(7)

また、先の東三条左大臣の歌をも含めた36から38の三首は、いずれも梅の花を折った際に詠まれた歌である。36と38は詞書に梅の花を折った時の歌と明記され、37は歌詞から梅の花を折った時の歌と知られる。(8) 37、38が36の後に置かれたのは、先にも述べたように、36の詠者が時代的に一時代前の人物であること、および37と38が贈答歌のような趣を呈しているからであろう。36から38への続きは、36と37が「折りて」という表現を共有し、37と38が「見」「色」「香」という語を共有していることによると見ることもできよう。

39から41までの三首は、39「闇に越ゆれど」、40「月夜には」、41「春の夜の」といった表現から、いずれも夜の梅を詠んだものであることが知られる。しかもそれらは、梅の花の姿は見えなくとも、香りでその存在が知られるという発想を持つ点でも共通する。この三首の配列を見ると、39はくらぶ山の闇で梅の花が見えず、40は月の光の明るさ故に梅の花がそれと見分けられず、41は夜の闇故に梅の花が見えないというように、この三首は暗さ故に梅の花が見えないという二首に、明るさ故に梅の花が見えないとする一首が挟み込まれた形、つまり40を中心とした暗―明―暗という対称性を持った配列と理解される。また、この三首の配列には、39が山の梅を詠んでいるのに対し、40、41は里の梅を詠んだものという対比も意識されていたかもしれない。41には「色」「香」といった語が詠み込まれており、この三首の直前の二首37、38と同様な題材を扱っていることになるが、その41が38のすぐ後に配されず、梅の香りだけを題材とした二首の後に配されるのは、40、41の二首一対の構成をより際だたせるための配慮がはたらいたからではないだろうか。

42から44の三首の歌群は、歌詞を見ると、いずれも梅の花でなく単に花が詠み込まれており、かつ毎年毎年咲く梅の花を題材としているので、それによって一まとめにされたのであろう。そのうち42は「花ぞ昔の香ににほひける」と三首の中で唯一梅の花の香を詠じており、直前の梅の香りを題材とした39から41の歌群と共通性を有するが故に、三首の一番最初に置かれたのであろう。また、44は「水のほとりに梅の花の咲けりけるをよめる」という詞書を有しながら、「ちりかかる」という歌詞を有しているため、散る梅の歌群に最も近い位置、つまり「咲く梅」の歌群の最後に位置せしめられたと考えられる。[9] とすると、44と同一の詞書を有する43は必然的にその前の位置ということになる。この43、44は同一作者の詠で、詞書も同じであり、ともに水面に映る梅の花の映像に焦点をあて、知的な趣向を凝らしているという発想も類似していることからすると、同一の機会に詠まれたものと考えられる。

また、この三首の配列には、42が「初瀬」の梅、つまり山の梅を詠じているのに対し、43、44は川のほとりの梅、つまり里の梅が詠まれているというように、山と里という対比が意識されているのかもしれない。だとするとこの三首は、その直前の39から41までの三首が、39が山の梅を詠じ、40、41が里の梅を詠じていたのと対をなすと考えることもできる。

これら六首の作者も、39貫之、40、41躬恒、42貫之、42、43伊勢となっており、山と里という対比と照応関係を示している。さらに、36から38の三首の歌群も、一首目36に対し、二首目37と三首目38が対をなして構成されているところを見ると、36から44までの歌群は、三首ずつで一組を作り、各組の二首目、三首目が対をなすという配列がなされていると見ることができよう。これを図示すると次のようになる。

36	六歌仙時代の歌
37・38	撰者時代の歌
39	山　貫之
40・41	里　躬恒
42	山　貫之
43・44	里　伊勢

後半の「散る梅」の歌群に移ろう。

家にありける梅の花の散りけるをよめる　　つらゆき

45暮ると明くと目かれぬものを梅の花いつの人まに移ろひぬらむ

寛平御時后の宮の歌合の歌　　読人しらず

46梅が香を袖に移してとどめてば春はすぐともかたみならまし

素性法師

47散ると見てあるべきものを梅の花うたて匂ひの袖にとまれる
　　題しらず　　　　　　　　　　　　　　　　　　読人しらず
48散りぬとも香をだにのこせ梅の花恋しきときの思ひいでにせむ

これら四首は、撰者貫之の歌一首、「寛平御時后の宮の歌合」の歌二首、読人しらずの歌一首の順に配列されている。これは、「梅」の歌群の前半、「咲く梅」の歌群が読人しらずの歌から始まり、六歌仙時代の歌人の歌、撰者時代の歌人の歌というように、時代的に古い歌から新しい歌へと配列されていたのを承けて、撰者時代の歌人の歌、撰者時代より一時代前の寛平年間の歌合の歌、読人しらずの歌というように、新しい時代の歌から古い時代の歌へ戻るという形で配列がなされたものと考えられる。

45の貫之の歌は、ずっと注意していたにもかかわらず、気づかないうちに散ってしまった梅を詠じたもので、ここから「散る梅」の歌群が始まることを明示したものであろう。また、43、44に梅の香が詠まれていないのを承けるように、この歌でも梅の花の香が詠まれていないことも注意されよう。

以下三首は、いずれも梅の花が散った後の残り香を題材とする。46はまだ梅の花の散っていない状況で詠まれたと想像されるのに対して、47は梅の花が散っている、あるいは散ってしまった後の状況で詠まれたものと推察されるところから、同じ「寛平御時后の宮の歌合」の歌であるにもかかわらず、46が先に置かれたのであろう。46は梅の花が散ってしまっても香が残っていれば、それが散ってしまった梅の花の形見となるとし、47は香が残っていては梅の花をいつまでも思い出させて迷惑だと46と正反対の趣旨を述べ、48は素直に残っている香で散ってしまった梅の花を偲ぼうという。これら三首は梅の花の残り香を「春のかたみ」としようと詠ずる46と、「春の思い出」にしようと詠ずる48が対応し、その真ん中に梅の残り香を厭う47が据えられた対称的配列、すなわち梅の残り香に好意を示す、46、48の二首と嫌悪を示す47が、好―嫌―好という順に、47を中心に対称的に配列されている歌群と捉えることができよう。また、46、47が問答形式の配列で一組をなし、48でそれに判定をつけるという形で配列がなされたと捉えることもできよう。

「梅」の歌群の最後の歌48は、「散りぬとも香をだにのこせ梅の花」と梅に直接呼びかけているが、続く「咲く桜」の歌群の一首目

人の家に植ゑたりける桜の、花咲きはじめたりけるを見てよめる

つらゆき

49今年より春知りそむる桜花散るといふことはならはざらなむ

という歌も、桜に直接呼びかけており、両者の発想の類似性も注目される。また、48は素直に作者自らの思いを表現し、一首全体が落ち着いた印象を呈しており、「梅」の歌群の最後を飾るにふさわしい歌となっているように思われる。

注

（1）松田武夫『古今集の構造に関する研究』（風間書院、昭和40年9月）182頁は「詞書に「水のほとりに、梅の花咲けりけるをよめる」とあるのと、「花の鏡となる水」が、歌意の主体であり、「ちり」が、掛詞として技巧的に用ひられてゐる関係から、この歌は咲く梅の花と判断すべきである」とする。
（2）松田武夫『古今集の構造に関する研究』182頁。
（3）松田武夫『古今集の構造に関する研究』182頁。
（4）松田武夫『新釈古今和歌集』（風間書房、昭和43年3月）
（5）小沢正夫『作者別年代順古今和歌集』（明治書院、昭和50年10月）
（6）片桐洋一『全対訳日本古典新書　古今和歌集』（笠間書院、平成17年9月）は、37について「配列と詞書では

梅の花をよんだとするほかないが、梅の花に託して女のことを言ったと見る方がむしろよくわかる歌である。自分のものにして、そのよさがさらによくわかったと言っているのである」といい、38についても「前歌に応じて女の親がよんだ歌と解することも出来る」と指摘する。

（7）尊経閣文庫本『素性集』では、37番歌の詞書として「むめのはなをおりて人のかりやるとて」とある。この詞書によると、37と38はともにある人に梅の花を折って贈った際の歌となる。

（8）松田武夫『古今集の構造に関する研究』182頁は、この三首を「折る梅」の歌群とする。

（9）松田武夫『古今集の構造に関する研究』184頁では、「最後の歌の中に、「ちりかゝる」の掛詞があって、一方には「散りかゝる」意味を表はしてゐるので、この次に排列される「散る梅」の歌群を暗示し、それとの連絡を円滑にするためのものであろう」という指摘がある。

第三節　春の部、末尾の構造

本節では、国歌大観番号119から134までの構造について論ずる。まず、最初の二首を示すと次のようになる。

志賀より帰りける女《をうな》どもの、花山《くわざん》に入りて藤の花のもとに立ち寄りて、帰りけるによみておくりける

僧正遍照

119よそに見て帰らむ人に藤の花はひまつわれよ枝は折るとも

家に藤の花の咲けりけるを、人の立ちとまりて見けるをよめる

みつね

120わが屋戸に咲ける藤波立ちかへりすぎがてにのみ人の見るらむ

これらは、いずれも藤の花を詠んでおり、「藤」の歌群とすることができよう。しかもこれらは、詠み手の庭に咲いている藤と通りがかりの人を題材としている点でも共通する。両者の相違は、最初の一首119が山寺の藤の花を見て帰っていった人に贈った歌であるのに対し、二首目の120は里で今、現に藤の花を見ている人を詠んでいる歌であるというところにある。

この二首の配列は、119の直前の歌、すなわち「花」の歌群の最後の115から118までの貫之の一連の作が

志賀の山越えに女の多くあへりけるによみてつかはしける　　つらゆき
115梓弓春の山辺を越えくれば道もさりあへず花ぞ散りける
　寛平御時后の宮の歌合の歌
116春の野に若菜つまむと来しものを散りかふ花に道はまどひぬ
　山寺にまうでたりけるによめる
117やどりして春の山辺に寝たる夜は夢のうちにも花ぞ散りける
　寛平御時后の宮の歌合の歌
118吹く風と谷の水としなかりせばみ山がくれの花を見ましや

と、春の山辺に入って行く様を詠じた115、春の山辺で道に迷ったと解される116、春の山辺に宿りをとった117、さらに山奥に分け入ったと考えられる118というように、次第に詠み手が山奥に移動していくように歌が配列されているのを承けて、それとは反対の方向に、まず最初に山の藤、すなわち花山寺の藤が詠まれた119を配し、次に里の藤が詠まれていると解される120を置くというようになされたと考えられる。また、この配列順は後の「山吹」の歌群の配列とも緊密に関わっていると考えられるが、その点については後に詳しく述べることにする。

なお、二首の作者は、119が六歌仙の一人である遍照、120が撰者の一人である躬恒であり、その二首の直前の歌の作者が撰者の一人である貫之であるから、「花」の歌群の末尾から「藤」の歌群への作者の連なりは、撰者→六歌仙→撰者ということになる。

続く五首は「山吹」の歌群である。

　題しらず　　　　　　　　　　　　　　読人しらず
121今もかも咲きにほふらむ橘の小島の崎の山吹の花

122春雨ににほへる色もあかなくに香さへなつかし山吹の花
123山吹はあやなな咲きそ花見むと植ゑけむ君がこよひ来なくに
　　吉野河のほとりに山吹の咲けりけるをよめる　　　　つらゆき
124吉野河岸の山吹ふく風にそこの影さへ移ろひにけり
　　題しらず　　　　　　　　　　　　　　　　　　　　読人しらず
125かはづ鳴く井手の山吹散りにけり花のさかりにあはましものを
　　この歌はある人いはく、橘清友が歌なり

これら五首には、いずれも山吹の花が詠み込まれている。そのうち前半三首は咲いている山吹が詠まれているのに対し、後半二首は散る山吹が詠まれている。後半二首の最初の歌124の詞書は「吉野河のほとりに山吹の咲けりけるをよめる」とあり、咲いている山吹を詠んでいるようにもみえるが、歌詞に「そこの影さへ移ろひにけり」と散っていく様が詠まれていることから、散る山吹を詠んだものと認定するのが妥当であろう。

順序からすると逆になるが、まず後半の「散る山吹」の歌群の構成から見てゆくことにする。124は先にも述べたように、詞書では「吉野河のほとりに山吹の咲けりけるをよめる」と咲いている山吹を詠んでいるとしながら、歌詞では「そこの影さへ移ろひにけり」と散っている山吹を詠じている。これは、この歌が山吹の散り始めの様を詠じたものであることを、詞書と歌詞で表現したものと見ることができよう。それに対し125は「花のさかりにあはましものを」といって、既に山吹の花が散ってしまった情景を詠じていると推定され、124、125の配列は、詞書や歌詞から、時の推移に従って配列がなされていると考えられる。

翻って前半「咲く山吹」の歌群の配列を見てみると、最初の一首121では眼前にはない「橘の小島の崎」に咲いている山吹を想像して詠んだ歌が配され、続く122、123で実際に目の前に咲いている山吹を詠じた歌を配すという構成がとられている。

また、「山吹」の歌群五首全体を見てみると、一首目121が眼前にない山吹の姿を想像しているのに対し、五首目125は散ってしまった後の山吹の花が咲いていない状態を詠じており、両者とも眼前にない山吹を詠じているという点で共通する。さらに、二首目122と四首目124は、122「春雨」を124が「ふく風」を詠じて対応し、かつ「香さへなつかし山吹の花」、「そこの影さへ移ろひにけり」と、ともに「さへ」という表現を有している点でも共通する。これらの点から、この「山吹」の歌群五首は、「咲く山吹」を詠じた前半三首の歌群と「散る山吹」を詠じた後半二首の歌群に分類されるとともに、123を中心に121と125、122と124が対応するという、対称的な構造を有していると見ることができる。

と同時に、この「山吹」の歌群五首の中心となる123が、先の「藤」の歌群の二首と対応関係を有していることも注目されよう。「藤」の歌群の二首は、藤の花とそれを見ていた人、あるいは見ている人というように、一首の中に花とそれを見る、あるいは見ていた人物が詠み込まれていたが、123も山吹を見に来る人を待つというように花とそれを見るであろう人物が詠み込まれている。しかも、「藤」の歌群一首目の119が、藤の花を見て帰った人に贈った歌、120が現在、藤の花を見ている人を詠じた歌であるのに対し、123は山吹の花を見に来る人を待つという内容の歌であり、花を見て帰ってしまった人、今花を見ている人、花をまだ見に来ない人という順に歌が並んでいると解される。

とすると、「藤」と「山吹」の歌群の配列は、単にその歌群の内部で整合的に構成された二つの歌群が並列的に並べられているのみでなく、次の図に示したように、整合的に構成された二つの歌群がさらに有機的に絡み合い、より高次の構造体を形成していると見ることができよう。

因みに、この「山吹」の歌群の歌の作者は、その前の「藤」の歌群の最後の歌の作者が撰者の躬恒であったのに対し、「咲く山吹」の歌群三首は再び読人しらずに戻り、「散る山吹」の歌群二首では撰者の貫之、次いで読人しらずとなる。なお、「散る山吹」の歌群の後の歌は、左注では橘清友の作とする。清友は、天平宝字二年（七五八）生、延暦八年（七八九）没、橘奈良麻呂の男、諸兄の孫、嵯峨天皇の皇后嘉智子の父で、正五位下、内舎人、仁明天皇の外祖父のため、正一位太政大臣を贈られた[1]、という経歴の持ち主であるから、読人しらず時代の歌人でも古い時代の歌人ということになる。

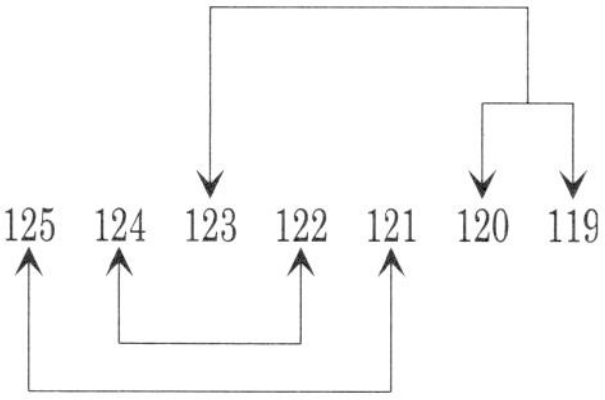

なお、この「藤」と「山吹」の歌群の以前の春の部の歌群の配列は、「立春」「春の雪」「鶯」「野焼き」「若菜」「霞」「春の緑」「青柳」「百千鳥」「呼子鳥」「帰雁」「梅」「桜」「花」という順になっていたが、このうち「鶯」から「帰雁」の歌群までは「霞」の歌群を中心に「若菜」「春の緑」「青柳」という植物を詠じた歌群が配置され、さらにその外側に「鶯」「百千鳥」「呼子鳥」「帰雁」という鳥を詠じた歌群が配列されるという構成がなされていることは、既に指摘した[2]。

しかも、「鶯」から「帰雁」の歌群の中から「野焼き」「霞」の歌群を除いてみると、内側にある植物の歌群は、「春の緑」というより一般的で抽象度の高い歌群を中心に、その前に「若菜」その後に「青柳」というより個別で、具体的な植物の歌群を配した対称的な構成がとられ、外側にある鳥の歌群も、より抽象度の高い「百千鳥」の歌群を中心に、その前に「鶯」その後に「呼子鳥」「帰雁」という個別で、具体的な鳥を詠じた歌群が配されて、植物を詠じた対称的構造を持つ歌群を、さらにその外側から包み込むような形で対称的構造が組織されている。

また、これらの歌群に続くのが「梅」「桜」「花」とこの「藤」「山吹」という春の花を詠じた歌群であるが、

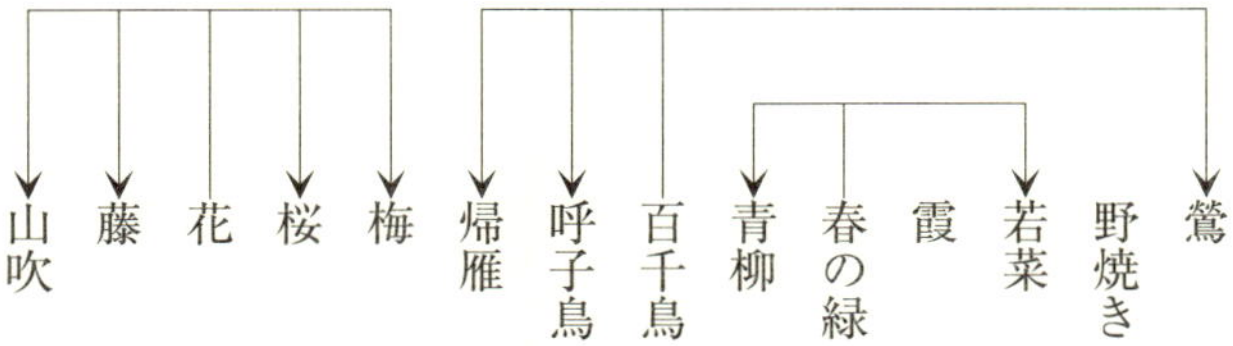

これら春の花を詠じた歌群も、「花」という一般性の高い概念のもとに括られた歌群を中心に、その前に「梅」「桜」、その後に「藤」「山吹」というより個別で、具体的な花を詠じた歌群が配されている。[3]

このように見てくると、『古今集』の春の部の配列は、冒頭に「立春」「春の雪」という「春の初め」を表す歌群が配された後、「春の緑」と「春の鳥」を詠じた歌群が一つのまとまりをなして配列され、次いで「春の花」を詠じた歌群が配列されるという構造になっていることが理解される。しかも、「春の緑」「春の鳥」「春の花」を詠じた歌群は、いずれも「春の緑」「百千鳥」「花」という抽象性、一般性の高い概念に統括された歌群を中心に、その前後にそれら抽象度の高い概念の下位概念にあたる概念に統括された歌群が配されるという構成がとられており、「春の緑」と「春の鳥」を詠じた歌群では、「春の緑」を詠じた歌群が、まず対称構造を作り、それを取り囲むように「春の鳥」を詠じた歌群が対称性を持って配置され、「春の花」の歌群ではそれ単独で対称的構造を作り出すという、きわめて高度に組織された構造が創り出されている。

これを分かりやすく図示すれば、上のようになる。

「藤」「山吹」の歌群の後に続くのは、「春の終わり」の歌群である。

春の歌とてよめる　　そせい

126 おもふどち春の山辺にうちむれてそこともいはぬ旅寝してしが

春のとく過ぐるをよめる　　みつね

127 梓弓春立ちしより年月の射るがごともおもほゆるかな

弥生に鶯の声の久しう聞こえざりけるをよめる　　つらゆき
128鳴きとむる花しなければ鶯もはては物憂くなりぬべらなり
弥生のつごもりがたに、山を越えけるに、山川より花の流れけるをよめる　　ふかやぶ
129花散れる水のまにまにとめくれば山には春もなくなりにけり
春を惜しみてよめる　　もとかた
130惜しめどもとどまらなくに春霞帰る道にし立ちぬと思へば
寛平御時后の宮の歌合の歌　　おきかぜ
131声たえず鳴けや鶯ひととせにふたたびとだに来べき春かは
弥生のつごもりの日、花摘みより帰りける女どもを見てよめる　　みつね
132とどむべきものとはなしにはかなくも散る花ごとにたぐふ心か
弥生のつごもりの日、雨の降りけるに、藤の花を折りて人につかはしける　　業平朝臣
133濡れつつぞしひて折りつる年の内に春はいくかもあらじと思へば
亭子院歌合の春のはての歌　　みつね
134今日のみと春を思はぬ時だにも立つことやすき花のかげかは

これらの歌のうち126、127は、それまでの歌がいずれも「花」を詠じていたのに、「花」を詠ずることがなく、ここに歌の配列の切れ目を認めることができる。また、127、130の詞書には「春のとく過ぐるをよめる」、「春を惜し

みてよめる」とあり、129、132、133、134の詞書には「弥生のつごもりがた」「弥生のつごもりの日」「春のはての歌」とあって、127以降春の終わりを思わせる詞書が続く。かつ、歌の内容も128以降134まで、いずれも春の終わりが詠じられている。これらのことを勘案すると、126以降134までは「春の終わり」の歌群と規定することができよう。(4)

さて、この「春の終わり」の歌群は、128の詞書に「弥生に鶯の声の久しう聞こえざりけるをよめる」、129の詞書に「弥生のつごもりがたに、山を越えけるに、山川より花の流れけるをよめる」とあり、129に続く二首には詞書、歌詞ともに詠歌時期を指定する表現は認められず、132、133、134の詞書が「弥生のつごもりの日、花摘みより帰りける女どもを見てよめる」、「弥生のつごもりの日、雨の降りけるに、藤の花を折りて人につかはしける」、「亭子院歌合の春のはての歌」となっているところからすると、126、127、128を「弥生」の歌群、129、130、131を「弥生下旬」の歌群、132、133、134を「弥生晦日」の歌群と分けて考えるのが適切と思われる。

「桜」や「山吹」の散った後に「弥生」の歌群を置くのは、時間を逆戻りさせているかのようであるが、「桜」や「花」や「山吹」の歌群を時の推移に従って配列した後、それらの歌群の末期と重なるところから「春の終わり」の歌群を時の推移に従って配列していく方法は、春の過ぎゆく様をより効果的に表現する方法として採用されたものと思われる。

「弥生」の歌群の最初の一首126は、詞書に「春の歌とてよめる」とあり、歌の内容も春の山辺に旅寝することを詠んだもので、特に春の終わりを意識させる表現はない。この歌は本来、春の終わりに詠じられたものではなく、春の盛り山中に分け入って、その美しさに酔いしれ、日の暮れるのもいとわずそのまま旅寝しようとする耽美的な気分を詠じたものであったと思われる。が、その歌が、春の終わりに咲く「藤」や「山吹」の後、127、128のような春の終わりを感じさせる歌の直前に配置されると、春の終わりに詠まれた歌として異なった様相を帯びることになる。このような位置に置かれた126番歌は、春も次第に深まり残り少なげではあるが、いまだ春の気配が十分感じられる時期に、春を十分に楽しもうと春の山辺に旅寝する歌という趣をもって立ち現れる。

次の127も、「年月の射るがごとくもおもほゆるかな」という表現が、春の終わりというよりも、一年がもっと過ぎてから詠じられた歌との印象をもたらす。この歌も本来は春の終わりの歌というよりも、それよりもっと後の時点で詠まれた歌であったのではなかろうか。[5] しかしこの歌も、春の部立の内部、しかもその最後の部分に置かれることによって、春の過ぎ去ることの速さを実感した歌として定位されることになる。

「弥生」の歌群最後の歌128は、「弥生に鶯の声の久しう聞こえざりけるをよめる」という詞書を持ち、歌詞にも「鳴きとむる花しなければ」と春の終わりを感じさせる表現が認められる。春を代表する景物である花が散り、鶯も鳴かなくなったことによって、春が終わりに近づいたことが、いよいよ感じられるようになる。

129からは「弥生下旬」の歌群である。129は、花びらの流れる川に沿って山の奥まで行ってみたところ、山奥でも花が散り尽くしてしまったと詠んだ歌で、直前の「弥生」の歌群の最後の歌128の里では花が散り、鶯も鳴かなくなったという内容を受けて、弥生も末になると山奥でも桜は散ってしまうと、時の推移を表している。また、この歌は「散る花」の歌群の最後の歌が

寛平御時后の宮の歌合の歌　（つらゆき）

118吹く風と谷の水としなかりせばみ山がくれの花を見ましや

と、谷川に流れ来る花びらを辿って山奥に咲く花を見出したとする歌に対応し、「弥生のつごもりがた」になると、「散る花」の歌群の最後に詠じた深山の花さえも散ってしまうとすることによって、「散る花」の歌群の最後の時点からさらに時が推移していることをも示している。[6] また、この129は春の山の様子を詠じて「弥生」の歌群の最初の歌126が、春の山辺を詠じていたのと対応関係を有していると見ることもできよう。

続く130は、詞書に「春を惜しみてよめる」とあり、歌も春の去っていくのを惜しむ感情を切実に表現する。こ

の春の過ぎ去るのを惜しむという内容は、「弥生」の歌群の二首目127が、年月が瞬く間に過ぎていくと詠嘆しているのと対応する。

「弥生下旬」の歌群の最後の歌131は、鶯に過ぎ去っていく春を惜しんで声を限りに鳴けと呼びかけるものであるが、これは「弥生」の歌群の最後の歌128が、花が散って鶯も鳴かなくなったと詠んでいるのと対応すると見てよいであろう。(7)春は鶯の鳴き声とともに訪れたが、去っていく時も鶯の声に送られるかのように去っていくのである。

このように見てくると、「春の終わり」の歌群の中の三つの歌群のうち、一番目の「弥生」の歌群と二番目の「弥生下旬」の歌群は、いずれも三首の歌によって構成され、それらはそれぞれの歌群の一首目、二首目、三首目がおのおの対応するという形の構成がとられていると見てとることができる。

132から134までの「弥生晦日」の歌群の検討に際しては、『古今集』の成立時期の問題が浮かび上がってくる。というのも134が「亭子院歌合」の歌であるからである。「亭子院歌合」は延喜十三年三月に催された歌合で、『古今集』が延喜五年に奏覧されたとすると、これはその後に増補された歌ということになり、『古今集』の当初の構造には組み込まれていなかった歌ということになる。その場合、134は当初の構造と矛盾を来すことが想像される。もちろん、後に付け加えたものであっても、それ以前の構造と矛盾を来さず新たな構造を構築することもありうるであろう。従って、構造の整合性だけから成立の問題に性急な結論を求めるのは危険であろうが、もし134にそれまでの構造と矛盾を来すような兆候が認められるならば、134は『古今集』が一端出来上がった後の増補という可能性が高くなり、『古今集』の成立も延喜十三年以前という蓋然性が高くなる。

そこで、まず詞書において134を入れた場合と入れない場合で、どちらが整合性を持つか検討してみよう。春の部の冒頭三首の詞書は、1番歌が「ふる年に春立ちける日よめる」、2番歌が「春立ちける日よめる」、3番歌が

「題しらず」であり、春の部末尾の四首の詞書は、131が「寛平御時后の宮の歌合の歌」、132が「弥生のつごもりの日、花摘みより帰りける女どもを見てよめる」、133が「弥生のつごもりの日、雨の降りけるに、藤の花を折りて人につかはしける」、134が「亭子院歌合の春のはての歌」とある。これらの詞書を比較してみると、134の「亭子院歌合」の歌を除外した場合、冒頭二首の「春立ちける日」と末尾二首の「弥生のつごもりの日」が対応するのに対し、134を入れる形にすると冒頭二首の詞書と末尾二首の詞書は対応を欠いたものになる。

新井栄蔵は、春の終わりと秋の終わりの詞書を比較し、134を入れない場合、春の終わり二首の弥生晦日と秋の終わりの二首の長月晦日とが対応するとしながら、134を入れた場合も、春の終わりが弥生晦日二首に春のはて一首が続くのに対し、秋の終わりは秋のはて一首に長月晦日二首が続くとして、対応関係は保たれるとする。[8] が、これは、春の部の最後に一首追加する際、秋の終わりから三首目の詞書を考慮して、それと同様な詞書を付ければすむことであるから、134を入れた場合の詞書の対応は、134が増補されたことをうち消す積極的な根拠とはならない。むしろ、二つの季節の終わりの晦日とはてが同じ順序で並んでいないことに、構成の不自然さが感じられる。[9]

また、134を入れない場合『古今集』の詞書は、春、秋の初め二首が立春、立秋、春、秋の終わりの二首がともに晦日となり、夏、冬の初めの一首が題しらず、夏、冬の終わりが晦日となるというように対称性を示しているのに、134を入れるとそのような詞書の対称性も崩れてしまう。

また、新井は春、夏、秋、冬の各季節の終わりが、134を入れない場合、業平、躬恒、躬恒、躬恒となるのに対し、134を入れると全て躬恒になると指摘するが、[10] これも巻ごとの末尾の作者で見てみると、「亭子院歌合」に詠出された春上の巻末歌68および134を除いた場合、春上、躬恒、春下、業平、夏、躬恒、秋上、遍照、秋下、躬恒、冬、躬恒という形で、春上と秋下、春下と秋上が対応し、春の部と秋の部が対称的構造をとるのに対し、「亭子院歌合」に詠出された68、134を入れると春上、伊勢、春下、躬恒、夏、躬恒、秋上、遍照、秋下、躬恒、冬、躬恒となって、春上は撰者時代の歌人伊勢で終わるのに、秋上は六歌仙の遍照で終り、夏と秋上とを境にして並べると、作者名においては、補入以前に比べて対称性を欠いた構造となる。

さらに、春の巻頭歌の歌詞「年のうちに」は春の部の末尾から二首目133の歌詞「年の内に」と対応し、春の部二首目の「袖ひちてむすびし水のこほれるを春立つけふの風やとくらむ」という歌が時の推移を表現するのに対し、春の部の末尾から三首目132も「とどむべきものとはなしにはかなくも散る花ごとにたぐふ心か」と時の推移を感じさせる点に対応関係を見ることができるように思われる。(11) この点においても、134を除いた形の方が巻頭と巻末の照応性を有していると考えられる。しかも、春の部に続く夏の部は

題しらず　　　　　　　　　　　　　読人しらず

135わが屋戸の池の藤波咲きにけり山郭公いつか来鳴かむ

という藤を詠じた歌で始まるが、これは花を詠じた134よりその前の藤を詠じた133と連続性を持つ。

これらの点を考慮すると、134は『古今集』成立当初から入集していたのではなく、後に増補された可能性が高いと考えられ、また『古今集』の成立も延喜十三年以前、通説のごとく延喜五年と考えるのが適切と思われる。

さて、以上のような検討を踏まえた上で、もう一度「春の終わり」の歌群の最後の三首「弥生晦日」の歌群に戻って、その配列がどのようになされているか考えてみたいと思う。

まず132番歌であるが、この歌は歌詞だけを見ると、散っていく桜の花びらごとに心も連れ添って散っていくと、落花を惜しむ心を詠じた歌と読みとることができよう。しかし、詞書には「弥生のつごもりの日、花摘みより帰りける女どもを見てよめる」とあって、落花を目の当たりにして詠んだ歌でないことが知られる。とすると、この歌は「花摘み」から帰る女性達をそれぞれ散る花に見立て、帰っていく女性ごとに心も連れ添っていくと詠

じた歌となる。既に、129の歌で春の花は山奥でも散り果ててしまったとされていることからしても、ここで再び落花の様が詠じられるということは、構造上矛盾を来すであろう。

132は、収められた歌合や躬恒の家集では暮春の歌とされており、本来は落花を惜しむ歌として詠じられたのかもしれない。しかし、この歌が春の部の「弥生の晦日」の歌群に組み込まれた時、この歌には先に示したような詞書が付され、落花を直接に詠じた歌という面は削り取られ、「花摘み」から帰りゆく女性を慕う心に春を惜しむ心を重ね合わせる歌として配列されることになったのではないだろうか。

と同時に、132は直接花を詠んでいるのではないにしても、その背後に落花のイメージを揺曳させており、そこに現に目の前にはないにしても、かつて散った様々な種類の花を回想し、惜しむ気持ちが表現されていると見ることができよう。

続く、133は藤の花を折って人のもとに贈った歌であるが、「年の内に春はいくかもあらじと思へば」という表現は弥生晦日に詠まれた歌としては不適切ではないか、として様々な解釈が試みられている。あるいはこの歌も、本来は春の下旬に詠まれた歌で晦日に詠まれた歌ではなかったのかもしれない。しかし、『古今集』において「弥生のつごもりの日」の歌と詞書によって規定された以上、そのような前提に立って一首は解釈されねばなるまい。

最後に134の歌であるが、この歌は133までで一端構造が完結した後、増補されたものと考えられる。この歌には133に見られたような、春の部の巻頭歌との表現の対応も認められないし、夏の部の冒頭の歌との題材の連続も認められない。また、134は弥生の晦日に咲く桜を詠じているが、これも既に花は散ってしまったとするそれ以前の歌の配列のあり方と齟齬を来している。その他にも集全体の構造と矛盾を来している点が多々見受けられることは既に述べた通りである。

が、このように構造上の矛盾は存在するにしても、「春が今日で終わってしまう晦日の日でなくとも、立ち去りがたい桜の下であるのに、三月尽日ともなればひとしお立ち去りがたい」と、春を最も強くイメージさせる桜を春の最後の日に散り果ててしまうものとし、その桜を惜しんでいつまでも立ち去りがたいとする表現には、春を哀惜する気持ちが余情豊かに表現されており、この134は春の部の最後を飾るのにふさわしい風格を備えた歌ということができるであろう。

注

（1）『文徳天皇実録』『古今和歌集目録』
（2）本書、第二部、第一章。
（3）新井栄蔵「古今和歌集四季の部の構造についての一考察―対立的機構論の立場から―」（『国語国文』41巻8号、昭和48年2月）は、「この「花」の歌群を中心とした配置は、類として把握された「花」に対して、前後に、種としての「梅、桜」「藤、山吹」を配した形」とする。
（4）松田武夫『古今集の構造に関する研究』（風間書房、昭和40年9月）は、これを「逝く春」の歌群とする。
（5）『新編日本古典文学全集』127番歌解説。
（6）竹岡正夫『古今和歌集全評釈』（右文書院、昭和51年10月）
（7）『新編日本古典文学全集』131番歌解説では「鳴いている鶯にもっと鳴けよと呼びかけた歌とも解せるが、景樹に従い、一二八番のように鳴かなくなった鶯を懐かしむ歌と解したい」とする。松田武夫『古今集の構造に関する研究』226頁も「鳴きとどめることのできない春に失望し、鳴くことすらもの憂くなった鶯を、「声絶えず鳴けや鶯」と激励したものと思はれる」と指摘する。
（8）同注（3）。

（9） 秋の部の末尾から三首目311の詞書は「秋はつる心を龍田河に思ひやりてよめる」であり、「秋のはての歌」とはなっていない。

（10） 同注（3）。

（11） 松田武夫『古今集の構造に関する研究』227頁。なお、注（3）に挙げた新井論文は、134番歌を含めた形で、1番歌と133番歌の「年のうちに」、2番歌の「春立つけふ」と134番歌の「けふ」「春」「立つ」が対応するとする。

第四節　秋の部、「立秋」の歌群から「秋の虫」の歌群までの構造

本節で対象とするのは、『古今集』秋の部の巻頭、国歌大観番号169番の歌から「秋の虫」の歌群の最終歌、205番までの歌である。まずそれらの歌の最初の四首、169から172までを示してみよう。

　秋立つ日よめる　藤原敏行朝臣

169秋来ぬと目にはさやかに見えねども風の音にぞおどろかれぬる

　秋立つ日、うへのをのこども、賀茂の河原に川逍遥《かはせうえう》しける、ともにまかりてよめる　つらゆき

170川風の涼しくもあるか打ちよする波とともにや秋は立つらむ

　題しらず　読人しらず

171わがせこが衣のすそを吹き返しうらめづらしき秋のはつ風

172昨日こそ早苗《さなへ》取りしかいつのまに稲葉そよぎて秋風の吹く

この四首のうち、最初の二首、169、170は、詞書に「秋立つ日よめる」「秋立つ日、うへのをのこども、賀茂の河原に川逍遥しける、ともにまかりてよめる」とあって、ともに立秋の日に詠まれた歌であることが知られ、

『古今集』では、春の部が二首の「立春」の歌から始まっていたが、秋の部もそれと同様、二首の「立秋」の歌から始まるのである。

なお、春の部の冒頭二首の「立春」の歌群は次のようなものであった。

ふる年に春立ちける日よめる　在原元方

1年のうちに春は来にけりひととせを去年とやいはむ今年とやいはむ

春立ちける日よめる　紀貫之

2袖ひちてむすびし水のこほれるを春立つけふの風やとくらむ

1番歌が「春は来にけり」と詠ずるのに対し、2番歌が『礼記』月令の「孟春之月、東風解氷」に拠るのに対し、170は同じく『礼記』月令の「孟秋之月、涼風至」に拠るというように、「立春」の歌群二首と「立秋」の歌群二首が対応関係を有していることは注目される(1)。

この「立秋」の歌群二首は、ともに風を詠み込み、その訪れによって秋の到来を知るという、ほぼ同様な内容を詠じているのであるが、169が170の前に置かれるのは、169が「風の音にぞおどろかれぬる」と風の音によって秋の到来を知るのに対し、170は「川風の涼しくもあるか」と川風の涼しさに秋の訪れを感じているという点、すなわち一首目の風の音の方が二首目の風の涼しさよりも、より微細な感覚、気配の中に秋を捉えているということによると推測される。

続く171、172は、詞書はともに「題しらず」で立秋を詠んだ歌と確認することはできない。それらは「秋のはつ風」「いつのまに稲葉そよぎて秋風の吹く」というように、169、170と同じく秋の初めに吹く風を詠じているが、詞書を考慮すると「立秋」の歌群と認定することは難しいと思われる。これらは169、170の「立秋」の歌群と同様、風によって秋の訪れを感じているのであるが、詞書を考慮すると、「秋の初風」を詠じた歌群とするのが妥当であろう。

この二首は、一首目171が「秋の初風」という表現を持ち、この歌群の主題を最も端的に表していることから歌群の初めに置かれ、次いで172が置かれたと考えられるが、その他に171の「わがせこが衣のすそを吹き返し」という表現が、「立秋」の歌群の二首目の歌170の詠まれた状況、すなわち「うへのをのこども、賀茂の河原に川逍遥しける」という詞書によって想像される情景と結びつくものがあるという点も考慮されたのではないだろうか。

なお、この二首は、「立秋」の歌群の作者が、敏行、貫之という撰者時代の歌人であったのに対し、いずれも読人しらずとなっている点も注目される。

また、この四首の歌群は、一首目169と四首目172が、風によって秋の到来に気付いたという驚きを表現しているのに対し、二首目170と三首目171は右に述べたように「わがせこが衣のすそを吹き返し」という表現と「うへのをのこども、賀茂の河原に川逍遥しける」という詞書によって喚起される情景が近似し、169と172、170と171が対応する対称的な構成を取っているとも考えられる。

「秋の初風」の歌群に続くのは「七夕」の歌群である。

（題しらず）　　　　　　　　　　　　　（読人しらず）

173秋風の吹きにし日より久方の天の河原にたたぬ日はなし

174久方の天の河原のわたしもり君渡りなば楫《かぢ》かくしてよ

175漢河《あまのがは》紅葉を橋にわたせばやたなばたつめの秋をしも待つ

176恋ひ恋ひて逢ふ夜は今夜天の河霧立ちわたりあけずもあらなむ

寛平御時、なぬかの夜、「うへにさぶらふをのこども、歌奉れ」とおほせられける時に、人にかはりてよめる　　　　　　　　　　　　とものり

177天の河浅瀬しらなみたどりつつ渡りはてねば明けぞしにける

同じ御時、后の宮の歌合の歌　藤原興風

178契りけむ心ぞつらきたなばたの年にひとたび逢ふは逢ふかは

七日の日の夜よめる　みつね

179年ごとに逢ふとはすれど織女《たなばた》の寝る夜のかずぞすくなかりける

180織女にかしつる糸のうちはへて年の緒長く恋ひやわたらむ

題しらず　素性

181今夜こむ人には逢はじ織女のひさしきほどに待ちもこそすれ

七日の夜の暁によめる　源宗于朝臣

182今はとて別るるときは天の河わたらぬさきに袖ぞひちぬる

八日の日よめる　壬生忠岑

183今日よりは今こむ年の昨日をぞいつしかとのみ待ちわたるべき

「七夕」の歌群は、幾つかの小歌群に分けて考えることができる。まず173から175までは、七月七日以前、牽牛のやって来ることを待つ織女に関する歌が並べられており、「待つ七夕」の歌群とすることができよう。

　この歌群の最初の一首173は「秋風の吹きにし日より」という歌詞が、これ以前の歌群の歌がいずれも秋風を詠んでいるのと連続性を保っていることからこの位置に置かれたのであろう。[2] 二首目174は一首目の歌と「久方の天の河原」という表現を共有していること、およびいずれも牽牛を待つ織女の立場に立って詠歌がなされていることによって、一首目173の次に配列されたものと考えられる。[3] また三首目175は、それ以前の二首173、174が待つ織女の立場に立っての詠歌であったのに対し、待つ織女を題材にしつつも、織女の立場に立つのではなく、地上から織女の状況を想像して詠んだ歌ということで、この小歌群の最後三首目に置かれることになったのであろう。このように「七夕」の歌群の中の「待つ七夕」の歌群には、待つ織女に関する歌のみが配置される。

「七夕」の歌群、四首目176から九首目181までは、いずれも七夕が逢うことを題材とした歌が配列されており、この六首は「逢う七夕」の歌群とすることができよう。このうち牽牛、織女の当事者の立場で詠まれた歌は、176、177の二首のみであり、そうした理由からこの二首が「逢う七夕」の歌群の最初にまず配列されたのであろう。

176は織女の立場で詠まれた歌であろうが、「恋ひ恋ひて逢ふ夜は今夜」という表現からすると、まだ牽牛と逢う以前の七日の昼ないしは夕方の織女の心情を詠じた歌と推定される。従って、この歌は厳密にいうと「逢う七夕」を詠じているのではないということになるが、176以前の三首の七夕の歌には「逢う」という語が用いられていなかったのに、この176には「逢ふ夜は今夜」という表現が用いられていることから「逢う七夕」の歌群に入れてよいと思われる。「逢う七夕」の歌群は、牽牛、織女の二星が相逢う直前の段階から始められている。

またこの歌では、牽牛と逢う以前から、別れなければならない翌日の朝に思いを巡らし、別れがたい心情を「天の河霧立ちわたりあけずもあらなむ」と表現するが、こうした詠みぶりは「待つ七夕」の歌群二首目174の「久方の天の河原のわたしもり君渡りなば楫かくしてよ」という歌の表現ときわめて類似していることも注意される。

177は、天の河を渡る人物が作中主体となっていることから、牽牛の立場に立って詠まれた歌と推定される。「七夕」の歌群の五首目にして、初めて牽牛の歌が登場する。ここでは、天の河を渡ろうとして渡り果てず夜を明かしてしまった、七夕の宵から翌日の明け方までの牽牛の様が描かれているが、これは七夕の夜以前を詠んだ176よりも時間的に後の状態を詠んだものとして、この位置に配されたのであろう。また、176が織女の立場から牽牛、織女の逢瀬の成就を予想させる歌であるのに対し、177が牽牛の立場からその不成功を詠じた歌である点に対照性を認めることもできよう。[4]

続く178、179は七夕の夜、地上の人間が天上の牽牛、織女を思いやって詠んだ歌で、内容もともに七夕の逢う夜の稀なことを嘆くものとなっている。[5] この二首は178の詠まれた時期が、「同じ御時、后の宮の歌合の歌」という詞書より、177の歌が詠まれたのと同じ寛平年間であるのに対し、179の詞書は「七日の日の夜よめる」とあって、その後の180と詞書を共有することから、この順番で配列されたのであろう。

また、『古今集』では詞書において撰者時代の歌で詠歌時期の特定できない歌は、「寛平御時后の宮の歌合」「是貞の親王の家の歌合」等、寛平期の歌合に詠出されたと思われる歌よりも後の歌とされる。「七夕」の歌群は173から176までが読人しらずの歌で、177以降全て撰者時代の歌となるが、撰者時代の歌の並ぶ177以降の歌群においては、それ以前の読人しらずの歌群を承ける形で、寛平年間に詠進された177、178がまず配置され、以後詠歌時期が特定できない撰者時代の歌人の歌が配されるというように時代順の配列がなされている。

180、181も逢う七夕を念頭に置いて詠じていることは、180は「七日の日の夜よめる」という詞書から、181は歌の内容から理解される。ただし、これらの歌は、176、177が牽牛、織女の立場になって詠まれた歌、178、179が地上の人が牽牛、織女を思いやって詠んだ歌であるのに対し、七夕を念頭に置きつつ、地上の人間が自らの恋情を詠じた歌であることから、この位置に置かれることになったと推定される。[6] 180、181の配列順は、180が179の「七日の日の夜よめる」という詞書をそのまま承けており、作者も躬恒で179と同じであることから、180が181の前に置かれたのであろうが、それと同時に180が男性の歌であると推測されるのに対し、181は女性の歌と推測されることも意識されていたかもしれない。「逢う七夕」を詠じた歌群の最初の二首176、177のうち、176が織女、すなわち女性の歌、177が牽牛、すなわち男性の歌であったことを考慮すると、「逢う七夕」の歌群は歌群の一番最初の歌と一番最後の歌が女性の歌であり、歌群の二番目の歌と終わりから二番目の歌が男性の歌であるという対称的な構造が意図されていた可能性が考えられる。

「逢う七夕」の歌群に続く二首、182、183は、182が「七日の夜の暁によめる」という詞書、および「今はとて別るるときは」という歌詞を有し、183は「八日の日よめる」という詞書を有していることから、別れる七夕を詠じた歌をまとめた歌群、すなわち「別れる七夕」の歌群と解することができよう。

この二首は、182が「七日の夜の暁」に詠まれた歌であり、183が「八日の日」に詠まれた歌であるというように、時間の経過に従って配列されたと考えられる。「七夕」の歌群は、「待つ七夕」の歌群に始まり、「逢う七夕」の歌群を経て、「別れる七夕」の歌群で終わるというように、歌群全体が時の推移に従って配列されている。

なお、182は天の河を渡らない前に涙で袖が濡れるという内容であるから、牽牛の歌ということになり、183は来年の七月七日を待ち続けるというのであるから織女の歌と考えられる。先に、「逢う七夕」の歌群の冒頭二首と末尾二首とが照応関係を持つのではないかと推測したが、「七夕」の歌群における最初の四首、173から176までは全て織女の牽牛を待つ状態を詠じた歌であり、続く177が牽牛が織女に逢いに行く様を詠じた歌であったのに対し、「七夕」の歌群の最後の歌183が牽牛との再会を待ちわびる織女の心情を詠じ、その前の一首182が織女と別れて天の河を渡ろうとする牽牛の歌であることは、「七夕」の歌群全体においても、歌群冒頭の四首と末尾一首に、牽牛を待つ織女の詠と牽牛との再会を待つ織女の詠を配して照応させ、「七夕」の歌群の五首目177の織女に逢いに行こうとして天の河を渡る牽牛の歌に、最後から二首目の、織女と別れて天の河を渡ろうとする牽牛の詠を配して照応させようとする撰者の意図を認めることができるのではないだろうか。また、「逢う七夕」の歌群の一首目176には、逢瀬直前の織女の歌、二首目177には織女に逢いに天の河を渡る牽牛の歌を配し、「別れる七夕」の歌群の最後の歌183には逢瀬直後の織女の歌、終わりから二首目182には逢瀬の後天の河を渡ろうとする牽牛の歌を配すという対称的な構成が取られていることも注目される。

題しらず　　　　　　　　　　　　　読人しらず

184木の間よりもりくる月の影見れば心づくしの秋は来にけり
185おほかたの秋くるからにわが身こそ悲しきものと思ひ知りぬれ
186わがためにくる秋にしもあらなくに虫の音聞けばまづぞ悲しき
187物ごとに秋ぞ悲しきもみぢつつ移ろひゆくを限りと思へば
188独り寝る床は草葉にあらねども秋くるよひはつゆけかりけり

是貞の親王の家の歌合の歌

189いつはとは時はわかねど秋の夜ぞ物思ふことの限りなりける

かんなりの壺に人々あつまりて、秋の夜惜しむ歌よみけるついでによめる　　　　みつね

190かくばかりをしと思ふ夜をいたづらに寝であかすらむ人さへぞ憂き

右に示した七首の歌群について、松田武夫は184から187までを「かなしき秋」の歌群、188から190までを「秋の夜」の歌群とするが、[7] 184の歌の「心づくしの秋は来にけり」という表現における「心づくし」とは、悲しいという感情ばかりでなく、もっと広い感情を包摂する表現のように思われる。すなわち、188に見られる独り寝のわびしさや、189の秋の夜のもの思いや、190の秋の夜を賞美する感情も、「心づくし」という語が指示する意味の範疇に入るのではなかろうか。また、「かなしき秋」の歌群に収められている歌の中にも184、186のように秋の夜を詠じているものもあり、松田のように「かなしき秋」と「秋の夜」の歌群に分けるとすると、「かなしき秋」の歌群の中に秋の夜を詠んだ歌が入ってくるという矛盾が生ずることになる。これらの点から、この七首は松田のように「かなしき秋」と「秋の夜」の二つの歌群に分けるのでなく、「心づくしの秋」の歌群として一括して捉えるの

が適切ではなかろうか。

また、このように解すると、この七首の歌群の最初の一首184は、この歌群の主題を提示した歌ともいうべき性格を持つものとして、この歌群の冒頭に位置せしめられたと理解することができる。

続く185から187までの三首には、「秋くるからにわが身こそ悲しきものと思ひ知りぬれ」「わがためにくる秋にしもあらなくに虫の音聞けばまづぞ悲しき」「物ごとに秋ぞ悲しき」というように、いずれも秋の悲しみがうたわれており、共通性が認められる。この三首のうち、185や186は秋が来ると悲しみを感じるというように、秋の到来に伴う悲しみを詠じているのに対し、187は木の葉が紅葉して散ってゆくことに悲しみを感じている。このことから、季節的に早い時期を詠じた185、186が前に置かれ、より遅い時期の悲しみを詠じた187がその後に置かれることになったのであろう。(8)

三首の歌のうち前に置かれた185と186は、ほぼ同一の内容を表現しているが、185が「わが身こそ悲しきものと思ひ知りぬれ」とわが身の悲しさのみを一般的に詠じているのに対し、186は「虫の音聞けばまづぞ悲しき」と虫の音に託してわが身の悲しさを詠じ、続く187が「もみぢつつ移ろひゆく」ことに悲しみを感じているのと共通性を有していることから、三首の連続性を考慮して186が185の後に置かれることになったのであろう。また、185が「おほかたの秋くるからに」と秋の到来を強く感じさせる表現を持つことも、この歌が三首の歌群の冒頭に配される要因となったであろう。

188から190までの三首は、いずれも秋の夜の様々な感懐を表現しており、一つのまとまりをなしている。このうち188は、秋の夜の独り寝のわびしさを詠じ、189は秋の夜のもの思いを表現して、その前の秋の悲しみを詠じた三首と類似した感情を表出しているのに対し、190は秋の夜を惜しむという異質な感情を表現しているが故に、三首の歌群の最後に配されたのであろう。また、この190が秋の明るい月を見ての詠であることから、続く「秋の月」

の歌群との接続をスムースにするという意図の下にこの位置に配されたことも充分考えられる。188と189は、188が「秋くるよひはつゆけかりけり」と秋が到来した直後に詠まれたことを想像させること[9]、涙を詠じていることから、表現された感情の質が「秋の悲しみ」を詠じた歌群により近いということでこの三首の一番最初に配置されたのであろう。

　また、184からの「心づくしの秋」の歌群は、一首目から四首目、つまり「秋の悲しみ」を詠じた歌群の最後187までの歌が全て題しらず、読人しらずの歌であることから、188から190までの歌群は、その一首目に題しらず、読人しらずの188を置き、二首目に読人しらずであるが、「是貞の親王の家の歌合」の歌を置き、最後の三首目に撰者時代の歌人、躬恒の歌を配したとも考えられる。このように読人しらずの歌から撰者時代の歌人の歌へという配列は、先の「七夕」の歌群と同様の構成であることも注意されよう。

　なお、この184から190までの歌群も、184と190が月を詠み込んでいる点で対応し、185と189は「おほかたの秋くるからに」という表現と「いつはとは時はわかねど秋の夜ぞ」という表現が対応し、186と188は186が「虫の音」を詠ずるのに対し、188が「独り寝る床は草葉にあらねども」とまるでわが身が虫になったような表現をして対応するというように、187を中心に左右対称の構造を取っているとも考えられる。

　この「心づくしの秋」の歌群は、「立秋」「秋の初風」「七夕」と初秋の題材を詠じた歌群が配列された後に立項されるわけであるが、この歌群に収められた歌は、ある具体的な景物を中心に詠ずるというより、秋全般に感じられる感情を表現したきわめて一般性の高い歌であり、いよいよこれから秋が本格的に始まることを宣言する歌群としてここに据えられたと捉えることができよう。

　この「心づくしの秋」の歌群に続くのが、「秋の月」の歌群である。

題しらず　　　読人しらず

191白雲に羽うちかはし飛ぶ雁のかずさへ見ゆる秋の夜の月
192さ夜中と夜はふけぬらし雁が音のきこゆる空に月わたる見ゆ
　是貞の親王の家の歌合によめる　　大江千里
193月見ればちぢに物こそ悲しけれわが身ひとつの秋にはあらねど
　　　　　　　　　　　　　　　　　　ただみね
194久方の月の桂も秋はなほもみぢすればや照りまさるらむ
　月をよめる　　　　　　　　　　　　在原元方
195秋の夜の月の光し明ければくらぶの山も越えぬべらなり

191から195までの歌群は、いずれも秋の月を詠じており、「秋の月」の歌群とすることができよう。本格的な秋の到来を詠ずる「心づくしの秋」の歌群に次いで「秋の月」の歌群が置かれたのは、秋の初めの歌群が「立秋」の歌群の後、「秋の初風」「七夕」というような天象にまつわる事柄を題材とした歌群によって構成されていたこととの関連によるものと思われる。また、この「秋の月」の歌群の直前にある「心づくしの秋」の歌群の後半の三首が、いずれも秋の夜を詠んでいることとの連続性も意識されたのかもしれない。

この「秋の月」の歌群も先の「七夕」「心づくしの秋」の歌群と同様に、まず読人しらずの歌二首が配置され、次に「是貞の親王の家の歌合」の歌二首が置かれ、最後に撰者時代の歌人の歌一首が配されるという構成になっている。

この歌群の最初の二首、191、192は、ともに秋の月とともに雁が詠み込まれている。このうち191は、「秋の夜の月」という歌詞を持ち、この歌群のテーマをより鮮明にすることができるとする意図から、192の前に置かれたのではなかろうか。192の「さ夜中と夜はふけぬらし」という歌詞も、191より192の方が時間的に後の歌との印象を与える。また、松田武夫が指摘しているように、「前の歌では、秋月を背景にして「飛ぶ雁の数さへ見ゆる」状態を歌ったのであるが、この歌においては、「かりがねの聞ゆる空」を背景に、月の渡るのを見たので、詠歌の中心点が雁から月に移行し、漸層的な盛り上りを形成している」点も見逃してはなるまい[10]。

193以降の残りの三首は、193が秋の月を見ての悲しみを詠じた歌であり[11]、続く194、195は秋の夜の月の明るさを詠じた歌となる。このうち194は月そのものの姿を詠じているが、これは月と雁を詠じたこの歌群の最初の二首のうちの二首目192が、月の姿を詠じているのと対応する。また195は、月そのものの姿というより月光の明るさを詠じたもので、これは「月の歌群」の最初の歌191が、やはり月の姿ではなく月の光の明るさを詠じているのと対応する。

このように見てくると、この「秋の月」の歌群は、詠歌年次の古い歌から新しい歌へ時代順に並べられていると同時に、193を中心として、その前は月と雁を詠んだ歌、その後は月の明るさを詠んだ歌を配するという配置がなされ、さらに歌群の一首目191と歌群の五首目195が対応し、歌群の二首目192と歌群の四首目194が対応するという対称的な構成がなされていることが判明する。

この歌群の前半の月と雁を詠じた二首の歌群と、後半の月の明るさを詠じた二首の歌群は、前後入れ替えることも可能であろうが、雁の飛来が秋の早い時期から始まるのに対し、月の明るさを詠んだ歌群の中には、「もみぢすればや照りまさるらむ」というように秋の終わりを思わせる紅葉を詠じた194のような歌があることから、月と雁を詠じた歌群二首が「秋の月」の歌群の前半に置かれ、月の明るさを詠じた歌群が「秋の月」の歌群の後半に置かれたのであろう。

「秋の月」の歌群以降は、「秋の虫」「雁」「鹿」「萩」の歌群と続く。この中で「秋の月」の歌群に続くのに最もふさわしいと思われるのは、天空を飛ぶ「雁」の歌群であり、その後「鹿」「秋の虫」「萩」というように、動物、虫、植物と続くのが自然な配列のように思われる。が、第五節で述べるように、「雁」「鹿」「萩」の歌群は、連想関係を持って一つのまとまりとして組織され、「萩」の歌群以降、植物の歌群が続くことから、そうした配列構成に組み入れることのできない「秋の虫」の歌群が、「雁」や「鹿」の歌群の前に配置されることになったのであろう。また、秋の虫といえば夜鳴くものであることも、「秋の月」の歌群と連接する要因となったかもしれない。

人のもとにまかれりける夜、きりぎりすの鳴きけるを聞きてよめる　藤原忠房

196きりぎりすいたくな鳴きそ秋の夜の長き思ひは我ぞまされる

是貞の親王の家の歌合の歌　としゆきの朝臣

197秋の夜のあくるも知らず鳴く虫はわがごとものや悲しかるらむ

題しらず　読人しらず

198秋萩も色づきぬればきりぎりすわが寝ぬごとや夜はかなしき

199秋の夜は露こそことに寒からし草むらごとに虫のわぶれば

200君しのぶ草にやつるる故里は松虫の音ぞ悲しかりける

201秋の野に道も迷ひぬ松虫の声する方に宿やからまし

202秋の野に人まつ虫の声すなり我かとゆきていざとぶらはむ

203もみぢ葉の散りてつもれるわがやどにたれをまつ虫ここら鳴くらむ

204ひぐらしの鳴きつるなへに日は暮れぬと思へば山の蔭にぞありける

205ひぐらしの鳴く山里の夕暮れは風よりほかにとふ人もなし

この「秋の虫」の歌群は、三つの歌群に分けて考えることができる。最初の歌群は、196から199までの四首である。これら四首には、いずれも「虫」または「きりぎりす」が詠み込まれている。

この四首は、196がきりぎりすより歌の詠み手の方が、悲しさ、わびしさがまさっていると詠ずるのに対し、198は虫やきりぎりすは歌の詠み手と同じように悲しいといい、199は虫のわびしさのみを詠じている。すなわち、この四首は、初めの三首に歌の詠み手の心情と虫の鳴き声から推察される虫の心情を比較した歌を配し、197、の悲しみがまさっているものを最初に置き、次に詠み手の悲しみと虫の鳴き声から感じられる悲しみが同等とする二首を配し、最後の一首に虫の悲しみのみを詠じた歌を配置するという構成をとっていると考えられる。

またこの四首は、一首目、二首目が撰者時代の歌人の歌、特に二首目は撰者時代の歌人の歌でも「是貞の親王の家の歌合」の歌、三首目、四首目が読人しらずの歌で、時代的に新しい歌から古い歌という順に配列されている。二首目197、三首目198は、詠み手の悲しみと虫の悲しみは同程度と詠んでいる点ではほとんど同様の内容を詠じていることになるが、二首目197が「是貞の親王の家の歌合」の歌であるのに対し、三首目198が読人しらずの歌であることから、「是貞の親王の家の歌合」の歌である197が先に配されたのであろう。また、198が「秋萩も色づきぬれば」と秋も終わりに近づいたことを想像させる表現を持つことも、この歌が197の後に置かれる要因の一つとなったであろう。(12) さらに、四首目199では「秋の夜は露こそことに寒からし」と、198よりも一層秋が深まり、冬が近づいたことが感じられる。(13)

なお、この四首では一首目と三首目が「きりぎりす」を詠じ、二首目、四首目が「虫」を詠んだ歌となっていることも注目に値しよう。『古今集』では、「春の花」や「春の鳥」など、一つの主題が幾つかの歌群によって構成される場合、例えば「春の花」では「花」「春の鳥」であるなら「百舌鳥」というように一般的でより抽象度の高い上位概念を主題とする歌群を設定し、その前後にその下位概念の下にまとめられた「梅」「桜」「山吹」

「藤」や「鶯」「呼子鳥」「帰雁」といった歌群を対称的に配置するのが一般的であるのに対し、この「秋の虫」の歌群では「秋の虫」という上位概念を詠んだ歌と「きりぎりす」という下位概念を詠んだ歌が交互に配置され、それ以後「松虫」「ひぐらし」といった下位概念の歌群が続く。このことは、この「秋の虫」の歌群では、撰者はこれを「秋の虫」を詠じた歌群とその下位概念の具体的な虫を詠じた歌群に分けず、196から205までを「秋の虫」の歌群として一括して扱い、「雁」「鹿」という天上、地上の動物に対し、「秋の虫」を同等の立場で配置しようと意図したことによるものと推測されるが、その他に、詠歌時期を考慮した配列にしようとする意図も働いたかもしれない。

「秋の虫」の二番目の歌群は、200から203までの四首である。これら四首はいずれも「松虫」を詠じている点で共通する。そのうち202と203は、「松虫」に「待つ」の語を掛けて詠まれているのに対し、200、201はそのような掛詞による技巧は凝らされていないという点で相違する。これら四首のうち200が一番最初に配されたのは、200番歌の「松虫の音ぞ悲しかりける」という表現が、その直前のきりぎりすと虫を詠んだ歌群がいずれも悲しみの感情を詠じているのと連続しており、特にその歌群の最後の歌が

　　199秋の夜は露こそことに寒からし草むらごとに虫のわぶれば

と、虫の鳴き声に悲しみを感じとって、200とほぼ同様な内容を詠じていることによると思われる。200が松虫の歌群の冒頭に配されれば、200同様掛詞を用いず松虫を詠んだ201が、当然200の後に配されることになろう。202と203は、202が松虫の声の方に行って、私を待っているのかと訪ねてみようと、201の「松虫の声する方に宿やからまし」という歌と同様な内容を詠じていることから、202の方が先に置かれ、[14]「わがやどにたれをまつ虫ここら鳴くらむ」という表現を持つ203が後になったのであろう。203の「もみぢ葉の散りてつもれる」という表現が秋の終わりを感じさせることも、203がこの四首の一番最後に配置される理由となったであろう。[15]また、201、202、203は、201、202が

ともに松虫の鳴く場所を訪ねる人物の心情を詠じ、201が「松虫の声する方に宿やからまし」と、松虫の鳴く方に宿を取ることにためらいを示し、202が「我かとゆきていざとぶらはむ」と、より積極的に松虫の方へ訪ねて行こうとする意欲を表現しているのに対し、203は松虫の鳴く場所で訪れてくる人を待つ人物の心情が表現されている点も注目される。

「秋の虫」の歌群の三番目の歌群は、残る204と205ということになる。この二首はいずれも「ひぐらし」を詠じている点で、共通性を持つ。この二首のうち、204は「ひぐらしの鳴きつるなへに日は暮れぬと思へば山の蔭にぞありける」という表現から、夕暮れになる以前に詠まれた歌と考えられるのに対し、205は夕暮れになってからの詠と考えられ、この二首は歌の詠まれた時点の早いものから順に配列されたと考えられる。205の「風よりほかにとふ人もなし」という表現が、続く「雁」の歌群の一首目

初雁をよめる　　　　　　　　在原元方

206待つ人にあらぬものから初雁のけさ鳴く声のめずらしきかな

の「待つ人にあらぬものから」という表現に対応していることも注目されてよいかもしれない。

さらに、この196から205の「秋の虫」の歌群は、196と198が「きりぎりす」を詠んで対応し、197と199が「秋の虫」を詠んで対応し、201と202は松虫の声のする方に宿を取ろうと同様な内容を詠じ、200と203は「君しのぶ草にやつるる故里は」、「もみぢ葉の散りてつもれるわがやどに」と、ともにわびしい宿を詠じて対応する。[16]また、196から199まではいずれも秋の夜の歌であるのに対して、204、205はいずれも秋の夕暮れを詠んで対応するという構造を持つとも捉えられる。やや複雑な関係であるので、これを図示すると次のようになる。

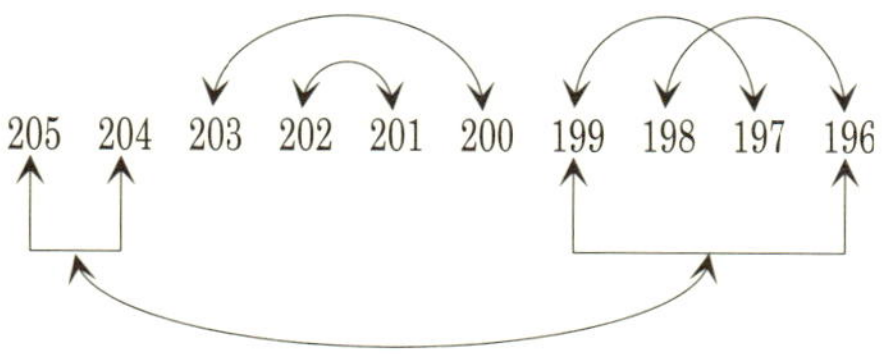

なお、この「秋の虫」の歌群以前の「七夕」「心づくしの秋」「秋の月」の歌群が、読人しらずの歌から撰者時代の歌人の歌というように、時代的に古い歌から新しい歌に並べられていたのと反対に、この「秋の虫」の歌群は最初の二首が撰者時代の歌人の歌で、二首目は「是貞の親王の家の歌合」の歌であり、それ以降は全て題しらず、読人しらずの歌で構成されている。この「秋の虫」の歌群は、それ以前の「七夕」などの歌群と歌の配列基準が時代順という点では共通しながらも、「七夕」などの歌群が古い時代の歌から新しい時代の歌へという順に配列されていたのに対し、新しい時代の歌から古い時代の歌へと遡って配列されている点で異なった様相を呈している点も注目される。

注

（1）滝川幸司『天皇と文壇　平安前期の公的文学』（和泉書院、平成19年2月）第三編、第四章。
（2）松田武夫『古今集の構造に関する研究』（風間書房、昭和40年9月）256頁。
（3）松田武夫『古今集の構造に関する研究』256頁。
（4）松田武夫『古今集の構造に関する研究』257頁。
（5）松田武夫は『古今集の構造に関する研究』257頁で、「いづれも会う七夕を詠んでゐるが、当事者の立場を離れ、第三者的立場から詠じてゐる点に、異色がある」とする。
（6）松田武夫は『古今集の構造に関する研究』257頁で、「第八首と第九首とは、自分自身の恋愛感情を、七夕に托して述べたものである」と指摘する。

（7）松田武夫『古今集の構造に関する研究』258頁。
（8）松田武夫は『古今集の構造に関する研究』259頁で、187が「秋も盛りを過ぎた季秋のあはれさ悲しさを表現してゐるものである。すると、この歌は、時期的には前の三首よりも後のものといへる」と指摘する。
（9）松田武夫は『古今集の構造に関する研究』260頁で、188は「「秋来る宵」と時を示してゐるので、立秋の夜」の歌とする。
（10）松田武夫『新釈古今和歌集』（風間書房、昭和43年3月）
（11）松田武夫は『古今集の構造に関する研究』263頁で、193は192の「結句「月わたる見ゆ」を、その初句で承けて「月見れば」としてゐる」と指摘する。
（12）松田武夫は『古今集の構造に関する研究』266頁で、198を「三番目に配置した理由は、「秋萩も色づきぬれば」とあって、秋も深まった時期を詠んだ歌なので、時間的経過を基準に排列する原則により、第二首の後に位置づけたものと思はれる」とする。
（13）松田武夫は『古今集の構造に関する研究』267頁で、199は「「露こそことに寒からし」といひ、露が草むらに結び、吹く風も寒さをおぼえる秋の終末を暗示してゐるので、この主題の最終的位置に据ゑたものと思はれる」と指摘する。
（14）松田武夫は『古今集の構造に関する研究』268頁で、201と202は「初句に「秋の野」を共有し、「松虫の声する」「人まつ虫の声すなり」と、類似句を共に有し、「宿や借らまし」「行きていざとぶらはむ」という点も相等しい」と指摘する。
（15）松田武夫『古今集の構造に関する研究』268頁。
（16）松田武夫は『古今集の構造に関する研究』268頁で、203の「「わが宿」は、第一首の「君しのぶ草にやつるゝふるさと」に相通じてゐるので、この類似した両歌は、前後から、第二首と第三首を抱きかかへてゐるかの観を呈してゐる」とする。

第五節　秋の部、「雁」の歌群から「露」の歌群までの構造

本節で対象とするのは、国歌大観番号206番から225番までの歌である。松田武夫は、このうち206番から213番までを「雁」の歌群、214番から218番までを「鹿」の歌群、219番から220番までを「萩」の歌群、221番から225番までを「露」歌群とする。(1)

まず、「雁」の歌群から見ていくことにしよう。

初雁をよめる　　在原元方

206 待つ人にあらぬものから初雁のけさ鳴く声のめづらしきかな

是貞の親王の家の歌合の歌　　とものり

207 秋風にはつかりがねぞ聞ゆなる誰が玉梓《たまづさ》をかけて来つらむ

題しらず　　読人しらず

208 わが門に稲負鳥《いなおほせどり》の鳴くなへにけさ吹く風に雁は来にけり

209 いとはやも鳴きぬる雁か白露の色どる木々ももみぢあへなくに

210 春霞かすみていにしかりがねは今ぞ鳴くなる秋霧のうへに

211夜を寒み衣かりがね鳴くなへに萩の下葉もうつろひにけり

寛平御時后の宮の歌合の歌　　藤原菅根朝臣

212秋風に声をほにあげてくる舟は天の門わたる雁にぞありける

雁の鳴きけるを聞きてよめる　　みつね

213憂きことを思ひつらねてかりがねの鳴きこそ渡れ秋の夜な夜な

松田はこの歌群を前半五首と後半三首に分け、前半は「初雁を待望歓迎する心情を述べ」たもの、後半は「深み行く秋の哀愁の中に雁を点描し、雁に対して抱く平安朝歌人の感情面を、整理した形において表現したもの」とする。(2) 確かに前半五首うち、206は「初雁をよめる」という詞書を有し、歌詞にも「初雁のけさ鳴く声のめづらしきかな」という表現が認められるし、207には「はつかりがねぞ聞ゆなる」の表現がある。また、208には「けさ吹く風に雁は来にけり」とあって、初めて雁が到来した様子が感じられるし、209は「いとはやも鳴きぬる雁か」と早くも到来した雁に驚きを表し、210は春去って行った雁が今秋霧の上に鳴くというように、秋になって飛来する雁が詠み込まれている。それに対し、211以降の歌は初雁を詠じたことを示す明確な表現が見出せず、むしろ211には「萩の下葉もうつろひにけり」、213には「鳴きこそ渡れ秋の夜な夜な」というように秋の深まり行く様が詠じられている。こうした点を考慮すると、やはり松田が指摘するように前半五首は初雁を詠じた歌群、それ以後は初雁の時期からやや時がたった時点の歌群と考えるのが妥当であろう。

では、この「雁」の歌群の前半五首はどのように配列されているのであろうか。この五首のうち最初の二首は撰者時代の歌人の歌、残り三首は読人しらずの歌である。また、最初の二首のうち二首目の友則の歌は「是貞親王の家の歌合」の歌で、撰者時代でも時期的に早い歌である。とすると、この五首は時代的に新しいものから古いものへという順に配列されていると考えられる。

一首目206元方の歌は「初雁をよめる」という詞書がついているが、これはここからが「雁」の歌群だということを明確に示すと同時に、「雁」の歌群が雁の飛来が始まる時期の歌、すなわち「初雁」の歌から始められることを示しているといえよう。続く207も「はつかりがね」と初雁を詠じて一首目に連続する。また、一首目206が「待つ人にあらぬものから」と人の訪れないことを詠むのに対し、二首目207は「誰が玉梓をかけてきつらむ」と蘇武の故事を踏まえて雁が遠方から誰の手紙を運んできたのだろうと、手紙による訪れを詠じ対をなしている。三首目208は「けさ吹く風に雁は来にけり」と、雁に風を取り合わせて詠んで、二首目207の「秋風にはつかりがねぞ聞ゆなる」という表現に対応する。四首目209は、三首目208が「わが門に稲負鳥の鳴くなへに」と稲の実る頃やって来るという「稲負鳥」がやって来るのに伴って雁が鳴いたと、雁を秋の代表的な景物「稲負鳥」と取り合わせて詠ずるのに対し、木々の紅葉という、これまた秋の代表的景物を雁と取り合わせ、しかも三首目208がその代表的景物とともに雁が来たとするのに対し、四首目209はその代表的景物はまだ発現していないのに雁は来たと反対の表現をとって対照をなしている。

このように見てくると、ここまでの四首は前半二首と後半二首がそれぞれの表現内容において対をなし、かつ両者は二首目207と三首目208が「雁」とともに「風」を詠じているという点で連続性を保持するという構造を有していると考えられる。それに対し五首目210は「春霞」と「秋霧」とを対照させ、春北方に帰っていった雁が秋になり今またやって来た様を詠むというように、一年を反省的に詠嘆した一般的な詠歌となっていて、これまでの「初雁」の歌群をまとめあげるのにふさわしい歌となっている。

「雁」の歌群後半三首は、作者が一首目211は読人しらず、二首目212は藤原菅根、三首目213は壬生忠岑という順になっており、しかも二首目212の詞書は「寛平御時后の宮の歌合」の歌とある。これは前半五首が、撰者時代の歌人の歌、おなじく撰者時代の歌人の歌ではあるが「是貞の親王の家の歌合」の歌、さらに読人しらずの歌という順に配列されていたのを全く逆にした形の配列である。先の五首が新しい時代から古い時代へと配列されていたとすれば、これは古い時代から新しい時代へと配列されていることになる。

後半三首の第一首目211は「かりがね」が鳴くとともに「萩の下葉」も紅葉するというが、これは前半の初雁を詠じた歌群の四首目209が木々が紅葉していないのに早くも雁が鳴いたとする歌との照応が考えられよう。209が紅葉以前の雁を詠むことによってその到来の早さを示すのに対し、211は先にも述べたように萩の紅葉を雁とともに詠むことによって秋がやや深まった時期の雁の歌との印象を与える。またこの歌の初句、「夜を寒み」という表現も秋の深まりを感じさせる。212は「寛平御時后の宮の歌合」の歌であるが、これは前半五首の二首目207が「是貞の親王の家の歌合」の歌であったのと対応すると同時に、歌の内容も「晴虹橋影出。秋雁櫓声来」（『白氏文集』巻五四・河亭晴望）の詩句などによったものと見られ、207が蘇武の故事を引くのと対応する。三首目213も「鳴きこそ渡れ秋の夜な夜な」という表現を持つことから秋の深まりを感じさせるとともに、「鳴きこそ渡れ秋の夜な夜な」という表現が、「雁」の歌群の一首目206の「けさ鳴く声のめづらしきかな」という表現と対応すると考えられる。また、「雁」の歌群三首目208の「けさ吹く風に雁は来にけり」と五首目210の「今ぞ鳴くなる秋霧のうへに」という表現も対照をなしていると考えられる。とすると、この「雁」の歌群八首は、四首目209と五首目210を軸として左右対称の構造をとっていると見ることもできよう。これを図示すれば上のようになる。

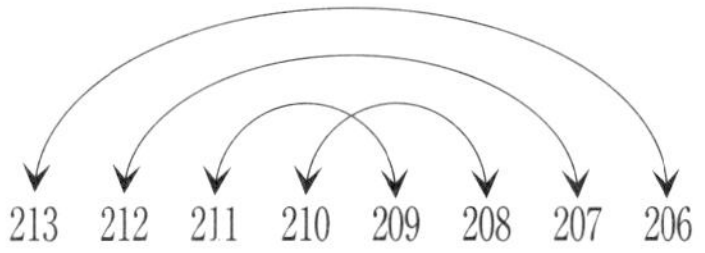

なお、後半三首の歌群のうち二首目212は歌自体の表現からすると初雁の歌ともとられかねないが、それを挟む211と213が秋の深まりを感じさせる表現を持つことで、この二首目212も初雁の歌ではなく、秋が深まった頃の雁を詠じたものと見なされる。さらに、三首目213は「憂きことを思ひつらねて」「鳴きこそ渡れ秋の夜な夜な」と雁の歌群八首の中で一首だけ作者自身の心

情の吐露がなされ、それまでの七首の歌がやって来る雁に対する心情を表現しているのとは異なった様相を呈している。このこともこの213を八首の雁の歌群の最後に位置せしめる理由になったのであろう。(3)

「雁」の歌群に続くのは「鹿」の歌群である。歌群全体を示してみよう。

是貞の親王の家の歌合の歌　　ただみね

214山里は秋こそことにわびしけれ鹿の鳴く音に目をさましつつ

読人しらず

215奥山に紅葉ふみわけ鳴く鹿の声きく時ぞ秋は悲しき

題しらず

216秋萩にうらびれをればあしひきの山下とよみ鹿の鳴くらむ

217秋萩をしがらみふせて鳴く鹿の目には見えずて音のさやけさ

是貞の親王の家の歌合によめる　　藤原敏行朝臣

218秋萩の花咲きにけり高砂の尾上の鹿は今や鳴くらむ

これらは、「是貞親王の家の歌合」の歌、作者忠岑→「是貞親王の家の歌合」の歌、読人しらず→題しらず、読人しらずの歌→「是貞親王の家の歌合」の歌、作者藤原敏行の順で配列されている。この「鹿」の歌群の前の「雁」の歌群は撰者時代の歌人の歌→「是貞親王の家の歌合」の歌→題しらず、読人しらずの歌→「寛平御時后の宮の歌合」の歌→撰者時代の歌人の歌という順で配列されていたが、この歌群では「是貞親王の家の歌合」の歌二首→題しらず、読人しらずの歌二首→「是貞親王の家の歌合」の歌一首という構成が取られており、詞書、作者名表記に注目してみると、「雁」の歌群から「鹿」の歌群にかけては連続した、循環的な配列がなされていることが窺える。つまり、「雁」の歌群から「鹿」の歌群にかけての配列は、新しい時代の歌から古い時代の歌、そしてまた新しい時代の歌となって、「雁」の歌群の最後で最も新しい撰者時代の歌となった後、再び古い時代に戻り、また新しい時代の歌へと向かうという配列になっていると考えられる。

ところでこの「鹿」の歌群は、214、215の前半二首と216、217、218の後半三首に分けて考えられる。すなわち、前半二首はともに「是貞親王の家の歌合」の歌で「山で鹿の鳴くねを聞き、秋の悲愁を感じる」という点で共通点を持ち、後半三首は鹿とともに萩が詠み込まれている点で共通性を持つ(4)。

「鹿」の前半の歌群二首はともに「是貞親王の家の歌合」の歌である。と同時に、この二首は、山で鹿の鳴く音を聞きつつ秋の悲愁を感じるという同一の内容を詠じており、そこからその二首の配列順を決めることはできない。この二首の配列基準は一首目214が撰者の忠岑の作であるのに対し、二首目215の作者が読人しらずであるという点にあるのであろう。既に指摘したように、この歌群は新しい時代から古い時代そして古い時代からまた新しい時代というように循環的に歌が配列されているが、そうした中にあってこの「是貞親王の家の歌合」の歌群は、前では「雁」の歌群の最終歌、すなわち撰者の躬恒の歌に連なり、後では「題しらず、読人しらず」の歌群へと連なっていく。とすると、この二首は同じ「是貞親王の家の歌合」の歌といっても、前に配置されるのは「雁」の歌群最終歌の作者躬恒と同じく撰者である忠岑の歌、次は後の「題しらず、読人しらず」の歌群に連続する読人しらずの歌とした方が全体の流れに沿ったものとなる。

また一首目214は、夜山里で鹿の鳴く音を聞きながらわびしさを感じ、寝付かれない様を詠じているが、これはその前の「雁」の歌群の最終歌213の秋の夜憂き物思いにふけって眠れないでいるという歌と、詠まれた状況、心境が類似している。その点でも、この歌は「鹿」の歌群の最初に置かれるにふさわしいものであったのであろう(5)。

「鹿」の歌群の後半の三首は、題しらず、読人しらずの歌二首、「是貞親王の家の歌合」の歌一首の順に配列される。題しらず、読人しらずの歌二首の配列順は、216が「秋萩にうらびれをれば」と物思いに沈んだ表現を取り、「鹿」の歌群前半二首214、215がそれぞれ「山里は秋こそことにわびしけれ」、「声きく時ぞ秋は悲しき」と秋の悲哀を詠じているのと類似した情感を表出していることから215の次に配置されたのであろう。(6) 216の配置が決まればその後に217が配置されることとなる。

「鹿」の歌群最後の一首218は、「是貞親王の家の歌合」の歌であり、先に述べた循環的な配列基準により、「題しらず、読人しらず」の歌群の後に置かれることになったのであろう。

ただ、「秋萩の花咲きにけり」「鹿は今や鳴くらむ」といったこの歌の表現は、萩が今咲き始めたといった印象を与え、その前の二首が既に咲いている萩を詠じていると思われるのに対し、時間的に逆行しているかのような印象を与える。ここでは撰者達は、216、217はまだ萩の花の咲いていない状態を詠じた歌と解したのであろうか、それとも216、217を萩の花の咲いている時の歌としたが、それにも関わらず時間的な逆行を無視しても、詞書や作者名表記に基づく配列の仕方にこだわったのであろうか、不明とする他ない。この最後の歌は、萩を鹿の妻と見なす当時の通念を取り込み、また鹿の名所として有名な「高砂の尾上」を鹿と取り合わせ、かつそこで鹿の鳴いている姿を想像するという、当時の和歌的美意識を典型的に表した歌であり、その点からも「鹿」の歌群の最後に置かれるにふさわしいものと見なされたかもしれない。(7)

また、「鹿」の歌群一首目214と五首目218は「是貞親王の家の歌合」の歌という点で共通し、二首目215と四首目217は「奥山に紅葉ふみわけ鳴く鹿」という表現と「秋萩をしがらみふせて鳴く鹿」という表現が対応する。とすると、この「鹿」の歌群五首は、三首目216を中心に左右対称の形で配列がなされていることになる。218が216、217の後に配されたのは、このような構造を形成するためであったかもしれない。

「鹿」の歌群の次は「萩」の歌群である。

昔あひ知りて侍りける人の、秋の野にあひて、物語しけるついでによめる　　みつね

219秋萩の古枝に咲ける花見ればもとの心は忘れざりけり
　　題しらず　　　　　　　　　　　　　　読人しらず
220秋萩の下葉色づく今よりやひとりある人の寝ねがてにする

「萩」の歌群とされるのは以上二首であるが、萩はこの歌群の前の「鹿」の歌群とされる五首の歌群の後半三首と、この「萩」の歌群に続く「露」の歌群のうち、最初の歌から四首目までにも詠み込まれている。とすると、この「萩」の歌群の前の「鹿」の歌群後半三首は「鹿と萩」の歌群、「萩」の歌群に続く「露」の歌群とされるものの最初から四首目までは「露と萩」の歌群とすることもできる。(8) 見方を変えれば、「萩」のみを単独に詠んだ歌群は二首にすぎないが、「鹿」の歌群の後半三首から「萩」だけの歌群二首を通って「露」の歌群四首目までを「萩」の歌群と見なすこともできよう。このようにこの「鹿」「萩」「露」の歌群は「鹿」と「露」の歌群の双方に向けて「萩」の歌群が浸透しており、図に示したように「萩」の歌群が「鹿」と「露」の歌群双方を橋渡しししているような構造がとられている。

このような「鹿」「萩」「露」の重層的な歌群の配列方法は、それぞれの歌群の連続をスムースにするとともに、秋という季節はこれら鹿、萩、露といった景物が順を追って発現するのではなく、それらがほぼ同時に発現することによって深まっていくことを示そうとしているように思われる。

「萩」のみを詠み込んだいわゆる「萩」の歌群の配列についていうなら、一首目219が萩の花の咲いている様を詠じた歌であるのに対し、二首目220は萩の下葉が色づく状態を詠じており、萩の様態の時間的な推移に沿って配列されたものと考えられる。また、「鹿」と「萩」の歌群双方に萩を食い込ませることによって、両者を橋渡しするような構造を作り、かつ「雁」の歌群から続いている循環的な配列構成を維持するには、「萩」の歌群の前の「鹿」の歌群の最後が「是貞親王の家の歌合」の歌で、「萩」の歌群の後の「露」の歌群が題しらず、読人し

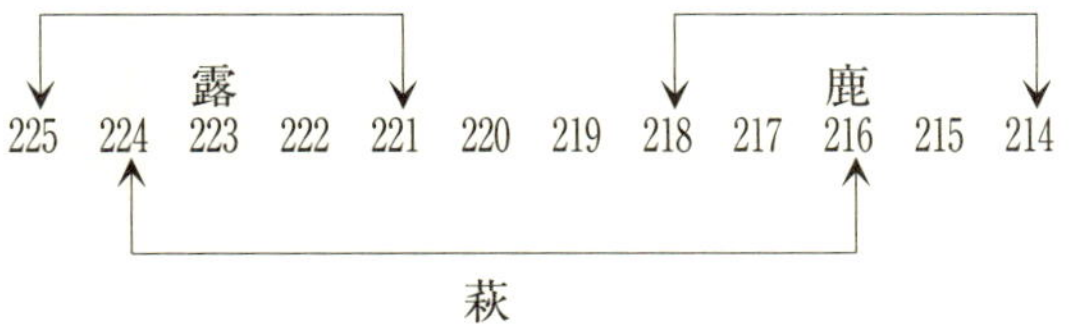

らずの歌で始まっていることからすると、先に撰者躬恒の歌を置き、後に題しらず、読人しらずの歌を置く方が自然な配列となる。(9)

以下「露」の歌群が次のように続く。

（題しらず）　（読人しらず）

221 鳴き渡る雁の涙やおちつらむ物思ふやどの萩のうえの露

222 萩の露玉にぬかむととれば消ぬよし見む人は枝ながら見よ

ある人のいはく、この歌は奈良の帝の御歌なりと

223 折りて見ば落ちぞしぬべき秋萩の枝もたわわに置ける白露

224 萩が花散るらむ小野の露霜にぬれてをゆかむさ夜はふくとも

是貞の親王の家の歌合によめる　文屋朝康

225 秋の野に置く白露は玉なれやつらぬきかくる蜘蛛《くも》の糸すぢ

この歌群もこれまでの歌群とは同様な配列方法、つまり循環的な配列方法を取っている。すなわち、「萩」の歌群が題しらず、読人しらずの歌で終わっているのを承けて、前半四首が題しらず、読人しらずの歌、最後の一首が「是貞親王の家の歌合」の歌という構成が取られている。また、先にも述べた通り、この歌群の前半四首は露とともに萩を詠じており、その点でも先の「萩」の歌群に連続する。(10)

「露」の歌群前半四首の配列は、その四首のうち最後の一首224が露とともに萩の散る様を詠じており、他の三首が萩の花の散る様を特に詠じていないことから、224が萩と露をともに詠じた歌群の最後に位置せしめられたのであろう。

残る三首は歌の内容や技法、詠まれている事物の共通性を手掛かりとして配列されたと考えられる。すなわち、前半三首の最初の歌221は「物思ふやどの萩のうへの露」と詠ずるが、これは「露」の歌群の直前にある「萩」の歌群の最後の歌、「今よりやひとりある人の寝ねがてにする」と独り寝のわびしさを詠んだ歌とその内容が類似する。221はそれゆえに「露」の歌群の冒頭に置かれることになったのであろう。次の222は萩に置いた露を玉に見なすという見立ての技法が用いられる。「露」の歌群の最初の歌221は物思う人物を詠ずると同時に露を雁の涙と見立てており、222はこのような表現技法の類似から221の次に配置されることになったのであろう。

因に「雁」という景物は既に206から213の歌群に連続して配置され、「雁」の歌群を作っているし、それ以前にも191、192などにも見出される。このようにある題材が一つの歌群の中に集中して収められるのみでなく、他の歌群の中にもその歌群の景物とともに詠み込まれているといった例は、『古今集』秋の部においてはこの他にもしばしば認められる。「鹿」の歌群から「露」の歌群の推移において、萩が「鹿」に歌群の後半三首と「露」の歌群前半四首に鹿や露とともに詠み込まれ、その間に萩のみの歌群二首が挟まれているというように、「雁」「萩」「露」が互いに重なり合いながら配列されている例については既に触れた。が、そのような連続的な相でなくとも、特定の景物がその景物の歌群とは別の景物の歌群の中に散発的に収められるといった例も、この雁の他に、紅葉が175、187、194、198、203、209、211、215、220、萩が198、211というように存在する。このような現象は、秋を詠じた歌の多くが秋の景物を複数同時に詠み込んでおり、特定の景物を一カ所に集めることが困難であったという理由にもよるであろうが、それと同時に先の「鹿」「萩」「露」の歌群の重層に触れた箇所で述べたのと同様、同一の景物を随所に配置することによって、秋という季節の深まりは景物が順を追って発現するのではなく、それらの景物がほぼ同時に現れ、時を同じくして推移していくのがその実体であることを示そうと意図したもののように思われる。

「露」の歌群三首目の223はその前の222と露、萩とともに、枝が詠まれているという点で共通点を持つ。しかも先の歌が露を枝を折らずに、枝に置いたまま見よというのに対し、後の223は枝を折って露を賞味しようとすれば、露が落ちてしまうに違いないと表現する。契沖はこの223について「さきの歌に贈答の体で載せたり(11)」といい、これをうけて『新編日本古典文学全集』では「順序を逆にすると、いっそう贈答歌らしくなる」とする。確かに222と223は贈答の趣のある歌であり、順序を逆にすればより贈答歌らしい印象を与えるというのは事実であろう。撰者達もこの二首に贈答の趣のあることを見てとっていたであろうし、前後を逆にすればその趣が一層強くなることは意識していたであろう。しかし、二首目222と三首目223の配列の順序を逆にすると、見立ての技法を用いた歌が、一首目と三首目に分断され、配列の連続性は損なわれる。「露」の歌群冒頭三首をスムースに配列しようとすると、どうしても「露」の歌群の二首目と三首目はこの順序にならざるをえなかったのではなかろうか。

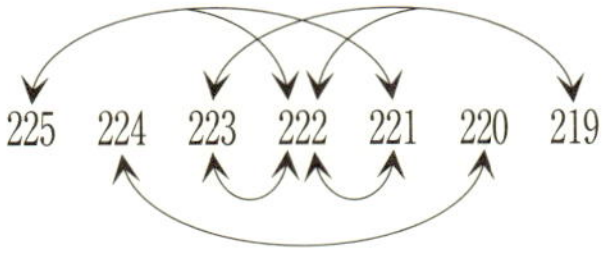

　題しらず、読人しらずの最後の歌は、先に述べた通り「萩が花散るらむ」と萩の花の散る様を詠じていることからその位置に置かれたのであろう。と同時に、露とともに萩を詠んだ四首のなかにあって、「散るらむ」と「らむ」という助動詞を用いることによって眼前にない萩を詠じている点、及び「露霜」という特異な語句を用いている点において他の三首とは異なっていることも留意されたかもしれない。

　「露」の歌群最後の歌は、萩が詠み込まれていないことからここに配置されたことは先にも触れたが、ここで露を玉に見立て、それを貫くのが「蜘蛛の糸すぢ」だとしているのは、「露」の歌群の最初の二首221、222が露を雁の涙や玉に見立てているのと対応していると考えられる。また、二首目222、三首目223が萩の枝を詠じているのは、「萩」の歌群一首目219が「萩の古枝」を詠じているのと照応している。四首目224の「ぬれてをゆかむさ夜はふくとも」

という表現もまた、「萩」の歌群二首目220の「今よりやひとりある人の寝ねがてにする」という表現と夜を詠じているという点で共通すると見ることもできる。とすると、「萩」の歌群と「露」の歌群は「露」の歌群の二首目222を中心に前頁に図示するような対称的な構造を持っていると見ることもできるかもしれない。

注

（1）松田武夫『古今集の構造に関する研究』（風間書房、昭和40年9月）248頁。

（2）松田武夫『古今集の構造に関する研究』272頁。

（3）松田武夫『古今集の構造に関する研究』272頁。

（4）松田武夫『古今集の構造に関する研究』273頁。

（5）215が紅葉を詠じていることも、後の三首が萩を詠じている点と連続性を持つ。このことも前半二首の配列順に影響しているかもしれない。松田武夫『古今集の構造に関する研究』273頁は「第二首を見ると、「紅葉踏みわけ」といひ、この歌の時期は、季秋九月を暗示してゐる。第一首には、さうした時に関する語句は見当らず、秋一般を指してゐるので、このやうな順序に並べるのが妥当と考へられたものと推定される」と指摘する。

（6）松田武夫『古今集の構造に関する研究』274頁。

（7）この五首の「鹿」の歌群の配列は、「雁」の歌群の冒頭五首、初雁を詠んだ歌群と類似した構造を示すとも読める。すなわち、「雁」の歌群の冒頭五首は、最初の四首が二首ずつの対になり、最後の一首がそれを総括するという形を取っていたが、この「鹿」の歌群五首も最初の二首が「是貞親王の家の歌合」の歌で、山で鹿の音を聞き秋の悲哀を感じるといった情景を詠じ共通性を持つのに対し、三首目、四首目は、題しらず読人しらずで鹿と萩を詠じたものとして対をなし、最後の一首がそれらをまとめていると見ることもできる。また、松田武夫『古今集の構造に関する研究』274、275頁には「第一歌群の第二首において、「紅葉踏みわけ鳴く鹿」とあるのと、第二歌群の第二首の「しがらみふせて鳴く鹿」とは、同工異曲の表現であり、第二歌群の第一首と第三首の下の句、「山下とよみ鹿の鳴くらむ」「高砂の尾上の鹿は今や鳴くらむ」も、共に類似してゐる」との指摘がある。

（8）松田武夫『古今集の構造に関する研究』278頁は、214から218までを「鹿」の歌群とし、221から225までを「露」の歌群とするのは、それらの歌においては鹿や露が一首の中心の景物となっているからだとする。

（9）松田武夫『古今集の構造に関する研究』276頁は「第二首にいふ「ひとりある人」は、第一首の作者に連なり、心変わりした旧知の女性から見放された男性と見ることができよう。そこで、秋もたけなはな時期、丁度、秋萩の下葉が紅葉しはじめた頃から、悶々の情に耐へかねて、秋の夜長も眠れないと解し、各首単独の興趣以外に、二首連合のよる意味の複雑さをねらったものとも解される」とする。

（10）松田武夫『古今集の構造に関する研究』278頁は「第五首は、萩とは関係なく、第四首の「小野の露霜」と「秋の野に置く白露」との類似で近接させたのであろう」とする。

（11）『古今和歌余材抄』

第六節　秋の部、「女郎花」の歌群から秋下末尾までの構造

本節で対象とするのは、国歌大観番号226から250までの歌、および306から313までの歌である。このうち226から238までは「女郎花」を詠んだ歌群である。

題しらず　　　　　　　　　　僧正遍照

226名にめでて折れるばかりぞ女郎花我おちにきと人にかたるな

僧正遍照がもとに、奈良へまかりける時に、男山にて女郎花を見てよめる

布留今道

227女郎花憂しと見つつぞ行きすぐる男山にし立てりと思へば

是貞の親王の家の歌合の歌　　　　としゆきの朝臣

228秋の野に宿りはすべし女郎花名をむつましみ旅ならなくに

題しらず　　　　　　　　　　小野美材

229女郎花おほかる野辺に宿りせばあやなくあだの名をや立ちなむ

朱雀院の女郎花合によみて奉りける　　　　左のおほいまうちぎみ

230女郎花秋の野風にうちなびき心ひとつを誰によすらむ
藤原定方朝臣

231秋ならで逢ふことかたき女郎花天の河原に生ひぬものゆゑ
つらゆき

232誰が秋にあらぬものゆゑ女郎花なぞ色にいでてまだき移ろふ
みつね

233妻恋ふる鹿ぞ鳴くなる女郎花おのがすむ野の花と知らずや
みつね

234女郎花吹きすぎてくる秋風は目には見えねど香こそしるけれ
ただみね

235人の見ることやくるしき女郎花秋霧にのみたちかくるらむ
ただみね

236ひとりのみながむるよりは女郎花わがすむ屋戸に植ゑて見ましを
兼覧王

ものへまかりけるに、人の家に女郎花植ゑたりけるを見てよめる

237女郎花うしろめたくも見ゆるかな荒れたるやどにひとり立てれば
兼覧王

寛平御時、蔵人所のをのこども、嵯峨野に花見むとてまかりける時、帰るとてみな歌よみけるついでによめる
平貞文

238花にあかでなに帰るらむ女郎花おほかる野辺に寝なましものを

この「女郎花」の歌群の前には「萩」「露」の歌群が存在し、「露」の歌群五首も最初の四首が「萩」を詠じ、最後の一首のみが「露」だけを詠じているという構成になっているが、これ以降「萩」の歌群を承けて、再び秋の

野の花である「女郎花」の歌群が配され、さらに「藤袴」「薄」「撫子」と秋の野の草花を詠じた歌群が次々に配列されるという構成が取られる。

まず、この「女郎花」の歌群の作者名表記に注目すると、直前の「露」の歌群が読人しらずの歌四首の後、撰者時代の歌人、文屋朝康の「是貞の親王の家の歌合」に詠まれた歌であったのに対し、一首目226と二首目227が六歌仙時代の歌人の歌となり、三首目228以降、撰者時代の歌人の歌となるというように、「露」の歌群から一旦古い時代の歌に戻り、その後古い時代の歌から新しい時代の歌へという配列がなされているのが見て取れる。

また、この「女郎花」の歌群は、三つに分けて考えることができる。最初の歌群は、一首目226から四首目229までの四首の歌群である。この四首は先にも述べた通り、最初の二首が六歌仙時代の歌人の歌であるのに対し、後の二首は撰者時代の歌人の歌である。また、「女郎花」の歌群の一首目と二首目、三首目と四首目は、詠歌時代が共通するのみでなく、歌の内容においてもそれぞれ対照性を有している。すなわち、一首目226と二首目227は、226が作者が女郎花という名をめでて、女郎花の花を折ったと詠んでいるのに対し、227は作者が女郎花という名から女性を連想し、それが男を連想させる男山に立っていることを嫌悪して、女郎花を手折らなかったと対照的な事柄を詠じ、(1)三首目228と四首目229は、228では作者が女郎花という名が慕わしいので女郎花の生えている野に宿をとろうとするのに対し、229では作者が女郎花の生えている野に宿りをしたら、「あだの名」の立つことを怖れて宿はとるまいと対照的な事柄を詠じている。(2)「女郎花」の歌群冒頭四首は、二首それぞれが対照的な事柄を詠じて一対をなす二組の歌群によって構成されているのである。

また最初の二首は、一首目226が遍照の歌であるのに対し、二首目227がその遍照のもとに贈った歌ということで、226が先に配されたのであろう。次の二首は、一首目228が寛平年間、すなわち宇多天皇の時代に催された「是貞親王の家の歌合」の歌であるのに対し、二首目229が題しらずの撰者時代の歌人の歌であり、寛平年間に詠じられた歌は、それ以外の撰者時代の歌人の歌よりやや前の時代の歌という認識で配列されるのが『古今集』の配列の原則であることから、「是貞の親王の家の歌合」の歌の方が先に置かれたのであろう。

また、この二組の配列は、一組目の前の歌226が女郎花を手折ることに積極的な態度を示しているのに対し、後の歌は女郎花を折るのに消極的な態度を示しているのを承けて、二組目の配列も、女郎花の咲いている野に宿ることに積極的な姿勢を見せている228が前に置かれ、女郎花の咲いている野に宿ることに消極的な姿勢を見せる229が後に置かれていることも注目される。

続く230から236までは「朱雀院の女郎花合」の歌が並ぶ。この七首は、詞書では「朱雀院の女郎花合」の歌ということで一括されるが、萩谷朴はそれらのうち230、234、235は現存する十巻本、廿巻本歌合の中の昌泰元年に催された女郎花合に存在することから「昌泰元年亭子院女郎花合」の歌とし、231、232も現存する同歌合の本文には認められないが、他文献よりそれらも同じ女郎花合の歌と認定する。また、233、234、236は昌泰元年からほど遠くない時期に、宇多上皇が催された「某年秋朱雀院女郎花合」の歌（234は重出）であると推定する。[3]とすると、『古今集』の撰者は二度の女郎花合の歌を「朱雀院の女郎花合」の歌として、一括して挙げたことになる。また、これらの歌はいずれも宇多天皇譲位後の歌、すなわち醍醐天皇の時代の歌ということになり、この歌群の直前の歌、229が題しらずの撰者時代の歌人の歌であったのを承け、それと同時代の歌を並べたということになる。

この「朱雀院の女郎花合」の歌群七首は、作者の身分の高いものから順に並べられている。[4]一首目230の作者「左のおほいまうちぎみ」は、『古今集』奏覧された延喜五年に左大臣であった藤原時平であり、二首目231の作者藤原定方は、延喜五年には正五位下、近江介であった。因みに、藤原定方の官位が正五位下で四位にはなっていないにもかかわらず、諸本いずれも定方の下に「朝臣」を付けるが、この「朝臣」という表記は延喜五年以降に付された可能性がある。三首目以降の作者、貫之、躬恒、忠岑の延喜五年の時点での官位は、現存する資料からは明らかにしえないが、村瀬敏夫は『古今集』仮名序、真名序とも「大内記紀友則、御書所預紀貫之、前甲斐少目凡河内躬恒、右衛門府生壬生忠岑」と記されていることより、友則が勤めていた大内記は正六位相当官であり、貫之の官職「御書所預は蔵人所に属する令外の官だから相当官位はないが、序文に見る貫之の撰者中の序列は、大内記（正六位相当）の友則と前甲斐少目（従八位下相当）の躬恒との間に置かれているから、七位ほどの身分であったろう」とし、忠岑の右衛門府生は「衛門府の四等官たる少志（従八位上相当）の下役なのだから、当時の忠岑は従八位以下の身分であったろう」と推定する。(5)

なお、躬恒、忠岑は二首ずつ歌を載せるが、この四首の配列順は躬恒の歌の二首目234が女郎花を吹き過ぎてくる秋風の香によって見えない女郎花の存在が知られるとするのに対し、忠岑の歌の一首目235は、秋霧に隠されて見えない女郎花を詠じており、見えない女郎花を詠じている点で共通することから、その連続性に注目して配列がなされ、他の躬恒、忠岑の歌もその連続した配列の外に配されることで、自ずとその位置が定められたのであろう。

また、この七首の一首目230は、女郎花を女性になぞらえて、その女性が誰に心を寄せているのであろうと推測するが、これはこの七首の歌群の最後の歌236が、女郎花を女性に喩え、その女性をわがものにしたいという男性の心理を詠じた歌と対をなすと考えられる。さらに、この歌群の二首目231は、女郎花（女性）に秋以外の季節に逢うことができないと歌うが、これは霧に隠れて見ることのできない女郎花（女性）を詠ずる六首目の235と、なかなか見ることのできない女郎花を詠じている点で共通性を持つように思われる。この歌群の三首目232は、女郎花が色に出ることをうたい、五首目234の女郎花の香りを詠ずるという点で照応している。このように見てみると、この七首の女郎花の歌群は、詠み手の身分に基づく配列の他に、七首の中心に当たる四首目233を軸として、その外側の一首目232と234、二首目231と235、三首目230と236が対応するという対称的な構造を構築しようとする意図もはたらいているように思われる。

「女郎花」の歌群の最後のまとまりは、237、238の二首となる。237はその前の「朱雀院の女郎花合」の歌群の最後の歌236と「ひとり」、「宿」という語を共有し、「女郎花うしろめたくも見ゆるかな」という表現が、236の「ひとりのみながむるよりは」という表現と照応し、「荒れたるやどにひとり立てれば」という表現が、236の「女郎花わがすむ屋戸に植ゑて見ましを」という表現と対応するというような対応関係を有するが故に、「朱雀院の女郎花合」の歌群のすぐ後に置かれ、238はその後という配置になったのであろう。また、238は「花にあかでなに帰るらむ」と女郎花の咲く野から帰る様が詠まれ、女郎花の歌群の最後に配されるのにふさわしい内容となっており、この点からも、238は237の後に置かれることになったと思われる。(6)

なお、237は詠歌時期の特定できない撰者時代の歌人の歌であるのに対し、238は寛平年間の歌となっており、228に寛平年間の歌を置き、229から「朱雀院の女郎花合」の歌を挟んで237まで、醍醐天皇の御代の歌とされる歌を配列した後、再び一時代前の寛平年間の歌に戻るという配列がなされていることも注目される。また、283は女郎花の咲く野に宿をとらずに帰る際の歌であるが、228、229は女郎花の咲く野に宿る、宿らないを詠じた歌で照応関係を有することも注意される。

「女郎花」の歌群に続いて登場するのは「藤袴」の歌群である。

是貞の親王の家の歌合によめる　　としゆきの朝臣

239 何人か来てぬぎかけし藤袴来る秋ごとに野辺をにほはす

藤袴をよみて人につかはしける　　つらゆき

240 やどりせし人の形見か藤袴わすられがたき香ににほひつつ

藤袴をよめる　　そせい

241主知らぬ香こそにほへれ秋の野に誰がぬぎかけし藤袴ぞも

「藤袴」の歌群は、一首目239が「是貞の親王の家の歌合」の歌で、「女郎花」の歌群の最後の歌238が寛平年間の歌であったのを承け、続く二首が詠歌時期を確定できない撰者時代の歌人の歌、すなわち醍醐天皇の御代の歌というように詠歌時期の古い歌から新しい歌という順に並べられている。

またこの三首は、一首目239と三首目241が藤袴の香りから藤袴を誰が来て脱ぎかけた袴かと疑問に思っている点、全く類似した内容を詠じており、藤袴を野に宿った人の形見と見る240を中心に対称的な構造を形成している。(7)

「藤袴」の歌群に続くのは、「薄」の歌群である。(8)

題しらず　平貞文

242今よりは植ゑてだに見じ花すすき穂にいづる秋はわびしかりけり

寛平御時后の宮の歌合の歌　在原棟梁

243秋の野の草の袂《たもと》か花すすき穂にいでて招く袖と見ゆらむ

「薄」の歌群は、一首目242が「題しらず」で撰者時代の歌人の歌であり、「藤袴」の歌群の240以降が詠歌時期を特定できない撰者時代の歌人の歌であることを承けて歌群の最初に置かれ、「寛平御時后の宮の歌合」の歌である二首目243がその後に置かれたのであろう。242が「穂にいづる」と穂が出た直後の歌であるのを思わせるのに対し、243が「穂にいでて招く袖」と既に穂が出て時が経過している印象を与えることもこの二首の配列の基準になったと思われる。

244我のみやあはれと思はむきりぎりす鳴く夕かげの大和なでしこ

（寛平御時后の宮の歌合の歌）　素性法師

「薄」の歌群の後は、「撫子」の歌が一首続く。これを「撫子」の歌群とする。この歌群は、その前の「薄」の歌群の最後の歌が「寛平御時后の宮の歌合」の歌であったのに連続する形で「寛平御時后の宮の歌合」の歌が収められている。と同時に、この244番歌は、「薄」の歌群一首目の242が薄が穂を出したのを「わびしかりけり」と詠ずるのに対し、大和撫子の咲いているのを「我のみやあはれと思はむ」と表現している点で類似する。「薄」の歌群の一首目242と「撫子」の歌群の244は、「薄」の歌群の二首目243を挟んで対応関係を有していると考えられるのではなかろうか。

また、「薄」の歌群の二首目243は、薄を「秋の野の草の袂か」と人の袂に見なし、その理由を「穂にいでて招く袖と見ゆらむ」と説明するのであるが、これは「薄」の歌群の前にある「藤袴」の歌群の二首目240が藤袴を「やどりせし人の形見か」と見立て、その理由を「わすられがたき香ににほひつつ」と説明するのと同様な表現方法をとる歌と見ることができる。

とすると、242から244までの歌の配列は、243を中心に対称的な構造を持っており、かつこの三首の中心となる243は、240を中心に対称的構造を作っていた239から241までの「藤袴」の歌群の中心240と対応関係を持つということになる。これを分かりやすく図示すれば次のようになる。

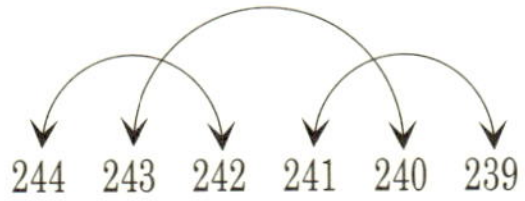

ところで、ここまで秋の野の花を詠んだ歌群を順に並べてみると、「萩」の歌群の後、「露」の歌群を挟んで「女郎花」「藤袴」「薄」「撫子」の歌群という順になる。このうち「萩」の歌群はその前の「鹿」の歌群と重複する部分を持ち、連続性を有するが故に、一番最初に配列されたのであろうが、その後の「女郎花」「藤袴」「薄」「撫子」という歌群の順番はどのように決定されたのであろうか。これらのうち、「藤袴」「薄」「撫子」の歌群は、右に述べたように三つの歌群が緊密に絡み合ってひとつの構造を形作っているのであり、この三つの歌群の配列は、この順番を「藤袴」「薄」「撫子」の順にするか、「撫子」「薄」「藤袴」の順にするかのどちらかにする他ない。また、

「女郎花」と「藤袴」の歌群は、「女郎花」の歌群が、全て「女郎花」の「おみな」という音が女性を連想させ、その連想をもとに詠まれている歌で構成されているのに対し、「藤袴」の歌群も全て「はかま」という音の連想から「袴」が連想され、その連想をもとに歌が詠まれているというように、発想の類似性を持ち、密接に結びついている。(9)とすると、「女郎花」「藤袴」「薄」「撫子」の四つの歌群は、「女郎花」「藤袴」「薄」「撫子」の順に並べられるか、逆に「撫子」「薄」「藤袴」「女郎花」の順に並べられるしかないことになる。この二つの配列の仕方を比べてみた場合、「女郎花」の歌群が「薄」の歌群より前にくる方が、開花時期に照らしてより適切と思われる。このように考えると、「萩」の歌群以降の、秋の草花の歌群の配列は、必然的に「女郎花」「藤袴」「薄」「撫子」の順になるということになる。

「撫子」の歌群の後は、次の二首が来る。

題しらず　　　　　　　　　　　　　　　　読人しらず

245緑なるひとつ草とぞ春は見し秋は色々の花にぞありける

246ももくさの花の紐《ひも》とく秋の野に思ひたはれむ人なとがめそ

これらの歌には、「秋は色々の花にぞありける」とか「ももくさの花の紐とく秋の野に」といった表現からも分かるように、特定の秋の草花ではなく、秋の草花全般が詠み込まれている。従って、この二首の歌群は「秋の百草の花」の歌群と呼ぶことができよう。春の花を詠じた歌群は、「梅」「桜」「花」「藤」「山吹」という順に、特定の花を詠じた歌群の中心に、それらの上位概念にあたる春の花全般を詠じた「花」の歌群が存在したが、(10)秋の草花の場合も「萩」「女郎花」「藤袴」「薄」「撫子」など、具体的な草花を詠じた歌群の他に、それらを含む全ての秋の草花を詠じた「秋の百草の花」の歌群が設定されているのである。

この二首のうち、245は春の野との対比で秋の野に咲く様々な花そのものを詠じているのに対し、246は百草の花とともにその中にいる詠み手自身の心情を詠じており、純粋に秋の百草の花を詠じている245が、歌群の最初を飾るにふさわしいということで先に配置されたのであろう。また、二首目246の「秋の野に思ひたはれむ人なとがめそ」と秋の野に入っていく人物を詠じた表現が、続く247の「月草に衣は摺らむ朝露に濡れてののちはうつろひぬとも」という表現と類似していることも考慮されたのであろう。

この二首はいずれも読人しらずの歌であるが、「藤袴」の歌群の後半の部分から撰者時代の歌人の歌が続き、「薄」の歌群の後半から「撫子」の歌群にかけて「寛平御時后の宮の歌合」の歌というように、やや時代が遡った歌が配列され、それを承ける形でこの「秋の百草の花」の歌群では、さらに時代的に遡った読人しらず時代の歌が配されたといえよう。

（題しらず）　　（読人しらず）

247月草に衣は摺らむ朝露に濡れてののちはうつろひぬとも

「秋の百草の花」の歌群の後には、「月草」を詠んだ歌が配される。「月草」を詠んだ歌はこの一首のみであるが、これを「月草」の歌群とすることにする。「秋の百草の花」の歌群の後に「月草」の歌群が配される理由はよく分からないが、247の歌の歌詞に「濡れてののちはうつろひぬとも」と移ろいを匂わす表現が用いられていることから、秋下巻の秋の衰えを詠ずる歌群に近づいたことをほのめかすものとして、この位置に配置されたのであろうか。この歌の作者も「秋の百草の花」の歌群と同様、読人しらずである。

この一首に続く秋上巻の最後の歌は、

仁和《にんな》の帝、親王《みこ》におはしましける時、布留《ふる》の滝御覧ぜむとておはしましける道に、遍照が母の家に宿り給へりける時に、庭を秋の野につくりて、御物語のついでによみて奉りける

僧正遍照

248里はあれて人はふりにし宿なれや庭もまがきも秋の野らなる

という歌になる。この歌は、詞書から想像すると、光孝天皇が親王時代、遍照の母の家を訪ねた時、その庭を秋の野のように様々な草や花で飾って、それに合わせて詠まれた歌ということになろう。「庭もまがきも秋の野らなる」と表現していても、それは謙遜であり、実際に家がみすぼらしく荒れ果てていたわけではないであろう。(11)

この歌が、秋上巻の最後に配置されたのは、野ばかりでなく屋敷の庭までが、秋の野の草や花に覆われて秋の野のようになってしまったとする歌をここに配することで、今が秋の盛りであることを強調しようとしたのではないだろうか。秋下巻になると、冒頭から草木の移ろいが歌われるようになるが、そのような構成の流れの中で、秋上巻の最後を秋の野の盛りを歌った歌で飾り、秋の最盛期であること表現しようとしたのが、この一首なのではなかろうか。『古今集』春の部が、上巻の最後は「咲く桜」の歌群で終わり、下巻は「散る桜」の歌群から始まっていることも留意されてよいであろう。この248も先の「月草」の歌群同様、一首のみであるが、それのみで一つのまとまりをなしているので、「秋の野」の歌群と呼ぶことにしたい。

この「秋の野」を詠じた歌の作者は遍照である。先の「秋の百草の花」の歌群から「月草」の歌群まで、読人しらずの歌が続いたが、ここでは再び時代が新しくなって六歌仙時代の歌人の歌が配されることになる。

続く249からは、秋下の巻となる。秋下巻冒頭には、次の二首が配置される。

是貞の親王の家の歌合の歌　　文屋康秀

249吹くからに秋の草木のしほるればむべ山風を嵐といふらむ

250草も木も色かはれどもわたつうみの浪の花にぞ秋なかりける

249、250ともに、移ろう秋の草木を詠じており「移ろう秋の草木」の歌群とすることができよう。またこの二首が移ろう秋の草木全般を詠じているのに対し、それ以降の歌は「紅葉」「菊」「稲」といった、個別の秋の移ろう草木が詠じられた歌群が続くことから、249、250の歌群は、以下に続く様々な個別の移ろう草木を詠じた歌を導き出す導入部として配されたと考えられる。(12)

249、250の配列順は、249が移ろう草木そのものを詠じていることから一首目に配され、250は草木の移ろいを詠じるとともに変わらぬ海の花をも詠じていることから二首目に置かれたのであろう。249が草木が枯れる山の様子を詠じ、250が変わることのない海の花を詠じているというように、山と海が対比的に配置されていることも注意される。(13)また、250は、変わることのない海の花を詠んでいるが、続く「紅葉」の歌群の一首目、

秋の歌合しける時によめる　　紀淑望

251紅葉せぬときはの山は吹く風の音にや秋を聞きわたるらむ

という歌が、「紅葉せぬときはの山」を詠んでいることと通じていることも、250が「移ろう秋の草木」の歌群の二首目に位置せしめられる理由となったのであろう。

なお、249、250は撰者時代の歌人の歌で「是貞の親王の家の歌合」の歌、251は撰者時代の歌人の歌というように、248の六歌仙時代の歌人、遍照の歌に続き、「是貞の親王の家の歌合」の歌、撰者時代の歌人の歌という配列がなされていることも注目される。

「紅葉」の歌群、「菊」の歌群については、既に述べたところであるので(14)、それらの歌群の最後にあたる「散る紅葉」の歌群以降の歌群の構造について以下述べることにする。

「散る紅葉」の歌群に続くのは「稲」の歌群である。

是貞の親王の家の歌合の歌　　ただみね

306山田もる秋の仮庵《かりいほ》に置く露は稲負鳥《いなおほせどり》の涙なりけり

題しらず　　読人しらず

307穂にもいでぬ山田をもると藤衣稲葉の露にぬれぬ日はなし
308刈れる田におふるひつちの穂にいでぬは世をいまさらにあきはてぬとか

これら三首のうち、一首目306には「稲負鳥」が詠み込まれているが、直接「稲」が詠み込まれておらず、「稲」の歌群とするのはいささかためらわれるが、続く二首がいずれも「稲」を詠み込んでいること、306が山田の稲の番をしている情景を詠んだものであること、秋下の巻の歌がここまでいずれも移ろう秋の草木を詠じてきていることからすると、306も「稲」を詠じた歌群の中に入れてよいと思われる。

306、307は、季節としては同じ頃の歌で、山田をもる、露に濡れるといった表現も共通している。そのうち306が先に置かれたのは、306が直接稲を詠じていないのに、307は直接稲を詠じ、308と連続していること、また306が撰者時代の歌人の作で、「是貞の親王の家の歌合」の歌であるのに対して、307が読人しらずの歌である点にあると思われる。306の直前の歌、すなわち「散る紅葉」の歌群の最後の歌は

亭子院の御屏風の絵に、川渡らむとする人の、紅葉の散る木のもとに、馬をひかへて立てるをよませ給ひければ、つかうまつりける　（みつね）

305立ちとまり見てを渡らむもみぢ葉は雨と降るとも水はまさらじ

というように、それ以前の撰者時代の歌人の歌を承けて、撰者躬恒の歌で終わっていることから、それを承ける「稲」の歌群は、最初に「是貞の親王の家の歌合」の歌、次に読人しらずの歌というように時代を遡る形で配列がなされたのであろう。

308は、306、307が稲を刈る前の状態を詠じているのに対し、稲を刈り取った後の状態を詠じていることから、三首の一番最後に置かれることになったのであろう。(15)また、308の「あきはてぬ」という表現には「秋果てぬ」の意が掛けられており、続く「逝く秋」の歌群との接続をスムースにする効果を持っていることも無視できないであ

ろう。307、308が「穂にもいでぬ」、「穂にいでぬ」といった類似した表現を持っていることも注意される。[16]

ところで、秋下巻はこの「稲」の歌群まで、「移ろう秋の草木」の歌群、色付き始めた紅葉や色付いた紅葉を詠じた歌を収めた「前半の紅葉」の歌群、「菊」の歌群、散る紅葉を詠じた歌を収めた「後半の紅葉」の歌群という順に配列されている。このうち、「菊」の歌群は273を中心に対称的な構成がなされている。また、その前後に配された「前半の紅葉」の歌群と「後半の紅葉」の歌群は「菊」の歌群を挟んで対応関係を有している。さらに、「前半の紅葉」の歌群の前に在る「移ろう秋の草木」の歌群と「後半の紅葉」の歌群の後に在る「稲」の歌群とは、前者が移ろう草木を詠ずるのに対し、後者は移ろう草という一面を持つとともに、実りをもたらす草という一面もあわせ持つという意味で、移ろう草木と拮抗した関係にあり、対応関係を有すると考えられる。とすると、秋下巻の「移ろう草木」の歌群から「稲」の歌群までは、「菊」の歌群を中心にその前後の歌群がそれぞれ対応関係を持つ対称的構造を有していると考えられる。

また、この対称的構造の中心となる「菊」の歌群は秋の草花の一つと考えられるから、この「菊」の歌群は、秋上巻の秋の草花を詠み込んだ一連の歌群と関連する。とすると、秋上巻の秋の草花を詠んだ歌群は、「萩」「女郎花」「藤袴」「薄」「撫子」「秋の百草の花」「月草」という順に配列されているが、秋下巻の「菊」の歌群は「月草」の歌群の次に位置する秋の草花を詠じた歌群と考えることができよう。

先に、春の花を詠じた歌群には、個別の春の花の上位概念にあたる春の花全般を詠じた「花」の歌群がその中心に存在し、特定の花を詠じた歌群はその前後に配置されるという対称的な構造を取っていることを指摘したが、このように「菊」の歌群も秋の草花を詠んだ歌群の一つと捉えると、春の花を詠じた歌群と同様、秋の草花を詠じた歌群もその上位概念である「秋の百草の花」を詠じた歌群を中心にその前後に個別の花を詠じた歌群が対称的に配されていることになる。

以上述べたところを図示すれば、次のようになろう。

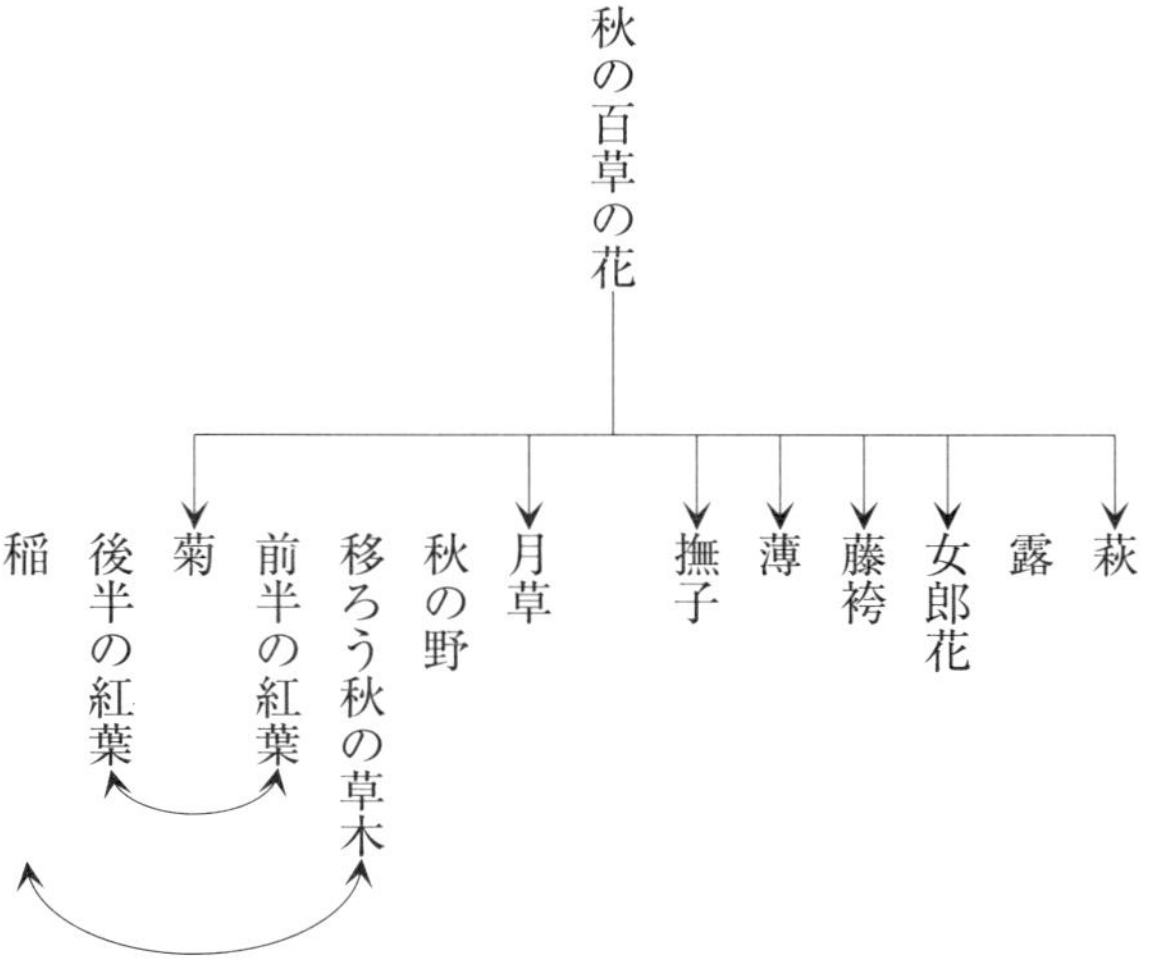

「稲」の歌群以降は「逝く秋」の歌群となる。

北山に僧正遍照と茸《たけ》がりにまかれりけるによめる　素性法師

309 もみぢ葉は袖にこきいれてもていでなむ秋は限りと見む人のため

寛平御時、「古き歌奉れ」とおほせられければ、「龍田河もみぢ葉ながる」といふ歌を書きて、そのおなじ心をよめりける　おきかぜ

310み山より落ちくる水の色見てぞ秋は限りと思ひ知りぬる
秋はつる心を龍田河に思ひやりてよめる　つらゆき
311年ごとにもみぢ葉流す龍田河水門《みなと》や秋の泊まりなるらむ
長月の晦日《つごもり》の日、大堰《おほゐ》にてよめる　みつね
312夕月夜をぐらの山に鳴く鹿の声のうちにや秋は暮るらむ
おなじ晦日の日、よめる
313道知らば尋ねもゆかむもみぢ葉をぬさと手向けて秋はいにけり

これらの歌は、歌詞や詞書から、いずれも秋の終わりを詠じた歌と理解されるが、そのうち前半三首は秋の終わりに詠まれた歌、後半二首は長月晦日に詠まれた歌と分けて考えることができる。

前半三首の配列は、一首目309が秋の終わりの山の紅葉を詠じ、(17)二首目310が山から散って流れてくる里の紅葉を詠み、三首目311が川が海に注ぐ地点の紅葉を詠むというように、山から海へと紅葉の流れ落ちる状態が順次詠じられている。(18)ところで、このように山から流れ落ちる紅葉を詠じた歌群は、「後半の紅葉」の歌群の末尾にも見受けられる。

小野といふ所に住み侍りける時、紅葉を見てよめる　つらゆき
299秋の山紅葉をぬさと手向くれば住む我さへぞ旅心地する
神奈備《かんなび》の山を過ぎて龍田河をわたりける時に、紅葉の流れけるを見てよめる　清原深養父
300神奈備の山をすぎゆく秋なれば龍田河にぞぬさは手向くる
寛平御時后の宮の歌合の歌　藤原興風

301白波に秋の木の葉のうかべるを海人《あま》のながせる舟かとぞ見る

龍田河のほとりにてよめる　坂上是則

302もみぢ葉の流れざりせば龍田河水の秋をば誰か知らまし

志賀の山越えにてよめる　春道列樹

303山川に風のかけたる柵《しがらみ》は流れもあへぬ紅葉なりけり

ここに挙げた歌群のうち299から301は、山で散る紅葉、川に散り流れる紅葉、海に浮かぶ紅葉というように、山から海へと流れていく紅葉を詠じているが、301から303までは逆に、海に浮かぶ紅葉、川を流れゆく紅葉、山の川に柵となって留まる紅葉というように、海から紅葉の散る山まで遡上する形で歌の配列がなされている。このような配列となった理由については、かつて直前の歌群と同様な配列となる単調さをさけるためと、紅葉の柵が持つ停滞感を活かすためであろうと推測したが(19)、「逝く秋」の歌群で、再び紅葉が山から海へと流れる配列がなされているのを見ると、その他に「逝く秋」の歌群で、秋の去りゆく様を山から海に流れ落ちる紅葉の配列によって効果的に表現しようとする撰者達の思惑もあったのではないかと推測される。仮に301から303までの海から山へという配列がなかったら、紅葉が山から海に流れ落ちていくように歌を配列して秋の去りゆく様を表現しようとする「逝く秋」の歌群の前半三首の構成は効果の薄いものになってしまったであろう。

なお310は詞書より、「散る紅葉」の歌群の冒頭から二首目の

(題しらず)　(読人しらず)

284龍田河もみぢ葉ながる神奈備《かんなび》の三室《みむろ》の山に時雨降るらし

と対応していると考えられるし、311は

二条の后の春宮の御息所と申しける時に、御屛風に龍田河に紅葉の流れたる形をかけりけるを題にて

よめる　　　　　　　　　　　　　　　　　　　　　　そせい
293もみぢ葉の流れてとまる水門には紅深き波や立つらむ

と対応していると考えられる。

「逝く秋」の歌群後半二首312、313は、いずれも長月晦日に詠まれた歌であるが、これら二首の配列順は、312の「鳴く鹿の声のうちにや秋は暮るらむ」という表現に対し、313が「もみぢ葉をぬさと手向けて秋はいにけり」と秋が去っていってしまったという感じをより強く表現し、時間的に312よりも後の歌という印象を与えることによると思われる。また、312が「大堰」、「をぐらの山」といった地名を挙げ、311の「龍田河」という地名と連続性を有している点も考慮されたのかもしれない。

さらにこれら二首は、秋の部冒頭の二首

秋立つ日よめる　　　　　　　　　　　　　　藤原敏行朝臣
169秋来ぬと目にはさやかに見えねども風の音にぞおどろかれぬる
秋立つ日、うへのをのこども、賀茂の河原に川逍遥《かはせうえう》しける、ともにまかりてよめる
　　　　　　　　　　　　　　　　　　　　　つらゆき
170川風の涼しくもあるか打ちよする波とともにや秋は立つらむ

と対応関係を有していると考えられる。すなわち、312の「鳴く鹿の声のうちにや秋は暮るらむ」が、秋の部の二首目の歌、170の「浪とともにや秋は立つらむ」という表現と対応し、313の「秋はいにけり」が、秋の部の巻頭歌169の「秋来ぬと」という表現と対応する。このような対応関係を有することも、長月晦日の二首の配列順を決定する大きな要因となったであろう。

また、春の部末尾「弥生晦日」の二首を示すと次のようになる。

弥生のつごもりの日、花摘みより帰りける女どもを見てよめる

132とどむべきものとはなしにはかなくも散る花ごとにたぐふ心か　みつね

弥生のつごもりの日、雨の降りけるに、藤の花を折りて人につかはしける

133濡れつつぞしひて折りつる年の内に春はいくかもあらじと思へば　業平朝臣

この「弥生晦日」の二首と「長月晦日」の二首は、「立春」の歌群と「立秋」の歌群ほどの明確な対応関係を見出すことはできないが、しいてあげるとすると、132が花と心が一緒に散るというのに対し、312は鹿の声とともに秋が暮れるとしている点が共通し、133が藤の花を折ると詠ずるのに対し、313が紅葉が散ると詠ずる点で対応するということになろうか。

なお、「逝く秋」の歌群のうち、309は「北山に僧正遍照と茸がりにまかれりけるによめる」という詞書より六歌仙時代の歌、310は「寛平御時、「古き歌奉れ」とおほせられければ、「龍田河もみぢ葉ながる」といふ歌を書きて、そのおなじ心をよめりける」という詞書より寛平年間の歌、311以降は撰者時代の歌となっており、「稲」の歌群の末尾が読人しらずであるのを承け、六歌仙時代の歌、寛平年間の歌、撰者時代の歌人の歌という順に配列がなされている。

注

（1）松田武夫『古今集の構造に関する研究』（風間書房、昭和40年9月）280頁では「遍照は女郎花を手折ったといひ、今道は手折らなかったといふ問答形式の歌とも解釈される」と指摘する。

(2) 松田武夫は、『古今集の構造に関する研究』281頁で、228と229も問答形式を取っていると指摘する。
(3) 萩谷朴『平安朝歌合大成　一』(同朋社、昭和54年8月)
(4) 松田武夫は、『古今集の構造に関する研究』283頁で、「女郎花」の歌群は「身分の高下の序列に従って排列」されているとする。
(5) 村瀬敏夫『紀貫之伝の研究』(桜楓社56年11月) 第二章、(3)
(6) 松田武夫は、『古今集の構造に関する研究』284頁で、238番歌に表される積極的な気持ちは、「女郎花」の歌群の第一首や第三首の歌意に通じ、首尾呼応すると指摘する。
(7) 松田武夫は、『古今集の構造に関する研究』286頁で、239と241の内容が酷似しているとする。
(8) 松田武夫は、『古今集の構造に関する研究』286頁で、「女郎花・藤袴は、その名称の故に擬人化されたが、風に靡く薄の穂の姿態は、恰も人を招き寄せるやうだとして、歌の上では、これを擬人的に表現する。その意味において、この三者には共通点が見出される。藤袴の次に薄の歌を接続掲載したのも、さうした理由と、薄が、藤袴に次いで、八月から十月にかけてのものである点の配慮によったものであろう」と指摘する。
(9) 松田武夫は、『古今集の構造に関する研究』285頁で、「女郎花が女性を連想させたのに反し、藤袴は、その名称の袴から、着用者の男性を想像する」とし、「この「藤袴」の主題を、「女郎花」の主題の直後に配置し、同一性質のものを一括掲揚してゐる」とする。
(10) 本書、第二章、第三節。
(11) 松田武夫は、『古今集の構造に関する研究』291頁で、248番歌について「歌意は、里は荒れ、母は年老いた宿である。庭も籬も、まるで秋の趣きがあり、荒蓼とした有様だといふのであるが、これは謙遜の辞で、実際は、萩・女郎花・藤袴・薄・撫子、さては、百草の花に月草を交じへた一切の秋草が、花開く秋の野の景状であったのであろう」とする。
(12) 松田武夫は、『古今集の構造に関する研究』314頁で、「上巻々尾の遍昭の「里は荒れて」の歌と、この主題下の二首とを、同一性質のものと考へ、「秋の草木」の主題内に、遍昭の歌を加へてもさしつかへない」とし、293頁では「かうした二首によって、深かみ行く晩秋の開幕を告げ、以下展開される萎れ色変る自然の様相を、予告する役割を果させてゐる」とする。

(13) 松田武夫は、『古今集の構造に関する研究』293頁で、「なるほど、「草も木も色変れども、わたつうみの浪の花」には、秋らしい色の変化はなかったと、秋の山野と海上の風景とを対照させて、巧みに描写してゐるが、これは、撰者の作意と見られる」とする。

(14) 拙著『古今歌風の成立』（笠間書院、平成11年1月）第三部、第六、七章。

(15) 松田武夫、『古今集の構造に関する研究』312頁。

(16) 松田武夫、『古今集の構造に関する研究』313頁。

(17) 松田武夫は、『古今集の構造に関する研究』314頁で、「秋の終末、人里近い所では紅葉は散り失せても、奥山ではまだ散り残ってゐるといふ考へも見られる」と指摘する。なお309と310は、309が「秋は限りと見む人のため」と詠ずるのに対し、310は「秋は限りと思ひ知りぬる」と詠じ、照応関係を有している。

(18) 松田武夫は、『古今集の構造に関する研究』314頁で、「第二首と第三首とは、同じ龍田川を対象にして歌ってゐる点に類似が認められる」とする。

(19) 拙著『古今歌風の成立』第三部、第六章。

第七節　冬の部の構造

『古今集』冬の部は次の三首から始まる。

題しらず　　　　　　　　　　　読人しらず

314龍田河錦織りかく神無月時雨の雨をたてぬきにして

冬の歌とてよめる　　　　　　　源宗于朝臣

315山里は冬ぞさびしさまさりける人目も草もかれぬと思へば

題しらず　　　　　　　　　　　読人しらず

316大空の月の光し清ければ影見し水ぞまづこほりける

一首目の314は「神無月時雨の雨」とあるから、冬の歌であることは明白である。が、一首の中には「龍田河錦織りかく」と川に流れる紅葉も詠み込まれている。「紅葉」は秋の景物で、『古今集』でも秋歌下に「菊」の歌群を挟んで多くの歌が収められており、特に「散る紅葉」の歌群の最初の部分には

（題しらず）　　　　　　　　　（読人しらず）

284龍田河もみぢ葉ながる神奈備の三室の山に時雨降るらし

又は、「飛鳥河もみぢ葉ながる」

というように、紅葉と時雨がともに詠み込まれた314と類似した歌も認められる。

また秋の部の末尾「逝く秋」の歌群においても

北山に僧正遍照と茸《たけ》がりにまかれりけるによめる

素性法師

309もみぢ葉は袖にこきいれてもていでなむ秋は限りと見む人のため

寛平御時、「古き歌奉れ」とおほせられければ、「龍田河もみぢ葉ながる」といふ歌を書きて、そのおなじ心をよめりける

おきかぜ

310み山より落ちくる水の色見てぞ秋は限りと思ひ知りぬる

秋のはつる心を龍田河に思ひやりてよめる

つらゆき

311年ごとにもみぢ葉流す龍田河水門《みなと》や秋の泊まりなるらむ

おなじ晦日の日、よめる

みつね

313道知らば尋ねもゆかむもみぢ葉をぬさと手向けて秋はいにけり

というように五首中四首に紅葉が詠み込まれている。「神無月」といって季節が冬であることを示しながら、そこに秋の景物である「紅葉」を詠み込むということ、特に秋の末尾の歌群に詠み込まれた景物、その中でも秋の部の最末尾、すなわち冬の部の直前の歌である313に詠み込まれた景物を、冬の冒頭に位置する歌の中にも詠み込むということは、そこに季節が連続した相を示しつつ、しかも確実に推移していくことを表そうとする撰者の配列上の工夫と見て取ることができるのではないだろうか。(1)

同様な工夫は夏の部の冒頭において

　題しらず　　　　　　　　　　読人しらず
135わが屋戸の池の藤波咲きにけり山郭公いつか来鳴かむ
　この歌、ある人のいはく、柿本人麿がなり

というように、「山郭公」という夏の景物を詠み込みながら、春の部に詠まれた「藤」が詠み込まれているところにも認められる。春の部の末尾は、

　弥生のつごもりの日、花摘みより帰りける女どもを見てよめる
　　　　　　　　　　　　　　　　　　みつね
132とどむべきものとはなしにはかなくも散る花ごとにたぐふ心か
　弥生のつごもりの日、雨の降りけるに、藤の花を折りて人につかはしける
　　　　　　　　　　　　　　　　　　業平朝臣
133濡れつつぞしひて折りつる年の内に春はいくかもあらじと思へば
　亭子院歌合の春のはての歌　　　　　みつね
134今日のみと春を思はぬ時だにも立つことやすき花のかげかは

となっている。このうち、一番最後の歌134は後に増補された歌と推定されるから、『古今集』が奏上された時点では春の部は、132、133の二首で終わっていたと想定される。(2)とすると、春の部の最終歌133に詠み込まれている藤が、夏の部の一首目135にも詠み込まれているということになり、夏の部や冬の部の最初の歌は、その前の季節と当該季節の双方の景物を一首の中に詠み込み、かつ前の季節の景物は前の季節の最終歌に詠み込まれたものを詠ずるという構成が取られていたことを推測させる。夏の部、冬の部の巻頭歌がいずれも読人しらずの歌であるこ

とも注目される。(3)

冬の部二首目315は、冬になると山里は草も枯れ、人の訪れも無くなり寂しさが一層つのるというもので、ここから本格的な冬の到来が感じられる。詞書に「冬の歌とてよめる」とわざわざことわり、作者がこの歌の前後が読人しらずであるにもかかわらず撰者時代の歌人源宗于となっているのも、冬の到来を強く意識づけようとしたことによるのであろう。続く316は「氷」を詠み込んだものであるが、「影見し水ぞまづこほりける」と初氷を詠じており、冬の初めの歌としてふさわしいものとなっている。この314から316まではいずれも冬の到来間もない頃の様が詠じられており、「冬の初め」の歌群と呼ぶのがふさわしいであろう。(4)

以下317から337までは、「雪」を詠じた「雪」の歌群が続く。「雪」の歌群二十一首は何首かずつのまとまりに分けて考えることができる。最初のまとまりは317から320までの四首である。

(題しらず) (読人しらず)

317夕されば衣手寒しみよしのの吉野の山にみ雪降るらし

318今よりはつぎて降らなむわがやどのすすきおしなみ降れる白雪

319降る雪はかつぞ消ぬらしあしひきの山のたぎつ瀬音まさるなり

320この川にもみぢ葉流る奥山の雪消《ゆきげ》の水ぞいままさるらし

これら四首はいずれも読人しらずの歌で、前半二首、後半二首がそれぞれ一対となっていると考えられる。317は吉野の里での詠であろうか。(5)夕方の寒さから吉野山に雪が降っているにちがいないと推測するのであるが、夕暮れ時の寒さに始めて気が付いたという詠みぶりは吉野山の初雪を思わせる。318は「今よりはつぎて降らなむ」とあるところからすると初雪を詠んだものであり、「わがやど」とあるところからすると里の初雪と見てよいであろう。このように317、318は初雪を詠んでいる点で共通する。と同時に、317は山里と山が詠まれ、まだ里では見られぬ吉野山の初雪が想像されているのに対し、318では里に降り始めた初雪が詠み込まれているというように、この二首は時の推移に従って配列されていると考えられる。

317、318がともに初雪を詠じているのに対し、319、320は山に降り始めてまだ積もることなく解ける雪を詠む点で共通する。319では歌の詠み手が「あしひきの山のたぎつ瀬音まさるなり」と山奥あるいは山里にいると想定されるのに対し、320の歌の詠み手は里にいると推定されるのも、317、318の詠み手の位置と対応をなす。320に紅葉が詠み込まれているのは、314と同様秋の歌群との円滑な接続を意識した面もあったかもしれない。

以上、317から320の四首は初雪や降ってもまだ積もることのない雪を詠んでおり、「降り始めた雪」の歌群として一括することができると思われる(6)。

続く321から337までは、降りしきる雪、あるいは降り積もる雪を詠じた歌が配列されることになるが、そのうち330以降の歌は同じ降りしきる雪、降り積もる雪を詠んでいても、春を予感させる表現を持った歌が並ぶ。従って、321以降の雪の歌群については330を境に二つに分けて考えるのが妥当であろう。そのうち321から329までの前半九首は、降りしきる雪や降り積もる雪を詠みながら、まだ春を予感させる表現を含んでいないことから「冬の盛りの雪」の歌群と名付けるのが適切と思われる。この歌群はさらにいくつかのブロックに分けて考えることができる。

まず最初のブロックは次の二首である。

（題しらず）　（読人しらず）

321故里は吉野の山し近ければ一日もみ雪降らぬ日はなし

322わが宿は雪降りしきて道もなし踏みわけてとふ人しなければ

この二首は「雪」の歌群の冒頭「降り始めた雪」の歌群に引き続き、題しらず、読人しらずの歌から成る。321の「故里」は、その後「故里」の詠まれる325で「故里」が奈良の旧都のことを指すと解されるのに対し、「故里は吉野の山し近ければ」といっているところからすると、奈良よりもさらに奥の方「吉野の離宮跡」とみるのが適切であろうか。321はその離宮跡、つまり吉野の山里に毎日雪が降るというのであり、322ではさらに「わが宿は雪降りしきて道もなし」と里に降り積もった雪が詠じられる。このように、この二首はそれ以前の雪の歌と同様、一首目の詠者は山里、二首目の詠者は里という順に配列されている。ただし、これらの歌においては、既に述べた通り、降りしきる雪、あるいは降り積もる雪が詠じられ、ここから雪がいよいよ本格的に降り出したことが感じられる。

この321、322の歌群以降の「雪」の歌群は332までは作者判明歌が続く。

冬の歌とてよめる　　紀貫之

323雪降れば冬こもりせる草も木も春に知られぬ花ぞ咲きける

志賀の山越えにてよめる　　紀秋岑

324白雪の所もわかず降りしけばいはほにも咲く花とこそ見れ

奈良の京にまかれりける時に、宿れりける所にてよめる

坂上是則

325みよしのの山の白雪つもるらし故里寒くなりまさるなり

寛平御時后の宮の歌合の歌　　藤原興風

326浦ちかく降りくる雪は白波の末の松山越すかとぞ見る

323から326までは「冬の盛りの雪」を詠じた歌群の中のまた一つの小さなまとまりを持つ歌群と見ることができよう。これらはいずれも作者判明歌で、そのうち最初の三首は撰者時代の歌人の歌、最後の一首は撰者時代の歌人の歌ではあるが、「寛平御時后の宮の歌合」の歌となっている。

この歌群の一首目323は、詞書に「冬の歌とてよめる」とあり、内容も冬になり草木に雪が積もって花が咲いたように見えるというのであり、どこの場所の雪を詠んだのか特定の場所は明示されておらず、どこにでも見出される冬の雪景色、いわば普遍的な冬の雪景色を詠んだものと解することができよう。「冬の盛りの雪」の歌群の作者判明歌群の冒頭には、まず「冬の歌とてよめる」という一般的な詞書を有し、冬の雪景色全般に当てはまる普遍的な景を詠じた歌が置かれたのであろう。

続く324は323が雪を花と見立てたのを承ける形で「いはほ」に積もった雪を「いはほ」に咲く花だとする。が、それと同時にこの歌の詞書は「志賀の山越えにてよめる」となっており、323が特定の場所の雪景色を詠んでいなかったのに対し、山の雪を詠じたものと知られる。続く325は「奈良の京にまかれりける時に、宿れりける所にてよめる」という詞書を有していることからすると、歌中に示される「故里」は奈良の都を指すと考えられる。324が山の雪を詠んだのに対し、ここでは冬の里の状態が詠まれていることになる。また、ここでは吉野山に雪は降っているが、歌の詠み手がいる奈良の都には雪は降っていない。325以前には、317に「夕されば衣手寒しみよしの吉野の山にみ雪降るらし」という歌があり、321に「故里は吉野の山し近ければ一日もみ雪降らぬ日はなしう歌がある。先に317、321の歌の詠み手は吉野の山里の人ではないかとしたが、だとすると317で吉野山に雪が降り始め山里でも寒さが感じられるようになり、321では冬が一層深まって吉野の山ばかりでなく吉野の山里でも雪の降る日が毎日続くようになる。325はそれらをうけて吉野山には雪が積もり、奈良の里でも寒さが一段と厳しくなったと解釈される。

この歌群の最後326は「寛平御時后の宮の歌合」の歌であることから、それ以前の三首と区別してこの位置に配置されたのであろう。また、この歌は海辺に降る雪を詠んでいる。323が冬の雪景色一般を詠んだのに対し、324、325、326はそれぞれ山、里、海辺の雪景色を詠んだものという順で配列されたと考えることもできよう。なお、326

は319、320で山奥で降り始めた雪が解けて川に流れ込むのを詠じたのに対し、海辺に降る雪が海に消える様を想像させるという点で対応関係を想定させると同時に、奥山ばかりでなく海辺にまで雪が降り始めたとして、より冬が深まったとの印象を与える。

（寛平御時后の宮の歌合の歌） 壬生忠岑

327 みよしのの山の白雪踏みわけて入りにし人のおとづれもせぬ

328 白雪の降りてつもれる山里は住む人さへや思ひ消ゆらむ

雪の降れるを見てよめる 凡河内躬恒

329 雪降りて人もかよはぬ道なれやあとはかもなく思ひ消ゆらむ

この三首が「冬の盛りの雪」の歌群の最後のひとまとまりとなる。これらはいずれも作者判明歌であるという点では直前の323から326の歌群と共通する。しかし、323から326の歌群が自然を対象としてそれにまつわる感情を表現しているのに対し、これら三首は雪とともに人が詠み込まれ、それらの人に対する様々な思いが詠まれているという点で異なった趣を呈している。

この歌群の三首目329は解釈の難しい歌であるが、上三句の主語に「私は」という語を補って「私は雪が降り積もって人が行き交うこともない道なのか、道が「あとはかもなく」消えるように私も「あとはかもなく思い消えるのだろう」と解釈するのが最も妥当と思われる。(7) しかし、このように解すると、「雪降りて人もかよはぬ道」と私の関係は単なる比喩の上での関係となってしまい、歌の詠み手は必ずしも雪の降り積もる中にいる必然性はない。『古今集』の撰者達はこの歌を選入する際、そのことを承知の上で、雪と人が詠み込まれ、また寂しげな心情が表出されている点に、それ以前の二首との類似性を見出しここに挿入したのであろうか。329の「雪降りて人もかよはぬ道」が「あとはかもなく」「消ゆ」という表現は「わが宿は雪降りしきて道もなし踏みわけてとふ人しなければ」という322番歌を想起させる。とすると、『古今集』の撰者達はこの329に322と同様雪が降り積もり通って来る人さえなく、寂しげに思い沈んでいる宿の主を想像してここに配したのではなかろうか。ともかくも、この三首は雪とともに人が詠み込まれ、寂しげな情感が表出されているということで一連の歌群として配置されたのであろう(8)。

この三首の配列は、直前の歌群の最後の歌が「寛平御時后の宮の歌合」の歌であることを承けて、「寛平御時后の宮の歌合」の歌二首の後に撰者の歌一首という順に配列がなされたのであろう。一首目327と二首目328の配列の順序は、二首目328と三首目329の第五句がともに「思ひ消ゆらむ」という表現をとっていることから、328が二首目に置かれ、327が一首目に置かれることになったと思われる。歌の内容も一首目の327が雪深い吉野山に入っていった人を思う里人の心を述べ、続く328は雪に降り籠められた山里人への里人の思いを詠じ、三首目329では雪に埋もれて道もかき消され、はかなく消え入りそうな里人の心情を表すというように、この三首は里人の山に入る人への思い、里人の山里の人への思い、里人自身の思いと、先の324から326の歌群が山、里、海の順に詠まれたのに対応するかのように、思いの対象となる人物の居場所が山、山里、里という順に配列されている。

なお、327は吉野山を詠じている点で317、321、325と対応し、328は山里を詠じている点で317、321と対応する。特に、328は321で吉野の里でも毎日雪が降り続くとしたのを承ける形で、その雪に降り込められた人々の心情を思いやる歌となっており、時期的にも重なる内容となっている(9)。

以上、321から329までの「冬の盛りの雪」の歌群を、321から322、323から326、327から329の三つのブロックに分けて考えたが、このうち321から326までの二つの歌群は、前者が読人しらずの歌群、後者が作者判明の歌群という相違のみで、二つを分けて考える必要もないように思われる。しかし、子細に見てみると、321、322の第一歌群は、一首目321が自然を対象としてそれにまつわる思いを述べている対し、二首目322は自然とともに人が詠まれ、人の訪れの少ないことを嘆く人事的な性格の強い歌となっている。323から326と327から329を二つに分けたのは、前者が自然のみを対象とした詠歌群であるのに対し、後者が人事的な内容を詠じた歌群であるという点にあった。とすると、323から326までの第二歌群は第一歌群の一首目321に、327から329の第三歌群は第一歌群の二首目322と対応していることになる。(10)このように321、322の歌群は、単に読人しらずの歌群であることでその後の作者判明歌群と区別されるのみならず、321が323から326、322が327から329とそれぞれに対応しているのであるから、これを323から326の歌群と同一の歌群と考えるべきではなく、やはり二首のみで独立した歌群と考えるのが適切であろう。

　　雪の降りけるをよみける　　　　清原深養父

330冬ながら空より花の散りくるは雲のあなたは春にやあるらむ

　　雪の木に降りかかれりけるをよめる　　　　つらゆき

331冬こもり思ひかけぬを木の間より花と見るまで雪ぞ降りける

　　大和国にまかれりける時に、雪の降りけるを見てよめる　　　　坂上是則

332あさぼらけ有明けの月と見るまでに吉野の里に降れる白雪

　　題しらず　　　　読人しらず

333消ぬがうへにまたも降りしけ春霞立ちなばみ雪まれにこそ見め

330からは、雪とともに人が詠み込まれておらず、それ以前の三首とは異なった歌群と見なすことができる。また、これらの歌以降の334から337までは雪とともに梅の花が詠み込まれた歌が配置されており、それらのことから330から333までの歌群はその前後と異なった一つの歌群と見なすことができる。

これらの四首は、最初の三首が前の歌群の最後の歌が撰者時代の歌人の歌であったのを承けて撰者時代の歌人の歌、最後の一首が題しらず、読人しらずの歌という順で配列されている。最初の歌330は雪を花に見立てた技法を用いているが、冬の情景を描きながらも「雲のあなたは春にやあるらむ」と、その中に春を予感させる表現が用いられている点が注目される。続く331も雪の降る情景を詠じつつ、雪を花に見立てるという技法を用いている点、330と同様であるが、これも「花と見るまで雪ぞ降りける」と雪から花を連想している点で春を予感させる歌となっている。もちろん、雪を花に見立てる技法は既に「冬の盛りの雪」の歌群の撰者時代の歌人の歌群の最初の二首、すなわち323、324に

冬の歌とてよめる　紀貫之

323雪降れば冬こもりせる草も木も春に知られぬ花ぞ咲きける

志賀の山越えにてよめる　紀秋岑

324白雪の所もわかず降りしけばいはほにも咲く花とこそ見れ

というように用いられているが、323の「春に知られぬ花ぞ咲きける」という表現は今が冬であることを示しており、324の「いはほにも咲く花とこそ見れ」という表現も現実に存在しない花、すなわち春の花とは異なる花を示しているという点で、いずれもまだ春を予感させる表現とはなっていない。それに対し330の「雲のあなたは春にやあるらむ」という表現は春を予感させるものとなっているし、続く331も木の間から散る雪を本物の花と見まがえ、今は春かと一瞬錯覚するというように、春を思わせる表現となっている。330が先にあり、その後に331があるという配列も、春を予感させることの強い330を前に置き、次いでその影響によって春を予感させる歌ともなりうる331を配置するという意図に基づいたものであろう。また、これら二首から一首飛んだこの歌群の最後の歌333では、空から降っては地面で消える雪が詠み込まれ「春霞立ちなばみ雪まれにこそ見め」と春の近いことが先の330

よりもより鮮明に表される。このように見てくると、この四首は「春を予感させる雪」を詠じた歌群と呼ぶことができると思われる。

しかし、この歌群の三首目332は吉野の里に降り積もる白雪を有明の月の光が射したと見まがうと詠ずるのであり、春を予感させる雰囲気は一首のどこにも感じられない。330から333までの歌群のうち三首までが春を予感させるのに、この332のみがそれを感じさせないのは、その配列にやや難があるように感じられる。しかし、四首の歌の詞書および内容を見てみると、330、331、333は里の情景を詠んだものと推測されるのに、332は歌詞に「吉野の里に降れる白雪」とあるように山里の景を詠んだものである。[11]とすると、この歌群は春がやや近づいた時期の歌を集めた歌群と見て差し支えないのではなかろうか。すなわち、この歌群の最初の二首330、331は春の予感を感じさせながらもまだ雪が降り積もる里の様子を詠じた歌を置き、三首目332で一転して山里に降り積もりまだ春をも予感させない雪景色を詠じ、里では早くも春を感じ取る気配が感じられても、山里ではいまださような気配の感じられない様を描くことで、冬の盛りがやや過ぎ去り春の雰囲気がほの感じられる時節の表情を表し、最後の一首333で再び里の景に移り、この歌群の一首目330よりさらに季節が進み、降っては消え降っては消えする春間近な雪景色を詠むことによって、春が一層近くなった様を表していると考えられる。

なお、冬の部ではこの330から333以外の箇所においても、同一の歌群の中に山、山里、里で詠まれた歌を順次配列する方法が認められたが、これは同じ時期における様々な場所の様々な様子を表すことによって、冬がそれぞれの時期に示す表情をより多面的に表現しようとしてなされた構成と思われる。

332はまた吉野の里といって山里の情景を詠じており、317、321、328と対応する。317では吉野山に雪が降り始め山里は寒さが増したといい、321では吉野の山里で毎日雪が降っているとし、328では白雪の深く積もる山里の情景を詠じたが、ここでは里で次第に春の気配の感じられるにもかかわらずまだ雪の降り積もる山里が詠じられていることになる。さらに、333は雪の消える様を詠んでおり、雪の歌群の冒頭部の「降り始めた雪」の歌群の最初の歌群のなかの319、320と対応する。また、326も冬の盛りの雪を詠んだものであるが、降っては消える雪を詠んでいるという点で333と照応する。

（題しらず）　　　　　　　　　　　　（読人しらず）

334梅の花それとも見えず久方の天霧《あまぎ》る雪のなべて降れれば

この歌、ある人のいはく、柿本人麿が歌なり

梅の花に雪の降れるをよめる　　小野篁朝臣

335花の色は雪にまじりて見えずとも香をだににほへ人の知るべく

雪のうちの梅の花をよめる　　紀貫之

336梅の香の降りおける雪にまがひせば誰かことごとわきて折らまし

雪の降りけるを見てよめる　　紀友則

337雪降れば木ごとに花ぞ咲きにけるいづれを梅とわきて折らまし

334から337までの四首はいずれも雪とともに梅の花が詠み込まれており、「梅の花を詠んだ雪」の歌群として一つのまとまりを持つものと認めることができよう。全体の配列構成は、一首目に先の「春を予感させる歌群」の最後の歌が題しらず、読人しらずだったのを承けて、題しらず、読人しらずの歌が置かれ、次に読人しらず時代の歌人であるが作者名の明らかな小野篁の歌が配され、さらに続けて撰者の歌二首が並べて配されるという形が取られている。

歌の内容を具体的に見ていくと、一首目334は「冬の盛りの雪」の歌群の第二歌群の冒頭323、324や「春を予感させる雪」の歌群の冒頭330、331が雪を花に見まがうと詠じているのを承けて、梅の花が空から降ってくる雪と見分

けがつかないという内容を詠ずる。二首目335では梅の花が雪と混じって見分けがつかなくとも、香りを放てば人が知ることができると、香りを持ち出して前の歌に反論するような趣の歌を載せる。それに続く336は335を承けて梅の花の香りが花から出ているのか雪から出ているのか区別がつかなかったら、どうやって梅の花と雪を区別することができようかとさらに反論を加え、四首目337は最後に雪が降ると梅の木ばかりでなくどの木にも花が咲いたように見え、どれが梅の木であるかそもそもそれすら判断できないとより根本的な疑問を呈している。このように、この四首は梅の花に降る雪を詠じながら、梅の花と雪の両者の判別の難しさ、さらには梅の木そのものの判別の難しさを順々に議論していくような形を示している。(12)

334で「梅の花それとも見えず」といったのに対し、335で「花の色は雪にまじりて見えずとも」といい、335で「香をだににほへ人の知るべく」といえば、336で「梅の香の降りおける雪にまがひせば」といい、336で「誰かことごとわきて折らまし」といったのに対し、337で「いづれを梅とわきて折らまし」といっている点からも議論の連続性が確認される。また、最後の337に「木ごと」で「梅」を表す、離合という技法が用いられているのも配列上の一つのアクセントとなっていよう。

また、これら四首の歌はいずれも里の情景を詠んだものと推察され、かついずれも雪が降り続いている状態が詠まれている。この歌群の前の「春を予感させる雪」の歌群の最後の歌では、里に降っては消え、降っては消えする雪が詠まれていたのに比べると、春の到来がまた一歩遠のいたようにも感じられるが、雪とともに春の代表的な景物である梅の花が詠まれているという点で、やはり春が一段と近づいてきたとの印象を与えるのではなかろうか。

その意味では、この334から337の梅の花を詠じた歌群も春を予感させる雪の歌群ということができるであろう。ただし、この334から337の歌群は雪とともにいずれも梅の花を詠み込んでいる点に特色がある。従って、この334から337までの歌群は「梅の花を詠んだ雪」の歌群とし、330から333までの「春を予感させる雪」の歌群と334から337までの「梅の花を詠んだ雪」の歌群を合わせて「冬の終わりの雪」の歌群とする方が歌群構成のあり方からすればより適切であると思われる。

このように見てくると、317に始まり337まで続いた「雪」の歌群は、317から320までの「降り始めた雪」の歌群、321から329までの「冬の盛りの雪」の歌群、330から337までの「冬の終わりの雪」の歌群に大別され、さらに「冬の盛りの雪」の歌群はその中を三つに、「冬の終わりの雪」の歌群はそれを二つに分けて考えることができるということになる。

以下338から342、すなわち冬の部の最後の歌までを示すと次のようになる。

ものへまかりにける人を待ちて、師走の晦日《つごもり》によめる　みつね

338わが待たぬ年は来ぬれど冬草のかれにし人はおとづれもせず

年のはてによめる　在原元方

339あらたまの年のをはりになるごとに雪もわが身もふりまさりつつ

寛平御時后の宮の歌合の歌　読人しらず

340雪降りて年の暮れぬる時にこそつひにもみぢぬ松も見えけれ

年のはてによめる　春道列樹

341昨日といひ今日と暮らしてあすか河流れてはやき月日なりけり

「歌奉れ」とおほせられし時に、よみて奉れる　紀貫之

342 行く年の惜しくもあるかな真澄鏡《ますかがみ》見る影さへにくれぬと思へば

このうち、338は「ものへまかりにける人を待ちて、師走の晦日によめる」という詞書を有している。春や秋の部の最末尾の二首が、「弥生のつごもりの日、花摘みより帰りける女どもを見てよめる」、「弥生のつごもりの日、雨の降りけるに、藤の花を折りて人につかはしける」という詞書を有し、夏の部の最末尾の歌が「六月のつごもりの日よめる」という詞書を有していることを考えると、この338を冬の部の終わりの歌と見るのが妥当と考えられる。(13)

では339以降の四首はどう処理したらよいであろうか。339は「年のはてによめる」という詞書を持っており、歌の内容もこの一年を振り返っての詠嘆という趣を呈している。340も一年を経過した後の感懐を詠じたと見るのがふさわしい。341も「年のはてによめる」という詞書を有することによって、年の暮れになって、この月日の過ぎ去ることの速さを実感したという内容となっているし、342も去っていく年を惜しむという内容を詠じ、この一年を詠歌の対象としている。このように見てくると、これら四首は冬の終わりというより、一年の終わりを表す「年のはて」の歌群と見るのがよいのではなかろうか。(14)

338はそれ以前の歌には317以降ずっと連続して雪が詠み込まれていたのに、この歌では雪が詠み込まれておらず、ここで雪の歌群の終わったことを知ることができる。それに代わって338では具体的な景物としては冬草が詠み込まれているが、それは冬の部の二首目の歌

冬の歌とてよめる　　　　源宗于朝臣

315山里は冬ぞさびしさまさりける人目も草もかれぬと思へば

を連想させる。というのも、338は315同様、冬草が詠み込まれているというだけでなく、315では山里が冬になると草木が枯れるとともに人も「離れ」る、すなわち人も訪れてこないというわびしさを詠じているのに対し、この

338でも新しい年はやって来たのに、冬草のように「離れ」た人の訪れはないというように、両首ともに冬の草と人目を「かれ」という掛詞で表現することを一首のポイントとしているからである。ただし、315が冬になったばかりの状況を詠じていると想像されるのに対し、338は「わが待たぬ年は来ぬれど」という表現より、新しい年を迎える時点での詠歌だと判断される点異なっている。このような照応は冬の初めと終わりを対照させようとして、撰者が意図的に行った配列と見てよいであろう。

なお、本節の冒頭で夏の部と冬の部の冒頭の歌は、いずれも読人しらずで、ともにその前の季節の景物と当該季節の景物を詠み込み、かつ前の季節の景物は前の季節の最終歌に詠み込まれた景物を詠み込むことを確認したが、夏と冬の最終歌は次の季節とどのような関係を持っているのであろうか。夏の部の最後の歌と秋の部の最初の歌を挙げると次のようになる。

六月のつごもりの日よめる　（みつね）
168夏と秋と行きかふ空のかよひぢはかたへすずしき風や吹くらむ

秋立つ日よめる　藤原敏行朝臣
169秋来ぬと目にはさやかに見えねども風の音にぞおどろかれぬる

168では、夏と秋という二つの季節そのものが擬人化して読み込まれており、しかも168に詠まれる「すずしき風」が169でも「風の音にぞおどろかれぬる」と秋の訪れを告げる景物として詠み込まれる。冬の部の最後の歌が338であるとして、冬の部の最後の歌と春の部の最初の歌を並べてみると、次のようになる。

ものへまかりにける人を待ちて、師走の晦日によめる　みつね
338わが待たぬ年は来ぬれど冬草のかれにし人はおとづれもせず

ふる年に春立ちける日よめる　在原元方

1 年のうちに春は来にけりひととせを去年とやいはむ今年とやいはむ

冬の部の最後の歌338は、冬の景物である「冬草」を詠み込むと同時に、「わが待たぬ年は来ぬれど」と次の季節に相当する新しい年が詠み込まれており、かつ次の季節の最初の歌、すなわち春の部の巻頭歌には「わが待たぬ年は来ぬれど」に対応する「年のうちに春は来にけり」という表現が認められる。また夏の部の最後の歌、冬の部の最後の歌の作者はともに躬恒であり、この点でも夏の部の最後の歌と冬の部の最後の歌は対応する。

このように見てくると、夏や冬の部の最後の歌も、やはり夏や冬の部の最初の歌と同様、二つの季節ないし季節の景物を詠み込み、かつその季節ないし季節の景物は次の季節の巻の最初の歌に詠み込まれるという構成が取られていることが了解される。『古今集』夏の部と冬の部の冒頭と末尾の歌は、ともに同様な方法で他の季節と繋がっているのである。

ところで、339以降の四首は「年のはて」の歌群ということになるが、これら四首の配列はどのようになっているのであろうか。まず342が去りゆく年を惜しむ内容となっていることからこの歌群の一番最後に配されたのであろう。次に339が「あらたまの年のをはりになるごとに」と、師走晦日の歌338の「わが待たぬ年は来ぬれど」を承け、年の終わりを強く意識させる表現を持っていることから、これ以降が「年のはて」の歌群だということを示そうとして、それに「年のはてによめる」という詞書を付して、歌群の冒頭に位置せしめられたのではなかろうか。340は339が「雪もわが身もふりまさりつつ」と雪を詠ずるのに対し、「雪降りて年の暮れぬる時にこそ」と同じく雪を詠み込んでいるところから、339の後に置かれたのであろう。このように配列が決定されると、341は340の後、342の前に配置される以外に配置される場所はない。

なおこれら四首は、339と342がともに老いの嘆きを詠じて対応し、340と341は、340が「つひにもみぢぬ松」と不変なものを詠むのに対し、341が「流れてはやき月日なりけり」と絶えず変化していく時を詠むというように、対照的なものを詠じて対応するという対称的な構造を有していることも注目される。

また、339以降を「年のはて」の歌群とした場合、339以降の歌は暦の上では実際どのような時期にあたるかが問題となるが、「年のはて」の歌群の最初の歌339が「年のをはりになるごとに雪もわが身もふりまさりつつ」と「年のはて」にまた一つ年をとることを詠じた歌であることを考慮すると、この歌も師走の晦日の歌とするのが最もふさわしいと思われる。とするとそれ以後の「年のはて」の歌群の歌も全て師走晦日の歌と見て差し支えないということになる。そう考えると、冬の部の最後の歌と「年のはて」の歌群とした四首は同じ日の歌であり、これら五首を一括して考えることも可能であろう。

これら五首を一まとまりとすると、これら五首の配列は、この歌群の直前の337が撰者の歌で終わっていたのを承けて撰者の躬恒の歌で始まり、以下撰者時代の歌人在原元方の歌、「寛平御時后の宮の歌合」の歌で読人しらずの歌、撰者時代の歌人春道列樹の歌、そして最後に撰者貫之の歌というように、340の「寛平御時后の宮の歌合」の読人しらずの歌を中心に、その前後の339と341が撰者時代の撰者以外の歌人、さらにその外側の338と342が撰者の歌というように、340を軸としてその前後が左右対称を示すという形で配列がなされていることになる。

また、詞書に注目すると339と341はともに「年のはてによめる」となっており、338と342は338が「ものへまかりけける人を待ちて、師走の晦日によめる」、342が「「歌奉れ」とおほせられし時に、よみて奉れる」と当該歌の詠まれた状況を述べていて、これも340の「寛平御時后の宮の歌合」の歌を中心に対称形をなしている。

また、338が「わが待たぬ年は来ぬれど」と新しい年がやってきたと詠ずる歌、339と341が340を挟んで「年のはて」という詞書を持つことから、339から341が全て年のはての時点で詠まれた歌、最後の342は「行く年の惜しくもあるかな」と年が去っていくのを詠ずる歌であることからすると、この五首は歌の詠み手から見て、年が自らの方にやって来て、とどまり、そして去っていくというように構成されており、時の過ぎ去って行く様を表現するかのような配列がなされていると見ることもできる。

なお、このように冬の末尾の歌群を五首一組で考えると、一首目338で「わが待たぬ年は来ぬれど」と詠じられる新しくやって来る年と、五首目342の「行く年の惜しくもあるかな」と詠じられる去っていく年が、春上の部の巻頭歌「年のうちに春は来にけりひととせを去年とやいはむ今年とやいはむ」の今年と去年に対応しているとも考えられ、きわめて興味深い構成を示している。また、春の部や秋の部が様々な景物で構成されているのに対し、夏の部は郭公、冬の部は雪というように、季節全体がほとんど一つの景物によって構成されているという有り様も春と秋、夏と冬の対偶性を強く意識した構成法と考えられる。(15)

注

（1）松田武夫『古今集の構造に関する研究』（昭和40年9月、風間書房）321頁。

（2）本書、第二章、第三節。

（3）新井栄蔵「古今和歌集四季の部の構造についての一考察—対立的機構論の立場から—」（『国語国文』41巻8号、昭和47年8月）

（4）松田武夫は『古今集の構造に関する研究』で、この三首を十月の歌群とし、それぞれ「時雨」「冬の山里」「氷」を詠んだものとする。ただし、「時雨」は秋の部にも詠まれており、冬の景物とするのは難しい。なお、314の詠み手は里、315の詠み手は山里、316の詠み手は里にいると解される。

（5）夕方の寒さから吉野山の雪を感ずるのは吉野の里がふさわしい。

（6）松田武夫は『古今集の構造に関する研究』で、この四首を「初雪」の歌群と名付ける。

（7）『古今集』には「伊勢の海に釣する海人の泛子なれや心ひとつを定めかねつる」（巻十一・恋一・五〇九・読人

しらず）「浮草の上はしげれる淵なれや深き心を知る人のなき」（巻十一・恋一・五三八・読人しらず）「かねてより風にさきだつ波なれや逢ふことなきにまだき立つらむ」（巻十三・恋三・六二七・読人しらず）「風吹けば波うつ岸の松なれやねにあらはれて泣きぬべらなり」（巻十三・恋三・六七一・読人しらず）といった歌が認められる。

（8）松田武夫は『古今集の構造に関する研究』327頁で「このやうな関係のもとに置かれたこの三首を、互に接続させてその意味を理解すると、降り積った白雪を踏みわけ、吉野の山奥へ入って行った人からのたよりは絶えてしまった。それは、白雪の降り積る山里に住む人の心が、消えてなくなるかの思ひだからであろう。全くその通りで、降雪のために、人も通はぬ所なので、頼りなく、いまにも心が消え失せて了いさうだ―といった、ひとまとまりの思情を、自問自答の形で表現するものと思はれる。」と述べる。また、松田は317から329までの歌を十一月の歌群とする。

（9）松田武夫は『古今集の構造に関する研究』で、321から329までの歌群を「降りしきる雪」の歌群と名付け、さらにそれらを本論のように三つに分け、第一歌群、第二歌群、第三歌群と命名する。

（10）松田武夫は『古今集の構造に関する研究』325・326頁で、「第一首では、「ひと日もみ雪降らぬ日はなし」とあって、前の「初雪」を受け、毎日々々降り続く雪を言ひ表してゐる。それが、第二首になると、「雪降りしきて道もなし」といふ程、降りしきり積る状態を指してゐる」「第一歌群の二首で、降りしきる有様を漸層的に表明したので、第二歌群の次の四首では、その状態を美化し、情趣化して表はそうとしてゐる」「この四首は、先の「初雪」や第一歌群の読人不知の歌と異り、古今集時代の作者の詠歌ばかりである。さうして、第三首以外の三首に共通するものは、（中略）降り積る雪を美化した表現である」と指摘する。

（11）323は冬の雪景色全般にあてはまる普遍的な歌とし、330は里の歌としたが、これは323の詞書が「冬の歌とてよめる」であったのに対し、330の詞書が「雪の降りけるをよみける」であることに拠る。

（12）松田武夫『古今集の構造に関する研究』にも同様な指摘がある。

（13）同注（３）。

（14）松田武夫は『古今集の構造に関する研究』で、330から342までを十二月の歌群とし、330から333までを「雪中待春」、334から337までを「雪中梅花」、338から342までを「年の暮」の歌群とする。

（15）同注（３）。

第八節　賀の部の構造

『古今集』賀の部の最初の四首は、いずれも題しらず、読人しらずの歌であり、これらを一括して読人しらずの歌群とすることができよう。

題しらず　読人しらず

343わが君は千代に八千代に細《さざ》れ石の巌《いはほ》と成りて苔のむすまで

344わたつ海の浜の真砂《まさご》を数へつつ君が千年のありかずにせむ

345しほの山さしでの磯にすむ千鳥君が御代をば八千代とぞ鳴く

346わが齢君が八千代にとりそへてとどめおきてば思ひいでにせよ

これら四首は、いずれも「君」という語、および「千代」、「八千代」という語の双方、またはいずれかが必ず詠み込まれている。そのうち一首目343は、「千代」と「八千代」の双方の語が詠み込まれており、「わが君」の齢は「千代に八千代に」続き「細れ石の巌と成りて苔のむすまで」あってほしいと、祝賀の意を簡潔に表現しており、賀の部の巻頭を飾るにふさわしい歌として、この位置に置かれることになったと考えられる。二首目344は、歌詞中の「浜の真砂」が一首目343の「細れ石」と連想関係を有すること、また「千年」という表現が、続く345、346の

「八千代」より数が少ないということから、二首目に配列されたものと思われる。三首目345は「さしでの磯」という歌詞が、二首目344の「わたつ海の浜」と連想関係を有し、かつ344が「わたつ海」と海を詠むのに対し、345は「しほの山」と山を詠むというように対照的な事柄を詠じていることから、344の後に置かれたのであろう。[1] また、三首目345と四首目346は、「八千代」を詠み込んでいる点は同じであるが、345が「君が御代をば八千代」というのに対し、346は「わが齢君が八千代にとりそへて」と君の齢が八千代よりさらに大きくなっていることから、345が346の先に置かれることになったのであろう。

以下、賀の部に収められる歌は全て作者判明歌である。作者判明歌群の冒頭三首、347から349は、一首目347、二首目348が光孝天皇関係の賀の歌、三首目349が「堀河大臣」すなわち光孝朝最有力の臣下、藤原基経の賀の歌であるのに対し、それ以降の350から354までは親王に関係した賀の歌であることから、347から349までの歌群と350から354までの歌群は、それぞれ独立した一つのまとまりを持つ歌群と考えるのが適切と思われる。

347から349までの歌群を示すと以下のようになる。

　　仁和《にんな》の御時、僧正遍照に七十の賀たまひける時の御歌

347かくしつつとにもかくにもながらへて君が八千代にあふよしもがな

　　仁和の帝の親王《みこ》におはしましける時に、御をばの八十《やそぢ》の賀に、銀《しろかね》を杖につくれりけるを見て、かの御をばにかはりてよみける　　僧正遍照

348ちはやぶる神やきりけむつくからに千年の坂も越えぬべらなり

　　堀河大臣の四十の賀、九条の家にてしける時によめる　　在原業平

349桜花散りかひくもれ老いらくの来むといふなる道まがふがに

343から346の歌群が、全て読人しらずであったのに対し、これらの歌の作者は、光孝天皇、僧正遍照、在原業平と

いうように、いずれも六歌仙時代の人物であることから、347から349の歌群は、先の読人しらず時代の歌群を承けて、六歌仙時代の歌人の作品を収めた、六歌仙時代の歌群ということができよう。

この歌群の最初の歌347は、光孝天皇自身の歌、つまり帝王の歌ということで作者判明歌群の最初に位置せしめられたのであろう。続く348も、作者は遍照であるが、詞書より光孝天皇に関係した歌ということで347の次に置かれたのであろう。最後の349は光孝天皇の御代のもっとも有力な臣下、藤原基経の賀の歌が配される。なお、これら三首の賀の歌が詠進された算賀の催された時期は、347の遍照の七十の賀は『日本三代実録』によると仁和元年（八八五）十二月十八日、光孝天皇の「をば」の八十の賀は不明であるが、「仁和の帝の親王におはしましける時」という詞書によれば、光孝天皇が親王であった時期、すなわち元慶八年（八八四）二月二十三日、陽成天皇のあとを承けて践祚する以前、藤原基経の四十の賀は貞観十七年（八七五）となる。

この歌群の一首目347は、詞書によると光孝天皇が僧正遍照に七十の賀を賜った時の歌ということになるが、遍照は桓武天皇皇子、良岑安世の子、光孝天皇は桓武天皇皇子、嵯峨天皇の第一皇子である仁明天皇の子で、両者は血縁的にはさほど近い関係とはいいがたい。しかし、遍照は仁明天皇に親しく仕え、天皇崩御とともに、三十代半ばで蔵人頭の要職を捨て出家するなど、仁明天皇とはきわめて近しい関係にあった。(2)『古今集』にも

深草の帝の御時に、蔵人頭にて夜昼馴れつかうまつりけるを、諒闇《りやうあん》になりにければ、さらに世にもまじらずして比叡の山にのぼりて頭おろしてけり。そのまたの年、みな人御服《おほんぶく》脱ぎて、あるは冠《かうぶり》賜はりなど、よろこびけるを聞きてよめる　　僧正遍照

847みな人は花の衣になりぬなり苔の袂よかわきだにせよ

という歌が収められている。また、仁明天皇との近しい関係からか、仁明天皇の皇子であり、即位以前まだ時康親王と呼ばれていた頃の光孝天皇とも親しい交わりを持っていたことが、『古今集』の先に示した348番歌や、同

じく『古今集』の

仁和の帝、親王におはしましける時、布留《ふる》の滝御覧ぜむとておはしましける道に、遍照が母の家に宿り給へりける時に、庭を秋の野につくりて、御物語のついでによみて奉りける　僧正遍照

248里はあれて人はふりにし宿なれや庭もまがきも秋の野らなる

といった歌から窺われる。(3)

348は光孝天皇が即位以前に「をばの八十の賀」を催した際、遍照に詠ませた賀の歌であり、248も光孝天皇即位以前、布留の滝を見物に行く途中、遍照の母の家に立ち寄って物語りをした折に遍照が詠んだ歌であって、いずれも即位以前の光孝天皇と遍照の親密な交流を偲ばせる。

また、347の七十の賀を賜った翌年、すなわち仁和二年三月に光孝天皇は遍照に食邑百戸を賜い、輦車で宮門を出入することを許したが、その勅に

惟公慈仁為レ性。保二―護朕躬一。一朝一夕頼二其普導一。朕所下―以身済二鴻業一至中于今日上。豈非二公潜衛之力自然冥致一耶。況公之末レ及二落飾一。朕之始在二列藩一。推レ分結レ思。形二於中表一。

とあり、(4)光孝天皇自身、落飾以前の遍照と深い交わりがあったことを認めている。また遍照も仁和元年二月の上表で

遍照昔在二陛下竜潜之時一。陪二蕃邸一而委レ質。

と述べるが、(5)目崎徳衛は「委は置、質は贄で、礼物を君の前におくことすなわち仕官するの義であるから、彼（遍照）は出家以前に時康親王（光孝天皇）に仕えていたわけである。親王が四品に叙せられ、当然家令以下が任ぜられたに違いないのは承和十三年であるが、この時遍照は左近衛少将であったから、勿論四品親王の家令となったわけではない。委質の語はそうした公的関係を指すのではなく、もっと私的にもっと早くから近侍したことを

意味すると考えられる」と指摘する。(6)

347は光孝天皇と遍照のこのような親密な関係のもとに詠まれた歌であり、『日本三代実録』は、当日の様子を「延二僧正法印大和尚位遍照一。於二仁寿殿一申二曲宴一。遍照今年始満二七十一。天皇慶賀。徹レ夜談賞。太政大臣左右大臣預レ席焉」と記す。(7) 先に、この347が六歌仙時代の賀の歌群の最初に位置せしめられたのは、天皇の歌であるからとしたが、右の『日本三代実録』の記事も参照すると、この歌が太政大臣左右大臣が列席し、仁寿殿で催された公的な賀宴で詠じられた歌であったことも大きな要因であると考えられる。

この歌群の二首目348の光孝天皇の「御をば」は、光孝天皇の「おば」すなわち祖母ととることも、「をば」（伯母・叔母）ととることもできる。(8) 目崎徳衛はこの問題に関して次のように考証する。(9) この「御をば」を「をば」（伯母・叔母）とした場合、光孝天皇の父、仁明天皇の姉妹は、異母であったり早逝していたりして、この「御をば」に該当しそうな人物はいない。母、すなわち藤原沢子の姉妹は『尊卑分脈』によれば、基経の母である乙春と源融の子、湛の母がいる。湛の母の場合、夫融が弘仁十三年（八二二）の生まれだから、光孝天皇が即位する元慶八年（八八四）までには八十歳には達していない。乙春が夫長良と同年、延暦二十一年（八〇二）の生まれとすれば、「仁和の帝の親王におはしましける時」の末期、元慶五年（八八一）頃に八十の賀を迎えたと考えることができる。しかし、彼女の生年をそのように仮定したとすると、第一子基経を生んだのは、三十五歳頃それ以降つぎつぎに子供を産んだこととなり、いささか不自然である。しかも、『日本三代実録』によると元慶元年（八七七）正月廿九日条に

詔曰（A）云云、外祖父故中納言従二位藤原朝臣（B）、外祖母藤原氏（C）、宜レ従二子貴一、外祖父可二左大臣正一位一、外祖母可二正一位一、死而有レ知、嘉二茲哀贈一（A、B、Cの部分は省略）

という記事がある。これによると陽成天皇の外祖母、皇太夫人高子の母、つまり基経の母乙春は、既に元慶以前

に没していたことになる。乙春が元慶元年以前に八十歳であったとすると、乙春は延暦八年（七八九）以前の生まれということになり不自然さはますます増す。

では、この「御をば」を祖母とするとどうなるか。父方の祖母は橘嘉智子で延暦五年（七八六）誕生、嘉祥三年（八五〇）没であるので問題外となる。母方の祖母は、沢子の母数子である。沢子の年齢を仁明天皇と同年、その母の数子を、その二十歳位上と仮定すれば、およそ延暦十年（七九一）前後の生まれとなり、八十の賀は貞観十二年（八七〇）あたりとなる。そのころは遍照も叡山における密教修行を終えて、験者として宮廷に招かれはじめていて、八十の賀に出席して歌を詠むこともあってしかるべき時期にある。目崎はこのような考証を行った上で、この「御をば」を光孝天皇の母方の祖母にあたる藤原数子に比定する。以上の目崎の推定は最も穏当なものと思われる。

目崎が指摘しているように、348番歌の「御をば」が光孝天皇の母方の祖母数子であるとすると、光孝天皇の母沢子と基経の母乙春が同母の姉妹であった可能性も充分考えられるから、この「御をば」は基経の母方の祖母ということも充分ありうる。もしそうだとすれば、348は光孝天皇に関係するばかりでなく、基経にも関係する賀の歌となり、347から349の配列は、347の光孝天皇関係の賀の歌と349の基経関係の賀の歌の真ん中348に、両者に同等の関係を有する人物の賀の歌が配されているという、左右対称の構成ということになる。

349の賀の歌を献じられた藤原基経は承和三年（八三六）誕生、父は藤原長良、母は藤原乙春、男子のいなかった叔父良房の養子となり、貞観六年（八六四）参議、同八年中納言、同十四年右大臣、同十八年清和天皇の命により、良房の例に従って、新帝陽成天皇幼少の間摂政となり、同四年には左大臣源融を超えて太政大臣となる。同八年陽成天皇を廃し、光孝天皇を擁立、仁和三年（八五七）光孝天皇崩御にともない、宇多天皇が即位すると有名な「阿衡の紛議」が起こる。寛平三年（八九一）薨去。享年五十六。基経の四十の賀が催されたのは、彼の生年から計算すると貞観十七年（八七五）のこととなるが、催行日時は知ることができない。

ところで、なぜ『古今集』賀の部の作者判明歌群の最初に、光孝天皇と藤原基経に関係する賀の歌が配列されたのであろうか。松田武夫は

> 光孝天皇は、宇多天皇の父君に当られ、醍醐天皇の祖父であったからであらう。そもそも、光孝天皇は仁明天皇の第三皇子で、皇位は第一皇子文徳天皇に伝へられ、その後の皇統は、文徳天皇の第四皇子清和天皇を経、清和天皇の第一皇子陽成天皇へと、いづれも文徳天皇の皇子皇孫に伝はった。それが、光孝天皇に至って、はからずも文徳天皇の直系を離れ、言はば、異系の皇統の開始を見た。さうして、光孝天皇以後は、宇多・醍醐・朱雀・村上以下、歴代、光孝天皇系の皇子孫が皇位を継承された。従って、光孝天皇は、宇多・醍醐両天皇からすれば、一つの「祖」と見なす位置に立たれてゐた。

と指摘し、さらに基経は

陽成天皇から光孝天皇へ皇位が継承された元慶八年二月には、関白太政大臣であり、三代実録巻四十四陽成天皇元慶八年二月四日の条によれば、「天皇手書、送二皇太政大臣一曰、朕近身病数発、動多二疲頓一、社稷事重、神器叵レ守、所レ願速遜二此位一焉、宸筆再呈」とあって、退位のことを基経に計られてゐるので、後継者として光孝天皇を立てることに就いても、当然、基経と相談されたことと推察される。又、同年六月六日、新帝光孝天皇が、百事まづ太政大臣基経に諮稟して後奏聞させることにされた点に、光孝天皇の基経親任の並み並みならぬことが看取できる。光孝天皇の在位は僅か三年半余で、皇位は宇多天皇へ譲られたが、三代実録巻五十光孝天皇仁和三年八月二十二日の条には、太政大臣従一位藤原朝臣基経以下の連名で、光孝天皇に皇太子を立てられんことを奏請し、廿六日、光孝天皇崩御と共に、廿一歳で宇多天皇が即位された。このやうに、基経は光孝・宇多の二天皇の皇位継承に際しては、政治上の最高責任者として、最も深い関係を有

してゐたことが明らかである。

次に、基経と宇多・醍醐両帝との婚姻関係を見ると、基経の女温子が宇多天皇の妃となり、穏子はまた醍醐天皇の皇后となって、朱雀・村上両天皇の生母となってゐる。基経は、宇多天皇の寛平三年（八九一）一月十三日に五十六歳で死去してゐるので、醍醐天皇の即位には関与してゐないが、最も有力な皇妃を入内させてゐる点で、基経の権威はその死後にも及んだことがわかり、昌泰二年（八九九）二月十四日、基経の長男時平の左大臣就任によって、それが顕著に証明された。宇多上皇・醍醐天皇の御代に作成された古今集のこの箇所に、かうした歴史的事実が、最も端的に表はれてゐるとする見方は、必ずしも誤った見解ではないであらう。

とするが、[10]『古今集』賀の部、作者判明歌群の冒頭に、光孝天皇、藤原基経に関係する賀の歌が配列される理由は、光孝天皇が現皇統の祖であり、基経がその皇統と深く関わっていることによるとする、松田の以上のような指摘に尽きると思われる。

続く350から354までの歌群は、皇族関係の賀の歌が収められているという点で共通性を持つ。

貞辰親王《さだときのみこ》のをばの四十《よそぢ》の賀を大堰にてしける日よめる　紀惟岳
350亀の尾の山の岩根をとめて落つる滝の白玉千代のかずかも

貞保親王《さだやすのみこ》の、后の宮の五十《いそぢ》の賀奉りける御屏風に、桜の花の散るしたに、人の花見たる形《かた》かけるを
よめる　藤原興風
351いたづらに過ぐす月日はおもほへで花見て暮らす春ぞすくなき

本康親王《もとやすのみこ》の七十《ななそぢ》の賀のうしろの屏風によみてかきける　紀貫之
352春くれば屋戸にまづ咲く梅の花君が千年のかざしとぞ見る

素性法師

353いにしへにありきあらずは知らねども千年のためし君にはじめむ

354臥して思ひ起きてかぞふる万世は神ぞ知るらむわが君のため

350の貞辰親王は、清和天皇皇子、母は藤原基経の女佳珠子、貞観十六年（八七四）誕生、同十七年親王となり、延長七年（九二九）に五十六歳で薨ずる。350の四十の賀を祝われた「をば」も、祖母説と伯叔母説があるが(11)、祖母の四十の賀ということになると、親王はその時点で生まれている可能性は低いし、もし生まれていたにしてもかなり幼少と推定されるので、ここでは伯叔母説をとるべきであろう。

ところで、350から354までの歌群のうち、351の「后の宮」は基経の同母妹にあたる高子であり、352から354の「本康親王」は仁明天皇皇子、母は滋野貞主女縄子で、光孝天皇の異母弟にあたる。このような事実と、先の347から349の三首の歌群が光孝天皇、藤原基経に関する賀の歌であったことを考慮すると、350から354までの歌群も光孝天皇、藤原基経に関係する人々の賀の歌で構成されていると見ることができよう。とすると、350の「をば」は藤原基経の女佳珠子の同母姉妹である可能性が最も高い。佳珠子の母は仁明天皇皇子人康親王女であるが、その同母姉妹というと、佳珠子と同じく清和天皇の女御となった頼子が知られる。350番歌の「をば」はこの頼子ではないかと推測される。頼子の四十の賀はいつか明らかにしえないが、貞辰親王の生年から考えると、八九〇年代であったのではないか。

続く351の貞保親王は、清和天皇皇子、母は藤原長良の女で、基経の同母妹の藤原高子、后の宮は藤原高子。この歌は子が母の賀を祝った折の歌となっている。因みに、高子の五十の賀は寛平三年（八九一）に催されている。

このように見てくると、350は基経の娘の算賀を基経の孫が催した時の歌、351は基経の妹の算賀を基経の甥が催した時の歌ということになり、この二首は基経関係の皇族の賀の歌を収めた歌群であり、二首は基経に関係の深い順に配列されたと考えられる。

352から354は、本康親王の七十の賀の屏風歌である。本康親王は仁明天皇皇子、母は滋野貞主女縄子で、光孝天皇の異母弟にあたる。生年は未詳、承和十五年（八四八）元服、嘉祥三年（八五〇）上野太守、弾正尹、兵部卿を兼ね、貞観十一年（八六九）上総太守、太宰帥、式部卿、左右相撲司別当等を兼ね、延喜元年（九〇一）薨去、という経歴を持つ。また、352から354の本康親王関係の賀の歌群は屏風歌であり、この屏風歌群の直前の貞保親王が催した賀の歌351が「御屏風に、桜の花の散るしたに、人の花見たる形かけるをよめる」と屏風絵を題材にした歌であるのと、屏風絵に関係した歌という点で連続性を持つ。

352から354の配列は、一首目352が「君が千年のかざしとぞ見る」と「千年」を詠じ、二首目353も「千年のためし君にはじめむ」と「千年」を詠ずるというように、ともに「千年」を詠ずるのに対し、三首目354は「臥して思ひ起きてかぞふる万世は」と「万世」を詠じており、「千年」を詠じた歌二首を先に配し、「万世」を詠じた歌を後に配すという構成が取られたと想像される。また、353と354はともに素性の歌であることから、連続して配列され、その結果、352の貫之の歌が三首の最初に配置されることになったと考えられる。

なお、350から354までの五首は、350が貞辰親王が「をば」清和天皇女御頼子ために催した算賀の折の歌、351は貞保親王が母清和天皇中宮高子のために催した算賀の折の歌、352から354は本康親王の賀の屏風歌というように、いずれも皇族に関係する算賀の折の歌であるという点で共通するが、それとともに、この350から354までの五首は、その直前の347から349の歌群が、347、348が光孝天皇に関係する賀の歌、349が基経に関係する賀の歌という順に配列されていたのに対し、350から351までが基経関係の皇族の賀の歌、352から354までが光孝天皇関係の皇族の賀の歌というように、直前の歌群と関係の核となる人物を逆にした形で配列されている点も注目される。

また、350から354までの五首の作者について見てみると、350の作者紀惟岳の伝記は不明とするほかなく、六歌仙時代の歌人か撰者時代の歌人か確定できないが、続く351から354までの作者はいずれも撰者時代の歌人である。もし、350の作者紀惟岳が六歌仙時代の歌人であるとすると、『古今集』賀の部は冒頭343から346までが読人しらず時代の歌、347から350までが六歌仙時代の歌人の歌、351からは撰者時代の歌人の歌という形で構成されていることになり、350の作者紀惟岳が撰者時代の歌人であるとすると、343から346までが読人しらず時代の歌、347から349までが六歌仙時代の歌人の歌、350から354までが撰者時代の歌人の歌ということになる。[12]いずれにしても、賀の部冒頭の343から354までは、読人しらず時代の歌、六歌仙時代の歌人の歌、撰者時代の歌人の歌という順に配列されていることになる。さらに354以降の賀の部の歌は撰者時代の歌人の歌ばかりであるから、『古今集』賀の部は、六歌仙時代の歌群と撰者時代の歌群の境目は確定できないが、全体としては読人しらず時代の歌群、六歌仙時代の歌群、撰者時代の歌群という順に古い時代から新しい時代へと歌が配列されていることになる。

また、350から354までの皇族関係の歌群で、算賀を受ける人物は350が清和天皇女御藤原頼子、351が清和天皇中宮藤原高子、352から354が仁明天皇皇子本康親王というように、いずれも六歌仙時代の人物と見なしうる。とすると、350から354までの歌群は、作者は350のみ確定することができないが、それ以外はいずれも撰者時代の歌人の歌であり、歌を奉られる人物はいずれも六歌仙時代の人物ということになる。この歌群の直前の347から349の歌群が、いずれも六歌仙時代の歌人の歌で構成され、歌を奉られる人物も六歌仙時代あるいはそれ以前の時代の人物であったことからすると、それに続く350から354までの歌群は、歌の作者の面から見ると、時代的には一時代後の歌群ということになるが、賀の歌を奉られた人物に注目すると、347から349の六歌仙時代の歌群と同様、六歌仙時代の人物ということになる。347から349までの光孝天皇、藤原基経関係の歌群と350から354までの光孝天皇、藤原基経に関係する皇族関係の歌群は、歌を詠じた人物が活躍した時代という面では断絶を持ちつつ、歌を奉られた人物の生きた時代という面では連続性を保つという巧みな構成が施されている。

続く355と356は、撰者時代の歌人の歌であるが、算賀を受けている人物の伝記は不明で、有力貴族とは言いがたい。これらは撰者時代の一般臣下の賀の歌の歌群ということができよう。

藤原三善の六十《むそぢ》の賀によみける　　在原滋春

355鶴亀も千年ののちは知らなくに飽かぬ心にまかせはててむ

この歌は、ある人、在原時春がともいふ

良岑経也が四十の賀に、女にかはりてよみ侍りける　　素性法師

356万世を松にぞ君をいはひつる千年のかげに住まむと思へば

355の「藤原三善」は伝未詳。作者、在原滋春は在原業平の男で、撰者時代の歌人とされる。藤原三善と在原滋春の関係は不明。356の「良岑経也」は「経世」の誤りかとする説もあるが、『古今和歌集成立論　資料編』によると、六条家本、右衛門切以外の全ての諸本が「つねなり」となっていて、「経世」とするのはためらわれる。『国史大系本三代実録』貞観十七年五月十九日条に「従四位下行丹波守良岑朝臣経世卒」とあり、頭注に、「世、原作也、拠印本及紀略」としていることから、『国史大系三代実録』の底本では「也」となっていたということになる。それが正しいとすれば、良岑経也は貞観十七年（八七五）五月十九日に、従四位下丹波守で卒した人物ということになるが、『古今集』の主要伝本はいずれも姓名の下に「朝臣」がついておらず、四位以上の人名には「朝臣」を付けるとする『古今集』の人名表記の原則からすれば、356番歌を奉られた経也は五位以下で没したと考えられ、356番歌を奉られた経也を『三代実録』で貞観十七年五月十九日に従四位下で卒したとされる人物と同一人物とみなすことはできない。素性法師はいうまでもなく、遍照の男。俗名良岑玄利、寛平八年（八九六）権律師、昌泰元年（八九八）宇多法皇の宮滝遊覧に従い、延喜九年（九〇九）頃没か、とされる撰者時代の歌人である。良岑経也と素性の関係も不明であるが、素性が良岑氏であることからすると、何らかの血縁関係があった

のではないかと推測される。

355と356の配列順は、355が「千年ののちは知らなくに」と「千年」を詠むのに対し、356は「万世を松にぞ君をいはひつる」と「万世」を詠んでいることより、356が355の後に配されたと考えられる。

藤原三善、良岑経也ともに経歴は未詳とする他ないが、藤原三善は業平の息子が六十の賀の歌を詠んでいることからすると、六歌仙時代の人物であった可能性が高い。もし良岑経也が六歌仙時代の人物であったとすると、この355、356の歌群も歌の詠み手は撰者時代の人物、歌を奉られる人物は六歌仙時代の人物ということになり、先の350から354までの歌群が、歌の作者は撰者時代の人物で、歌を奉られる人物は六歌仙時代の人物であったのと同様の組み合わせとなり、350から356までの歌群、すなわち撰者時代の皇族関係の賀の歌群および一般臣下の賀の歌群は、賀を受ける人物は六歌仙時代の人物で、その直前の六歌仙時代の歌群と連続性を保ち、賀の歌を詠む歌人は撰者時代の歌人で、その直後の歌群との連続性を持つという非常に整った形を示すことになる。

また、350から354までの皇族に関する賀の歌群では、賀を受ける人物は、347、348の光孝天皇に関する賀の歌、349の基経に関する賀の歌を承けて、350、351が基経関係の人物の賀の歌群、352から354までが光孝天皇関係の人物の賀の歌群というように配列がなされ、光孝天皇、藤原基経に関する賀の歌群から皇族に関する賀の歌群まで、すなわち347から354の歌群は、真ん中に基経関係の賀の歌群を置き、両端に光孝天皇に関する賀の歌群を置くという配置がなされており、355、356の一般臣下の賀の歌群は、六歌仙時代の歌群の348、349の作者が遍照、業平の順になっているのに対し、355の作者在原滋春は業平の息子、356の作者素性は遍照の息子というように、348、349とは逆に、業平の息子、遍照の息子の順に配列されていることも注目に値しよう。

356以降の歌を示すと以下のようになる。

尚侍《ないしのかみ》の、右大将藤原朝臣の四十の賀しける時に、四季の絵かけるうしろの屏風にかきつけたりける歌

357春日野に若菜摘みつつ万世をいはふ心は神ぞ知るらむ　（素性法師）

358山高み雲居に見ゆる桜花心のゆきて折らぬ日ぞなき　（みつね）

夏

359めづらしき声ならなくに郭公ここらの年の飽かずもあるかな　（とものり）

秋

360住の江の松を秋風吹くからに声うちそふる沖つ白波　（みつね）

361千鳥鳴く佐保の河霧立ちぬらし山の木の葉も色まさりゆく　（ただみね）

362秋くれど色もかはらぬ常磐山《ときはやま》よその紅葉を風ぞかしける　（これのり）

冬

363白雪の降りしく時はみよしのの山下風に花ぞ散りける　（つらゆき）

春宮の生まれたまへりける時にまゐりてよめる　典侍藤原因香朝臣

364峰高き春日の山にいづる日はくもる時なく照らすべらなり

この歌群は、「右大将藤原朝臣の四十の賀」、すなわち藤原定国の四十の賀の歌群と東宮保明親王誕生の折の歌の二つの部分から構成される。

藤原定国は内大臣藤原高藤の男、母は宮道弥益の女の従三位列子、宇多天皇女御で醍醐天皇生母の胤子の同母弟。『公卿補任』によれば、昌泰二年（八九九）二月廿四日従四位上参議に任ぜられ、同年十二月五日従三位、中納言に昇進、延喜二年（九〇二）大納言となり、同六年七月二日、従三位、大納言、右大将、春宮大夫、陸奥出羽按察使で、四十歳で薨じたとする。ただし一説として、定国の生年を「貞観八年丙戌（然者四十一歟）」と記す。定国が貞観八年の生まれならば、定国薨去の年齢は四十一となる。『尊卑分脈』は定国の薨去の年月と年齢を「延喜六年七月二（三）薨四十」と記す。

もし定国の薨去の年齢が四十だとすると、定国の四十の賀の行われたのは延喜六年ということになる。とすると、定国四十の賀の屏風歌が披露されたのは延喜六年で、『古今集』が奏上された延喜五年より後ということになり、この定国四十の賀の屏風歌歌群は奏上後に増補された歌群となる。しかし、薨去の直前に催された賀に詠進された歌を、薨去の後、勅撰集に増補するのは、いささか不自然ではなかろうか。

定国四十の賀の歌群を構成している個々の歌のうち、歌の詠まれた年月が記されているものを『私家集大成』であたってみると、358番歌は『躬恒集』に「延喜五年二月十日おほせことによりてたてまつれるいつみの大将四十のかの屏風四てう、うちよりはしめてないしのかむのとのにたまふうた」（西本願寺本）、「ゑき十四年二月十八日、おほせによりて奉るいつみの大将の四十賀の屏風四帖、うちよりてうしてつかはすに、かくれいのうた」（歌仙家集本）、360番歌は『躬恒集』に「延喜八年右大将藤原朝臣卌賀屏風和歌」（書陵部蔵　五〇一・二三五）、「延喜五年二月十日おほせことによりてたてまつれるいつみの大将四十のかの屏風四てう、うちよりはしめてないしのかむのとのにたまふうた」（西本願寺本）、「ゑき十四年二月十八日、おほせによりて奉るいつみの大将の四十賀の屏風四帖、うちよりてうしてつかはすに、かくれいのうた」（歌仙家集本）、363番歌は『貫之集』に「延喜五年二月いつみの大将四十賀屏風の歌、おほせことにてこれをたてまつる」（歌仙家集本）という詞書のもとに収められており、『躬恒集』および『貫之集』の一部の本文は、定国の四十の賀が延喜五年の催されたとする。

また、『躬恒集』『貫之集』およびその他の私家集の本文で、定国の四十の賀を延喜六年に催されたとするものは存在しない。

以上の事柄を勘案すると、『公卿補任』一説の貞観八年定国誕生説および『躬恒集』『貫之集』の詞書を重視し、定国四十の賀は延喜五年に催されたと見るのが妥当と考えられる。『躬恒集』『貫之集』の詞書によると、定国四十の賀の屏風歌はいずれも延喜五年二月に詠進されている。とすると、定国四十の賀の屏風歌を詠めとの要請はそれ以前、延喜四年年末か延喜五年一月頃であったと想像され、奏上前の『古今集』の賀の部に定国四十の賀の屏風歌を入れるという構想が撰者たちの間に存在したことは十分考えられる。

尚侍は藤原満子で定国の同母妹。既に指摘したように定国の同母姉胤子は、宇多天皇女御で醍醐天皇の母にあたるから、357から363までの定国四十の賀の歌群は、撰者時代の二人の天皇である宇多法皇と醍醐天皇、およびその二人の天皇と最も関係の深い臣下であった定国に関係した歌を収めた歌群ということができよう。

また、364の「春宮」は醍醐天皇第二皇子の保明親王で、母は藤原基経の女穏子。延喜三年（九〇三）十一月二十日誕生。同四年二月十日、わずか二歳で親王宣下、即日皇太子となるという経歴を持つ。364はこの保明親王誕生の折の歌であるが、詞書の「まゐりて」は保明親王が生まれた邸、すなわち穏子の実家に参上しての意と推定される。穏子は基経の女であるから、出産は当然基経の邸で行われたものと想像されるが、基経は寛平三年（八九一）に没しているので、この勅使を迎えたのは基経の長男時平であったと考えられる。こう考えると、364番歌は醍醐天皇とその父であり、保明親王の祖父にあたる宇多法皇、それに定国とともに宇多・醍醐両天皇に最も関係の深い臣下であった時平に関係する賀の歌ということになる。

357から363の歌群と364の歌の配列順は、先の357から363の歌群においては賀を受ける人物が定国で宇多、醍醐両天皇のうちどちらかといえば、父である宇多法皇に近い人物であるのに対し、364で祝賀される人物、保明親王は醍醐天皇の子供であり、醍醐天皇により近い人物であるという事情が考慮されたのであろう。また、保明親王は次代の皇統を担う人物であり、かつ364だけは算賀の歌でなく、誕生を祝う歌であることも当然考慮されたであろう。(13)なお364番歌に関係する時平については、『古今集』の編纂を企画、推進した人物とされており、賀の部の最後の歌に時平に関係する歌が登場することも注目に値する。(14)

357から364の歌群は、賀を奉る人物も、賀を受ける人物もいずれも撰者時代の人物であり、賀の歌を詠進している歌人も撰者時代の歌人である。かつ、これらの歌は宇多法皇、醍醐天皇という当代の帝王と、それに最も深い関係を有する臣下が関係する賀の歌を収めており、347から349の歌群がその一時代前、六歌仙時代の帝王である光孝天皇と、光孝天皇に最も深い関係を有する臣下、基経の賀の歌を収めた歌群と対応関係を持つ。

してみると、347以降364までの歌の配列は、以下のようになる。347から349までが光孝天皇と基経関係の賀の歌の歌群であり、賀を受ける人物、および賀の歌を詠進する人物はいずれも六歌仙時代の人物で構成される。続く350（あるいは351）から賀の部最後の歌364までは撰者時代の歌人の歌群となる。そのうち、350から354までが皇族関係の賀の歌群であり、賀を受ける人物は六歌仙時代の人物で、その点では直前の347から349までの歌群と連続性を持つ。また、この皇族関係の賀の歌群は、基経ついで光孝天皇関係の皇族に関する賀の歌というように配列されており、直前の歌群と対称的な配列構成が取られている。355、356の歌群は一般臣下の賀の歌群となる。この歌群においても、賀を受ける人物は六歌仙時代の人物で、皇族関係の賀の歌群同様347から349までの歌群と連続性を持つ。また、この歌群の作者は在原滋春、素性という順に配置されるが、これは347から349までの六歌仙時代の歌群のうち、348、349の作者が遍照、業平であるのと対称的な配置となる。最後の357から364までの歌群は、宇多・醍醐両天皇とそれに最も深い関係を有する臣下の歌群である。ここでは賀に関係する全ての人々が撰者時代の人物となる。

このように見てくると、賀の部347から364までの構成は、その両端に六歌仙時代の天皇、有力臣下に関係する賀の歌群と撰者時代の天皇、有力臣下に関係する賀の歌群を置き、その間に皇族関係の賀の歌群、一般臣下の賀の歌群を配置し、皇族関係の賀の歌群、一般臣下の賀の歌群は、賀を受ける人物に六歌仙時代の人物をあて、歌人は撰者時代の歌人をあてることによって、六歌仙時代と撰者時代の二つの時代を兼ね合わせるような構造をとり、それによって六歌仙時代と撰者時代双方の賀の歌を代表させ、六歌仙時代と撰者時代という二つの時代における、天皇、有力臣下関係の賀の歌、皇族関係の賀の歌、一般臣下の賀の歌を網羅的に配列しようと意図したと考えられる。

なお、357から364までの歌群は、先にも述べた通り357から363までは、藤原定国の四十の賀の屏風歌の歌群、364は皇太子保明親王が誕生した折の歌という順に配列されているが、さらに藤原定国の四十の賀の屏風歌の歌群、すなわち357から363までの歌群の配列を詳細に見てみると、以下のようになる。

357、358の二首は、春の歌群ということになるが、この二首のうち357は若菜摘みという早春の行事を題材とした歌であるのに対し、358は春の盛りの景物である桜の花を詠んでおり、時期的に早い357の歌が358の前に置かれることになったのであろう。359は夏の歌であるが、夏の歌はこの一首のみであるので当然358の次に置かれることになる。360から362までは秋の歌群となるが、360は秋風が吹き始めた頃の歌、つまり秋の初めの歌ということで、秋の歌群の最初に配置され、361は紅葉の色が増さっていくことを詠んでいるのに対し、362は紅葉の散っていく様が詠まれていることから、361の方が362より時期的に早い状態を詠じているということで、361が362の前に置かれたのであろう。363は冬の歌であるので、362の後に位置することになる。以上のように、357から363までは屏風歌の配列と同様、季節の推移に従って配列されていると考えられる。

ところで、357から364までの歌群のうち、定国四十の賀に屏風歌を収めた357から363までの歌群には、本文上いくつかの問題点がある。まず一つは、「尚侍の、右大将藤原朝臣の四十の賀しける時に、四季の絵かけるうしろの屏風にかきつけたりける歌」という詞書の後に「春」という表記のある本とない本があるということである。久曾神昇『古今和歌集成立論　資料編』によれば、前田本・伝寂連筆本・雅経本・永暦本・昭和切・建久本・寂恵本・伊達本には「春」の表記がなく、私稿本・基俊本・筋切本・元永本・雅俗山庄本・静嘉堂本・六条家本・永治本・天理本・右衛門切には「春」の表記がある。松田武夫は「「春」とあって、後の夏・秋・冬に対した方が、本文としては完全であらう」とする。(15) 小町谷照彦も旺文社文庫で、「春」を本文に補っているが、補注で「当時は屏風歌の記述で冒頭の春を省略することがままある」と指摘する。(16)『古今集』の詞書の記載様式からすると、詞書、作者名表記の後に、さらに詞書あるいはそれに類する表記を行うことはない。その原則からすると、「春」の表記は本来なかったと解した方がよいように思われる。しかし、357から363までの定国四十の賀の歌群には、「春」の表記がない伝本も含めて全ての主要伝本に「夏」「秋」「冬」という、『古今集』の詞書表記の原則に反した表記が存する。とすると、この「春」の表記が本来あったかどうかは確定できない。むしろ、「春」の表記があったかなかったかより、357から363までの歌群に『古今集』の通常の詞書表記とは異なった表記がなされている点が留意されるべきであろう。

次に、これら七首の作者であるが、静嘉堂本・六条家本・永治本・前田本・天理本・伝寂連筆本・右衛門切・雅経本・伊達本には作者名表記がない。私稿本では、359を友則、363を貫之。筋切本と元永本は、357を素性、358を躬恒、361を忠岑。建久本は358を躬恒、361を忠岑、362を是則、363を貫之とする。また、永暦本、昭和切は358以下の六首それぞれに、躬恒、友則、躬恒、忠岑、是則、貫之の作者名を見せ消ちにして書き入れ、永暦本は「已上本定如是」と注記する。寂恵本にも、357以下七首の各歌が、素性集、躬恒集、友則集、躬恒集、忠岑集、是則集、貫之集に存するとの注記がある。基俊本は358以下六首の作者を躬恒・友則・躬恒・忠岑・貫之・貫之とし、雅俗山庄本は357以下の作者を素性・躬恒・友則・躬恒・忠岑・是則・貫之と記す。

また『私家集大成』で確認すると、357は『素性集』Ⅰ（冷泉家旧蔵本）に「右大将四十賀屏風に、わかれ」という詞書で収められており、358は『躬恒集』Ⅰ（書陵部蔵 五一一・二八）に「右大将ふちはらのあそむ四十賀屏風」、Ⅳ（西本願寺本）に「延喜五年二月十日おほせことによりてたてまつれるいつみの大将四十のかの屏風四てう、うちよりはしめてないしのかむのとのにたまふうた」、Ⅴ（歌仙家集本）に「ゑき十四年二月十八日、おほせによりて奉るいつみの大将の四十賀の屏風四帖、うちよりてうしてつかはすに、かくれいのうた」という詞書で、359は『友則集』に「大将の四十賀の屏風の歌」、360は『躬恒集』Ⅰ（書陵部蔵 五一一・二八）に「右大将ふちはらのあそむ四十賀屏風」、Ⅱ（内閣文庫本）に「「右大将定国家屏風に」、Ⅲ（書陵部蔵 五〇一・二三五）に「延喜八年右大将藤原朝臣卌賀屏風和歌」、Ⅳ（西本願寺本）に「延喜五年二月十日おほせことによりてたてまつれるいつみの大将四十のかの屏風四てう、うちよりはしめてないしのかむのとのにたまふうた」、Ⅴ（歌仙家集本）に「ゑき十四年二月十八日、おほせによりて奉るいつみの大将の四十賀の屏風四帖、うちよりてうしてつかはすに、かくれいのうた」、361は『忠岑集』Ⅰ（書陵部蔵 五一一・二八）に「泉大将四十賀の屏風に」、Ⅱ（西本願寺本）「内侍のかみの左大将の四十のかに、うしろの屏風によませし」、Ⅲ（書陵部蔵五一〇・一二）に「内侍のかみの四十の御賀のうしろの屏風に、左大臣のよませたまひしかは」、363は『貫之集』Ⅰ（歌仙家集本）に「延喜五年二月いつみの大将四十賀屏風の歌、おほせことにてこれをたてまつる」というように、362は現存の『是則集』では確認できないが、それ以外の歌については、寂恵本等の指摘通り、各歌人の家集にその存在が確認される。

以上の点より、この藤原定国四十の賀の屏風歌の作者は、357素性、358躬恒、359友則、360躬恒、361忠岑、362是則、363貫之と認められる。しかし、この歌群は『古今集』に収められた他の歌とは異なり、現存する主要伝本の多くは358以降の作者名表記を欠いており、357から363までの歌群は本来作者名が記されていなかったと想定される。

それぞれの歌に作者名を表記するというのも、『古今集』の表記方法の原則である。先の詞書の表記の異例な在り方のみならず、この357から363までの歌群は作者名表記においても異例な処置が認められる。

このような詞書および作者名表記の原則を逸脱した表記形態は、どうして生じたのであろうか。その原因は357の「尚侍の、右大将藤原朝臣の四十の賀しける時に、四季の絵かけるうしろの屏風にかきつけたりける歌」という詞書にあると思われる。[17] 357同様、屏風に歌を書き付けたという詞書のもとに複数の歌を収めた例は、『古今集』にはこの他に一例、先の352から354の歌群が存するが、この場合、歌の書き手は貫之、素性の二人で、そのそれぞれが自身の詠作を書き付けているため、書き手の表記がそのまま作者名表記となっていて、個々の歌に作者名を付すとする『古今集』の作者名表記の原則は貫かれている。[18] ところが、357以下の定国四十の賀の歌群は、屏風に歌を書いたのは素性であり、個々の歌人がそれぞれの詠作を屏風に書き付けたわけではない。にもかかわらず、357の詞書を「尚侍の、右大将藤原朝臣の四十の賀しける時に、四季の絵かけるうしろの屏風にかきつけたりける歌」としたことによって、358以下の歌は357の詞書の「かきつけたりける歌」の制約を受けて、実際の作者名を表記しえなくなり、『古今集』の作者名表記の原則は貫かれないこととなった。357の詞書を「尚侍の、右大将藤原朝臣の四十の賀しける時に、四季の絵かけるうしろの屏風の歌」とでもすれば、358以下の歌も『古今集』の作者名表記の原則に従って、実際の作者の名が表記しえたはずであるのに、あえてこの歌群において作者名を記すことのできない詞書を採用したということは、『古今集』の撰者たちが意図的に作者名表記の原則を破ったとしか考えられない。

では、なぜ撰者たちはこの歌群においてのみ、そのような異例の処置を施したのであろうか。それは、先に指摘したもう一つの異例な表記の仕方、すなわち（「春」）「夏」「秋」「冬」という、季節を示す表記をこの歌群の中に持ち込みたかったからではないだろうか。357以下の歌群に、「尚侍の、右大将藤原朝臣の四十の賀しける時に、四季の絵かけるうしろの屏風の歌」というような詞書を付せば、『古今集』の作者名表記の原則に従ってそれぞれの歌に作者名を付すことはできるが、作者名を表記すると、（「春」）「夏」「秋」「冬」といった表記は詞書のようになってしまい、表記しにくくなる。「尚侍の、右大将藤原朝臣の四十の賀しける時に、四季の絵かけるうしろの屏風にかきつけたりける歌」という詞書を付すと、作者名表記は省かれ、表記されなくなるが、その代わり（「春」）「夏」「秋」「冬」といった表記が歌の前に施されても、違和感は少なくなる。撰者たちはどうしても、（「春」）「夏」「秋」「冬」という表記をしたいがために、わざと「尚侍の、右大将藤原朝臣の四十の賀しける時に、四季の絵かけるうしろの屏風にかきつけたりける歌」という詞書を付したのではないだろうか。こうすると、『古今集』の作者名表記の原則は貫徹されなくなるが、そのかわり『古今集』の詞書表記としては異例な（「春」）「夏」「秋」「冬」という表記を導入することが可能となる。撰者たちはそのような意図を持って、この357から363までの歌群に「尚侍の、右大将藤原朝臣の四十の賀しける時に、四季の絵かけるうしろの屏風にかきつけたりける歌」という詞書を付したのではないだろうか。

　私がそのように推測する理由は、この定国四十の賀の屏風歌の歌群に続く、364番歌が次のようなものであるからである。

　　春宮の生まれたまへりける時にまゐりてよめる　　典侍藤原因香朝臣

364峰高き春日の山にいづる日はくもる時なく照らすべらなり

この詞書の「春宮」は先にも述べた通り、醍醐天皇の第二皇子保明親王である。また、歌詞の「峰高き春日の山」とは、藤原氏の氏神である春日神社の背後にある春日山のことであり、皇太子の生母穏子が藤原氏であることを寓意している。またその山から「いづる日」は誕生したばかりの皇子、すなわち延喜五年当時皇太子であった保明親王を指す。

また、この歌は賀の部に収められたこれ以前の歌が、全て算賀の歌、つまり長寿を祝う歌であったのに対し、この歌だけは誕生の折の歌であり、賀の部において異質な性格を持つ。このように現皇太子の誕生の折の歌を賀の部の最後に配列したのは、これからの天皇家および基経の子孫にあたる人々のますますの繁栄を予祝するという意味合いをこめたものと解するのが妥当であろう。

364番歌がそのような意味を持つとすると、この歌の詞書の「春宮」および歌詞に含まれる「春日」が、ともに「春」という一年の始まりを表し、かつこれからますますの成長、発展を意味するめでたい言葉を含んでいるということは留意されよう。『古今和歌集成立論　資料編』に収められる『古今集』の主要伝本は「東宮」と記す本文が多く、「春日」も「かすか」と仮名で表記されることが多いが、[19]「東宮」「かすか」と記されていても、この歌と詞書を読む者の脳裡には必ず「春」という文字が浮かんだと想像される。定国四十の賀の屏風歌の歌群にわざわざ（「春」）「夏」「秋」「冬」という表記を設けたのは、364番歌の「春」を強調するためであり、（「春」）「夏」「秋」「冬」というように一年が経過し、それが再び春に回帰し、新しい年が始まるという意匠を凝らすことにより、選者達はこの364が天皇家および基経の子孫にあたる人々の今後ますますの繁栄を予祝するものとしてより強力に機能することを意図したのではないだろうか。

ところで、357の詞書の「尚侍」は定国の妹満子とするのが妥当であろうが、満子が尚侍になったのは延喜七年（九〇七）であり、『古今集』が奏上されたとされる延喜五年には、まだその職に就いていない。故にこれをもって357以下一連の定国関係の賀の歌は延喜五年以降に補入されたもの、あるいは『古今集』そのものの成立が延喜七年以降とする見解もある。[20]しかし、見てきたように、賀の部作者判明歌群がその両端に、六歌仙時代の帝王と有力臣下関係の歌群と撰者時代の帝王と有力臣下関係の歌群を対応させるという構造をとっていたとすると、撰者時代の帝王と有力臣下の歌群は364の保明親王誕生を祝う歌一首だけでは分量としてあまりに少ない。また、既に見たように357から363までの定国四十の賀の歌群と364の保明親王誕生を祝う歌が、季節の循環という強い関連性を持ちつつ緊密な構成をとって配列されていることを考慮すると、定国四十の賀の歌群の代わりに、『古今集』奏上当時は何らかの別な歌群がそこに存在していたことも想定しにくい。さらに、定国四十の賀の歌群が延喜五年以降の増補であるとすると、定国は延喜六年に亡くなっているのであるから、既に死亡した人物の賀の歌を、撰者時代の賀の歌群、すなわち当代の御代を言祝ぐという意味を持つ賀の歌群に入れるのは、不自然である。このような事情を考慮すると、357から363までの定国四十の賀の歌群は『古今集』撰進当初から存在していたと考えるのが妥当と思われる。357の詞書の「尚侍」は、『古今集』撰進時には別の形で記されていたが、増補の際、その部分のみが書きかえられたとするのが最も穏当な推論ではなかろうか。

以上、歌の詠み手や賀を受ける人物がどの時代に属するか明確にしえない箇所も存したが、前後の歌の配置など考慮して、私なりに考えた賀の部の構造を図示すると次のようになる。

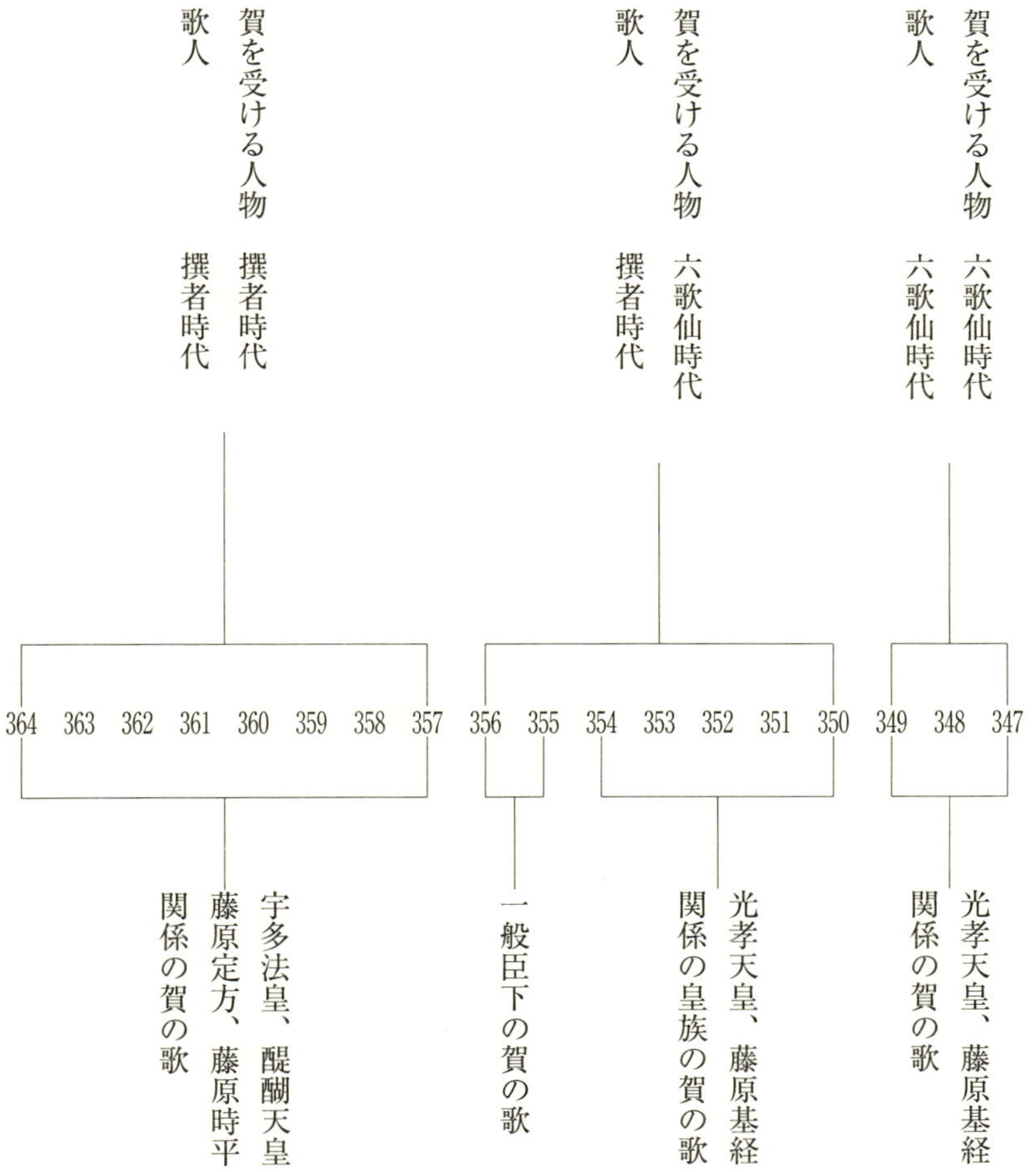
賀を受ける人物　六歌仙時代
歌人　六歌仙時代
347 348 349
光孝天皇、藤原基経
関係の賀の歌
賀を受ける人物　六歌仙時代
歌人　撰者時代
350 351 352 353 354
光孝天皇、藤原基経
関係の皇族の賀の歌
355 356
一般臣下の賀の歌
賀を受ける人物　撰者時代
歌人　撰者時代
357 358 359 360 361 362 363 364
宇多法皇、醍醐天皇
藤原定方、藤原時平
関係の賀の歌

注

（1）松田武夫『古今集の構造に関する研究』（風間書房、昭和40年9月）338頁。
（2）『日本文徳天皇実録』嘉祥三年三月二十八日。
（3）目崎徳衛は『平安文化史論』（桜楓社、昭和43年11月）「僧侶および歌人としての遍照」において、遍照は時康親王（後の光孝天皇）の乳母子ではなかったかと推定する。
（4）『日本三代実録』仁和二年三月十四日。
（5）『日本三代実録』仁和元年二月十三日。
（6）同注（3）。
（7）『日本三代実録』仁和元年十二月十八日。
（8）久曾神昇『古今和歌集成立論　資料編』所収の本文で、347番歌の詞書を「をは」と表記するのは、私稿本、基俊本、六条家本、伝寂蓮筆本、右衛門切、永暦本、昭和切、建久本、寂恵本、伊達本。「おは」と表記するのは、筋切本、元永本、雅俗山庄本、静嘉堂本、永治本、前田本、天理本、雅経本。
（9）目崎徳衛「基経の母」（『新訂増補国史大系　月報』所収、吉川弘文館、平成13年5月）
（10）松田武夫『古今集の構造に関する研究』344・345頁。
（11）久曾神昇『古今和歌集成立論　資料編』所収の本文で、350番歌の詞書を「をは」と表記するのは、私稿本、基俊本、六条家本、伝寂蓮筆本、右衛門切、永暦本、昭和切、建久本、寂恵本、伊達本。「おは」と表記するのは、筋切本、元永本、永治本、天理本、雅経本、今城切・了佐切。
（12）松田武夫『古今集の構造に関する研究』352頁。
（13）井川健司「「賀」の特色と構造」（『一冊の講座　古今和歌集』所収、有精堂、昭和62年3月）
（14）村瀬敏夫「古今集以前の醍醐天皇―撰者達との出会い―」（『国文学研究』26号、昭和37年10月）、「古今集」（『和歌文学講座4　万葉集と勅撰和歌集』所収、桜楓社、昭和45年3月）、山口博『王朝歌壇の研究　宇多醍醐

朱雀朝篇』（桜楓社、昭和48年11月）第二篇、第四章、第八節などは、藤原時平が『古今集』の撰進に大きく関与したと指摘する。

(15) 松田武夫『古今集の構造に関する研究』349頁。

(16) 小町谷照彦『古今和歌集』（旺文社、旺文社文庫、昭和57年6月）

(17) 357から363の定国四十の賀の屏風歌の歌群の詞書の末尾は、筋切本が「うしろの屏風歌」、元永本、雅俗山庄本、静嘉堂本が「うしろの屏風の歌」とある他、諸本いずれも「うしろの屏風に書いた」との詞書を有する。

(18) 352から354の詞書は、久曾神昇『古今和歌集成立論　資料編』所収の本文では、底本と同様の書式となっている。

(19) 久曾神昇『古今和歌集成立論　資料編』所収の本文では、私稿本、寂恵本、伊達本は「春宮」、それ以外の本文は「東宮」、筋切本は「春日」、それ以外の本文は「かすか」。

(20) 久曾神昇『古今和歌集成立論　研究編』等。

第三章

上代歌論から貫之の歌論へ

第一節　『歌経標式』『万葉集』の歌論から『古今集』の歌論へ

一　『歌経標式』の書名

『歌経標式』という書名のうち、「歌経」は『詩経』によったものと考えられる。しかし現在『詩経』と呼ばれる書物がそうした名称で呼ばれるようになったのは宋代以降であり、(1)『歌経標式』という書名が奈良時代末につけられたとするなら、その「歌経」は現在いわれるところの『詩経』によったものでないことになる。『日本国見在書目録』には、現存しないが、六朝期の詩学書と推定される『詩経十八巻』という書が見える。『歌経標式』の「歌経」は、あるいはこの『詩経』によって名づけられたのかもしれない。(2)一方、「標式」は何によってつけられたのか現在のところ定かではないが、「作歌の方式、規則などの標目として示す」といった意味で用いられたのではないかと推定されている。(3)

ただし、『歌経標式』という書名は、古態を伝えるとされる真本系の本文では、序文の後に「歌経標式第一」と一箇所現われるのみで、しかも「第一」とあっても「第二」以下がない奇妙な書き方となっている。(4)また序文では真本系、抄本系とも「故《かれ》、新しき例《ためし》を建て、則ち韻曲を抄《ぬ》き、合せて一巻とす。名づけて歌式と曰ふ」と、この書を「歌式」と名づけている。(5) さらに、平安時代以降、本書を引用した歌学書は多数あるが、それらの多くにおいて、本書は「浜成式」「浜成の（が）式」などと呼ばれており、『歌経標式』は『八雲御抄』に一例、『和歌現在書目録』に『歌経』として一例見出されるのがその早い例とされる。こうした点を考慮すると、本書の本来の書名、すなわち浜成が本書に付した当初の名称は『歌式』であり、『歌経標式』は後人の手によってつけられた名称ではないかと推定される。(6)

『歌式』は『唐書』芸文志に、僧皎然『詩式』、『日本国見在書目録』に『八病詩式』などと見える「詩式」、つまり詩の法則を示した書物の意の「詩式」にならったものであろう。(7)

二　『歌経標式』の成立

本書が宝亀三年（七七二）五月に光仁天皇に奏上されたことは、序文、跋文より明らかである。ただし、序文に付された日付は五月七日、跋文の日付は五月廿五日となっており、その間に二十日ばかりの開きがある。この点については、本文中に「制を奉けたまはるに曰はく、『等と等とは理《ことわり》に於きて相《あ》ひ比《なら》ぶこと得と言ふべし。故《かれ》、別式を立つべし』といへり。今、制の示せるに依りて、これを改めて曰はく」（35〜36行）、「制を奉けたまはるに曰はく、『莫乗吒《なのりそ》も花は開《さ》くまで』等は、其の句の辞《こと》、事に於きて穏《おだ》ひにあらず。（中略）今、制に依る。」（191〜194行）とあるのが注目される。前者は胸尾病の例として「しらつゆとあきのはぎとは」の歌をあげたのに対し、帝が「別式を立つべし」と指摘されたので、「うぢかはを」の歌を新たに例歌としてあげたというのであり、後者は「頭古腰新」の例として「あづさゆみ」の歌を引いたが、帝の指摘で歌の辞句を改めたという。また、跋文に「以前《さき》の歌式、制を奉けたまはりて删定《さんてい》すること件《くだり》の如し。」という表現が見られるが、これも帝の指示で文章を整えたことを意味している。これらの記述をみると、本書は奏上されたものが即座に嘉納されたのではなく、一度奏上されたものが光仁帝の指摘をうけて、部分的に改変され、改めて奏上されたものと推定される。とすると、序文と跋文の日付の相違は、前者が最初の奏上の日付、後者が再度の奏上の日付を示すのではなかろうか。(8)

また本書は、序文で「若《も》し収採を蒙《かがふ》り、幸に当代《このよ》に伝はらば」と帝に嘉納されることを望んでいるような表現をとっているのに対し、跋文では「以前の歌式、制を奉けたまはりて刪定すること件の如し。」と本書が勅撰であることを明らかに示す表現をとっており、当初浜成の発意で著され、奏上されたものが、光仁帝の命によって若干の修正を経、改めて勅撰という形で奏上されたと考えられる。

なお、本書は真本発見以前から偽書説が存し、真本発見後もその序文、跋文の署名のあり方から、偽書とする説が提示されているが、(9)いずれの論拠も本書を偽書と断定するほどの決定的な根拠とはなりえていないように思われる。

既に本書は、抄本系の本文が『奥儀抄』にほとんど全文引かれており、『奥儀抄』以前に成立していたことは確実であるし、『奥儀抄』『和歌童蒙抄』『袋草子』『古来風体抄』『八雲御抄』など、王朝期の主だった歌学書に、光仁朝に浜成が奏上した書と記されている。また、全文漢文体で中国詩論の影響が強く、歌病を扱っているなど、形式的には十世紀中頃に成立したと推定される(10)『和歌作式（喜撰式）』『和歌式（孫姫式）』に近く、それとほぼ同時代、というよりむしろそれ以前の成立と推定されるし、用いられている万葉仮名も浜成の時代のものとみて不自然ではない。それにもし仮に本書が偽書であるとするなら、歌人としてほとんど無名な浜成をなぜその著者にしたのかにも疑問が残る。偽書ならば、もっと著名な歌人を著者とするのが自然ではなかろうか。これらの点を勘案すると、本書は浜成の手によって光仁朝に奏上されたものとするのが穏当と思われる。(11)

三　『歌経標式』の内容

本書の内容を図示すると次のようになる。

- 歌病
  - 頭尾　第一句尾字と第二句尾字が同音
  - 胸尾　第一句尾字と第二句第三ないし第六字が同音
  - 腰尾　第三、五句尾字（本韻）と第一、二、四句尾字が同音
  - 黶子　第三、五句尾字（本韻）とそれを除く第一句から第五句までの字が同音
  - 遊風　一句中、第二字と句末字が同音同字
  - 同声韻　第三句尾字と第五句尾字が同音同字
  - 遍身　前半三句、後半二句をそれぞれ一単位と捉え、それぞれの単位の尾字（本韻）以外にそれぞれ同音を二字以上用いたもの
- 求韻
  - 長歌　第二句尾字、第四句尾字を韻とし、以下それにならう
  - 短歌　第三句尾字を初韻、第五句尾字を終韻とする
  - 韻
    - 麁韻　語末の音節がア列音
    - 細韻　語末の音節がア列音以外
- 査体
  - 離会　異質な事物が混在し、意味内容が支離滅裂なもの
  - 猿尾　最終七音句の音節数の不足
  - 無頭有尾　第一句（冒頭の五音句）を欠くもの
  - 列尾　最終七音句の音節数の超過

歌体

- 有頭無尾　末二句を欠くもの
- 直語　平俗な表現によるもの
- 離韻　第三句尾字と第五句尾字の母音の不一致
- 聚蝶　句頭毎に同じことばを用いるもの
- 謎譬　表現したい事柄を謎におきかえて表現するもの
- 双本　五七七　五七七
- 短歌　五七五七七
- 長歌　五七五七…………五七七
- 雅体
  - 頭古腰新　第一句に古事、第三句に新意をおくもの
  - 頭新腰古　第一句に新意、第三句に古事をおくもの
  - 頭古腰古　第一句、第三句にともに古事をおくもの
  - 古事意　第二句、第四句あるいはそれらを含む複数句に古事をおくもの
  - 新意体　古事を用いず、直語のような表現もとらないもの

前半の「歌病」は、歌句中の音に注目し、病となる音の配列を示したもの。後の「歌体」は、「求韻」「査体」「雅体」の三つに分類される。「求韻」は韻のあり方について述べたもので、今日一般に考えられる歌体の概念と矛盾するが、韻を重視する浜成にとっては、長歌や短歌における韻の踏み方を示すことは、「歌体」を論ずるにあたってまず最初に示さなければならない重要問題であったのであろう。「査体」は歌意の不整合、句数音数の不整、言語表現の不適、韻の不適といった作歌技法上欠陥を持つ歌体、「雅体」は「査体」と対立する正雅な歌体を示したものと考えられる。

また歌病内の配列は、第一句尾字と第二句中の音の重複に関する「頭尾」「胸尾」、本韻と他の歌句中の音の重複に関する「腰尾」「黶子」、一句中の同音同字に関する「遊風」、本韻の同音同字に関する「同声韻」、一首を二分し、本韻を除く歌句中の音の重複に関する「遍身」というように整った形を示している。[12]

「求韻」も、「長歌」「短歌」の韻の踏み方、次いで韻の種類という構成をとっており、配列に関して特に矛盾はない（ただし、「雅体」では「双本」「短歌」「長歌」の順となる）。

「査体」は支離滅裂な内容で意味をなさない、つまり歌の意味内容の面で欠点のある「離会」を最初に置き、次いで二番目「猿尾」と四番目「列尾」は第五句の音数の不整、三番目「無頭有尾」と五番目の「有頭無尾」は一首中の句数の不整というように類似した欠陥のある歌体を交互に配し、その後日常言語と異なることのないことばを用いた体、つまり用語面で欠陥のある「直語」、さらに最後に韻の不整合を述べた「離韻」を置く。[13]

「雅体」は、毎句句頭に同じ言葉を詠み込む「聚蝶」、表現したいものを一種の謎として、歌の表面に表わさず詠み込む「謎譬」というように、歌の意味内容に関するものを最初に二つ置き、次に「双本」「短歌」「長歌」と歌の形体に関するものをあげ、「頭古腰新」以下五体は、古事、新意による表現の諸形態をあげる（「謎譬」はある表現によって別の意味を謎として表わすという表現方法に注目すれば、表現様式の問題とも考えられるが、謎としてある意味を表わすという点の方に重点を置けば、意味内容に関するものと見ることもできよう。あるいは、後半の表現方法に関する歌体がいずれも古事、新意に関するものであるので、それらと一線を画してあえて前半部に置いたのかもしれない）。

「査体」「雅体」は、いずれもはじめに「離会」あるいは「聚蝶」「謎譬」というような歌の意味内容に関わる歌体をあげ、次に「猿尾」から「有頭無尾」、「双本」から「長歌」というような歌の形体に関わるもの（今日一般にいわれるところの歌体）を示し、最後に「直語」「離韻」、「頭古腰新」から「新意体」といった歌の表現様式に関わる歌体をとりあげているとみることができる。

このように見てくると、本書の構成は全体としてきわめて整然とした体系性を有しており、かつ歌病、歌体を通じそこにあげられた個々の基準はいずれも一般性、普遍性を有し、和歌全般に適用可能なものと考えられる。

四　『歌経標式』の批評意識

だが、『歌経標式』の個々の基準を実際の和歌にあてはめてみると、適切な批評基準と言いがたいものが多い。たとえば、「胸尾」病の例としてあげられる、大伯皇女の

かむかぜの　いせのくににも　あらましを

も、第一句尾字と第二句第三字が同音故、歌病とされるのであるが、歌そのものを見た場合、そうした音の配列によって一首の趣が損なわれていると感じられない。

また「遊風」病は、一句中の第二字と句末字が同音同字のものを指し、例歌として引かれる

かにかくに　ものはおもはじ　ひだひとの

も第一句の二字目と五字目がともに「爾」字であるため病とされるのであるが、これも歌自体を見れば決して無理な表現とは思われない。事実、この歌は後世の歌書などにも多く引かれ、人口に膾炙した歌であった。

その他、右にあげた「胸尾」「遊風」以外の歌病についても、その歌病の規則が必ずしも歌の良し悪しをはかる適切な基準となっているとは言いがたいように思われる。

そもそも本書における歌病は、中国詩論を日本の歌に適合するように改変しようとした跡が認められるにしても、基本的には中国詩論の和歌へのあてはめであり、本来音韻数の多い中国語の詩の規則を、音韻数の少ない日本語の歌に適用しようとしたところに根本的な矛盾があったといわねばならない。

また「歌体」についても、「短歌」や「長歌」で韻を踏むことは不必要と思われるし、「査体」中に「離韻」を

おくことも不要と思われる。「雅体」においても「頭古腰新」以下「新意体」までの古事、新意にまつわる歌体は、新意の概念が必ずしも明確でなく、またそれらの「歌体」が和歌において特に理想的なものとも感じられない。これらの「歌体」は、中国詩論との何らかの関連性が推定され、中国詩論にひきずられて立項された可能性がある。[14]ただ、「双本」「短歌」「長歌」といった歌体の分類、「猿尾」「無頭有尾」など短歌形式をなさないものへの非難、「直語」（平俗な言語表現）によって歌を作ることへのいましめ、「韻は風俗の言語《げんぎょ》に異《たが》ひ」（2行）というような和歌は日常の言語表現とは異った表現であるとの指摘、古事という語で枕詞、序詞的な表現を認識している点など、一方では和歌の実情に即した認識が示されている点、注目される。[15]

しかし、このように部分的には穏当な規範が示されているにもかかわらず、全体としてみるならばやはり本書は中国詩論をほとんどそのまま和歌にあてはめた感が強く、和歌の実態に即した批評基準を提示しているとは言いがたい。[16]

これは和歌に漢詩の批評基準を導入することで、和歌を漢詩と同様の地位に位置づけようとする浜成の意図によるかもしれないし、あるいは、「雅体」、二、「謎譬」において

　ねずみのいへ　よねつきふるひ　きをきりて　ひききりいだす　よつといふかそれ

という自らの歌をひきあいに出し、そこに「あなこひし（穴粉火四）」が謎の形で詠み込まれている点を「甲第《かふてい》とす」とする浜成の和歌に対するセンスの無さによるのかもしれない。が、より根本的には、この時代（奈良時代）における批評意識の限界が、こうした書をなさしめた原因であったのではないだろうか。

五　『万葉集』の批評意識

『万葉集』には、「雑歌」「相聞」「挽歌」あるいは季節による分類といった歌の内容による分類、「正述心緒」

「寄物陳思」「譬喩歌」といった歌の表現方法による分類が見られる。また、長歌、短歌、旋頭歌といった歌体による区分もなされているし、

もし翰苑《かんゑん》にあらずは、何を以てか情《こころ》を攄《の》べむ。（815～846の序）

春日遅々に、鶬鶊《うぐひす》正に啼《な》く。悽惆《せいちう》の意、歌に非ずしては撥《はら》ひ難きのみ。仍《よ》りてこの歌を作り、式《もち》て締緒《ていしょ》を展《の》べたり。（4292左注）

というように歌が人の心をはらうものだとする認識もしばしば認められる。また、

今案《かむが》ふるに、「妹によりては」と言ふべからず。まさに「君により」と謂《い》ふべし。なにそとならば、すなはち反歌に「君がまにまに」と云《い》へればなり。（3284左注）

古歌に曰く

橘の寺の長屋に我が率寝《ゐね》し童女放《うなゐはな》りは髪上げつらむか

右の歌、椎野連長年《しひののむらじながとし》、脈《とり》みて曰く、「それ寺家《じけ》の屋は、俗人の寝《ぬ》る処にあらず。また若冠《ぢやくくわん》の女《をみな》を偁《い》ひて、放髪丱《うなゐはなり》といふ、然らば則ち腰句《えうく》已《すで》に放髪丱と云へれば、尾句《びく》に重ねて著冠《ぢやくくわん》の辞《こと》を云ふべからじか」といふ。

決めて曰く

橘の照れる長屋に我が率寝し童女放りに髪上げつらむか（3822・3823）

のように和歌の表現を批評したり、添削したりする記事も存在する。その他、防人歌を選別して、

ただし、拙劣の歌十一首あるは取り載せず。（4327左注）

とした左注や

右の一首、作者未詳なり。ただし、裁歌《さいか》の体の山上《やまのうへ》の操《さう》に似たるを以て、この次《つぎて》に載す。（906左注）

と一首の作風をもって作者を推定したり、

山柿《さんし》の歌泉は、これに比《たくち》ぶれば蔑《な》きが如く（3973前文）

というように先行歌人を批評した表現さえ見出される。

これらのうち、「雑歌」「相聞」「挽歌」あるいは「正述心緒」「寄物陳思」「譬喩歌」などの分類基準、歌体ならびに和歌の本質論などには一般的、普遍的な性格が認められ、かつ「長歌」「短歌」「旋頭歌」という歌の形体による分類は、『歌経標式』の「長歌」「短歌」「双本」の分類と一致し、「正述心緒」「寄物陳思」「譬喩歌」という分類は「頭古腰新」「新意体」などといった分類方法と表現法による分類という点で近似する。

こうした点を見ると、『万葉集』にも歌体や表現方法による分類、和歌の本質論などにおいて、抽象度の高い規範が存在し、その中には『歌経標式』と共通、近似する基準も存在することが認められる。しかも、『万葉集』におけるこれらの規範は、和歌の実情にかなったものであり、それらの中には中国詩論の影響が認められると思われるものもあるが、それらも和歌の実態に合うものがとられたり、その実態に合うように改変されるという工夫が施されている。

しかし、これら『万葉集』において一般性、普遍性を持ち、和歌の実態にかなっていると思われる規範は、全て分類基準およびそれに準ずる基準であることには注意する必要があろう。『万葉集』には、『歌経標式』の「歌病」「歌体」に見られるような、それによって歌の善し悪しを決定する一般性、普遍性を持った批評基準は見出しえない。『万葉集』には、『歌経標式』のような一般性、普遍性を持った批評基準は存在しないのである。

『万葉集』独自の「雑歌」「相聞」「挽歌」などといった概念も歌の分類基準にとどまることはいうまでもないであろうし、歌が人の心をはらうものとの見解も一般性を持ち、和歌の本質の定義づけとしては重要な意味を持つが、それもまた歌を批評する際の基準とは言いがたい。また、『万葉集』に認められる、和歌の表現に対する批評、添削、先行歌人への批評など論じた記述は、それぞれが和歌の実態に即した適切な批評となりえているが、それらはいずれも個々の歌に対する個別の批評であり、ときに感覚的、印象的ですらあって、広く和歌一般に適用しうるような普遍性を持った批評基準となりえていない。

確かに分類基準を持つということは批評意識を持つことの第一歩といってよいであろうが、歌に対する分類基準を持つことと、その歌の善し悪しを判断する批評基準を持つことには、大きな径庭が存するのではなかろうか。歌を批評する一般的な基準を持つためには、それを分類する一般的な基準を持つ以上に、さらに高度な批評意識が要求されるように思われる。

六　上代文学の批評意識

以上、『歌経標式』と『万葉集』に認められる批評のあり方を見てきたが、ここに我々は上代における批評の可能性と限界を見て取ることができるのではないだろうか。『歌経標式』においては、完結した体系性を持った一般的、普遍的な批評基準が示されているが、それらの多くは中国詩論の影響をまぬがれえず、和歌の実態にそぐわないものとなっている。一方、『万葉集』における批評ないし批評意識を見てみると、一般性、抽象性を持った基準は分類基準ないし和歌の本質を規定するものであり、批評基準として一般性を持った規範は認められない。左注、題詞などには和歌の実態に即した批評的な表現も認められるが、それらは個別の歌や表現に対する批評であって、一般性、普遍性を持った批評基準とはなりえていない。

つまり、『万葉集』『歌経標式』に代表される上代の歌論においては、一般性を持った批評基準は和歌の実態にそぐわないものとなっており、逆に和歌の実態に即した批評は一般性、普遍性を獲得していないということになる。そしてこのことは、当時の人々がいまだ和歌の実態にみあった、一般性、普遍性を持つ批評基準を獲得するに至らなかったことを示していると思われる。

七　『古今集』の歌論

和歌の実態に即し、かつ一般性、普遍性を持った批評基準が成立するには、やはり『古今集』の登場を俟たねばならなかったのではなかろうか。『古今集』の序文は次のように始まっている。

やまとうたは、人の心を種として、万《よろづ》の言の葉とぞなれりける。　（仮名序）

夫和歌者。託二其根於心地一。発二其花於詞林一者也。　（真名序）

ここでは和歌は人の心がもととなり、言葉という形をとって成立すると規定され、さらにその心詞論をもとになされた六歌仙評では、

そのほかに、近き世にその名聞えたる人は、すなはち、僧正遍照は、歌のさまは得たれども、まことすくなし。たとへば、絵にかける女《をうな》を見て、いたづらに心を動かすがごとし。

在原業平は、その心余りて、詞たらず。しぼめる花の色なくて匂ひ残れるがごとし。

文屋康秀は、詞はたくみにて、そのさま身におはず。いはば、商人《あきひと》のよき衣《きぬ》着たらむがごとし。

宇治山の僧喜撰は、詞かすかにして、始め終りたしかならず。いはば、秋の月を見るに暁の雲にあへるがごとし。よめる歌多く聞えねば、かれこれをかよはして、よく知らず。

小野小町は、古の衣通姫《そとほりひめ》の流《りう》なり。あはれなるやうにて、つよからず。いはば、よき女のなやめるところあるに似たり。つよからぬは女の歌なればなるべし。

大友黒主は、そのさまいやし。いはば、薪負へる山人の花の蔭に休めるがごとし。　（仮名序）

花山僧正。尤得二哥躰一。然其詞花而少レ実。如三図画好女徒動二人情一。在原中将之歌。其情有レ余。其詞不レ足。

如下萎花雖レ少二彩色一。而有中薫香上。文琳巧詠レ物。然其躰近レ俗。如三賈人之着二鮮衣一。宇治山僧喜撰。其詞花麗。而首尾停滞。如下望二秋月一遇中暁雲上。小野小町哥。古衣通姫之流也。然艶而無二気力一。如三病婦之着二花粉一。大友黒主之哥。古猿丸大夫之次也。頗有二逸興一。而躰甚鄙。如三田夫之息二花前一也。　（真名序）

といった記述がなされている。このうち業平評で「その心余りて、詞たらず」「其情有レ余。其詞不レ足」と述べられているところからすると、この「心」と「詞」とは連続したものでなく、別々のものであり、他の六歌仙評もあわせ考慮すると、この心詞の二要素が調和し、かつ歌の「さま」を得ているのが理想的な歌のあり方だというのが、『古今集』の和歌に対する根本的な認識であったようである。(17)

六歌仙のうち、現在多くの歌が残されている遍昭、業平、小町について、その批評文と彼らの実作とを照らし合わせてみると、遍昭、業平は「心」「詞」「さま」を用いた評によって、その歌風が的確に批評されている。小町の評には、「心」「詞」「さま」といった言葉は出て来ないが、その批評文は彼女の作風を見事に言いあてている。残る三人の評については、現存する彼らの歌が少ないので、その評言が適切かどうか判断しかねるが、遍昭、業平の「心」「詞」「さま」という批評用語を用いた評の適切さを考慮するなら、この『古今集』序文の「心」「詞」「さま」という評語は、和歌を批評するにおいてきわめて有効な批評基準であると理解される。

しかも、これは一般性、抽象性を持った批評基準であって、『万葉集』に見られるような個別的、感覚的な批評ではない。それは『歌経標式』に見られるような高度な体系性を持ちえないにせよ、和歌全般に適用可能な普遍性、一般性をそなえた批評基準なのである。

もちろん、『古今集』序文に見られる歌論の中には、六義のように和歌の分類基準として充分成熟しているかどうか疑問に思われる部分も存するが、「心」「詞」「さま」に関していえば、中国詩論を充分咀嚼し、和歌の実態に即し、和歌全般に適用可能な一般的、普遍的な性格を持つ、わが国初の本格的な和歌批評基準と言いうるであろう。『古今集』に至って人々は、上代人の持ちえなかった自国の文学に適した一般的、普遍的な批評基準をはじめて持ちえたのである。

八　後世への影響

『歌経標式』は後世の歌学書にもしばしば引用される。多くは部分的な引用であるが、『奥儀抄』『和歌童蒙抄』にはかなり長文の引用もある。しかし、既に述べたように『歌経標式』の歌論は、中国詩論のひきうつしの部分が多く、和歌の実態に適応させることが困難である。ためにこれらの引用も、わが国最初の歌学書であるという歌学史上の意義や興味によって抽き出されたものであり、現実に歌の批評基準として用いられることを考慮して引用されることは少なかったようである。事実、長文の引用のなされる『奥儀抄』や『和歌童蒙抄』は、いくつかの歌学書の記述の具体例の一つとして本書をあげているのであり、その他の歌学書でも、長歌、短歌の説、双本についてなど、ごく一部注目されている点はあるが、あとは本書が光仁朝に浜成によって撰せられたことを簡単にふれる程度である。

また、歌合の判詞などで『歌経標式』の歌病や歌体が引かれることも少ない。その少ない引用の中には(18)

欵冬《やまぶき》

八番　左勝　順

15春霞井出の河波たちかへり見てこそゆかめ山吹の花

右　兼盛

16一重づつ八重山吹はひらけなむほど経て匂ふ花とたのまむ

左歌いとをかし。さることなりと聞こゆ。右歌八重山吹の一重づつひらけむは、一重なる山吹にてこそはあらめ。心はあるに似たれども、八重吹かずば本意《ほい》なくやあらむ。又下の句のはて、上の句のはてと、おなじ文字あり。仍以レ左為レ勝。

（天徳四年三月卅日内裏歌合）

と同声韻と類似した病をとがめた指摘も見られるが[19]、他では

四番　左持　右近権少将顕家

7今よりはかぎりもあらぬためしには君が経む世をひくべかりけり

右　右近権少将成家

8亀山やはるかにかよふ友鶴の雲路や君が千代のゆくすゑ

左歌、「初五文字の終りの字同じきは、腰尾病と浜成卿の七病のうちに出だせり。しかれども、いまの世にはあながち憚《はばか》らざるにや。」（略）

（文治二年十月廿二日太宰権帥経房歌合）

七番　左持　頼政朝臣

37草がくれ見えぬ男鹿も妻こふる声をばえこそ忍ばざりけれ

右　成仲

38秋の野の花のたもとに置く露や妻よぶ鹿の涙なるらむ

左はおもしろく、右はやさしく、とりどりに見侍るに、右歌はおなじ文字や多く侍るらむ。これは偏身病とて和歌作式に制したれども、このやまひある歌をりをりの歌合になきにあらず。かつはこの度、あまた侍るは申しあふべくもなきうちに、かやうのことは詞のさまによるにやと見侍るは。この歌負けにさだめがたければ、猶可レ為レ持。[20]

（仁安二年八月太皇太后宮亮経盛歌合）

六番　左勝　　公重朝臣

83山姫はもみぢのにしき織りてけりたちなやつしそ嶺の朝霧

右　　政平朝臣

84しぐれには紅葉の色ぞまさりける又かきくもる空はいとはじ

（中略）左、あしくもあらぬを、二韻字同、これは声韻病を申すにや。ただし、天徳歌合にはとがめたる歌もあり、とがめぬ歌もあり、うち聞くに耳にたたぬは、さてもあるにや。この歌、癖ともきこえぬにあはせて、右歌よからねば、左勝にて侍るべし。[21]

（同）

というように、『歌経標式』に指摘されるような病は気にすべきではないと説かれている。

『古来風体抄』[22]は

歌の式といふものは、光仁天皇と申す御時に、参議藤原浜成作りたると申すぞ、歌の式の初めなるべき。その後こなたざま、孫姫《ひこひめ》、喜撰など式とて、さまざまの病どもを立て置きて侍るなり。そのなか、同じこと返して二度詠むこと、また、同じ心二所詠むこととは、宗《むね》と避《さ》るべきことに今はなり果てにて侍るなり。そのほかの病どもは、避りあふべきことども見え侍らず。それらを避らんとせば歌かへりて見苦しくなり侍りなん。されど、式どもに申したる名ばかりは、さることありとばかりは人知るべくやとて、書き付け侍るなり。

と述べ、『八雲御抄』には(23)

同心病は為レ難。同事の二所に有也(隔句也。)其外、乱思、欄蝶、渚鴻、花橘、老楓、後悔等病は唯わろくこそあれ共不レ為レ難。中飽も不レ為レ難也。又岸樹、風燭、浪船、落花(已上四病)頭尾、胸尾、膊尾、醫子、遊風、已上不レ為レ病。声韻(上下句終同字並也)平頭(上下句上同字並也)毎句同字三四などあるは雖レ不レ為レ病非二最上一。一首(号遍身)同字多をも或称レ病。但今古流例也。平頭病は天徳歌合中務詠レ之。非二強難一とて為レ持。遍身病事、康資母幼少聞侍しかば輔親云、「同字三はいかゞせむ、四あるは公所には不レ可レ出レ之。」然而能宣寛和歌合詠、春のくる道のしるべはみよしの、、又貫之、木の下風も鶴膝病也。惣勿レ論事也。但、五六は雖レ非レ病尤聞悪也。又終八字非二沙汰限一。俊成曰、「歌合には同字四あるなど古は咎たり」と有。の、字四あるは咎と不レ聞。

といった記述がなされている。両者とも『歌経標式』のみでなく、以後の歌論書の歌病にもふれているが、これら歌学書の記述からも、我が国の歌論の祖となった『歌経標式』という書物が、後世、和歌批評の上でどのような位置を占めていたかうかがい知ることができるように思われる。

注

（1）白川静『詩経』（中央公論社、中公新書、45年6月）序章など。

（2）小島憲之『上代日本文学と中国文学　下』（塙書房、昭和40年3月）第六篇、第二章(二)。

（3）『日本古典文学大辞典』

(4)　抄本系は序の前に『歌経標式』という書名をあげる。ただし、「第一」の語はない。
(5)　『歌経標式』は『歌経標式　注釈と研究』（桜楓社、平成5年5月）所収の本文に拠る。
(6)　同注（2）。ただし小島は、本書成立当初から『歌式』と『歌経標式』の二通りの名が通用していたと推定する。
(7)　同注（2）。
(8)　倉林正次「『歌経標式』の成立をめぐって」（『野州国文学』22号、昭和53年10月）
(9)　平賀正「歌経標式論攷」（『文學研究』13輯、昭和14年12月）、筏勲「佐々木博士本歌経標式も偽書なり」（『上代日本文学論集　基礎的研究篇』所収、民間大学刊行会、昭和30年1月）所収
(10)　小沢正夫『平安の和歌と歌学』（笠間書院、昭和54年12月）第十章、二。
(11)　松下宗彦「歌経標式の考察」（『白百合女子短期大学研究紀要』1輯、昭和30年2月）
(12)　頭尾は第一句と第二句の尾字、腰尾は本韻と他句の尾字というように、対になった歌病では尾字のみの重複を問題とするものが先に配されている。
(13)　韻の問題を歌体で論ずるのは、求韻のところで述べた浜成の韻重視の姿勢を示すものであろう。
(14)　「古事」「新意」の対比、組み合わせを問題とする様式論は、『文鏡秘府論』地巻・論体勢等に見える「重畳用事之例」「上句用事下句以事成之例」「上句古下句以即事偶之例」などと関係があると思われる。
(15)　こうした点では、歌体の方が歌病より和歌に適した基準を示しているかもしれない。
(16)　本書で例歌とされた歌の中には、得という評価を得たり、雅体に分類されているものでも、本書で指摘する歌病を犯していたり、査体となっているものが見うけられる。これは浜成の選歌が杜撰だったということもあるかもしれぬが、それ以上に全ての歌病や査体にふれない例歌をさがすことがかなり困難だったことによるのではなかろうか。そして、このことも『歌経標式』の批評基準が和歌の実態に即していないことを示していると思われる。なお、注（11）の論文にも同様の指摘がなされる。
(17)　仮名序では「心」を「まこと」とも呼び、真名序では「心」を「実」、「さま」を「体」とも呼んでいる。

(18) 歌合本文は、萩谷朴『平安朝歌合大成』(同朋社、昭和54年8月)に拠る。

(19) 「長承三年九月十三日中宮亮顕輔歌合」に次のような判詞がある。

十番　左　信濃守親隆

19心にも見れば入りぬる月影を山の端のみとおもひける哉

右　雅親

20秋の山峯のあらしに雲はれて空すみわたる有明の月

(中略)右歌は、一首中帯二二巨病一。一者蜂腰病レ之。二者鶴膝病レ之。和歌作式、淮二詩門病一、立二八病一。云、一首の中、同字三字あるを蜂腰、四あるをば為二鶴膝一者、今干勘二此歌一、「あ」の字四あり、又「の」の字三あり。已犯二蜂腰鶴膝一也者、此巨病也。入二和歌腹心一、非二扁鵲一者、誰得レ痊哉、左歌者已旧秀歌也。右歌者一篇中有二二巨病失一、雄雌難病不レ及レ判。

ここには歌病を肯定する判者基俊の姿勢が見てとれる。ただし、『和歌作式』は普通『喜撰式』を指すが、『喜撰式』にも、また『歌経標式』や『孫姫式』にも「蜂腰」「鶴膝」といった病はない。また基俊のいう「蜂腰」「鶴膝」は、中国詩論の「蜂腰病」「鶴膝病」とも異っている(小沢正夫『平安の和歌と歌学』第十章、三)。一首中三つ以上同音のある病は『歌経標式』の遍身に近いが、基俊判詩の「蜂腰」「鶴膝」と遍身の関係は不明。

(20) この判詞の『和歌作式』は『歌経標式』のことと思われる。なお、「嘉応二年五月廿九日左衛門督実国歌合」69、70の判詞にも一首中の同音の多さをとがめないとする同様の指摘がある。

(21) この判詞の声韻病は「同声韻」のことと思われ、とがめた例は前引「天徳四年三月卅日内裏歌合」の15、16番の判詞、とがめぬ例は13、14番のことかと思われる。

(22) 『古来風体抄』は『新編日本古典文学全集』に拠る。

(23) 『八雲御抄』は『日本歌学大系』に拠る。

第二節　『土佐日記』の歌論
――和歌に関する記述の分析を通して――

一　『土佐日記』における和歌に関する記述

かつて萩谷朴は「『土佐日記』は歌論書か」と題する論文において『土佐日記』は、「興味本位の啓蒙的な意味においてはより有効なそしてその思想内容よりすれば同時代の常識的な歌論書よりも却って豊富周到な内容をもつ歌論書として、貫之自身、又当時の歌をよむ人々によって期待され歓迎された作歌指導書であったと考へられるのである」として、[1]『土佐日記』の主題にその歌論書的性格を指摘し、さらにそれ以降のいくつかの論考においてその主題論を深化させ、[2]最終的には『土佐日記』は「五十五日間の旅行の事実を素材とし、克明に日次を逐うた日記の形を執ってはいるものの、その間に脚色・虚構を多用した、寧ろ創作に近い作品であって、表層第一主題＝歌論展開、中層第二主題＝社会諷刺、深層第三主題＝自己反照という三大主題を並行させた、極めて多目的で、複雑多岐な内容を包含した作品である」とした。[3]

しかし、文学作品における主題を「作家がその作品において最も表現したいと意図するもの」と定義するなら、『土佐日記』の主題は自己反照、特に亡児哀傷の部分に存すると思われる。既に拙論でも述べたとおり、[4]貫之は自ら切実に表現したいテーマがあったにもかかわらず、それを直接表現することは、当時の文芸観からすると律令官人としてあるまじき行為であったがために、貫之は『土佐日記』に様々な偽装を施し、この日記がいい加減に書かれたように見せかけて、世間の非難をかわしながら、そこに彼の真に表現したいもの組み込んだと推定される。『土佐日記』を読んだとき、一見主題が混乱しているように感じられるのも、実は貫之が意図的に行った操作で、貫之は自らが真に表現したいものの他に、和歌に関する記述等の様々な要素を取り込むことによって、『土佐日記』に様々なテーマが述べられているように見せかけて主題を分裂させ、作品にいい加減なものとの印象を与え、世間の非難をかわしながら、彼の表現したいものを表現したと考えられる。とすると、『土佐日記』における和歌に関する様々な記述は、『土佐日記』に歌論的主張を織り込むことによって、主題を曖昧にして、『土佐日記』がいい加減に書かれたものとの印象を植え付けるために取り入れられた題材の一つということになり、先に述べた文学作品の主題の定義に従うならば、『土佐日記』の主題ではないということになる。

しかし、真に表現したい内容を韜晦するために設けられた記述であるにしても、そのことは『土佐日記』に記されている和歌に関する記述の内容がいい加減なものであることを意味するとはかぎらない。貫之は『土佐日記』において、主題を混乱させ、真に表現したいものを韜晦するために和歌に関する記述を取り入れたのであるが、そのように主題を曖昧にするためになされた記述であっても、その記述を詳細に検討してみると、そこには論の一貫性が認められ、日記執筆当時の貫之が心の中に抱いていた和歌に対する真摯な省察や彼がそうした記述に託して密かに表現したかったものを見て取ることができるように思われる。

そこで、本節では、『土佐日記』に見られる和歌に関する記述の分析を通して、それらの記述によって貫之が表現したかったものは何かという点について考察してみたいと思う。

二　和歌と漢詩、和歌の本質論

『土佐日記』の和歌に関する記述の中でまず目を引くのは漢詩に関する記述が出てきた後、必ず和歌に関する記述が出てくることである。該当する箇所を引いてみよう。

資料①

（1）漢詩《からうた》、声あげていひけり。和歌《やまとうた》、主《あるじ》も客人《まらうど》も、こと人もいひあへりけり。漢詩はこれにえ書かず。和歌、主の守のよめりける、

みやこ出でて君にあはむと来しものを来しかひもなく別れぬるかな

となむありければ、帰る前《さき》の守のよめりける、

しろたへの波路を遠く行き交ひてわれに似べきはたれならなくに

こと人々のもありけれど、さかしきもなかるべし。（十二月二十六日）

（2）この折に、ある人々、折節につけて、漢詩ども、時に似つかはしきいふ。また、ある人、西国なれど甲斐歌などいふ。「かくうたふに、船屋形《ふなやかた》の塵も散り、空行く雲も漂ひぬ」とぞいふなる。（十二月二十七日）

（3）むべも、昔の男は、「棹は穿《うが》つ波の上の月を、舟は圧《おそ》ふ海の中の空を」とはいひけむ。聞き戯《さ》れに聞けるなり。また、ある人のよめる歌、

水底の月の上より漕ぐ舟の棹にさはるは桂なるらし

これを聞きて、ある人のまたよめる、

かげ見れば波の底なるひさかたの空漕ぎわたるわれぞわびしき（一月十七日）

（4）男どちは、心やりにやあらむ、漢詩などいふべし。船も出ださで、いたづらなれば、ある人のよめる、

　磯ふりの寄する磯には年月をいつともわかぬ雪のみぞ降る

この歌は、常にせぬ人の言《こと》なり。また、人のよめる、

　風による波の磯には鶯も春もえ知らぬ花のみぞ咲く

この歌どもを、すこしよろし、と聞きて、船の長《をさ》しける翁、月日ごろの苦しき心やりによめる、

　立つ波を雪か花かと吹く風ぞ寄せつつ人をはかるべらなる

（一月十八日）

（5）二十日の夜の月出でにけり。山の端もなくて、海の中よりぞ出で来る。かうやうなるを見てや、昔、阿倍仲麻呂といひける人は、唐土《もろこし》にわたりて、帰り来ける時に、船に乗るべきところにて、かの国人、馬のはなむけし、別れ惜しみて、かしこの漢詩作りなどしける。飽かずやありけむ、二十日の夜の月出づるまでぞありける。その月は、海よりぞ出でける。これを見てぞ仲麻呂のぬし、「わが国に、かかる歌をなむ、神代より神もよん給び、今は上、中、下の人も、かうやうに、別れ惜しみ、喜びもあり、悲しびもある時にはよむ」とて、よめりける歌、

　青海原ふりさけみれば春日なる三笠の山に出でし月かも

とぞよめりける。かの国人、聞き知るまじく、思ほえたれども、言の心を、男文字にさまを書き出だして、ここのことば伝えたる人にいひ知らせければ、心をや聞き得たりけむ、いと思ひのほかになむ賞《め》でける。唐土とこの国とは、言異《ことこと》なるものなれど、月のかげは同じことなるべければ、人の心も同じことにやあらむ。

（一月二十日）

（6）男たちの心なぐさめに、漢詩に「日を望めば都遠し」などいふなる言のさまを聞きて、ある女のよめる歌、

日をだにも天雲近く見るものをみやこへと思ふ道のはるけさ

また、ある人のよめる、

吹く風の絶えぬ限りし立ち来れば波路はいとどはるけかりけり

（一月二十七日）

以上が『土佐日記』で漢詩への言及がなされる場面の全てである。この（1）から（6）の用例から分かるように、『土佐日記』では漢詩についての言及がなされると、必ず和歌が詠まれるという現象が見て取れる。（2）の甲斐歌は和歌と認めてよいかどうか異見のあるところであろうが、甲斐歌は『古今集』巻二十東歌に、陸奥歌七首、相模歌一首、常陸歌二首、甲斐歌二首、伊勢歌一首、それに藤原敏行の「冬の賀茂の祭の歌」という順で収められている。巻二十に収められている歌は、当時何らかの旋律を伴って謡われていた歌謡と推定されるが、いずれも五・七・五・七・七の短歌形式を有しており、『古今和歌集』というように和歌の集に収められていることからすると、いずれも貫之の時代には和歌と認められていたようである。

さて、このように漢詩の語あるいは漢詩の引用が文章中に現れる時、必ず和歌がそれに続いて記されるという事実は、『土佐日記』の作者貫之が漢詩と和歌が対等の地位にあることを示すことを意図して行った意識的な表現であると思われる。特に、（3）、（6）の用例は漢詩あるいは漢文の内容を和歌で翻案した形となっており、漢詩と和歌の同等性をより強く示すものといえよう。

しかし、それのみではない。『土佐日記』の漢詩に関する記述の中でも（5）の阿倍仲麻呂の帰国に際しての記述は、さらに注目すべき主張を含んでいる。（5）の記述においては、仲麻呂が唐からの帰国に際して和歌を詠んだ時、仲麻呂が「わが国に、かかる歌をなむ、神代より神もよん給び、今は上、中、下の人も、かうやうに、別れ惜しみ、喜びもあり、悲しびもある時にはよむ」と語ったと記している。仲麻呂が実際このように語ったかどうか定かではない。むしろ、帰国に際して互いになごりを惜しむ場面において、このような説明口調の発言はその場にそぐわないものであったと想像される。この発言は仲麻呂のものとするより、『土佐日記』の作者、貫之のものと見なすのが穏当であろう。ここで貫之は仲麻呂の口を借りて、和歌は単に漢詩と対等ものであるのみでなく、日本独自の文学形態であり、神代の昔から今にいたるまで、身分の上下にかかわらず、あらゆる人々が、喜びや悲しみが心の中で生じた時に詠むものだとの主張を語っているのである。

しかもこの仲麻呂の口を借りてなされたそれら主張はこの一月二十日の場面にとどまるものではない。それらの主張は『土佐日記』の他の部分からも窺い知ることができる。例えば、「上、中、下の人」が歌を詠むという主張は、『土佐日記』においては、貫之の他、亡児の母、淡路の専女《たうめ》という老女、ある人、ある女、童、女の童といった人々が歌の詠み手となるというように、老若男女、身分の上下にかかわらず多くの人々が歌を詠むという形で具現化されている。『土佐日記』の場合、一番高い身分といっても貫之程度となってしまうのであるが、しかしそうした場合でも身分の上下に関係なく歌が詠まれることが表現される。仲麻呂の口から出た「上、中、下」は上流貴族から下級の人々まで、つまりあらゆる階層の人々の意味と思われ、貫之の真意もそこにあったと思われるが、『土佐日記』という貫之を筆頭とする旅の記録という文学形態においては、貫之は貫之一行のあらゆる人々が歌を詠むという形でしか「上、中、下の人」が歌を詠むという主張を示しえなかったのであろう。しかし、『土佐日記』における様々な人々の詠歌行為が、仲麻呂の主張と呼応することによって、この「上、中、下」が「あらゆる階層の人々」を意味しうることを貫之は十分承知していたであろう(5)。

また、『土佐日記』には和歌が詠まれる前後に次のような記述がしばしば見受けられる。

資料②

（1）女子のなきのみぞ悲しび恋ふる。ある人々もえ堪《た》へず。このあひだに、ある人の書きて出だせる歌、
（十二月二十七日）

（2）かく別れがたくいひて、かの人々の、くち網も諸持《もろも》ちにて、この海辺にてになひ出だせる歌、（十二月二十七日）

（3）岸にもいふことあるべし。船にも思ふことあれど、かひなし。かかれど、この歌をひとりごとにして、やみぬ。（一月九日）

（4）おもしろしと見るに堪へずして、船人のよめる歌、（一月九日）

（5）船も出ださで、いたづらなれば、ある人のよめる、（一月十八日）

（6）この歌どもを、すこしよろし、と聞きて、船の長しける翁、月日ごろの苦しき心やりによめる、（一月十八日）

（7）その音を聞きて、童も嫗《おむな》も、いつしかとし思へばにやあらむ、いたく喜ぶ。この中に、淡路の専女《たうめ》といふ人のよめる歌、（一月二十六日）

（8）苦しきに堪へずして、人もいふこととて、心やりにいへる、（二月一日）

（9）風の吹くことやまねば、岸の波立ち返る。これにつけてよめる歌、（二月三日）

（10）ただ、昔の人をのみ恋ひつつ、船なる人のよめる、（二月四日）

（11）ある人の堪へずして、船の心やりによめる、（二月四日）

（12）なほ、同じところに日を経ることを嘆きて、ある女のよめる歌、（二月四日）

（13）これかれ、苦しければ、よめる歌、（二月五日）

（14）京の近づく喜びのあまりに、ある童のよめる歌、（二月五日）

（15）ここに、昔へ人の母、一日片時も忘れねばよめる、（二月五日）

（16）みやこ近くなりぬといふを喜びて、船底より頭をもたげて、かくぞいへる。（二月六日）

(17) この歌は、みやこ近くなりぬる喜びに堪へずして、いへるなるべし。（二月七日）

(18) 京のうれしきあまりに、歌もあまりぞ多かる。（二月十六日）

(19) なほ、悲しきに堪へずして、ひそかに心知れる人といへりける歌、（二月十六日）

これらの表現を見ると、歌は、別れを惜しんだり、旅の苦しさを嘆いたりする気持ち、風景への感興、亡くなった女子を悲しみ、恋しく思う気持ち、京に早く着きたいという願望、京に近づく喜びなどといった様々な感情が起こった時に詠まれている。しかも、それらの中には、「ある人々もえ堪へず」「おもしろしと見るに堪へずして」「苦しきに堪へずして」「喜びに堪へずして」「苦しき心やりに」「船の心やりに」というように「堪へず」とか「心やり」といった表現が多く看取されるが、そのことは和歌は心の中に強い感情が起こった時、そうした感情をこらえきれず、それを慰めたり、和らげたりするものとして詠まれるものということを示していると思われる。何気ない表現のようであるが、右に引いた例に見られるような表現は、貫之が意図的に用いたと思われるものであり、そこには仲麻呂の逸話の中に出てくる、和歌とは「別れ惜しみ、喜びもあり、悲しびもある時にはよむ」という主張の繰り返しを認めることができると同時に、和歌は人の心を慰めるものだとする主張を見て取ることができるように思われる。

しかも、仲麻呂の逸話では、仲麻呂の歌を人々が「思ひのほかになむ賞で」た点にふれて、「唐土とこの国とは、言異なるものなれど、月のかげは同じことなるべければ、人の心も同じことにやあらむ」、すなわち、中国と日本とは言葉は異なっているが、人の心は同じであるから詩の形は違っても共感させる力があるのであろうという。

また、『土佐日記』には、この他にも

資料③

（1）男も女も、いかでとく京へもがな、と思ふ心あれば、この歌よしとにはあらねど、げに、と思ひて、人々忘れず。（一月十一日）

（2）かかるあひだに、船君の病者《ばうざ》、もとよりこちごちしき人にて、かうやうのこと、さらに知らざりけり。かかれども、淡路専女《たうめ》の歌にめでて、みやこ誇りにもやあらむ、からくして、あやしき歌ひねり出だせり。（二月七日）

（3）これを見て、昔の子の母、悲しきに堪へずして、

なかりしもありつつ帰る人の子をありしもなくて来るが悲しさ

といひてぞ泣きける。父もこれを聞きて、いかがあらむ。かうやうのことも、歌も、好むとてあるにもあらざるべし。唐土も、ここも、思ふことに堪へぬ時のわざとか（二月九日）

といった記述が存する。それらには、（1）のように歌が人々の心を代弁しているようだといって共感したり、（2）のようによい歌に感動して歌を詠じたり、さらには（3）のように歌を聞いて心を動かされると同時に、歌を詠むことも漢詩を詠ずることも自らの感情をこらえきれなくなったときなされるもので、その点では漢詩も和歌も異なるものでないとの主張までなされている。

このように、『土佐日記』の和歌に関する記述のうち、資料①、②、③に示した諸例を検討してみると、『土佐日記』においては、漢詩も和歌も異なった形態を取っているけれど、人間の感情がきわまった時詠出されるものであり、それによって人は心を慰め他の人々にも共感を与えるという点においては同質であり、和歌と漢詩は同等の価値を持つ優れた文芸であるとの主張がなされていると考えられる。[6]

三　音数律、心と言葉

もちろん、和歌が漢詩同様、人の心情を表出するものであるといっても、それはその心情が表現される形がどうでもよいというわけではない。まず、五・七・五・七・七という音数律を持つ短歌形式に則る必要がある。『土佐日記』の中には次のような記事が出てくる。

資料④

（1）その歌、よめる文字、三十文字あまり七文字。人みな、えあらで、笑ふやうなり。歌主《うたぬし》、いと気色悪《けしきあ》しくて、怨《ゑん》ず。まねべどもえまねばず。書けりとも、え読み据ゑがたかるべし。今日だにいひがたし。まして後にはいかならむ。（一月十八日）

（2）楫取《かぢとり》、船子どもにいはく、「御船より、仰せ給《た》ぶなり。朝北の、出で来ぬ先に、綱手はや引け」といふ。このことばの歌のやうなるは、楫取のおのづからのことばなり。楫取は、うつたへに、われ、歌のやうなる言、いふとにもあらず。聞く人の、「あやしく。歌めきてもいひつるかな」とて、書き出だせれば、げに、三十文字あまりなりけり。（二月五日）

（1）は先の資料①の（4）で引用した場面に続く場面である。海が荒れて一日港に停泊することになった一行が不聊にまかせて、漢詩を詠じ、和歌を詠ずる。その和歌は波を一方は雪、一方は花に見立てた歌の唱和に、貫之と思われる人物が歌で判を下すといった、あたかも歌合のような形式をとった歌の連作である。（1）は、この連作に刺激されて、普段は歌を詠まない人が歌を詠んだところ、三十七文字という形になってしまったというのである。この三十七文字の歌めいたものに対し、周りの人々は笑いをこらえることができず、日記の書き手はこんなものは全く歌とはいえないという批評を加える。（2）はようやく天気に恵まれ、都に向けて船を急がせる様が描かれる箇所で、一行の長と思われる人物が「天気が良いから、船を早く漕げ」と命じたところ、楫取が舟子に「御船より云々」の言葉をかける。もちろん、「もののあはれ」を解さない楫取に歌が詠めるわけはなく、楫取自身も歌を詠むつもりは全くない。にもかかわらず、ここでは、その言葉は五・七・五・七・七の音数律を持っているが故に、歌のように聞こえると評される。

この（1）、（2）を比べてみると、（1）は、意図的に歌を作ろうとしても、三十一文字にならず、歌とは似ても似つかない表現となった例、（2）は意図的に歌を作ろうとしたのではないにもかかわらず、歌のような表現となった例、ということができよう。これらの記述から、歌を作るには五・七・五・七・七という音数律が必要であり、逆にこの音数律に当てはまっていれば、歌を作ろうと意識しなくても、歌のようになってしまうこと、つまり和歌を作る際の絶対的な前提として、五・七・五・七・七という音数律の必要性が指摘されていると考えられる。

また、音数律の他に歌には洗練された美しい言葉も要求される。

資料⑤

（1）　七日になりぬ。同じ港にあり。

今日は白馬《あをむま》を思へど、かひなし。ただ、波の白きのみぞ見ゆる。

かかるあひだに、人の家の、池と名あるところより、鯉はなくて、鮒《ふな》よりはじめて、川のも海のも、こと物ども、長櫃《ながびつ》になひつづけておこせたり。

若菜ぞ今日をば知らせたる。歌あり。その歌、

あさぢふの野辺にしあれば水もなき池に摘みつる若菜なりけり

いとをかしかし。この池といふは、ところの名なり。よき人の、男につきて下りて、住みけるなり。

この長櫃の物は、みな人、童までにくれたれば、飽き満ちて、船子どもは、腹鼓《はらつづみ》を打ちて、海をさへおどろかして、波立てつべし。

かくて、このあひだに事多かり。今日、破子《わりご》持たせて来たる人、その名などぞや、今思ひ出でむ。この人、歌よまむと思ふ心ありてなりけり。とかくいひいひて、「波の立つなること」とうるへいひて、よめる歌、

行く先に立つ白波の声よりもおくれて泣かむわれやまさらむ

とぞよめる。いと大声なるべし。持て来たる物よりは、歌はいかがあらむ。この歌を、これかれあはれがれども、一人も返しせず。しつべき人もまじれれど、これをのみいたがり、物をのみ食ひて、夜更けぬ。この歌主、「まだまからず」といひて立ちぬ。（一月七日）

（2）黒鳥といふ鳥、岩の上に集まり居り。その岩のもとに、波白くうち寄す。楫取《かぢとり》のいふやう、「黒鳥のもとに、白き波を寄す」とぞいふ。このことば、何とにはなけれども、ものいふやうにぞ聞こえたる。人の程にあはねば、とがむるなり。（一月二十一日）

（2）は「黒鳥のもとに、白き波を寄す」という楫取の何気ない言葉が、洗練された和歌的表現に近いものと見なされるというのであるが、このことはうらを返して言えば和歌に用いられる表現は洗練された言葉使いが要求されることを暗に示していよう。（1）の一月七日の条は、池というところに住む女性と「歌よまむと思ふ心」ある男性とが対比的に描かれている。池というところに住む女性は「よき人の、男につきて下りて、住みける」人であり、京の雅を身につけた女性と推察される。それに対し「歌よまむと思ふ心」ある男は田舎育ちで風流をきちんと身につけておらず、生半可な風流心をきどった男である。女性は若菜の日を忘れず、貫之一行がそれを懐かしんでいることを推察して、折にあった真心のこもった贈り物に洗練された和歌を付けて贈って寄こす。そ

れに対し、田舎育ちの男はもとよりそんな特別な日だということも知らず、有名な歌人である貫之と歌を詠んで自らに箔を付けたいという不純な動機から豪華な贈り物を持って参上する。しかも、歌の表現はまだ未熟で「後に残って泣く声は白波の音よりも大きい」という表現は大変大仰で節度を欠いている。ここでは、純粋な思いやりの心を持ち、洗練された歌を詠む池という所に住む女性と、不純な心を持ち、中途半端に洗練された歌を詠む田舎育ちの成り上がり者とが対比的に描かれる。この（1）、（2）の記述は、貫之が歌を詠む際の心情の純粋さはもちろん、その上に歌の表現の洗練をも要求していることを推測させる。

ただし、貫之は心と表現の関係において、最も大切なのは真心のこもった詠歌姿勢であり、洗練された表現は二次的なものと考えていたようである。そのことは、以下に示す例から窺い知ることができよう。

資料⑥

（1）かく思へば、船子、楫取《かぢとり》は船歌うたひて、何とも思へらず。そのうたふ歌は、

春の野にてぞ音をば泣く　若薄《わかすすき》に　手切る切る摘んだる菜を　親やまぼるらむ　姑《しうとめ》や食ふらむ　かへらや

夜べのうなゐもがな　銭乞《ぜにこ》はむ　そらごとをして　おぎのりわざをして　銭も持て来ず　おのれだに来ず

これならず多かれども、書かず。これらを人の笑ふを聞きて、海は荒るれども、心はすこし凪《な》ぎぬ。（一月九日）

（2）このあひだに、使はれむとて、つきて来る童あり。それがうたふ舟歌、

なほこそ国の方は見やらるれ　わが父母《ちちはは》ありとし思へば　かへらや

とうたふぞ、あはれなる。（一月二十一日）

右の「船子、楫取」「使われむとて、つきて来る童」のうたう民謡は、言葉の点から見れば、俗で優美なところなど少しもない。しかし、それらに対し、貫之は「これらを人の笑ふを聞きて、海は荒るれども、心はすこし凪ぎぬ」あるいは「とうたふぞ、あはれなる」というように不快な様子を示していない。むしろ、それらを聞いて、心が和んだり、感動をおぼえたりしている。この（1）、（2）でうたわれる歌謡は形式も短歌形式でなく、言葉も俗なものであるが、素朴な感情が率直に表現されており、貫之はその飾らない表現の奥に人の心を感動させる力を見たのであろう。

貫之は歌は純粋な心が洗練された表現で表されるのをよしとしたが、表現が洗練されていなくとも、純真な心情の表現されているものには共感を示すのである。彼は心と言葉の双方を重視するが、その中でも大切なのは心であって、純粋な心を失った表現に対しては、強い拒絶反応を示すのである。

四　純粋な心の交流

ところで、『土佐日記』には次のような記述が見られることも注目される。

資料⑦

（1）今宵、月は海にぞ入る。これを見て、業平の君の、「山の端《は》逃げて入れずもあらなむ」といふ歌なむ思ほゆる。もし海辺にてよまましかば、「波立ちさへて入れずもあらなむ」ともよみてましや。今、この歌を思ひ出でて、ある人のよめりける、

てる月の流るるみれば天の川出づる港は海にざりける

とや。（一月八日）

（2）かくて、船引き上るに、渚の院といふところを見つつ行く。その院、昔を思ひやりてみれば、おも

しろかりけるところなり。しりへなる岡には、松の木どもあり。中の庭には、梅の花咲けり。ここに、人々のいはく、「これ、昔、名高く聞こえたるところなり」「故惟喬親王《これたかのみこ》の御供に、故在原業平中将の、

世の中に絶えて桜の咲かざらば春の心はのどけからまし

といふ歌よめるところなりけり」。

今、今日ある人、ところに似たる歌よめり。

千代経たる松にはあれどいにしへの声の寒さは変はらざりけり

また、ある人のよめる、

君恋ひて世を経る宿の梅の花むかしの香にぞなほにほひける

といひつつぞ、みやこの近づくを喜びつつ上る。（二月九日）

以上の記述は『土佐日記』に見られる在原業平と惟喬親王の交流にまつわる記述である。『土佐日記』において故人が実名で現れるのは、先に引いた一月二十日条の阿倍仲麻呂とこの（1）、（2）の記述における業平および惟喬親王のみであるが、この（1）、（2）の記述は『伊勢物語』八十二段を想起させる。

資料⑧

むかし、惟喬《これたか》の親王《みこ》と申すみこおはしましけり。山崎のあなたに、水無瀬《みなせ》といふ所に、宮ありけり。年ごとの桜の花ざかりには、その宮へなむおはしましける。その時、右の馬の頭《かみ》なりける人を、常に率ておはしましけり。時世経て久しくなりにければ、その人の名忘れにけり。狩はねむごろにもせで、酒をのみ飲みつつ、やまと歌にかかれりけり。いま狩する交野《かたの》の渚の家、その院の桜、ことにおもしろし。その木のもとにおりゐて、枝を折りて、かざしにさして、かみ、なか、しも、みな歌よみけり。馬の頭なりける人のよめる。

世の中にたえてさくらのなかりせば春の心はのどけからまし

となむよみたりける。また人の歌、

散ればこそいとど桜はめでたけれ憂き世になにか久しかるべき

とて、その木のもとは立ちてかへるに日暮になりぬ。御供なる人、酒をもたせて、野よりいで来たり。この酒を飲みてむとて、よき所を求めゆくに、天の河といふ所にいたりぬ。親王に馬の頭、大御酒《おほみき》まゐる。親王ののたまひける、「交野を狩りて、天の河のほとりにいたる、を題にて、歌よみて盃《さかづき》はさせ」とのたまうければ、かの馬の頭よみて奉りける。

狩りくらしたなばたつめに宿からむ天の河原にわれは来にけり

親王、歌をかへすがへす誦じたまうて、返しえしたまはず。紀の有常、御供に仕うまつれり。それが返し、

ひととせにひとたび来ます君待てば宿かす人もあらじとぞ思ふ

かへりて宮に入らせたまひぬ。夜ふくるまで酒飲み、物語して、あるじの親王、酔ひて入りたまひなむとす。十一日の月もかくれなむとすれば、かの馬の頭のよめる。

あかなくにまだきも月のかくるるか山の端にげて入れずもあらなむ

親王にかはりたてまつりて、紀の有常、

おしなべて峰もたひらになりななむ山の端なくは月も入らじを

（八十二段）

先に引用した『土佐日記』の（1）、すなわち一月八日の記事は、この『伊勢物語』八十二段の後半と、（2）、すなわち二月九日の記事はその前半と対応している。一月八日は、「業平の君の、「山の端逃げて入れずもあらなむ」といふ歌」として、惟喬親王が夜も更けてそろそろ寝所に入ろうとするのを業平が引き留めようとして詠んだ歌を引き、かつその出来事を思いやって詠じた「てる月の流るるみれば天の川出づる港は海にざりける」という歌にわざわざ「天の川」を詠み込んで、『伊勢物語』八十二段の「山の端逃げて」の歌が詠まれた夜の宴席に

先立つその日の夕暮れの出来事である、天の川での贈答の場面をも想起させようとする。また、二月九日の場面は「故惟喬親王の御供に、故在原業平中将の、「世の中に絶えて桜の咲かざらば春の心はのどけからまし」といふ歌よめるところなりけり」といって『伊勢物語』八十二段の前半の場面を連想させる。このように見てくると、『土佐日記』の（1）と（2）の記述は、それらによって『伊勢物語』八十二段全体を想起させることを意図していると考えられる。(7)

ところで、先に述べたように『土佐日記』において業平および惟喬というようなかつての実在した人物に言及した箇所は、一月二十日条の阿倍仲麻呂を除いて、引用した（1）、（2）の二箇所のみである。このことは、阿倍仲麻呂に関する記述が『土佐日記』の歌論的記述に大きな意味を持っていたのと同様、（1）、（2）の記述が『土佐日記』において重要な意味を持っていることを推測させる。そして、その（1）、（2）の記述が『伊勢物語』八十二段全段を想起させるとすると、『土佐日記』は『伊勢物語』八十二段全段を想起させることに重要な意味を見出していたことが想像される。では『土佐日記』が『伊勢物語』八十二段を、天の川という言葉を取り込むという工夫まで施して、強く想起させようとした重要な意味とは一体何だったのであろうか。

『伊勢物語』八十二段は、惟喬親王、紀有常、在原業平らの交流を描いた章段である。惟喬親王は文徳天皇の第一皇子で、母は紀名虎の娘、静子、有常は静子の兄弟にあたる。親王は父文徳の寵愛も深く、その聡明さ故に、文徳も皇太子にと願ったが、文徳と藤原良房の娘、明子の間に惟仁親王が生まれたことによって、皇太子となる夢は果たしえなかった。業平は有常の娘を妻としていたことから惟喬、有常らの知遇を得たのであろうが、しかしこれだけの関係のみから業平は惟喬、有常らに親近していたわけではあるまい。『伊勢物語』八十二段などに見られる業平と惟喬、有常らの親交は、有常の娘婿といった関係以上の深い精神的な結びつきを感じさせる。それは、業平が「身をえうなきものに思ひなし」た『伊勢物語』の昔男に比定されるように、時の権力にあえて距離を置くように身を処しており、惟喬、有常ら現実社会の権勢から疎外され、不遇をかこっている人々と同じ感情を共有していたことによるのかもしれない。しかし、それはあくまでも憶測にすぎない。厳密には、業平がなぜこれらの人々と深い親交を結んだかは明らかにしがたい。ただ、確実にいえることは業平と惟喬、有常らの交流は、惟喬、有常が現実社会において権勢から疎外されているが故に、権勢に近づこうとする人々が持たざるをえない、打算的な利害関係を根底にすえたところの人間関係とは無縁な、より純粋な真心を媒介とした交流であったということである。

『伊勢物語』八十二段は「狩はねむごろにもせで、酒をのみ飲みつつ、やまと歌にかかりけり」と記述する。一応、狩という名目は立てているものの、特にそれに固執するでもなく、酒を飲み歌を詠み交わすというところに、狩の成果など真の目的ではなく、彼らが俗事から解き放たれ、真の心の交流を楽しんでいる雰囲気を感じ取ることができよう。当時、公の文芸とされ、社会的に地位は高いが、形式的で堅苦しく、心の通じにくい漢詩ではなく、社会的には二流の文芸と卑しめられているが、真に心を通い合わせることのできる和歌を詠み合っているところにも、権力から遠ざかっている彼らが、世俗的な規範を捨てて、真の心の交流を図ろうとする姿勢が見て取れる。

『伊勢物語』八十二段のこうしたあり方からすると、『土佐日記』が『伊勢物語』八十二段を意図的に想起させる表現をとっているという事実は、『土佐日記』の作者貫之が、『伊勢物語』八十二段に見られるような和歌による純粋な心の交流というものを、和歌によって実現さるべき理想の世界と考えていたことを示していると思われる。

歌は人の心の発露であり、それは真心を持って発せられ、かつ洗練された表現を持ちながら人々の真の心の交流を図るべきものである。こうした思想こそが、貫之が『土佐日記』において主張したかった和歌のあるべき姿であったのではなかろうか。

五　貫之と兼輔

ところで、荒木孝子は「『土佐日記』の基層──兼輔関係歌からの視座──」と題する論文において[8]、『土佐日記』に見られる、兼輔自身の歌あるいは貫之の兼輔に関連して詠んだ歌と類似する歌が亡児哀傷の場面やそれに近接した場面に現れることに注目して、「「愛娘の死」が虚構であれ、体験的事実であれ、その表象を決定的に要請したのは、わびしい境涯をいきる『日記』執筆時の貫之の、いやまさる兼輔への慕情であり、兼輔を偲ぶよすがとなる人々への憧いであった」と結論づける。荒木の論文は、論証の細部においては疑問に思われる箇所もあるが、大筋においては首肯される。

私はかつて、『土佐日記』の主題は亡児への哀傷であったとし、かつそれは日記執筆当時、貫之が抱いていた深い喪失感を暗示するものとした[9]。すなわち貫之は土佐に赴任している間に彼の庇護者ともいうべき醍醐天皇、宇多法皇、右大臣定方、堤中納言兼輔といった人々を次々に失った。特に兼輔は彼の庇護者という以上の親密な関係で結ばれた人物であった。土佐から京に上るという段になり、京が意識されてくるにつれて、それらの人々、特に兼輔の不在は貫之に次第に強く意識されるようになり、さらに実際に京に着けば、それが実感として強く感じられることとなったに違いない。『新撰和歌』序文の[10]

貫之秩罷帰日。将二以上献之一。橋山晩松愁雲之影已結。湘浜秋竹悲風之声忽幽。伝レ勅納言亦已薨逝。空貯二妙辞於箱中一。独屑二落涙于襟上一。若貫之逝去。歌亦散逸。恨使三絶艶之草。復混二鄙野之篇一。故聊記二本源一以伝二末代一云爾。

という表現も帰京時、あるいは帰京後の貫之のそうした悲しみを表出していると見て間違いあるまい。『土佐日記』執筆当時の貫之は深い喪失感にうちのめされていたはずである。もし『土佐日記』が様々な偽装を用いながら彼の真に表現したいものを表現したとするなら、『土佐日記』執筆当時貫之が抱いていた深い喪失感が表現されないはずはない。そう考えて、私は『土佐日記』の主題は亡児哀傷であり、その亡児哀傷は、虚構であるか否かにかかわらず、『土佐日記』執筆当時貫之が抱いていた兼輔等の人々を失った喪失感を暗示するものと考えた。荒木の論文は私のそうした仮説のうち、亡児哀傷の部分が兼輔らへの慕情を表現するものであるとする点をより具体的に補強するものであると思われる。

と同時に、荒木の論文は本論で論じてきた貫之の和歌に関する記述の一部に興味深い表現上の工夫のあることを指摘する。それは、資料⑦で引用した二月九日の場面で、貫之と思われる人物が業平を偲んでいる場面で詠まれた歌が、実は貫之が兼輔に献じた歌あるいは兼輔を偲んで詠じた歌と類似しており、それらの歌は業平と惟喬の関係に貫之と兼輔の関係をなぞらえているのではないかという指摘である。

まず、『土佐日記』の二月九日の場面で貫之と思われる人物が詠じた歌を示してみよう。

　千代へたる松にはあれどいにしへの声の寒さはかはらざりけり

　君恋ひて世をふる宿の梅の花むかしの香にぞなほ匂ひける

これらの歌のうち「千代へたる」の歌について、荒木は歌仙家集本貫之集七六七番

　　京極の中納言亡せたまひてのち、粟田に住むところありける、そこに行きて、松と竹とあるを見て

　松もみな竹も別れを思へばや涙のしぐれ降るここちする

という貫之の兼輔追慕の歌を挙げ、さらにこの歌の詞書が、伝二条為氏筆本貫之集では

　ある上達部《かんだちめ》亡せたまひてのち、ひさしくかの殿に参らで、参れるに、ことどもさびれてあはれになりにたるを、前栽《せんざい》の草ばかりぞはわらずおもしろかりける。秋のことなり、風寒く吹きて、松、竹の音などおもしろ

くありければ

となっている点に注目して、[11] この『土佐日記』の「千代へたる」の歌は業平と惟喬との関係に貫之と兼輔の関係をなぞらえているのではないかと推理する。[12] また、「君恋ひて」については、歌仙家集本貫之集から

藤原兼輔の中将、宰相になりて、よろこびにいたりたるに、はじめて咲いたる紅梅を折りて、「今年なん咲きはじめたる」といひいだしたるに

春ごとに咲きまさるべき花なれば今年をもまたあかずとぞみる　（六八六）

春霞立ちぬるときの今日見れば宿の梅さへめづらしきかな　（二四八）

わが宿に咲ける梅なれど年ごとに今年あきぬと思ほえぬかな　（二四九）

といった歌を引き、六八六は兼輔が参議に任ぜられた延喜二十一年春の歌、二四八、二四九は延長五年から貫之が土佐守として赴任した延長八年までの間に兼輔のために詠じた「屏風の料の歌、二十首」の最初の二首であるとした上で、これらはいずれも宿の梅を主題としており、特に六八六と二四九は発想を同じくする作品であるとする。そして、「『日記』歌の「君恋ひて世をふる宿の梅の花むかしの香にぞなほ匂ひける」は、これらの作品が成立した全盛期の兼輔への思慕やみがたく、「梅の花だけは昔にかわることなく、君なき宿に君を慕って今も匂っていることよ」と詠嘆する歌とも解せる」と指摘する。

確かに『土佐日記』の「千代へたる」の歌の「声の寒さはかはらざりけり」という当時の和歌にはあまり見られない表現と伝二条為氏筆本貫之集の詞書の「風寒く吹きて、松、竹の音などおもしろくありければ」という表現が類似していること、および両者がかつての思い出の場所の松に昔と変わることのない風が吹いている様を詠じている点で共通することを考え合わせると、『土佐日記』の「千代へたる」の歌は伝二条為氏筆本貫之集の詞書および歌に通ずるものを感じさせる。また、この「千代へたる」の歌に貫之が『土佐日記』執筆当時書いたと

思われる『新撰和歌』序文の「橋山晩松愁雲之影已結。湘浜秋竹悲風之声忽幽。伝レ勅納言亦薨逝。空貯二妙辞於箱中一。独屑二落涙于襟上一」という表現を重ね合わせると、『土佐日記』の「千代へたる」の歌と伝二条為氏筆本貫之集の歌の関係はさらに密なるものが感じられる。さらに、『日記』の「きみ恋ひて」の歌についても、以上のように「千代へたる」の歌に貫之の兼輔思慕の思いが重ね合わされている可能性が高いとすると、荒木が行ったような推測がかなりの蓋然性を帯びてくる。『土佐日記』二月九日条の業平、惟喬らへの追慕を表現した場面の背後には、業平と惟喬の関係を貫之自らと兼輔の関係になずらえ、貫之の今は亡き兼輔を慕う気持ちがこめられていると考えてよいのではなかろうか(13)。

『土佐日記』における和歌に関する記述は、作品全体にばらばらに配置され、他の亡児哀傷とか社会諷刺などの記述と絡まり合って、作品全体に不統一な印象を与え、『土佐日記』がいい加減に書かれたような感じを抱かせる。しかし、既に述べてきたように『土佐日記』における和歌に関する記述は、一見散漫になされているかのように見えながら、実は論理的に整合性を持つ一つの体系を形作っている。貫之は作品の統一性を損なうために、和歌に関する記述を日記の中に取り入れたのであるが、そうした狙いを持った記述においても、貫之は和歌に関して一貫性を持った主張を展開しているのである。しかも、主題をくらまそうとしてなされた記述でありながら和歌に関する記述の中で貫之が最も重視していると推定される部分、すなわち業平、惟喬らの人々によってなされた和歌を媒介とする、打算的な利害関係とは無縁な真心の交流を記す場面に、貫之は『土佐日記』の主題であるところの自らの兼輔への思慕をさりげなく織り込むのである。もちろん、渚の院を目の前にして詠まれた二首の歌と貫之の兼輔関連の歌の類似性は貫之に親しいごく一部の人々以外には理解しえないものであったであろう。貫之はそうしたことも承知の上で、この部分にはあえて個人的な思い入れをこめて、兼輔追慕の情を人目につかぬようこっそりとすべりこませたのではなかろうか。

世間の非難から逃れるために主題をくらませるような記述を取り入れる。その記述は一見ばらばらのようでありながら一つの完結した主張を表現する。かつそのような工夫を施した上に主題をくらませるためになされた記述の中にあえて主題をひそかに書き入れる。このように見てくると『土佐日記』とは細心の注意を払い、表現効果を十分に計算し、様々な意匠を凝らして構成された、きわめて意識的な作品と言いうるのではないだろうか。

注

（1）萩谷朴「『土佐日記』は歌論書か」（『国語と国文学』28巻6号、昭和26年6月、『日本文学研究資料叢書　平安朝日記Ⅰ』所収、有精堂、昭和46年3月）

（2）萩谷朴「土佐日記創作の功利的効用」（『国語と国文学』40巻10号、昭和38年10月）、萩谷朴『土佐日記全注釈』（角川書店、昭和42年8月）など。

（3）萩谷朴『紫式部の蛇足　貫之の勇み足』（新潮社、平成12年3月）

（4）拙著『古今歌風の成立』（笠間書院、平成11年1月）第二部、第一章。

（5）「上、中、下」という言葉は、『土佐日記』ではこの他十二月二十二日に、また「上、下、童」という言葉が十二月二十四日に認められる。なお、『伊勢物語』八十二段に「上、中、下」の語が認められるのも注目される。

（6）樋口寛「『土佐日記』に於ける貫之の立場」（『古典文学の探求』成武堂、昭和18年6月、『日本文学研究資料叢書　平安朝日記Ⅰ』所収、有精堂、昭和46年3月）

（7）同注（3）。萩谷は「『伊勢物語』八十二段の説話の引用は、貫之の根強い氏族意識のなせるわざとしか説明のつけようはあるまい」とするが、『伊勢物語』八十二段は素直に読めば、惟喬、有常、業平の心の交流を描いたもので、そこに強い氏族意識の表出は認められない。特に、『土佐日記』においては『伊勢物語』八十二段の業平に焦点を当てており、その点でも氏族意識よりも真心のこもった交流というものに注意が向けられていると思われる。

（8）荒木孝子「『土佐日記』の基層――兼輔関係歌からの視座――」（『研究と資料』28輯、平成4年12月）

（9）同注（4）。

（10）『新撰和歌』は、『日本古典全書　新訂土佐日記』に拠る。

（11）『私家集大成　中古Ⅰ』貫之Ⅲ（伝行成筆自撰本切）も同様な詞書を有す。

（12）『新潮日本古典集成　土佐日記　貫之集』は、二月九日の注に『論語』子罕編の「歳寒ウシテ然ル後ニ、松柏ノ凋ムニ後ルルヲ知ル」によって、業平の惟喬親王への忠誠心を詠み込む。さらに貫之が敬慕する亡き兼輔を偲ぶ心を託すか。『貫之集』七六七の詞書、為本に「風寒く吹きて」とあるのに注意される」と指摘する。

（13）業平と惟喬親王の交流を描いた一月八日の記事の直前の一月七日の記事に、童の詠んだ歌として

行く人もとまるも袖の涙川汀のみこそ濡れまさりけれ

という歌があるが、この歌と歌仙家集本貫之集の

かねすけの兵衛佐かもかはのほとりにて左衛門の官人みはるのありすけかひゆくむまのはなむけによめる

君おしむ涙おちそふこの河のみきはまさりてなかるへら也　（貫之Ⅰ・七一一）

が類似している点も注目される。

第三節　貫之の和歌観
——本質論、効用論を中心に——

本節では、貫之は和歌をどのようなものと考えていたか、特にその中でも彼が和歌の本質や効用をどのように考えていたかという点に焦点を絞って考察してみたいと思う。このような問題を考える時、有効な資料となるのは、彼の歌論が記されていると考えられる『古今集』真名序、仮名序や『新撰和歌』序、また彼の和歌に対する考えが随所に披瀝されている『土佐日記』である。

一　『古今集』真名序の和歌観

まず、『古今集』真名序から見ていくことにしよう。真名序は紀淑望の作とされるが、貫之作とされる仮名序と類似点も多く、その末尾に「臣貫之等謹序」と記されているように、『古今集』の撰進において主導的立場にあった貫之が、真名序の作成にあたって大きな役割を担っていたであろうことが推測されることから、貫之の歌論を考察する際、重要な資料となる。真名序において和歌の本質、効用が記されている部分を抜き出してみると、次のようになる。

（A）夫和歌者。託㆓其根於心地㆒。発㆓其花於詞林㆒者也。人之在㆑世。不㆑能㆓無為㆒。思慮易㆑遷。哀楽相変。

感生二於志一。詠形二於言一。是以逸者其声楽。怨者其吟悲。可二以述一レ懐。可二以発一レ憤。動二天地一。感二鬼神一。化二人倫一。和二夫婦一。莫レ宜二於和哥一。

（B）但見二上古歌一。多存二古質語一。未レ為二耳目之翫一。徒為二教誡之端一。古天子。毎二良辰美景一。詔二侍臣一。預二宴莚一者献二和歌一。君臣之情。由レ斯可レ見。賢愚之性。於レ是相分。所以随二民之欲一。択二士之才一也。

（真名序）

このうち（A）の部分は、『詩経』大序の以下の部分を参考にして書かれたものであることは、既に多くの先学によって指摘されている。(1)

詩者志之所之也。在レ心為レ志、発レ言為レ詩。情動二於中一、而形二於言一。言レ之不レ足、故嗟二嘆之一。嗟二嘆之二不レ足、故永二歌之一。永二歌之二不レ足。不レ知二手之舞レ之、足之踏一レ之也。情発二於声一、声成レ文。謂二之音一。治世之音、安以楽。其政和。乱世之音、怨以怒。其政乖。亡国之音、哀以思。其民困。故正二得失一。動二天地一、感二鬼神一、莫レ近二於詩一。先王是以、経二夫婦一、成二孝敬一、厚二人倫一、美二教化一、移二風俗一。

『詩経』大序のこの部分に関して『中国思想文化事典』に詳細な解説がなされているので、いささか長くなるが引用してみたいと思う。(2)

現在の『詩経』のテキストは漢初の学者の毛亨《もうこう》・毛萇《もうちょう》が注釈を加えたもので『毛詩』と呼ばれる。その冒頭には大序という総論が付されており、次のような言葉が見える。「詩は志の動き行く所に生れる。心に在るものが志であり、言に発したものが詩である。情が心の中で動いて、言に形《あら》われる。言葉で表しても表しきれないので、嗟嘆する。嗟嘆しても十分でないので、詠歌する。詠歌してもまだ足りず、知らず知らずに手が舞い、足が踏みはじめる。情は声に発し、声は文《あや》を成す、これを音と謂う」。この文章は、詩が音楽や舞踏と分かちがたく結びついていることを述べるとともに、いかんともしがたい心の動きが詩を生みだすと主張する。文学の根拠にこのような内面の激発を置くことは、あたかもロマン主義の文学論を見る心地にさせる。しかしここには理性に対する感情、普遍に対する個性の優位が主張されているわけではない。

大序は続けて次のようにいう。「治世の音楽は安らかで楽しいのは、政治が安定しているからだ。乱世の音楽が怨みと怒りに満ちているのは、政治が正しくないからだ。亡国の音楽が哀しく沈鬱であるのは、民が困窮しているからだ。それゆえ得失を正し、天地を動かし、鬼神を感ぜしむるには、詩より効果的なものはない。だから先王は詩によって夫婦の間を正し、孝敬という行為を成就させ、人倫を重んじさせ、教化に心服させ、風俗を移した」。詩は真情の発露であるという主張から、ただちに治世・乱世と音楽の関係が導かれる展開には個人という要素が入りこむ余地はない。近代的な観念からすれば、たとえ社会の要請に反してでも個人の真情を表現するのが文学であろう。だが大序は人間の心の作用を最大限に評価しながらも、集団のなかで自己実現を願っている個人の心を問題にしてはいない。個人の志や情は、集団の志や情に矛盾なく融解する。だからこそ為政者は詩によって自分の行為の得失を知ることができるというのである。

「先王は詩によって」以後、議論は新たな展開を見せる。詩は人間の心から発し、天地・鬼神をも動かす。そんなにも大きな力をもったものならば、今度は逆に詩を正すことで人間の心を正すことができるだろう。『礼記』楽記は、音楽は深く人を感動させるので、音楽によって風俗を変え人の心を変えうると述べている。歌謡の歌詞であった詩の理論は、楽の理論に依拠して作られた。詩が天地神々や鬼神（死者の霊魂）を動かすという箇所からは、このような歌謡の効用が古代の祭祀に起源をもつことが想像される。歌舞のもたらす陶酔のなかで、人は人間を超えた大いなるものの存在を感じとり、集団の要求する規範を受け入れたのである。音楽は現在でも人の心を一つにする作用を失ってはいない。しかし詩はしだいに音楽から離れていく。五言詩は後漢末頃より唱われないものとなり、同時に主人公が一人称で心中にあるものを語るというかたちを確立する。大序の筆者と成立時期については諸説があり、部分的には個人の歌の芽生えをうかがわせる記述もある。だが個人の情と集団の情との間に矛盾が生じうることを、大序はほとんど考慮していない。

　このように『毛詩』大序は、詩の古代的な在り方が失われようとする時期に、詩の効用を、民から為政者に対して善政を称え悪政を刺《そし》る「美刺」の作用、為政者から民に対して道徳を正す「移風易俗」の作用という二つの方向に整理したものであった。詩は漢初に教典の一つに数えられて『詩経』となり、大序に説かれる詩の意義はやがてすべての文学が理想とすべきものとなる。また同時にこの文章はすべての為政者が周王にならい、あるべき文学を作りだしていく義務をもっていることの根拠となるものであった。

　このように解説された『詩経』大序と『古今集』真名序を比較してみると、まず気が付くのは、『詩経』大序に比べ『古今集』真名序の方がより簡潔に、和歌は人の心が言葉となって表出されたものだと表現していることである。『詩経』大序では、「言㆑之不㆑足、故嗟㆓嘆之㆒。嗟㆓嘆之㆒不㆑足、故永㆓歌之㆒。永㆓歌之㆒不㆑足。不㆑知㆓手之舞㆑之、足之踏㆑之也。情発㆓於声㆒、声成㆑文。謂㆓之音㆒」というように、詩は音楽や舞踏と結びついて表現されるのに対し、『古今集』真名序では「是以逸者其声楽。怨者其吟悲。可㆓以述㆒㆑懐。可㆓以発㆒㆑憤」というように歌謡との結びつきを感じさせる部分もあるが、『詩経』大序に比べると、音楽や舞踏との結びつきは稀薄で、和歌はその自立性を確保している[3]。と同時に『詩経』大序では、詩と心とは連続的なものとして捉えられているが、『古今集』真名序では後の六歌仙評で「在原中将之歌。其情有㆑余。其詞不㆑足」という評言がなされるように、心と言葉はそれぞれ独立した要素と見なされる心詞二元論の立場が鮮明に打ち出されている[4]。

　また、『詩経』大序の冒頭部分「詩者志之所㆑之也。在㆑心為㆑志、発㆑言為㆑詩。情動㆓於中㆒、而形㆓於言㆒」という表現の「詩者志之所㆑之也。在㆑心為㆑志、発㆑言為㆑詩」と「情動㆓於中㆒、而形㆓於言㆒」に該当する部分の中間に、真名序では「人之在レ世。不レ能二無為一。思慮易レ遷。哀楽相変」という表現が挿入されるが、この表現は真名序の冒頭部分が示す和歌が人の心の反映であるとの主張を補足し、より強化する効果を与えている。

さらに、真名序では『詩経』大序の冒頭部分に続く「治世之音、安以楽。其政和。乱世之音、怨以怒。其政乖。亡国之音、哀以思。其民困。故正二得失一」という表現に該当する部分が欠落し、それに代わって「是以逸者其声楽。怨者其吟悲。可二以述一レ懐。可二以発一レ憤」という表現がなされる。「治世之音、安以楽。其政和。乱世之音、怨以怒。其政乖。亡国之音、哀以思。其民困」という表現と「是以逸者其声楽。怨者其吟悲。可二以述一レ懐。可二以発一レ憤」という表現は、ほぼ同様の内容を表していると解せるが、『詩経』大序は「故正二得失一」、すなわち詩によって為政者は民意を知るというのに対し、『古今集』真名序にはそれに該当する表現が見出せない。「是以逸者其声楽。怨者其吟悲。可二以述一レ懐。可二以発一レ憤」という表現は『毛詩正義』序の「以暢レ懐舒レ憤」という表現から取られたものと思われ[5]、そこには和歌は民意の反映だという考えを認めることもできるが、『古今集』真名序の表現はそれから一歩踏み込んで、為政者は和歌によって民意を知ることができるという主張にまでは至っていない。真名序はその後「動二天地一。感二鬼神一。化二人倫一。和二夫婦一。莫レ宜二於和哥一」と『詩経』大序と類似した和歌の効用を説くが[6]、それは「為政者から民に対して道徳を正す「移風易俗」の作用」のみを説くもので、『詩経』大序で指摘されたもう一つの詩の効用「民から為政者に対して善政を称え悪政を刺る「美刺」の作用」に言及することはない[7]。

先の『中国思想文化事典』では「詩は真情の発露であるという主張から、ただちに治世・乱世と音楽の関係が導かれる展開には個人という要素が入りこむ余地はない。近代的な観念からすれば、たとえ社会の要請に反してでも個人の真情を表現するのが文学であろう。だが大序は人間の心の作用を最大限に評価しながらも、集団のなかで自己実現を願っている個人の心を問題にしてはいない。個人の志や情は、集団の志や情に矛盾なく融解する。

だからこそ為政者は詩によって自分の行為の得失を知ることができるというのである」という指摘がなされたが、『古今集』真名序においては、まさにこの部分が抜け落ち、「治世・乱世と音楽の関係」が「是以逸者其声楽。怨者其吟悲。可㆓以述㆑懐。可㆓以発㆑憤」という表現によって極度に薄められ、和歌が人の心の真情の発露であるとする主張が、冒頭の「人之在㆑世。不㆑能㆓無為㆒。思慮易㆑遷。哀楽相変」という表現ともあいまって、より強調されることになる。

次に（B）の部分についてであるが、この部分は『経国集』序文の「古に採詩の官あり、王者以ちて得失を知る」に拠るとの指摘がなされる[8]。ここで注目したいのは『経国集』序文では詩を集めることは、為政者が自らの政治の得失を知るためであるとの主張がなされるのに対し、『古今集』真名序では、「所以随㆓民之欲㆒」というように民の願いも顧慮された表現もなされてはいるが、むしろ和歌を献呈させることによって「君臣之情。由㆑斯可㆑見。賢愚之性。於㆑是相分。所以随㆓民之欲㆒。択㆓士之才㆒也」というように、臣下の賢愚を知り、人材の登用に役立つとする点に効用を見出すとの主張がなされている点である。ここでも『詩経』大序で示された、民による為政者への美刺の作用は抜け落ちている。もちろん和歌を「未㆑為㆓耳目之翫㆒。徒為㆓教誡之端㆒」と言い、和歌によって、民の願いに沿い、臣下の賢愚を見極め、それによって人材を登用するという考え自体は、和歌の政治的効用を説くものであり、儒教的な文芸観に沿うものであるから、この点では（A）の部分後半の和歌の政治的、道徳的効用を説く部分と変わるところはない。

『古今集』真名序における和歌の本質論、効用論は、一見『詩経』大序の主張に沿った形で叙述されているように見えるが、子細に検討すると、効用論においては美刺の作用が抜け落ちており、本質論においては、和歌は音楽や舞踏から独立した存在であり、人の心を表出するものだとする主張がより強くなされ、心詞二元論の立場に立った和歌観が表現されるというように、真名序独自の主張が打ち出されているのである。

二　『古今集』仮名序の和歌観

では『古今集』仮名序では、和歌の本質、効用はどのように表現されているのであろうか。仮名序における和歌の本質、効用に関する記述は、真名序の記載箇所同様、序文の冒頭と和歌の歴史を記した箇所の前半部分の二箇所に認められる。具体的な記述は以下の通りである。

（A'）やまとうたは、人の心を種として、万《よろづ》の言の葉とぞなれりける。世の中にある人、ことわざ繁きものなれば、心に思ふことを、見るもの聞くものにつけて、言ひ出せるなり。花に鳴く鶯、水に住む蛙《かはづ》の声を聞けば、生きとし生けるもの、いづれか歌をよまざりける。力をも入れずして天地《あめつち》を動かし、目に見えぬ鬼神をもあはれと思はせ、男女の中をも和らげ、猛き武士《もののふ》の心をも慰むるは歌なり。

（B'）古の世々の帝、春の花の朝《あした》、秋の月の夜ごとに、さぶらふ人々を召して、事につけつつ歌を奉らしめ給ふ。あるは花をそふとてたよりなき所にまどひ、あるは月を思ふとてしるべなき闇にたどれる心々を見たまひて、賢《さか》し愚かなりとしろしめしけむ。しかあるのみにあらず、さざれ石にたとへ、筑波山にかけて君を願ひ、よろこび身に過ぎ、たのしび心に余り、富士の煙によそへて人を恋ひ、松虫の音に友をしのび、高砂・住の江の松も相生のやうに覚え、男山の昔を思ひ出でて、女郎花のひとときをくねるにも、歌をいひてぞ慰めける。また、春の朝に花の散るを見、秋の夕暮に木の葉の落つるを聞き、あるは、年ごとに鏡の影に見ゆる雪と浪とを嘆き、草の露、水の泡を見てわが身を驚き、あるは、昨日は栄えおごりて、時を失い、世にわび、親しかりしも疎くなり、あるは、松山の波をかけ、野中の水を汲み、秋萩の下葉をながめ、暁の鴫《しぎ》の羽掻《はねが》きを数へ、あるは、呉竹の憂き節を人にいひ、吉野河をひきて世の中を恨みきつるに、今は富士の山の煙立たずなり、長柄の橋もつくるなりと聞く人は、歌のみぞ心を慰めける。

まず、（A'）の部分について検討してみよう。冒頭の一文「やまとうたは、人の心を種として、万の言の葉とぞなれりける」と真名序の冒頭の一文「夫和歌者。託二其根於心地一。発二其花於詞林一者也」を比較すると、仮名序は比喩をやや変えながらも、和歌が人の心の表出であるという内容を、真名序同様、簡潔に表明している。続く「世の中にある人、ことわざ繁きものなれば、心に思ふことを、見るもの聞くものにつけて、言ひ出せるなり」という一文も、真名序の「人之在レ世。不レ能二無為一。思慮易レ遷。哀楽相変。感生二於志一。詠形二於言一」という部分を承けた表現で、和歌は「心に思ふこと」を「言ひ出」すものだとする冒頭の一文を敷衍したものであり、次の「花に鳴く鶯、水に住む蛙の声を聞けば、生きとし生けるもの、いづれか歌をよまざりける」という文も、歌が心の表出であることをいわんがための文飾であると考えられる。この最後の一文は真名序の「若下夫春鶯之囀二花中一。秋蝉之吟中樹上上。雖レ無二曲折一、各発二歌謡一。物皆有レ之、自然之理也」という部分を転用したものと見られるが、真名序ではこの一文が短歌発生の前段階を示すものとして用いられているのに、それが仮名序のように和歌の心情表出論を示した文章の後に置かれると、それは和歌が真情の発露であるとする主張をより補強するものとして機能する。[9] 真名序の「是以逸者其声楽。怨者其吟悲。可二以述一レ懐。可二以発一レ憤」という表現の代わりに、このような表現を置くことによって、真名序でかすかに残っていた、詩が民意の反映であるとする『詩経』大序の考え方が全く払拭され、和歌は人の心の真情の発露だとする和歌本質論がより鮮明に打ち出されることとなる。

また、仮名序では真名序同様、和歌は音楽や舞踏から自立した存在とする立場が貫かれている。もちろん、この仮名序の冒頭部分も後の六歌仙評から理解されるように、心詞二元論を根底に据えた立論であることは言うまでもない。さらに、和歌の効用についても真名序とほぼ同様の効用が述べられている。和歌が人の心の発露であるという考えがより強調され、その分和歌が民の心の反映であるとする考えが消されている他は、仮名序（A'）は真名序（A）と同様の趣旨を述べていると見てよいであろう。

　では（B'）の部分はどうであろうか。「古の世々の帝…賢し愚かなりとしろしめしけむ」の部分は、真名序（B）とほぼ同一の内容を言っていると見てよいであろう。ただし、仮名序（B'）では真名序（B）に見られた「未㆑為㆓耳目之翫㆒。徒為㆓教誡之端㆒」とか「所以随㆓民之欲㆒。択㆓士之才㆒也」というような政教的効用を匂わせる表現が削られている点は留意される。さらに注目すべきは、仮名序には真名序には見られなかった「しかあるのみにあらず」以下の文章、すなわち心の中に起こった様々な感情によって和歌が作られ、和歌を詠出することによって人は心を慰めることができるという主張が付け加えられていることである。「さざれ石にたとへ、筑波山にかけて君を願ひ」以下に述べられる具体例を示した叙述は、その多くが『古今集』に収められた和歌と対応し、そのことによって和歌が様々な状況に応じて生ずる様々な心情を表出する手段であり、それによって人々が心を慰めるという主張が一層説得的に語られる。

　このように比較してみると、真名序と仮名序が述べる和歌の本質および効用はほぼ同一のものと考えられるが、真名序の方が仮名序に比して、儒教的文芸観に基づく主張が強くなされるのに対し、仮名序は和歌が心情表出の具であるとする主張がより強調され、さらに真名序には見られなかった和歌は人々の心を慰めるものとの主張がなされていることが理解される。

三　『土佐日記』と『新撰和歌』の成立

『古今集』両序が書かれてから、三十年ほど経って『土佐日記』および『新撰和歌』序が執筆される。『土佐日記』が執筆されたのはいつか確定することはできないが、旅の印象が鮮明に記され、亡児を失った悲しみが切々として語られているところから、貫之が土佐から帰京した直後、すなわち承平五年二月以降、おそらく同年のうちに執筆されたものと推定される。また、『新撰和歌』の執筆時期について、樋口芳麻呂は『新撰和歌』序の「玄蕃頭従五位上紀朝臣貫之上」という記載から、『新撰和歌』を尊貴の人物に上献した事実のあったことを認めながらも、「貴人へ新撰和歌を奉る時にはじめて序が記されたものなら、醍醐天皇が崩じて新撰和歌を奏覧出来なかった事情だけを記して擱筆するであろうか」と疑問を投げかけ、序文末尾の「空貯二妙辞於箱中一、独屑二落涙于襟上一。若貫之逝去、歌亦散逸。恨使三絶艶之草、復混二鄙野之篇一。故聊記二本源一、以伝二末代一云爾」という表現が、「醍醐天皇の崩御、兼輔の薨逝に遭い、新撰和歌を奏覧するよしのない失望感、悲嘆を色濃く滲ませており、新撰和歌上献に際して、貴人の披見を期待して記された序としては、きわめて似つかわしくないように感ぜられる」と指摘し、さらに序文中に「草莽臣紀貫之」とあるところから、序文は土佐から帰京した承平五年（九三五）二月以後、天慶三年（九四〇）三月玄蕃頭に任ぜられるまで、貫之が官職についていなかった時期に執筆されたものと推定する。[10] また「玄蕃頭従五位上紀朝臣貫之上」という記載については、「土佐で撰定を終えて帰京したものの、上献のあてのない挫折感から、帰京後の在野の時期に序を草し、筐底に蔵めたが、時の経過とともに新撰和歌の存在がおのずから世に伝わり、又失意からかたくなになった貫之の心も和んで、従五位上玄蕃頭時代に、求められるままに進献するに至ったのであろう」とする。この樋口の推論はきわめて穏当なものと認められる。『新撰和歌』は承平五年二月以降、天慶三年三月以前に執筆されたと考えられるのであり、『土佐日記』とほぼ同時期の執筆と見てよいであろう。[11]

四　『新撰和歌』の和歌観

このようにほぼ同時期に執筆され、貫之の歌論を示すと思われる『新撰和歌』序と『土佐日記』における歌論的記述には、貫之のどのような和歌観が記されているのであろうか。まず、『新撰和歌』序について見ていこう。『新撰和歌』序は、『新撰和歌』撰定の経緯、『新撰和歌』の内容、『新撰和歌』が上献不能となった理由の三つの部分から成るが、その二番目の『新撰和歌』の内容を記した部分に、和歌の理想的な姿、和歌の効用を説いた部分がある。引用すると次のようになる。(12)

抑夫上代之篇。義尤幽而文猶質。下流之作。文偏巧而義漸疎。故抽下始レ自二弘仁一至二于延長一詞人之作。花実相兼上而已。今之所レ撰玄之又玄也。非下唯春霞秋月。漸二艶流於言泉一。花色鳥声。鮮中浮藻於詞露上。皆是以動二天地一感二神祇一厚二人倫一成二孝敬一。上以レ風化レ下。下以レ諷刺レ上。雖三誠仮二名於綺靡之下一。然復取二義於教誡之中一者也。

このうち、「抑夫上代之篇。義尤幽而文猶質。下流之作。文偏巧而義漸疎。故抽下始レ自二弘仁一至二于延長一詞人之作。花実相兼上而已。今之所レ撰玄之又玄也」という部分では、「義」と「文」、あるいは「実」と「花」の二項対立の形で和歌のあるべき姿が論じられているが、これは『古今集』両序の六歌仙評に見られた心詞二元論に基づく和歌の批評と同様のものと見てよいであろう。

またそれに続く「非下唯春霞秋月。漸二艶流於言泉一。花色鳥声。鮮中浮藻於詞露上」という部分のうち、「春霞秋月。漸艶流於言泉。花色鳥声。鮮浮藻於詞露」という箇所は和歌の文芸的効用を述べた部分、すなわち和歌が人の心の発露であるとする主張を展開した箇所と思われるが、『新撰和歌』序においては、こうした和歌の文芸的効用は「非唯」という表現によってほとんど否定され、「皆是以動二天地一感二神祇一厚二人倫一成二孝敬一」という和歌の政教的効用が強く前面に押し出される。のみならず『新撰和歌』序には、『古今集』両序には認められなかった「上以レ風化レ下。下以レ諷刺レ上」という表現が付け加えられる。これは『詩経』大序の詩に六義があると述べた後の一文、「上以レ風化レ下、下以レ風刺レ上」をそのまま取ったものであろうが、『古今集』真名序、仮名序ともに和歌に「為政者から民に対して道徳を正す「移風易俗」の作用」のあることを明言していたが、「民から為政者に対して善政を称え悪政を刺る「美刺」の作用」について触れることはなかったのに対し、『新撰和歌』序においては「移風易俗」の作用の他に、「美刺」の作用も和歌の政教的効用として高らかに宣言されるのである。『新撰和歌』序においては、和歌は人の心の発露であるとする文芸的効用は否定され、『詩経』大序の根本理念に則って、和歌の効用は「為政者から民に対して道徳を正す「移風易俗」の作用」と「民から為政者に対して善政を称え悪政を刺る「美刺」の作用」にあるとの主張がなされることになる。また、そのような効用を述べた後、「雖三誡仮二名於綺靡之下一。然復取二義於教誡之中一者也」と結ぶことによって、『新撰和歌』序は、『古今集』真名序、仮名序以上に、和歌の政治的、道徳的効用を強く主張するものとなる。

五　『土佐日記』の和歌観

次に『土佐日記』の歌論について見てみよう。『土佐日記』は一見、土佐から京への旅の経験を日時を追って記した日次の日記のような体裁をとっているが、注意深く読んでみると、日記のあちこちに乱雑に記されているかのように見える和歌にまつわる記述が、実は整然とした体系的な歌論のもとに記されていることが見えてくる。

例えば、日記に漢詩について言及された箇所は全部で六箇所あるが、それら漢詩に関する記述がなされた直後には必ず和歌に関する記述があり、それは和歌と漢詩が同等の地位にあることを示そうとしたものと思われる。[13]また、別れを惜しんだり、旅の苦しさを嘆いたり、眼前の風景に感興を催したりするなど、様々な感情が起こったことに触発されて和歌が詠まれたとする記述、また「おもしろしと見るに堪へずして」、「喜びに堪へずして」、「苦しき心やりに」、「船の心やりに」というように、心の中に強い感情が起こった時、そうした感情をこらえきれず和歌を詠む、あるいはそうした感情を慰め、和らげるために和歌を詠むといった表現が随所に見出される。

さらに、純粋な真情を洗練された言葉で表現するのをよしとする心詞二元論的な批評意識も認められる。[14]そうした『土佐日記』における和歌観を最も端的に表現しているのが次の引用する部分であろう。

二十日の夜の月出でにけり。山の端もなくて、海の中よりぞ出で来る。かうやうなるを見てや、昔、阿倍仲麻呂といひける人は、唐土《もろこし》にわたりて、帰り来ける時に、船に乗るべきところにて、かの国人、馬のはなむけし、別れ惜しみて、かしこの、漢詩《からうた》作りなどしける。飽かずやありけむ、二十日の夜の月出づるまでぞありける。その月は、海よりぞ出でける。これを見てぞ仲麻呂のぬし、「わが国に、かかる歌をなむ、神代より神もよん給び、今は上、中、下の人も、かうやうに、別れ惜しみ、喜びもあり、悲しびもある時にはよむ」とて、よめりける歌、

青海原ふりさけみれば春日なる三笠の山に出でし月かも

とぞよめりける。かの国人、聞き知るまじく、思ほえたれども、言の心を、男文字にさまを書き出だして、ここのことば伝へたる人にいひ知らせければ、心をや聞き得たりけむ、いと思ひのほかになむ賞《め》でける。唐土とこの国とは、言異《ことこと》なるものなれど、月のかげは同じことなるべければ、人の心も同じことにやあらむ。

（一月二十日）

阿倍仲麻呂の帰国の場面に言及した有名な記事であるが、ここでは阿倍仲麻呂の口を借りて、和歌は日本では神代の昔から詠まれているものであり、喜びや悲しみといった感情が起こった時、身分の上下を問わずあらゆる人々が詠むものだということが語られると同時に、その歌の内容を聞き知って中国の人々が感激したという事例をあげ、和歌が漢詩と同様に人の心を感動させるものだという主張がなされている。すなわち和歌は漢詩と同様の機能を持つものであり、人の心情を表現し、他の人をも感動させる力を持つものだとの主張がなされる。このような主張は『土佐日記』全編にわたってなされるものであり、作品の中で一貫性を保っている。

『土佐日記』中における、こうした主張は『古今集』仮名序でなされた主張、すなわち和歌は人の心が言葉という形をとって表現されるものであり、人はそれによって心を慰めるという主張と同一のものと見てよいであろう。『土佐日記』には『古今集』仮名序と同様の和歌観が認められるのである。しかし、『土佐日記』には『古今集』両序、および『新撰和歌』序に認められたような儒教的な文芸観に基づく和歌観、すなわち和歌の政治的、道徳的効用を説くような記述はどこにも認められない。

『新撰和歌』序と『土佐日記』とは、ほぼ同時期に執筆されたものと考えられるが、『新撰和歌』序では和歌の政教的効用のみが主張され、『土佐日記』では逆に和歌の文芸的効用のみが主張されるというように、和歌に対する全く異なる見解が示されているのはどのような理由によるものであろうか。また、『新撰和歌』序、『土佐日記』から三十年ほど前に執筆された『古今集』真名序、仮名序に述べられる貫之の和歌観は、それら二つの作品に主張される歌論とどのような関係を持つのであろうか。

六　『土佐日記』、『新撰和歌』における貫之の姿勢

これらの問題を考えるには、まず『土佐日記』から検討してみるのがよいであろう。『土佐日記』は一見いい加減に書かれた文章のように見えるが、実は非常によく計算されて書かれた作品であることは、既に拙論でしばしば述べてきたところである。[15] すなわち、私的な体験を仮名散文でまじめに書くということは、当時の律令体制のもとに生きる男性官人にとってはなしえないことであった。律令社会の中で公的な文芸、すなわち男性官人が専らになし得る文芸は、漢詩、漢文と、漸く『古今集』が成立し公的な地位を与えられたばかりの和歌しかなかった。その他の文芸は私的なもの、二流の文芸として、女性が専らにすることは許されても、律令官人たる男性が専らにすべきものではなかった。

そうした状況の中で、貫之が仮名散文によって私的な世界を描こうとすれば、当然世間から強い非難が予想される。そこで貫之は、日記の書き手を女性とし、かつ日記中では貫之自身が書いているかのような書き手の混乱をわざと作り出したり、滑稽な場面や前後で記述が矛盾する場面を描くなど様々な趣向を凝らし、さらに日記の末尾を「とまれかうまれ、とく破りてむ」と結ぶことによって、この日記がいい加減に書かれたものであることを示し、まじめに書いたら当然予想されるであろう世間の非難をかわしながら、その中に自ら表現したい事柄を表現するという手法を取ったと考えられる。貫之が『土佐日記』で最も表現したかったのは土佐で失った女児に対する悲しみ、それは彼が土佐赴任中に宇多法皇、醍醐天皇、藤原定方、藤原兼輔といった和歌の庇護者を失った嘆き、特に和歌の道の良き理解者であり、また彼の庇護者であるとともに、単なる庇護者、被庇護者の関係にとどまらず、身分の差を超えた深い心の交流で結ばれた兼輔を失った悲しみにつながっていくと考えられるが、そうした喪失感を中心に据えながらも、先ほども触れたように貫之は作品中に彼の和歌観をさりげない形で巧みに配置するという工夫も施したのである。

さて、『土佐日記』がこのような性格の書物、すなわちどのようなことを述べても世間の非難に晒される危険の少ない書物であるとすると、『土佐日記』のような書物において貫之が和歌に対する考えを表明する場合、そこには彼が本当に信じている和歌観、彼の和歌に対する本音が明らかにされていると考えることができるのではないだろうか。一見いい加減に書かれたように装われている書物であるが故に、貫之が彼の和歌に対する本音を密かに吐露しても、多くの人はそれに気づかないであろうし、また気づいたにしても彼の責任ある述作とは認めがたい書物の中での発言であるが故に、それに対してまともに非難することはできないであろう。一見いい加減に書かれたと見られる『土佐日記』であるからこそ、貫之は世間の目を気にする必要もなく、『土佐日記』の中に彼の本当に信じている和歌に対する考えを表明することができたと考えられる。

このように考えた時注目されるのは、『土佐日記』には和歌が漢詩と同等の地位を持つこと、および和歌は人の心の発露であり、人々になんらかの強い感情が生じた時に詠じられるものであり、それによって人々の心を慰めるものだということが表明されているにも関わらず、和歌の政治的、道徳的効用が一言も述べられていないということである。和歌の政治的、道徳的効用、すなわち和歌の儒教的な文芸観による意味付けは、『土佐日記』には一切述べられていない。先に『土佐日記』で貫之は彼が本当に信ずるところの和歌観を示したのではないかと推測したが、だとすると、貫之は和歌の政教的効用を信じていなかったことになる。確かに『古今集』が撰進される少し前までは、和歌は私的な文芸と見なされ、政治的効用を持つとは見なされていなかったわけであるから、貫之が和歌の政治的、道徳的効用を信じていなかったとしても別段不思議はない。むしろそれを信じている方が滑稽である。

では、『土佐日記』とほぼ同時期に書かれた『新撰和歌』序では、どうして貫之は自ら信ずる和歌観、すなわち和歌が人の心の表明であり、人の心を慰藉するものだという考えを全く示さず、『土佐日記』では全く言及することのなかった、和歌の政教的効用のみを主張したのであろうか。このことを考えるには、『新撰和歌』序が執筆された時点における和歌の置かれていた社会的状況を考慮してみる必要がある。

村瀬敏夫は「時平の没後宮廷和歌は盛んになったが、それも延喜十年代に限り、二十年以後になると、また下火になる」「延長期は醍醐宮廷の和歌行事が極度に貧困化した時期であって、貫之の宮廷歌人としての活動も、引き続き制約を受けるのである」と指摘し、記録に残る当時の宮廷和歌の行事として、『玉葉集』に見られる延長四年中宮穏子腹の成明親王の誕生の折の醍醐天皇と藤原伊衡の贈答、『政事要略』に見られる延長五年豊明節会の歌会、類従本『公忠集』延長八年三月の藤壺における藤花宴をあげ、伊衡との贈答は余興的な献酬、豊明節会の歌会の記録については歌会が催された形跡が見当たらないとし、藤花宴は後宮における内輪な催しであったと推定する。さらに、本来詠歌があってしかるべき九月尽の宴においても延長四年の九月尽の宴においては和歌が詠じられておらず、同年十月の宇多法皇、醍醐天皇による大井河行幸においても詠歌が行われなかったとして、「醍醐宮廷和歌の末期症状には目を掩うものがあった」と指摘する。(16)

醍醐朝の最後の年、延長八年、貫之は土佐に赴くことになるが、先にも述べたようにその土佐赴任中に、貫之は宮廷和歌の興隆に力を尽くした宇多法皇、『古今和歌集』の撰進を命じた醍醐天皇、彼を庇護してくれた藤原定方、藤原兼輔が相次いでこの世を去るという不幸に見まわれる。特に貫之の直接の庇護者であり、かつ単なる庇護者、被庇護者という関係のみにとどまらず、和歌を介して身分的な懸隔を超えた交流関係を結んでいたと思われる兼輔の死は貫之に大きな打撃を与えたと想像される。土佐から帰京した貫之を待っていたのは、十三才という若さの朱雀天皇とその外戚、すなわちかつて貫之が庇護を受けていた定方、兼輔とは敵対関係にあった藤原忠平一族であった。

しかも、朱雀朝にあっても宮廷和歌の活動はほとんど認められない。山口博は朱雀朝の宮廷和歌について次のように述べる。(17)

新帝朱雀天皇は八歳の幼帝。宮廷文雅の担い手たちの死、幼帝の即位と若くしての譲位、そして承平天慶の乱に象徴される政治的不安、宇多・醍醐二代にわたる艶麗頽唐な風雅な宮廷サロンをもはや期待することはできないであろう。『朱雀御集』の筆者は、「帝小さくおはしまして、をかしきことも少なかりけるを」と率直に批評するのである。

事実、宇多朝で文化隆盛の象徴であった年六回の公宴賦詩も、三月上巳と九月重陽が姿を消し、七月七夕も天慶八年に「有二御遊事一」（『日本紀略』同日条）とみるだけであり、他年に催された可能性は薄い。一月内宴と二月八月の釈奠という年三回の公宴賦詩、釈奠は正確な意味での宮廷詩会ではないとすると、光孝朝以前の蕭然たる様である。随時の公宴賦詩については、橋本不美男氏の報告があるが、金子彦二郎氏の調査によると、公宴賦詩の一年当比率は、光孝朝四・三回、宇多朝三・二回、醍醐朝二・三回、朱雀朝一・二回、村上朝三・〇回であるから、朱雀朝は大陥没を示す。

宮廷での歌合は一回も記録にみえず、公宴和歌も

承平五年（935）十月七日　菊花宴で侍臣詠歌。（禁庭）

天慶二年（939）八月二十二日　庚申御遊で侍臣献歌。（内裏）

天慶三年（940）十月七日　残菊宴の詠歌。（承香殿）

が確実なところである。詠歌とは明記されていないが、

天慶五年（942）十月二十七日　殿上侍臣・公卿の翫菊之遊。

も承平五年・天慶三年の例から、詠歌を考えてよい。

天慶七年（944）六月二十日　夜殿上御遊。

も、庚申の夜であるから、天慶二年の例から推測すると、侍臣献歌があったであろう。

これら諸例中、菊花宴が三例みられる。幸い承平五年の具体的内容は、『北山抄』（三・花宴事）、『西宮記』（臨時三・菊宴）に叙述されている。それによると、賦詩・献歌・音楽という公宴のスタンダード・コースである。他の年度も同様であろう。菊花宴も、醍醐朝では「内裏菊合」という趣向をこらした形で行なわれている。風流貴族定方が旭日の勢のあった頃の延喜十三年（913）十月十三日の「内裏菊合」のような趣向は、朱雀朝ではみられないのである。

また、これらの公宴詠歌が、専ら侍臣歌人によってなされ、専門歌人の名のほとんど見られないことも、宇多・醍醐朝に比して華麗さを欠くことになる。侍臣詠歌の風潮は醍醐朝にもみられる。延喜二年（902）藤

花宴（定方）、同十二年（912）菊花宴（公忠）同十七年（917）残菊宴（定方・公忠・兼輔）、延長八年（930）藤花宴（公忠）、あるいは、それが延喜の何時の藤花宴であるかわからないが、『清慎公集』の冒頭には、「延喜御時、飛香舎にて藤の花の宴ありしに」と題した実頼の歌がある。しかして、このような侍臣詠歌にまじって、延喜十三年（913）の場合は菊合であるからでもあるが、興風・貫之・躬恒などの専門歌人の献歌がある。延喜十八年（918）十月九日の後宮の残菊宴に躬恒、延喜十九年（あるいは九年）九月十三日の清涼殿月宴にも躬恒の献歌がある。朱雀朝にはそれらがみられないのである。

『新撰和歌』序の書かれたのは、このような時代であった。貫之は醍醐朝末年から続く宮廷和歌の不振に加え、土佐赴任中に和歌の庇護者であった人々を全て失い、今後の和歌の在り方に強い危機感を抱いたと想像される。また、和歌の第一人者と自他ともに認める貫之にとって、帰京後全く官職に就くことが出来ないという事態も、和歌が政治の世界で全く無力であることを痛感せしめたであろう。(18) 和歌を公的な文芸にしようと常に願い努力してきた貫之にとって、和歌が現在置かれている状況はこれまで彼の行ってきた努力が無になりかねない様相を呈していた。和歌を『古今集』が撰進された時のような公的な文芸の地位に留めておかなければならない。貫之が『新撰和歌』序において、和歌の政治的、道徳的効用のみを強調して主張したのは、そのような意図があったのではなかろうか。

ほぼ同じ時期に書かれた『土佐日記』と『新撰和歌』序でありながら、二つの文章に表明される和歌観の相違は、このように貫之が和歌が本質的に持っていると考える効用と、彼が望む和歌のあるべき社会的地位を得るために要求される効用とが相容れないことに由来していると考えられる。貫之は彼の信じる和歌の在り方を率直に述べたい気持ちが常々あったであろう。しかし、それを公然と披瀝することは、和歌が律令社会では第一級の文芸となりえないことを明言することであり、和歌が律令官人の専らにすべきものでないことを宣言することに他ならない。こうした矛盾を貫之は常々抱えていたと想像されるが、晩年になって和歌の庇護者を失った悲しみを『土佐日記』で語ろうとした際、彼は自らの本音を語りうる有効な手段を見出した。すなわち、一見いい加減に書かれた書物という体裁を取ることによって、その中に密かに彼の本音を語るという手法である。こうすれば、貫之は世間の人々から非難を受けることなく、自らが語りたいことを表現できる。『土佐日記』の中で貫之が最も表現したかったのは和歌の庇護者たちを失った深い喪失感であったと考えられるが、それと同時に貫之はこの機会を捉えて彼の表現したかった和歌の本当の存在理由、和歌のあるべき本来の姿をも、『土佐日記』の中で表現したのであろう。しかし、和歌が当時置かれている状況を考えると、もう一方で建前としての和歌観、すなわち和歌の政教的意義も語らねばならぬ。『新撰和歌』序は貫之のそうした思いがこめられた文章と見ることができよう。穿った見方をすれば、貫之は『土佐日記』で自己の本音を語ることができたが故に、『新撰和歌』序では彼の本音を全く消し去って、彼の建前のみを語ることができたのかもしれない。『土佐日記』に示される和歌観と『新撰和歌』序に示される和歌観は、真情の発露としての和歌を深く愛しながらも、律令国家の官人として生き、和歌を律令社会の第一級の文芸にしたいと願う貫之の心の中にある矛盾を、見事に二つに分けて表現した和歌観であると言うことができるのではないだろうか。

七　『古今集』真名序、仮名序における貫之の姿勢

では、『土佐日記』や『新撰和歌』序よりも三十年ほど前に執筆された『古今集』真名序、仮名序における和歌観は、貫之のどのような姿勢のもとに書かれたのであろうか。真名序、仮名序の成立の順序は、やはり真名序が先で仮名序が後と考えるのが自然であろう。当時公的な文書は全て漢文で書かれていたし、公的な書物の序文も全て漢文で書かれていたことを考慮すれば、いくら和歌集であるとはいえ、勅撰集の序文がすぐに仮名で書か

れるとは考えられない。やはり当時の一般的な通念に従って、まず真名序が書かれ、その後仮名序が書かれたものと推定される(19)。

真名序は作者を紀淑望と明記するものもあり、『本朝文粋』では作者を紀淑望とする。『本朝文粋』の作者表記は信頼しうるものとされるから、真名序の作者は紀淑望とするのが妥当であろう(20)。紀淑望は当時の鴻儒長谷雄の長男であるが、和歌は『古今集』に一首しか入集していない。なぜ『古今集』に一首しか入集しておらず、年齢も若く、当時漢学者としてまだ名をなしていない淑望が真名序の作者になったのであろうか。その理由は、先にも述べたように、『古今集』の序文はまず漢文で書かれねばならなかったというところにあると思う。貫之とて漢文が書けないわけではなかったろうが、権威ある勅撰集の序文となると、やはり慎重を期さなければならなかった。かといって『古今集』の内容を一番知っているのは貫之であり、序文は、彼の存在を抜きにしては書きえなかったであろう。当時の一流の儒者たち、たとえば淑望の父の長谷雄のような高齢で高名な儒者に依頼したのでは、貫之が簡単に指図することはできず、序文の執筆に支障を来してしまう。とすれば、貫之の意見に素直に耳を傾けてくれ、かつ漢文の能力に秀でた人物が、真名序執筆の協力者の有力な条件になる。淑望はまさにそのような条件を満たす格好の人物だったのではなかろうか(21)。

村瀬敏夫は

この淑望は参議左大弁長谷雄の長子で、同じ紀氏ながら貫之とは血縁的に遠い。しかるに前述したように、学生時代の貫之は淑望と学友であったと見られるから、以後も交際は続いていたろう。だが舎人出身者として下級官人の道を歩む貫之とは異なり、鴻儒長谷雄を父に持つ淑望は、遺伝と環境に恵まれて、順調に儒官のエリート・コースを進んでいった。

『古今和歌集目録』の伝えるところによれば、寛平八年二月に文章生となった淑望は次いで得業生となり、延喜元年九月には対策に及第し、同二年任民部少丞、四年に大丞へと進み、当時は叙爵（延喜六年正月）を間近に控えて、洋々たる前途を望んでいた。されば卓越した淑望の文才を学生時代から知る貫之は、「真名序」の執筆者として彼に白羽の矢を立てたのだろう。

と指摘する。[22]貫之と淑望が血縁的にそれほど近くないとすれば、村瀬が推測するように、貫之と学生時代に交友を持っていたことが、淑望が真名序執筆の協力者として選ばれる要因となったかもしれない。

真名序は、貫之と淑望の共同作業であり、全体の主張は貫之が考え、それをどう漢文で表現するかは淑望が考えたのであろう。というのも、真名序、仮名序とも和歌は心の表出であり、かつ『詩経』大序をより進めた心詞二元論的な主張がなされているが、貫之作とされる仮名序ではその心の表出という部分がより強調されていること、また両序とも『詩経』大序に基づいて和歌の政教的効用を標榜し、その文芸的価値を高からしめようとしながらも、和歌の政教的効用が薄められた形で表現されているが、そうした傾向も仮名序でより顕著になること、さらに仮名序が真名序に比べ、『土佐日記』に述べられている貫之が本当に主張したい歌論、すなわち和歌は人の心の発露であると同時に、人の心を慰めるものだとする主張により近い形を取っていることなどから、真名序執筆に際して、序文の内容については貫之が主導権を握っていたことが推測されるからである。淑望は貫之の意図する歌論をなるべく忠実に表現できるよう、貫之の希望に沿いながら、かつ漢文として、また儒教的文芸観から逸脱することのないような文章を完成させるべく、補佐的な役割を担ったのではなかろうか。

真名序ができた後に、再び帝より仮名で序文を書くことが要請されたのであろう。仮名で序文を書くということになれば、もはや淑望にその執筆を手伝ってもらう必要はない。また、真名序において、序文の内容に関しては、帝の側から適切なものとの判断が下され、真名序の内容に沿った形で仮名序を書くことが要請されたと推測される。真名序の内容が受け入れられたとすると、貫之はさらに一歩踏み込んで自らの意見を仮名序に反映させようと思ったであろう。

八　まとめ

以上述べて来たことをまとめると、次のようになる。『古今集』真名序において、しっかりとした漢文の知識に基づき格調高い漢文を書くためには、紀淑望は欠くべからざる存在であったろうが、和歌の本質論において、和歌が人の心情の発露である点をより強く表現しようと提案したのは貫之であったと思われる。貫之は既に『古今集』序文を書く段階から、和歌は人の心の発露であり、人はそれを詠じることによって心を慰めることができるという和歌観を持っていたのであろう。しかし、和歌を公的な文芸とするためにはそうした考えは通用しない。そこで、『詩経』大序を下敷きにすることによって、和歌が公的な文芸であることを標榜しようと試みたのであろうが、そうでありつつも、真名序では和歌が心の発露であるという点をさりげない形で表現した。ここには後の『土佐日記』において、時代の在り方に妥協しつつも、その中に自らの主張を織り込んでいくというスタイルの萌芽を見て取ることもできよう。また、真名序が一応受納され、さらに仮名序の執筆を依頼されると、貫之は和歌の政教的効用を標榜しつつも、真名序よりもより強調した形で、和歌が心の発露であるとの主張を序文の中に盛り込んだのであろう。

それから三十年が経過した後に書かれた貫之の二つの歌論、『新撰和歌』序と『土佐日記』の相違については、既にみた通りである。この時点における貫之の歌論は『古今集』を撰進した時と全く変わっていない。ただ、彼を取り巻く環境に大きな変化があった。『古今集』撰進時は和歌は、まさに公的な文芸に躍り出るその瞬間にあった。貫之の背後には和歌による勅撰集を選ぶことを容認する気運があったし、また真名序のみでなく仮名で序を書くことを許容する空気があった。だから貫之は和歌の政教性を標榜しつつも、その中に自らの意見を盛り込むことができた。しかし、『土佐日記』を執筆する時点においては、和歌は公的な文芸としての地位を失いかねない危機的状況にあった。それ故、貫之は『新撰和歌』序において『古今集』序文以上に和歌の政教性を強調し、移風易俗の作用のみでなく、かつて『古今集』序文では主張することを避けた、美刺の作用をも強調することによって、和歌が漢詩と同様の効用を持ち、漢詩同様当時の貴族社会で第一級の文芸となりうることを主張せねばならなかった。もちろん、そのような主張をする一方で、彼は『土佐日記』という一見どうでもよいような、手すさびに書かれたと思われる作品の中に、彼が本当に信じている和歌観を巧みに封じこめたのであった。

注

(1) 小沢正夫『古代歌学の形成』(塙書房、昭和38年12月) など。
(2) 溝口雄三、丸山松幸、池田知久編『中国思想文化事典』(東京大学出版会、平成13年7月) 引用部分担当、戸倉英美。
(3) 小沢正夫『古代歌学の形成』第一章、第二節。
(4) 小沢正夫は、『古代歌学の形成』第一章、第二節で、真名序の書き出しは、『詩経』大序よりも「心」と「詞」の対立がはっきり書かれているとし、心詞対立の思想は六朝末期の『詩品』あたりでかなりはっきりしたかたちをとっているから、『古今集』序もこの辺を参考にしたのではと指摘する。
(5) 小沢正夫『古代歌学の形成』第一章、第二節。
(6) 「動天地。感鬼神」は詩が音楽結びついているところから発生した効用と考えられるが、貫之は詩の政教的効用と解して『詩経』の文章をそのまま引いたのであろう。
(7) 小沢正夫『古代歌学の形成』第一章、第二節。なぜ美刺の作用に言及しなかったのか、美刺の作用が和歌の実情にそぐわなかったから、あるいは勅撰集の序文に帝を批判するような表現を盛り込むことを憚ったからなどの理由が考えられる。

（8）工藤重矩『平安朝律令社会の文学』（ぺりかん社、平成5年7月）117頁。

（9）渡辺秀夫「古今集序の文学史―和歌勅撰と「礼学」―」（『古今和歌集研究集成　第一巻』所収、風間書房、平成16年1月）

（10）樋口芳麻呂「新撰和歌の成立―序を中心に―」（『国語と国文学』44巻10号、42年10月）ただし樋口は、『貞信公記』天慶三年五月十四日条の「朱雀院別当、公忠・貫之朝臣等、如旧可補、宜奏之状仰相弁」という記事から、何時かは明らかでないが、玄蕃頭以前に朱雀院別当に補されてと考えられるので、貫之の散位時代の下限は天慶三年三月より遡るとする。

（11）村瀬敏夫は『紀貫之伝の研究』（桜楓社、昭和56年11月）第六章、（3）で、『新撰和歌』の執筆時期を、承平七年冬から同八年秋ごろまでの間と推定する。

（12）『新撰和歌』は『日本古典全書　新訂土佐日記』に拠る。

（13）ただし、十二月二十七日条では、

この折に、ある人々、折節につけて、漢詩ども、時に似つかはしきいふ。また、ある人、西国なれど甲斐歌などいふ。「かくうたふに、船屋形の塵も散り、空行く雲も漂ひぬ」とぞいふなる。

というように、漢詩と対にされているのは甲斐歌という短歌形式の歌謡であり、『土佐日記』が漢詩と和歌の価値の同等性を主張するものであるとすると、貫之は短歌形式の歌謡も和歌と認めていたことになる。このことは、『古今集』両序の記述から帰納した、和歌を音楽や舞踏から独立したものとする主張と矛盾しているように思われ、『土佐日記』独自の主張とも取れる。しかし、『古今集』巻二十には短歌形式の歌謡がまとめて収められていることからすると、貫之ら『古今集』の撰者達は短歌形式の歌謡を和歌の本質的な形態とは認めないながらも、和歌の特殊な形態として容認していたと思われ、『土佐日記』の十二月二十七日の記述も『古今集』両序の主張と齟齬を来すものではないと考えられる。

(14) 本書、第三章、第二節。
(15) 拙著『古今歌風の成立』(笠間書院、平成11年1月) 第二部、第一章など。
(16) 村瀬敏夫『紀貫之伝の研究』第四章。
(17) 山口博『王朝歌壇の研究　宇多醍醐朱雀朝篇』(桜楓社、昭和48年11月) 第三篇、第一章。
(18) 同注 (10)。
(19) 小沢正夫『古代歌学の形成』、山口博『王朝歌壇の研究　宇多醍醐朱雀朝篇』、村瀬敏夫『紀貫之伝の研究』、片桐洋一『古今和歌集全評釈』(講談社、平成10年2月)、熊谷直春「古今集両序の成立」(『古代研究』35号、平成14年11月)
(20) 目崎徳衛『紀貫之』(吉川弘文館、昭和36年8月)
(21) 山口博は『王朝歌壇の研究　宇多醍醐朱雀朝篇』第二篇、第四章、第八節で、長谷雄が淑望を真名序の作者として推挙したとする。
(22) 村瀬敏夫『紀貫之伝の研究』第二章、(13)。

第四章

『源氏物語』と『古事記』日向神話

第一節　『源氏物語』と『古事記』日向神話

――潜在王権の基軸――

一　北山での国見

『源氏物語』若紫巻は、瘧病《わらはやみ》を煩った光源氏が北山の聖のもとに加持を受けに赴くところから始まる。時に源氏十八歳、「三月のつごもりなれば、京の花、盛りはみな過ぎにけり。山の桜はまだ盛りにて、入りもておはするままに、霞のたたずまひもをかしう見ゆ」る頃であった。源氏は聖から加持を受けた後、日が高くなると「背後《しりえ》の山」に登り「京の方」を眺望する。

背後《しりえ》の山に立ち出でて京の方を見たまふ。はるかに霞みわたりて、四方《よも》の梢そこはかとなうけぶりわたれるほど、「絵にいとよくも似たるかな。かかる所に住む人、心に思ひ残すことはあらじかし」とのたまへば、「これはいと浅くはべり。他《ひと》の国などにはべる海山のありさまなどを御覧ぜさせてはべらば、いかに御絵いみじうまさらせたまはむ」、「富士の山、なにがしの岳《たけ》」など語りきこゆるもあり。また、西国のおもしろき浦々、磯のうへを言ひつづくるもありて、よろづに紛らはしきこゆ。（若紫(1)二〇一―二）

この源氏の北山での眺望の場面の背後に、林田孝和(1)、河添房江(2)は国見儀礼を想定する。「国見」とは、その起源を春山入りの民俗行事に持ち、それが後に「天皇の儀礼として独立して行われるようになると、予祝的意義と共に、むしろ政治的意義を持つようになった」とされるものであるが[3]、林田は、引用した本文に続く明石の入道についての噂話をも引用して「神の子光源氏には、この「若紫」の巻で〈山の水の女〉紫上、〈海の水の女〉明石方を獲得する端緒がすでにつけられていたのである。六条院の盟主として冷泉帝の実父としての光源氏の潜在王権確立へと導くために、古代帝王の儀礼国見を発想の根幹に据えたものといえよう」とし、河添は「「人《ひと》の国」は王化の地ではないゆえに、逆にこれを支配下におさめ領ずることが、王たる資格づくりに明確に関わる」もので、「「富士の山、なにがしの嶽」は、つづく「西国のおもしろき浦々、磯のうへ」に対峙する包括的な表現」であり、「この東と西の水平軸、そして山と海の垂直軸の二元にこそ、王権の支配のコスモロジーが集約的にたち顕れているのではないか」と指摘した上で、この章段の話柄に「絵画的関心をそそる美的景観」が選ばれていることに言及し、「そのように絵に描くことが、象徴としての悠紀国―京の東、主基国―京の西に代表される畿外、すなはち化外の土地をおしなべて領じた証となる。そもそも悠紀殿と主基殿の秘儀からして、王の支配すべき版図を東（悠紀国）と西（主基国）をもって表現し、その領国で穫れた聖なる稲を食することによって、国魂を振りつけ、新王が生誕する儀礼であった。であるなら、大嘗祭屏風は、ほかならぬ絵による悠紀国―京の東、主基国―京の西の空間支配により、王たる資格づくりに貢献している」のであり、「そこから若紫巻にもどるならば、光源氏もまた供人達の語りにより、あたかもさまざまな国魂と触れあい、肉体の不例を回復するかのようである。と同時に、東の山嶽と西の海浦は、光源氏がこれから君臨すべき化外の国々、東と西、山と海の広大無比をあらわしている。北山の段は、そのような国見の意味が喩的に込められることで、光源氏の王権をあらかじめ寿福する空間となりえた」と大嘗祭における「王権の支配のコスモロジー」との類似を指摘しつつ、そこに国家レベルへと上昇して古代王権の支配原理となる国見儀礼の反映を見る。

確かにこの源氏の北山からの眺望、およびそこでなされる東西の国々への言及は、国見儀礼や天皇の即位儀礼にあたる大嘗祭を彷彿させ、暗に源氏に王者性を賦与すべく機能していると考えられる。

と同時に、源氏が北山から都を眺望するという事実はまた、「聖人南面而聴㆓天下㆒」（『易経』説卦）、「聖人南面而治㆓天下㆒」（『礼記』大傳）、「然則居㆓南面㆒者、必代㆑天而闢㆑化」（『続日本紀』養老七年二月己酉）といった例から窺われるように、南面とは「南は陽、陽に向かうは人君の位。君は南面し、臣は北面する」といった[4]、儒教的イデオロギーによる源氏の王者性を示していると見ることもできよう。

なにげない、北山山頂からの光源氏の俯瞰を記す叙述には、源氏の王者性を暗示する仕掛けが巧みに組み込まれていると想定されるのである。

二　明石の君の登場

さて、物語は先に引用した箇所に続いて、次のような叙述を展開する。

「近き所には、播磨の明石の浦こそなほことにはべれ。何のいたり深き隈はなけれど、ただ海のおもてを見わたしたるほどなん、あやしく他所《ことどころ》に似ずゆほびかなる所にはべる。かの国の前の守、新発意《しぼち》のむすめかしづきたる家いといたしかし。大臣の後にて、出で立ちもすべかりける人の、世のひがものにて、まじらひもせず、近衛中将を棄てて申し賜れりける司なれど、かの国の人にもすこし侮《あなづ》られて、『何の面目《めいぼく》にてか、また都にもかへらん』と言ひて頭《かしら》もおろしはべりけるを、すこし奥まりたる山住みもせで、さる海づらに出でゐたる、ひがひがしきやうなれど、げに、かの国の内に、さも人の籠りゐぬべき所どころはありながら、深き里は人離れ心すごく、若き妻子の思ひわびぬべきにより、かつは心をやれる住まひになんはべる。先《さい》つころ、まかり下りてはべりしついでに、ありさま見たまへに寄りてはべりしかば、京にてこそところえぬやうなりけれ、そこら遙かにいかめしう占めて造れるさま、さはいへど、国の司にてしおきけることなれば、残りの齢ゆたかに経べき心がまへも二なくしたりけり。後の世の勤めもいとよくして、なかなか法師まさりしたる人になんはべりける」と申せば、「さて、そのむすめは」と問ひたまふ。「けしうはあらず、容貌《かたち》心ばせなどはべるなり。代々の国の司など、用意ことにして、さる心ばへ見すなれど、さらにうけひかず。『わが身のかくいたづらに沈めるだにあるを、この人ひとりにこそあれ、思ふさまことなり。もし我に後れて、その心ざし遂げず、この思ひおきつる宿世《すくせ》違《たが》はば、海に入りね』と、常に遺言しおきてはべるなる」と聞こゆれば、君もをかしと聞きたまふ。人々、「海竜王の后になるべきいつきむすめななり」、「心高さ苦しや」とて笑ふ。

かく言ふは播磨守の子の、蔵人より今年かうぶり得たるなりけり。「いとすきたる者なれば、かの入道の遺言破りつべき心はあらんかし」、「さてたたずみ寄るならむ」と言ひあへり。「いで、なにしに。さいふとも田舎びたらむ。幼くよりさる所に生ひ出でて、古めいたる親にのみ従ひたらむは」、「母こそゆゑあるべけれ。よき若人、童など、都のやむごとなき所どころより類にふれて尋ねとりて、まばゆくこそもてなすなれ」、「情なき人なりてゆかば、さて心やすくてしもえおきたらじをや」など言ふもあり。君、「何心ありて、海の底まで深う思ひ入るらむ。底のみるめもものむつかしう」などのたまひて、ただならず思したり。かやうにても、なべてならずもてひがみたること好みたまふ御心なれば、御耳とどまらむをやと見たてまつる。

（若紫(1)二〇二—二〇五）

ここでは、明石の入道とその娘の噂話が語られる。この明石の入道とその娘にまつわる噂話は、「西国のおもしろき浦々、磯のうへ」に供人達の話が及んだことから、供人の一人、播磨守の子、良清によって語られるのであるが、その噂話はここで立ち消えとなり、それ以前の物語とそれ以後の物語の流れの中で孤立した様相を呈している。

若紫巻冒頭部分において、物語は、この明石の入道とその娘の噂話以前は、源氏が北山の聖のもとに赴き、なにがしの僧都の坊に女人を見つけ、勤行の後、気晴らしに北山に登ると展開し、また、右に引用した場面の後は、源氏がなにがしの僧都の坊の小柴垣のもとで、幼い紫の上を垣間見し、その後僧都の坊に招かれて一夜を過ごし、僧都や紫の上の祖母の尼君に、紫の上を引き取りたいと申し出て拒絶され、翌朝迎えの人々とともに帰京する、というように紫の上を見出し、それに恋慕の情を抱くという一連の物語が語られるのであり、若紫巻冒頭の、北山での物語は、源氏が若紫を見出すことにその主眼があると考えられる。また、それ以後の若紫巻においても、源氏と紫の上、あるいは藤壺との関係に関する叙述のみに終始するのであり、明石の君に関する記述は、須磨巻に至るまで見出すことはできない。北山の山頂での場面も、源氏の王者性を暗に示すものであるなら、東の山々と西の浦々や磯についての言及だけで十分なはずで、わざわざ明石の入道やその娘にまつわる噂話を持ち出す必要はないと思われる。

にもかかわらず、物語はなぜ物語の自然な流れに逆らって、この北山での源氏の眺望の場面において、唐突で突出した印象を与える、明石の入道とその娘にまつわる噂話を添加したのであろうか。

『源氏物語』の作者が、この若紫巻の北山の場面を執筆する時点において、既に明石の君の物語の構想をかなりの程度まで固めていたことは、物語で語られる良清の噂話から想像される明石の入道とその娘に関する設定が、須磨、明石巻以降ほとんどそのまま実現されている事実からも、充分に推定できる。が、この場面の執筆時点において、そのような構想が存在していたとしても、北山の場面において彼女の存在が、噂話として挿入され、明示されねばならぬ必然性はない。彼女の存在に関わる記述は物語の流れの中では、いかにも唐突で、異質であり、物語の夾雑物としてしか作用していない。いくら構想が固まっているにせよ、物語の自然な流れを断ち切り、物語の完成度を損なうような逸話の挿入は差し控えるのが当然であろう。優れた物語作者である紫式部が、そうした点に無自覚であったとは、とうてい考えられない。逆に言えば、紫式部はこの明石の君に関するエピソードを、物語の自然な流れに逆らってでも、是非ともここに挿入したかったと想像する他に考えようがない。では、そうまでして、なぜ式部はここに明石の君を登場させたかったのであろうか。

三　東・山の娘＝紫の上、西・海の娘＝明石の君

先に引用した河添論文においては、北山で供人たちによって語られる、東の山嶽と西の海浦は、これから光源氏が君臨すべき化外の国々を、東と西の水平軸、山と海の垂直軸の二元において示すものとするのであるが、だとすると、それに続いて語られる、一見物語の展開上不必要と思われる、明石の君にまつわる噂話も、それがこれから支配するであろう化外の地に関わるものであったと想定することができるのではなかろうか。とすれば、一見唐突とも感じられる明石の入道とその娘に関する噂話も、紫式部が是非とも挿入したかった、いやしなければならなかった挿話として理解することが可能となるのではなかろうか。

明石の君は、化外の地で京の西にあたる、播磨国の明石で生まれ育っている。しかも明石は、供人たちが「西国のおもしろき浦々、磯のうへを言ひつづくるもありて、よろづ紛らはしきこゆ」と語られたのを受けて「近き所には、播磨の明石の浦こそなほことにはべれ。何のいたり深き隈はなけれど、ただ海のおもてを見わたしたるほどなん、あやしく他所に似ずゆほびかなる所にはべる」と語り出される浦である。明石の君は、その浦でかしずかれている娘であり、光源氏が君臨すべき化外の国々を、東と西の水平軸、山と海の垂直軸の二元において示すという観点からとらえた場合、西の海を象徴する娘ということになろう。明石の君は後に源氏と結ばれることになるが、これはまさに西、海を象徴する娘を娶ることによって、源氏が都より西の地域と海とを、その支配下

におさめることを意味すると考えられるのではないだろうか。

また、西と海という領域が明石の君に象徴されるとすると、東と山の領域は紫の上に象徴されるということになる。この源氏の国見儀礼とも見なされる北山での眺望は、若紫巻でなされるのであり、その若紫巻の主人公は、とりもなおさず紫の上だからである。ただし、彼女の場合、山で育てられている点、山の娘としての属性を持つといえるが、東を象徴する要素となると容易には見出せない。北山に住む彼女に東方を象徴するような属性は見出されるのであろうか。

彼女と東方を結びつける要素の一つとして、彼女が物語に初めて登場する巻の名が若紫巻であり、それに続く末摘花巻では既に「紫のゆかり」「紫の君」と呼ばれ、後に物語の中で「紫の上」と呼ばれるようになる点が指摘されよう。この紫にまつわる呼称は、紫という色の高貴性によるところもあろうが、『源氏物語』では若紫巻における源氏の

手に摘みていつしかも見む紫のねにかよひける野辺の若草

の歌によるところが大きいと見てよいであろう。この源氏の歌はいうまでもなく

紫のひともとゆゑに武蔵野の草はみながらあはれとぞ見る

という『古今集』の読人しらず歌によっている。紫というだけでも、当時の貴族階層の人は誰もがこの歌を思い浮かべたであろう。また、源氏の歌の「紫のねにかよひける野辺の若草」という表現を読めば、紫の上の呼称と『古今集』の関連性に気づかぬ者はいなかったと思われる。紫という名は、武蔵野と強く結びつけられた名前であった。ここに彼女の東国との結びつきをもとめることができるのではなかろうか。

また、若紫巻には次のような場面が描かれる。

君は大殿におはしけるに、例の、女君、とみにも対面したまはず。ものむつかしくおぼえたまひて、あづま

をすが掻《が》きて、「常陸には田をこそつくれ」といふ歌を、声はいとなまめきて、すさびゐたまへり。

（若紫(1)二五一―二五二）

これは、源氏が幼い紫の上を、父兵部卿宮が迎え取る前に自分の邸に連れ出そうと決心し、惟光を紫の上の邸に遣わした直後の描写である。源氏は正妻である葵の上がいる左大臣邸に赴くが、葵の上は例によってすぐに源氏に対面しようとしない。そこで源氏は「あずまをすが掻きて、「常陸には田をこそつくれ」といふ歌を、声はいとなまめきて」うたう。そうしていると、惟光が紫の上の邸から帰ってきて、兵部卿宮が明日、紫の上を迎えに来ることを知らせる。そこで、源氏は兵部卿宮が迎えに来る前に紫の上を連れ出そうと、自ら紫の上の邸に赴き、強引に紫の上を自らの邸に引き取ってしまう。

引用した部分は、源氏が紫の上を自邸に引き取る決断をし、それをまさに実行に移す場面の直前に、挿入されるような形で据えられた場面であるが、ここで源氏が「あづまをすが掻きて、「常陸には田をこそつくれ」」とうたっている点は、注目される。「あづま」とは「東琴」のことで、「和琴」とも「倭琴」ともいわれるものであるが、この紫の上を引き取るという重要な場面に東方を連想させる「あづま」が登場することは、彼女と東国との関連性を連想させようとする作者の意図を感じさせはしないだろうか。若菜下巻の女楽において、紫の上が「あづま」を弾いていることも注目されよう。

と同時に、ここで風俗歌「常陸」がうたわれることも注意しなければならない。風俗歌「常陸」は「常陸にも田をこそ作れ　あだ心　や　かぬとや君が　山を越え　雨夜来ませる」という詞章を持つ歌で、大意は「私は常陸で田を作っているのに、浮気をしているのではないかと疑って、あなたは山を越えこの雨夜においでになった」となる。ここでは、源氏が訪れても、例によってなかなか対面しようとしない葵の上に、風俗歌「常陸」では、田を作る女の浮気を疑って男が雨の降る夜わざわざやって来るのに、あなたは全く愛想がないと、風俗歌でうたわれる内容と、今源氏の直面している状況が正反対であることを、葵の上にあてこすりをしたととらえることができよう。風俗歌では、逢いに来る主体が男であるのに、物語では逢いに来るべき主体は女となる。また風俗歌では男は女の浮気を疑っているが、物語では女は男の浮気を疑っていない。しかも、風俗歌では女は常陸で田を作っていて浮気をしていないが、物語では男は常陸で田を作らず浮気をしようとしている。この場面、源氏は、浮気を疑う男と疑われる女の立場を逆にするとともに、風俗歌では浮気をしていないのに疑われる女に対し、当の源氏は紫の上と浮気をしようとしているのに、あなた葵の上は全く気にもとめないと皮肉っていると考えられる。

源氏が「常陸には田をこそつくれ」と詠じた時、その詞章の裏には紫の上との浮気が暗に示されていると見てよかろう。とすると、紫の上と常陸の田には結びつきが認められることとなる。琴の「あづま」、それに風俗歌の「常陸」が、紫の上を源氏の邸に引き取ろうとする、まさにその場面に登場すること、また、風俗歌の「常陸」の詞章「常陸には田をこそつくれ」が紫の上との浮気を暗示するものだと読みとりうることは、紫の上と東国の結びつきを、物語の作者が密かにかつ作為的に示しているとみることができるのではないだろうか。

以上の点を考慮すると、一見東国とは無縁に見える紫の上に、東国性が賦与されていることが見てとれるのではなかろうか。『源氏物語』若紫巻、北山山頂における記述は、光源氏十八歳の時点で、既に西、海を象徴する娘と、東、山を象徴する娘を登場させ、源氏がそれらの娘を娶ることによって、光源氏が西と東、海と山を領有する支配者となるという物語の構想を暗示していると考えられるのである。(5)

四　西・海の神の娘＝明石の君

ところで、先の河添論文では、東と西の水平軸、および山と海の垂直軸の二つの軸によって、光源氏の国土支配の正当性が示されているとし、東と西の水平軸は大嘗祭の国土支配の論理に従って導き出されたものと推定したが、山と海の垂直軸による国土支配の論理はどこから導き出されたものなのであろうか。

このように考えた時、まず想起されるのは、『古事記』『日本書紀』の日向神話である。『古事記』の日向神話と『日本書紀』の日向神話は相違する点もままあるが、その骨子はほぼ同一で、天照大御神《あまてらすおほみかみ》の孫にあたる番能邇々芸命《ほのににぎのみこと》が、高天原から葦原中国に降臨して、山の神である大山津見神《おほやまつみのかみ》の娘、神阿多都比売《かむあたつひめ》またの名を木《この》花之佐久夜毘売《はなのさくやびめ》（紀は鹿葦津姫《かしつひめ》またの名を神吾田津姫《かむあたつひめ》、木花之開耶姫《このはなのさくやひめ》）と結婚し、その子、火遠理命《ほをりのみこと》またの名を日子穂々手見命《ひこほほでみのみこと》（紀は彦火火出見尊《ひこほほでみのみこと》）が海の神、綿津見神《わたつみのかみ》の娘豊玉毘売《とよたまびめ》と結婚、その子、鵜葺草葺不合命《うかやふきあえずのみこと》が豊玉毘売の妹の玉依毘売《たまよりびめ》と結婚することによって、初代の天皇、神倭伊波礼毘古命《かむやまといはれびこのみこと》（神武天皇）が生まれる(6)、というものである。ここには天つ神の子とその子孫が、国つ神の代表ともいえる、山の神、海の神の娘を娶ることによって、葦原中国を領有、支配する正当性を得るという論理が、存在する(7)。紫の上と明石の君とによって象徴される山と海の垂直軸に基づく国土支配の論理は、この記紀の日向神話にその発想の基盤を持っていると考えることができるのではないだろうか。

ところで、この日向神話の後半部分、邇々芸命の息子である火照命（紀は火闌降命《ほのすそりのみこと》）と火遠理命の兄弟による争いと、火遠理命の綿津見神の娘との結婚の物語、いわゆる海幸山幸の神話と明石の君の物語との関連性については、夙に『花鳥余情』に指摘があり、さらにその指摘を敷衍して考察した、石川徹の「光源氏須磨流謫の構想の源泉――日本紀の御局新考――」という論文がある(8)。引用が少し長くなるが、石川の論文の要点をかいつまんで紹介してみよう。石川は、

海幸山幸の話、すなわち彦火々出見の尊と豊玉姫との結婚譚は、浦島伝説と同類の海宮淹留説話で、三年間わたつみの宮にとどまる事は同様である。これが竜宮城で、明石の上が竜王のむすめという設定であると

思われ、既に、若紫巻の噂話の中の言葉に、「海竜王の后になるべきいつきむすめななり」と見えているから、早くから作者の脳裡に予定されていた人物であった事が判る。「海竜王のいつきむすめ」としなかったのは、古伝承の当代化・小説化・現実化で、もとのままでは、紫式部当代の物語にならなかったからでもあるし、また典拠をカムフラージュしたのでもあろう。（中略）海幸山幸の話は兄弟説話で、兄の火《ほ》の蘭降《すそり》の命に海の幸があり、弟の彦火々出見命に山の幸があったのが、その幸を獲る道具の釣鉤《つりばり》と弓箭《や》とを交換したところ、弟は兄の釣鉤を失い、新しい鉤を作って兄に与えてもやはり、もとの鉤を求められ、兄命の督促に堪えかねて、海畔にさまように至る。正に朱雀院の帝と光源氏の兄弟を対せしめたのは、これによるのであろう。（中略）兄帝の寵妃である朧月夜は、いわば釣鉤《つりばり》の擬人化で、兄弟の対立の真因は、左大臣家と右大臣家の政治的対立や、弘徽殿大后の故桐壺更衣の生んだ子である源氏への憎しみからであるといえ、その直接の契機は朧月夜一件によるものである。（中略）海畔に吟《さまよ》うていた彦火々出見の尊は、塩土の老翁に逢い、「目無《まな》し籠《かたま》」に入れられて海に沈められ、「可怜小汀《うましをはま》」に出る。そして「海神《わたつみ》の宮」に到着する。「目無し籠《かたま》」は、目を堅くつめて編んだ竹籠の小舟で、源氏では、

渚にちひさやかなる船寄せて人二三人ばかり、この旅の御宿りをさして来。何人ならむと問へば、明石の浦より、前《さき》の守新発意《しぼち》の、御船よそひて参れるなり。（明石巻、日本古典全書本一七三頁）

と書かれている。この船は、明石から須磨まで「あやしき風細う吹きて、この浦に著き侍る事、まことに神の導べ違はずなむ」（同一七四頁）であり、源氏を乗せると、また、「例の風出で来て、飛ぶやうに明石に著き給ひぬ。ただ這ひ渡る程は片時のまといへど、なほあやしきまで見ゆる風の心なり。」（同一七五頁）とあって、神意によるもので、明石海岸こそは可怜小汀《うましをはま》である。（中略）須磨巻末の、

そのさまとも見へぬ人来て、「など宮より召しあるには参り給はぬ」とて辿りありくと見るに、おどろ

きて、「さは海の中の竜王の、いといたうものめでするものにて、見入れたるなりけり」と思すに、いとものむつかしう、この住居堪へ難く思しなりぬ。

（一六五、六頁）

の「宮」を、源氏は竜宮、わたつみの宮と解して畏れたが、これに対して、そうではなく、実はこの「宮」は禁中の事で、晴れて帰京できる事のお告げだったのを、源氏がいらぬ勘違いをしたのだという説が、岷江入楚や湖月抄に引かれていて、従来、それによって釈かれて来たようであるが、それはあやまりで、「須磨なんかにいないで、わたつみの宮ともいうべき明石入道の館へ移りなさい」というので、源氏の考えは当らずといえども遠くはなかった。（中略）そして、「そのさまとも見えぬ人」の正体については古注説く所がなく、近時、阿部秋生氏は、「住吉の神、乃至はその神意を伝へに来た者とみていいだろう。」（前掲書六〇七頁）と言われたが、「その神意を伝へに来た者」と見るべきで、「住吉の神」自身ではあるまい。私見では、やはり書紀の記事により、作者は「塩土の老翁《しほつちおぢ》」のような人物を考えていたのだと思う。（中略）さて、彦火々出見尊は、海神から、潮満つ玉と潮涸る玉とを獲て帰り、兄命をたしなめ、また、豊玉姫は妹の玉依姫を伴なって、尊の許に来てヒコナギサタケウガヤフキアヘズの尊を生むが、竜女の姿を夫に見られたのを恥じ、海に帰り、玉依姫が代って赤児を育てるという事になっている。この辺では、源氏物語は必ずしも古伝承のままに従っていないが、明石の上がその生んだ明石姫を紫の上に渡して養育してもらうという形にそれは残存している。（中略）本来男児のウガヤフキアヘズの尊を女児明石姫に変えたのは、平安朝当代の外戚による政権獲得という風習からは、男児では都合がわるかったからで、その明石姫が生む皇子が、まずはウガヤフキアヘズの尊の子、という設定になるといえばなるわけであろう。作者は潮満つ玉、潮干る玉の代りに、明石姫の存在こそ、源氏に政権を授けるものと見て、彼女を「夜光る玉」に擬している。それは明石の上が父入道と愈々別れて京へ上る所に出て来るのだから、わたつみの神に相当する明石入道が、娘に潮みつ玉、潮ひる玉の代りに、夜光玉ともいうべき明石姫を伴なって上洛させるという構想にしたのだと思われる。（中略）夢に故院の霊が現じ給うて、「住吉の神の導き給ふまゝに、はや舟出して、この浦（須磨海岸）を去りね」とあって、作者の頭に、海竜王、その后、その娘、海神、住吉の大神、塩土の老翁等をめぐる、海に関する神秘な説話伝説が渦巻いていた事が察せられる。

と指摘する。

ただし、石川が、「若紫巻の噂話の中の言葉に、「海竜王の后になるべきいつきむすめななり」と見えているから、早くから作者の脳裡に予定されていた人物であった事が判る。「海竜王のいつきむすめ」としなかったのは、古伝承の当代化・小説化・現実化で、もとのままでは、紫式部当代の物語にならなかったからでもあるし、また典拠をカムフラージュしたのでもあろう」と「海竜王の后になるべきいつきむすめ」という表現から、明石の君を「海竜王のいつきむすめ」とする論理には、やや飛躍があるように感じられる。

多田一臣が、

「海に入りね」「浪の中にも」とは、海中への単なる投身を意味したことばではない。入道にとって、明石の君は住吉の神の申し子ともいうべき存在であり、人間世界に帰属してはならない「変化のもの」（若菜上巻）だった。明石の君はふつうの人間と結婚してはならない神女（巫女）なのであり、源氏のような超越的な存在と結ばれるのでなければ、神の世界に戻るほかない。それをこれらのことばで意味させたと見るべきだろう。ならば、「海竜王の后になるべきいつきむすめなり」という供人の批評も、単なる嘲笑とは言えなくなる。

と指摘しているように、[9]「海竜王の后になるべきいつきむすめななり」という供人の発言は明石の君の超越的な資質を物語るものであり、石川のような論理によって、明石の入道を海竜王と見なす根拠とはなりえないように思われる。明石の中宮が東宮に入内し、男子が生まれたとの知らせを受け、明石の入道が山に入るといって、明石の君にあてた最後の手紙の中で、

そのゆゑは、みづからかくつたなき山伏の身に、今さらにこの世の栄えを思ふにもはべらず、過ぎにし方の年ごろ、心ぎたなく、六時《ろくじ》の勤めにも、ただ御事を心にかけて、蓮の上の露の願ひをばさしおきてなむ、念じたてまつりし。わがおもと生まれたまはむとせしその年の二月のその夜の夢に見しやう、みづから須弥《すみ》の山を右の手に捧げたり、山の左右より、月日の光さやかにさし出でて世を照らす、みづからは、山の下の蔭に隠れて、その光にあたらず、山をば広き海に浮かべおきて、小さき舟に乗りて、西の方さして漕ぎゆくとなむ見はべし。（若菜上⑷一一三―一一四）

と、明石の君が出生以前から自らとは異なる特別の存在であったと述べていること、また、多田も指摘しているように、同じ手紙で「ただわが身は変化のものと思ひなして、老法師のためには功徳をつくりたまへ」と遺言していることからすると、明石の入道が明石の君の父親だからといって、入道を海竜王と見なす必然性はないように思われる。これらの表現からは、明石の入道は一介の人間にすぎず、たまたま彼の娘に「変化のもの」が生まれたと見るのが自然なように思われる。

ところで、明石の君に最も近い神といえば、住吉の神である。須磨巻で明石の入道が妻に娘を源氏の妻として奉ることを相談する場面における地の文では、入道が娘を「年に二たび住吉に詣でさせけり。神の御しるしをぞ、人知れず頼み思ひける」（須磨⑵二一二）とあり、明石に源氏を引き取った後の場面でも、入道は「住吉の神を頼みはじめたてまつりて、この十八年になりはべりぬ。女《め》の童のいときなうはべりしより思ふ心はべりて、年ごとの春秋ごとにかならずかの御社《みやしろ》に参ることなむはべる」（明石⑵二四五）と源氏に語る。須磨の地で暴風雨が発生すると、源氏は「いともの騒がしければ、いろいろの幣帛《みてぐら》捧げさせたまひて、「住吉の神、近き境を鎮め護りた

まふ。まことに迹《あと》を垂れたまふ神ならば助けたまへ」と、多くの大願を立てたまふ」（明石(2)二二六）とあり、源氏は住吉の神だけに願を立てている。供人たちが、住吉の神の他に、海竜王やよろづの神々に願を立てているのとは異なっている。また、源氏は召還の宣旨を受けて帰京する途中、難波に着くとすぐに、「難波の方に渡りて御祓《はらへ》したまひて、住吉にも、たひらかにていろいろの願はたし申すべきよし、御使して申させたまふ」（明石(2)二七二）と住吉に使者を差し向け、帰京した翌年の秋には願ほどきに住吉に参詣する。若菜巻では、入道が明石の君にあてた最後の手紙で「若君、国の母となりたまひて、願ひ満ちたまはむ世に、住吉の御社《みやしろ》をはじめ、はたし申したまへ」（若菜上(4)一一四）と書き、「かの社《やしろ》に立て集めたる願文《ぐわんふみ》どもを、大きなる沈《ぢん》の文箱《ふばこ》に封じ籠めて」（若菜上(4)一一六）送り届ける。また、それから五年後、冷泉帝が譲位し、今上帝が即位、明石の姫君腹の第一皇子が立坊すると、その年の冬、源氏は入道の文箱の願文を見て住吉に願ほどきに参詣する。さらに、明石一族の繁栄をもたらすために欠くことのできぬ明石の君と源氏との出会いは、あの須磨の地における暴風雨の際の住吉の神の導きによるものであった。このように、住吉の神と明石の君および明石一族の繁栄とは大きな関わりが指摘しうるのであり、明石の君は住吉の神の申し子と考えるのが至当であろう。

また、石川は「そのさまとも見えぬ人」を「神意を伝へに来た者」で「塩土の老翁」のような人物であろうと推測するが、これは阿部秋生が指摘するように、住吉の神ないしはその使者であり、「塩土の老翁」を当てはめる必要はないと思われる。というのも、この「そのさまとも見えぬ人」は、

去《い》ぬる朔日《ついたちのひ》の夢に、さまことなる物の告げ知らすることはべりしかば、信じがたきことと思うたまへしかど、『十三日にあらたなるしるしを見せむ。舟をよそひ設けて、かならず雨止まばこの浦に寄せよ』とかねて示すことのはべりしかば　（明石(2)二三一）

という、明石の入道が須磨に源氏を迎えに来た際に述べた言葉にある「さまことなる物」と同一のものと考えら

れ[10]、「塩土の老翁」とは異なる働きをしているからである。須磨から明石への移動は、須磨で暴風雨にさらされていた源氏の仮寝の夢に現れた故桐壺院が、「住吉の神の導きたまふままに、はや舟出してこの浦を去りね」と言っていることからも、住吉の神の意向によるものと解され、その移動を可能ならしめるかのような指示を夢の中で、源氏と明石の入道に告げているのが、この「そのさまとも見えぬ人」、「さまことなる物」であることからすると、やはりこの「そのさまとも見えぬ人」は「住吉の神の使い」と考えるのが妥当であろう。

むしろ、明石から「無間勝間《まなしかつま》の小舟《をぶね》」を思わせる小舟に乗ってやって来て、源氏を明石まで導いた明石の入道の方が、「塩土の老翁」に近いのではないだろうか。

だとすると、今度は「そのさまとも見えぬ人」が言った「など、宮より召しあるには参りたまはぬ」の宮が何を指すのかが問題となるが、これについては「住吉の神の神意を明石の入道に伝える夢の中の者の言葉から、この「宮」は海神である住吉の神殿であることが推測される」という『新編日本古典文学全集』の頭注に従うのが素直な解釈であろうか。その場合、明石の入道の邸が、住吉の神の申し子、明石の君が住む所であるが故に、住吉の神殿と解されたということになろう。明石の地と住吉の神の関係の深さについては、先に触れた多田の論文に詳しい。

ただし、以上のように解しても、住吉の神以外の海の神として、物語の中で海竜王が三度にわたって言及されているのはなぜかという疑問はやはり残る。海竜王と住吉の神を同一のものとする見方も存するかもしれぬが、物語では明石巻で、供人が暴風雨の収まるのを願って願を立てる場面で「御社《みやしろ》の方《かた》に向きてさまざまの願を立てたまふ。また、海の中の竜王、よろづの神たちに願を立てさせたまふに」（明石(2)二二七）と、住吉の社、すなわち住吉の神への願と海竜王への願を区別している。物語では明らかに、住吉の神と海竜王は異なる存在として描かれているのである。これについては、石川が「源氏は海辺流寓三年で帰洛するが、浦島伝説の定型は、この三年の仙郷淹留である。明石入道は何とも奇妙な怪人物であって若菜巻で作者はどうやら始末するが、それも道理、いわば竜王だからであり、明石の館は竜宮、明石の上はその一人娘、いわば乙姫様である。若菜で入道からの願文の入った文箱の事が出てくるが、さしづめ玉手箱である」と指摘しているように、(11)明石の君に関する物語に海幸山幸神話ばかりでなく、浦島伝説が強く影響を及ぼしていたと考えることができるかもしれぬ。あるいは、本来海竜王の后になるはずだった明石の君を源氏が横取りするという話の結構故に、海竜王が特に強調されたとも考えられようか。この点に関しては、もう少し考慮の余地があるように思われる。

このように見てくると、明石の君の物語に海幸山幸神話の反映をみようとする石川論文にも、神話と物語の照応関係の指摘に関しては、様々な問題があることが見てとれるのであるが、このような細部の読みとりに問題があるにしても、この明石の君の物語に海幸山幸神話の論理、すなわち、火遠理命が海の神、綿津見神の娘の豊玉毘売を娶ることによって、国土を支配する正当性を得るとする国土支配の論理が反映していることは間違いあるまい。明石の君は海の神の申し子であり、源氏は海の神の娘と結婚することによって、海を領有し、支配する資格を有する者となることが、古代神話の論理によって保証されるのである。しかも、明石の君は海とともに西方をも象徴する存在である。源氏は明石の君と結ばれることによって、古代神話と大嘗祭における支配論理に基づいて、海ばかりでなく、国土の西方をも領有する資格を賦与された王者として君臨することになる。

五　東・山の仏の娘＝紫の上

では、紫の上の物語はどうであろうか。紫の上の物語と番能邇々芸命と山の神である大山津見神の娘との聖婚の神話に、類似性は認められるであろうか。紫の上が山で育った娘という点において、彼女は山の娘としての資質を持つことは既に指摘した。

しかも彼女は、物語において常に桜の花に喩えられ、象徴される。彼女が物語に始めて登場するのは若紫巻の北山の場面であるが、その風景は桜に彩られている。例えば、源氏が北山に向かう道中の景色は

三月のつごもりなれば、京の花、盛りはみな過ぎにけり。山の桜はまだ盛りにて、入りもておはするままに、霞のたたずまひもをかしう見ゆれば　（若紫(1)一九九―二〇〇）

と記されており、紫の上の祖母の尼君の兄の僧都らとの別れに際して、源氏は

宮人に行きてかたらむ山桜風よりさきに来ても見るべく　（若紫(1)二二〇）

という歌を贈り、また、祖母尼君との別れには

夕まぐれほのかに花の色を見てけさは霞の立ちぞわづらふ　（若紫(1)二二二）

と、紫の上を花によそえた歌を詠ずる。また、源氏を迎えに来た君達も

いといみじき花の蔭に、しばしもやすらはずたちかへりはべらむはあかぬわざかな　（若紫(1)二二三）

といって、桜のもとで管弦のあそびを催し、帰京後の源氏は北山の尼君のもとに

面影は身をも離れず山桜心のかぎりとめて来しかど　（若紫(1)二二八）

と、ここでも紫の上を桜に喩えた歌を贈り、それに対し尼君は

嵐吹く尾上の桜散らぬ間を心とめけるほどのはかなさ　（若紫(1)二二九）

と返す、というように紫の上が初めて登場する北山の風景は桜の花が咲き満ちており、紫の上自身、源氏や祖母の尼君によって桜の花に喩えられている。また、後に紫の上の居所となった二条院の西の対や六条院の春の町にも桜が植えられ、紫の上は、若紫巻以降の物語においても、繰り返し桜に喩えられる。

野分巻では、夕霧が紫の上をかいま見た時の心情が、

気高くきよらに、さとにほふ心地して、春の曙の霞の間より、おもしろき樺桜《かばざくら》の咲き乱れたるを見る心地

す。（野分(3)二六五）

と記されているし、若菜下巻の女楽の折には、

紫の上は、葡萄染《えびぞめ》にやあらむ、色濃き小袿《こうちき》、薄蘇芳《うすすはう》の細長に御髪《みぐし》のたまれるほど、こちたくゆるるかに、大きさなどよきほどに様体《やうだい》あらまほしく、あたりににほひ満ちたる心地して、花といはば桜にたとへても、なほ物よりすぐれたるけはひことにものしたまふ。（若菜下(4)一九二―一九三）

と描かれる。御法巻で、臨終を間近にひかえた紫の上が、二条院を匂宮に譲り渡すと遺言する場面では、

大人になりたまひなば、ここに住みたまひて、この対の前なる紅梅と桜とは、花のをりをりに心とどめても て遊びたまへ。さるべからむをりは、仏にも奉りたまへ（御法(4)五〇三）

と、彼女の桜への愛着が語られており、紫の上の没後、幻巻では、

外《ほか》の花は、一重散りて、八重咲く花桜盛り過ぎて、樺桜《かばさくら》は開け、藤はおくれて色づきなどこそはすめるを、そのおそくとき花の心をよく分きて、いろいろを尽くし植ゑおきたまひしかば、時を忘れずにほひ満ちたるに、若宮「まろが桜は咲きにけり。いかで久しく散らさじ。木のめぐりに帳《ちやう》を立てて、帷子《かたびら》を上げずは、風もえ吹き寄らじ」と、かしこう思ひえたりと思ひてのたまふ顔のいとうつくしきにも、うち笑まれたまひぬ。（幻(4)五二九）

と、紫の上の不在をかこつかのような、その「対の前なる桜」が描出される。紫の上は、終世、そしてその死後も、桜の花に象徴され、桜に喩えられる存在なのである。

この紫の上と桜の結びつきの強さは、彼女と木花之佐久夜毘売との対応を意識させる。木花之佐久夜毘売の木花とは、上代においても桜の花を指すとされるが(12)、花といえば桜を指すと考えた平安時代の人々も、当然この木花を桜の花と考えたであろう。ここにおいて、紫の上はイメージの上で木花之佐久夜毘売に重なる要素を持つこ

とになる。

紫の上が山の娘であり木花之佐久夜毘売の面影を持つということは、紫の上の物語が記紀の日向神話の前半部分、番能邇々芸命と山の神の娘との聖婚物語の影響のもとに成立したことを推定させる。しかし、記紀の日向神話では、山の神の娘と海の神の娘との聖婚が、国土支配の正当性の根拠となるのであるが、明石の君の場合、住吉の神の申し子ということで問題はないが、紫の上の場合、はたして山の神の娘といいうるであろうか。物語の記述による限り、彼女には、神の娘としての性格付けはほとんど認められない。それに代わって認められるのが、彼女の周りに色濃く漂う仏教的雰囲気である。彼女の住む北山は、「峰高く、深き岩の中」に聖が住み、その下の方には僧坊が多く建てられ、彼女の住むなにがしの僧都の僧坊もその中にあり、彼女は祖母の尼君によって養育されている。物語では、北山は仏法の聖地として描かれており、彼女はその仏教的な環境の中で育まれている。

源氏が僧都の僧坊で一夜をすごした明け方の様子は

　暁方になりにければ、法華三昧おこなふ堂の懺法《せんぼふ》の声、山おろしにつきて聞こえくるいと尊く、滝の音に響きあひたり。（若紫(1)二一九）

と記される。

このような事実は、紫の上は山の神の娘ではなく、山の仏の庇護の許に育った娘、山の仏の娘であることを示すのではないだろうか。紫式部は記紀の日向神話に拠りながらも、天つ神の子孫が、山の神、海の神の娘と聖婚することによって、葦原中国を支配、領有する正当性を有するとする神話の論理を、山の仏の娘と海の神の娘との結婚という形に変化させることによって、源氏を山と海を領有するばかりでなく、神、仏に庇護され、その加護を受けるという、より大きな支持基盤を持つ存在に形象化したのではないだろうか。

北山で一夜を過ごした翌日、源氏が帰京する場面においては、仏法の側から源氏の超越的資質、王者性に対す

る賛嘆が重ねて述べられる。まず僧都との別れの場面では、僧都は源氏を優曇華の花に見なして

優曇華《うどんげ》の花待ち得たる心地して深山桜に目こそうつらね

と詠じ、聖もそれを受けて

奥山の松のとぼそをまれにあけてまだ見ぬ花の顔を見るかな

（若紫(1)二一二）

と、源氏を優曇華の花によそえた歌を詠ずるが、これらの歌が源氏を「優曇華の花」に見なしていることについて、河添房江は、優曇華の花が転輪聖王出現の瑞兆とされることから、光源氏が「転輪聖王、もしくはその最高位にある金輪王になぞらえられ」ているとし、「『過去現在因果経』では、釈迦は在家であれば、転輪聖王となり、世上から理想の聖帝と仰がれるであろうと予言された」といい、「金輪王は金輪宝を所有し、その金輪宝により世界にはあまねく光明が満ちあふれて、統治が行きわたるという」とする。さらに河添は「北山にあっても、源氏讃を仏教上の聖者ではなく、あえて在俗の転輪聖王（金輪王）の喩えからはじめるところに、なおも王権譚への回路を手放そうとしない作品の意図があらわであろう。と同時に、密教の聖地北山においては、仏教の軸が王権と対立的に構えられておらず、むしろ折りあい相補する関係にあるという、以下の流れを示唆してもいる」とする。(13)

確かにここに、仏教の聖地であっても源氏の王権譚に固執する作者の姿勢を読みとることはできるであろうし、仏教が王権と相補的な関係にあることを見て取ることもできるであろう。がしかし、ここでは仏教は王権と折りあい相補するというより、仏教が源氏の王者性を保証するもの、それをより堅固なものとする根拠となっていると考えるべきではないだろうか。北山という仏法の聖なる空間において、源氏は仏教世界における理想の王者と賛嘆され、その王者性を仏法という大いなる権威によって認知されることになるのではなかろうか。

物語はさらに続いて

聖、御まもりに独鈷《とこ》奉る。見たまひて、僧都、聖徳太子の百済より得たまへりける金剛子《こむがうじ》の数珠の玉の装束したる、やがてその国より入れたる箱の唐《から》めいたるを、透きたる袋に入れて、五葉の枝につけて、紺瑠璃の壺どもに御薬ども入れて、藤桜などにつけて、所につけたる御贈物ども捧げたてまつりたまふ。

（若紫(1)二二一）

と語る。独鈷は独鈷杵、金剛杵とも呼ばれ、「古代インドの武器を意味し、武具としては、仏教の外護神となった帝釈天や密教力士などがこれを持物としている。密教では仏の智が堅固であり、あらゆる煩悩を破壊する象徴として尊重し、密教の諸尊も、これを持物とするものが多い」とされるが、(14) ここでは「御まもりに」と本文にもあるように、源氏を仏法が庇護することの象徴として渡されたものと捉えることができよう。

「聖徳太子の百済より得たまへりける金剛子の数珠」については、それを聖徳太子が所持していたか、またそれが『源氏物語』の書かれた時代に存在していたか否かは、不明とするほかないようであるが、(15) 物語の文脈に即して考えるならば、数珠は仏を礼拝する時に用いる法具であり、源氏の仏法への深い帰依を象徴していよう。また、仏教伝来ゆかりの地である百済から伝わり、聖徳太子の許にもたらされたとされる由緒正しい数珠を授かるということは、源氏を本朝の仏教の祖ともいうべき聖徳太子の正統な後継者と認めることを意味しよう。また、仏法に深く帰依するとともに、崇峻天皇の暗殺後、蘇我氏との困難な関係を背景に、始めての女帝推古天皇を立て、皇太子として政治に関わるというきわめて高度な政治的選択をし、かつ帝位に即くことなく生涯を終えた聖徳太子に、(16) 源氏を重ね合わせることにもなる。

薬の入った「紺瑠璃の壺」は、薬師如来が薬師瑠璃光如来ともいわれることから、薬師如来が左手に持つ薬壺になずらえたものであろう。『河海抄』に「貴布祢は鞍馬寺の鎮守也。鞍馬・貴布祢の中間に、僧正谷といふ所あり。薬師仏・不動尊霊験の地也。薬師仏の右の御手に紺瑠璃壺を持たしめ給ふ。僧都の贈物にこの壺に薬を入れてたてまつるも、医王の薬に思ひよそへたる也」とあるのを参照すると、[17]北山に擬せられる鞍馬山近くの薬師仏からの贈物といった意味を持つのであろうか。これは、源氏の息災を願う気持ちをこめたものと見ることができよう。

と同時に、僧都からの贈物である、金剛子の数珠には五葉の松の枝、紺瑠璃の壺には藤、桜といった花が添えられる。この五葉の松は源氏の栄華の永遠性を表し、藤、桜は源氏の栄華の華やかさを象徴すると考えることができるのではなかろうか。[18]さらに藤は藤壺、桜は紫の上、松は末摘花を象徴していると考えられるのではないだろうか。源氏は、独鈷によって仏法の庇護を得ると同時に、金剛子の数珠や紺瑠璃の壺の薬により、藤壺、紫の上、末摘花といった女性たちと結ばれることを約束され、彼女たちに象徴される、永遠かつ至高の栄華を得ることが予告されたと見ることができるのではなかろうか。

また、聖と僧都との別れの場面に続いて描かれる、都から源氏を迎えに来た若い公達との管弦の遊びにおいて、光仁天皇の即位を予兆する童謡として謡われた催馬楽「葛城」が謡われていることには、光仁天皇に源氏を重ね合わせ、源氏が帝王として即位することを予祝するといった意図を読みとることができるであろう。と同時に、この葛城の詞章に現れる葛城寺や豊浦寺が、河添が指摘するように聖徳太子にゆかりの深い寺だということも忘れてはなるまい。[19]ここでも仏法の側からの源氏への称賛がなされているのであり、源氏は聖徳太子と同化されることにより、仏教的な聖なる王としての相貌を刻印されるのである。

この管弦の宴のたけなわ、僧都は自ら琴の琴を持参し、源氏に演奏を勧めるが、この場面は河添が指摘するように「君子左琴」「右書左琴」「鳴琴而治」といった儒教的イデオロギーによる源氏の王者性のさらなる確認といった意味合いを帯びていると考えられる。[20]別れの場面を見ていた人々の様子が

あかず口惜しと、言ふかひなき法師、童べも涙を落としあへり。まして内には、年老いたる尼君たちなど、

まだ、さらにかかる人の御ありさまを見ざりつれば、「この世のものともおぼえたまはず」と聞こえあへり。僧都も、「あはれ、何の契りにて、かかる御さまながら、いとむつかしき日本《ひのもと》の末の世に生まれたまへらむと見るに、いとなむ悲しき」とて目おし拭《のご》ひたまふ。（若紫(1)二二四）

と述べられるが、ここでも源氏はこの世のものとは思われない、仏の化現として捉えられている。見てきたように、北山は仏教の聖地であり、北山における光源氏は、儒教的なイデオロギーによって王者として形象される一面も持ちながら、多くは仏教的な観点からの、彼の超越的資質、王者性に対する称賛、宣揚がなされるのである。

とすると、紫の上は山の神の娘というより、山の仏の娘、仏法の庇護のもとに育まれた娘ということになるであろう。記紀の神話においては、山の神、海の神の娘を娶ることによって、天照大御神の子孫、すなわち天つ神の子孫は、葦原中国を領有、支配する正当性を獲得することとなるが、『源氏物語』では、山の神の娘の代わりに山の仏の娘を配することによって、日本古来の神祇信仰に外来の仏教思想を物語の世界に組み入れて、より広範な宗教的権威に支えられた支配体系を作ろうとしたのであろう。しかも記紀の神話においては、山の神、海の神の娘との結婚は三世代に亘ってなされるのであるが、『源氏物語』では光源氏一代に集約される。光源氏は一代で、山の仏の娘、海の神の娘と結婚し、神の他に仏の庇護も受けることによって、記紀神話の論理に基づいた山と海の支配原理を拡充し、より絶対的な支配体制、盤石な王権の基盤を手に入れることができたのである。ここには、記紀の神話を受け継ぎながら、それを変容し、より多くの権威を取り込むことで源氏の超越性を確保していこうとする物語作者の姿勢を見て取ることができるように思われる。

『源氏物語』の作者、紫式部は、光源氏の超越的な王権を構想するにあたって、日向神話の中に天皇の権威の源泉を見て取り、それに大嘗祭における国土支配の思想を組み込み、さらに我が国固有の神祇信仰に仏教思想を対等の形で取り込んだ上で、紫の上、明石の君という、源氏が国土を支配する正当性を保証する聖なる娘を形象し、光源氏の栄華を、この東の山の仏の娘と西の海の神の娘との結婚によって、絶対無比なものとすることを企図したと考えることができるのではないだろうか。

もちろん、光源氏の栄華は、彼が都に召還された翌年、朱雀帝が譲位し、冷泉帝が即位、それに伴って源氏が内大臣に任命されたことで、一応の到達を見る。特に、冷泉帝の即位は、物語内部の人々には知らされることはないが、実は光源氏の子息の即位であり、これは、物語の読者に源氏の王者性を示すもっとも強い根拠となるであろう。というのも、その実体はともかく、正史の記述によれば、天皇となるのは原則として天皇の子であり、まれに皇族男子の子であることはあっても、臣下男子の子であることはありえない。とりわけ平安時代の天皇は、紫式部の時代まで皆天皇の子供である。臣下である源氏が、天皇の父となるということは、彼が天皇と同等の存在であることを意味することになる。

物語の表層において、源氏が天皇に等しい存在であることは、このように語られるのであるが、物語の深層において源氏の王権の絶対性を保証するのは、東の山の仏の娘と西の海の神の娘との結婚という、記紀の神話を基軸に据え、それに大嘗祭の論理や仏法を組み込んだ物語の枠組みにあった。源氏に召還の宣旨が下り、冷泉帝が即位が実現し、源氏自身も内大臣となると、その年の秋、源氏は住吉と石山に願ほどきの参詣を行うが、住吉が西の海の社であり、石山が東の山の寺であることは大いに注目すべきであろう。この事実は、源氏の超越的な王権が、西の海の神と東の山の仏の加護によって成立したものであることを改めて示しているといって過言ではないであろう。彼の絶対的な栄華は、物語の深層においては、西の海の神の娘と東の山の仏の娘との聖婚によってもたらされたものに他ならないのである。

六　帝位に就かざる帝王

以上、記紀の日向神話の構想、すなわち天つ神の子孫が山の神、海の神の娘を娶ることによって、国土を領有、支配する資格を得るという構想を軸とし、それに仏法の権威や大嘗祭的発想および様々な意匠を施すことによって、『源氏物語』がその主人公光源氏に、無類の王者性を賦与することを意図した機制を明らかにした。ただし、光源氏は帝王ではない。彼は、生涯天皇にはならなかった。そのことは『源氏物語』の始発、桐壺巻における高麗の相人の予言によってあらかじめ規定されているといってよいであろう。相人の予言は次のようなものであった。

国の親となりて、帝王の上《かみ》なき位にのぼるべき相おはします人の、そなたにて見れば、乱れ憂ふることやあらむ。朝廷《おほやけ》のかためとなりて、天の下を輔《たす》くる方にて見れば、またその相違《たが》ふべし　（桐壺(1)三九—四〇）

この予言では、源氏は帝王相を持つとされる。しかし、帝王となれば国が乱れることがあるかもしれない。かといって、補弼の臣の相かといえば、それも違っている。高麗の相人の予言の後半部分「朝廷のかためとなりて、天の下を輔くる方にて見れば、またその相違ふべし」は、源氏の相が補弼の臣のそれでなく、まさしく帝王の相であることを確認した言葉であろう。源氏は帝王相を持っている。しかし、帝王となれば国の乱れを引き起こす。高麗の相人の予言を素直に受け取れば、以上のような理解に至るであろう。この予言を聞いた源氏の父、桐壺帝は、倭相や宿曜道によっても同様のことが占い顕されたことも鑑みて、源氏を臣籍に降下させることを決断する。ここに、源氏が帝王となる道は閉ざされた。以後、源氏は生涯にわたって帝王となることはなかった。

しかし、源氏は帝王相を持っている。彼は帝王ではありえないが、帝王としての資質を備えている。ここに、帝位に就かざる帝王という矛盾した存在が出現する。『源氏物語』は、その始発の予言によって生み出された、この帝位に就かざる帝王というという矛盾した存在の実現に向けて、物語を語り進めなければならない。これまで物語の構造を分析する作業を通して、『源氏物語』が記紀の日向神話を基軸に据え、それをより複雑で高度な形に変容するとともに、そこに様々な意匠を組み入れることによって、光源氏の王者性の宣揚がなされていることを確認したが、実はこのように光源氏に王者性を賦与しようとする試みは、源氏が帝王であることを誇示しようとする、物語の策略であったのではなかろうか。源氏が帝位に就かない以上、源氏は帝王ではありえない。しかし、彼は帝王相を持っており、帝位に就かざる帝王、いわゆる潜在王権の主として、帝王性、王者性を保持しなければならない[21]。物語の冒頭に規定された帝位に就かざる帝王としての源氏を形象するためには、物語は帝位という身分以外のものによって、源氏の王者性を荘厳しなければならなかったのではなかろうか。そして、帝位以外のもので王者性を獲得しようとしたとき、作者が王者性獲得の基軸としたのが、記紀の日向神話であったのではなかったか。物語の作者は記紀の神話を基軸とし、それに日本古来の王権にまつわる神話、伝説や儀礼、さらに仏教、儒教の聖君主のイメージを十二分に活用して、帝位に就かない源氏に帝王性、王者性を賦与していったのであり、それによって帝位に就かざる帝王という矛盾した存在に、存在感、実在感を与えることを試みたのであろう。

七　潜在王権譚と『古事記』

本節は『源氏物語』における光源氏の帝位に就かざる帝王としての王者性、いわゆる光源氏の潜在王権の根拠の中核となるものが、天つ神の子孫が山の神、海の神の娘を娶ることによって、葦原中国を支配する正当性を獲得するとする、記紀の日向神話によるのではないかと想定した。

では、『源氏物語』の作者、紫式部は『古事記』と『日本書紀』の日向神話のどちらを参照して、このような物語を書いたのであろうか。明石の君の物語に海幸山幸神話の投影を見る、先に引用した石川論文においては、(22)「海竜王」の語に関して「古事記及び日本書紀の一書では、この海神のむすめ豊玉姫は鰐であるが、日本書紀の本文では正しく竜である」こと、明石巻の終わりの箇所、源氏が兄帝と対面する場面における、源氏の贈歌

わたつ海に沈みうらぶれ蛭の児の足立たざりし年は経にけり

が、『古事記』では「くみどにおこして生める子は、水蛭子《ひるこ》。この子は葦船に入れて流しうてき」と、水蛭子の足が立たなかったこと、およびその期間が記されていないのに対し、『日本書紀』では「次生二蛭児一。雖二已三歳一脚猶不立」と、蛭児の足が立たなかったことやその期間が明らかに示されていること、『源氏物語』の松風巻に「蛭の子がよはひにもなりにけるを」、玉鬘巻に「足立たず沈みそめ侍りにし後」といった記述もあること、および『源氏物語』行幸巻の「堅きいはほも沫雪になし給ひつべきおほんけしきなれば」、「天《あま》の岩門《いはと》さし籠り給ひなんや、めやすく」といった表現が、『日本書紀』の「踏二堅庭一而陷レ股、若二沫雪一以蹴散」「乃入二于天石窟一、閉二磐戸一而幽居焉」といった表現に拠っていると思われることから、『源氏物語』は『日本書紀』を参照して書かれたと推論する。

確かに平安時代においては、『日本書紀』は正史であり、『古事記』との格の相違は歴然たるものがある。紫式部が『日本書紀』を典拠としたと推定するのは自然な考えであろう。が、『源氏物語』には、末摘花という人物が登場する。この女性は、その容貌の醜さや、その古風でかたくなな性格が常に変わることのない恒久性を表し、木花之佐久夜毘売の姉、石長比売を想起させる。末摘花が初めて登場する末摘花巻は、紫の上が物語に初めて登場する若紫巻と全く同じ時期、すなわち源氏十八歳の春から始まっていることも、紫の上と末摘花の対偶性を示している。源氏に召還の宣旨が下って以後、末摘花が蓬生巻の主人公として、一巻を割いて語られるのも、彼女の存在の大きさを物語るものといえるのではなかろうか。ただし、石長比売はその容貌の醜さ故に、邇々芸能命

と結ばれることなく、父大山津見神のもとに送り返される。そしてそのことが後々の天皇の寿命は有限になってしまった根拠として語られるのであるが、『源氏物語』では、光源氏は醜い末摘花までも受け容れる。このことは源氏の美質を語るとともに、石長比売に比定される末摘花をも受け容れることで、源氏の栄華が華やかさとともに恒久性をも手に入れ、彼の栄華が絶対、不動のものとなることを意味する狙いがあったと思われる。末摘花巻の最後の部分に、源氏と紫の上が末摘花を嘲弄する場面が描かれるが、ここに物語の原型となった神話の痕跡をかすかに認めることができるのではなかろうか。このように見てくると、『源氏物語』は石長比売、木花之佐久夜毘売の姉妹をモチーフにして、末摘花、紫の上を造型したと想像される。[23]

ところで記紀の日向神話は、大筋において異なるところはないが、ただ一点大きく異なるのは、『古事記』では石長比売が登場するのに、『日本書紀』では登場しないという点である。『古事記』日向神話の前半部分は、

是《ここ》に、天津日高日子番能邇々芸能命《あまつひたかひこほのににぎのみこと》、笠沙《かささ》の御前《みさき》にして、麗《うるは》しき美人《をとめ》に遇《あ》ひき。爾《しか》くして、問ひしく、「誰《た》が女《むすめ》ぞ」ととひしに、答へて白《まを》ししく、「大山津見神《おほやまつみのかみ》の女《むすめ》、名《な》は神阿多都比売《かむあたつひめ》、亦《また》の名は、木花之佐久《このはなのさく》夜毘売《やびめ》と謂《い》ふ」とまをしき。又、問ひしく、「汝《なむち》が兄弟《はらから》有りや」ととひしに、答へて白《まを》ししく、「我《あ》が姉、石長比売《いはながひめ》在《あ》り」とまをしき。爾《しか》くして、詔《のりたま》ひしく、「吾《あれ》、汝《なむち》と目合《あひあ》はむと欲《おも》ふ。奈何《いか》に」とのりたまひしに、答へて白《まを》ししく、「僕《やつかれ》は、白《まを》すこと得ず。僕《やつかれ》が父《ちち》大山津見神、白さむ」とまをしき。故《かれ》、其の父大山津見神に乞《こ》ひに遣《や》りし時に、大きに歓喜《よろこ》びて、其の姉石長比売《いはながひめ》を副《そ》へ、百取《ももとり》の机代《つくえしろ》の物を持たしめて、奉《まつ》り出《い》だしき。故爾《かれしか》くして、其の姉は、甚凶醜《いとみにく》きに因《よ》りて、見畏《みかしこ》みて返し送り、唯《ただ》に其の弟木花之佐久夜《おとこのはなのさくや》毘売《びめ》のみを留《とど》めて、一宿《ひとよ》、婚《あひ》を為《し》き。

爾《しか》くして、大山津見神、石長比売を返ししに因《よ》りて、大《おほ》きに恥ぢ、白《まを》し送りて言ひしく、「我《あ》が女二並《むすめふたりとも》に立《た》て奉《まつ》りし由《ゆゑ》は、石長比売を使はば、天つ神御《み》子《こ》の命は、雪零《ふ》り風吹くとも、恒《つね》に石《いは》の如《ごと》くして、常《ときは》に

堅《かちは》に動かず坐《いま》さむ、亦《また》、木花之佐久夜毘売《このはなのさくやびめ》を使はば、木《こ》の花の栄ゆるが如く栄《さか》え坐《ま》さむとうけひて、貢進《たてまつ》りき。此《か》く、石長比売《いはながひめ》を返らしめて、独《ひと》り木花之佐久夜毘売のみを留《とど》むるが故に、天《あま》つ神《かみ》御子《みこ》の御寿《みいのち》は、木《こ》の花のあまひのみ坐《いま》さむ」といひき。故是《かれここ》を以《もち》て、今に至るまで、天皇命等《すめらみことたち》の御命《みいのち》は、長くあらぬぞ。

故《かれ》、後《のち》に木花之佐久夜毘売、参《ま》ゐ出《い》でて白《まを》ししく、「妾《あれ》は、妊身《はら》みぬ。今、産《う》む時に臨《のぞ》みて、是《こ》の天つ神の御子は、私《わたくし》に産むべくあらぬが故《ゆゑ》に、請《まを》す」とまをしき。爾《しか》くして、詔《のりたま》ひしく、「佐久夜毘売、一宿《ひとよ》にや妊《はら》みぬる。是《これ》は、我《あ》が子に非《あら》じ。必ず国つ神の子ならむ」とのりたまひき。爾《しか》くして、答へ白《まを》さく、「吾《あ》が妊《はら》める子、若《も》し国つ神の子ならば、産《う》む時に幸《さき》くあらじ。若《も》し天つ神の御子ならば、幸《さき》くあらむ」とまをして、即《すなは》ち戸無き八尋殿《やひろどの》を作り、其《そ》の殿《との》の内《うち》に入《い》り、土を以《もち》て塗《ぬ》り塞《ふさ》ぎて、方《まさ》に産まむとする時に、火を以《もち》て其《そ》の殿《との》に着《つ》けて産みき。故《かれ》、其の火の盛《さか》りに燃《も》ゆる時に生める子の名は、火照命《ほでりのみこと》〈此《こ》は、隼人《はやと》の阿《あ》多君《たのきみ》が祖《おや》ぞ〉。次に、生みし子の名は、火須勢理命《ほすせりのみこと》。次に、生みし子の御名《みな》は、火遠理命《ほをりのみこと》、亦《また》の名は、天津日高日子穂々手見命《あまつひたかひこほほでみのみこと》〈三柱《みはしら》〉。

とあるのに対し、『日本書紀』の当該部分を引用すると次のようになる。

其《そ》の地《つち》に一《ひとり》の人《ひと》有り。自《みづか》ら事勝国勝長狭《ことかつくにかつながさ》と号《なの》る。皇孫《すめみま》問ひて曰《のたま》はく、「国在《くにあ》りや以不《いな》や」とのたまふ。対《こた》へて曰《まを》さく、「此《ここ》に国在り。請《ねが》はくは任意《みこころのまにま》に遊《いでま》せ」とまをす。故《かれ》、皇孫就《ゆ》きて留住《とどま》ります。時に彼《そ》の国の美人《よきをとめ》有り。名《なづ》けて鹿葦津姫《かしつひめ》と曰《い》ふ。亦《また》は神吾田津姫《かむあたつひめ》と名《い》ひ、亦は木花之開耶姫《このはなのさくやひめ》と名ふ。皇孫、此《こ》の美人《よきをとめ》に問ひて曰《のたま》はく、「汝《なんぢ》は誰《た》が子ぞ」とのたまふ。対へて曰さく、「妾《あ》は是天神《これあまつかみ》の、大山祇神《おほやまつみのかみ》を娶《めと》り、生《う》める児《こ》なり」とまをす。皇孫因《よ》りて幸《め》したまふ。即《すなは》ち一夜《ひとよ》にして有娠《はら》みぬ。皇孫、信《まこと》ならじとして曰《のたま》はく、「天神《あまつかみ》と雖復《いふと》も、何《いかに》ぞ能《よ》く一夜《ひとよ》の間《ほど》に人を有娠《はら》ましめむや。汝《な》が懐《はら》めるは、必ず我《あ》が子に非《あら》じ」とのたまふ。故《かれ》、鹿葦津姫《かしつひめ》忿恨《いかりうら》み、乃《すなは》ち無戸室《うつむろ》を作り、其《そ》の内《うち》に入居《こも》りて誓《うけ》ひて曰《いは》く、「妾《あ》が娠《はら》める、若《も》し天孫《あめみま》の胤《みこ》に非《あら》ずは、必ず爨《や》け滅《ほろ》びなむ。如《も》し実《まこと》に天孫の胤《みこ》ならば、火も害《そこな》ふこと能《あた》はじ」といふ。即《すなは》ち火を放《はな》ち室《むろ》を焼《や》く。始め起《おこ》る煙《けぶり》の末より生《な》り出《い》づる児《みこ》、火闌降命《ほのすそりのみこと》と号《まを》す。是隼人等《これはやひとら》が始祖《はじめのおや》なり。火闌降、此《ここ》には褒能須素里《ほのすそり》と云《い》ふ。次に熱《ほとほり》を避《さ》りて居《ま》しまし、生《な》り出《い》づる児《みこ》、彦火火出見尊《ひこほほでみのみこと》と号す。次に、生《な》り出《い》づる児《みこ》、火明《ほのあかりの》命《みこと》と号す。是尾張連等《これをはりのむらじら》が始祖なり。凡《すべ》て三子《みはしらのみこ》なり。

ただし、『日本書紀』も一書の第二には

故《かれ》、天津彦火瓊瓊杵尊《あまつひこほのににぎのみこと》、日向《ひむか》の槵日《くしひ》の高千穂峰《たかちほのたけ》に降到《くだ》りまして、膂宍《そしし》の胸副国《むなそふくに》を頓丘《ひたを》より覓国《くにま》ぎ行去《とほ》り、浮渚在平地《うきじまりたひら》に立たし、乃《すなは》ち国主事勝国勝長狭《くにぬしことかつくにかつながさ》を召して訪《と》ひたまふ。対《こた》へて白《まを》さく、「是《ここ》に国有《あ》り。取捨《かもかくも》勅《みことのり》の随《まにま》に」とまをす。時に皇孫《すめみま》、因《よ》りて宮殿《みや》を立て、是焉《ここ》に遊息《やす》みます。後《のち》に海浜《うみへた》に遊幸《いでま》し、一美人《ひとりのをとめ》を見《みそこなは》す。皇孫《すめみま》問て曰《のたま》はく、「汝《なむち》は是誰《これた》が子ぞ」とのたまふ。対《こた》へて白《まを》さく、「妾《あ》は是大山祇神《これおほやまつみのかみ》の子、名は神吾田鹿芦津姫《かむあたかしつひめ》、亦《また》の名は木花開耶姫《このはなのさくやひめ》」とまをす。因《よ》りて白《まを》さく、「亦吾《またわ》が姉《あね》に磐長姫在《いはながひめあ》り」とまをす。皇孫《すめみま》の曰《のたま》はく、「吾《われ》、汝《なむち》を以《も》ちて妻《め》とせむと欲《おも》ふ。如之何《いかに》」とのたまふ。対へて白《まを》さく、「妾《わ》が父大山祇《ちちおほやまつみ》神《のかみ》在《あ》り。請《こ》はくは、以ちて垂問《と》ひたまへ」とまをす。皇孫因りて大山祇神に謂《かた》りて曰《のたま》はく、「吾《われ》、汝《なむち》が女子《むすめ》を見つ。以ちて妻《め》とせむと欲《おも》ふ」とのたまふ。是《ここ》に大山祇神、乃ち二女《ふたりのむすめ》をして、百机飲食《ももとりのつくえもの》を持たしめて奉進《たてまつ》る。時に皇孫、姉《あね》は為醜《みにく》しと謂《おもほ》し、御《め》さずして罷《さ》けたまひ、妹《いも》は有国色《かほよ》しとして、引《ひ》きて幸《め》す。則《すなは》ち一夜《ひとよ》に有身《はら》みぬ。故《かれ》、磐長姫、大《おほ》きに慙《は》ぢて詛《とご》ひて曰《いは》く、「仮使天孫《たとひあめみま》、妾《あ》を斥《しりぞ》けたまはずして御《め》さましかば、生《う》めらむ児《みこ》の永寿《みいのちなが》からむこと、磐石《いはほ》の如く常存《ときは》ならましを。今し既に然《しか》らずして、唯弟《ただおと》のみ独《ひと》り御《め》さる。故《かれ》、其《そ》の生めらむ児《みこ》、必ず木《こ》の花《はな》の如《ごと》く移落《ちりお》ちなむ」といふ。一《ある》に云《い》はく、磐長姫恥《いはながひめは》ぢ恨《うら》みて唾《つは》き泣きて曰《いは》く、「顕見蒼生《うつしきあをひとくさ》は、木の花の如《ごと》く俄《にわか》に遷転《うつろ》ひて衰去《おとろ》へなむ」といふといふ。此《これ》、世人《よのひと》の短折《いのちみじか》き縁《えに》なり。是《こ》の後《のち》に神吾田鹿芦津姫《かむあたかしつひめ》、皇孫《すめみま》を見たてまつりて曰《まを》さく、「妾《われ》、天孫《あめみま》の子《みこ》を孕《はら》めり。私《わたくし》に生《う》みまつるべからず」とまをす。皇孫《すめみま》の曰《のたま》はく、「天神《あまつかみ》の子《みこ》と雖復《いふと》も、如何《いかに》か一夜《ひとよ》にして人を娠《はら》ましめむや。抑《はた》吾《あ》が児《みこ》に非《あら》ざるか」とのたまふ。木花開耶姫《このはなのさくやひめ》、甚《はなは》だ慙《は》ぢ恨《うら》み、乃《すなは》ち無戸室《うつむろ》を作りて誓《うけ》ひて曰《いは》く、「吾《あ》が娠《はら》める、是若《これも》し他神《あたしかみ》の子《こ》ならば、必ず不幸《さきはひな》けむ。是実《まこと》に天孫《あめみま》の子《みこ》ならば、必ず全《また》く生《あ》れたまふべし」といひて、則《すなは》ち其《そ》の室《むろ》の中に入《い》り、火を以《も》ちて室を焚《や》く。時に焔《ほのほ》の初め起《おこ》る時に共《とも》に児《みこ》を生み、火酢芹《ほのすせりの》命《みこと》と号《まを》す。次《つぎ》に火の盛《さかり》なる時に児《みこ》を生み、火明命《ほのあかりのみこと》と号す。次に児《みこ》を生み、彦火火出見命《ひこほほでみのみこと》と号す。亦《また》は火折命《ほのをりのみこと》と号す。

というように、『古事記』と同様石長比売の登場する話も存在する。だが、紫式部がわざわざ『日本書紀』一書を参照して物語を書いたとは考えがたい。やはり、紫式部は『古事記』の神話を下敷きにして『源氏物語』を執筆したと考えるのが妥当であろう。もちろん石川論文が指摘するように、『源氏物語』には『日本書紀』によったと考えられる部分も存在する。紫式部の教養を考慮すれば、式部は当然『日本書紀』を読んでいたと考えられるから、式部は『源氏物語』を執筆するに際して、『古事記』のみでなく、『日本書紀』をも参照していたであろう。ただし、『源氏物語』の執筆に際して、源氏の潜在王権譚の基軸ともなるべき構想は、『古事記』を主とし、それに『日本書紀』を参考にするという形で練られたのではなかろうか。物語における末摘花の存在が、そのような推定を強く支持するように思われる。

八　紫式部と『古事記』

ところで、先にも述べたように、『日本書紀』は正史として、平安時代にも広く享受されていたと推定されるが、『古事記』は『源氏物語』が執筆された平安時代に広く享受されたという徴証は見出しがたい。前章で、紫式部は『古事記』をもとに、光源氏の王権譚を構想したのではないかと推定したが、平安時代における『古事記』

の享受がさほど認められないとするなら、紫式部が『古事記』を読んだかどうか問題となり、式部が『古事記』をもとに光源氏の潜在王権の物語を書いたとする推定も危ういものとなってくる。はたして、紫式部は『古事記』を読んでいたであろうか。

平安時代に入ってからの『古事記』享受に関する資料をあげてみると、弘仁三年（八一二）の『弘仁私記序』に「記序」の引用を見る。また弘仁年間（八一〇〜八二四）原撰の『琴歌譜』にも『古事記』の歌謡の引用が認められる。承平六年（九三六）に催された『日本紀』の講筵では『古事記』と『先代旧事本紀』との成立の先後関係が問題となっている。さらに、天慶元年（九三八）〜安和元年（九六八）にかけて成立したと推定される『本朝月令』、長保四年（一〇〇八）成立の『政事要略』、長寛二年（一一六四）成立の『長寛勘文』、治承三年（一一七九）から寿永二年（一一八三）の間に成立した『袖中抄』などにも『古事記』の引用が見られ、院政期末成立の『旧記』には、『古事記』から事物起源に関する説話や諺的内容をもつ由縁および神事関係記事が要約、抜粋されたものが認められる。(24)

『新編日本古典文学全集　古事記』の解説は、『古事記』が平安時代これらの書物に引用されていることを記した上で、次のように述べる。

しかし、全体としてあまり多いとはいえない上に、それらの中には、『古事記』から直接に引用したものでなく、他書から孫引きしたと思われる例も含まれている。また、それにかかわった人物を見ると、多氏、卜部氏、惟宗氏など、一部の限られた人々であったことが分る。

ただし、このことは『古事記』がほとんど忘れられた存在であったということを意味するわけではない。『承平私記』の残欠と見られる『日本紀私記』丁本には、『日本書紀』を読むのに必要な書として何を備えるべきかという問いに対して、「先代旧事本紀・上宮記・古事記・大倭本紀・仮名日本紀等、是也」という師説をもって答えるという問答が記されている。そして、この問答は『釈日本紀』にも引用されている。すなわち、『古事記』には、『日本書紀』を理解するための基本的な参考文献としての地位が与えられていたのである。また、右の文で『先代旧事本紀』が筆頭に掲げられたのは、この書がいかに重視されたかを物語るが、この『先代旧事本紀』を通じて、『古事記』は、平安から中世にかけての言説の世界に影響を与え続けたともいえる。『日本書紀』に比して、『古事記』の古写本に大きな空白があるのは事実である。しかし、これは『古事記』が格別不運な書物であったことを意味しない。むしろ『日本書紀』の古写本の方が特異な位置に立つといってよく、それはこの書が皇統の正当性を確証する神典として重視されたことにかかわる。たとえば、右に必備の文献として列挙された書物のうち、『上宮記』『大倭本紀』『仮名日本紀』は既に逸書であり、『先代旧事本紀』も、室町末期の卜部兼永自筆本を最古とするのである。『古事記』が南北朝時代の写本を残すことは、それなりに重視された結果だともいえよう。

このような指摘、および紫式部が藤原為時という優れた学者の娘であり、深い学識の持ち主であることを考慮すれば、紫式部が『古事記』を読んでいたことは十分想定しうるのではなかろうか。とすれば、光源氏の潜在王権確立への道筋の大枠を、紫式部が『古事記』の日向神話から構想したとする推定も十分成立可能と思われるのである。

注

（1）林田孝和『源氏物語の精神史研究』（桜楓社、平成5年4月）第二編、第二章「若紫の登場」。
（2）河添房江『源氏物語表現史』（翰林書房、平成10年3月）Ⅳ、3「北山の光源氏」。
（3）土橋寛『古代歌謡と儀礼の研究』（岩波書店、昭和40年12月）序章。

（4）『大漢和辞典』
（5）明石巻で「そのゆゑは、住吉の神を頼みはじめたてまつりて、この十八年になりはべりぬ。女の童のいときなうはべりしより思ふ心はべりて、年ごとの春秋ごとにかならずかの御社に参ることなむはべる」と記されているのが、明石の君が生まれてから十八年ということを意味するとすると、坂本共展が「五つの大臣家と明石入道」（『源氏物語構成論』、笠間書院、平成7年10月）で、「十八年になりぬ」を足掛けでなく、まる十八年とすると明石巻の明石の君の年齢は十九歳となり、紫の上と同年になると指摘するが、紫の上と明石の君の対偶性を示すことになり興味深い。
（6）神名および神名表記は、原則として『新編日本古典文学全集　古事記』に拠った。ただし、必要に応じて『新編日本古典文学全集　日本書紀』も参照した。
（7）『新編日本古典文学全集　古事記』は、131頁頭注で「海神の世界とのかかわりの意味は、火遠理命が海神の娘と結婚して子を得ることにある。降ってきた天つ神が、山の神の血統とともに海神の血統をも加えることによって、地上世界の支配者たる呪能を増幅するのである」と指摘する。
（8）石川徹『平安時代物語文学論』（笠間書院、昭和54年4月）第十一章「光源氏須磨流謫の構想の源泉―日本紀の御局新考―」。
（9）多田一臣「須磨・明石巻の基底―住吉信仰をめぐって」（『文学史上の『源氏物語』』、至文堂、平成10年6月）
（10）藤井貞和は『源氏物語入門』（講談社、講談社学術文庫、平成8年1月）Ⅱ「明石の君　うたの挫折」で「「いぬるついたちの日の夢」とは、須磨の巻末の、源氏が「そのさまとも見えぬ人」を夢に見たというのとまさに同日、同時刻の、平行的な夢見であるという趣向であろう」と言う。
（11）同注（8）。
（12）桜の花と限定しない注釈書もあるが、『新潮日本古典集成　古事記』、『新編日本古典文学全集　古事記』等は桜の花とする。

(13)　同注(2)。
(14)　『佛教大辞典』(小学館、昭和63年7月)
(15)　同注(2)。
(16)　堀内秀晃「光源氏と聖徳太子信仰」(『講座　源氏物語の世界』第二集所収、有斐閣、昭和55年10月)
(17)　『河海抄』は、『紫明抄・河海抄』(角川書店、昭和43年6月)に拠り、私に表記を改めた。
(18)　倉田実は『源氏物語の鑑賞と基礎知識　若紫』(至文堂、平成11年4月)93頁で、「玉上琢彌『源氏物語評釈』が、「五葉の松」はめでたいもの、「藤桜」は医薬治療全快をことほいだとしている通りだが、さらに数珠と薬壺と関連させると、違った意味も汲み取れよう。聖の贈った独鈷も数珠も煩悩を祓う呪器であり、それによって永生が約束されよう。だから、常緑の「五葉の松」と見合っている。また、薬壺は、現世の健康と華やぎをもたらすものであり、「藤桜」の美と見合うことになる。永生と華やぎ、この二つが光源氏に予祝されていることになる」と指摘する。
(19)　同注(2)。
(20)　同注(2)。
(21)　深沢三千男『源氏物語の形成』(桜楓社、昭和47年9月)
(22)　同注(8)。
(23)　久富木原玲は、『源氏物語事典』(大和書房、平成14年5月)の「神話」の項目において「明石の君には海幸山幸神話における海宮訪問譚のイメージがあり、子を自分で育てられないところも海神の娘豊玉毗売と同様である。一方、北山で見出され桜の花に喩えられる紫の上には、天孫降臨神話で邇邇芸命が求婚する木花之佐久夜毗売の面影が認められる。紫の上と明石の君はしばしば対比的に描かれるが、光源氏もまた天皇家の祖先邇邇芸命・山幸同様、海・山両方の娘と結ばれているのである。なお末摘花は邇邇芸命に拒否された醜い石長比売の面影をもつが、この女君を受け入れることによって光源氏には天孫邇邇芸命より一回り大きい人間性が付与される」と指摘する。

（24）『日本古典文学大辞典』

第二節　末摘花論
――石長比売と末摘花――

一　石長比売と末摘花

　私は前節において、『源氏物語』における光源氏の潜在王権を支える基盤が、『古事記』の日向神話に認められる国土支配の論理を基軸とし、それに大嘗祭における国土支配の論理や仏教という宗教的な権威を取り込むことによって形成されていることを指摘した。その際、『古事記』の日向神話の前半部分、番能邇々芸命《ほのににぎのみこと》と大山津見《おほやまつみの》神《かみ》の娘、木花之佐久夜毘売《このはなのさくやびめ》と石長比売《いはながひめ》との結婚にまつわる話では、光源氏を天つ神である、番能邇々芸命、大山津見神の娘、木花之佐久夜毘売を紫の上に比定し、日向神話の後半部分、いわゆる海幸山幸神話では番能邇々芸命の息子、火遠理命《ほをりのみこと》を光源氏、綿津見神《わたつみのかみ》の娘、豊玉毘売《とよたまびめ》を明石の君に比定した。また、大山津見神のもう一人の娘、木花之佐久夜毘売の姉にあたる石長比売についても、末摘花がそれに該当するのではないかとの言及を行った[1]。ただし、前節では、論の展開上、それについて深く論及することはできなかった。そこで本節では、末摘花が『古事記』に描かれる石長比売に比定されるような人物として描かれているか、また、紫の上がそうであったように、末摘花も石長比売の面影を彷彿とさせながら、大嘗祭の国土支配の論理や宗教的権威を取り入れているかどうか、つまり東方性、あるいは神に代わる仏教的要素が認められるかどうか、検証してみたいと思う。

二　木花之佐久夜毘売、石長比売と紫の上、末摘花

まず、石長比売とはどのような人物であるかを確認するため、『古事記』における番能邇々芸命と大山津見神の二人の娘、木花之佐久夜毘売と石長比売との結婚にまつわる物語を引用してみよう。

是《ここ》に、天津日高日子番能邇々芸命《あまつひたかひこほのににぎみこと》、笠沙《かささ》の御前《みさき》にして、麗《うるは》しき美人《をとめ》に遭《あ》ひき。爾《しか》くして、問ひしく、「誰《た》が女《むすめ》ぞ」ととひしに、答へて白《まを》ししく、「大山津見神《おほやまつみのかみ》の女《むすめ》、名《な》は神阿多都比売《かむあたつひめ》、亦《また》の名は、木花之佐久夜毘売《このはなのさくやびめ》と謂《い》ふ」とまをしき。又、問ひしく、「汝《なむち》が兄弟《はらから》有りや」ととひしに、答へて白《まを》ししく、「我《あ》が姉、石長比売《いはながひめ》在《あ》り」とまをしき。爾《しか》くして、詔《のりたま》ひしく、「吾《あれ》、汝《なむち》と目合《あひあ》はむと欲《おも》ふ。奈何《いか》に」とのりたまひしに、答へて白《まを》ししく、「僕《やつがれ》は、白《まを》すこと得ず。僕《やつがれ》が父《ちち》大山津見神、白さむ」とまをしき。故《かれ》、其の父大山津見神に乞ひに遣《や》りし時に、大きに歓喜《よろこ》びて、其の姉石長比売《いはながひめ》を副《そ》へ、百取《ももとり》の机代《つくえしろ》の物を持たしめて、奉《まつ》り出《い》だしき。故爾《かれしか》くして、其の姉は、甚凶醜《いとみにく》きに因《よ》りて、見畏《みかしこ》みて返し送り、唯《ただ》に其の弟木花之佐久夜毘売《おとこのはなのさくやびめ》のみを留《とど》めて、一宿《ひとよ》、婚《あひ》を為《し》き。

爾《しか》くして、大山津見神、石長比売を返ししに因《よ》りて、大《おほ》きに恥ぢ、白《まを》し送りて言ひしく、「我《あ》が女二並《むすめふたりとも》に立《た》て奉《まつ》りし由《ゆゑ》は、石長比売を使はば、天つ神御子《みこ》の命は、雪零《ふ》り風吹くとも、恒《つね》に石《いは》の如《ごと》くして、常《ときは》に堅《かちは》に動かず坐《いま》さむ、亦《また》、木花之佐久夜毘売《このはなのさくやびめ》を使はば、木《こ》の花の栄ゆるが如く栄え坐《ま》さむとうけひて、貢進《たてまつ》りき。此《か》く、石長比売《いはながひめ》を返らしめて、独《ひと》り木花之佐久夜毘売のみを留《とど》むるが故に、天《あま》つ神御子《かみみこ》の御寿《みいのち》は、木《こ》の花のあまひのみ坐《いま》さむ」といひき。故是《かれここ》を以《もち》て、今に至るまで、天皇命等《すめらみことたち》の御命《みいのち》は、長くあらぬぞ。

『古事記』に石長比売が登場するのはこの場面のみであるが、それによると石長比売は大山津見神の娘で木花之

佐久夜毘売の姉にあたり、番能邇々芸命が妹の木花之佐久夜毘売に求婚した時、妹と共に父大山津見神が「百取の机代の物」を添えて番能邇々芸命のもとに「奉り出だ」したが、その醜さ故に、妹の木花之佐久夜毘売が召されたにもかかわらず、父のもとに送り返された女性として語られる。木花之佐久夜毘売が召されたのに、石長比売が返されたことに対し、大山津見神は「石長比売を使はば、天つ神御子の命は、雪零り風吹くとも、恒に石の如くして、常に堅に動かず坐さむ、亦、木花之佐久夜毘売を使はば、木の花の栄ゆるが如く栄え坐さむとうけひて」石長比売を遣わしたのであり、番能邇々芸命が「此く、石長比売を返らしめて、独り木花之佐久夜毘売のみを留むるが故に、天つ神御子の御寿は、木の花のあまひのみ坐さむ」と予言し、『古事記』の語り手も「故是を以て、今に至るまで、天皇命等の御命は、長くあらぬぞ」と、これを天つ神の子孫である天皇の寿命の有限となった根拠とする。つまり、木花之佐久夜毘売は「天つ神御子」である天皇の栄華を保証する女性であるのに対し、石長比売は天皇の寿命の永遠性を保証する女性として語られているのである。

このような『古事記』における石長比売の在り方と『源氏物語』における末摘花の人物造型の在り方に共通性は認められるであろうか。前節では、紫の上を木花之佐久夜毘売、末摘花を石長比売に比定したが、そのように考えた時、まず注目されるのは『源氏物語』において、光源氏が紫の上を知るのが若紫巻、光源氏十八歳の春のであるのに対し、末摘花の存在を知るのも同じ十八歳の春末摘花巻においてであるということである。年立を見れば明らかなように、若紫巻と末摘花巻は源氏十八歳の春という同じ時点から始まり、若紫巻は源氏十八歳の一年間を、末摘花巻は源氏十八歳から十九歳の新春までの一年余りというように、二つの巻は同じ時間帯を平行して書き進められている。このことは番能邇々芸命が大山津見神から石長比売と木花之佐久夜毘売を同時に奉られたことと共通性を持つ。また、石長比売は木花之佐久夜毘売の姉にあたるが、『源氏物語』においても、末摘花は紫の上より年長である。

また、末摘花巻末尾、源氏が末摘花の邸を訪れた翌朝、二条院に帰って紫の上と戯れる、次のような場面の存在も見逃せまい。

二条院におはしたれば、紫の君、いともうつくしき片生ひにて、紅はかうなつかしきもありけりと見ゆるに、無文《むもん》の桜の細長なよよかに着なして、何心もなくてものしたまふさまいみじうらうたし。古代の祖母君《おばぎみ》の御なごりにて、歯ぐろめもまだしかりけるを、ひきつくろはせたまへれば、眉のけざやかになりたるもうつくしうきよらなり。心から、などかかううき世を見あつかふらむ、かく心苦しきものをも見てゐたらでと思しつつ、例の、もろともに雛遊《ひひなあそ》びしたまふ。

絵など描《か》きて、色どりたまふ。よろづにをかしうすさび散らしたまひけり。我も描き添へたまふ。髪いと長き女を描きたまひて、鼻に紅《べに》をつけて見たまふに、絵に描《かた》きても見まうきさましたり。わが御影の鏡台にうつれるが、いときよらなるを見たまひて、手づからこの赤花を描きつけにほはしてみたまふに、かくよき顔だに、さてまじれらむは見苦しかるべかりけり。姫君見て、いみじく笑ひたまふ。「まろが、かくかたはになりなむ時、いかならむ」とのたまへば、「うたてこそあらめ」とて、さもや染みつかむとあやふく思ひたまへり。そら拭《のご》ひをして、「さらにこそ白《しろ》まね。用なきすさびわざなりや。内裏《うち》にいかにのたまはむとすらむ」といとまめやかにのたまふを、いといとほしと思して、寄りて拭ひたまへば、「平中がやうに色どり添へたまふな。赤からむはあへなむ」と戯れたまふさま、いとをかしき妹背と見えたまへり。日のいとうららかなるに、いつしかと霞みわたれる梢どもの、心もとなき中にも、梅は気色ばみほほ笑みわたれる、とりわきて見ゆ。階隠《はしがくし》のもとの紅梅、いととく咲く花にて、色づきにけり。

「紅の花ぞあやなくうとまるる梅の立ち枝はなつかしけれど

いでや」と、あいなくうちうめかれたまふ。

（末摘花(1)三〇五—三〇七）

二条院に帰ってきた源氏は、「無文の桜の細長なよよかに着なして」いる紫の上を見て、「紅はかうなつかしきもありけり」と思わずにはいられない。この場合、紫の上の着ている桜襲の色目は、表は白、裏は赤の襲色目であったと推測される。源氏の目には、同じ紅を身に付けていても、醜い末摘花の鼻に付いていれば厭わしく、美しい紫の上が身に付けていれば好ましいというのであろう。この末摘花と紫の上を比較する、なにげない源氏の感懐には、『古事記』日向神話の前半部分において語られる、同じ親から生まれた姉妹でありながら、醜い石長比売と美しい木花之佐久夜毘売の関係がそのまま投影されているのではなかろうか。

また、「髪いと長き女を描きたまひて、鼻に紅をつけて見たまふに、絵に描きても見まうきさましたり。わが御影の鏡台にうつれるが、いときよらなるを見たまひて、手づからこの赤花を描きつけにほはしてみたまふに、かくよき顔だに、さてまじれらむは見苦しかるべかりけり」以下の叙述では、源氏に末摘花の容貌の醜さを再確認させるだけでなく、さらに自らの鼻を赤く染めて紫の上に見せ、紫の上からも「うたてこそあらめ」という発言を引き出すことで、末摘花の醜さが源氏ばかりでなく、紫の上によっても確認されるという事実が描かれる。ここで紫の上に、直接末摘花の絵を見せて共に嘲笑するということをしなかったのは、無垢な紫の上に他者をあざ笑うような残酷な行為をさせることを、物語の作者が慎んだからであろうが、ここには明らかに末摘花に対する源氏の嫌悪感の表明とともに、源氏と紫の上の両者による末摘花への間接的な嘲弄が見て取れよう。このように末摘花を侮蔑するような場面が末摘花巻の最終場面で描かれるのも、木花之佐久夜毘売のみが番能邇々芸命のもとに留められ、石長比売はその醜さ故に、父のもとに返されたという『古事記』のストーリーの反映と見ることができるのではなかろうか。

『源氏物語』における源氏と紫の上、末摘花の関係を見てくると、『古事記』における番能邇々芸命と石長比売、木花之佐久夜毘売姉妹の関係との類似が顕著であり、紫の上を木花之佐久夜毘売、末摘花を石長比売に比定する蓋然性は高いと判断される。

三　末摘花の容貌

また、末摘花の容貌、容姿の醜さも、末摘花を石長比売と見なす際の、重要な要素となる。末摘花巻で、源氏が雪の朝、末摘花を雪見に誘って「後目」に見た彼女の容姿、容貌は、次のように記される。

まづ、居丈《ゐだけ》の高く、を背長《せなが》に見えたまふに、さればよと、胸つぶれぬ。うちつぎて、あなかたはと見ゆるものは鼻なりけり。ふと目ぞとまる。普賢菩薩の乗物とおぼゆ。あさましう高うのびらかに、先の方すこし垂りて色づきたること、ことのほかにうたてあり。色は雪はづかしく白うて、さ青《を》に、額つきこよなうはれたるに、なほ下《しも》がちなる面《おも》やうは、おほかたおどろおどろしう長きなるべし。痩せたまへること、いとほしげにさらぼひて、肩のほどなど、痛げなるまで衣《きぬ》の上まで見ゆ。何に残りなう見あらはしつらむと思ふものから、めづらしきさまのしたれば、さすがにうち見やられたまふ。頭《かしら》つき、髪のかかりはしも、うつくしげにめでたしと思ひきこゆる人々にもをさをさ劣るまじう、袿《うちき》の裾にたまりて引かれたるほど、一尺ばかり余りたらむと見ゆ。　（末摘花(1)二九二―二九三）

源氏の目を通した見た末摘花は、座高が高く、胴長で、鼻は高く、長く伸びて、先の方は少し垂れ下がって赤く色付き、まるで象の鼻のよう。顔色は青白く、額は広く、顔の下半分も長く、痩せて骨張った体型というように、その容姿、容貌は容赦なく奇怪で醜いものとして描かれる。石長比売の容姿、容貌については、『古事記』にはただ醜いとあるのみで具体的な記述はないが、末摘花の容姿、容貌の醜さは、まさに醜さ故に父のもとに返された石長比売の姿を彷彿とさせる。

さらに、末摘花の容姿、容貌に「長さ」という属性が賦与されていることも注目される。末摘花の胴の長さ、鼻の長さ、顔の長さ、さらに源氏がただ一つ取り柄に思った髪の長さ、これら末摘花の有する「長さ」という属性は、石長比売という名の「長」と通ずるものがあるのではなかろうか。と同時に、『古事記』では、「石長比売を使はば、天つ神御子の命は、雪零《ふ》り風吹くとも、恒《つね》に石《いは》の如《ごと》くして、常《ときは》に堅《かちは》に動かず坐《いま》さむ」と、父大山津見神が「うけひて、貢進りき」とあるように、石長比売と結婚すれば、天皇の命は不変で堅固な岩のように永遠だとされるのであるが、石長比売という名前自体、岩のように永遠であることを示す名前であり、岩のように堅固で永遠だというのは彼女自身の属性でもあると考えられる。とすると末摘花の容姿、容貌に認められる「長さ」という特徴も、石長比売同様、恒久性、永遠性という属性を象徴すると考えられ、末摘花自身、石長比売と同様、恒久性、永遠性という属性を持つと推測される。

四　末摘花の古代性（末摘花巻）

また末摘花は、『源氏物語』の中では終始一貫して、たいそう「ものづつみ」をし、全く「世づかぬ」、極端に古風な女性として描かれる。例えば、末摘花が物語に最初に登場する場面では、源氏の乳母子の大輔命婦が、「もののついで」に「故常陸の親王《みこ》の末にまうけていみじうかなしうかしづきたまひし御むすめ」、末摘花の噂をしたところ、源氏が興味を示し、熱心に問いただしたのに対し、大輔命婦は、「心ばへ容貌《かたち》など、深き方はえ知りはべらず。かいひそめ人疎《うと》うもてなしたまへば」と答えるというように、末摘花の人と交じらうこともない、ひっそりとした暮らしぶりがまず語られる。

命婦の話に興味を引かれた源氏は、命婦に手引きさせ、初めて荒れ果てた常陸宮邸を訪れる。末摘花が「ほのかに掻き鳴らし」た琴の音を聞いて、源氏は

いといとう荒れわたりてさびしき所に、さばかりの人の、古めかしうところせくかしづきすゑたりけむなご

りなく、いかに思ほし残すことなからむ、かやうの所にこそは、昔物語にもあはれなることどももありけれ
（末摘花(1)二六九）

と、荒れ果てた家に寂しく暮らす末摘花に、高貴な家で、古風に大切に育てられた、昔物語に描かれる、あらまほしき姫君を重ね合わせ、さらに思いを募らせる。この源氏の想像は、あまりにも身勝手に理想化したものであることは後に明らかにされることになるが、源氏が最初の出会いから末摘花を古風な女性だと認識している点は留意される。

一方多少なりとも末摘花の実体を知っている、今風の感覚を持つ大輔命婦は、その琴の音を聞きながら、

すこしけ近う、いまめきたるけをつけばやとぞ、乱れたる心には心もとなく思ひゐたる。
（末摘花(1)二八〇）

と思うのである。

その後、源氏は姫君に何度も手紙を出すが、姫君からは何の返事もない。源氏は命婦に「おぼつかなうもて離れたる御気色なむいと心憂き」と訴えるが、命婦は「ひとへにものづつみし、ひき入りたる方はしも、ありがたうものしたまふ人になむ」と答えるのみである。

瘧病の煩いや藤壺との密通などで春、夏が過ぎ、秋になっても末摘花からの手応えは全くない。返事がもらえずいらだつ源氏が、命婦を責め立てると、命婦は「ただおほかたの御ものづつみのわりなきに、手をえさし出でたまはぬとなむ見たまふる」と、ここでも末摘花の「ものづつみ」を指摘するのであるが、末摘花の煮え切らない態度にいらだつ源氏は、

それこそは世づかぬことなれ。もの思ひ知るまじきほど、ひとり身をえ心にまかせぬほどこそ、さやうにかかやかしきもことわりなれ、何ごとも思ひしづまりたまへらむと思ふにこそ。（中略）いとおぼつかなう心

得ぬ心地するを、かの御ゆるしなうともたばかれかし。心いられし、うたてあるもてなしにはよもあらじ

（末摘花(1)二七七―二七八）

と重ねて命婦に手引きを強要する。

ここで源氏は、姫君がいくら手紙を出しても返事をしないことを、「それこそは世づかぬことなれ」と言う。姫君が幼かったり親がかりで思いのままに振る舞えないならともかく、姫君の境遇はそのようなものでなく、姫君には充分な分別があるはずだから、返事をするのは当然だというのである。ここで源氏は姫君の態度を「世づかぬ」と非難しているが、この時点では源氏は末摘花の本当の「世づかぬ」様を理解しているわけではない。彼はまだ、末摘花の態度に身分の高貴さゆえの奥ゆかしさを想像している。この「それこそは世づかぬことなれ」という源氏の発言は、先に引いた命婦の「ただおほかたの御ものづつみのわりなきに、手をえさし出でたまはぬとなむ見たまふる」という発言に対する切り返しであり、命婦に手引きを促す一種のレトリックと見てよかろう。

姫君が返事をしないのは、物語の語り手によって「あさましうものづつみしたまふ心にて、ひたぶるに見も入れたまはぬなりけり」と語られるように、「あさましうものづつみしたまふ心」のせいであり、命婦も「女君の御ありさまも、世づかはしくよしめきなどもあらぬを」と、末摘花のもとに源氏を手引きすることをためらうのであるが、源氏の強引な要望を拒みきれず、源氏を手引きすることとなる。

物語は源氏が末摘花の邸を訪れる前に、さらに次のような描写を差し挟む。

父親王《みこ》おはしけるをりにだに、古りにたるあたりとておとなひきこゆる人もなかりけるを、まして今は、浅《あさ》茅《ぢ》分くる人も跡絶えたるに、かく世にめづらしき御けはひの漏りにほひくるをば、生女《なまをんな》ばらなども笑みまけて、「なほ聞こえたまへ」とそそのかしたてまつれど、あさましうものづつみしたまふ心にて、ひたぶるに見も入れたまはぬなりけり。

（末摘花(1)二七八―二七九）

これによると、末摘花の家は父の故常陸宮の生前から時勢に取り残された邸として、訪れる人もまれであったが、父親王が亡くなられた今は、さらに訪れる人もなく荒れ果てた状態にあることが知られる。そんな中、珍しいまでの源氏の度重なる手紙に、女房の中には、姫君に返事をそそのかす者もいるが、姫君は「あさましうものづつみしたまふ心」故に、源氏の手紙を見ることすらしないというのである。

このように、源氏の末摘花邸への最初の訪れから二度目の訪れに至るまでの記述の中で末摘花の「あさましうものづつみしたまふ心」が何度も繰り返し語られ、強調される。

八月二十余日、源氏は命婦の手びきによって再び末摘花の邸を訪れる。命婦が源氏の来訪を告げると、姫君は「人にもの聞こえむやうも知らぬを」とて奥ざまへゐざり入りたまふさま、いとうひうひしげなり」という有様であるが、命婦に言い聞かされて「答《いら》へきこえで、ただ聞けとあらば、格子など鎖《さ》してはありなむ」と言って源氏と対面する。姫君は「いとつつましげに思したれど、かやうの人にもの言ふらむ心ばへなどもゆめに知りたまはざりければ」というように、男女の間の会話のやりとりなど全く知らない、「世づかぬ」性格なのであるが、源氏は

　　君は人の御ほどを思せば、されくつがえる今様のよしばみよりは、こよなう奥ゆかしと思しわたるに、とかうそそのかされて、ゐざり寄りたまへるけはひしのびやかに、えひの香《か》いとなつかしう薫り出でて、おほどかなるを、さればよと思す。（末摘花(1)二八二）

とあるように、末摘花の身分を考えれば、彼女の「ものづつみ」も今風の気取った態度より奥ゆかしいと思うのである。しかし、いくら源氏が姫君の前で自らの思いの丈をかき口説いても何の返答もない。源氏は意を決して、姫君のいる部屋に押し入り、逢瀬を遂げる。

正身《さうじみ》は、ただ我にもあらず、恥づかしくつつましきよりほかのことまたなければ、今はかかるぞあはれなる

かし、まだ世馴れぬ人のうちかしづかれたると見ゆるしたまふものから、心得ずなまいとほしとおぼゆる御さまなり。何ごとにつけてかは御心のとまらむ、うちうめかれて、夜深う出でたまひぬ。（末摘花(1)二八四）

姫君は「ただ我にもあらず、恥づかしくつつましきよりほかのことまたなければ」という状態で、ここに至っても何の反応もない。源氏は大切に育てられ、男女の情けも知らぬ姫君であるからと思うものの、納得がいかぬまま夜深く邸を後にする。源氏は末摘花の「ものづつみ」や「世づかぬ」様を、古風なものと受け止め、今風な態度より好ましいと思うものの、契りを結んでもうち解けぬ末摘花にやはり不満を覚えずにはいられない。末摘花の「ものづつみ」は、古風といっても度を超した古風さであり、ここまでくると奥ゆかしさを通り越し、興ざめなものとしか言いようがない。二条院に帰った源氏は、「なほ思ふにかなひがたき世にこそと思しつづけて、軽らかならぬ人の御ほどを心苦し」と思うしかないのである。

夕方になって末摘花のもとに、やっと源氏の後朝の文が届くが、姫君は「御心の中に恥づかしう思ひたまひて、今朝の御文の暮れぬれど、なかなか咎《とが》とも思ひわきたまはざりけり」とひたすら引きこもるばかりである。返事の歌を女房の侍従が代作し、姫君はやっとのことでそれを「紫の紙の年経にければ灰おくれ古めいたるに、手はさすがに文字強う、中さだの筋にて、上下ひとしく」お書きになる。「灰おくれ」とは、紫に色を染める時に使う媒染剤の椿の葉の灰が残り、白茶けてしまった状態を指すのであるが、いかにも時代物の紙を用いるところに末摘花の邸の困窮と末摘花の古代性が見て取れよう。筆跡は「文字強う」、「中さだの筋」とされるが、「中さだ」とは少し古い時代の意で、ここでは末摘花の時代遅れの感覚を表しているのであろう。また、この文字の堅固さは石長比売の堅固さを連想させもする。さらに、「上下ひとしく」書いてあるというのは、「散らし書きではなく、各行の天地（上下）をそろえて書き、字配りに優しさや心くばりが表れていない(2)」ことを示したのであろうが、あるいは、この字配りも、時代遅れという意味合いを持たされているのかもしれない。

この後源氏は、行幸の準備や若紫を自邸に引き取ったことに紛れて、末摘花の邸を三度目に訪れたのは、その年の冬のことであった。「格子のはさま」から、こっそりとのぞき見た末摘花の邸内の様子は

几帳《きちやう》など、いたくそこなはれたるものから、年経にける立処《たちど》変らず、おしやりなど乱れねば、心もとなくて、御達《ごたち》四五人ゐたり。御台、秘色《ひそく》やうの唐土《もろこし》のものなれど、人わろきに、何のくさはひもなくあはれげなる、まかでて人々食う。隅の間ばかりにぞ、いと寒げなる女ばら、白き衣《きぬ》のいひしらず煤《すす》けたるに、きたなげなる褶《しびら》ひき結ひつけたる腰つきかたくなしげなり。さすがに櫛おしたれてさしたる額つき、内教坊《ないけうばう》、内《ない》侍所《しどころ》のほどに、かかる者どものあるはやとをかし。かけても、人のあたりに近うふるまふ者とも知りたまはざりけり。（末摘花(1)二八九—二九〇）

という有様。几帳などはひどくいたんでいるが、昔と置かれた場所が少しも変わらず、お膳も高貴な宮邸にふさわしい舶来の磁器ではあるが、古めかしく、食事をする女房も古びたみすぼらしい格好をしている。末摘花は、時代遅れの調度、古びた格好をしたみすぼらしい女房に取り囲まれ、昔と全く変わることのない生活を送っている。

一夜を過ごした源氏が、翌朝末摘花を雪見に誘い、その醜貌に驚く場面は、すでに引用したが、それに続く彼女の衣装の描写は、次のようなものである。

着たまへる物どもをさへ言ひたつるも、もの言ひさがなきやうなれど、昔物語にも人の御装束をこそまづ言ひためれ。聴色《ゆるしいろ》のわりなう上白《うはじら》みたる一かさね、なごりなう黒き袿《うちき》かさねて、表着《うはぎ》には黒貂《ふるき》の皮衣《かはぎぬ》、いときよらにかうばしきを着たまへり。古代のゆゑづきたる御装束なれど、なお若やかなる女の御よそひには似げなうおどろおどろしきこと、いともてはやされたり。されど、げに、この皮なうて、はた、寒からましと見ゆる御顔ざまなるを心苦しと見たまふ。何ごとも言はれたまはず、我さへ口とぢたる心地したまへど、

例のしじまもこころみむと、とかう聞こえたまふに、いたう恥ぢらひて、口おほひしたまへるさへひなび古めかしう、ことごとしく儀式官《ぎしきくわん》の練《ね》り出でたる肘《ひぢ》もちおぼえて、さすがにうち笑みたまへる気色、はしたなうすずろびたり。

（末摘花(1)二九三―二九四）

末摘花は、「聴色のわりなう上白みたる一かさね」、すなわち色褪せて白っぽくなった単衣に、色目も見えぬくらい黒く汚れた袿を着重ね、その上にたいそう気品ある香りのする黒貂の皮衣を着ているという。単衣や袿は古びてみすぼらしいものであり、黒貂の皮衣は元来男性貴人の着用する舶来の品で、末摘花が故父宮から譲り受けたものと思われるが、光源氏の時代には一時代前の時代遅れの衣装であったようだ。[3] 末摘花の装束の描写に続いて、「なお若やかなる女の御よそひには似げなうおどろおどろしきこと、いともてはやされたり」という批評がなされているところからも、そのことが確認されよう。「例のしじまもこころみむと、とかう聞こえたまふに、いたう恥ぢらひて、口おほひしたまへるさへひなび古めかしう」というように、末摘花は源氏が何を言っても、いつものようにひどく恥ずかしがって、口をふさぐ様子までもが古風だと評される。

源氏は帰り際に、歌を詠むが、末摘花は「「むむ」とうち笑ひて、いと口重げなる」と、ここでも源氏に反応することがない。これは末摘花の愚鈍さとも取れるが、彼女の「ものづつみ」のはなはだしさからくるものと解したい。

年も暮れた頃、末摘花の使いとして、大輔命婦が源氏のもとを訪れる。

陸奥国紙《みちのくにがみ》の厚肥《あつご》えたるに、匂ひばかりは深う染《し》めたまへり。いとよう書きおほせたり。歌も、

　からころも君が心のつらければたもとはかくぞそぼちつつのみ

心得ずうちかたぶきたまへるに、つつみに衣箱《ころもばこ》の重りかに古代なる、うち置きておし出でたり。「これを、いかでかはかたはらいたく思ひたまへざらむ。されど、朔日《ついたち》の御よそひとてわざとはべるめるを、はしたな

うはえ返しはべらず。ひとり引き籠めはべらむも人の御心違《たが》ひはべるべければ、御覧ぜさせてこそは」と聞こゆれば、「引き籠められなむはからかりなまし。袖まきほさむ人もなき身に、いとうれしき心ざしこそは」とのたまひて、ことにもの言はれたまはず。（末摘花(1)二九八—二九九）

大輔命婦が持参したのは、姫君からの源氏の元日の装束であった。その装束に添えられた手紙は、懸想文を書くのにはふさわしくない、厚ぼったい「陸奥国紙」を用い、元日の装束は普通正妻が整えるものであるにもかかわらず、それも意に解さないという非常識ぶりである。贈られてきた装束も、「今様色のえゆるすまじく艶《つや》なうふるめき、直衣の裏表《うらうへ》ひとしうこまやかなる、いとなほなほしうつまづまぞ見えたる」とあるように、時代遅れのもので、とても着られるものではない。ここにも末摘花の、世間の常識から逸脱した「世づかぬ」性格と古代性が遺憾なく発揮される。

大晦日源氏は末摘花のもとに、先日贈られた衣装箱に、末摘花や女房達の衣装を入れ、大輔命婦につけて贈り届ける。

晦日《つごもり》の日、夕つ方、かの御衣箱に、御料とて人の奉れる御衣一具《ぞひとぐ》、葡萄染《えびぞめ》の織物の御衣、また、山吹かなにぞ、いろいろ見えて、命婦ぞ奉りたる。ありし色あひをわろしとや見たまひけんと思ひ知らるれど、「かれ、はた、紅のおもおもしかりしをや。さりとも消えじ」とねび人どもは定むる。「御歌も、これよりのは、ことわり聞こえてしたたかにこそあれ、御返りは、ただをかしき方にこそ」など口々に言ふ。姫君も、おぼろけならでし出でたまへるわざなれば、物に書きつけておきたまへり。（末摘花(1)三〇二）

命婦は、先日末摘花が贈った衣装の色合いを源氏がお気に召さなかったのではないかと気を揉むが、末摘花方の年取った女房達は、一向にそれに気づかず、末摘花の贈った「紅のおもおもしかりし」衣装も、源氏から贈られたものに劣るまいと評定し、歌も末摘花の贈った歌の方が「ことわり聞こえてしたたたか」であり、源氏のは「ただをかしき方にこそ」と口々に言う有様である。末摘花ばかりでなく、それに仕える女房も、古風で今風な感覚が欠如している。もちろん姫君の古代的な感覚は言うまでもない。

以上、末摘花巻における末摘花の描かれ方を見てくると、ひどく「ものづつみ」をする、引っ込み思案な性格で、世間との交流もない「世づかぬ」生活を送っており、そのため時代遅れの古風な風習を墨守する人物として造型されていることが認められる。このような性格や暮らしぶりは、滑稽で笑いの対象として描かれるが、見方を変えるならば、古風な生活を昔ながらに守り続ける末摘花の姿には、時がたっても少しも変わることのない、不変性、恒久性が認められ、そこに『古事記』の石長比売との類似を見出すことができるように思われる。末摘花の「ものづつみ」、「世づかぬ」性格、それらは全て彼女の時代遅れの生活、言葉を換えれば昔の習慣を全く変えることのない不変性、恒久性を維持するために設定されたものと考えることができるのではなかろうか。(4)

五　末摘花の古代性（蓬生巻）

末摘花の持つ不変性、恒久性という属性は、蓬生巻に至ってより顕著に表れる。蓬生巻は、源氏が須磨に謫居して後の末摘花邸の困窮、荒廃の様から語り始められる。

もとより荒れたりし宮の内、いとど狐の住み処になりて、疎《うと》ましうけ遠き木立に、梟《ふくろふ》の声を朝夕に耳馴らしつつ、人げにこそさやうのものもせかれて影隠しけれ、木霊《こだま》など、けしからぬ物ども所を得てやうやう形をあらはし、ものわびしきことのみ数知らぬに、まれまれ残りてさぶらふ人は、「なほいとわりなし。この受領どもの、おもしろき家造り好むが、この宮の木立を心につけて、放ちたまはせてむやと、ほとりにつきて案内し申さするを、さやうにせさせたまひて、いとかうもの恐ろしからぬ御住まひに、思し移ろはなむ。立ちとまりさぶらふ人もいとたへがたし」など聞こゆれど、「あないみじや。人の聞き思はむこともあり。

生ける世に、しかなごりなきわざはいかがせむ。かく恐ろしげに荒れはてぬれど、親の御影とまりたる心地する古き住み処と思ふに慰みてこそあれ」と、うち泣きつつ思しもかけず。

御調度《てうど》どもも、いと古代に馴れたるが昔様《むかしやう》にてうるはしきを、なま物のゆゑ知らむと思へる人、さるもの要《えう》じて、わざとその人かの人にせさせたまへるとたづね聞きて案内するも、おのづからかかる貧しきあたりと思ひ侮《あなづ》りて言ひ来るを、例の女ばら、「いかがはせん。そこそは世の常のこと」とて、取り紛らはしつつ、目に近き今日明日の見苦しさをつくろはんとする時もあるを、いみじう諫《いさ》めたまひて、「見よと思ひたまひてこそしおかせたまひけめ。などてか軽々しき人の家の飾りとはなさむ。亡き人の御本意《ほい》違《たが》はむがあはれなること」とのたまひて、さるわざはせさせたまはず。（蓬生(2)三二七―三二八）

源氏の須磨退去後、末摘花は庇護者を失い邸内は以前にも増して荒廃が進み、狐が住み着き、梟の声が聞こえ、木霊なども出現するといった状態となる。邸の木立に目を付けた受領などが、買い取りの話を持ちかけるが、末摘花は「親の御影とまりたる心地する古き住み処と思ふに慰みてこそあれ」といって、頑としてそれに応じない。調度なども大層古風なものがあり、生半可に風流ぶった者などがそれを譲り受けようと意向を伺うが、末摘花は、父宮が私のために作らせておおきになったものを他人に譲ることはできない、「亡き人の御本意違はむがあはれなること」と言って、承知しない。ここには末摘花の邸の古代性と同時に、その古風な邸や調度こそ父親の面影の留まるものであり、それを護ることが父親の遺志に沿うことだとして、変化を加えることを許さない末摘花の頑な姿勢が示される。

また、末摘花の日常の暮らしぶりが、蓬生巻では、

はかなき古歌《ふるうた》、物語などやうのすさびごとにてこそ、つれづれをも紛らはし、かかる住まひも思ひ慰むるわざなめれ、さやうのことにも心おそくものしたまふ。わざと好ましからねど、おのづから、また急ぐことな

きほどは、同じ心なる文通はしなどうちしてこそ、若き人は木草につけても心を慰めたまふべけれど、親のもてかしづきたまひし御心おきてのままに、世の中をつつましきものに思して、まれにも言通《ことかよ》ひたまふべき御あたりをもさらに馴れたまはず、古りにたる御厨子《みづし》あけて、唐守《からもり》、藐姑射《はこや》の刀自《とじ》、かぐや姫の物語の絵に描《か》きたるをぞ時々のまさぐりものにしたまふ。

古歌とても、をかしきやうに選《え》り出で、題をも、よみ人をもあらはし心得たるこそ見どころもありけれ、うるはしき紙屋紙《かむやがみ》、陸奥国紙《みちのくにがみ》などのふくだめたるに、古言《ふるごと》どもの目馴れたるなどはいとすさまじげなるを、せめてながめたまふをりをりは、引きひろげたまふ。今の世の人のすめる経うち誦《よ》み、行ひなどいふことはいと恥づかしくしたまひて、見たてまつる人もなけれど、数珠など取り寄せたまはず、かやうにうるはしくぞものしたまひける。

（蓬生(2)三三〇―三三一）

と語られる。姫君は父宮の養育の意向にそのまま従って、世の中に慎重に対処し、縁者との文通も稀で、物語も歌も古風なものばかりに目を通すのみで、今風のものには一向に興味を示さない。また、当世の人が好んで行う誦経や勤行なども行わない。ここでは末摘花巻で示された、末摘花の古風な生活ぶりが改めて紹介される。ただ、そこには末摘花巻で見られたような末摘花の古風な生活態度に対する非難めいた口吻は認められない。「かやうにうるはしくぞものしたまひける」という末尾の一文がそうした姿勢を端的に示していよう。

次いで物語は、受領の北の方になっている末摘花の叔母を登場させ、叔母が末摘花を「心ばせなどの古びたる方こそあれ、いとうしろやすき後見」と思い、自らの使用人にしようと画策する様を語り始める。叔母の夫が大宰大弐になると、叔母は末摘花に西国に同行するように誘うが、末摘花は応じない。折しも召還の宣旨が下り、源氏は都に帰ってくることとなるが、慌ただしさのあまり、末摘花を思い出すいとまもない。末摘花の最も頼りにしている女房の侍従も、大弐の甥にあたる男と懇ろになって、大弐とともに下向することになり、末摘花に下

向を勧める。しかし、末摘花は、

なほかくかけ離れて久しうなりたまひぬる人に頼みをかけたまふ。御心の中に、さりとも、あり経ても思し出づるついであらじやは、あはれに心深き契りをしたまひしに、我が身はうくて、かく忘られたるにこそあれ、風の伝《つ》てにても、我かくいみじきありさまを聞きつけたまはば、かならずとぶらひ出でたまひてん、と年ごろ思しければ、おほかたの御家居《いへゐ》もありしよりけにあさましけれど、わが心もて、はかなき御調度どもなども取り失はせたまはず、心強く同じさまにて念じ過ごしたまふなりけり。

（蓬生(2)三三六）

というように、源氏がいつか再び自分のことを思い出して、自らのもとを尋ねてくれるにちがいないと信じ、叔母や侍従の説得に従うことなく、辛抱強く源氏の訪れを待ち続ける。

ここにも、困窮を極めながらも邸や調度を手放さず、昔のままの状態を維持したのと同様の末摘花の姿、すなわち叔母に西国行きを勧められても、最も信頼を寄せる女房の侍従に去られても、絶望的とも思える源氏の愛にひたすら望みをかけて、邸に留まる不動の末摘花、不変の末摘花の姿を読み取ることができよう。

このように蓬生巻では、末摘花は、邸は荒れ果て、生活は困窮し、信頼している女房にまで去られ、絶望の極限にまで追いやられるのであるが、訪ねて来るかどうかも分からぬ源氏をひたすら待って、動くことがない。蓬生巻では、彼女の古代性も語られるが、それ以上にその古代的なるものを護り、どんな困難の中でも源氏を信じて待つという姿勢を崩そうとしない不変性が強く語られる。そして、この不変性こそ、『古事記』で「雪零《ふ》り風吹くとも、恒《つね》に石《いは》の如《ごと》くして、常《ときは》に堅《かちは》に動かず」と評された石長比売の属性と相通ずるものではなかろうか。[5]

六　末摘花の不変性

ところで、末摘花巻、蓬生巻両巻に、末摘花邸の松がしばしば描かれることも注目される。例えば、源氏が末

摘花と初めての逢瀬を遂げることになる、八月二十余日の場面においては、

八月二十余日《よ》、宵過ぐるまで待たるる月の心もとなきに、星の光ばかりさやけく、松の梢吹く風の音心細くて

（末摘花(1)二七九）

といった描写が見られ、源氏が末摘花と二度目の逢瀬を遂げ、翌朝、彼女の容貌をはっきりと見てしまった後、末摘花邸を出て行こうとする場面では

御車寄せたる中門《ちゅうもん》の、いといたうゆがみよろぼひて、夜目《よめ》にこそ、しるきながらもよろづ隠ろへたること多かりけれ、いとあはれにさびしく荒れまどへるに、松の雪のみあたたかげに降りつめる、山里の心地してものあはれなるを

（末摘花(1)二九五）

とあり、それに続いて、

橘の木の埋もれたる、御随身《みずいじん》召して払はせたまふ。うらやみ顔に、松の木のおのれ起きかへりてさとこぼるる雪も、名にたつ末のと見ゆるなどを、いと深からずとも、なだらかなるほどにあひしらはむ人もがなと見たまふ。

（末摘花(1)二九六）

といった描写がなされる。この「名にたつ末の」は「我が袖は名に立つすゑの松山か空より浪の越えぬ日はなし」(6)（後撰集・恋二・土佐）によるとされ、松が源氏に恨み事を述べているように見えるところから、源氏の「いと深からずとも、なだらかなるほどにあひしらはむ人もがな」という感懐を引き起こす役割を担っている。と同時に、橘の木にのみ源氏が目をかけたことに対し、松が末摘花の象徴として、自らの存在を顕示しようとしたと読み取ることもできるのではなかろうか。

蓬生巻で源氏が花散里のもとに向かう途中、たまたま末摘花邸の存在に気付く契機となったのも末摘花邸の松であった。

大きなる松に藤の咲きかかりて月影になよびたる、風につきてさと匂ふがなつかしく、そこはかとなきかをりなり。橘にはかはりてをかしければさし出でたまへるに、柳もいたうしだりて、築地《ついぢ》もさはらねば乱れ伏したり。見し心地する木立かなと思すは、はやうこの宮なりけり。（蓬生(2)三四四）

また、末摘花との再会を果たして、源氏が邸を出ていく場面では、

立ちとどまりたまはむも、所のさまよりはじめまばゆき御ありさまなれば、つきづきしうのたまひすぐして出でたまひなむとす。ひき植ゑしならねど、松の木高くなりにける年月のほどもあはれに、夢のやうなる御身のありさまも思しつづけらる。

藤波のうち過ぎがたく見えつるはまつこそ宿のしるしなりけれ

と源氏が歌を詠みかけ、

年をへてまつしるしなきわが宿を花のたよりにすぎぬばかりか（蓬生(2)三五〇―三五一）

と、末摘花が答えるという描写がなされる。

このように、源氏と末摘花の重大な出会いの場面の冒頭や末尾には、松が必ず描かれるのであるが、松といえば、『論語』子罕篇に「歳寒くして然る後に松柏の彫むに後るるを知る」、あるいは『古今集』に「雪降りて年の暮れぬる時にこそつひにもみぢぬ松も見えけれ」（巻六・冬・読人しらず）とあるように、常緑であることから不変を象徴する。源氏と末摘花の出会いや別れの場面に、末摘花邸の松が執拗に登場するのは、物語作者が末摘花を松によって象徴し、その不変性を強調することを意図したことによるのではないかと思われる。(7) ここにも末摘花に石長比売と同様の不変性を与えようとする、物語作者の意図が見て取れるのではないだろうか。

さらに、『古事記』には「雪零《ふ》り風吹くとも、恒《つね》に石《いは》の如《ごと》くして、常《ときは》に堅《かちは》に動かず」という表現が認められたが、末摘花の物語でも、雪、風に晒されても変わることのない末摘花邸の様子が印象深く描き出される。

源氏が末摘花の邸を三度目に訪れたのは雪の夜であった。源氏は自らの訪れを告げず、「格子のはさま」から末摘花の居所をのぞき見し、古代な調度と貧しくみすぼらしい古風な女房達の様子を垣間見る。源氏が訪れを告げると、女房たちは源氏を迎える準備に取りかかるが、それに続いて次のような描写がなされる。

いとど愁《うれ》ふなりつる雪かきたれていみじう降りけり。空のけしきはげしう、風吹きあれて、大殿油《おほとなぶら》消えにけるを、点《とも》しつくる人もなし。（末摘花(1)二九一）

またその翌朝の様子も

からうじて明けぬる気色なれば、格子《かうし》手づから上げたまひて、前の前栽《せんざい》の雪を見たまふ。踏みあけたる跡もなく、はるばると荒れわたりて、いみじうさびしげなるに、ふり出でて行かむこともあはれにて、「をかしきほどの空も見たまへ。つきせぬ御心の隔てこそわりなけれ」と恨みきこえたまふ。まだほの暗けれど、雪の光に、いとどきよらに若う見えたまふを（末摘花(1)二九一―二九二）

と描かれる。この後源氏は姫君を雪見に誘い、その容貌に驚愕することになるが、さらに末摘花邸を後にする場面では、

御車寄せたる中門《ちゆうもん》の、いといたうゆがみよろぼひて、夜目《よめ》にこそ、しるきながらもよろづ隠ろへたること多かりけれ、いとあはれにさびしく荒れまどへるに、松の雪のみあたたかげに降りつめる、山里の心地してものあはれなるを、かの人々の言ひし葎《むぐら》の門《かど》は、かうやうなる所なりけむかし、げに心苦しくらうたげならん人をここにすゑて、うしろめとう恋しと思はばや、あるまじきもの思ひは、それに紛れなむかしと、思ふやうなる住み処にあはぬ御ありさまはとるべき方なしと思ひながら、（中略）橘の木の埋もれたる、御随《みずい》身《じん》召して払はせたまふ。うらやみ顔に、松の木のおのれ起きかへりてさとこぼるる雪も、名にたつ末のと見ゆるなどを、いと深からずとも、なだらかなるほどにあひしらはむ人もがなと見たまふ。御車出づべき門《かど》は

まだ開けざりければ、鍵《かぎ》の預《あづか》り尋ね出でたれば、翁《おきな》のいといみじきぞ出で来たる。むすめにや、孫《むまご》にや、はしたなる大きさの女の、衣《きぬ》は雪にあひて煤《すす》けまどひ、寒しと思へる気色ふかうて、あやしきものに火をただほのかに入れて袖ぐくみに持たり。翁、門をえ開けやらねば、寄りてひき助くる。いとかたくなり。御供の人寄りてぞ開けつる。

「ふりにける頭《かしら》の雪を見る人もおとらずぬらす朝の袖かな

幼《わか》き者は形蔽《かく》れず」とうち誦《ず》じたまひても、鼻の色に出でていと寒しと見えつる御面影ふと思ひ出でられて、ほほ笑まれたまふ。（末摘花(1)二九五―二九七）

と、寒々とした雪の覆われた末摘花邸の困窮、荒廃が、源氏の目を通して残酷なまでに活写される。源氏三度目の来訪におけるこの末摘花邸の雪景色は、貧寒の中で旧習を守り続ける末摘花の姿を浮き彫りにして効果的である。

また、末摘花の巻末、源氏の末摘花邸への四度目の訪問の翌朝の場面では、

東の妻戸おし開けたれば、むかひたる廊の上もなくあばれたれば、日の脚《あし》ほどなくさし入りて、雪すこし降りたる光に、いとけざやかに見入らるる。（末摘花(1)三〇三）

とあり、ここでも末摘花邸の荒廃した様が語られ、ついで源氏が鬢のほつれを直そうとすると、「わりなう古めきたる鏡台の、唐櫛笥《からくしげ》、掻上《かかげ》の箱など取り出でたり。さすがに、男の御具さへほのぼのあるを、されてをかしと見たまふ」という描写が続く。ここでも雪の中、昔と変わることない生活を営む末摘花邸の様子が描き出される。

蓬生巻に至ると、末摘花の邸の荒廃は一層甚だしいものとなる。

八月、野分《のわき》荒らかりし年、廊どもも倒れ伏し、下《しも》の屋《や》どものはかなき板葺《いたぶき》なりしなどは骨のみわづかに残りて、立ちとまる下衆だになし。煙絶えて、あはれにいみじきこと多かり。盗人《ぬすびと》などいふひたぶる心ある者

も、思ひやりのさびしければにや、この宮をば不用のものに踏み過ぎて寄り来ざりければ、かくいみじき野ら藪《やぶ》なれども、さすがに寝殿の内ばかりはありし御しつらひ変らず、つややかに掻《か》い掃《は》きなどする人もなし、塵は積もれど、紛るることなきうるはしき御住まひにて明かし暮らしたまふ。（蓬生(2)三二九―三三〇）

野分の激しさで、末摘花邸はほとんどの建物は倒壊し、僅かに寝殿ばかりが昔のままの姿を残すのみとなる。しかし、末摘花の住む寝殿は昔と変わることのないたたずまいで、末摘花は古い物語や古歌ばかりを見、読経や勤行などに興味を示さない古風な生活を送っていることが語られる。

これに続いて、末摘花の叔母が登場し、末摘花に西国へ下ることを勧める話が語られることになるが、この西国行きの誘いも末摘花は拒否し、頑なまでに昔のままの生活を貫こうとする。叔母ばかりか、信頼していた侍従にまで去られた後の末摘花の暮らしぶりは、次のように語られる。

霜月ばかりになれば、雪、霰《あられ》がちにて、外《ほか》には消ゆる間《ま》もあるを、朝日夕日をふせぐ蓬《よもぎ》、葎《むぐら》の蔭に深う積もりて、越《こし》の白山思ひやらるる雪の中に、出で入る下人《しもびと》だになくて、つれづれとながめたまふ。はかなきことを聞こえ慰め、泣きみ笑ひみ紛らはしつる人さへなくて、夜も塵《ちり》がましき御帳《みちゃう》の中もかたはらさびしくもの悲しく思さる。（蓬生(2)三四三）

侍従の去った後の、雪に埋もれた末摘花邸の様子は、末摘花の困窮が極限にまで差し迫ったことを示すが、末摘花はそれでも昔ながらの生活を変えることはない。

このように貧困と苦難の中にありながら、ほとんど期待できそうもない源氏の訪れを待って、昔と変わらぬ古風な生活を貫く末摘花の姿を、雪や風の中に描き出しているところに、物語作者の『古事記』の「雪零《ふ》り風吹くとも、恒《つね》に石《いは》の如《ごと》くして、常《ときは》に堅《かちは》に動かず」という表現を意識した姿勢を見ることができるのではないだろうか。

七　故常陸の親王

また、末摘花邸は荒れてはいるが、やはり趣深い作りだったのであろう。「この受領どもの、おもしろき家造り好むが、この宮の木立を心につけて、放ちたまはせてむやと、ほとりにつきて案内し申さする」のであるが、姫君は「かくおそろしげに荒れはてぬれど、親の御影とまりたる心地する古き住み処と思ふに慰みてこそあれ」と、親の面影のとどまっていると思われる邸を手放そうとはしない。「御調度どもも、いと古代に馴れたるが昔《むかし》様《やう》にてうるはしきを、なま物のゆゑ知らむと思へる人、さるもの要じて、わざとその人かの人にせさせたまへるとたづね聞きて案内する」者もいるが、姫君はそれも「亡き人の御本意《ほい》違《たが》はむがあはれなること」と言って、一向に譲る気配を見せない。末摘花邸やその調度は、「亡き人の御本意《ほい》」に従って、結局末摘花とともに源氏のもとに引き取られることになるのであろうが、これは石長比売の父、大山津見神が、木花之佐久夜毘売と石長比売の姉妹に添えて番能邇々芸尊に贈った「百取《ももとり》の机代《つくえしろ》の物」を連想させはしないだろうか。

　さらに、末摘花が「故常陸の親王《みこ》の末にまうけていみじうかなしうかしづきたまひし御むすめ」であること、末摘花が末摘花の邸や調度を、親の残したものだと、親の遺志を尊重する場面、「親のもてかしづきたまひし御心おきてのままに、世の中をつつましきものに思して」親の教えのままに生活する場面などは、末摘花が父親の意向に従って生活する娘であることを示している。一方、源氏が末摘花の醜貌や極端にものづつみする古風な性格を見現した後、「思ふやうなる住み処にあはぬ御ありさまはとるべき方なしと思ひながら、我ならぬ人はまして見忍びてむや、わがかうて見馴れけるは、故親王《こみこ》のうしろめたしとたぐへおきたまひけむ魂のしるべなめり」とその後見を決意する理由を、故常陸の親王の魂の導きと考えたり、また末摘花が明石から帰還した源氏に再会する直前ここには、いとどながめまさるころにて、つくづくとおはしけるに、昼寝の夢に故宮《こみや》の見えたまひければ、覚めていとなごり悲しく思して、漏り濡れたる廂《ひさし》の端つ方おし拭《のご》はせて、ここかしこの御座《おまし》ひきつくろはせなどしつつ、例ならず世づきたまひて、

亡き人を恋ふる袂のひまなきに荒れたる軒のしづくさへ添ふ

も心苦しきほどになむありける。（蓬生(2)三四五）

と、末摘花の昼寝の夢に故宮が現れるなど、源氏と末摘花の結びつきは、故宮の霊によるものと語られる。父故常陸宮によって源氏と結ばれ、またその父の意向に素直に従う末摘花は、父、大山津見神の命に従って、妹の木花之佐久夜毘売とともに番能邇々芸命のもとに赴いた石長比売を想起させる。(8)

八　末摘花と山

さらに、末摘花の住んでいる邸は山の中に在るような表現、および末摘花自身、山人と見なされるような表現が、末摘花の物語の中には随所に存在することも注目される。源氏が初めて末摘花のもとに赴きその琴の音を聞いた夜、源氏は後をつけてきた頭中将と鉢合わせすることになる。頭中将が、

もろともに大内山は出でつれど入る方見せぬいさよひの月

と、宮中からともに帰る途中、姿をくらましてしまった源氏を恨んだ歌を詠むと、それに対し源氏は、

里分かぬかげをば見れど行く月のいるさの山を誰かたづぬる

と詠み返す。この「いるさの山」の所在地は不明だが、(9)頭中将が内裏を「大内山」と詠んだのを承けて、「いるさ」に「入る際」を掛けて、末摘花邸を寓意して詠んだものであろう。末摘花邸が山と見なされている点が注意される。また先にも引用したが、末摘花との二度目の逢瀬から帰る雪の朝の様子を描いた箇所では、

御車寄せたる中門《ちゅうもん》の、いといたうゆがみよろぼひて、夜目《よめ》にこそ、しるきながらもよろづ隠ろへたること多かりけれ、いとあはれにさびしく荒れまどへるに、松の雪のみあたたかげに降りつめる、山里の心地してものあはれなるを（末摘花(2)二九五）

と、雪の降り積もった末摘花の邸を山里に喩えている。さらに、歳末、源氏が末摘花から贈られた元日の装束に添えられた歌の返しを大輔命婦に与える際、「ただ、梅の花の、色のごと、三笠の山の、をとめをば、すてて」と口ずさむ場面がある。この源氏の口ずさむ詞章は難解であるが[10]、「三笠の山のをとめ」は末摘花を指しており、末摘花が山の乙女として表現されていることは間違いない。また、正月七日の夜、末摘花のもとに赴いた翌朝の源氏と末摘花の会話に、

「今年だに声すこし聞かせたまへかし。待たるるものはさしおかれて、御気色のあらたまらむなむゆかしき」とのたまへば、「さへづる春は」とからうじてわななかしいでたり。「さりや。年経ぬるしるしよ」とうち笑ひたまひて、「夢かとぞ見る」とうち誦《ず》じて出でたまふを、見送りて添ひ臥したまへり。（末摘花(1)三〇四）

という遣り取りがあるが、源氏の「夢かとぞ見る」というのは、『古今集』の次の歌から引いたものであろう。

惟喬親王のもとにまかり通ひけるを、頭おろして小野といふ所に侍りけるに、正月にとぶらはむとてまかりけるに、比叡の山の麓なりければ、雪いと深かりけり。しひてかの室にまかりいたりて拝みけるに、つれづれとして、いとものがなしくて、帰りまうできて、よみておくりける（なりひらの朝臣）

忘れては夢かとぞ思ふおもひきや雪踏みわけて君を見むとは（古今集・巻十八・雑下・九七〇）

これは比叡の山の麓の小野に隠棲している惟喬親王を、業平が正月尋ねたところ、雪が高く降り積もっているのを見て、親王がこんな山奥に隠棲なさるとは夢にも思わなかったと詠んだ歌であるが、源氏は正月雪が深く降り積もった末摘花邸を小野に重ね合わせるとともに、まさか自分が末摘花のような女を見るとは思いもよらなかっ

たという感懐をこめて口ずさんだと想像される。末摘花邸を惟喬親王の住んでいた比叡の山の麓の小野と重ね合わせていることを見ると、ここでも末摘花の邸が山里と見なされていることになる。

また、蓬生巻では、侍従も叔母とともに西国に下ると聞いた姫君が、辛抱強く源氏の訪れを待つ場面では、

音泣きがちに、いとど思し沈みたるは、ただ山人《やまびと》の赤き木《こ》の実ひとつを顔に放たぬと見えたまふ御側目《そばめ》などは、おぼろけの人の見たてまつりゆるすべきにもあらずかし。（蓬生(2)三三六）

と、末摘花が「山人」として捉えられ、叔母とともに侍従も西国に立ち、取り残された末摘花の邸の冬の様子を叙した場面では、

霜月ばかりになれば、雪、霰《あられ》がちにて、外《ほか》には消ゆる間《ま》もあるを、朝日夕日をふせぐ蓬《よもぎ》、葎《むぐら》の蔭に深う積もりて、越《こし》の白山思ひやらるる雪の中に、出で入る下人《しもびと》だになくて、つれづれとながめたまふ。はかなきことを聞こえ慰め、泣きみ笑ひみ紛らはしつる人さへなくて、夜も塵《ちり》がましき御帳《みちやう》の中もかたはらさびしくもの悲しく思さる。（蓬生(2)三四三）

と、末摘花の邸が「越の白山」と見なされる。

このように末摘花の物語においては、末摘花を山人に擬したり、その邸を山里や山に見なしたりする表現がしばしば認められるが、こうした表現には末摘花を山の神の娘、石長比売になずらえようとする物語作者の意図をくみ取ることができるのではなかろうか。

九　潜在王権と末摘花

以上、光源氏と紫の上、末摘花の関係と番能邇々芸命と木花之佐久夜毘売、石長比売の関係の類似、末摘花の容貌の醜さ、末摘花の容貌、容姿に認められる「長さ」という属性、どのような困難な境遇に置かれても古風な

生活を変えず、ひたすら源氏の訪れを待ち続ける末摘花の姿勢、松に象徴され、父親の意向に従い、風雪に晒されても貧寒に耐える末摘花、自らは山人に、邸は山里や山にと見なされる末摘花など、様々な観点から末摘花と石長比売の類似性を指摘したが、これらの点を総合的に判断すると、『源氏物語』の作者は、『古事記』の石長比売を念頭に置いて、末摘花という人物を造型したことが充分推測される。

とすると、『源氏物語』における、紫の上、末摘花、明石の君は、それぞれ『古事記』の木花之佐久夜毘売、石長比売、豊玉毘売にあたることになり、『源氏物語』においては、天つ神の子孫が国つ神である山の神、海の神の娘を娶ることによって、葦原中国を支配する正当性を得るとする『古事記』日向神話の国土支配の論理を基軸として、光源氏の潜在王権の構築がなされたとする、前節での推測がより蓋然性を持つことになる。

しかも、『古事記』にあっては番能邇々芸命は石長比売を拒絶するのであるが、『源氏物語』にあっては、源氏は末摘花を庇護し、全く拒絶するわけではない。

もちろん、源氏と末摘花の関係は、源氏が末摘花の経済的な援助を与えて、庇護するというだけの関係であり、二人は男女の愛情関係で結ばれているわけではない。そのことは、源氏が初めて末摘花と契りを結んだ八月二十余日の翌日、源氏の後朝の歌に対する末摘花の返歌を見て、源氏は「いかに思ふらんと、思ひやるもやすからず。かかることを悔《くや》しなどはいふにやあらむ、さりとていかがはせむ、我はさりとも心長く見はててむ」と思い、さらに二度目の逢瀬で末摘花の容姿、容貌を見た後も、「我ならぬ人はまして見忍びてむや、わがかうて見馴れけるは、故親王《こみこ》のうしろめたしとたぐへおきたまひけむ魂のしるべなめり」と感慨に耽り、

> 世の常なるほどの、ことなることなさならば、思ひ棄ててもやみぬべきを、さだかに見たまひて後はなかなかあはれにいみじくて、まめやかなるさまに常におとづれたまふ。黒貂《ふるき》の皮ならぬ絹《きぬ》、綾《あや》、綿《わた》など、老人《おいびと》どもの着るべき物のたぐひ、かの翁のためまで上下思しやりて奉りたまふ。かやうのまめやか事も恥づかしげ

ならぬを、心やすく、さる方の後見にてはぐくまむと思ほしとりて、さまことにさならぬうちとけわざもしたまひけり。（末摘花⑴二九七）

というように、源氏が末摘花を見捨てようとはせず、色恋事を抜きにして、生活面での援助を行おうとしているところ、あるいは蓬生巻で、再会を果たした末摘花に対し、

「かかる草隠れに過ぐしたまひける年月のあはれもおろかならず、また変らぬ心ならひに、人の御心の中もたどり知らずながら、分け入りはべりつる露けさなどをいかが思す。年ごろの怠り、はた、なべての世に思しゆるすらむ。今より後の御心にかなはざらむなん、言ひしに違《たが》ふ罪も負うふべき」など、さしも思されぬことも、情々《なさけなさけ》しう聞こえなしたまふこともあめり。

立ちとどまりたまはむも、所のさまよりはじめまばゆき御ありさまなれば、つきづきしうのたまひすぐして出でたまひなむとす。（蓬生⑵三五〇―三五一）

と、久しく訪れなかった自らの態度を「さしも思されぬことも、情々しう聞こえなし」て取り繕った言い訳している部分や、二条東院に移り住んだ末摘花に対し、源氏が、

対面したまふことなどはいと難けれど、近き標《しめ》のほどにて、おほかたにも渡りたまふに、さしのぞきなどしたまひつつ、いと侮《あなづ》らはしげにもてなしきこえたまはず。（蓬生⑵三五五）

と、適度に尊重するような態度で接しているところからも明らかに見て取れよう。

しかしともかくも、光源氏は末摘花を見捨てず、庇護するのである。『古事記』においては、番能邇々芸命が石長比売を拒絶することによって、天皇の寿命は有限なものとなったが、『源氏物語』では、源氏がその古代性、不変性故に、石長比売に比定される末摘花を、『古事記』とは筋書を異にし、自らの庇護下に迎え入れることによって、源氏の栄華は華やかであると同時に、永遠性を有するものとなる。紫式部は、光源氏の潜在王権を『古

事記』の日向神話を基軸に据え、それに石長比売に比定される末摘花を源氏が迎え入れるという変更を加えることによって、光源氏の潜在王権に絶対的な栄華と永遠性を賦与しようと企図したことが推測されるのである。

十　末摘花の東国性、仏教的属性

ところで前節では、『源氏物語』は日向神話を基軸に据えた王権の論理の他に、大嘗祭の支配論理である、東と西の対立、さらには日本古来の神祇信仰の他に、仏法の権威を取り込んで光源氏の王権の強化を図っており、そのような光源氏の潜在王権の構想においては、紫の上は木花之佐久夜毘売の面影を持つとともに、東国を象徴し、仏の庇護を受け、源氏に古来の神祇信仰および仏教的観点から超越的資質、王者性を賦与するものとして機能していると推論した。もし前節で示した光源氏の国土支配の論理に従って、末摘花が光源氏の潜在王権において石長比売の役割を担うものであるとするなら、末摘花も東国性や仏教的な要素を持つことによって光源氏の王権を荘厳するはずである。はたして末摘花の造型に、そのような要素が認められるであろうか。

末摘花が東方性、東国性を象徴する女性であることは、彼女が常陸の宮の姫君であるという点に表されていよう。

末摘花はその登場以来、亡父常陸の宮の名と供にしばしば現れる女君であった。「常陸の宮にはしばしば聞こえたまへど」（末摘花三五一頁）と、その邸の名を冠して呼ばれた彼女は、蓬生の巻でも「常陸の宮の君は、父親王の亡せたまひにしなごりに、…」（三一六頁）と改めて引き出されることとなる。さらにその後の点描においても、「末摘」（玉鬘（三）一三〇頁）といった呼び方の一方で、「常陸の宮の御方」（初音（三）一四七頁・行幸（三）三〇五～三〇六頁）、「常陸の君」（若菜上（四）七二頁）の呼称が頻出する。

『源氏物語』の女君の中で、父、あるいは父邸の名を冠した呼称がとりわけ目に立つのは、葵の上にまつわる「大殿の君（桐壺・賢木）」、「大殿」（夕顔・紅葉賀・花宴・葵・澪標・松風・少女）、「故大殿の姫君」（少女）等であって、たとえば紫の上が「式部卿の宮の御むすめ」（蓬生）と称される例は無論認められるものの、「紫の上」、「対の上」、「春の上」等の呼称に較べればものの数ではない。末摘花の場合も、もとより「姫君」（末摘花三四二頁）「女君」（末摘花三五二頁）等の呼称が見えないわけではないが、父宮にまつわる呼称の比率の大きさには際だつものがある。

と指摘されるように、(11)末摘花の呼称は常陸という地名と深く結びついている。このことは物語作者が、末摘花と常陸の結びつきをことさら強調しようとしたことの現れではないだろうか。また、そのように末摘花と常陸を結びつけることを強調しようとした作者の意図は、それによって末摘花に東方性、東国性を賦与しようとすることにあったのではなかろうか。「一人一人の常陸太守を見てくると、最終官位が常陸太守であった親王は、一人もいない。つまり、死後に、常陸宮と呼ばれ、伝えられた人は、少なくとも記録に見られる限り、一人もいないことになる」(12)という事実があるにもかかわらず、末摘花に「常陸の宮の君」という呼称を与えたところにも、物語作者の意図を読み取ることができるように思われる。

では、末摘花の仏教的要素はどうであろうか。物語では末摘花の容姿は次のように語られていた。

まづ、居丈《ゐだけ》の高く、を背長《せなが》に見えたまふに、さればよと、胸つぶれぬ。うちつぎて、あなかたはと見ゆるものは鼻なりけり。ふと目ぞとまる。普賢菩薩の乗物とおぼゆ。あさましう高うのびらかに、先の方すこし垂りて色づきたること、ことのほかにうたてあり。色は雪はづかしく白うて、さ青《を》に、額つきこよなうはれたるに、なほ下《しも》がちなる面《おも》やうは、おほかたおどろおどろしう長きなるべし。痩せたまへること、いとほしげにさらぼひて、肩のほどなど、痛げなるまで衣《きぬ》の上まで見ゆ。何に残りなう見あらはしつらむと思ふものから、めづらしきさまのしたれば、さすがにうち見やられたまふ。頭《かしら》つき、髪のかかりはしも、うつくしげにめでたしと思ひきこゆる人々にもをさをさ劣るまじう、袿《うちき》の裾にたまりて引かれたるほど、一尺ばかり余りたらむと見ゆ。
（末摘花(1)二九二―二九三）

ここで注目すべきは、末摘花の容姿が「普賢菩薩の乗物」、すなわち象に見えたという点である。『観普賢菩薩行法経』には、普賢菩薩の乗物である象の姿が具体的に記されているが、それによると「其の象の色鮮白《せんびやく》なり、白《びやく》の中に上《すぐ》れたる者なり。頗梨雪山《はりせつせん》も比とすることを得ず」、「象の身の長さ四百五十由旬、高さ四百由旬」、「象の鼻の紅蓮華《ぐれんげ》色なる」といった表現が認められるが[13]、それらはそれぞれ末摘花の容姿を表した「色は雪はづかしく白うて、さ青《を》に」、「居丈《ゐだけ》の高く、を背長《せなが》に見えたまふ」、「あなかたはと見ゆるものは鼻なりけり。（中略）あさましう高うのびらかに、先の方すこし垂りて色づきたること、ことのほかにうたてあり」という表現と対応する。また、「居丈《ゐだけ》の高く、を背長《せなが》に」と同じ表現を重複して用いているように見える末摘花の容姿の描写も、『観普賢菩薩行法経』の「象の身の長さ四百五十由旬、高さ四百由旬」という、象の背の高さと胴の長さのそれぞれに対応させた表現と見れば納得がいく。このように、『観普賢菩薩行法経』に描かれた白象の姿と末摘花の容姿、容貌の類似性を見ると、末摘花は普賢菩薩の乗物である象の化身と見て取ることができるように思われる。そして、末摘花が普賢菩薩の乗物の象の化身であるとすると、それを得た光源氏は普賢菩薩の化身ということになる。

普賢菩薩は「普賢とは、仏の慈悲のきわみの意。大乗仏教の菩薩の中でも仏の理性を示すとくに重要な菩薩とされ、諸菩薩の上首であり、文殊菩薩と同様に単独でも信仰される。顕教では諸経にその功徳が説かれるが、なかでも『華厳経』では十大願を発してもっとも重要な役割を演じる」とされ[14]、『法華経』では釈迦が法華経を説き終えたところに東方の宝威徳上王仏の国より現れ、釈迦入滅後五百年の濁悪世に法華経を受持し、読誦する者があれば、六牙の白象に乗って現れ守護するという誓願を立てた菩薩とされる。光源氏が普賢菩薩の化身ということになると、彼は衆生を守護し、慈悲を施す存在ということになり、彼の王者性はいよいよ崇高なものとなる。

源氏が末摘花と初めて契りを結ぶ直前の場面において、源氏は長い間姫君を慕い続けてきたことを説き続けるが何の返事もない。源氏は困惑して次の歌を詠む。

いくそたび君がしじまに負けぬらんものな言ひそといはぬたのみに

それに対し、「侍従とて、はやりかなる若人」が、姫君自身がお答えになったようなふりをして、

鐘つきてとぢめむことはさすがにてこたへまうきぞかつはあやなき

と答える。この贈答の一首目の源氏の歌に詠み込まれる「しじま」という語について、『原中最秘抄』は行阿の説として「四ケノ大寺ノ僧綱《そうごう》等、公請《くじょう》ヲ勤ムルノ時、八講論談ノ砌《みぎり》ニ証儀判者問答ノ是非ヲ聞キテ、磬《けい》ヲ打チテ勝負ヲ決ス。其ノ後ハ、所在アヒ貽《のこ》ル事コレアリトイヘドモ、両方共ニ口ヲ閇《と》ヅ。仍《よ》ツテ無言《しじま》スト(15)」とある「無言」、すなわち法華八講において勝負が決した後、ものを言わぬ状態を指す語とする。確かに侍従の代作「鐘つきてとぢめむことはさすがにて」が「磬ヲ打チテ勝負ヲ決ス」に対応することも考慮すると、この贈答は法華八講の論議が念頭に置かれた贈答ということになろう。恋の贈答の背後に経文の意義を明らかにする問答を置くのは聊か奇異な感じもするが、これは末摘花に仏教的属性を賦与しようとする物語作者の意図的な設定であったと考えられる。と同時に、これは末摘花が普賢菩薩の乗物であるという仏教的な発想を導き出すための布石であったのではなかろうか。推測をたくましくすれば、源氏が普賢菩薩の乗物を手に入れるためには、法華経の奥義を極める必要があったことになるのかもしれない。

蓬生巻に入ると、末摘花邸の女房たちは、須磨に退去する以前、源氏の庇護があった時のことを、「おぼえず神仏の現れたまへらむやうなりし御心ばへ」と評しているのが見える。また、源氏が都に帰還後、桐壺院追善の法華八講を行った際、末摘花の兄の禅師も参会するが、その時の様子は、次のように描かれる。

かの殿には、故院の御料の御八講、世の中ゆすりてしたまふ。ことに僧などは、なべてのは召さず、才《ざえ》すぐれ行ひにしみ尊きかぎりを選《え》らせたまひければ、この禅師の君参りたまへりけり。帰りざまに立ち寄りたまひて、「しかじか。権大納言殿の御八講に参りてはべりつるなり。いとかしこう、生ける浄土の飾りに劣らずいかめしうおもしろきことどもの限りをなむしたまひつる。仏、菩薩の変化の身にこそものしたまふめれ。五つの濁り深き世になどて生まれたまひけむ」と言ひて、やがて出でたまひぬ。言少《ことずく》なに、世の人にも似ぬ御あはひにて、かひなき世の物語をだにえ聞こえあはせたまはず。さても、かばかりつたなき身のありさまを、あはれにおぼつかなくて過ぐしたまふは、心憂《こころう》の仏、菩薩や、とつらうおぼゆるを（蓬生(2)三三七）

末摘花の兄の禅師は、源氏を「生ける浄土の飾りに劣らずいかめしうおもしろきことどもの限りをなむしたまひつる。仏、菩薩の変化の身にこそものしたまふめれ」と評する。普賢菩薩の乗物を手に入れ、普賢菩薩の化身となった光源氏は、確かに修行をつんだ兄の禅師にも、「仏、菩薩の変化の身」と見えたであろう。それに対し末摘花は「心憂の仏、菩薩や」という感懐を抱くのであるが、これは源氏を一途に思いひたすら待ち続けている自分を、都に帰って半年にもなるというのに訪ねてくれない源氏が、仏や菩薩のように慈悲のある人とは思えないといった思いから発せられたものであろうが、あるいはこの表現は、普賢菩薩の乗物である自分すら忘れている源氏は、とても普賢菩薩の化身とは思えないという意味が込められているのではなかろうか。

このように見てくると、末摘花の物語においては、末摘花は普賢菩薩の乗物の象の化身と見なされ、末摘花を手に入れた光源氏は普賢菩薩の化身と見なされるということになる。しかし一方では、末摘花が古風な生活を送っている様を描いた場面の中に

今の世の人のすめる経うち誦《よ》み、行ひなどいふことはいと恥づかしくしたまひて、見たてまつる人もなけれど、数珠など取り寄せたまはず、かやうにうるはしくぞものしたまひける。（蓬生(2)三三一）

とある点から、末摘花を仏法に縁無き衆生とみるべきだという主張がなされる。[16] 確かに、経を読まず、勤行をしない末摘花の生活態度は古風であるとともに、信仰に無関心なものと言えるかもしれない。しかし、実は末摘花は普賢菩薩の乗物の象の化身であり、寧ろ仏法の側の存在である。とすれば、彼女は既に仏法を会得しており、仏教を修行する必要などないのではなかろうか。

前節において、紫の上について分析した際、紫の上は『古事記』日向神話の木花之佐久夜毘売を念頭に置いて造型がなされているが、彼女は山の神でなく山の仏の庇護のもとに育まれた女性であり、また、東方を象徴するという役割を負わされているとしたが、以上のような検討を行ってみると、末摘花も紫の上と同様『古事記』の石長比売をもとに造型がなされているが、山の神の娘ではなく、仏の庇護のもとにある女性で、かつ東方性を象徴していることが確認された。

とすると、末摘花も私の考える光源氏の潜在王権の国土支配の論理に充分対応する人物として造型されていることになる。

十一　末摘花の人物造型

末摘花の物語は、一般に全体を三つに分けて考えられる。末摘花巻、蓬生巻、それ以降末摘花が最後に登場する若菜上巻までの三つである。末摘花の物語において、しばしば問題となるのは、この三つの区分のうち、最初の二つ、すなわち末摘花巻と蓬生巻における、末摘花の人物像の不統一性についてである。

確かに蓬生巻冒頭の叙述において、末摘花は邸や調度を護り、

古りにたる御厨子《みづし》あけて、唐守《からもり》、藐姑射《はこや》の刀自《とじ》、かぐや姫の物語の絵に描《か》きたるをぞ時々のまさぐりものにしたまふ。（中略）うるはしき紙屋紙《かむやがみ》、陸奥国紙《みちのくにがみ》などのふくだめたるに、古言《ふるごと》どもの目馴れたるなどはいと

すさまじげなるを、せめてながめたまふをりをりは、引きひろげたまふ。今の世の人のすめる経うち誦《よ》み、行ひなどいふことはいと恥づかしくしたまひて、見たてまつる人もなけれど、数珠など取り寄せたまはず、かやうにうるはしくぞものしたまひける。（蓬生(2)三三一）

というように古風で、

親のもてかしづきたまひし御心おきてのままに、世の中をつつましきものに思して、まれに言通《ことかよ》ひたまふべき御あたりをもさらに馴れたまはず、（蓬生(2)三三一）

と、世間とは没交渉の生活を送っていることが確認される。また、こうした末摘花の性格や生活ぶりは、蓬生巻巻末まで一貫して点描されており、末摘花巻で描かれた、極度に「ものづつみ」し、「世づかぬ」古風な生活を送る末摘花の性格は、基本的には蓬生巻においても踏襲されていると見てよいであろう。

ただし、末摘花巻では、末摘花のそのような性格は、揶揄の対象とされ、末摘花は風変わりな時代遅れの人物として、戯画化され、笑いの対象として描かれていた。それに対し蓬生巻においては、そのように末摘花を戯画化する筆致は抑制され、源氏をひたすら待ち続けて、困窮の極限にあっても自らの生き方を貫き通す人物として描かれるようになる。そのことは、既に末摘花巻、蓬生巻の両巻の読みを通して行った本節の分析においても、末摘花巻では、末摘花は「ひどく「ものづつみ」をする、引っ込み思案な性格で、世間との交流もない「世づかぬ」生活を送っており、そのため時代遅れの古風な風習を墨守する人物として造型されて」おり、そのような「性格や暮らしぶりは、滑稽で笑いの対象として描かれ」ていることが認められたが、蓬生巻では、「末摘花は邸は荒れ果て、生活は困窮し、信頼している女房にまで去られ、絶望の極限にまで追いやられるのであるが、訪ねて来るかどうかも分からぬ源氏をひたすら待って、動くことがない。蓬生巻では、彼女の古代性も語られるが、それ以上にその古代的なるものを護り、どんな困難の中でも源氏を信じ待つという自らの姿勢を崩そうとしない、不変性が強く語られ」、「そこには末摘花の古風な生活態度に対する非難めいた叙述は認められない」という指摘にも表れているように思われる。同じ性格を持つ末摘花であっても、物語の作者がどのような立場に立って物語を描くかによって、その人物像も異なった相貌を呈しているのである。

また、源氏が都に帰還して、世の中は大騒ぎをしているが、末摘花のもとには何の音沙汰もない。それに対し、末摘花は、

いまは限りなりけり、年ごろ、あらぬさまなる御さまを悲しういみじきことを思ひながらも、萌《も》え出づる春に逢ひたまはなむと念《ね》じわたりつれど、たびしかはらなどまでよろこび思ふなる御位改まりなどするを、よそにのみ聞くべきなりけり、悲しかりしをりの愁《うれ》はしさは、ただわが身ひとつのためになれるとおぼえし、かひなき世かな、と心くだけてつらく悲しければ、人知れず音をのみ泣きたまふ。（蓬生(2)三三四―三三五）

と悲嘆に暮れるばかりであるが、このような心情の切実な吐露は、これ以前の末摘花には見られなかったものである。このような描写も、末摘花の性格に変更を加えたものとは言えないにしても、それ以前には見られなかった末摘花の内面からの叙述という点において、書き手の姿勢の変化を示すものと言えよう。

だが、問題はそればかりではないようだ。蓬生巻においては、末摘花巻で規定された性格とは異なった、あるいはそれから逸脱したと思われるような末摘花の心情の表出や行動が認められる。例えば、最も信頼していた女房の侍従が、西国に下るといって叔母に連れられ末摘花邸から出ていく場面では、

形見に添へたまふべき身馴《みな》れ衣《ごろも》もしほなれたれば、年経ぬるしるし見せたまふべきものなくて、わが御《み》髪《ぐし》の落ちたりけるを取り集めて鬘《かづら》にしたまへるが、九尺余《さくよ》ばかりにていときよらなるを、をかしげなる箱に入れて、昔の薫衣香《くのえかう》のいとかうばしき一壺《ひとつぼ》具してたまふ。

「たゆまじき筋を頼みし玉かづら思ひのほかにかけ離れぬる

故ままのたまひおきしこともありしかば、かひなき身なりとも見はててむとこそ思ひつれ。うち棄てらるるもことわりなれど、誰に見ゆづりてかと恨めしうなむ」とていみじう泣いたまふ。

（蓬生(2)三四一―三四二）

といった描写が認められるが、物語はここまで「ものづつみ」ばかりして、常識的な行動や発言は全くといっていいほど行わなかった末摘花に、ここではうって変わって、きわめて常識的で、思慮分別のある行動、発言をさせている。特に和歌は優れた出来映えで、末摘花巻、あるいは蓬生巻以降の末摘花の和歌とは、全く別人のような趣を見せている。また、源氏が末摘花邸を訪れる直前末摘花が亡き父宮の夢を見る場面において詠まれる和歌も

ここには、いとどながめまさるころにて、つくづくとおはしけるに、昼寝の夢に故宮《こみや》の見えたまひければ、覚めていとなごり悲しく思して、漏り濡れたる廂《ひさし》の端つ方おし拭《のご》はせて、ここかしこの御座《おまし》ひきつくろはせなどしつつ、例ならず世づきたまひて、

亡き人を恋ふる袂のひまなきに荒れたる軒のしづくさへ添ふ

も心苦しきほどになむありける。

（蓬生(2)三四五）

というように、優れたものであり、物語作者もそれに気づいているのであろう、わざわざ「例ならず世づきたまひて」と断り書きを入れている。さらに、源氏が末摘花の邸を後にしようとする場面でも、

「藤波のうち過ぎがたく見えつるはまつこそ宿のしるしなりけれ

数ふればこよなう積もりぬるらむかし。都に変りにけることの多かりけるも、さまざまあはれになむ。いまのどかにぞ鄙《ひな》の別れにおとろへし世の物語も聞こえ尽くすべき。年経たまへらむ春秋の暮らしがたさなども、誰にかは愁へたまはむとうらなくおぼゆるも、かつはあやしうなむ」など聞こえたまへば、

年をへてまつしるしなきわが宿を花のたよりにすぎぬばかりか
と忍びやかにうちみじろきたまへるけはひも、袖の香も、昔よりはねびまさりたまへるにやと思さる。

（蓬生(2)三五一）

と、源氏の詠みかけた歌に対して、末摘花は見事に歌を返している。ここでも、物語作者は、「昔よりはねびまさりたまへるにやと思さる」といった源氏の感想を付け加えて、末摘花の変貌をカモフラージュしている。

これらの末摘花の変貌ともとれる表現のあり方からすると、蓬生巻の末摘花は、一応末摘花巻に登場した末摘花と同一の性格を持った人物として造型されてはいるが、末摘花巻の末摘花では考えられなかったような行為、発言等が認められ、特に和歌においてその傾向が顕著である。やはり、末摘花巻における末摘花と蓬生巻における末摘花との間には、人物造型の上で変化があることを認めざるをえないであろう。右に引用した蓬生巻の本文の中でも、末摘花の歌に対して、「例ならず世づきたまひて」という物語の語り手の批評や、「昔よりはねびまさりたまへるにやと思さる」といった源氏の感懐が表出されているところに、かえって物語作者がそれまでの人物像とは異なる人物の在り様を描いていることを意識していることが露呈されているように思われる。

では、なぜ物語作者は、末摘花の人物像の統一性を損なう可能性のあることを意識してまでも、それまでの末摘花には認められなかった性格を末摘花に賦与するような叙述を行ったのであろうか。私は、このような人物造型の変化をもたらした主たる原因は、物語作者である紫式部が、物語に登場する人物の性格の統一性よりも、物語の表現性、すなわち物語がその読み手に与える面白さや感動、感激といったものを重視した点にあると考える。物式部は物語の面白さを重視し、その物語が面白ければ、その登場人物の造型に多少の変化が生じてもやむをえないと考えていたのではないだろうか[17]。

話を末摘花に戻すならば、末摘花巻では、紫式部は理想的な貴公子が、荒れ果てた邸にひっそりと暮らす理想的な女性を見出すという昔物語によくあるストーリーを逆手に取って、理想の貴公子、光源氏が引っ込み思案で、古風で、時代遅れで、醜いという全く取り柄のない女を見出すという滑稽譚を描きだそうと意図したのであろう。(18)そのためには末摘花は風変わりな時代遅れの変人として、戯画化され、揶揄されるべき人物として造型されねばならなかった。それに対し、蓬生巻においては、困窮の極限にあっても、ひたすら源氏を信じ、源氏の訪れを待ち続けた末摘花が源氏と再会するという感動的なストーリーを語ることが作者の狙いであったと思われる。(19)そのような物語においては、末摘花は末摘花巻に描かれたような性格を持つにしても、それは戯画化した形で描かれてはならないし、また場面によっては感動を高めるため、従来の末摘花からやや逸脱した人物として造型される必要も出てきたであろう。末摘花巻と蓬生巻の末摘花像に変化が認められるのは、このような理由によると考えられる。

もちろん、当時の物語読者の多くも、このような些細な人物像の変化を不自然であるとして非難するようなことはなかったであろう。紫式部は、当時の物語文学において許容される範囲内の人物造型の変更を行いつつ、物語が物語読者に与える効果、すなわち物語の面白さや感動を最優先にして『源氏物語』を書いたと想像されるのである。

十二　末摘花の退場

このように解すると、蓬生巻以降の末摘花は、源氏との再会という役割を終えて、もとの姿に戻ったということになるであろうか。確かに、人物像に関して言えば、蓬生巻以降の末摘花は、末摘花巻の末摘花に戻ったように思われる。だが、私は蓬生巻の以前の末摘花とそれ以降の末摘花との間には、それだけではすまされない大きな相違が潜んでいるように思われる。なぜなら、蓬生巻までの末摘花は、『源氏物語』の中できわめて大きな比重をもって語られる。それが、蓬生巻以降ほとんど登場することのない影の薄い存在となってしまっているからである。このような事態はなぜ起こったのであろうか。私は花散里の登場にその原因があるように思われる。

花散里は源氏が須磨に謫居する以前、花散里巻で源氏との別れが短く抒情的に語られるにすぎず、明石巻の巻末で源氏に召還の宣旨が下るまでは、物語内での存在感は、末摘花に比してきわめて小さなものに過ぎなかった。ところが、澪標巻で二条東院の構想が、

二条院の東なる宮、院の御処分《しょうぶん》なりしを、二《に》なく改め造らせたまふ。花散里などやうの心苦しき人々住ませむなど思しあてつくろはせたまふ。（澪標(2)二八四―二八五）

と語られ始めて以降、花散里が物語の主要な登場人物として語られるようになる。もちろん、花散里の身分、人柄を考えれば、末摘花より上位に置かれるのは当然であろうし、源氏が二条東院を作ろうとした時点では、源氏はまだ末摘花と再会していない。従って、花散里の名前があげられるのは当然かもしれぬ。しかし、右に引いた文の直後に明石の君の出産の知らせがあり、「このほど過ぐして迎へてむ、と思して、東の院急ぎ造らすべきよしもよほし仰せたまふ」と、二条東院に迎え入れるべき女性として明石の君があげられる。それならば最初から明石の君だけのために二条東院を造るとすればよいものを、わざわざ花散里のためのものとしているのは気にかかる。また、松風巻で二条東院が完成すると、

東の院造りたてて、花散里と聞こえし、移ろはしたまふ。西の対《たい》、渡殿《わたどの》などかけて、政所《まどころ》、家司《けいし》など、あるべきさまにしおかせたまふ。東の対は、明石の御方と思しおきてたり。北の対はことに広く造らせたまひて、かりにてもあはれと思して、行く末かけて契り頼めたまひし人々集《つど》ひ住むべきさまに、隔て隔てしつらはせたまへるしも、なつかしう見どころありてこまかなり。（松風(2)三九七）

というように、西の対は花散里を住まわせ、東の対は明石の君の居所と予定されていることが知らされ、末摘花

が移り住むのは、「かりにてもあはれと思して、行く末かけて契り頼めたまひし人々集《つど》ひ住むべきさま」に作りなした北の対ということになる。このように、東の対の明石の君に対し、西の対に花散里が住まうことが決定されたことによって、花散里の地位は明石の君と並び、紫の上の次に位置することになる。また、その後六条院が完成すると、紫の上、花散里、明石の君は六条院に移り住むが、末摘花は二条東院に取り残されたままで、物語の中心から退いていく。どうやら澪標巻の二条東院の構想が持ち上がるあたりから、末摘花と花散里の物語に占める役割の大きさに大きな変化があったように思われてならない。

私は、前節において、光源氏の潜在王権は『古事記』の日向神話を基軸としているとし、紫の上、末摘花、明石の君の三人の女性を源氏が娶ることによって、彼の王権の栄華と永遠性が保証されていると想定したのであるが、蓬生巻以降の末摘花の物語内部における位置づけを見ると、どうやら澪標巻において二条東院の構想が打ち出された時点以降、これまでの『古事記』日向神話を基軸とした光源氏の潜在王権の国土支配の論理に、何らかの変更を加えられたのではないかと推測せざるをえない。

もちろん、末摘花も澪標巻以降、登場の機会は少なくなったとはいえ、物語に何度か登場するし、玉鬘巻で源氏が新年の装束を贈る場面においては、花散里の後、明石の君の前に置かれ、源氏の妻妾の中で重要な地位を保持し続けている。従って、『古事記』の日向神話を基軸とした光源氏の潜在王権の在り方は、二条東院の構想が打ち出されても維持されていたと想像される。

しかし、末摘花と花散里の物語における重要度の変更は、既存の王権の論理を包摂しつつも、さらに絶対的、理想的な王権の構築を目指して、物語が新たな構想を持って語られ始めたことを意味するのではなかろうか。蓬生巻で末摘花が絶望的な源氏の愛を信じて、一途に待つという美質を持ち、最後に源氏に迎えられるという僥倖を得る女性として語られるのは、単に再会譚を感動的に描きたかったためだけでなく、物語の中心的な場面から退くにあたって、末摘花に最後の晴れの場を与えてあげたいとする、物語作者のひそかな願望もこめられているようにも思われるのである。

注

（1）末摘花を『古事記』の石長比売に比定する論文としては、既に鈴木日出男「夕顔から末摘花へ」（『源氏物語虚構論』所収、東京大学出版会、平成15年2月）がある。ただし、鈴木は夕顔を木花之佐久夜毘売に比定する。

（2）『新編日本古典文学全集　源氏物語』の頭注に拠る。

（3）『新編日本古典文学全集　源氏物語』の頭注には、「黒貂の皮衣は、村上帝のころまでは着用されていた。元来貴人の着る物で、主に男性用」とある。

（4）注（1）鈴木論文は、「しかし、この姫君は、源氏をいかにも苛立たせるほど、容易になびこうとしなかった。彼の度重なる贈歌にも返歌しなかったばかりか、ついに逢うようになってからも口を重く閉ざしがちで態度もかたくななまでにぎこちなかった。これも、相手に動ずることない磐石さなのであろう」と、末摘花の「ものづつみ」、「世づかぬ」性格を石長比売の磐石に通ずるものと指摘する。

（5）注（1）鈴木論文は、「後に源氏が流離するようになる時期を、叔母の徹底的ないじめにも屈することなく、ただひたすら源氏の帰還を待ちつづけるという「蓬生」巻の物語は、異様としかいえない忍耐力によっている。まさに石長比売流に「雪降り風吹くとも、恒に石《いわ》のごとくして、常《ときは》に堅《かちは》に動《ゆる》が」ぬ存在でありつづけようとしたのである」と指摘する。

（6）『後撰集』は『新日本古典文学大系』に拠る。

（7）新間一美『源氏物語と白居易の文学』（和泉書院、平成15年2月）第三部Ⅰ「源氏物語の女性像と漢詩文―帚木三帖から末摘花・蓬生巻へ」には、「この「松」は歌の常套として「待つ」の掛詞となっているが、中国的な要素もある。論語子罕篇の「子曰く、歳寒くして然る後に松柏の彫むに後ることを知る」という「松柏」を節操に喩える考え方を背景に置いてみることができるのである。他の男を近づけず、荒れ果てた屋敷で光源氏を待つ末摘花の心情は「松」に喩えられている」との指摘がある。

（8）注（1）鈴木論文には「亡き宮の霊魂の力が、物語の背後から二人の関係を支えている趣である。ここにも神話の型が前提されている。源氏の意識から推測する限りこのようになるが、これは逆にいえば、源氏の危うさを救うための末摘花の出現ということの、裏返しにもなりうる。神話風にいえば、父宮の亡霊を媒としながら、神の子が長久の偉力を持った女と結ばれるという、一種の聖婚の構図がここにある。霊力を発揮させる亡き常陸宮の存在は、石長比売の父の大山津見神の存在に対応するであろう」との指摘もなされる。

（9）『和歌文学大辞典』（明治書院、昭和61年）は、「入佐の山」は「八雲御抄は但馬の歌枕としており、現に兵庫県出石郡出石町にある此隅山のこととする説が強いが、はっきりしない」とする。

（10）この風俗歌の詞章について、玉上琢彌『源氏物語評釈』は「ただうめの花のごと」の部分については、「はっきりわからない。『花鳥余情』、およびその説による『玉の小櫛』『評釈』などの説を総合すると、『政事要略』に引く衛門府の風俗歌「たゝらめの花のごと、掻練好むや、げに紫の色好むや」によることになる。この「たゝらめ」の「ら」が「う」に近いので、誤って「たゝうめ」→「たゞ梅」となったということである。大系は、その逆に本来は『源氏物語』のように「ただうめ」とあったが、『政事要略』が誤って「たゝらめ」としたのであろうとも言う」とし、「三笠の山のをとめをばすてて」の部分については、「先に引用した風俗歌のあとのほうにかような詞章があったのであろう。諸注、末摘花は常陸の宮の姫君だから、常陸の鹿島神宮から移渡した春日の神の縁で三笠の山と言ったのであろう、とするが、やや考え過ぎである」とする。『新日本古典文学大系』では、「風俗歌「たたらめの花のごと　掻練好むや　げに紫の色好むや」（政事要略・衛門府風俗歌）の「たたらめの花」を「ただ梅の花」に転じたか。なお「たたらめの鼻」は、鍛冶の炉をつかさどる巫女の赤鼻のことで、ここでも末摘花の鼻へのからかいかとみるべきか。また「三笠の山のをとめ」は春日神社に奉仕する巫女。春日神社が常陸の鹿島神社と同じ祭神なので、常陸宮の姫君（末摘花）を連想させる」とする。『新編日本古典文学全集』は

「『政事要略』六十七、紀弾雑事に「衛門府風俗歌云、多々良女乃花乃如、加以禰利好牟夜、滅紫色好牟夜」とある。『花鳥余情』は「たたらめの花のごと　掻練《かいねり》好むや　滅紫《けしむらさき》の色好むや」として引く。掻練は赤。滅紫は、表黄、裏蘇芳の襲《かさね》の色目。「たたらめ」は「たたうめ」の誤写とするのが通説だが、逆であるとも説かれる。すなわち、「たたらめ」は元来鍛冶《かじ》の炉をつかさどる巫女《みこ》で、火処《ほと》からの連想で赤鼻となり、それが掻練の紅色とつながるが、この古謡の詞章の意味が忘れられてゆき、「たたらめの鼻」→「たたらめの花」→「ただうめの花」と転じたともいう。「三笠の山のをとめ…」は、右の風俗歌の後に続く一句か。三笠山は建御雷命《たけみかずちのみこと》を祭る春日神社の神域。建御雷命は鍛冶に要する槌《つち》の神で、これに奉仕する「三笠の山のをとめ」は「たたらめ」とつながる。春日神社は常陸の鹿島神社と祭神を同じくするので、この歌は常陸宮の赤鼻の姫君をあてこするものと見られる」とする。

(11)　原岡文子「末摘花考―霊性・呪性をめぐって―」(『日本文学』54巻5号、平成17年5月)

(12)　高橋和夫「親王と二世女王―故常陸宮と末摘花」(『源氏物語の鑑賞と基礎知識　末摘花』所収、至文堂、平成12年11月)

(13)　『国訳一切経』に拠る。

(14)　『佛経大事典』(小学館、昭和63年7月)

(15)　『原中最秘抄』は、『源氏物語大成』に拠り、私に表記を改めた。

(16)　蔵中しのぶ「仏教に縁なき末摘花―末摘花は周利槃特か―」(『源氏物語の鑑賞と基礎知識　蓬生・関屋』54・55頁、至文堂、平成16年10月)

(17)　森一郎『源氏物語の方法』(桜楓社、昭和44年6月)一一二「源氏物語における人物造型の方法と主題との連関」は、「源氏物語においては主題の設定に随伴して人物造型がなされる。ある人物の必然を追求していく書き方ではない。物語の構想の具体的な進展にともない、その新しい局面に人物造型が奉仕せしめられることがあまりにきわだっている」「ところが、蓬生の巻で語られる末摘花は、その朴念仁ぶりであることは変わらないが、末摘花巻のようにその欠点を嘲笑の対象とする描かれ方ではない。朴念仁の美質とでもいうべきものが描かれている」「源氏の須磨退居の折に見せた人々の心、そしてそれに対する源氏の対応という物語の構想の必然性の中で蓬生一巻が構想され、誠実さを讃美する主題において、末摘花が女主人公としてその唯一最上の美質を讃美されたのである」と指摘し、長谷川政春『物語史の風景』（若草書房、平成9年7月）Ⅱ「〈唐衣〉の女君─末摘花」は、「人物造型の差異を止揚しての統一的な末摘花像を捉えることもさることながら、場面、状況、対人関係などのかかわり合いの中で、役割を果たしている側面もまた読み取っておかねばならない」「蓬生巻では、末摘花は大変身を遂げたかのようであったが、実際はその背後に「故乳母」や「故父宮」が控えており、それにおびかれるようにして、「昔よりはねびまさりたまへる」女君になったのであって、女君の属性が変わったわけではなかった」と指摘する。

（18）帚木巻では、左馬頭が「世にありと人に知られず、さびしくあばれたらむ葎の門に、思ひの外にらうたげならむ人の閉ぢられたらむこそ限りなくめづらしくはおぼえめ」と語ったり、末摘花巻では、源氏が「いといたう荒れわたりてさびしき所に、さばかりの人の、古めかしうところせくかしづきすゑたりけむなごりなく、いかに思ほし残すことなからむ、かやうの所にこそは、昔物語にもあはれなることどももありけれなど」と思ったりする場面が語られる。

（19）三角洋一『源氏物語と天台浄土教』（若草書房、平成8年10月）Ⅰ、2、3「蓬生巻の短篇的手法」（一）、（二）は、蓬生巻の物語を男女再会談と宿世談という二つの話型に基づいて書かれたものであることを指摘する。

終章

本章では、これまで述べて来た各章、各節の内容をもう一度振り返り要約を試みる。

第一章「上代文学から平安文学へ」、第一節「古代文学における自然表現」では、上代文学から平安時代中期までの、韻文、散文による自然表現がどのように推移したか、またそのような変化はなぜ起こったかについて考察した。まず上代文学について見ると、上代散文においては、自然を表現している箇所は少なく、かつ自然そのものを表現の対象としているものはほとんど無い。また、そこに表現された自然は古代的な存在感を感じさせるものの、具象的な表現は皆無と言ってよい。それに対し、韻文においては、自然を躍動感あるものとして表現するものから、静的、緻密に捉えるものまで、様々な形で自然が具象的に表現されている。それが平安時代初頭になると、散文において、自然は表現の対象として捉えられるようになるが、そこに表現される自然は、上代の散文による自然表現と比べると、古代的な存在感は薄れ、平明で日常的な自然表現となる。しかもそれらの表現はいずれも説明的、概括的、観念的で、いまだ自然の姿を具象的に表現するものとはなりえていない。この時期、韻文においては、自然は優美な姿で表現されるようになるが、散文同様自然表現は観念的なものとなり、上代における韻文の自然表現とはうって変わって、自然を具象的に表現するものは見られなくなる。平安時代初頭において韻文、散文に認められる自然の観念的な把握が解消され、韻文、散文ともに自然を具象的に捉えた表現が認められるようになるのは、平安時代中期、具体的には西暦九六〇年から九七〇年頃と推定される。

上代から平安時代にかけての自然表現のあり方の変化を見ると、以上のようになる。このような変化はどうして生じたのであろうか。それは上代においては、表現主体（意識）と対象の間にいまだ一体感が存在していたこと、および散文、韻文という文体が持たざるを得ない表現上の特性、制約に因ると考えられる。もちろん、上代において、表現主体（意識）と対象との間に一体感が存在していたといっても、上代においても意識と対象が全く一体であったとは考えがたい。上代においても、意識と対象との分化（意識と対象との分化は、意識を自らの身体に包摂している我という存在と外界との分化、すなわち個と外界の分化をもたらす）は、当然存在していた。しかし、上代においては、その分化はいまだ決定的なものでなく、個は外界と分化しつつも外界との一体感を一方では保持していた。そのような状態の中で、人々が感受する自然は、意識と一体感を有し、充実した存在感を持つ自然であった。上代において、韻文が自然を具象的に表現できたのは、韻文という文体が、対象を即自的、直接的に把握することで、詩的高揚感に満ちた世界を表現する文体であり、対象と一体感を持った状態においても、対象を即自的、直接的に把握することによって、対象の持つ存在感を損なうことなく、対象を具象的に表現しうる文体であったからと思われる。それに対し、散文は対象を客体化し、対象との間にある距離を取ることによって、はじめて対象を十全に表現しうる文体である。上代のように、まだ表現主体と対象が未分化な状態にあっては、表現主体は対象との距離を充分に取ることができず、散文によって意識と一体感を持った自然の輪郭を大まかに把握することはできても、自然を具象的に把握することができなかったのではなかろうか。

平安時代初頭になると、表現主体と対象との分化はさらに進んだと想像される。このような段階に至った時、韻文はそれまでのように対象との一体感の中で対象を直接的に把握することによって、具象的な自然を表現することができなくなった。先にも述べた通り、韻文とは対象と一体感を有する経験世界を即自的、直接的に表現することを得意とする文体であるが、対象から分化した表現主体は散文的で、日常的な自然を対象とするしかない状況に陥り、対象を即自的、直接的に把握することによって、存在感に満ちた自然を具象的に表現することが困難になった。そうした状況の中で登場したのが、対象から分化した表現主体でも表現可能な観念的な詩的言語による非日常的な自然表現であった。存在感を持ち詩的な高揚感を与えてくれた自然の代わりに、このような観念美の世界を導入することによって、韻文は新たな詩的高揚感を有する世界を獲得することが可能となった。しかし、この表現主体と対象の分化は、外来文明の急速な流入のもとに急激になされたものであったが故に、対象との一体感を喪失した表現主体は、新たな対象との関係のもとで、すぐには対象を具象的に把握することができなかった。平安時代初頭の韻文における自然表現が、優美ではあるが、観念的な自然しか表現できなかったのはこのような理由によると思われる。それに対し、平安時代初頭の散文は、漸く対象を客体化して捉えることができるようになったが、対象との分化があまりにも急激であったがために、韻文同様いまだ対象を具象的に捉えるに至らなかった。平安時代初頭、対象を具象的に捉えることのできなかった表現主体が、対象を具象的に把握しうる能力を獲得するのは、韻文、散文ともに平安時代中期、西暦九六〇年から九七〇年頃のことであった。

第二節「散文による心情表現の発生」では、上代において、個人の心情を韻文によって表現することは、『万葉集』に収められた和歌などから、活発に行われていたことが窺えるのに対し、個人の心情を散文によって表現することは全く認められないことを確認した。上代における散文表現を一人称による散文表現と第三者の立場に立って叙述内容を表現する散文表現、いわゆる物語的な散文表現に分け、それらの散文表現の中に個人の心情が表現されているかどうか検討したが、一人称による散文表現における個人の心情表現は概括的で具象的な心情表現はなされておらず、物語的な散文表現においても個人の心情が表出されるのは、散文表現の中に含まれる韻文や会話文においてであり、個人の心情が散文によって表現されることはない。個人の心情が散文によって表現されるようになるのは、『土佐日記』の成立、すなわち平安時代初頭を俟たねばならなかった。

第三節「『古今集』の時間」では、『万葉集』の歌においては抒情は瞬間的であるのに対し、『古今集』の歌においては時の推移が感じられるようになるとする窪田空穂、和辻哲郎の指摘を承けて、『万葉集』の歌が瞬間的で、『古今集』の歌には時の推移が感じられるとはどのようなことか、それぞれの歌集に収められた具体的な作品に即して考察を試みた。その結果、『万葉集』の歌は現在だけを詠じているわけではなく、過去や未来の詠み込まれた歌が数多く存在するが、にもかかわらず、『万葉集』の歌が瞬間的な印象を与えるのは、『万葉集』の歌が過去や未来に開かれつつも、それらをも含み込んだ現在という時点に強く結びついており、ために現時点の心の瞬間的なあり方が直接的に表現されるのに対し、『古今集』の歌においては、歌の詠み手は『万葉集』のように現在という時点に強く拘束されることなく、現在は歌の詠み手の意識からある距離を持ち、相対化され、過去や未来とほぼ同等の比重を持ってながめられるため、『古今集』の歌においては時の推移を感じさせる歌が登場することになったのではないかとの結論を得た。また、『古今集』になると『万葉集』には認められなかった秋の悲しみを詠ずる歌や、春や秋が過ぎ去ることを惜しむ歌が多数出現するが、これらも『古今集』において現在が相対化され、歌の詠み手が過去から未来を一様にながめることができるようになった結果ではないかと推定した。

またこのような現時点に対する詠み手の意識の相違は、第一節で指摘した意識と対象の分化という仮説と対応すると見ることができる。すなわち、上代においては意識は対象と強い一体感を有するが故に、現在という時点に強く拘束されざるをえなかったのに対し、平安時代になると意識は対象と分化し、その結果現在という時点も意識とある距離を持つようになり、相対化されたと考えられる。

第二節で述べた、上代においては、個人が韻文によって心情表現を行うことは盛んになされたが、散文によって心情表現を行うことは全くなされず、平安時代になって、はじめて個人の心情が散文によっても表現されるようになるという現象も、上代において意識と対象がいまだ強い一体感を保持しており、それが平安時代になるとさらに分化するようになるという右の仮説をもとに説明できると思われる。すなわち、上代においては表現主体と対象は強い一体感を有していたが、そのような状態において生起する感情は、意識や対象と一体となり、ある個人の経験世界全体を覆う、充実した実感ともいうべき存在感に満ちた感情であった。韻文は対象と一体となった状態でそれを即自的、直接的に把握することのできる文体であり、故に対象との強い一体感のある上代の個々の人々の経験世界も、対象を即自的、直接的に把握することによって、その質を損なうことなく再現することができ、個人の心情を表現することも可能であった。それに対し、散文とは対象とある程度の距離を持つこと、つまり対象を客体化した時、対象を十全に捉えることができる文体であり、対象との距離が近い時、その対象を概括的にしか捉えることができないがために、意識と対象の一体感の中で生じた個人の経験世界そのものを十全に捉えることはできず、故に具象的な心情表現もなしえなかったのではなかろうか。

平安時代になると、人々の意識は対象とさらに分化し、人々は対象を客体として対象化して見ることのできる眼を持つようになる。意識と対象の関係がこのような状態になると、散文は個人の経験世界を表現するのにふさわしい文体となる。というのも、経験世界が対象化され、客体化された時、経験世界は意識と一体感を持っていた上代のそれとは質を異にした、日常的、散文的なものとなるが、散文とは、先にも述べた通り、意識が対象を客体化して見ることができるような距離を持った時、最もその表現機能を発揮する文体であり、そのような対象化、客体化された経験世界こそ、散文がその質を損なうことなく十全に表現しうる世界だからである。散文によって経験世界が表現可能なものとなると、意識が感受する経験世界とともに存在する感情も、散文によって、その感情の質を損なうことなく表現しうるものとなる。

もちろん、第一節で述べたように、意識が対象を客体として見ることのできるような距離を持ったとしても、表現主体（意識）が対象をすぐに具象的に表現できるとは限らない。我が国のように、意識と対象の分化が、自律的にではなく、外国の高度な文化の急激な流入という外在的な要因に基づいて急速に押し進められた地域にあっては、意識と対象の間に、対象を客体として対象化して見ることのできるほどの距離が生じたにしても、表現主体（意識）は対象をすぐに具象的に把握する能力を持ちえなかったのではないかと想像される。しかし、対象を具象的に把握することはできなくとも、散文によって経験世界の質、ならびにそれとともに存在する感情の質を把握できることになった以上、表現の仕方、すなわち景物や出来事、および感情表現の組み合わせを工夫すれば、個人の感情は散文によって表現しうるようになる。第二節冒頭で示した『土佐日記』の文章などが、そのよい例であろう。平安時代初頭には、散文による自然表現はまだ具象的なものとはならなかったが、散文による個人の心情表現が早くも可能となったのは、このような事情によると思われる。

第四節「『古今集』の擬人法」では、『万葉集』と『古今集』の擬人法を比較し、その相違がどのような理由によって生じたかを考察した。『万葉集』には擬人法という修辞技法は多くは認められないが、それでも百余例ほどの用例が認められる。それらの多くは人間ではない対象を直感的に人間であるかのように見なし、瞬間的、直接的に表現した直感的擬人である。もちろん、『万葉集』の用例の中にも、人間ではない対象を意識的に人間のようにみなして表現する知的擬人も僅かには存在する。しかし、それらの用例も知的擬人としては初歩的で、単純なものがほとんどである。それに対し、『古今集』になると『万葉集』に比して、擬人法の使用される頻度が増加するとともに、直感的擬人はほとんどなくなり、それに代わって知的擬人が多用されるようになる。しかも、読人しらずの時代、六歌仙の時代、撰者の時代の各時代の用例を比較してみると、知的擬人も時代が新しくなるに従って、より複雑な知的趣向が施されるようになる様が見てとれる。このような現象は、万葉の時代は意識と対象が一体感を持っていたが故に、直感的擬人が多かったのに対し、古今の時代になると、意識と対象が分化し、意識が対象に距離を置き、第三者の立場に立って対象を見るようになった結果、直感的擬人が行われにくくなった反面、自立した意識が意識の内部で意図的に擬人を行い、表現に趣向の面白みを付け加える試みがなされるようになった結果と考えられる。

第五節「『古今集』の和歌」では、『古今集』に収められた和歌を、読人しらず時代の歌、六歌仙時代の歌、撰者時代の歌に分類し、各時代の歌に序詞、掛詞、見立てといった修辞技法がどの程度用いられているか検証した。その結果、序詞は読人しらず時代に多く用いられたが、六歌仙時代に減少し、撰者時代の再び増加する。これは撰者時代の歌人たちが万葉以来の古い修辞技法に注目し、新しい時代にふさわし技法として再活用を図ったことによると考えられる。また、見立てが多く用いられるのは六歌仙時代からである。掛詞について見ると、読人しらず時代に既に多くの掛詞が用いられており、かつ序詞や枕詞の接続の契機として用いられる掛詞の他に、万葉の時代にはあまり使用されることのなかった単独で掛詞となる用例が多く認められるようになる。従来、古今的な歌風を特色付ける修辞、つまり掛詞、見立てといった修辞技法は六歌仙時代から登場し、撰者時代に万葉から読人しらず時代にかけて用いられていた序詞が復活し、古今的な歌風が完成したとされてきたが、掛詞、特に単独の掛詞について見ると、既に読人しらず時代にかなりの発達をとげており、古今歌風を担う重要な修辞技法が既に読人しらず時代に発生していたことが知られる。古今歌風の成立に漢詩文が強い影響を及ぼしたことは言うまでもないが、読人しらず時代に漢詩文の強い影響のもとになったとされる見立てがほとんど見られず、それに対して古今歌風を特色づけるもう一つの重要な修辞である掛詞、特に単独の掛詞が多く登場している事実は、読人しらずの時代に漢詩文とは異なった新たな修辞を伴う歌を作ろうとする動きがあり、それが六歌仙時代に漢詩文の影響を受けて、さらに新しいものへと変化していったことを示しているのではないだろうか。撰者時代に伝統的な修辞である序詞が復活することも、和歌がそれ自体独自な発展を志向していたことを物語っていると思われる。

第二章「『古今集』の構造」では、『古今集』四季の部の構造、および賀の部の構造を明らかにした。『古今集』四季の部については、前著『古今歌風の成立』で主要な景物の歌群の構造を分析したが、本章では未だ分析のなされていなかった歌群の分析を行い、四季の部全体の構造を明らかにするとともに、巻七、賀の部の構造も明らかにした。それらの構造を図示してみると、以下のようになる。まず、春と秋の部の構造を図示してみる。

春の部

立春
春の雪
鶯
野焼き
若菜
霞
春の緑
青柳
百千鳥
呼子鳥
帰雁
梅
桜
花

秋の部

立秋
秋の初風
七夕
心づくしの秋
秋の月
秋の虫
雁
鹿
萩
露
女郎花
藤袴
薄
撫子

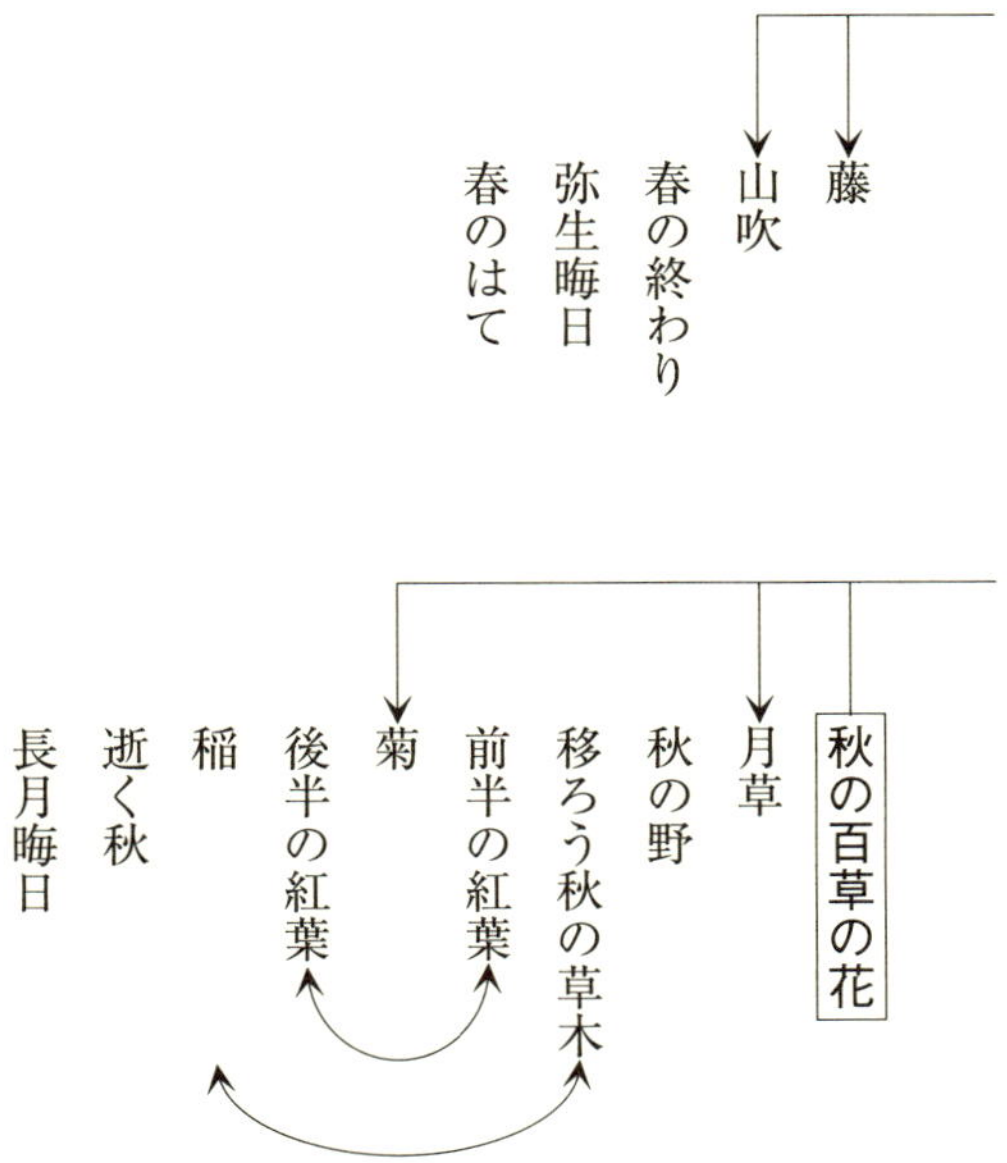

春の部、秋の部は、きわめて類似した構成をとっている。まず、それぞれの部の冒頭が立春、立秋の二首の歌群で始まり、末尾が弥生晦日、長月晦日の二首の歌群で閉じられる。（春の部の最後に春のはての歌一首があるが、これは増補と考える）また、春の部一首目と春の部末尾一首、春の部二首目と春の部末尾から二首目は対応関係を有し、秋の部一首目と秋の部末尾一首、秋の部二首目と秋の部末尾から二首目も対応関係を有する。さらに、春の部一首目と秋の部一首目、春の部二首目と秋の部二首目、春の部末尾と秋の部末尾、春の部末尾から二首目と秋の部末尾から二首目も対応関係を有する。春の部は立春の歌群の後、春の初めを表す「春の雪」の歌群が続くのに対し、秋の部は立秋の歌群の後に、秋の初めを表す「秋の初風」の歌群が続く。春の部の末尾は弥生晦日の歌群の前に春の終わりを表す「春の終わり」の歌群が存在し、秋の部の末尾も長月晦日の歌群の前に「逝く秋」の歌群が存在する。またそれぞれの部の内部における歌群の配列は、概ね時の推移に従って配列されているが、

図示したように、春の部では「春の緑」「百千鳥」「花」というような個別の草木や鳥、花といった歌群の上位概念にあたる歌群が、個別の景物を詠じた歌群の中央に位置せしめられている。秋の部も原則としては、時の推移に従って歌群が配置されているが、七夕の歌群以降は天象、地象の順に配置されていると見ることもできる。また、秋の部においても「秋の百草の花」という上位概念を表す歌群が、「萩」「女郎花」など個別の秋の草花の歌群の中央に位置せしめられていることも注目される。また、春、秋の部とも個々の歌群の内部は、さらに何首かずつの小歌群に分割され、その歌が詠まれた時代、詠歌状況、作者、歌の内容、歌詞などに留意した配列がなされる。その場合それらの連続性を重視するばかりでなく、対立、対比を意識した配列もなされる。

夏の部と冬の部の構造を図示してみよう。

夏の部

- 遅咲きの花
- 鳴く前の郭公
- 橘
- 郭公
  - 鳴き始める郭公
  - 鳴く郭公
- はちす
- 夏の月
- 常夏
- 六月晦日

冬の部

- 冬の初め
- 雪
  - 降り始める雪
  - 冬の盛りの雪
  - 冬の終わりの雪
- 師走晦日
- 年のはて

夏の部と冬の部は、冒頭の一首が対応関係を持ち、末尾の一首も「六月晦日」と「師走晦日」で対応関係を持つ。冬の部は「師走晦日」の歌の後「年のはて」の歌群が続くが、これは四季の部全てを締めくくる役割を持つと考えられるので、実質的には冬の部は「師走晦日」の歌群で終わると見るべきであろう。夏の部の二首目から「遅咲きの花」「鳴く前の郭公」「橘」といった歌群が続くが、これらは「夏の初め」の歌群と捉えることができ、冬の部の「冬の初め」の歌群と対応する。夏の部は「郭公」の歌群の後に「はちす」「夏の月」「常夏」の歌群が存在するが、これらは「夏の終わり」の歌群と考えられる。冬の部には、「冬の終わり」の歌群はないが、「冬の終わりの雪」の歌群がそれに代わるものとして配置されていると考えられる。夏の部の中心は「郭公」の歌群で占められ、歌数でも他の景物を圧倒する。冬の部も「雪」の歌群の歌群が部立の中心を占め、歌数も多数を占める。夏の部と冬の部は、それぞれ「郭公」「雪」の歌群を部立の中央に配する点でも照応関係を有する。夏の部も冬の部も時の推移に従った配列がなされているが、その中心となる「郭公」「雪」の歌群は時の推移に従って配列されるとともに、さらに幾つかの小歌群に分類され、春、秋の部と同様、その歌が詠まれた時代、詠歌状況、作者、歌の内容、歌詞などに留意され、連続性を重視するばかりでなく、対立、対比を意識した配列がなされる。

　賀の部の構造を図示すると以下のようになる。

賀の部

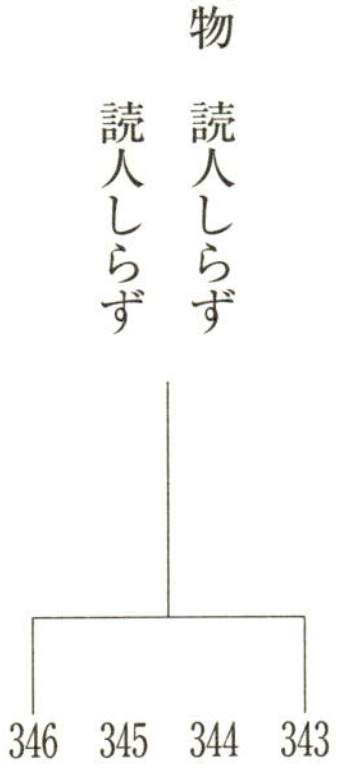

歌番号	賀を受ける人物	歌人	内容
347–349	六歌仙時代	六歌仙時代	光孝天皇、藤原基経関係の賀の歌
350–354	六歌仙時代	撰者時代	光孝天皇、藤原基経関係の皇族の賀の歌
355–356	六歌仙時代	撰者時代	一般臣下の賀の歌
357–364	撰者時代	撰者時代	宇多法皇、醍醐天皇 藤原定方、藤原時平 関係の賀の歌

賀の部は、全体としては、読人しらずの歌群、六歌仙時代の歌群、撰者時代の歌群の順に配列される。六歌仙時

代の歌群は、光孝天皇とその時代の最も有力な臣下、藤原基経に関係する賀の歌で構成される。撰者時代の歌群は、皇族関係の賀の歌群、一般臣下の賀の歌群、撰者時代の帝王である、宇多法皇、醍醐天皇とその時代の最も有力な臣下、藤原定国、藤原時平に関係する賀の歌群より成る。このうち皇族関係の賀の歌群、一般臣下の賀の歌群は、賀の歌を詠ずるのは撰者時代の歌人であるが、賀を受ける人物は六歌仙時代の人物であり、歌人という点では撰者時代に連なるが、賀を受ける人物という点では六歌仙時代に連なるという構造を持つ。撰者時代の最後の歌群、宇多法皇、醍醐天皇とその時代の最も有力な臣下、藤原定国、藤原時平に関係する賀の歌群は、歌を詠ずる人物も賀を受ける人物も撰者時代の人物で、六歌仙時代の歌群、すなわち光孝天皇とその時代の最も有力な臣下、藤原基経に関係する賀の歌群と対応関係を有する。また、宇多法皇、醍醐天皇とその時代の最も有力な臣下、藤原定国、藤原時平に関係する賀の歌群のうち、藤原定国の四十の賀の歌群は、それぞれの歌には必ず作者名を付すという『古今集』の作者名表記の原則が貫徹されず、作者名が表記されない。その代わり（春）、夏、秋、冬という通常の詞書とは異なる特異な表記がなされる。これは賀の部最後の保明親王誕生の折の歌が、「春宮」「春日」という歌詞や詞書を持つことから、直前の（春）、夏、秋、冬と続いた表記を承けて「春」という語を強調し、今後の天皇家および基経の子孫の繁栄を予祝することを意図してなされたものと理解される。

第三章「上代歌論から貫之の歌論へ」第一節「『歌経標式』『万葉集』から『古今集』の歌論へ」では、『歌経標式』と『万葉集』に見られる歌論および歌論的記事から上代における歌論のあり方を探り、『古今集』の歌論との比較を試みた。『歌経標式』は、構成としてはきわめて整然とした体系性を有しており、かつそこに示された歌病、歌体の個々の基準はいずれも一般性、普遍性を有し、和歌全般に適用可能なものと考えられる。しかし、それらの基準を実際の和歌にあてはめて見ると、長歌、短歌等の分類基準は和歌の実態に適ったものとなっているのに対し、歌の善し悪しを判断する批評基準は和歌の実態にそぐわないものとなっている。一方、『万葉集』

に見られる歌論的記事では、一般性、抽象性を持った基準は、分類基準ないし、和歌の本質を規定するものであって、和歌の批評基準として一般性を持った規範は見出せない。『万葉集』の左注、題詞などには、和歌の実態に即した批評的表現も認められるが、それらは個別の歌や表現に対する批評であって、一般性、普遍性を持った批評基準とはなりえていない。上代にあっては、一般性、普遍性を持った和歌の批評基準というものは、いまだ成立しえない状況にあったと推測される。和歌の実態に即した一般性、普遍性を持った批評基準が出現するのは『古今集』序文の成立を俟たねばならなかった。

第二節「『土佐日記』の歌論」

では、『土佐日記』における和歌に関する記述の分析を通して、貫之の考える歌論とはどのようなものであったかを検討した。『土佐日記』には漢詩に言及した箇所が六箇所認められるが、これら漢詩に関する記述が出てきた直後には、必ず和歌に関する記述がなされる。これは、和歌が漢詩と同等のものであることを示す意図があったと思われる。また、漢詩に関連してなされる和歌に関する記述の中でも、阿倍仲麻呂にまつわる記述には、仲麻呂の口を借りて、和歌は日本独自の文学形態であり、神代の昔から今に至るまで、身分の上下にかかわらず、あらゆる人々が喜びや悲しみが心の中に生じた時詠むものだとの主張がなされる。また日記中には、歌を詠むに際して「喜びに堪へずして」とか「苦しき心やりに」という表現がたびたび用いられるが、これらも仲麻呂の口を借りてなされた、あらゆる人々が喜びや悲しみが生じた時和歌を詠み、それによって心を慰めるものだとの主張の繰り返しと見ることができよう。さらに和歌は五・七・五・七・七の音数律を持つ必要があると同時に、純粋な心情を美しく洗練された言葉で詠むべきものだとの主張も認められる。日記の一月八日および二月九日には、『伊勢物語』八十二段の惟喬親王と在原業平の交流をふまえたと思われる記事が存するが、これなども貫之が打算的な利害関係などとは無縁な、純粋な真心を媒介とした交流こそ和歌によって実現さるべき理想の世界と考えていたことを示すように思われる。また、二月九日の場面で貫之とおぼしき人物が詠じている歌が、土佐から帰京した後、兼輔の邸を訪れた際、貫之が詠じた歌と類似していることなどから、貫之は自らと兼輔の関係を、業平と惟喬の関係になずらえていたのではないかと推測した。

第三節「貫之の和歌観」では、『古今集』両序、『新撰和歌』序、『土佐日記』といった貫之の歌論が記されていると考えられる資料をもとに、貫之の和歌観、特に和歌の本質論、効用論についての考察を試みた。『古今集』真名序、仮名序の和歌の本質論、効用論は『詩経』大序に拠るとされるが、『詩経』大序の述べる詩の本質論、効用論を単純にまとめると、詩は人の心の表出であるが故に、詩は民から為政者に対して善政を称え悪政を刺る「美刺」の作用と、為政者から民に対して道徳を正す「移風易俗」の作用の二つの作用があるということになろう。『詩経』大序のこの思想と『古今集』真名序、仮名序の和歌の本質論、効用論を比較すると、『詩経』大序は心と言葉を連続したものと捉えているのに対し、真名序は心と言葉はそれぞれ別なものとして捉えている。真名序はまた、「移風易俗」の作用のみを主張して、「美刺」の作用を説くことがない。さらに和歌が人の心の真情の発露であるとする考えが、『詩経』大序に比べより強く表現される。仮名序でも、心と言葉の二元論が真名序同様に主張され、かつ和歌を人の心の真情の発露であるとする考えが真名序以上に強調され、さらに真名序にも認められなかった、和歌は人の心情を表現するものであり、それによって人は心を慰めることができるという仮名序独自の記述が認められる。『古今集』両序が書かれてから三十年ほど経って『新撰和歌』序、『土佐日記』がほぼ同時期に執筆される。『新撰和歌』序では、和歌には「移風易俗」の作用があると同時に、『古今集』両序では記されなかった「美刺」の作用があるとされる。それに対し、ほぼ同時期に書かれた『土佐日記』では、「美刺」の作用や「移風易俗」の作用は全く触れられず、和歌は人の心の表出であり、人の心を慰めるものだとの主張が一貫して示される。貫之が書いたと考えられる『古今集』両序、『新撰和歌』序、『土佐日記』において、そこに示される歌論がこのように異なるのはどのような理由によるのであろうか。

まず『土佐日記』から検討してみると、前著『古今歌風の成立』でも述べたように、平安時代初頭にあっては公的な文芸と認められていたのは、漢詩文と和歌のみであった。その他の文芸は、二流の文芸であり、律令官人である男性が専らにすべきものではなかった。貫之は『土佐日記』で自らの心情を仮名散文で表現したかったのであろうが、もし貫之がまともに自己の本心を仮名散文で書いたとしたら、当時の貴族社会から大きな非難を受けずにはいられなかったであろう。そこで貫之は、書き手を混乱させたり、主題を混乱させたりして、『土佐日記』をいい加減に書かれた作品のように見せかけながら、そこに貫之が本当に表現したいものを紛れ込ませて表現した。もちろん、歌論的記述は貫之が本当に表現したいものではなく、主題を混乱させるために取り入れられたものと考えられる。ただし、『土佐日記』がある程度のことを書いても世間から非難を受けないという性格の作品であることからすると、貫之は歌論を書くにあたっても、彼が本当に信じている歌論をそこに記したのではなかろうか。とすると、『土佐日記』に記されている和歌の本質論、効用論、すなわち和歌は人の心の発露であり、人は和歌を詠ずることによって心を慰めることができるというのが、貫之の真に考えていた和歌の本質、効用であったということになる。では、なぜ『土佐日記』と同時期に書かれた『新撰和歌』序には、そうした考えが示されず、和歌の政治的、道徳的効用のみが主張されたのであろうか。その理由は、貫之の土佐赴任中に、宇多法皇、醍醐天皇、藤原定方、藤原兼輔という和歌の庇護者たちが次々に没し、貫之帰京後、都では和歌が公的な地位が保てるかどうか微妙な状況にあったことによると想像される。貫之はぜひとも和歌を公的な文芸の地位に留めたいがために、和歌の政治的、道徳的効用、つまり儒教的文芸観に沿った和歌の効用を表明せざるをえなかったのではなかろうか。『古今集』両序も、『古今集』が勅撰集であるが故に、儒教的文芸観を標榜せざるをえなかったのであるが、それでも真名序では和歌が人の心の発露であることを表現し、さらにその後書かれた仮名序ではさらに、和歌が人の心の表出であり、人の心を慰めるものだとの主張がより強調した形で書き加えられたと考えられる。

第四章「『源氏物語』と『古事記』日向神話」では、『源氏物語』第一部の前半部分の構想に『古事記』日向神話が強く影響していることを指摘した。第一節「『源氏物語』と『古事記』日向神話」では、まず『源氏物語』若紫巻の次の場面を取り上げる。

> 背後《しりえ》の山に立ち出でて京の方を見たまふ。はるかに霞みわたりて、四方《よも》の梢そこはかとなうけぶりわたれるほど、「絵にいとよくも似たるかな。かかる所に住む人、心に思ひ残すことはあらじかし」とのたまへば、「これはいと浅くはべり。他《ひと》の国などにはべる海山のありさまなどを御覧ぜさせてはべらば、いかに御絵いみじうまさらせたまはむ」、「富士の山、なにがしの岳《たけ》」など語りきこゆるもあり。また、西国のおもしろき浦々、磯のうへを言ひつづくるもありて、よろづに紛らはしきこゆ。

河添房江はこの場面の背後に、古代の国見儀礼を想定し、さらに「富士の山、なにがしの岳《たけ》」は「西国《にしくに》のおもしろき浦々、磯のうへ」に対峙する表現であり、「この東と西の水平軸、そして山と海の垂直軸の二元こそ、王権の支配のコスモロジーが集約的にたち顕れているのではないか」と指摘し、東と西の水平軸は大嘗祭の支配論理によるものではないかと推定する。だとすると、もう一方の山と海の垂直軸の支配論理は何によるのであろうか。思い起こされるのは『古事記』の日向神話である。『古事記』の日向神話は天つ神の子孫が国つ神の代表である山の神の娘、海の神の娘と結婚することによって、葦原中国を領有、支配する正当性を得るという物語である。既に『花鳥余情』以来、明石の君を海の神の娘豊玉毘売に比定するという指摘は存在したが、以上のように考えると、山の神の娘木花之佐久夜毘売を紫の上、石長比売を末摘花と比定することが可能ではないか。紫の上は山で育てられた娘であり、終世桜の花に喩えられることから、木花之佐久夜毘売を彷彿させる。また彼女が物語で「紫の君」「紫の上」と呼ばれるようになるのは、「紫のひともとゆゑに武蔵野の草はみながらあはれとぞ見る」

という『古今集』の読人しらず歌によるが、だとすると彼女の呼称は武蔵野を連想させるものであり、明石の浦で育てられた明石の君の西という属性に対し、東という属性を有すると考えられる。紫の上が東、明石の君が西という属性を有するとすると、紫の上と明石の君は山と海の対比のみでなく、東と西の対比をも示すことになり、河添が指摘する「山と海の垂直軸」と「東と西の水平軸」の対比を具現することになる。ただし、『古事記』の日向神話では、木花之佐久夜毘売は山の神の娘とされているが、紫の上には神の娘としての性格付けはほとんど認められない。それに代わって認められるのが、彼女を取り巻く仏教的雰囲気である。彼女は山の神の娘というより、山の仏の娘という性格を賦与されているように思われる。『源氏物語』桐壺巻で高麗の相人は、光源氏は帝位に就かざる帝王の相を持つと予言した。物語はこの帝位に就かざる帝王をいかに実現していくのかという大きな課題を背負わされたことになる。物語作者はこの問題を解決するために、帝位に就くことのない光源氏に王者性を賦与しようと、様々な仕掛けを施すのであるが、そのような仕掛けの最も根幹に存したのが、この「山と海の垂直軸」と「東と西の水平軸」による国土支配の論理だったのではないだろうか。しかも、物語の作者紫式部は、大嘗祭の支配論理である東と西の水平軸の論理と日向神話の支配論理である山と海の垂直軸の論理に、さらに仏法の論理を加えた。彼女は光源氏の絶対的、超越的な王権を構想するにあたって、日向神話の中に天皇の権威の源泉を見て取り、それに大嘗祭の国土支配の論理を組み込み、さらに仏教を我が国固有の神祇信仰と対等の形で取り込んで、紫の上、明石の君という、源氏が国土を支配する正当性を保証する娘を形象し、光源氏の栄華を、この東の山の仏の娘と西の海の神の娘との結婚によって、絶対無比なものとすることを企図したと考えられる。源氏が都に召還され復権を果たした翌年、源氏は東の山の寺＝石山寺、西の海の社＝住吉神社に参詣するが、このことはここまでの物語が、右に述べたような論理によって進められてきたことを示す証左となろう。

第二節「末摘花論」は、第一節で述べた『源氏物語』と『古事記』日向神話の関係の中であまり論ずることのできなかった問題、すなわち石長比売と末摘花の関係について論じたものである。『古事記』の日向神話では、木花之佐久夜毘売の他にもう一人石長比売という山の神の娘が登場する。この娘は父大山津見神が「石長比売を使はば、天つ神御子《みこ》の命は、雪零《ふ》り風吹くとも、恒《つね》に石《いは》の如《ごと》くして、常《ときは》に堅《かちは》に動かず坐《いま》さむ」とうけいをして、木花之佐久夜毘売とともに番能邇々芸命のもとに遣わしたが、その醜さ故に父のもとに返されたとされる娘である。本節ではこの石長比売が『源氏物語』では末摘花にあたるのではないかという点について検証した。『源氏物語』で紫の上の登場するのが、源氏十八歳の春、若紫巻であるのに対し、末摘花の登場するのも同じ源氏十八歳の春、末摘花巻からであるが、このことは木花之佐久夜毘売と石長比売がともに番能邇々芸命に遣わされたこととの類似を示す。また、末摘花の容貌は醜いとされるが、これも石長比売の容貌の醜さと共通する。また、末摘花の容貌、容姿には多くの点で「長い」という属性が賦与されているが、これは石長比売の持つ恒久性を象徴していると考えられる。末摘花はまた、物語の中では終始一貫して、たいそう「ものづつみ」をし、全く「世づかぬ」、古風な娘として描かれる。源氏がひとたび去っても、困窮をきわめながら、その訪れを待ち続け、昔と変わることのない生活を送るという彼女の不変性は、その古代性ともあいまって、「雪零《ふ》り風吹くとも、恒《つね》に石《いは》の如《ごと》くして、常《ときは》に堅《かちは》に動かず坐《いま》さむ」と評される石長比売を彷彿させるものがある。彼女は物語では常陸の宮の姫君という呼び方をされるが、これは彼女に東という属性を賦与するものであろうし、物語の様々な場面で彼女に山という属性が賦与されていることも見て取ることができる。さらに、彼女の容姿が普賢菩薩の乗物とされているところから、彼女を普賢菩薩の乗物である象の化身と捉えることもできよう。紫の上が木花之佐久夜毘売を彷彿とさせるとともに、東という属性を持ち、仏の庇護を受ける娘という性格を示したのと同様、末摘花も石長比売を彷彿させるとともに、東という属性を持ち、仏の庇護を受ける娘という性格を示すのである。第一節で、紫式部は光源氏の超越的な王権を構想するにあたって、日向神話の中に天皇の権威の源泉を見て取り、それに大嘗祭の国土支配の論理を組み込み、さらに仏教を我が国固有の神祇信仰と対等の形で取り込んだ上で、紫の上、明石の君という、源氏が国土を支配する正当性を保証する娘を形象し、光源氏の栄華を、この東の山の仏の娘と西の海の神の娘との結婚によって、絶対無比なものとすることを企図したと推定したが、末摘花が石長比売に比定しうるとすれば、光源氏の潜在王権はまさに『古事記』の日向神話をその基軸に据えたところに成立しているとする前節における推定は、より補強されることとなろう。『古事記』では番能邇々芸は石長比売を父のもとに送り返すのであるが、『源氏物語』では、源氏は後々まで彼女の生活の面倒を見る。ここに源氏の潜在王権の超越性、絶対性は揺るぎないものとなる。なお、末摘花の人物造型については、末摘花巻と蓬生巻で異なっているとされるが、末摘花巻は滑稽譚を描こうとしたのに対し、蓬生巻は再会譚を描こうとしたために、人物造型に多少の変化が生まれたと想像される。当時の物語読者にとっては、この程度の変更は非難に値するものではなかったであろう。蓬生巻以降、末摘花は物語にほとんど登場しなくなる。このことは、蓬生巻以降物語がそれまでの潜在王権の支配論理を超えて、さらに新たな構想を持って語り始められたことを意味すると考えられる。

あとがき

前著『古今歌風の成立』を上梓してから、ちょうど十年が経った。本書に収めた論文の大部分は、その間に書かれたものである。振り返ってみると、学生時代から私の関心は平安時代の文学がどのように形成されたのかという点にあったように思われる。この十年の間も研究の根底にあったのはそのような関心であった。本書は四章に分かれ、それぞれ異なった領域を研究の対象としているが、その根底には学生の時以来持ち続けている問題意識が存在している。

第一章の第一節、第二節は、修士論文のテーマである。上代文学から中古文学に至る間に生じた、自然表現、感情表現の変化をどのように説明するかというとんでもない問題を、卒業論文で想定した個と外界の分化という図式のもとに説明を試みたのであるが、散文、韻文という文体の持つ特性と制約という観点に思い至らず、見事失敗に終わった。その後白百合女子大に奉職してから、第二節で扱った心情表現の問題に再度挑戦を試み大学の紀要に一文をものしたが、やはりこれも失敗であった。ただ、この論文を発表した際、故市古貞次先生から「誰も考えていないことを考えているのがよい」との趣旨のお葉書を頂戴した。論文をお送りして先生からお葉書をいただいたのは、後にも先にもこの時だけであるが、今になってみると、大変ありがたいお言葉であったとしみじみ思う。その後自然表現の問題を、散文、韻文という文体の持つ特性と制約という観点から何とか説明し、それをもとに、本書の第二節で心情表現の問題を提示し、第三節前半の時間の問題と併せて、第三節の後半でより包括的な考察を試みた。第四節、第五節は、『古今歌風の成立』第一部で論じた問題をさらに発展させたものである。

第二章は、『古今歌風の成立』でも取り扱った『古今集』の構造に関する論文を収めた。前著では四季の部の主要な景物を中心に構造の分析を行ったが、本書ではそれ以外の四季の部の構造を分析し、四季の部全体の構造を明らかにするとともに、賀の部の構造も明らかにした。なお、第二節の「梅」の歌群の構造の分析は、『古今歌風の成立』でも行ったが、全体に不備な部分が目立つため今回全面的に書き直した。

第三章、第一節は、沖森卓也、佐藤信、矢嶋泉の三氏とともに出版した『歌経標式　注釈と研究』に載せた論文である。初出の論文はかなり急いで書いたもので、論旨の乱れが目立つので、本書に収めるにあたり大幅に書き改めた。第二節、第三節は、『古今歌風の成立』に収めた『土佐日記』論をもとに、その延長線上で『土佐日記』の歌論に着目して、貫之の歌論について考察した。

第四章は、『源氏物語』と『古事記』日向神話の関係について考察した論文を収めた。『源氏物語』第一部の前半の構想に『古事記』日向神話の影響が認められるのではないかと思いついたのは、大学の演習で学生たちと若紫巻を読んでいた時のことである。長い間『源氏物語』の研究書を読んでいなかった私にとって、その思いつきをすぐに論文にすることはためらわれた。しばらくこの構想を温めて、『源氏物語』の研究書などもう少し読んでから論文にしようと考えていたのだが、学内のオムニバスの講義で口承文芸について話をしなければならないことになり、夏休みに急いで書き上げたのが、第一節の「『源氏物語』と『古事記』日向神話——潜在王権の基軸——」である。第二節に収めた論文はその続編として翌年書き上げた。

改めて本書に収めた論文の初出を示すと以下のようになる。

第一章

第一節　古代文学における自然表現――『古事記』『万葉』から平安文学まで
（鈴木日出男編『ことばが拓く古代文学史』、笠間書院、平成11年3月）
第二節　散文による心情表現の発生――『土佐日記』の文学史的意味――
（『白百合女子大学紀要』23号、昭和62年12月）
第三節　古今集の時間
（『古今和歌集研究集成　第二巻』、風間書房、平成16年2月）
第四節　『古今集』の擬人法――その特色と表現世界――
（『日本文学』49巻5号、平成12年5月）
第五節　古今集の和歌――読人しらず歌から選者時代の歌へ――
（『国語と国文学』72巻5号、平成7年5月）

第二章
第一節　『古今集』春の部、冒頭の構造
（『国文白百合』35号、平成16年3月）
第二節　『古今集』春の部　梅の歌群の構造
（『国文白百合』19号、昭和63年3月）
第三節　『古今集』春の部、末尾の構造
（『国文白百合』36号、平成17年3月）
第四節　『古今集』秋の部、「立秋」の歌群から「秋の虫」の歌群までの構造
（『国文白百合』37号、平成18年3月）

第五節　『古今集』秋の部、「雁」から「露」の歌群の構造
（『国文白百合』32号、平成13年3月）
第六節　『古今集』秋の部、「女郎花」の歌群から秋末尾までの構造
（『国文白百合』38号、平成19年3月）
第七節　『古今集』冬の部の構造
（『国文白百合』34号、平成15年3月）
第八節　平成19年和歌文学会7月例会で口頭発表

第三章
第一節　歌学書としての『歌経標式』
（『歌経標式　注釈と研究』、桜楓社、平成5年5月）
第二節　『土佐日記』の意匠――和歌に関する記述の分析を通して――
（白百合女子大学言語・文学研究センター『言語・文学研究論集』2号、平成14年3月）
第三節　貫之の和歌観――本質論、効用論を中心に――
（白百合女子大学言語・文学研究センター『言語・文学研究論集』7号、平成19年3月）

第四章
第一節　『源氏物語』と『古事記』日向神話――潜在王権の基軸――
（『古代中世文学論集』15集、新典社、平成17年5月）
第二節　末摘花論――石長比売と末摘花――
（『古代中世文学論集』17集、新典社、平成18年4月）

本書に収めるにあたり、これらの論文全てに手を加えた。特に、第一章から第三章第一節に至る論文は大幅に書き改めた。

私がここまで研究を続けてこられたのは、多くの方々のお陰だと思う。特に指導教官である秋山虔先生には、様々なことをお教えいただいた。私の研究のスタイルも先生にお教えを受ける中で次第次第に固まってきたように思われる。また、久保田淳先生にも大変お世話になった。先生には学生としてお教えいただいただけでなく、十年間同じ職場でご一緒させていただくことになったが、その間多くのことを学ばせていただいた。「『源氏物語』と『古事記』日向神話」の発表を勧めて下さったのも久保田先生であった。その他多くの人々に支えられてここまでたどりつくことができた。研究の成果はわずかで、これからの課題は山ほどある。今後も自分にできる範囲で一歩一歩研究を進めていきたい。

最後に、大変困難な出版状況の中で、本書の出版をお引き受け下さった笠間書院の池田つや子社長、橋本孝編集長、ならびに本書の入稿から完成の段階まで様々な相談にのっていただき、校正から索引作成に至るまで労を惜しまず協力していただいた重光徹氏に厚く御礼申し上げる。

二〇〇八年十一月

平沢竜介

本書の刊行にあたっては、白百合女子大学より二〇〇八年度研究奨励費の交付を受けた。

著者紹介

平沢竜介（ひらさわ・りゅうすけ）

著者略歴

1952年、長野県生まれ。
東京大学大学院人文科学研究科国語国文学専攻修士課程修了。
白百合女子大学教授。

著書、主要論文

『歌経標式　注釈と研究』（共著、桜楓社）
『和歌文学大系　貫之集、躬恒集、友則集、忠岑集』（共著、明治書院）
『古今歌風の成立』（笠間書院）
『歌経標式　影印と注釈』（共著、おうふう）
「貫之」（『和歌文学論集 2　古今集とその前後』、風間書房）
「貫之と躬恒、その歌風の相違—修辞技法の検討から—」（『白百合女子大学研究紀要』32号）
「明石の君の大堰移住（上）」（白百合女子大学言語・文学研究センター『言語・文学研究論集』 9 号）
「明石の君の大堰移住（下）」（『国文白百合』40号）

王朝文学《おうちょうぶんがく》の始発《しはつ》

平成21(2009)年 2 月28日　初版第 1 刷発行

著　者　平沢竜介

装　幀　笠間書院装幀室
発行者　池田つや子
発行所　有限会社　**笠間書院**
〒101-0064　東京都千代田区猿楽町2-2-3
☎03-3295-1331(代)　FAX 03-3294-0996
振替00110-1-56002

NDC 分類：911.1351

ISBN978-4-305-70468-9

モリモト印刷
（本文用紙：中性紙使用）

和歌初句索引

⑴　『古事記』『万葉集』『古今集』に収められた歌は『新編日本古典文学全集』、『古今集』以外の勅撰集に収められた歌は『新日本古典文学大系』、私家集に収められた歌は『私家集大成』、『歌経標式』に収められた歌は『歌経標式　注釈と研究』の歌番号に拠った。歌合に収められた歌は『平安朝歌合大成』の歌合番号と歌番号に拠った。
⑵　『古今集』以外の作品に収められた歌は出典を注記した。
⑶　同一の作品で初句を同じくする異なる歌は二句まで採った。

●あ

あがころも　万葉*1961*…96
あかなくに　伊勢…311
あきかぜに　あへずちりぬる　*286*…123
あきかぜに　こゑをほにあげて　*212*…192
あきかぜに　はつかりがねぞ　*207*…191, 193
あきかぜの　きよきゆふへに　万葉*2043*…93
あきかぜの　さむくふくなへ　万葉*2158*…70
あきかぜの　*173*…175
あききぬと　*169*…173, 174, 221, 241
あきくれど　*362*…260
あきならで　*231*…205
あきのいろは　躬恒集Ⅳ*342*…74
あきののに　おくしらつゆは　*225*…200
あきののに　ひとまつむしの　*202*…185
あきののに　みちもまどひぬ　*201*…185
あきののに　やどりはすべし　*228*…204
あきののの　*244*…210
あきののの　歌合*365-38*…291
あきのやま　*299*…86, 219
あきのやま　歌合*329-20*…295
あきのよの　あくるもしらず　*197*…97, 185
あきのよの　つきのひかりし　*195*…183
あきのよは　*199*…185, 186, 187
あきはぎに　*216*…195
あきはぎの　万葉*2170*…70
あきはぎの　したばいろづく　*220*…198
あきはぎの　はなさきにけり　*218*…195, 197
あきはぎの　ふるえにさける　*219*…198
あきはぎも　*198*…185, 186, 190
あきはぎを　*217*…195
あさじのはら　記*35*…38
あさぢふの　土佐…306
あさぼらけ　*332*…234
あさみどり　*27*…141
あしひきの　万葉*1088*…12
あしひきの　*491*…109
あしへいく　万葉*3090*…59
あすよりは　万葉*1427*…59
あだなりと　*62*…109
あづさゆみ　歌経*33*…278
あづさゆみ　おしてはるさめ　*20*…137, 140
あづさゆみ　はるたちしより　*127*…163
あづさゆみ　はるのやまべを　*115*…159
あなこひし　*695*…90
あなしがは　万葉*1087*…12
あはれてふ　*136*…64
あふみのうみ　万葉*266*…93
あまのがは　あさせしらなみ　*177*…176
あまのがは　もみぢをはしに　*175*…175
あゆちがた　万葉*1163*…14
あゆのかぜ　万葉*4017*…14
あらしふく　源氏…366
あらたまの　*339*…239, 242
あをうなばら　土佐…299, 332
あをやぎの　*26*…141

●い

いくそたび　源氏…418
いざここに　躬恒集Ⅳ*340*…73
いしばしる　*54*…18
いせのうみに　*509*…244
いそのかみ　*1022*…85, 110
いそふりの　土佐…299
いたづらに　*351*…254
いづかたに　躬恒集Ⅰ*264*…73
いつはとは　*189*…70, 180
いとはやも　*209*…191, 192
いなづまの　蜻蛉…20
いにしへに　*353*…255
いのちの　記*31*…38, 40
いはやどに　万葉*309*…93

いへにありし　万葉*3816*…96
いまはとて　*182*…176
いまはとて　竹取…81
いまもかも　*121*…159
いまよりは　万葉*462*…70
いまよりは　うゑてだにみじ　*242*…210
いまよりは　つぎてふらなむ　*318*…228
いまよりは　歌合*462-7*…291
いもがそで　万葉*3604*…59
いろよりも　*33*…149

●う

うきくさの　*538*…245
うきことを　*213*…192, 194
うぐひすの　万葉*3966*…34
うぐひすの　かさにぬふといふ　*36*…150
うぐひすの　たによりいづる　*14*…134, 135
うぢかはを　歌経*5*…278
うつせみの　万葉*465*…70
うどんげの　源氏…369
うねびやま　記*21*…10
うねめの　万葉*51*…59, 60
うみがゆけば　記*36*…38
うめがえに　*5*…127
うめがかを　*46*…154
うめのかの　*336*…237, 238
うめのはな　それともみえず　*334*…237, 238
うめのはな　たちよるばかり　*35*…149
うめのはな　にほふはるべは　*39*…151
うらちかく　*326*…230

●お

おきあかし　後拾遺*295*…21
おくやまに　*215*…195
おくやまの　*551*…108
おくやまの　源氏…369
おしなべて　伊勢…311
おほかたの　*185*…70, 110, 180
おほぞらの　*316*…86, 225
おほぶねの　万葉*109*…54
おもかげは　源氏…366
おもふどち　*126*…163
おもふには　*503*…110

●か

かくしつつ　*347*…248
かくしてや　万葉*1349*…61
かくばかり　*190*…180
かげみれば　土佐…298
かすがのに　*357*…260
かすがのの　とぶひののもり　*18*…136
かすがのの　わかなつみにや　*22*…137
かすがのは　*17*…136
かすみたち　*9*…123, 128, 142
かぜによる　土佐…299
かぜふけば　*671*…245
かにかくに　歌経*13*…283
かねつきて　源氏…418
かねてより　*627*…245
かはかぜの　*170*…173, 221
かはづなく　*125*…160
かはのへの　万葉*22*…54
かむかぜの　歌経*3*…283
かめのをの　*350*…254
かめやまや　歌合462-8…291
からころも　源氏…398
かりくらし　伊勢…311
かりはきぬ　万葉*2144*…61
かれるたに　*308*…216
かんなびの　*300*…92, 219

●き

きのふこそ　*172*…173
きのふといひ　*341*…239
きみがため　*21*…137, 140
きみこひて　土佐…310, 315, 316, 317
きみしのぶ　*200*…185, 190
きみならで　*38*…150
きみをしむ　貫之集Ⅰ*711*…319
きりぎりす　*196*…185

●く

くさがくれ　歌合*365-37*…291
くさもきも　*250*…214, 224
くるとあくと　*45*…57, 154
くれなゐの　源氏…389

●け

けぬがうへに　*333*…234
けふこずは　*63*…109
けふのみと　*134*…73, 164, 227
けふよりは　*183*…176

●こ

こころざし　*7*…128, 142
こころには　万葉*653*…58
こころにも　歌合*392-19*…295
こぞみてし　万葉*211*…59
ことしより　*49*…18, 97, 156
このかはに　*320*…228
このまより　*184*…180
こひこひて　*176*…175, 177
こよひこむ　*181*…176
こゑたえず　*131*…72, 164

●さ

さくはなの　万葉*1061*…59
さくらいろに　*66*…57
さくらだへ　万葉*271*…13
さくらちる　*75*…91
さくらばな　ちらばちらなむ　*74*…97
さくらばな　ちりかひくもれ　*349*…85, 97, 248
ささのくま　*1080*…108
さつきこば　*138*…64
さつきまつ　はなたちばなの　*139*…64
さつきまつ　やまほととぎす　*137*…64
さとはあれて　*248*…214, 250
さとわかぬ　源氏…410
さねさし　記*24*…37, 39
さひのくま　万葉*3097*…108
さよなかと　万葉*1701*…14, 108
さよなかと　*192*…108, 183
さゐがはよ　記*20*…10

●し

しきたへの　万葉*2615*…58
しぐれには　歌合*365-84*…292
しはつやま　万葉*272*…108
しはつやま　*1073*…108
しほのやま　*345*…247
しまのみや　万葉*172*…95
しもがれの　万葉*1846*…61
しらくもに　*191*…183
しらつゆと　歌経*4*…278
しらなみに　*301*…220
しらゆきの　ところもわかず　*324*…230, 235
しらゆきの　ふりしくときは　*363*…260
しらゆきの　ふりてつもれる　*328*…232
しるといへば　*676*…87
しろたへの　土佐…298

●す

すぎのいたを　後拾遺*399*…21
すみのえの　*360*…260

●そ

そでひちて　*2*…57, 65, 127, 130, 169, 174

●た

たがあきに　*232*…88, 205
たがための　*265*…92
たかやまの　万葉*1655*…108
ただうめのはなの　源氏…411
たたらめのはなのごと　風俗歌…429, 430
たちとまり　*305*…216
たちばなの　万葉*3822*…285
たちばなの　万葉*3823*…285
たつたがは　にしきおりかく　*314*…96, 225
たつたがは　もみぢばながる　*284*…218, 220, 225
たつなみを　土佐…299
たなばたに　*180*…176
たにかぜに　*12*…134, 142
たにかぜに　歌合*5-2*…146
たにがはの　後拾遺*11*…21
たまだれの　*874*…85
たゆまじき　源氏…422

●ち

ちぎりけむ　*178*…176
ちどりなく　*361*…260
ちはやぶる　*348*…248
ちよへたる　土佐…310, 315, 316, 317
ちりぬとも　*48*…96, 155
ちりぬべき　躬恒集Ⅳ*330*…73
ちるとみて　*47*…155
ちればこそ　伊勢…311

●つ

つきくさに　万葉*1351*…108
つきくさに　*247*…108, 213
つきみれば　*193*…70, 183, 190
つきよには　*40*…151

つくよみの　万葉*670*…93
つまごひに　万葉*1600*…61
つまこふる　*233*…88, 205
つるかめも　*355*…258

●て

てにつみて　源氏…355
てるつきの　土佐…309, 311

●と

ときはなる　*24*…140
としごとに　あふとはすれど　*179*…176
としごとに　もみぢばながす　*311*…219, 226
としのうちに　*1*…65, 127, 145, 169, 174, 242, 244
としふれば　*52*…18, 90
としをへて　*44*…148, 151
としをへて　源氏…405, 424
とどむべき　*132*…73, 164, 169, 222, 227

●な

なかりしも　土佐…304
なきとむる　*128*…164, 166
なきひとの　*855*…111
なきひとを　源氏…410, 423
なきわたる　*221*…199
なづきのたの　記*34*…38
なつとあきと　*168*…65, 241
なにはがた　万葉*1160*…14
なにひとか　*239*…89, 209
なにめでて　*226*…85, 204
なほこそくにのかたはみやらるれ　土佐…308

●に

にきたつに　万葉*8*…54

●ぬ

ぬししらぬ　*241*…210
ぬばたまの　万葉*3598*…14
ぬれつつぞ　*133*…73, 164, 222, 227

●ね

ねずみのいへ　歌経*27*…284

●の

のべちかく　*16*…134, 136, 137

●は

はぎがはな　*224*…199
はぎのつゆ　*222*…199
はなちれる　*129*…164
はなにあかで　*238*…205
はなのいろは　かすみにこめて　*91*…97
はなのいろは　ゆきにまじりて　*335*…237, 238
はなのかを　*13*…134, 135, 142
はなのかを　歌合*5-1*…146
はまつちとり　記*37*…38
はるがすみ　かすみていにし　*210*…191
はるがすみ　たつをみすてて　*31*…144, 149
はるがすみ　たてるやいづこ　*3*…127
はるがすみ　後拾遺*13*…21
はるがすみ　歌合*55-15*…290
はるがすみ　貫之集Ⅰ*248*…316
はるかぜは　*85*…85, 97
はるきぬと　*11*…133
はるくれば　かりかへるなり　*30*…143
はるくれば　やどにまづさく　*352*…254
はるごとに　*43*…151
はるごとに　貫之集Ⅰ*686*…316
はるさめに　*122*…160
はるすぎて　万葉*28*…54
はるたてど　*15*…134, 142
はるたてば　*6*…85, 98, 128, 142, 145
はるのきる　*23*…85, 96, 139
はるのくる　八雲御抄…293
はるののに　*116*…159
はるののにてぞねをばなく　土佐…308
はるのはな　万葉*3965*…34
はるのひの　*8*…128, 132
はるのよの　*41*…151
はるばると　後拾遺*41*…21, 22
はるやとき　*10*…133, 135, 142

●ひ

ひぐらしの　なきつるなへに　*204*…185, 188
ひぐらしの　なくやまざとの　*205*…185
ひさかたの　あまのかはらの　*174*…175, 176, 177
ひさかたの　つきのかつらも　*194*…183
ひたちには　源氏…356, 357

ひたちにも　風俗歌…356
ひととせに　伊勢…311
ひとのみる　*235*…87, 205
ひとはいさ　*42*…151
ひとへづつ　歌合*55-16*…290
ひとりねる　*188*…180
ひとりのみ　*236*…88, 205, 209
ひをだにも　土佐…300

●ふ

ふくかぜと　*118*…159, 166
ふくかぜの　土佐…300
ふくからに　*249*…214
ふしておもひ　*354*…255, 256
ふぢなみの　源氏…405, 423
ふぢはらの　万葉*2289*…61
ふゆこもり　*331*…234
ふゆすぎて　万葉*1884*…59
ふゆながら　*330*…234
ふりにける　源氏…407
ふるさとは　*321*…229, 231
ふるゆきは　*319*…228

●ほ

ほととぎす　ながなくさとの　*147*…90
ほととぎす　なくやさつきの　*469*…123
ほにもいでぬ　*307*…216

●ま

ますらをの　万葉*2376*…58
まつひとに　*206*…188, 191
まつもみな　貫之集Ｉ*767*…315

●み

みしひとの　土佐…31
みちしらば　*313*…73, 85, 100, 219, 226
みてのみや　*55*…18
みどりなる　*245*…212
みなそこの　土佐…298
みなひとは　*847*…249
みねたかき　*364*…260, 268
みやこいでて　土佐…298
みやびとに　源氏…366
みやまには　*19*…136, 140, 147
みやまより　*310*…219, 226
みよしのの　やまのしらゆき　*325*…230
みよしのの　やまのしらゆき　*327*…232
みわたせば　*56*…23
みをすてて　*977*…85

●む

むまれしも　土佐…31
むらさきの　*867*…355, 449

●め

めづらしき　*359*…260

●も

ものごとに　*187*…70, 180, 181
もみぢせぬ　*251*…215
もみぢばの　ちりてつもれる　*203*…185
もみぢばの　ながれざりせば　*302*…220
もみぢばの　ながれてとまる　*293*…221
もみぢばは　*309*…218, 226
もみぢばは　貫之集Ｉ*96*…73
ももくさの　*246*…212
ももちどり　*28*…57, 143
もろともに　源氏…410

●や

やどちかく　*34*…149
やどりして　*117*…159
やどりせし　*240*…103, 209
やまがはに　*303*…220
やまざくら　*51*…18, 85
やまざとは　あきこそことに　*214*…70, 195, 197
やまざとは　ふゆぞさびしさ　*315*…225, 240
やまたかみ　くもゐにみゆる　*358*…260
やまたかみ　ひともすさめぬ　*50*…18, 85
やまたかみ　後拾遺*38*…21
やまたかみ　能因集Ｉ*26*…23
やまだもる　*306*…215
やまとは　記*30*…37, 40
やまひめは　歌合*365-83*…292
やまぶきは　*123*…96, 160
やよやまて　*152*…85, 97

●ゆ

ゆきのうちに　*4*…127, 145

ゆきふりて　としのくれぬる　*340*…239, 242, 405
ゆきふりて　ひともかよはぬ　*329*…232
ゆきふれば　きごとにはなぞ　*337*…237
ゆきふれば　ふゆこもりせる　*323*…230, 235
ゆくさきに　土佐…307
ゆくとしの　*342*…240, 243, 244
ゆくひとも　土佐…319
ゆふされば　*317*…228, 231
ゆふづくよ　*312*…219
ゆふまぐれ　源氏…366

●よ

よしのがは　*124*…160
よそにてぞ　能因集Ⅰ27…23
よそにのみ　*37*…150
よそにみて　*119*…64, 158
よのなかに　*53*…18
よのなかに　伊勢…310
よのなかに　土佐…310, 312
よのなかの　*941*…87
よのなかは　万葉*793*…33
よべのうなゐもがな　土佐…308
よろづよを　*356*…258, 259
よをさむみ　*211*…192, 194

●わ

わがかどに　*208*…191, 193
わがきみは　*343*…247
わがこひは　*488*…87
わがせこが　万葉*4442*…59
わがせこが　ころものすそを　*171*…173, 175
わがせこが　ころもはるさめ　*25*…140
わがそでは　後撰*683*…404
わがために　*186*…180, 181
わかのうらに　万葉*919*…13
わがまたぬ　*338*…239, 241, 242, 243, 244
わがやどに　*120*…64, 158
わがやどに　貫之集Ⅰ*249*…316
わがやどの　万葉*2295*…61
わがやどの　*135*…64, 169, 227
わがやどは　*322*…229, 230, 232
わがよはひ　*346*…247
わぎもこが　万葉*446*…59
わすれては　*970*…411
わたつうみに　源氏…376
わたつうみの　*344*…247, 248
わたりつる　能因集Ⅰ*25*…23
わびはつる　*813*…109
われのみに　万葉*4178*…95
われのみや　*244*…210

●を

をしめども　*130*…72, 164
をみなへし　あきののかぜに　*230*…205
をみなへし　うしとみつつぞ　*227*…204
をみなへし　うしろめたくも　*237*…88, 205, 209
をみなへし　おほかるのべに　*229*…88, 204
をみなへし　ふきすぎてくる　*234*…205
をりつれば　*32*…149
をりてみば　*223*…199

語句索引

⑴　神名、人名、地名、作品、キーワードとなる語句の索引である。
⑵　『源氏物語』の語句について、巻名は源氏物語の下位項目としてまとめ、それ以外のものは（源氏物語）で示した。
⑶　対立・連想等、関連する語句がある場合には、→で示した。

●あ

葵の上…356，357，415
明石…6，354，359，362，364，409，413
明石一族…363
明石の浦…351，354，359，450
明石の君（明石の上、明石(御)方）…5，6，350，351，353，354，355，357，358，360，361，362，363，364，365，368，373，376，383，384，386，426，427，449，450，452
明石の入道…350，352，353，354，360，361，362，363，364，365
明石の姫君（明石の中宮）…360，361，362，363
秋の悲哀…70，71，72，75　→悲秋
葦原中国…5，358，368，372，375，413，449
明日香…59，60
飛鳥河…226，239
東歌…300
阿多君…378
痛足川…12
阿波岐原…9
阿倍仲麻呂…299，300，301，303，310，312，332，446
尼君（源氏物語）…353，366，368
天つ神…5，358，368，372，374，375，378，380，383，386，388，413，449　→国つ神
天つ神御子…387，388，392，377，378，451
アマテラスオオミカミ…9，358，372
天の岩門…376
天の河…93，175，176，177，179，309，311，312
天の河原…175，176，177，205，311
天孫…378，379，380，384　→皇孫
年魚市潟…13，14
在原滋春…258，259，263
在原時春…258
在原業平（在原中将）…4，73，85，97，107，108，109，112，164，168，222，227，248，258，259，263，288，289，309，310，311，312，313，315，316，317，318，319，323，411，446，447
在原棟梁…134，210
在原元方…65，72，127，129，164，174，183，188，191，193，239，242，243
在原行平…85，96，139，140
淡路島…14
粟田…315

●い

医王…371　→薬師如来
池（地名）…306，307，308
イザナキ…9
石川女郎…55
石川広成…61
意識…2，3，4，54，55，56，57，62，68，69，72，75，76，77，78，79，80，81，99，100，103，434，436，437，438，439
石山寺…6，373，450　→東の山の寺
イスケヨリヒメ…11
和泉式部…21，22
伊勢…64，87，110，144，151，153，154，169，244
伊勢歌…300　→古今集
伊勢大輔…21，22
伊勢物語…4，16，17，18，90，310，311，312，313，318，446
石上…110
石上乙麻呂…71
一人称散文…34，35，47
一級の文芸…338，339，343　→公的な文芸
一体…51，77，434，437
一体化…45，46，47，99
一体感…11，24，25，26，27，75，76，77，78，79，81，99，100，434，435，436，437，438
一体性…25，101
井出…160，290

移風易俗…323, 324, 331, 343, 447 →美刺
入佐山…410, 429
イワナガヒメ…5, 6, 376, 377, 378, 379, 380, 384, 386, 387, 388, 390, 391, 392, 396, 400, 403, 405, 409, 410, 412, 413, 414, 415, 420, 428, 429, 449, 451, 452
韻…280, 281, 282, 283, 284, 294 →音韻
韻文…2, 3, 14, 15, 18, 19, 24, 26, 27, 39, 40, 41, 42, 44, 47, 48, 77, 79, 81, 433, 434, 435, 436, 437 →散文
韻文形式…48
韻文表現…1, 2, 12, 19, 20, 24, 26, 27, 77 →散文表現
韻文文学…12 →散文文学

●う

ウガヤフキアエズノミコト…358, 360
右書左琴…371 →儒教
歌合…106, 111, 136, 155, 170, 207, 215, 290, 292, 293, 295, 305, 337 →歌会、撰歌合、十巻本廿巻本歌合、女郎花合、菊合
延喜十三年九月九日陽成院歌合…74
嘉応二年五月廿九日左衛門督実国歌合…295
花山院歌合…21
寛和歌合…293
寛平御時后宮歌合…72, 106, 111, 134, 136, 139, 140, 146, 154, 155, 159, 164, 166, 168, 176, 178, 192, 193, 194, 195, 210, 211, 213, 219, 230, 231, 232, 233, 239, 243
京極御息所歌合日記…32
是貞親王家歌合…111, 178, 180, 182, 183, 185, 186, 189, 191, 192, 193, 194, 195, 196, 197, 198, 199, 202, 204, 206, 207, 209, 210, 214, 215, 216
亭子院歌合…73, 164, 165, 167, 168, 227
亭子院歌合日記…32
天徳四年三月卅日内裏歌合…291, 292, 293, 295
仁安二年八月太皇太后宮亮経盛歌合…292
文治二年十月廿二日太宰権帥経房歌合…291
宇多朝…336, 337
宇多天皇（宇多法皇）…107, 110, 112, 206, 207, 252, 253, 254, 258, 260, 262, 263, 271, 314, 334, 336, 337, 444, 445, 448
歌枕…429
歌物語…11, 41
宇津谷峠…17
宇津の山…16
優曇華の花（源氏物語）…369 →天輪聖王
畝傍山…10, 11
可怜小汀…359
海幸山幸神話…358, 359, 365, 376, 384, 386 →神話、山幸
海の神…5, 358, 364, 365, 372, 374, 375, 413 →ワタツミ、西の海の神
海の神の娘…6, 365, 368, 372, 449 →ワタツミの娘、西・海の神の娘、西の海の神の娘
浦島伝説…358, 364, 365 →伝説
卜部氏…381

●え

永遠…371, 392
永遠性…371, 388, 392, 414, 415, 427 →恒久性、不変性
栄華…371, 373, 377, 388, 414, 415, 427, 450, 452
越中…34 →越
エヒメ…44 →オトヒメ
延喜御集…111 →醍醐天皇
延喜十三年九月九日陽成院歌合 →歌合
縁語…2, 117, 118, 120
瞖子 →歌病
齇子 →歌病
猿尾 →査体
円融朝…22

●お

老身重病、経年辛苦、及思児等歌…36 →山上憶良
王…350, 371 →帝王、天皇
奥儀抄…279, 290
王権…5, 350, 369, 372, 373, 375, 415, 427, 449, 450, 451 →潜在王権
王権譚…369, 380 →潜在王権譚、物語
王者…365, 369, 372
王者性…6, 351, 353, 368, 369, 371, 372, 373, 374, 375, 415, 418, 450
近江…93
大荒木野…61
大堰…128, 219, 221, 254
大井河行幸…336
大井川行幸和歌序…32
大内山…410
大江公資…21, 22

大江千里…70, 110, 134, 183　→句題和歌
大江正言…21, 22, 23
大江嘉言…23
大伯皇女…283
多氏…381
凡河内躬恒…64, 65, 72, 73, 85, 88, 100, 143, 151, 153, 154, 158, 159, 162, 163, 164, 168, 169, 170, 176, 178, 180, 182, 192, 196, 197, 199, 205, 207, 208, 216, 219, 222, 226, 227, 232, 239, 241, 242, 243, 260, 265, 266, 338　→躬恒集
大津皇子…19, 54, 55
大友黒主…112, 288, 289
大伴池主…33, 34
大伴駿河麻呂…58
大伴旅人…33, 34, 59, 60
大伴家持…14, 33, 34, 68, 70, 95
大中臣輔親…293
大中臣能宣…293
大原今城…59
公の文芸…313　→公的な文芸
オオヤマツミ…358, 365, 377, 378, 379, 386, 387, 388, 392, 409, 410, 429, 451　→ワタツミ、山の神
大倭本紀…381, 382
小倉山…219, 221
男文字…332　→仮名文字
男山…204, 206
オトタチバナヒメ…37, 39, 40, 41, 42
乙姫…365
オトヒメ…44　→エヒメ
小野…219, 411, 412
小野小町…108, 288, 289
小野篁…107, 112, 117, 237
小野美材…88, 204
朧月夜（源氏物語）…359
女郎合…207　→歌合
　昌泰元年亭子院女郎花合…207
　朱雀院女郎花合…204, 207, 209
　某年秋朱雀院女郎花合…207
尾張連…379
音韻…283　→韻
音数律…305, 306, 446　→短歌形式
女楽（源氏物語）…356, 367

●か

甲斐歌…298, 300, 344　→古今集
下位概念…163, 186, 187　→上位概念
海宮淹留説話…358　→説話
海宮訪問譚…384　→物語
懐風藻…71, 82, 101
海竜王…352, 359, 361, 362, 363, 364, 365, 376　→竜王
嘉応二年五月廿九日左衛門督実国歌合　→歌合
歌会…335　→歌合
河海抄…370, 384
歌学…3, 290　→歌論
歌学書…3, 278, 279, 290, 293　→歌論書
鏡王女…69
香川景樹…171
花橘　→歌病
柿本人麻呂…59, 60, 93, 227, 237　→人麻呂歌集
歌経…278
歌経標式（浜成式、浜成の(が)式）…3, 122, 277, 278, 280, 283, 286, 287, 289, 290, 292, 293, 294, 295, 445　→藤原浜成
　抄本系…277, 279, 293
　真本…279
　真本系…277
歌経標式序文…277, 278, 279
歌経標式跋文…278, 279
鶴膝　→歌病
かぐや姫…16, 79, 80, 81　→竹取物語
香具山（天の香具山）…54, 55
掛詞…2, 3, 86, 88, 99, 106, 113, 114, 115, 116, 117, 118, 119, 120, 121, 122, 156, 157, 187, 241, 428, 439
蜻蛉日記…19, 20, 24
過去…53, 54, 55, 56, 57, 58, 59, 60, 62, 75, 76, 436
過去現在因果経…369
笠沙の御前…377, 387
笠縫の島…108
かさゆひの島…108
花山院歌合　→歌合
花山寺…64, 158, 159
歌式…277, 278, 279, 294
カシツヒメ…358, 378
鹿島神社…429, 430
春日…269, 332, 445
春日神社…268, 429, 430
春日野…136, 137, 138, 139, 260
春日の神…429
春日山…260, 268
葛城…371
葛城寺…371

歌体…281, 282, 283, 284, 286, 290, 294, 445 →歌経標式
雅体…281, 282, 283, 284, 294 →歌経標式、査体、求韻
聚蝶…281, 282
謎譬…281, 282, 284
双本…281, 282, 284, 286, 290
短歌…280, 281, 282, 283, 284, 286, 290
長歌…280, 281, 282, 283, 284, 286, 290
頭古腰新…278, 281, 282, 283, 286
頭新腰古…281
頭古腰古…281
古事意…281
新意体…281, 282, 283, 286
交野…310, 311
花鳥余情…5, 358, 429, 430, 449
仮名…32, 81, 269, 339, 341, 342 →平仮名、万葉仮名
仮名散文…4, 32, 81, 333, 334, 448 →散文
仮名序 →古今集仮名序
仮名日本紀…381, 382 →日本書紀
仮名文字…15 →男文字
仮名和文…81 →和文
兼覧王…88, 205
歌病…3, 279, 280, 281, 282, 283, 286, 290, 293, 294, 295, 445 →歌経標式
頭尾…280, 281, 293, 294
胸尾…278, 280, 281, 283, 293
腰尾…280, 282, 291, 294
黶子…280, 282
遊風…280, 282, 283, 293
同声韻（声韻）…280, 282, 291, 292, 293, 295
遍身…280, 282, 291, 293, 295
翳子…293
花橘…293
鶴膝…293, 295
岸樹…293
後悔…293
渚鴻…293
中飽…293
同心…293
膊尾…293
風燭…293
平頭…293
蜂腰…295
落花…293
乱思…293
欄蝶…293
浪船…293
老楓…293
神…361, 362, 363, 364, 368, 372, 387 →神仏
神鳴の壺…180
神の子…350, 429
神の娘…6, 368, 450 →西・海の神の娘、西の海の神の娘、山の神の娘
カムアタツヒメ…358, 377, 378, 379, 387
亀の尾の山…254
賀茂川…19
賀茂の河原…128, 173, 175, 221
賀茂政平…292
賀陽の親王…91
歌謡…10, 11, 12, 13, 14, 15, 20, 28, 40, 42, 48, 300, 309, 322, 323, 327, 344, 381 →記紀歌謡、催馬楽、風俗歌、民謡
唐崎…20
唐守…402, 420
歌論…1, 3, 4, 5, 107, 277, 287, 288, 289, 290, 293, 296, 320, 329, 331, 333, 341, 342, 445, 446, 447, 448 →歌学
歌論書（歌書）…283, 293, 296 →歌学書
歌論書的性格…296
歌論的記事…445, 446
歌論的記述…4, 312, 329, 448
歌論的主張…297
河原院文化圏…23, 24
漢学者…340
菅家文章…74 →菅原道真
漢詩…28, 71, 72, 73, 74, 75, 102, 104, 110, 117, 121, 122, 284, 298, 299, 300, 301, 304, 305, 313, 331, 332, 333, 335, 343, 344, 446, 448 →詩、詩歌、五言詩、公宴賦詩、兼作歌人
漢詩文…4, 24, 71, 73, 75, 101, 102, 103, 105, 108, 112, 117, 121, 122, 439 →本朝漢詩文
岸樹 →歌病
感情…34, 36, 39, 40, 51, 52, 54, 56, 70, 71, 74, 75, 76, 77, 78, 89, 166, 180, 182, 187, 192, 232, 303, 304, 309, 313, 322, 328, 331, 332, 335, 437, 438 →生活感情、情感、心情
感情表現…33, 78, 438 →心情表現
漢籍…71
寛和歌合 →歌合
神奈備山（神奈備の三室の山）…92, 219, 220, 225

観念…52, 71, 322, 324
観念化…63
観念性…17
観念的…2, 17, 18, 19, 20, 21, 22, 26, 27, 32, 34, 63, 69, 79, 433, 435
観念美…435
寛平御時后宮歌合　→歌合
観普賢菩薩行法経…417
漢文…34, 35, 49, 300, 333, 339, 340, 341, 342
桓武天皇…249

●き

紀秋岑…230, 235
紀有常…311, 312, 313, 318
紀有朋…57
記紀…11, 358, 368, 372, 373, 374, 375, 377 →古事記、日本書紀
記紀歌謡…11　→歌謡、古事記、日本書紀
記紀神話…372　→神話、古事記、日本書紀
菊合…338　→歌合
　内裏菊合…337
紀惟岳…254, 256, 257
擬似擬人法…87, 89, 100
擬人…93, 96, 98, 99, 100, 104, 439　→知的擬人、直感的擬人
擬人化…2, 85, 86, 87, 88, 90, 92, 93, 97, 98, 101, 102, 223, 241, 359
擬人的…89, 93, 223
擬人表現…94, 97
擬人法…2, 84, 86, 87, 88, 89, 90, 91, 92, 93, 94, 95, 96, 97, 98, 99, 100, 438　→知的擬人法、直感的擬人法
紀静子…312
喜撰…288
喜撰式（和歌作式）…279, 292, 295
北山（源氏物語）…218, 222, 226, 349, 350, 351, 353, 354, 355, 357, 366, 368, 369, 371, 372, 384
紀貫之…4, 5, 31, 57, 65, 86, 88, 97, 103, 107, 109, 112, 127, 128, 130, 132, 137, 139, 140, 141, 143, 147, 150, 151, 153, 154, 155, 156, 158, 159, 160, 162, 164, 166, 173, 174, 175, 205, 207, 208, 209, 219, 221, 226, 230, 234, 235, 237, 239, 243, 254, 256, 260, 265, 266, 267, 293, 296, 297, 300, 301, 303, 305, 307, 308, 309, 313, 314, 315, 316, 317, 318, 319, 320, 329, 330, 333, 334, 335, 336, 338, 339, 340, 341, 342, 343, 344, 445, 446, 447, 448　→貫之集
紀利貞…64
紀友則…92, 134, 146, 150, 175, 191, 192, 208, 237, 260, 265, 266　→友則集
紀名虎…312
紀長谷雄…340, 345
寄物陳思…3, 284, 286
貴布祢…370
紀宗定…109, 111
求韻…280, 281, 282, 294　→歌経標式、査体、雅体
　麁韻…280
　細韻…280
　初韻…280
　終韻…280
旧記…381
宮廷歌人…335
宮廷和歌…335, 336, 338
九弁…71　→宋玉
行阿…418　→原中最秘抄
京極御息所歌合日記　→歌合
共通…131, 150, 152, 158, 161, 187, 189, 197, 202, 206, 208, 216, 222, 232, 256
共通性…153, 181, 188, 196, 200, 202, 208
共通点…196, 201, 223
胸尾　→歌病
共有…149, 152, 176, 178, 209
玉葉集…335
紀淑望…215, 320, 340, 341, 342, 345
清原深養父…92, 164, 219, 234
桐壺帝（源氏物語、桐壺院、故院）…361, 364, 374, 418
桐壺更衣…46, 359
儀礼…375　→国見儀礼
琴歌譜…381
今上帝（源氏物語）…363
公忠集…335　→源公忠
琴の琴（源氏物語）…371

●く

寓意的…91
寓意的表現…86, 89, 90, 91, 92, 104
空海…108　→文鏡秘府論
公卿補任…261, 262
草那芸剣…39
槵日…379

具象性…1，2，10，11，14，20，21，32
具象的…2，10，11，12，13，14，15，16，17，18，19，20，21，22，24，25，26，27，28，29，32，47，48，77，78，79，433，434，435，437，438
具象的表現…24，27，28
九条の家…248
具象物…85，87
具体相…47
具体的…17，24，31，47，49，50，54，79，80，95，433，436
具体的表現…34
句題和歌…110，111　→大江千里
百済…370
国魂…350
国つ神…5，358，378，413，449　→天つ神
国見…40，349，350
国見儀礼…5，349，350，351，355，449　→儀礼
くらぶ山…150，151，152，183
鞍馬…370　→僧正谷
鞍馬寺…370
鞍馬山…371
くらもちの皇子（竹取物語）…16
君子左琴…371　→儒教

●け

景…12，14，18，32，55，130，135，231，236　→光景、景色、実景、情景、風景
景観…350
経験世界…71，76，77，78，101，434，437，438　→生活体験
景行記…37，38，39
経国集序文…325
契沖…201　→古今和歌余材抄
景物…2，3，19，27，61，65，66，70，78，79，85，86，87，129，130，133，141，166，182，193，199，200，203，225，226，227，238，240，241，242，244，264，438，440，442，443
芸文類聚…71　→類書
華厳経…417
景色…130，366　→景、光景、実景、情景、風景
言…321，323，327，332　→言葉
現在…53，54，55，56，57，58，59，60，61，62，72，75，76，436
兼作歌人…23　→漢詩、和歌
現時点…56，57，58，59，60，62，436
源氏物語…1，5，6，45，47，349，353，355，357，360，370，372，374，375，376，377，380，386，388，390，392，413，414，415，425，429，430，449，450，451，452
　桐壺…46，374，416，450
　箒木…431
　夕顔…416
　若紫…5，349，350，352，353，355，356，357，359，361，366，368，369，370，372，376，388，449，451
　末摘花…355，376，377，388，389，390，391，392，393，394，395，396，397，398，399，400，402，403，404，406，407，411，414，415，416，417，420，421，422，423，424，425，430，431，451，452
　紅葉賀…416
　花宴…416
　葵…416
　賢木…416
　花散里…426
　須磨…353，359，362，383
　明石…353，359，362，363，364，376，383，426
　澪標…416，426，427
　蓬生…376，400，401，402，403，404，405，407，408，410，412，414，415，416，418，419，420，421，422，423，424，425，426，427，428，430，431，452
　松風…376，416，426
　少女…416
　玉鬘…376，415，427
　初音…415
　野分…366，367
　行幸…376，415
　若菜上…361，362，363，365，415，420
　若菜下…356，367
　御法…367
　幻…367
原中最秘抄…418，430　→行阿

●こ

個…3，25，26，27，75，76，434
公宴詠歌…337
公宴詩題…74
公宴賦詩…336，337　→漢詩
公宴和歌…337　→和歌
後悔　→歌病

恒久性…376，377，392，400，451　→永遠性、不変性
光景…138　→景、景色、実景、情景、風景
光孝朝…248，336，337
光孝天皇…137，214，248，249，250，251，252，253，254，256，257，259，263，271，272，444，445
口誦文芸…118　→文芸
構成…3，13，57，65，67，68，69，98，99，134，145，149，153，160，161，162，163，167，168，175，179，182，183，184，185，186，189，195，198，199，205，206，212，214，217，220，227，236，237，239，242，244，252，255，256，257，260，261，263，270，282，318，441，445
構成法…244
構想…1，5，262，353，357，361，372，374，380，382，415，426，427，430，431，449，450，451，452
構造…1，3，65，67，68，69，97，127，129，132，133，139，148，150，158，161，162，163，167，168，169，170，171，173，178，182，188，191，193，194，197，198，199，202，204，208，210，211，215，217，225，243，247，264，269，270，375，440，442，443，445
構造体…161
公的…118，250，251，333，339，448　→私的な文芸、公の文芸、一級の文芸
公的な文芸…4，333，338，342，343，448　→私的
皇統…382　→天皇
弘仁私記序…381
光仁朝…279，290
光仁天皇（仁和の帝）…137，140，147，213，248，249，250，251，278，279，292，371
興福寺…107
効用…320，323，324，325，326，327，328，330，331，338，343，448　→政教的効用、政治的効用、文芸的効用
効用論…5，320，325，447，448
交流…309，310，312，313，317，318，319，334，336，446　→親交
弘徽殿大后（源氏物語）…359
古今歌風…439
古今集…1，2，3，4，18，19，22，23，49，50，51，52，53，54，56，58，59，60，61，62，63，64，65，66，68，69，70，71，72，73，74，75，76，79，84，93，94，95，96，98，99，100，101，102，103，104，105，106，107，108，109，110，111，112，116，118，119，120，121，122，128，129，132，134，137，139，163，167，168，169，170，173，174，178，186，200，207，208，214，225，227，232，233，242，245，247，249，250，253，254，257，258，261，262，263，265，266，267，268，269，270，273，277，288，289，300，320，328，333，335，336，338，340，342，344，355，405，411，436，438，439，440，445，448，450
　今城切…272
　右衛門切…258，265，272
　永治本…265，272
　永暦本…265，272
　雅俗山庄本…265，272，273
　元永本…265，272，273
　建久本…265，272
　私稿本…265，272，273
　寂恵本…265，266，272，273
　貞応本…138
　昭和切…265，272
　筋切本…265，272，273
　静嘉堂本…265，272，273
　伊達本…265，272，273
　伝寂連筆本…265，272
　天理本…265，272
　前田本…265，272
　雅経本…265，272
　基俊本…265，272
　了佐切…272
　六条家本…258，265，272
古今集歌…53，106
古今集仮名序…32，109，118，208，288，294，320，326，327，328，330，331，333，339，340，341，342，447，448
古今集時代…62，63，100
古今集序文（古今集両序）…5，117，208，289，328，330，333，341，342，343，344，446，447，448
古今集真名序…118，208，288，289，320，323，324，325，326，327，328，330，331，333，339，340，341，342，343，345，447，448
古今的…51
古今和歌集目録…171，340
古今和歌余材抄…203　→契沖
国風暗黒時代…106
湖月抄…360
心（情、中）…285，286，288，289，294，299，

301, 303, 304, 307, 308, 309, 313, 318, 321, 322, 323, 324, 325, 326, 327, 328, 329, 330, 331, 332, 333, 334, 335, 339, 341, 342, 343, 446, 447, 448 →心地、まこと、実(み)
心と言葉…305 →心詞
心やり…299, 302, 303, 331, 446
五言詩…322 →漢詩
越…143, 408, 412 →越中
古事…281, 282, 283, 284, 294 →歌経標式、新意
古事意 →雅体
古事記…1, 5, 6, 9, 10, 11, 12, 13, 14, 15, 17, 18, 20, 28, 32, 37, 41, 42, 45, 47, 48, 49, 349, 358, 375, 376, 377, 380, 381, 382, 386, 387, 388, 390, 391, 392, 400, 403, 405, 408, 413, 414, 415, 420, 427, 428, 449, 450, 451, 452 →記紀
古事記序文…381
後拾遺集…21, 22, 23, 24, 28
後撰集…110, 404, 428
古代…397, 401, 406, 409 →古風
古代性…392, 396, 399, 400, 401, 403, 414, 421, 451
古代的…1, 2, 9, 10, 14, 18, 400, 403, 421, 433
古代文学…9, 24, 433
滑稽譚…425, 452 →物語
言…299, 303, 332
コトカツクニカツナガサ…378, 379
言の葉…288, 326, 327
言葉（詞）…288, 289, 299, 303, 306, 307, 309, 318, 321, 323, 332, 333, 343, 446, 447 →言(げん)、詞林
鳴琴而治…371 →儒教
此隅山…429
コノハナノサクヤビメ…5, 6, 358, 367, 368, 376, 377, 378, 379, 380, 384, 386, 387, 388, 390, 409, 410, 412, 413, 415, 420, 428, 449, 450, 451
古風…376, 392, 393, 396, 398, 400, 401, 402, 406, 408, 409, 412, 419, 420, 421, 422, 425, 451 →古代
高麗の相人…374, 450
古来風体抄…279, 292, 295 →藤原俊成
是貞親王家歌合 →歌合
惟喬親王…4, 97, 310, 311, 312, 313, 315, 316, 317, 318, 319, 411, 412, 446, 447
是則集…265, 266 →坂上是則
惟仁親王…103, 312 →清和天皇
惟光（源氏物語）…356
惟宗氏…381
金剛子の数珠…370, 371
金剛杵…370
金輪王…369 →転輪聖王
金輪宝…369

●さ

細韻 →求韻
再会譚…427, 452 →物語
佐井河…10
西大寺…141
催馬楽…371 →歌謡
嵯峨天皇…107, 108, 110, 150, 162, 249
嵯峨野…205
坂上是則…220, 230, 234, 260, 265, 266 →是則集
相模…37, 39
相模歌…300 →古今集
防人歌…285
作者表記…340
作者名…69, 110, 118, 123, 169, 237, 265, 266, 267, 268, 445
作者名表記…110, 143, 195, 197, 206, 265, 266, 267, 268, 445
桜田…13
さしでの磯…247, 248
査体…280, 281, 282, 283, 294 →歌経標式、雅体、求韻
離会…280, 282
猿尾…280, 282, 284
無頭有尾…280, 282, 284
列尾…280, 282
有頭無尾…281, 282
直語…281, 282, 284
離韻…281, 282, 283
貞辰親王…254, 255, 256
貞保親王…254, 255, 256
沙本…9, 43
サホビコ…10, 42, 43, 44
サホビメ…10, 42, 43, 45, 46, 47, 80
佐保河…260
佐保山…92
さま…288, 289, 294 →体
三代実録 →日本三代実録
散文…2, 3, 11, 14, 15, 19, 24, 25, 26, 27, 30, 31, 32, 33, 34, 35, 36, 39, 40, 41,

42, 45, 46, 47, 48, 49, 77, 78, 79, 80, 81, 433, 434, 435, 436, 437, 438 →韻文、仮名散文、上代散文、物語的散文
散文作品…18, 20
散文的…25, 78, 434, 437
散文表現…1, 2, 9, 10, 15, 16, 19, 24, 31, 32, 33, 40, 41, 42, 47, 48, 49, 75, 78, 79, 80, 81, 435 →韻文表現、上代散文表現
散文文学…10, 18 →韻文文学、上代散文文学

●し

志…321, 322, 323, 324, 327
詩…71, 73, 74, 75, 82, 102, 283, 303, 321, 322, 323, 324, 325, 327, 330, 343, 447 →漢詩、本朝詩、六朝詩
詩歌…75 →漢詩、和歌
潮涸る玉…360
塩土の老翁…359, 361, 363, 364, 360
しほの山…247, 248
潮干る玉…360, 361
潮満つ玉…360
志賀…64, 158, 159, 220, 230, 231, 235
詩学書…277
私家集…106, 111, 262
時間…1, 39, 49, 50, 52, 53, 54, 139, 165, 436
時間意識…68
時間的…51, 52, 53, 54, 69, 76, 135, 183, 197, 221
時間的基準…146
時間的経過…190
時間的進行…67, 68
時間的推移…66, 68, 198
時間的配列…68
時間の推移…68, 69 →推移、時の推移
時間表現…54, 62, 76
志貴皇子…59, 60, 69
詩経…277, 321, 323, 343 →毛詩
詩経十八巻…277
詩経大序…321, 322, 323, 324, 325, 327, 330, 331, 341, 342, 343, 447
滋野貞主…255, 256
滋野縄子…255, 256
詩式…278
仁寿殿…251
四書五経…71
詩人…102, 107, 112
自然…1, 2, 10, 11, 12, 13, 14, 15, 17, 18, 19, 20, 21, 22, 23, 24, 25, 26, 27, 28, 32, 50, 51, 52, 57, 60, 63, 95, 134, 224, 232, 233, 234, 327, 433, 434, 435
自然現象…9
自然把握…13
自然表現…1, 2, 9, 10, 11, 12, 13, 14, 16, 17, 18, 19, 20, 21, 24, 25, 27, 28, 29, 32, 79, 433, 434, 435, 438
自然描写…16, 17, 23, 32
史通…102 →劉知幾
実景…22 →景、景色、光景、情景、風景
私的…4, 118, 250, 333, 334 →公的
私的な文芸…335 →公的な文芸、二流の文芸
持統天皇…54
椎野連長年…285
詩品…343
下毛野虫麻呂…71
釈迦…369, 417
釈智蔵…101, 102
釈日本紀…382 →日本書紀
拾遺集…22, 110
拾遺集時代…23
終韻 →求韻
修辞…117, 120, 122, 439
修辞技巧…120
修辞技法…2, 3, 84, 92, 103, 106, 113, 117, 119, 120, 438, 439
修辞法…2
重畳用事之例 →文鏡秘府論
袖中抄…381
聚蝶 →雅体
儒教…375
儒教的…325, 328, 333, 335, 341, 448
儒教的イデオロギー…351, 371, 372
十巻本、廿巻本歌合…207 →歌合
瞬間…51, 52, 53, 54, 55
瞬間的…2, 53, 54, 56, 58, 62, 436, 438
瞬時…77
純真…309
純粋…308, 309, 313, 332, 446
初韻 →求韻
情…70, 71, 73, 317, 321, 322, 323, 324 →心
情意…95
上位概念…145, 186, 187, 212 217, 442 →下位概念
情意的擬人…95, 104 →直感的擬人
情意的傾向…104

照応…179，194，201，208，209，237，241 →対応、対照、対
照応関係…153，179，209，224，365，443 →対応関係、対
照応性…169 →対偶性、対照性
情感…47，101，197，233 →感情
上宮記…381，382
上句古下句以即事偶之例 →文鏡秘府論
上句用事下句以事成之例 →文鏡秘府論
情景…22，55，57，130，160，175，202，216，235，236，238 →景、景色、光景、実景、風景
上古歌…321
正述心緒…3，284，286
昌泰元年亭子院女郎花合 →女郎花合
上代散文…10，14，36，42，48，433 →散文
上代散文表現…17 →散文表現
上代散文文学…18 →散文文学
上代人…25，49，71，289
上代文学…1，2，3，9，11，12，14，20，287，433
情緒…51，53
情調…51
聖徳太子…370，371
承平私記…381
承平天慶の乱…336
上陽宮…102
書翰…34
書翰文…32，33，34，35，47
初期万葉…13，26，56 →万葉集
叙景…18，19，22
叙景歌…2，11，12，14，18，19，23
叙景性…23，24
渚鴻 →歌病
序詞…3，55，106，113，114，115，119，120，122，123，284，439
抒情…2，52，101，436
抒情詩…25，40，41，51，52
抒情的…426
序…285
序文…339
白山…408，412
詞林…288，320，327 →言葉
沈痾自哀文…35，36 →山上憶良
新意…281，282，283，294 →歌経標式、古事
新意体 →雅体
神祇信仰…372，415，450，452 →仏教
心境…196
親交…313 →交流
新古今時代…23
心詞…289 →心と言葉
心詞対立…343
心詞二元論…323，325，327，330 →二元論
心詞二元論的…332，341
心情…18，20，31，32，33，34，35，36，37，39，40，41，42，45，46，47，48，49，54，57，58，77，81，90，138，177，179，186，188，194，195，213，232，233，305，308，309，328，332，342，366，422，429，435，436，437，446，447，448 →感情
真情…322，324，325，327，332，339，447 →真心、発露
心情表現…1，2，30，33，36，37，42，45，47，48，49，77，79，435，436，437，438 →感情表現
心情表出…2，32，48，328
心情表出論…327
心詞論…288 →二元論
新撰和歌…319，328，329，330，333，344
新撰和歌序文…5，314，317，320，328，329，330，331，333，335，338，339，342，343，447，448
心地…288，320，327 →心
心中…322
神典…382
神女…361 →巫女
神仏…418 →神、仏
人物造型…388，424，425，430，431，452 →造型
神武記…10，12
神武天皇（カムヤマトイワレビコ）…11，358
神名…383
神名表記…383
心理…45，47，51，53，67，208
心理表現…46
心理描写…45，46，51
心理描写的…51，52
神話…39，104，365，368，372，373，375，377，380，384，429 →神幸山幸神話、記紀神話、天孫降臨神話、日向神話
神話的思考…11

●す

推移…1，24，52，53，54，55，57，60，65，66，69，72，132，134，166，200，264，433 →時間の推移
推古天皇…370

垂仁記…42, 44
垂仁天皇…10
末摘花（源氏物語、常陸の君、常陸の宮の姫君）…5, 6, 371, 376, 377, 380, 384, 386, 387, 388, 389, 390, 391, 392, 393, 394, 395, 396, 397, 398, 399, 400, 401, 402, 403, 404, 405, 406, 407, 408, 409, 410, 411, 412, 413, 414, 415, 416, 417, 418, 419, 420, 421, 422, 423, 424, 425, 426, 427, 428, 429, 430, 431, 449, 451, 452
末の松山…230, 404
菅原清公…108
菅原道真…74, 110 →菅原文草
主基国…350 →悠基国
主基殿…350 →悠基殿
宿世談…431 →物語
宿曜道…374
朱雀院女郎花合 →女郎花合
朱雀院別当…344
朱雀御集…336
朱雀朝…336, 337, 338
朱雀帝（源氏物語）…359, 373
朱雀天皇…253, 254, 336
スサノオ…9, 10
崇峻天皇…370
須磨…359, 360, 361, 362, 363, 364, 400, 401, 418, 426, 431
住の江…260
住吉…362, 363, 373
住吉神社…6, 363, 364, 450 →西の海の社
住吉の神…360, 361, 362, 363, 364, 368, 383
皇孫…379, 380 →天孫
須弥山…362
駿河采女…69

●せ

声韻→歌病
生活感情…32, 77 →感情
生活体験…32 →経験世界
西宮記…337
政教性…342, 343
政教的意義…339
政教的効用…328, 330, 331, 333, 335, 341, 342, 343 →効用
聖君主…375 →聖帝、聖なる王
聖婚物語…368 →物語
政治的効用…325, 335 →効用
政治的、道徳的効用…325, 331, 333, 335, 338, 448 →効用
政事要略…335, 381, 429, 430
清慎公集…338 →藤原実頼
聖帝…369 →聖君主、帝王
聖なる王…371 →聖君主、聖帝、王
西方…365 →東方、西と海
清和天皇…252, 253, 255, 256, 257 →惟仁親王
惜秋…70, 74, 75, 82
惜秋意…74
惜春…70, 73, 75
釈奠…336
説話…381 →伝説、海宮淹留説話
旋頭歌…122, 284, 286 →双本
撰歌合…111 →歌合
潜在王権…349, 350, 375, 381, 382, 386, 412, 413, 414, 415, 420, 427, 452 →王権
潜在王権譚…375, 380 →王権譚
撰者…3, 63, 65, 68, 69, 107, 112, 119, 121, 129, 130, 132, 134, 139, 140, 143, 144, 155, 159, 162, 179, 187, 196, 197, 199, 201, 207, 208, 216, 220, 224, 226, 232, 233, 237, 241, 243, 262, 267, 268, 269, 344
撰者時代…3, 67, 94, 95, 96, 97, 98, 99, 104, 106, 107, 109, 111, 119, 120, 133, 136, 137, 138, 140, 141, 144, 146, 154, 155, 169, 175, 178, 182, 183, 186, 189, 192, 193, 195, 196, 206, 207, 209, 210, 213, 215, 216, 222, 228, 230, 235, 243, 257, 258, 262, 263, 264, 269, 270, 271, 438, 439, 444, 445
先代旧事本紀…381, 382
洗練…307, 308, 309, 313, 332, 446

●そ

麁韻 →求韻
雑歌…3, 68, 69, 284, 286
宋玉…71 →九弁
承均法師…91
造型…39, 377, 400, 413, 415, 420, 421, 424, 425 →人物造型
僧皎然…278
僧正谷…370 →鞍馬
僧都（源氏物語、なにがしの僧都）…353, 366, 368, 369, 370, 371, 372
贈答…118, 152, 201, 418
贈答歌…152, 201

相聞…3, 68, 69, 284, 286
蘇我氏…370
即自的…26, 27, 42, 77, 434, 435, 437 →直接的
素性法師…23, 85, 97, 112, 127, 150, 154, 163, 176, 209, 210, 218, 221, 226, 255, 256, 258, 259, 260, 263, 265, 266, 267 →良岑玄利
素性集…265
蘇武…193, 194
祖母の尼君（源氏物語）→尼君
染殿第…103
尊卑分脈…109, 251, 261

●た

体（躰）…288, 289, 294 →さま
第一期…107, 111, 112, 113, 114, 115, 116, 117, 118, 119, 121, 122, 123
対応…86, 115, 133, 139, 144, 145, 155, 161, 166, 167, 168, 169, 170, 172, 175, 182, 184, 188, 193, 194, 197, 201, 208, 209, 220, 221, 222, 229, 233, 234, 237, 242, 243, 244, 269, 311, 328, 367, 420, 436, 443 →照応、対照、対
対応関係…161, 166, 168, 169, 174, 209, 211, 217, 221, 222, 232, 263, 441, 443, 445 →照応関係、対
対偶性…244, 376, 383 →照応性、対照性
体系…1, 3, 63, 69, 317, 372
体系性…3, 282, 287, 289, 445
体系的…331
大后御記…32 →藤原隠子
醍醐宮廷…335
醍醐宮廷和歌…336
醍醐朝…336, 337, 338
醍醐天皇…111, 207, 209, 210, 253, 254, 260, 262, 263, 268, 271, 314, 329, 334, 335, 336, 444, 445, 448 →延喜御集
第三期…107, 111, 112, 113, 114, 115, 116, 117, 118, 119, 120, 123
帝釈天…370
対照…3, 147, 193, 194, 224, 241 →照応、対
対称…132, 133, 139, 150, 163, 182, 194, 197, 243, 252
対称形…243
大嘗祭…5, 6, 350, 351, 358, 365, 372, 373, 374, 386, 415, 449, 450, 451
大嘗祭屏風…350 →屏風
対照性…177, 206 →照応性、対偶性
対称性…152, 163, 168, 169
対照的…55, 57, 149, 206, 243, 248
対称的…131, 145, 155, 161, 162, 163, 168, 175, 178, 179, 184, 187, 202, 208, 210, 211, 217, 243, 263
大乗仏教…417 →仏教
第二期…107, 112, 113, 114, 115, 116, 117, 118, 119, 120, 123
対比…57, 60, 153, 212, 442, 443, 450 →対立
対比的…215, 307, 308
大輔命婦（源氏物語）…392, 393, 398, 399, 411
平兼盛…290
平貞文…205, 210
対立…330, 343, 442, 443 →対比
高天原…9, 358
高砂…195, 197
高千穂峰…379
タギシミミノミコト…11
高市黒人…13, 14, 108
竹取物語（かぐや姫の物語）…16, 18, 79, 80, 81, 402, 420 →かぐや姫
タケミカズチノミコト…430
但馬…429
忠岑集…265, 266 →壬生忠岑
橘嘉智子…162, 252
橘清樹…109
橘清友…160, 162
橘の小門…9
橘の小島…159, 160
橘奈良麻呂…162
橘諸兄…162
橘逸勢…108
龍田河…92, 96, 97, 172, 218, 219, 220, 221, 222, 224, 225, 226
田辺福麻呂…59, 60
タニハノヒコタタスミチノウシノミコト…44
玉手箱…365
玉の浦…14
玉の小櫛…429
タマヨリビメ…358, 360
短歌…52, 280, 281, 282, 283, 284, 286, 290, 327, 445 →和歌
短歌形式…11, 40, 284, 300, 305, 309, 344 →音数律
男女再会談…431 →物語

●ち

知多の浦…14
知的擬人…2, 95, 96, 97, 98, 99, 100, 101, 102, 103, 104, 105, 438 →擬人
知的擬人法…99 →擬人法
中国詩論…279, 283, 284, 286, 287, 289, 290, 295
中古文学…1 →平安文学
中飽 →歌病
長歌…36, 107, 112, 122, 280, 281, 282, 283, 284, 286, 290, 445
長寛勘文…381
眺望詩…23, 24, 28
長楽寺…21, 22, 23
直語 →査体
直接的…2, 11, 12, 14, 26, 27, 42, 52, 55, 56, 58, 62, 77, 79, 91, 99, 100, 101, 121, 434, 435, 436, 437, 438 →即自的
勅撰…279
勅撰集…21, 22, 74, 109, 110, 261, 339, 340, 342, 343, 448
直感的擬人…2, 95, 96, 98, 99, 100, 438 →擬人、情意的擬人
直感的擬人法…99 →擬人法
陳熙晋…102 →駱臨海集箋注

●つ

対…153, 154, 193, 202, 206, 208, 228, 294 →照応（関係)、対応（関係)、対照
ツクヨミノミコト…9
津守通…55
貫之集…73, 261, 262, 265, 266, 315, 316, 319 →紀貫之

●て

帝位…374, 375, 450
帝王…249, 263, 269, 371, 374, 375, 450 →王、天皇、聖帝
帝王性…375
帝王相…374, 375
亭子院…216
亭子院歌合 →歌合
亭子院歌合日記 →歌合
貞信公記…344 →藤原忠平
伝説…361, 375 →説話、浦島伝説
天孫降臨神話…384 →神話
天徳四年三月卅日内裏歌合 →歌合
天皇…262, 372 →王、帝王、皇統
転輪聖王…369 →金輪王、優曇華の花

●と

統一性…317
東宮…269
東国…355, 356, 357, 415 →東と山
東国性…357, 415, 416
頭古腰古 →雅体
頭古腰新 →雅体
蕩子従軍賦…101 →駱賓王
同心 →歌病
頭新腰古 →雅体
同声韻 →歌病
道徳的効用 →政治的、道徳的効用
頭尾 →歌病
東方…355, 356, 417, 420 →西方、東と山
東方性…387, 415, 416, 420
時の推移…2, 50, 53, 54, 56, 58, 59, 60, 61, 62, 63, 65, 66, 68, 69, 72, 74, 75, 134, 160, 165, 166, 169, 179, 229, 436, 441, 442, 443 →時間の推移
時の流れ…52, 53, 54, 58, 66, 75, 76
時康親王…249, 250, 272
常盤山…260
土佐…4, 314, 329, 331, 334, 336, 338, 447, 448
土佐（歌人）…404
土佐日記…2, 4, 5, 17, 18, 30, 31, 32, 33, 34, 36, 39, 40, 45, 47, 48, 78, 81, 296, 297, 298, 300, 301, 303, 304, 305, 309, 310, 311, 312, 313, 314, 315, 316, 317, 318, 320, 328, 329, 331, 332, 333, 334, 335, 338, 339, 341, 342, 343, 344, 435, 438, 446, 447, 448
独鈷…370, 371, 384
独鈷杵…370
鞆の浦…59
友則集…265, 266 →紀友則
豊浦寺…371
トヨタマヒメ…5, 358, 360, 365, 376, 384, 386, 413, 449

●な

内宴…336
渚の院…309, 317

奈呉…14
なにがしの僧都（源氏物語）→僧都
難波…21，363
難波潟…14
奈良…204，229，230，231
奈良の帝　→平城天皇
成明親王…335
南面…351　→儒教

●に

匂宮…367
熟田津…54
二元論…447　→心詞二元論、心詞論
西、海を象徴する娘…354，357
西・海の神の娘…357　→海の神の娘、神の娘
西・海の娘…354
西と海…355　→西方
西の海…354
西の海の神…373　→海の神
西の海の神の娘…6，373，450，452　→海の神の娘、神の娘
西の海の社…6，373，450　→住吉神社
西の浦々や磯…353
西の海浦…350，354
西の地域と海…354
二条院…366，367，389，390，396，426
二条東院…414，426，427
二条の后　→藤原高子
日記…4，31，296，297，305，314，316，317，331，334，446
日記文学…2
丹生…95
日本紀私記丁本…381　→日本書紀
日本国見在書目録…277，278
日本三代実録…249，251，253，258，272
日本書紀…10，28，32，37，41，48，358，360，375，376，377，378，379，380，381，382　→記紀、仮名日本紀、釈日本紀、日本紀私記丁本
日本文徳天皇実録…171，272
二流の文芸…4，313，448　→私的な文芸
仁安二年八月太皇太后宮亮経歌合　→歌合
仁和の帝　→光仁天皇
仁明天皇（深草の帝）…107，112，162，249，251，252，253，255，256，257

●ぬ

額田王…54，55

●ね

根之堅洲国…9

●の

能因…22
能因法師集…23
能煩野…37

●は

配置…65，66，68，69，90，132，133，134，136，137，142，144，145，152，163，165，171，177，182，183，184，185，187，190，201，209，213，214，223，233，234，242，256，259，263，264，270，442，443
配列…3，63，65，66，67，68，69，119，129，131，132，133，134，136，138，139，141，142，143，144，145，146，147，152，153，154，155，156，157，159，160，161，162，163，164，165，169，170，176，177，178，179，182，185，186，187，188，189，190，192，194，195，196，197，198，199，200，201，206，207，208，209，210，211，212，213，215，216，217，220，222，223，226，229，230，231，233，235，236，237，238，241，242，243，244，248，253，254，256，257，259，263，264，269，270，281，282，283，441，442，443，444
配列基準…196，197
配列順…144，149，159，178，196，202，208，215，221，262
配列法…142
配列方法…198，199
祝部成仲…291
白詩…74，75
白氏文集…28，74，110，194
博通法師…93
膊尾　→歌病
白楽天（白居易）…73，74
藐姑射の刀自…402，420
走水海…37，39
八病詩式…278
初瀬…151，153

発露…313，322，324，325，327，330，335，339，341，342，447，448　→真情
花散里（源氏物語）…404，426，427
浜成式　→歌経標式
隼人…378，379
播磨国…351，354
春道列樹…220，239，243
反歌…36
挽歌…3，284，286

●ひ

比叡山…16，249，252，411，412
東、山を象徴する娘…357
東・山の仏の娘…365　→山の仏の娘、仏の娘
東・山の娘…354　→山の娘
東と西の水平軸…5，6，350，354，357，358，449，450　→山と海の垂直軸
東と山…355　→東国、東方
東の山嶽…350，354
東の山の寺…6，373，450　→石山寺
東の山の仏…373　→山の仏
東の山の仏の娘…373，450，452　→山の仏の娘、仏の娘
東の山々…353
光源氏…6，349，350，351，353，354，355，356，357，359，360，361，362，363，364，365，366，368，369，370，371，372，373，374，375，376，377，380，381，382，383，384，386，388，389，390，391，392，393，394，395，396，397，398，399，400，401，402，403，404，405，406，407，409，410，411，412，413，414，415，417，418，419，420，421，422，423，424，425，426，427，428，429，431，450，451，452
尾句…285　→腰句
孫姫式（和歌式）…279，292，295
ヒコホホデミノミコト…358，359，360，378，379，380
美刺…323，324，325，331，343，447　→移風易俗
悲秋…70，71，73，105　→秋の悲哀
聖（源氏物語）…349，353，368，369，370，371，384
常陸…356，357，416，429，430
常陸歌…300　→古今集
常陸の親王（源氏物語、常陸の宮）…392，395，409，410，415，416，429
常陸の宮（源氏物語、常陸の宮邸、末摘花邸）…392，395，400，403，405，406，407，408，409，410，411，412，415，418，422，423，430
人麻呂歌集…12，14　→柿本人麻呂
人麻呂歌集歌…12，14
人康親王女…255
檜隈川…108
批評意識…4，283，284，287，332
批評基準…3，4，283，284，286，287，288，289，290，294，445，446　→分類基準
日向…9，379
日向神話…1，5，6，349，358，368，372，374，375，377，382，386，390，413，415，420，427，449，450，451，452　→神話
譬喩歌…3，284，286
表現主体…2，3，4，14，76，78，80，81，99，103，434，435，437，438
屏風…254，256，259，261，265，266，267，268，273，316　→大嘗祭屏風
屏風絵…256
屏風歌…256，261，262，264，265，266，268，269，273
兵部卿宮（源氏物語）…356
平仮名…48　→仮名
ヒルコ…376
貧窮問答歌…35　→山上憶良

●ふ

風景…11，12，22，32，55，130，135，224，303，331，366　→景、景色、光景、実景、情景
風燭　→歌病
風俗歌…356，357，429，430　→歌謡
深草の帝　→仁明天皇
袋草子…279
普賢菩薩…391，416，417，418，419，420，451　→菩薩
藤壺（源氏物語）…353，371，393
富士山…5，16，17，349，350，449
巫女…361　→神女、巫女(みこ)
藤原顕家…291
藤原胤子…260，262
藤原興風…72，164，176，218，219，226，230，254，338
藤原乙春…251，252
藤原温子…254
藤原穏子…32，254，262，268，335　→大后御記

藤原佳珠子…255
藤原兼家…20
藤原兼輔…4, 314, 315, 316, 317, 319, 329, 334, 336, 338, 447, 448
藤原公重…292
藤原高子（二条の后）…127, 128, 133, 145, 146, 220, 251, 255, 256, 257
藤原言直…133
藤原是嗣…110
藤原伊衡…335
藤原定方…205, 207, 314, 334, 336, 337, 338, 444, 448
藤原定国（右大将藤原朝臣、いつみの大将）…259, 260, 261, 262, 264, 265, 266, 267, 268, 269, 270, 271, 273, 445
藤原実頼…338 →清慎公集
藤原氏…268
藤原彰子（上東門院）…22
藤原数子…252
藤原菅根…192, 193
藤原関雄…107, 112, 117
藤原高藤…260
藤原沢子…251, 252
藤原忠平…336
藤原忠房…110, 185
藤原為時…382
藤原親隆…295
藤原節信…21, 22
藤原時平（左のおほいまうちぎみ）…204, 207, 254, 262, 263, 271, 273, 335, 444, 445
藤原俊成…293 →古来風体抄
藤原敏行…85, 89, 97, 112, 173, 175, 185, 195, 204, 209, 221, 241, 300
藤原長能…21, 22
藤原長良…251, 252, 255
藤原成家…291
藤原宇合…71
藤原浜成…278, 279, 281, 284, 290, 291, 292, 294 →歌経標式
藤原雅親…295
藤原満子（尚侍）…259, 262, 264, 267, 268, 269, 270
藤原三善…258, 259
藤原明子（染殿の后）…90, 103, 312
藤原基経（堀河大臣）…248, 249, 251, 252, 253, 254, 255, 256, 257, 259, 262, 263, 269, 271, 444, 445
藤原基俊…295
藤原好風…85, 97
藤原良房（前太政大臣）…90, 103, 107, 128, 252, 312
藤原因香…260, 268
藤原頼子…255, 256, 257
双本 →雅体、旋頭歌
仏教…6, 369, 370, 372, 375, 386, 420, 450, 452 →神祇神御、大乗仏教
仏教思想…372
仏教世界…369
仏教的…368, 371, 372, 415, 418
仏教的観点…415
仏教的属性…415, 418
仏教的雰囲気…368, 450
仏教的要素…387, 416
仏法…368, 369, 370, 371, 372, 373, 374, 415, 420, 450
不動尊…370
風土記…10, 32, 37
吹芡刀自…54
不変…392, 403, 405
不変性…400, 403, 405, 414, 422, 451 →永遠性、恒久性
布留…213, 250
布留今道…204, 222
文学表現…1, 2, 3
文学論…322
文鏡秘府論…294 →空海
　重畳用事之例…294
　上句古下句以即事偶之例…294
　下句用事下句以事成之例…294
文芸…333, 448 →公的な文芸、私的な文芸、口誦文芸
文芸観…297, 325, 328, 333, 335, 341, 448
文芸性…35
文芸的…36
文芸的価値…341
文芸的効用…330, 331, 333 →効用
文治二年十月廿二日太宰権帥経房歌合 →歌合
文屋朝康…199, 206
文屋康秀（文琳）…107, 128, 132, 146, 214, 288
分類基準…286, 287, 289, 445, 446 →批評基準

●へ

平安文学…1, 2, 3, 9, 433 →中古文学
平安和歌…23 →和歌
平城天皇（奈良の帝）…199

平中…389
平仲物語…18
平頭　→歌病
平群…38，40
変化のもの…361，362
遍照（花山僧正）…64，85，107，108，112，141，143，158，159，168，169，204，206，213，214，215，218，222，224，226，248，249，250，251，252，258，259，263，272，288，289　→良岑宗貞
遍身　→歌病

●ほ

ホアカリノミコト…379，380
宝威徳上王仏…417
某年秋朱雀院女郎花合　→女郎花合
蜂腰　→歌病
蓬莱山…16
ホオリノミコト…358，365，378，380，383，386
北山抄…337
法華経…417，418
菩薩…419　→普賢菩薩、文殊菩薩
ホスセリノミコト…378，380
ホスソリノミコト…358，359，379
穂積親王…96
法華三昧…368
法華八講…418
ホデリノミコト…358，378
仏…367，368，370，372，415，417，419，420，451　→神仏
仏の娘…6　→東・山の仏の娘、東の山の仏の娘
ホノニニギノミコト…358，365，368，376，377，379，384，386，387，388，390，409，410，412，413，414，451，452
ホムチワケ…44
本韻…280，281，282，294　→韻
本質…320，326，328，446，448
本質的…338，344
本質論…5，286，298，320，325，327，342，447，448
本朝漢詩文…23　→漢詩文
本朝月令…381
本朝詩…28　→詩
本朝文粋…340

●ま

巻向…12
枕詞…114，115，120，284，439
真心…307，308，313，317，318，446　→真情
まこと…288，294　→心
目無し籠…359，364
真仮序　→古今集真名序
万葉歌…108，109，120，121
万葉仮名…15，48，279　→仮名
万葉集…1，2，3，9，12，13，15，19，20，23，24，25，26，34，35，48，50，51，52，53，54，56，57，58，59，60，61，62，68，69，70，71，72，75，76，77，78，82，84，93，94，95，96，98，99，100，105，107，108，109，115，116，117，118，119，120，121，122，277，284，286，287，289，435，436，438，439，445，446　→初期万葉
万葉人…62

●み

実…288，294　→心
三笠山…299，332，411，429，430
三国人足…108
三国町…85，97
巫女…429，430　→巫女(ふじょ)、神女
ミスキトモミミタケヒコ…38
見立て…2，3，23，90，91，92，96，97，98，99，106，115，116，117，118，119，120，121，122，123，131，132，135，142，169，200，201，211，231，235，305，439
見立て歌…116，117
陸奥歌…300　→古今集
密教…369，370
密教力士…370
躬恒集…73，74，261，262，265，266　→凡河内躬恒
水無瀬…310
源公忠…338，344　→公忠集
源重之…23
源順…23，290
源湛…251
源経信…23
源融…251，252
源常（東三条左大臣）…150，152
源当純…134，146
源宗于…139，176，225，228，240
源善…110

源頼政…291
御春有助…319
壬生忠岑…70, 87, 88, 107, 133, 176, 183, 193, 195, 196, 205, 207, 208, 215, 232, 260, 265, 266 →忠岑集
三重…37
三重村…37
三室山 →神奈備山
宮道弥益…260
宮道列子…260
宮滝行幸…110
未来…53, 55, 56, 58, 59, 62, 75, 76, 436
岷江入楚…360
民謡…40, 41, 309 →歌謡

●む

昔物語…393, 397, 425, 431 →物語
武蔵野…355, 449, 450
無頭有尾 →査体
村上朝…337
村上天皇…253, 254, 428
紫式部…6, 354, 359, 361, 368, 372, 373, 375, 376, 380, 381, 382, 414, 424, 425, 450, 451
紫の上（源氏物語、紫の君、若紫）…5, 6, 350, 353, 354, 355, 356, 357, 358, 360, 365, 366, 367, 368, 371, 372, 373, 376, 377, 383, 384, 386, 387, 388, 389, 390, 397, 412, 413, 415, 416, 420, 427, 449, 450, 451, 452

●め

謎譬 →雅体

●も

毛亨…321
毛詩…321 →詩経
毛詩正義序…324
毛萇…321
本康親王…254, 255, 256, 257
物語…5, 6, 11, 17, 39, 40, 41, 42, 44, 45, 46, 47, 51, 79, 80, 81, 197, 213, 250, 311, 351, 352, 353, 354, 355, 357, 358, 359, 364, 365, 366, 368, 369, 370, 372, 373, 375, 376, 377, 380, 381, 387, 390, 392, 394, 401, 402, 405, 408, 410, 412, 416, 418, 419, 420, 422, 423, 424, 425, 426, 427, 428, 429, 430, 431, 449, 450, 451, 452 →昔物語、王権譚、海宮訪問譚、滑稽譚、再会譚、宿世談、聖婚物語、男女再会談
物語歌…40, 41
物語作者…354, 372
物語的…46, 81, 435
物語的散文…37 →散文
物語文学…2, 51, 53, 425
唐土…299, 303, 304, 332, 397
文殊菩薩…417 →菩薩
文選…71
文徳天皇…90, 103, 107, 112, 253, 312
文徳天皇実録 →日本文徳天皇実録

●や

薬師如来（薬師仏）…370, 371 →医王
八雲御抄…278, 279, 293, 295, 429
保明親王…260, 262, 263, 264, 268, 269, 270, 445
康資母…293
山崎…310
山幸…384 →海幸山幸神話
倭…37, 38, 40
山と海の垂直軸…5, 350, 354, 357, 358, 449, 450 →東と西の水平軸
倭相…374
ヤマトタケル…38, 39, 40, 41, 42, 45
大和国…39, 234
ヤマトヒメ…38, 39
大和物語…18
山上憶良…35, 36, 285 →老身重病経年辛苦及思児等歌、沈痾自哀文、貧窮問答歌、世間の住みかたきことを哀しぶる歌
山の神…5, 358, 365, 372, 374, 375, 383, 413, 420 →オオヤマツミ
山の神の娘…5, 6, 368, 372, 412, 420, 449, 450, 451 →神の娘
山の仏…368, 420 →東の山の仏
山の仏の娘…6, 368, 372, 450 →東・山の仏の娘、東の山の仏の娘
山の娘…6, 355, 365, 368 →東・山の娘
山部山人…13, 14, 59, 410, 412, 413

●ゆ

夕顔（源氏物語）…428

夕霧（源氏物語）…366
有頭無尾　→査体
遊風　→歌病
悠紀国…350　→主基国
悠紀殿…350　→主基殿
靫負命婦（源氏物語）…45，46
弓月が岳…12
湯原王…93

●よ

腰句…285　→尾句
陽成天皇…249，251，252，253
腰尾　→歌病
良清（源氏物語）…352，353
吉野…127，230，231，245
吉野河…160
吉野の里（吉野の山里）…228，233，234，236，244
吉野山…130，131，228，229，230，231，232，233，236，244
良岑経也…258，259
良岑経世…258
良岑玄利…258　→素性法師
良岑宗貞…97，108　→遍照
良岑安世…249
世間の住みかたきことを哀しぶる歌…35　→山上憶良
夜光玉…360，361
黄泉の国…9
読人しらず時代…3，94，96，97，98，99，104，106，107，119，120，121，133，162，213，237，249，257，438，439
夜之食国…9

●ら

礼記…130，174，322
駱賓王…101　→蕩子従軍賦
駱臨海集箋注…102　→陳熙晋
落花　→歌病
乱思　→歌病
欄蝶　→歌病

●り

離韻　→査体
離会　→査体
六義…289，330
六朝詩…75　→詩
離合…238
律令官人…4，297，333，338，448
律令国家…339
律令社会…333，338，339
律令体制…333
竜…376
竜王…358，360，364，365　→海竜王
竜宮（竜宮城）…358，360，365
竜女…360
劉知幾…102　→史通

●る

類書…71　→芸文類聚

●れ

冷泉帝（源氏物語）…350，363，373
列尾　→査体
連続…65，130，134，139，144，170，187，193，195，198，199，211，216，240，256
連続性…65，66，120，121，129，130，135，136，169，176，181，183，193，201，202，208，211，221，238，256，257，259，263，442，443
連続的…66，200

●ろ

浪船　→歌病
老楓　→歌病
六条院…350，366，427
六歌仙…106，107，111，112，117，121，132，143，159，169，288，289
六歌仙時代…3，94，95，96，97，98，99，104，106，107，109，110，111，118，119，120，133，137，138，139，140，141，154，155，206，214，215，222，249，251，256，257，259，263，264，269，271，438，439，444，445
六歌仙評…323，327，330
論語…319，405，428

●わ

和歌…2，3，4，5，19，21，24，27，28，31，48，51，52，53，70，71，72，74，81，84，102，103，106，107，111，117，118，119，

121, 122, 145, 283, 284, 286, 287, 288, 289, 290, 294, 295, 296, 297, 298, 300, 301, 303, 304, 305, 306, 307, 313, 315, 316, 317, 320, 321, 323, 324, 325, 326, 327, 328, 330, 331, 332, 333, 334, 335, 336, 338, 339, 340, 341, 342, 343, 344, 423, 424, 435, 439, 445, 446, 447, 448 →短歌、詩歌、公宴和歌、平安和歌, 兼作歌人
和歌観…320, 325, 326, 329, 330, 331, 332, 333, 334, 335, 338, 339, 342, 343, 447
和歌行事…335
和歌現在書目録…278
和歌作式　→喜撰式
和歌式　→彦姫式
和歌体十種…107
和歌的表現…307
和歌童蒙抄…279, 290
若の浦…13
和歌六人党…23
和漢朗詠集…74
童謡…41, 371
ワタツミ…358, 360, 361, 364, 365, 376, 383, 384, 386　→オオヤマツミ、海の神
ワタツミの宮…358, 359, 360
ワタツミの娘…383　→海の神の娘
和文…15, 34, 48　→仮名和文
和文表現…15